物怪

游方小仙 著

中国文史出版社

图书在版编目（CIP）数据

物怪 / 游方小仙著 . -- 北京 : 中国文史出版社，
2018.6

ISBN 978-7-5205-0994-7

Ⅰ . ①物… Ⅱ . ①游… Ⅲ . ①故事 – 作品集 – 中国 –
当代 Ⅳ . ① I247.81

中国版本图书馆 CIP 数据核字 (2018) 第 285593 号

责任编辑：卜伟欣

出 版 发 行：中国文史出版社
网 址：www.wenshipress.com
社 址：北京市海淀区西八里庄路 69 号 邮 编：100142
电 话：010—81136606 81136602 81136603 （发行部）
传 真：010—81136655
印 装：北京温淋源印刷有限公司
经 销：全国新华书店
开 本：710×1000 1/16
印 张：26.25
字 数：371 千
版 次：2019 年 7 月第 1 版
印 次：2019 年 7 月第 1 次印刷
定 价：68.00 元

目录

第一案　龟之灵

第二案　迷墙鬼画

第一案

龟之灵

一 徐老爷

浙江嘉兴府海盐县有个姓徐的富商，富甲一方。这徐老爷承袭先辈积下的产业，其才于开疆拓土不足，守成固业还是绰绰有余的。当地人都叫他徐老爷，又有人送他"半城施主"的美名，是说他虽然家大业大，却并不骄奢，平时待人诚恳，乐善好施，所以人缘极好。

照理说这样的人总该家庭和睦，子孙满堂，然而事与愿违，他到了四十多岁还没有子嗣。

徐老爷有个好友，姓黄，名修茂，平时喜欢黄老之学，时不时又弄些禳星占卜、辟谷炼丹的勾当，人家戏谑他，叫他黄半仙儿，他也不以为怪。只有徐老爷知道他真有学识，与他交往甚密。

这一天正逢冬至，外面下起了小雪，徐老爷在家里邀了各铺子的掌柜们来结算账目。各铺一年来业绩颇丰，掌柜们都报得兴致勃勃。徐老爷听到一半，忽然听到外面传来卖糖人的吆喝声，紧接着便传来一阵孩童的喧闹，不由心想："哎，纵然有万贯家财又有什么用，没有儿子，总是老来凄凉啊。"他这么一想，便心灰意懒起来，也不听报账了，让众掌柜都散了，叫了个小厮，拿食盒带了几样现成小菜就往外走。

出了门，徐老爷给那些小孩一人买了一个糖人，小孩们都欢喜地跑过来抱他。徐老爷揽过来一人亲了一口，小孩们叫着"徐老爷百岁、徐老爷有福"就都跑散了。徐老爷带着小厮走了两条街，到了一个小院门口，还没叫门，便见有个头戴竹冠、身穿道袍的中年人笑着从里面迎出来："徐贤兄，你来了。"此人正是黄修茂。

徐老爷也不奇怪，说："老黄，来找你喝酒。"就跟着进了家。

小厮先走了一步，二人进屋时，小厮已将带来的酒菜摆到桌上了，又在桌边摆上了火炉。两人互不客气，盘腿坐下，就喝起来。喝了几巡，东拉西扯的，徐老爷故意将话题说到孩子上："老黄，老哥我今天烦闷，喝多了乱扯你别见怪：

你常年云游在外，从没听你说起过家室啊……你这修行真的要抛家舍业吗？"

"不瞒贤兄，我还真有家室，家里有一妻一子。然而我与贱内都已是超脱之人，只不过她是在家修行，顺便照顾家业，我如今修的是外功，故此四方游历。"

"我那侄儿多大了？"

"刚刚两岁。"

"啊，那正是好玩的时候，你不想儿子吗？"

"偶尔想想，只是想得不多。修道之人，总是要破除那些情欲的。"

"哎，你倒是狠心。家里产业如何，够用吗？"

"有几亩薄田，将就能过得下去。"

"恕老哥直说，以后你就这么常年在外云游？也不想着给我侄儿留点产业？若是有一天你和弟妹都……你们怎么说的，羽化归西了，我侄儿怎么办？"

"儿孙自有其福，养他到成年，便任由其出路，与我无关了。"黄修茂看着徐老爷一脸无法认同的样子，笑了笑："这是取法自然。"

"你可真超脱。"徐老爷意味深重地看了黄修茂一眼，叹了口气："老弟，我知道你有未卜先知的本事，我以前敬重你是个世外之人，对咱们这些俗事没兴趣，不敢扰了你的清修，也就从没提起，只是……哎，老哥我苦哇，你能明白吗？"

黄修茂不动声色地饮下一杯酒，说："贤兄，我怎会不知道你的苦处，你是东宫空虚，膝下乏人。只是，贤兄，你想听实话吗？"

"咦，听你这话，似乎我今天这般光景是有前因的，你快说说，但凡有法可解的，我都听。"

"贤兄以前必是找过无数僧道卦师看过命相了，难道不知原因？"

"哎，那些江湖骗子说什么的都有。有的说，我是七月十五中元节生人，那是鬼节，鬼门开了，把那些本来没路超度的鬼魂托了河灯投生了，所以我命里带着戾气。"

"呵呵，贤兄是生在钱堆里的人，这半生也没遇过什么大灾大厄，哪能有什么戾气。"

"是啊，我也这么觉得，可我为什么到现在也没有孩子？"

"贤兄，你虽是个大善人，可是你命里犯独龙，与同宗血脉不容，所以你自己这一辈就是孤独一支。你本就不该有儿子，纵然有，也是散宝童子转世，说白了就是个败家子。倘若真是那样，你愿意吗？”

徐老爷一听这话，两眼立时放出光来：“老黄，是不是败家子，那也是十几年后的事，可我现在就凄苦无聊着呢，要是能有个自己的骨血，叫我享受几年天伦之乐也好啊。就算他以后顽劣些，我这些家产，也够他用上几世了。再说了，以后我请好先生教他，叫他明白事理，我再多行善多施舍些，说不定能感动了菩萨娘娘老天爷，叫他成个好儿子呢。”

黄修茂冷冷一笑，只是借喝酒掩饰过去了。他将一大杯酒一饮而尽，便随手抽过一张纸，拿笔写了一会儿，递给徐老爷：“贤兄，你照此方定期食补，六七个月后再按时辰行房，一年内必有消息。”

徐老爷如获至宝，酒也不喝了，揣起方子就回了家。

一年后，徐夫人果然有了身孕，再过几个月，已是大腹便便了。徐老爷喜得整日请法师唱经保胎，又大把大把地放斋施舍，自然，也忘不了黄修茂的赐方之恩。只是修茂是脱尘之人，不愿到喧嚣之处，中间只到徐家看望了一回徐夫人，教她如何保胎，之后就再也没登过门，徐老爷也不强求。

待到十月胎气已满，便有个胖娃娃呱呱坠地——果然是个男孩。徐老爷如何能不高兴，便请了有名的法师给孩子取名。那法师看了一眼小孩，默默不语了良久。徐老爷笑呵呵地求他赶紧赐名，他才回过神来，说：“这孩子长得干净，就叫徐净吧！”法师说完，便收了施舍，也不吃斋饭就走了。徐老爷喜不自胜，大摆筵席许多天。

喜庆的声音犹徘徊在耳畔，转眼徐净已有三岁。有天老嬷子抱着他去逛庙会，晚上看人家放烟花，那是徐净第一次看到烟花，他立时被那满天异彩惊得目瞪口呆，回家后不吃不喝，眼睛呆呆地看着前面，连眨都不眨一下。接着便发起烧来，大烧了好几天，延医问药都没有用。不得已，徐老爷又去请教黄修茂。

黄修茂本来是居无定所之人，只是贪恋此地山杰地灵，方便他修行，便一直住了下来。他与别人从没有什么瓜葛，只是对徐老爷情深义重，用他的话说，是有些前缘。此时见“有缘人”来求，难却相请，只得来到徐家，看了那孩子一眼，摇了摇头说：“果然啊，要开始了！”

徐老爷不明所以，忙问什么开始了。黄修茂冷冷地看着他问：“贤兄，当年你找我求方时说的话还记得吗？”

"记得，每句都记得，要不是你……"

"我救这孩子不难，只是你可要准备好承受了。"

"承受？哎，为了徐净，我倾家荡产也得受啊！"

"好吧，这是你的缘，也是你的债！这孩子没病，就是喜欢看烟花，你买上一堆放了，他看到自然就好了。"

徐家人十分诧异，只是对黄修茂的话不敢轻视，赶紧去鞭炮铺买了许多大烟花，晚上在院子里放起来，徐老爷亲自抱着徐净在空地上看。谁知那孩子一看烟花，就咯咯笑起来，过了一会儿又吵着饿，给他喂奶喂点心都吃，只是得边吃边看烟花，边看边发汗，过了一晚再摸额头，居然也不烧了。徐老爷庆幸不已，叫小厮再去将鞭炮铺的烟花全买来，还不够，又火速派人去别处买，天天晚上到县里教场空地上去放，连放了半月，全县人跟着一起看，如此这场病才算过去。

然而这事并不算完，徐净隔上半月一月，就又像之前那样病一回，病时也不用吃药，只要依前次那样放上十天半月的烟花，叫他乐一乐就好了。就这么过了快两年，光是买烟花炮仗的银子流出去不计其数。后来徐老爷干脆在附近村里开了个烟花作坊，从湖南请了师父来做烟花。谁知作坊刚弄好，徐净却不愿意看烟花了——他又喜欢上别的了。

有一回，徐净由小厮领着去徐老爷一个古董铺玩。掌柜一见这金玉小少爷来了，自然不敢怠慢，随他到处看到处摸。徐净四处跑了一会儿，就盯上了架子上摆的一样东西，那是一件宋朝徽宗年间汝窑的大青花瓷瓶，只这一件，也能换下半间铺子了。徐净指着那件瓷瓶，也不说话，回头直盯着掌柜。那掌柜还有些担心不舍，小厮却早已粗拉拉地拿下来叫徐净摸了。谁知徐净摸了几下，一把抢过来，举起来便往地上摔去，那碎声直透人心，当值了一个"脆"字！

然而，这还只是个开头，徐净回去后又得上了怪病，与之前没什么两样，只是再放烟花他却不见好了。徐老爷问清小厮缘由，半信半疑地抄起厅里摆着的一件瓷瓶摔到地上，果然徐净眼睛一亮，神色立时就不一样了。徐老爷又找了几件便宜瓷器往地上摔，却哪里能骗得了这败家小公子的耳朵——只有摔那些正经名窑的好瓷器时，他才舒服，摔一般的物件反而叫他哭个不停，不知道他是如何分辨声音的。

徐老爷这才恍然大悟，不由叹起气来："姓黄的道士说的是真的！"虽然如此，他又怎能看着这根独苗一病不起。就这么又摔了一年多瓷器，徐净又对那些"哗啦"的声音不感兴趣了，渐渐又迷上了别的。但不管之后迷上什么，都是不败掉一两间铺子不能罢休的勾当。徐老爷先时还寄希望于请个先生教他正道，可先生第一天到家，第二天就被他抓得满脸血痕，再长大点就不抓了，直接抄桌椅砸先生。所以纵然徐老爷愿意花钱，也没有先生敢再接这份差使。

苦挨到徐净又大了几年，徐老爷便张罗着给他娶了媳妇，以为这样或许能叫他收敛些。然而徐净此时已是脱缰野马，哪还有人能制得了。所幸他一开始还对他媳妇有过几天兴趣，叫他媳妇怀上了孩子，之后产下了一个男婴。只是这媳妇因体质虚弱，产后不久便死了，临死前自己给孩子取名叫徐文源。

孩子的出生并没能挽回徐净的浪子之心，徐老爷只好自己照顾孙子。这些年间，徐家的家业慢慢地被徐净败得七零八落，到了徐文源八岁时，徐家仅剩下乡间的一些田产——那也是因为徐净常在城里厮混，不去乡下，还不知道有这么份产业，才暂时保全，而那些铺子生意，好转手的早叫他散光了。

这时候，徐老爷才真正明白了黄修茂所说的话。那个取名字的法师定也是看出了徐净的"真身"，才给那败家子取了个"净"字。只是事到如今已经无可挽回了。徐老爷多年来被徐净折腾的早成了一副枯槁，便趁还能残喘之际，给孙子文源定了一门亲事，说起来算是文源的远房表妹。

二　败家子

有一天，徐老爷正在堂屋看着孙子写字，抬头见外面一人径直走来，一身道士打扮，正是黄修茂，后面还跟着一个八九岁的小女孩。徐老爷真是意外惊喜，连忙跑到院子迎接："哎呀，是黄老弟，你回来了？多年不见了，你这是云游到哪里去了，居然还记得你这老哥哥！"忍不住和他相拥在一起，分开再一看，他还是当年模样，甚至更显得神采飘逸，而自己却已是风烛残年了，不觉又一阵伤感。

黄修茂笑呵呵扶着徐老爷："贫道多年来四处游历，上个月忽然不由自主地总是想起贤兄，便决定来看看。贤兄一向可好？"

"好什么，你瞧瞧我这模样。黄老弟是会卜的人，怎么猜不到老哥我过的是什么日子？"

黄修茂微微一笑，转身看那女孩——女孩倒不怯生，刚才两个大人说话时，她还趴在鱼缸边看金鱼，现在又去逗猫了。那猫被她逗得烦，忽然伸爪子挠了她一下，在她手背上抓出一个血印。女孩恼怒，立时现出一脸凶相，瞪圆了大眼，张大了嘴低吼了一声——那吼声完全不像人类能发出的，倒像是什么野兽的声音。把那只猫吓得毛发直竖，往后弹跳出老远，与女孩对峙着。女孩又忽然向前一倾身子，那猫吓得神气全泄，尖叫一声，转身蹿到墙上跑了。

"烟儿，快来见见你徐爷爷。"黄修茂对女孩喊了一声。那小女孩"哎"了一声，立刻换了一副笑容，蹦蹦跳跳地到了徐老爷跟前。黄修茂指着女孩说："这是我孙女。"那女孩也不喊人，就在那呵呵笑着，忽然看到厅里写字的徐文源——文源也正在看这边，此时两下对视，羞得连忙低下头继续写起来。烟儿盯住文源看了一会儿，却不住地冷哼着，一副不屑的样子。

徐老爷抹了抹眼睛，只见这小姑娘长得清秀伶俐，白得就像菩萨旁边摆的瓷娃娃一样，十分可爱，喜得他一把拉过来，想抱起来却已抱不动了，只好香了香脸。转而又叫小厮，叫了半天也没人应，便叹了口气，从腰带上解下一块一寸大小的翠玉塞到她手里："烟儿，徐爷爷的好东西都叫那败家混账散光了，只有这个了，拿去玩吧。"黄修茂也不推辞，叫烟儿接了。烟儿对那块翠玉倒是很喜欢，看了又看。

黄修茂指着徐文源："这是你的孙子吧。"

"不错，叫文源……哎，徐家如今就指望这一脉骨血了。"

"烟儿，过去和文源弟弟玩玩。"黄修茂命令一样地对烟儿说，又加了一句："记住他的模样！"

烟儿很不情愿地揣起翠玉走进屋里，到了文源跟前，见他羞得都不敢抬头看自己，更是一脸反感，没好气地问："哎，你就是徐文源是吧？"边问边搔文源的酸肉，文源忍不住笑起来。谁知趁文源笑的时候，烟儿又用指甲狠狠掐了他几把，文源还没来得及叫"哎哟"，烟儿就又搔他酸肉，整得文源哭笑不得。徐老爷那边还以为这小姑娘与孙子很合得来。

小厮终于来了，徐老爷吩咐他去买些酒肉来。小厮转身刚走，迎面乌泱泱进来一伙人，为首的人虽然年轻，只是那晦暗的眼圈和枯黄的两腮，明显是因为长期酒色放纵而耗干了精气神。小厮见到他，赶紧躬身打招呼："大爷回来了。"却被他一耳光扇到一边。

不用说，此人定是徐净了。他也不管旁边有客，对徐老爷喝道："爹，听说咱家在五槐乡那边还有上百顷田庄，这事你居然瞒着我，你还是我爹吗？快，快把田契拿来！"说着便上去扯徐老爷胳膊进屋。

徐老爷被他扯着踉跄了几步才稳住脚，用力把胳膊拽回来，没好气地问："你，你要田契干吗？"

徐净忽然满脸堆笑："爹，咱家要发大财了。儿子寻到一门一本万利的好买卖。来，老张，来见见我爹。"说着便拉过旁边一个人，只见那人也穿着一身道袍，背着把铁剑，打扮、神气都是一副不食人间烟火的样子，他对徐老爷欠欠身道："有礼，在下张长兴，乃游方道人，专结善缘，专度善人。"说完便拿眼睛四处瞟了一遍。

徐净指着张长兴，眉飞色舞地说："这张仙人是张天师的后代，精于天文术算，降妖捉怪。不过他最精的本事，那要算看风水了。哎，老张，你们叫什么来着，哦对，堪舆！"说到这里，徐净凑到徐老爷身边，煞有介事地压低嗓门说："老张云游到这儿，一眼就看出咱城西的西山那边有一条矿脉。爹呀，你能想到那些黄土烂石头下面都是铜矿吗？这要把那片山地买下来采矿，就是坐等收钱，一本万利的买卖啊。要是把开出来的铜拿来铸钱，那更……"

徐老爷听到这话，吓得脸色煞白，连忙捂住他嘴，接着忍不住一巴掌打过去，骂道："混账啊，你，你知道你在说什么吗？偷采矿私铸钱，这可是杀头抄家的大罪啊！瞧瞧你结交的这些狗党，都教了你些什么？滚，快滚，你自己发昏去吧，别连累了我和文源！"

徐净被骂得恼羞成怒："抄家，抄家怎么啦？咱家再不想点挣钱的门路，不用抄，我就快上街要饭去啦。算了，我不跟你废话，今天你死活都得把田契给我，我去典了，才有钱包山。"

他父子俩吵得不可开交。黄修茂看好友气得喘不停，十分不忍，又见徐净这副模样，怒喝道："徐净，他是父你是子，你怎能如此不肖！"

"你是哪来的野人？你又不是我爹，管得着吗？赶紧滚！"徐净也不示弱，回骂道。

"不肖子，实话告诉你，贫道曾在此地修道多年，哪见过什么矿脉，你是被那野道士骗了！"黄修茂骂着，便想找那张长兴对质，却见他正直直盯着自己，只是那神情并非不屑，也不是怨恨，而是掺杂了许多恐惧。黄修茂也回看了他一眼，张长兴忽然异常惊恐——他只见黄修茂的眼瞳中发出摄人的幽光，看得人神晕目眩，只觉得自己的魂魄正一点一点流出体外，飘向那幽光之中。

张长兴赶紧收住心神，后退几步，下意识便要抽剑。黄修茂一脸鄙夷的神色，对他轻轻摇了摇头。张长兴像是明白了对方的暗示，连忙叫过徐净，对他耳语几句。徐净也害怕起来，看了黄修茂一眼，赶紧低头不敢再看，退得远远的，才恶狠狠地对徐老爷道："说我结交狗党，难道你结交的就不是狐朋。老东西，你一天不把田契给我，我一天不叫你安生！咱们走！"说完，便和那一帮人走了。

徐老爷被气得险些晕倒，被黄修茂扶住。黄修茂叹了口气，道："贤兄，贫道本想在此多叨扰几日，陪你叙叙旧，也好叫烟儿与文源彼此熟悉一下。却没想到徐净已不堪到如此地步——那张长兴适才看出贫道有道术傍身，不敢造次。只是他这一去，必定要去请更厉害的邪魔外道前来助阵，贫道不愿与豚犬之流相争，不如暂且告退。贤兄，这不肖子干的都是违法缺德之事，必然难得善终，在下感贤兄恩德，必会尽力报答，只是眼下却管不了你儿子了，请贤兄原谅。贤兄，你多保重吧！"说着便要走。

徐老爷虽然万般不舍，却知道他修行之人，雷厉风行惯了，只好拉了徐文源送他俩出门。到了巷子口，黄修茂叫过文源，摸摸他的头，对他耳语了几句，又扯过他的手和烟儿的手，抓在一起。

文源看着眼前这冰玉雕琢的小姑娘，心里是百般喜欢，只是他也看出这位小姐姐显然很讨厌自己，不停地翻着白眼，被旁边那黄爷爷瞪了一眼，才装模作样地对自己挤眼干笑了一下。文源自恨自己长得不够可爱，又或者是自己字写得不好，又或者是自己身子太弱，总之不能叫这姐姐喜欢，真是万般遗憾。他知道这姐姐马上就要走了，便也不害羞了，目不转睛地看她个不停。烟儿嫌他看，趁大人道别的空，又使劲在他胳膊上拧了起来。文源虽然觉得疼，却强忍着眼泪不流出来，还是微笑着看着烟儿，叫烟儿好没意思，只好住了手。

过了片刻，黄修茂便拉起烟儿，转身走了。

两天后，徐净和张长兴果然请了几个法师前来，见黄修茂已走，转而缠起徐老爷，只折腾的他终于交出田契才罢休。谁知张长兴等人果真是江湖骗子，徐净被他们骗光钱财后，想去找他们去理论，那些人都是江湖流窜之徒，将他暴打一顿便逃去别处了。徐净被打成内伤，又有多年纵欲积下的虚病，竟就此一命呜呼。

三 妖

雷雨之夜。

这雨下得并不算大，雨滴滴滴而撒，却总是不停。时而有一连串的数条闪电撕裂夜空，将整个山谷和山下的小镇照得通亮。闪电之后，雷声随即而至，既简短又响亮，那巨响直慑人心。借着新打出的一道闪电，只见眼前有一片矮山，半山腰处的乱石和灌木丛中，隐着一座房子，坐西北朝东南，房前有一块平地，用长短不齐的竹子木棍围起了篱笆。

房子是一幢三间的，朦胧中似乎这房子后面还有建筑，看似有些残破。房子说是三间，其实只是根据房顶上有两道房梁而言，连墙体的分隔也没有，只是就着那房梁搭下来两道帘子，分隔出了东屋、西屋和中厅。中厅里并没有什么家具摆设，只是在正首供案上供着一尊两尺高的菩萨，也看不清是哪门哪教的。菩萨脚下点着三支快要燃尽的香，两边各点一条细蜡，那蜡明显粗劣，一阵阵的熏出黑烟来，满屋昏烟缭绕。

传来一阵孩子的哭声。

东屋里，一个老和尚——其实只是剃了光头，穿着件旧布袍，是否真是僧人也难说——正哄逗一个十岁左右的小孩，那小孩也剃着光头，光着身子盘腿坐着，正缩在被子里哭。

老和尚用袖子给"小和尚"擦着泪："柳儿，别哭啦，知道你饿了，可是咱家已经没有隔夜饭。你再忍着点，天亮了，我去鸡窝里摸鸡蛋煮给你吃！"

柳儿听到这个，扭头看看窗外。

院子的一个角落里搭着一个草棚，又一道闪电划过，隐隐能看见十来只鸡正在棚下蜷缩在一起，被雷电吓得颤抖不已。

煮鸡蛋的话让柳儿有了念想，他真的止住了泪，却已是睡意全无，便央着老和尚给他讲故事，还不能是那些已经听过许多遍的故事，他说："师父你讲的那些都是假的，要真有菩萨，我整天给他擦金身，他也该叫咱家吃上饱饭了吧。我再也不要听那些菩萨送子、仙女报恩的故事了！"

老和尚笑了："那你想听些什么？"

"想听当真发生过的事……我想听骗子的故事！"

老和尚一怔，他似乎看到了这孩子一脸天真的面容下隐藏着的诡谲和邪性，一个寒噤打在心头。

这孩子，怎么会好奇这种事？还是，他并非好奇，而是冥冥之中，有种力量借他之口来点醒自己：不要以为时间久了，事情就会过去！

老和尚这么想着，越发觉得眼前这孩子的眼神再也不清澈了，那诡异的神色后面埋着另一个人的虚影——那个人！

老和尚一怔，赶紧晃了晃头醒醒精神……哪有什么异样，这不就是几年前被自己收养的可怜孩子吗？这柳儿，一定是前天我叫他下去镇里买饼，却被几个坏孩子将饼骗去了，弄得他灰头土脸哭了一整天，才有此一问。

想到这里，老和尚心宽了一些。只是，他的思绪却无法平静了，他看着窗外夹杂着雨水随风飘零的落叶，心思不觉回到了许多年前。他长叹一口气，说道："柳儿，你要是真想听骗子的故事，我倒是也能给你讲。这桩故事是压在我心上的一块巨石，无论什么时候，我都没法释怀了。我讲是可以，你能不能听得懂，也不要紧……以后长大了自会明白，只是你要记住，再不能重蹈覆辙，做伤天害理的事就行了。"

小和尚似懂非懂地看着对面这个慈祥的亲人。

"大概七八年前，在嘉兴府海盐县有个大财主，人称徐老爷。他早年豪富，只是一直没有孩子，直到四十多岁时，才得了一个儿子，取名叫徐净……"

老和尚就这么讲起了一个败家子被骗子诱骗，败光家产的故事。这故事很长，他讲得又很慢很动情，几次都老泪纵横，柳儿不明白，这故事里又没有生离死别，知恩图报什么的，不过是个笨蛋被骗子骗了的故事，师父为什么如此激动。

外面的雨越下越大了，终于，老和尚讲完了，雷声阵阵将他的思绪拉回了小庙中。

"师父，徐净那个大傻子后来怎么了？"

"自最后那次上当受骗后，徐家的财产差不多就被他散尽了，他算是办完了来这世上走一遭的使命，也就该回去了：他本来就身子虚，又得了场大病，不久就死了。"老和尚摇头叹气地说。

"那后来呢？徐老爷和徐文源怎么了？还有黄半仙儿，还有烟儿干吗去了？"柳儿瞪着大眼问。

"那我也不知道了，照徐老爷那副身板，估计早就不在人世了。至于那小孙子，哎，无依无靠的，就算活着也可怜喽！"老和尚说到这里，眼睛又湿润了。

"师父，你讲的这故事和以前的都不一样，真像是确实发生的事，你怎么知道的这么清楚？"

老和尚"呃"了一声，欲言又止，思索良久，他凝视着眼前的小孩，正想开口，忽然听到鸡棚那边传来一阵奇怪动静，接着又传来群鸡的惊叫声。柳儿伸头往窗外看，叫道："师父，咱快去，狐狸偷鸡了！"

两人赶紧下地，老和尚拿了灯笼和油伞递给柳儿，自己抄起顶门棍，披了斗笠，轻轻开了门，借着灯笼的昏光和阵阵闪电，两人悄悄走向鸡棚。

大雨的声音掩盖了两人"嗞嗞"的踩泥声，等他俩走到鸡棚前，隐约只见有个影子缩在棚边，看那身形，却不像什么走兽，倒像是个人！

老和尚叫小和尚躲到柴火垛后面，自己攥紧了棍子走上去。走到那身影背后几步的地方，老和尚抡棍正要打，一道闪电忽然亮起，正劈在老和尚背后一棵树上，将那棵树的一条粗大的树枝击断，又着起火来。这火光正将鸡棚附近照亮，将老和尚的影子映在鸡棚上，这下却暴露了他的行踪。

缩在鸡棚边的人猛然回头，火光亮处，只见这个人披散着头发，一身破衣烂衫，看身形很娇小，似乎是个女人，一手扶着鸡棚，一手拿着一块撕碎的鸡肉，正喷喷地嚼着，嘴上沾满了鲜血。

老和尚惊得浑身一颤：怎么有人生吃肉，莫非这是女妖！

他转身想逃，却不由自主地被那女人的一双眼睛牢牢吸引住了，想移开自己的目光却不能够，只觉得越是对视，越被那瞳仁里散出的迷幻的幽光扰得他心烦意乱。

雷声忽然停了，周围的一切，包括刚才还哗哗啦啦像筛豆一样的雨声，此时似乎都听不见了。

老和尚看着那令人眩晕的眼睛，忍不住想起了以前的种种经历，而且想起的都是那些灰暗无助的时刻、欺人害理的事情，想得老和尚难以自持，心情沮丧到了极点。

"天意，报应啊！"老和尚眼神里已经充满了绝望，疯狂地叫喊着。

这时，他的脚开始能挪动了。他看了看右边几丈开外……那里的断崖外是一片幽深无极的黑幕，正像是专为他准备好的归宿一样。他似乎看到在黑幕中有无数挥动的手臂，正轮番不停地招引着他。

老和尚不再迟疑，在泥泞中飞奔起来，奔到断崖边时，他停也不停，纵身一跃，消失在那一片苍渺之中。

四 两个道士

浙江湖州府德清县，县城外十里有个小风镇，镇子四面环山，周遭山清水秀，是个风景怡人的地方。镇里有人口三四百户。只因从嘉兴府各州县运送丝绸茶叶的商客车队必都路过这里，小风镇便有了营生的门路，酒肆旅馆一间挨着一间，十分热闹。

这一日，镇上主街依旧如往常般川流不息。只见从远处走来两个人，一个中等身材，略显瘦弱，目光很平和，眉宇间却透着几丝锐气。身上穿着破布和麻袋片缝缀的道袍，又油又腻，背上背着一个藤编的箱子，箱子外边挂着许多零零碎碎的古怪玩意儿，走起路来叮叮当当。最引人注目的是，他那头上的发髻用一块花补丁的方巾扎了……实在是不伦不类，不知是哪门哪派的道士。

另一个身形略显瘦小，长得倒是白净俊俏，穿着却也比刚才那个好不了多少，不过是一件藏青的旧道袍，只是束身箭袖，显得利落了些。背上背着两把大剑，剑柄都高出发髻许多，跟唱戏的插着的护背旗似的，不侠不道，颇显滑稽。

　　这两人走得不紧不慢，也不知去向何处。那俊俏道士十分活泼，东看看西摸摸，见什么都新鲜，忽然看到前面有一群人围着一个摊子，吆五喝六的，她来了兴致，对邋遢道士招呼一下："玉痰盂，走，过去看看。"自己早先凑了过去。

　　俊道士挤进人群，原来里面摆了一个赌大小的赌摊，摊主为了招引赌徒，故意在面前摆了一堆散碎银子。俊道士看了便跃跃欲试。这时邋遢道士——琼于也凑了过来，拉了一把俊道士："镜屏，十赌九骗，还是走吧。"

　　摊主听了这话，露出一脸不屑，嘴角漏着气说："这位师父怎么说话呢？你知道从我这赢了大把钱走的有多少人吗？赌场如买卖，向来有赢有输的，师父不想玩就走，别搅了人家的玩兴。"摊主又斜了镜屏一眼，便用手指同时夹起三粒筛子给众人看："诸位看清了，咱可是一碗水端平的赌局，绝不使灌锡筛子那些下三烂的招数。"说完将筛子都扔到碗里，拿一个碟子盖住碗晃了几晃，这时便有几个人各自扔下几块碎银、钱串，赌大赌小的都有。摊主等众人买定，叫声"开"，一看，便呵呵笑道："三、四、六，大！"于是有两个人赢钱，又有四五个人输钱。

　　摊主又吆喝再开一局，这时挤进来一个粗壮的和尚，从怀里摸出一把碎银，全扣到"小"上，喝道："快开，贫僧还要趁天黑前找个挂搭的地方。"

　　镜屏忍不住笑道："和尚，你这是化了几年的钱呀，可别都押上，留点买干粮吧，不定什么时候就化不到斋饭咧！"

　　和尚瞪了她一眼，镜屏也不害怕，嬉皮笑脸地催摊主快开。摊主见无人再押，又叫声"开"，揭去盖子，一看点数，满脸疑惑地叫："咦，奇了，今儿个怎么这么多局大？三三五，大！哎哟，对不住了师父，这银子归我了。哎，出家人攒点钱不容易，要不我还你一点儿，算是结了善缘了。"摊主说着便捡出一块最小的碎银给了和尚。

　　和尚忍不住捶胸顿足了一番，却也无法，抓回那一块小银子，骂咧咧地推开众人走了。

　　这时摊主又依前样晃好了筛子等着。镜屏此时再也忍不住了，从怀里取出一个钱袋就摸银子，不小心袋口开得太大，将几块碎银和一枚元宝掉到摊桌上。那元宝足有十两，咣当一声，砸得摊主眼珠子都快掉出来了。镜屏连忙把元宝塞回去，只将几块碎银扔到"小"上，赌气地说："我就不信邪，还能连着几把都是大？"琼于正想拉她，她却又道："怕什么？这把要输了，我绝不玩了，谁玩谁是孙子。

要是能赢，我就再多玩几把，赢了钱，就不用四处化缘啦！别废话，还有押的吗？没有快开！"

摊主看没有别人再押，想叫"开"，镜屏忽然拦住："等会，你给我再晃几下。你们这里规矩好怪，我们那边都是先买定了再晃筛子。"

摊主笑了笑，说："嘿哟小道长，该谁输谁赢，那是天老爷定好的。你再晃十回，该你输你还得输。"说着又晃了几下，然后目视镜屏。镜屏点点头，摊主笑了，咬牙切齿地叫声"开"，揭去盖子，叫道："二三二，小！嘿哟，这小道长真厉害啊，这一把就赢去我快一两银子啦！"说着哭丧着脸捡出两大块碎银，连同镜屏的本钱，都给了她。

镜屏将银子装进钱袋，忽然拍着脑花子直叫苦，眼见就站不稳了。旁边的人赶紧扶住，只听她说："哎哟，师父，求您别咒了，徒弟再不敢了。"旁边的人看她那样，再看看周围，不知她在跟谁说话，也不敢扶她了，吓得站到一旁。

镜屏揉着太阳穴说："各位莫怕，刚才是我师父用道法隔空咒我。我师门教诲，这第二条就是不能赌博！"说着又向东南方拜了拜，边拜边说："师父莫怪，徒弟忘了，徒弟下次再也不敢了。痰盂，咱们走吧，回去闭门思过！"说着便拉琼于走。

摊主一看急了，扯住镜屏袖子："哎，小道长，你不是说赢了你就多玩两把吗？怎么就走了……哪有赢了钱就走的规矩？"说着，便有两个壮汉不知从哪冒了出来，拦住镜屏去路。

琼于看看这阵势，一脸无奈地对镜屏道："你的计策虽然不错，只是抵不了他们粗莽来硬的。"

摊主一听这话，想了一会儿，立时省悟："噢，我明白了，你是故意露财给我看，又说什么赢了你就接着玩，叫我故意放一回水给你，其实你就只想赢这一把就跑！"他这话一说出口，顿觉失语，偷偷看了几眼周围众人。

镜屏赶紧抓住话柄，呵呵笑道："诸位听到没，这厮是故意放水，就是说他之前把把都能使诈。其实我早看出来了，他虽然给大家看的筛子是好的，可扔到罐子里的却不是……他趁扔的时候，用藏在袖子里的灌铁灌铅的筛子换掉了好筛子，只不过手法很快。那盖子里面也是封着磁石的。他先看押注哪边多，就能照自己的意思'晃'出大小来。"说着忽然夺过碟盖，往桌上猛地一摔，盖子立即四分五裂。

众人赶紧看碎片，都是一块块白瓷碎片，哪有什么磁石。

镜屏窘得一脸汗，半天才干笑几声，对摊主说："嘿嘿，小哥，我故意这么说，是想叫人家知道你其实没使诈……呃，痰盂快跑！"她也顾不上琼于，自己撞开人群就跑，转眼就消失了。

摊主眼看着追不上了，便恶狠狠瞪着琼于，那两个壮汉也开始撸袖子。琼于摇了摇头，微笑道："这位道兄真是有趣，我又不认识他，他干吗老和我搭话。"说着又笑了笑，忽然极速撞开人群飞奔而去。摊主半天才回过神来，大叫："混账，快去追他们，追上了给我狠狠打！"

五 赌局

二人跑出几条街，到了一个小巷子，镜屏往后看看，见没有追上来，这才停下。琼于喘着气问："你不是会道术吗？怎么刚才不用？"

镜屏一手扶墙，一手叉腰，喘着大气说："我那剑法雷法都太厉害，是不能用在常人身上的。"

琼于喘够了，又回复了他那不苟言笑的面容，问："那是专对付妖邪狐怪的？"

"不瞒你说，我这两下子应付一般的邪魅尚还可以，对狐妖那还差得远呢，因为狐妖是妖邪中最灵最魅的物属，要是它能修炼到幻化人形的地步，那就算是我师兄聿元子的功力，也没法直接破除了。"

"这世上真有狐妖？谁亲眼见过？"

"肯定有，不过见过的人都没活下来。"

琼于不置可否。

镜屏喘了一会儿，气息平稳了，又笑起来："嘿哟，你说我傻不傻，我摔那盖子干吗，应该砸那筛子嘛。"

琼于看镜屏跑的发髻都散开了，给了她一个眼色。镜屏向上瞟了瞟乱发，便扯开逍遥巾，只见一头飞瀑荡漾着倾泻下来，将她半边脸一遮，显得她更白更俏了。她摸索着粗粗地挽了个髻子，再用逍遥巾扎好，见琼于看着自己，瞪着大眼珠道："还有哪里不对？"

"呃……没有……你扮男装习惯了？"

"对，行走起来方便……嘿嘿，白赚了那厮一两银子，这几天的饭钱有着落了。走吧玉痰盂，再到处转转，看看能不能接点差事做！"

二人又走了一会儿，镜屏说："这么闲逛也不是办法。我以前要揽活都要先圈个场子耍剑打拳，先引引人气再说。今天跑的累了，就找个道观庙宇，在门口摆个摊子吧。"

"摆什么摊子？"

镜屏嘻嘻一笑，从包袱里扯出一团布，抖开一看，上面写着："驱邪降妖唯龙虎，安家镇宅倚天师！"便拉住一个路人问："小哥，咱们这有没有和尚庙道士观啊？要香火旺的！"

路人看了看他俩，很热情地说："两位是道士，去和尚庙人家恐怕不收，该去寻个道观挂搭呀。我给你个主意，你往前走两条街，快到镇边上了，有条小路往山上走，走不远，半山腰上有一座灵龟宫，那里香火最旺。对了，今天是观里的许愿日，你路上看着那些拿香烛黄纸的，跟着走就行了。"

"噢？这道观名字怪啊，为何叫灵龟呢？"

"道长你是外来的，肯定想不到。咱们这观里供着一只千年老龟，这龟能前知四百年，后知五百年，所以咱们这的人有什么解不开的事，就都去找它老人家说说。"

"嘿哟，还'它老人家'，这也太能瞎白话了吧！这老乌龟活了一千年，怎么就前知四百年，那六百年都在蛋里呢？"

"小道长你可别乱说，你要不信自己去瞧瞧啊！"

二人对那路人道个谢，那人便走了。镜屏笑道："这人真好玩，话多不要钱似的。玉痰盂，咱们快去吧。"

路上真遇见几个拿着供品的行人，二人就一路跟着，走了一会儿，转出一排房子，果然见前面是一小块庄稼地，紧挨着一座矮山，看那高度也就算是个土丘，虽然很矮，却非常宽广。田地间有条小路通向山上，在半山腰上处……其实离平地不过七八丈罢了，人为地开出了一大块平地，只见一圈围墙，露出一幢小庙的尖顶，围墙外则都是游人香客和摆小摊的。

二人跟着香客走上去，不一会儿便到了平地上，这时再看，只见这圈围墙跟平常人家的院墙差不多，正中留着一扇不大的门，门匾上写着"灵龟宫"。大门前也不摆石狮子，却摆了两个龙头龟身的鳌兽，张牙舞爪的，雕得倒有几分神气。有不少香客往来进出，看来香火不错。琼于问："摊子摆在哪里？"

镜屏看着门里，说："急什么，先进去看看再说。"

二人走进院门，只见一个四四方方的小院子，挨墙种着几行柏树，又摆了一些花草。院子中间是一个放生池，池中间置了假山，石头上挤满了放生的乌龟。放生池四围的栏杆，柱头都雕成了各式各样的龟鳌，有几头颇为传神。放生池后就是一幢房子，看门窗分布，也就三间屋子，倒不像是正经道观庙宇，盖得跟祠堂似的。远远地能看见屋里正厅摆着神像，有几个香客正在烧香跪拜。

琼于对镜屏道："这龟鳌池是专门用来放生的，真正供养所谓灵龟的地方定然另在别处。这小庙很旧，围墙倒很新……观主或许是半路出家的，借了一个不知以前做何用的地方盖了这座小道观。"琼于说着，见池子旁边有几个香客正将带来的小乌龟扔到池子里，然后合掌祝祷。琼于摇摇头："将人家活得好好的生灵抓来，扔到这巴掌大的池子里再也出不去，是行善，是毁善？"说完看看镜屏，只见她正嘻嘻地调弄一个小孩手里的小乌龟呢。琼于只得由她玩，自己绕过放生池进了正殿……不过是比普通人家客厅略大一点的屋子罢了。殿里正中供着北方真武大帝，两边各立了一个护法，一个人身龟首，一个人身蛇首。按民间说法，这是由真武脱凡时吐出的肠子化成的龟蛇二将军。那龟将军塑得炯炯有神，大概是为了应这道观的名号。四周墙上的壁画画的正是真武大帝北游降魔除怪的经历，只是壁画故事里真武帝君不再是主要凸显的神人，重点描绘的是龟将军的事迹。

这时，琼于看到有人从真武像后走出来，他便绕过神像，又见到一个小门……原来还有后殿，从里面传出轻轻的流水声，又见几个香客正在门口排着队。琼于走过去问怎么回事，一个排在后面的香客说："咱观里规矩，许愿池一次只放三个人进去，不知道今天能不能排到我咧。"

"传说池中供着一只灵龟，真有这事吗？"

"真有，道长一会儿就看到了。"

琼于便对前面的人说自己不是来许愿的，是想挂搭的道士，要拜见观主，人家只好放他先进去。

琼于进了后殿，环顾一周，只见再无别的出路，是一个密闭的屋子，四壁没有窗户，只有一个顶窗漏下一柱阳光。虽然四角设有灯台，点了油灯，仍显得有些昏暗。有一股细水从最里那面墙上流了出来……却不是筑建出来的墙，倒像是一片石头，水就是从一个较大的石缝里流出的。琼于这才发现只有其他三面墙是砖石墙，这屋子其实是依在一片山崖上建起来的。

屋子中间又有一个小池，没有围栏，果然有三个香客跪在池边送香祝祷。池边立了一个小石碑，刻着"千载不枯之泉"几个字。池中又有一座石龟，那龟壳足有六七尺，下半身没在水里，为了生动，那爪子雕成伸展的样子，在涟漪中看去，就真像在拨水一样。石龟的头部向上伸着看着顶窗，正好被顶窗的那一柱阳光照着。最传神的是它那一对眼睛半开半眯，好像被光线刺到了眼睛，真像是一只懒懒的钻出水面晒盖的乌龟！

池边有个地方设了几级石阶，石阶伸到池中。这时只见一个香客略显紧张地走上石阶，正好能将他的嘴凑到石龟的头旁边。琼于这时才发现龟首左边故意凿了一个略大的耳孔，那香客此时便对着那耳孔小声说着什么……这难道就是向灵龟叙说心事吗？只是不知这块石头将如何偿人所愿。

琼于有些不屑地笑了笑，又去看别处，只见靠里一个角落摆了张桌子，一个道士坐在桌后打着盹。东边墙上挂着一幅画，画的是三个仙风道骨的隐士在松树下欢笑畅饮，只是这三人相貌特征似乎都有印象，却又不能确定……画中人物常常只重神而忽略形，单从五官很难判断到底是谁。

琼于见再没什么可看之处，正要转身，忽然瞥见那石龟背上还有一只用白玉雕成的小龟，估计刻家是为了生动，故意有此设计，只不过琼于刚才站的地方，这小龟正好被大龟的脖子挡住才没发现。琼于走近再看，只见刻法果然高超：无论是半透明的质感，还是龟盖上的纹理，甚至龟首、龟爪上的皮肤的褶皱，都细到极致。那龟的脖子伸向人进来的方向，两只眼睛里还装了乌黑的珠子，栩栩如生，就像在看着来人一样。

琼于看得入迷，不知不觉，脸越凑越近。

忽然，那小龟的头部动了一下……

六 灵龟庙

白龟活动了一下头，便闭上眼睛，将头缩到壳中，惊得琼于一怔……原来是只活的，怪不得如此精致，只是居然通体透白，实在少见。

"看贵客打扮，似乎也是道门中人啊。"不知什么时候，原来坐在角落瞌睡的那个道士走到琼于身边，居然是个很年轻的人，穿着一件干净的道袍，戴一顶纯阳巾。他对琼于施个拱手礼，说："不知是哪门哪派，到敝宫有何贵干？"

"在下是真大派第二十三代道正，奉师命积修外功，游历到此，听说本地有灵龟宫供养着灵物，特来瞻仰。道兄是？"

年轻人很神气地点点头，说："在下道号安然士，乃本观观主。真大派？呵呵，道兄，在下见识浅薄，不知你这真大派是哪般教义？修行又如何？"

琼于没想到这么个爱睡觉的年轻人居然就是观主，拱了拱手，说："我派只奉老子《道德经》，没什么教义，修行……或许就是到处游走，增长见闻吧！"

"这……道兄何必谦虚呢？道字门中有三十六正门，三百六十傍门，左道门更是不用提，门门皆有修行。看道兄这一副英姿神采，倒像是颇懂调理，平常是不是练着什么养生的功法，以此作为修行之道？"

"没有啊，一直是风餐露宿，只不过最近结交了一个同伴，和她在一起吃了几顿饱饭而已。"

"那你平时也练剑养气吗？又或者符箓禳星、镇宅驱邪之类呢？"看着眼前这个破衣烂袍的道士，安然士不由面露轻视之色，言语中掺杂着几丝调侃。

"实不相瞒，我真大派虽然也称'道'，却不论'道'，取法自然，究解世事的真相本源，那便是在下的修为了，在下从不拘泥于教义、形式。"

"呃，如此说来……恕我直言，贵派的人其实就是什么都不会，闲着没事四处闲逛的乌合之众？"

"没有'众'，只有我一个人。"

"呃……道兄年纪轻轻就做了道正，着实不简单，佩服。"

"正因为只有我一人，想不做道正也没办法。"

安然士忍住笑："道兄真是率直啊……想来道兄也没空操弄丹砂铅丸了？"

"居无定所，哪有工夫弄那些，再者，为什么要做那些？"

"为什么？当然是为了所有道字门中人的共同愿望：长生啊！说到这里，请问道兄对长生怎么看？"

"长生是虚妄之谈，何必多说。"

安然士立即有些不悦："是吗，在下不敢苟同。若这世上没有长生，试问彭祖寿命八百岁如何解释？还有葛洪、陈抟等已经登仙的先贤，难道他们都是假的？"

"彭祖长寿之说，不过是一家之谈，未必可信。说葛洪登仙，谁又亲眼见过？至于吕祖、张果之流，那都是民间俗传，更不足为信了。古往今来，追求长生梦的人数不胜数，但究竟有谁真正成功了呢？倒是有许多人被服食丹药之类的痴妄行为送了命的。"

年轻观主一听这话，脸开始涨红了起来："你……哼，看来你还真是孤陋寡闻，按你的说法，你没亲眼见过的，就是没有的了？好吧，今天我就给道兄露露宝，不为显摆，只为叫道兄明白，长生之道是不容置辩的正道。道兄，你看这池中的石龟……可否看出什么端倪？"

琼于又仔细看了一眼那大石龟，除了感叹它写实的刻工，似乎也看不出什么别的，便说："恕在下眼拙，这石龟有什么特别之处？"

"它不是石头刻的，它本来就是一只活生生的龟！不知何年何月，这只巨龟被泥流忽然湮没，就此深深埋藏，年岁长久就石化了，后来被镇上的农夫淘井时挖出，运到了这里。你看它壳上的花纹，与咱本地的太湖红龟一模一样。据博物书记载，太湖红龟出壳半年后，龟甲能长到四寸大小，一年则六至七寸，三年则一尺到一尺三寸，十年则一尺六寸左右，三十年则一尺八九寸到两尺，关于最长寿龟的记载是湖州安吉县德江公家世代供养的一只红龟，自他九世高祖时便开始养，至他这一代时寿终老死，总共二百一十三岁。此龟死时德江公家还请法师超度，祭奠三日，并修冢厚葬。此龟的甲壳最后由他家人专门量过，长二尺三寸，宽一尺八寸。如此说来，这种龟只要活着，就能不停地长下去，只不过越老长得越慢。

你再看这池中的红龟，要长到这等大小，需要多少年月，道兄能估个大概出来吗？"

琼于听了这话，不免有些惊奇，略一想，又摇着头说："龙生九子，各有不同，或许这只龟本就与红龟相似却并不同属。我见过海中巨龟，长到比玳瑁还大出许多，也不过五六年而已。"

安然士哼了一声，似乎早料到他会这么说，便俯身在池水里洗洗手，然后在池边一个小桶里抓出一条小鱼苗，捏着它凑到那只伏在石龟脖子上的小白龟嘴前。只见那通体透白的小龟先慢慢伸出头来，在小鱼附近悬停片刻，似乎是在闻气味，眼睛还转了几下，忽然以极快的速度叼了鱼又缩回头去。安然士趁它吞鱼时，小心翼翼地将它拿起来捧到手上，又凑到琼于面前，说："请道兄仔细看看。"

琼于这才有机会凑到眼前看那白龟。这龟周身洁白，玲珑剔透，龟盖与手掌差不多大，龟形近圆。安然士见他看得认真，得意一笑，又用另一只手拿住龟盖，翻过来让他看腹底。只见腹底的横竖纹线将甲壳分成了十二块。

"这腹底十二区，正应着十二地支。"安然士手指着龟肚说。那白龟看来平时被宠惯了，仰面一会儿，就四爪乱舞。安然士赶紧将它翻过来又托在手上，眉飞色舞地道："道兄号称'究解世事真相'，你可以再仔细看看这龟背，看上面有什么。"

琼于仔细看去，只见龟盖上的分块纹路，与伏羲八卦的图形惊人一致。中央共分五块，往外一圈又分八块，最外围共分二十四块。琼于点点头，道："若按你的意思，那这龟背上就更有玄机了：中央五区乃金木水火土五行，周围八区是正应着乾、艮、震、巽、坎、离、坤、兑八卦。"琼于看了看正在用意外的眼光打量自己的安然士，淡淡地说："可惜，龟盖外围一圈是二十四块，不是十块，不然就可以上应天干，下应地支了。如今这二十四块，好吧，那就应二十四节气吧。"

安然士本来对琼于能说出龟背的象征意义很意外，再听他后面这话，又不服气起来："道兄这话是暗含讽刺，说我牵强附会。"

"传说伏羲定都淮阳，在蔡水中捉得一只白龟，并根据天地变化取象龟图，绘出了八卦……可惜那是传说。历代关于白龟的记载大都是笔记文人的想象，没有谁真正见过实物，如今亲眼见到，不管这只是否就是传说中的那种白龟，总算是补了我游历之缺，已经很幸运了。"

"嘿嘿，我看出来了，道兄你是不信这世间有神奇，那好，你再看看这里，看能不能再有什么发现。"观主说完，指向白龟背上一个地方。

琼于照他指的位置看去，只见白龟甲壳偏左处有一行黑色的污迹，再凑近仔细看……不是污迹，似乎是人为的刻痕，只不过年月长久，长过青苔又干掉，变得像是污迹，与龟甲上本来的纹线混在一起，不容易分辨出来。这刻痕断断续续，但总体来看横竖有序，分明是一行小字，应该是刻上去后，龟甲又慢慢长大了许多，才使那些笔画"断裂"开来。这么想之后，琼于便开始将这些刻痕往文字上去想，按着这些笔画的走势，将那行字慢慢念了出来："永乐八年苏州韩文士放生。"

观主得意地点点头，不等琼于算，自己先说出来了："永乐八年，到如今已有八九十年了。道兄怎么看？"

"既然有二百多年的龟，那这个长到八九十年的并不算……"

"我就知道道兄会这么说。"安然士打断了琼于的话，得意地笑了笑："你再看看它前腿上！"

琼于便又仔细看白龟的左前腿，只见那条腿靠近爪子处也有小字……要是没有提示，也只会当成污迹色斑不留意了。那是用类似文身的方法文上去的两排极小的字。琼于赶紧卸下背箱，从箱子外面挂着的一串零碎物件里扯下一枚凸镜，放在眼前仔细去看那些小字，只见写着："天佑吴州，灾消厄匿。永元二年吴州赵石元放生。"

琼于看到这里，惊得浑身一怔：永元是南北朝时齐朝东昏侯萧宝卷的年号，到此时已经上千年了！这到底是怎么回事？最合理的解释，就是有闲人故意在龟腿上文了一个假的年代！

琼于看看正在得意的安然士，心说他不至于如此无聊，让自己看这么一个低劣的把戏，这里面肯定有什么说法，正想问，那年轻观主先说起来了："道兄想必也是读过史书的，知道永元二年到如今是多少年岁。至于吴州，那自然是如今的苏州了。而这落款里的赵石元，我专门查过苏州府志，确有其人，此人是彼时当地有名的士族大绅，修过桥，盖过寺庙，是个大善人，与南朝贵族颇有渊源。永元二年，吴州曾有旱灾，半年滴雨未下，太湖水位下降了六尺。彼时的州刺史带领所属官员及当地士绅三百余人在太湖边祭天放生，两天后居然真的下起了大雨。这事在府志中有详细记载，道兄有空可以查阅。"

安然士说着便递过一本《苏州府志》，连页码都折好了，翻开那页就是他刚才说的那段，看来这套说辞他早已是滚瓜烂熟了。他指着翻开的一页上一段文字，念道："缙绅赵石元公，放生鱼苗三万尾，中杂一白龟，通体如玉，为公家所养一老龟所诞……"

琼于眯起眼睛，略想一会儿，摇摇头说："这龟没这么长寿，最多不过百岁。龟甲背上有环纹，每一块都有，就如同树的年轮一样，可依此估算龟龄。此龟的环纹模糊不清，是年岁太长久了环环堆积所致，即使如此，看纹形也不会超过百年……这与背上那刻字的年代相合。"

"那你怎么解释它腿上的字和史料记载吻合？"

"那……呵呵。"琼于看了看安然士，故意欲言又止。

安然士也看出了他的意思，也呵呵冷笑了几声："道兄可真是个死不认输的人，只是就凭你这眼力见儿，恐怕也愧对'穷究世事真相'这句话。你的意思我明白，你是说我找了这么段史料，自己在龟腿上文了文字来招摇撞骗。你若是非要这么认为，我也没法强要你相信。只是，关于这白龟有种传说，它每隔数百年，便会蜕去旧壳，再长出新壳，如此反复，以得长生，这就是为什么那赵石元要在它腿上文字……他是知道这灵龟的神奇的，才留下印记以待有缘人。而此龟每到蜕壳时，便会回到出生的地方，如同假死一样蛰伏三年，旧壳便自然蜕去。那旧壳若能有幸拾得，是无价的异宝，绝非金玉可比。"

"既然如此，这样的灵物怎么会被观主得到呢？"

"呵呵，天幸之巧，此地正是赵石元的老家，他是后来才搬去吴州。这灵龟有老马识途的本事，两年前重回故地，估计是又要换壳了，却被我意外发现。我便四处募化，重造了这座道宫。"安然士转而说道："所谓道法自然，既然鳞虫都能长生，人是万物之灵，怎么会不能呢？"

"观主这是要在灵龟旁边感同身受，研习长生之术对吗？"

"顺便也替人化解一些俗事，指点一些姻缘，毕竟，几百上千年的龟甲龟身，卜上一卦还是极灵验的。"

琼于听到这里，默默不语。这时听到外面传来清亮的声音："原来还有个后殿啊，怎么修得跟个墓室一样啊。"果然是镜屏来了。她进来看到琼于，便气呼呼地问："痰盂，你怎么不等等我就先跑来……咦，这小龟是白色的，真稀奇，能给我玩玩吗？"

安然士看了一眼镜屏，白了她一眼，转身将白龟送回到大石龟背上。镜屏见到这样的新鲜，哪能就此罢休，又凑上去看。这时旁边一个四十来岁的男人，长着个塌鼻梁，赶紧拦住她："哎……这位，先来后到懂吗？该我了！"镜屏还没弄明白怎么回事，那男人已经抢到石阶上，对着石龟耳朵说起悄悄话了。镜屏指着那人问琼于："这是在干什么？"

"据说这石龟是灵物，极能感应；那小白龟更是神异至极，你快多看几眼吧。"琼于毫无表情地说完，便走到墙边找了个石凳坐着想起事情来。这时，安然士正给一个已经倾诉完的香客课卦，那香客惊讶的赞叹声不时传进耳朵："真人，您算得真是太准了，我就是想问问我家老大能不能考上举人，他可是咱家三代里第一个读书人……"

七 观主

镜屏瞪着一双大眼不停地看着那只白龟，忍不住想拿，却被安然士喝道："不许摸！"她只好缩回手来，正百无聊赖时，不经意间听到了几句那塌鼻梁的中年人对石龟断断续续的倾诉："小的叫郑大……赵寡妇今晚……老婆……不在家……我再去……"最后一句听得很清楚："灵龟爷爷，您就成全小的吧！"

镜屏捂着嘴笑道："哎哟,这到底是什么事这么想如愿啊,都愿意当龟孙子了。"

"扑通！"

那白龟掉到了水里，只见它在池水中翻了个身，游了几下，又爬到池边一堆碎石上去了。郑大看了，连忙跑过去问观主是什么兆应。年轻观主不知何时又已经趴在桌上睡了，这时被郑大叫醒，便斜了他一眼："照灵龟所指，你发的愿恐怕难以实现。施主还是不要做空妄之想了。"说完便现出一副厌倦的表情，叫郑大没法再问。

郑大立时泄了气，只好转身走了出去，边走边小声骂了起来："什么灵龟灵龟的，老子才不信这个邪！"

琼于见他如此功利行事，不免有些好笑，正要叫上镜屏走，却见她也与大石龟说上话了，边说边嬉皮笑脸地看一眼琼于，看得他莫名其妙，说到高兴时简直手舞足蹈起来。

琼于看她讲起来没完，只好自己先出去。走到外边，他便找了几个香客，打听这灵龟宫的来历。香客所说的与安然士差不多：这宫观确实是两年前由安然士主持重造的。但它的前身，却是一位姓齐的乡绅所造的所谓"玄坛"，至于这玄坛究竟做何用处，一时倒问不清楚。

"既然是有主的地方，为何现在成了道观？"

"因为齐家没有人了。"一位老人指着旁边一处突出的山崖："这片崖石挡住了，不然能看见一大片宅子，都是齐家的。后来齐家败落了，那宅子就在那里一直荒着。"

"因何败落？"

"怎么说的都有，说是当年齐家主人，就是齐员外，得了癔症，老觉得自己能炼出长生不老的丹药，为此耗尽家财，气得老婆改嫁，家奴也都被他打发走了，一个大宅子只剩他和他女儿，后来这父女俩就不知所终了。"

"纵然没亲人继承，也该有别人接手啊？为什么说荒着？"

老人忽然面露惧意："传说，那齐家老宅……闹鬼！时不时有白乎乎的鬼影子晃来晃去，有人说那鬼魂就是齐员外父女！"

"大叔你又瞎白话了，我怎么听说那宅子最近给人买了呢！"旁边一个年轻的香客说。

"不知是什么人有胆子买这个宅子，哎，有他后悔的！"

"看来这观主安然士确实有些眼力修行……都是齐家的产业，他只挑不闹鬼的玄坛遗址造了宫观。"琼于语带揶揄，又问："老人家说这灵龟宫是两年前造的，那齐家父女'不知所终'，又是什么时候？"

"哎哟，这等没年月的事，是二十年还是三十年哪记得清啊。"

琼于只好又问了几个香客，也说不清楚。琼于想了想，又问这里是否真的灵验，那观主的卜术如何。不少香客都极力赞叹，说安然士课卦极准，好像许愿者的心事他都能算出来，排解也很是得法，道行确实深不可测。琼于故意说道："诸位都是应验了的，才又来此还愿，自然都觉得灵，却不知还有许多没能应验的都没有再来，这种灵验不过是十之二三而已吧。"

刚才那个老人家连忙说："是灵的，是灵的，道长不要不信。就好比我，以前是个鳏夫，想再找个老伴，就来这里许愿。那观主厉害啊，他先把我的心事全都算出来了，然后叫我没事就去镇西一家膏药铺坐坐，说必会遇到有缘人。果然我就在那找到新老伴了……她可不是那家掌柜的老姑娘、老妹妹，她也是个寡妇，去买膏药才碰见我，你说巧不巧。"

"这很简单，你那新老伴也来此许过同样的愿，安然士也劝她常去那药铺转转，就遇到了你这个'有缘人'。"

在场的人听了这种解释，都以不可思议的表情看着琼于。琼于却皱起眉头，眼睛眯成了一条线，自语道："难点在于，他怎么知道了别人的愿望！"

八 差事

镜屏终于从殿里出来了，一副满足的样子。琼于问她刚才和石龟说了些什么，镜屏忽闪着大眼睛，嘿嘿一笑："我就许了个愿，希望能快点赚一大票银子，就可以回山了。我还说从你跟了我之后，我揽活都不顺当了，不过，有个小跟班也挺不错的。"

二人走出灵龟宫院门，来到外面的空地上，镜屏便抖开之前那块布幡，找了两根竹竿扎起来插在两边地上，又扔给琼于一把小锣让他敲，自己摇着铃吆喝起来："各位乡亲父老，叔伯嬷嬷，往这边听贫道一言咧！要是红运当头、阖家美满的，你走你的路，贫道管不着；要是常年惊悸、噩梦缠身、空屋有人言、无风门自开、老人迷糊尿频、小孩爱哭打人、老鼠娶亲黄鼠狼拜年、夜里屋顶飞瓦片墙头有人哭、诸事不顺邻里不安的，都过来听贫道一言啦……哎，玉痰盂，你认真点敲。"

吆喝了一阵，果然围过来一堆人。镜屏一看人不少了，便扔了铃铛，清清嗓子，抱拳道："众乡亲父老，贫道乃江西龙虎山天师派大弟子胡镜屏。前日，我正在仙山上专心清修，忽见江南数省有妖云压顶，料来此处必有许多邪魔。贫道感念众生不易，便请了师命下山。众师弟还苦苦相留，说师兄啊，你五部雷法快要练成，到时便能霞举飞升，你何苦弃明投暗？他们哪里明白，贫道最想练的是济世安民的外功。众乡亲，贫道别事无能，专会符箓斋醮，驱邪降妖，兼会扶鸾起乩、看风水选阴阳宅，家里有需要的，赶紧过来聊聊！"

琼于无奈地看了看镜屏，忽见人群里现出一个女子，举止打扮清新脱俗，与旁边那些乡亲站在一起，实在鹤立鸡群。她本来专心地看镜屏白话，瞥见琼于正看她，便微微一笑，转身走了。琼于再用目光寻找时，早已不知所踪了。

有看热闹的闲人起哄道："小道长别吹了，你说的那几样本事，咱灵龟宫观主都会。我看你这嘴上无毛的年纪，就算从娘胎里开始修炼，道行也高不到哪里去，还什么济世安民？！"那人说着便招呼其他人要散。镜屏"哎哎"地想拉也拉不住，转眼就散去大半。剩下的几个更是闲得可以，呵呵笑着说："小道长再多说几段词儿，好玩！"

镜屏气得一把将刚张起来的布幡扯下来，对琼于说："走啦走啦！"

琼于收拾了东西，追上镜屏说："你还看不出来，那人是灵龟宫里雇的。你看那宫观外竟没有一个卦摊相摊……这里没有你要做的生意，咱们住一晚就走吧。"

二人于是找了家便宜客栈，叫伙计寻一间房给镜屏，再找个通铺床位给琼于。伙计笑道："两位道长都是男的，住一间得了，又省钱又方便。"二人对这种事早已习惯了，镜屏答道："我和他修行不同，夜里要念经要打坐，睡不到一块！"伙计叫声好，马上给他们安排好了房间。

晚上，二人随便吃了点东西。饭桌上，镜屏一反常态，竟一句话也没说。琼于知道是因为摆摊兜生意叫人奚落的事，只是平时看惯了她大咧咧的，忽然安静了，反而觉得诸事不对：她怎么为这点小事不高兴了？

饭后各回房间，临别时镜屏一本正经……只是在别人看来还是不正经地问琼于："痰盂，你说我要不要加两片胡子？不然老被人家说我嘴上无毛。"

"我看算了，你长得太清秀，扮男装已经很不容易了，再加上胡子更是不伦不类。"

镜屏微微一笑，然后很郑重地瞪着大眼睛凝视着琼于："这好像是你头一回夸我啊！"说这话时脸红了起来，用前所未有的温柔语气道："琼于，你真的觉得我好看吗？"

琼于见她这样，也是一怔，淡淡地说："还可以吧。"

"那……你能抱抱我吗……小时候我哭了，师兄就会抱着哄我。"

琼于忽然觉得眼前这个"喜神"此刻竟变成了一只柔弱的小兽，想来定是连日奔波劳苦，又没接到什么事做，她心里难免有些落魄。只是她要求的却是自己从未做过的事情，一时竟不知该如何是好，便窘在那里。

"哈哈哈哈！"只听一阵狂笑，惊得琼于下意识后退几步，只见镜屏正缩在门边笑得前仰后合："玉痰盂你上当了吧！哈哈哈。"

琼于心里虽然生气，表面却是一副无奈的样子，摇头道："一点也不好玩，快睡吧！"转身回了房间。

"哎，逗个闷嘛，哎！"

琼于和几个押货的马夫一起躺在一张大通铺上，浓烈的脚臭味和汗味熏得他无法入眠，可这样的境遇也比他之前的日子强多了……从和镜屏结伴而行后，他起码不必上顿不接下顿、露宿街头了。另外，有了伙伴的经历对他来说也是别有一番情趣。当然，他也用自己的本事改善了这个伙伴的境遇。双方各取所需，却又相得益彰，这是不是就是"伙伴"这种关系的本来面目呢？

然而，如果真是各取所需，那这个伙伴的作用似乎仅仅是为自己提供了餐宿，而对于自己的修行，肌肤劳累之苦并算不了什么：这个伙伴对自己来说真的有必要吗？

琼于不再想这事，转而想起了白天的经历，但凡有还未解开的谜题，他都很难放着不去想……那只白龟，不论它如何神异，总归是自然之物。最让琼于不解的，反而是灵龟宫观主那未卜先知的能力。若按众香客所说的，安然士就是年纪轻轻便有了远远超出常人的本事，这种本事却并非"自然"之事。对于这种非自然之事，琼于是绝不会轻易相信的，只是目前他想不出安然士是怎么做到的，难道真是倚傍千年白龟的灵异？

"啊……"隔壁忽然传来镜屏的叫喊。

又怎么了？

琼于不及多想，起身下床跑过去，刚想撞门，却在门口听到镜屏的声音："师父，我知道错了！师兄，你快帮我求求情啊，师父他真要打我啦！"

琼于无奈地倚立在门口。

清晨，伙计来送洗面汤，却见琼于睡在门口。伙计笑着晃了晃他："客官，道长？哎哟，昨晚上没见喝多少啊，就醉成这样了？"这时镜屏正好推门出来，看到刚被推醒的琼于，正想调侃几句，忽然想起什么，问："伙计，夜里你听到什么动静了吗？"

"没听见别的动静，就是听见你喊梦话了，什么'师父师兄'的，半个客栈的人都听见了。"

镜屏听了这话，看看琼于，笑了笑，正要俯身扶他，只见楼梯处上来一个年轻书生，长得眉清目秀，文质彬彬的，看的镜屏眼睛又直了。那书生也看到这边，连忙朝着镜屏走来，拱手施礼，问："敢问这位道长，可是龙虎山天师派胡镜屏仙师？"

"呃……正是贫道。公子是？"

"在下余闵，有事想请……不如咱们去找个清静地方说话吧。"

镜屏叫醒了琼于，三人就在镜屏房间里坐了。余闵又问了琼于名号，便不客套，直接说："两位道长，昨日我家娘子在灵龟宫外偶然看到两位的本事。实不相瞒，我和娘子也是外来人，到这里人地陌生，就买了个旧宅子安顿下来。谁知那宅子颇有些……不安宁，常有些瘆人的怪事发生，如此，娘子叫我来请道长回家。我打听了一早晨才知道两位道长住在这里。"

镜屏有些失望："你都有娘子啦？不过这事你找我算是找对了，我龙虎山天师派别的不会的，最擅长的就是……"

"你们买的，是不是齐家旧宅？"琼于插话道，他马上想起昨天在人群里看到的那个美丽女子，想来就是余闵口中的娘子了。

"道长怎么知道？"

"偶然听香客们说起……似乎流传着不少关于这宅子的传闻，它到底有什么不寻常的地方？"

"哎，说起这宅子，确实有些离奇来历。它原来属于本地一个名门，家主姓齐。据说齐员外年轻时倒是勤于经营，家业鼎盛时是这镇上数一数二的财主。可后来他却被长生邪说所误，沉迷于丹砂烧炼，家门便渐渐败落。据说他性情暴戾乖张，自入了那邪途，家人都离他而去，只剩唯一的女儿在身边。后来，齐宅发生了一场大火，将整个宅子烧成一片灰烬……关于这个，还有传说是齐员外父女自焚，总之他们都死在这场大火中。

他死后，齐家无人主持，产业或被族人抢占，或被官府没收，只是这座宅子被各种传闻所扰……常有人说，在宅子里看到过鬼魅，而且有邪事频频发生：曾有买主雇了人去守宅，那意思是先看看动静再开工动土。谁知那守宅人过了两天后竟离奇暴死，死时面目扭曲，惊惧至极的样子，明显是被什么吓的。买主见出了这等事，连预付金也不要就走了。

再后来这宅子更无人问津，只好由官府监管……那只是名义上的，其实就是荒着。这宅子正好又和北山挨得近，如今已是狐兔出没之地了。"余闵说到这里，显出一脸的无奈。

"既然这样，你怎么会买了它呢？"镜屏问。

"哎，实不相瞒，这都是我娘子的主意。我们本以为这附近乡镇产丝，便来看看行情。来了后不知为何，娘子就看上那座荒宅了，说什么都要叫我买下来……倒是便宜，衙门很顺利就发了房契，彼时哪会知道这些隐情，那都是住进去后慢慢才从街坊那里知道的。"

"你这夫人的眼光倒真是特立独行啊……你们还住进去了？看你文绉绉的，胆子倒挺大的。"

"在下怎会情愿涉足那非常之地，只是，哎，我娘子一味坚持，我也不好违了她意。如今我俩拣了一间还算有顶有窗的破屋子住着……说到这个，两位道长若去时，还请先委屈着住几天。"

"那倒不打紧，我们修行人不讲究吃住的。公子，你的意思我们明白了，你是想请我们去做个法事，扫扫晦气，若是真有鬼魅，就一并除去。哈哈哈，包在贫道身上。只是这价钱吗……"

"还是先去看看再说吧。"琼于打断镜屏的话，便请余闵先走，二人收拾一下随后就到。

余闵却很知趣，拿出一锭一两的小银放在桌上："这是定金，请道长笑纳。事成之后，另有重谢。"余闵又要说地址，琼于说不用，他俩早知道了，余闵便起身告辞。

镜屏赶紧把那银子揣起来，斜了琼于一眼："玉瘕盂，这人是做蚕丝生意的，身家少不了，你干吗不教我要价？"

"这位公子衣着虽然讲究，却并不华贵，又一副文绉绉的样子，言谈举止倒像个读书人，想是因什么变故才改行做了生意。而且他言语中流露出许多无奈……他并不喜欢现在的生活。此事还不一定只是驱邪做法事这么简单呢，我们最好先看看再做决定！"

九 夫妻

二人收拾停当，便又一次朝灵龟宫的方向走去，走到山边时，却并不朝山上走，而是寻路转过一片突出的崖石，进了一条街。街上又询问了路人，那路人见他俩打听齐家老宅，先是以奇怪的眼光打量二人，看了一会儿他们打扮，知道不是平民百姓，才告诉他们走完这条街就能看到齐宅。二人走到街的尽头，只见是片庄稼地，大部分地里都搭了架子种着豆荚、瓜菜，中间有条小路，这路的尽头，隐约能看到一片残墙。

二人沿小路走到头，终于看到了一所大宅院：按方位来看，这宅院处在镇子最北边，挨山而建，周围除了庄稼地和矮山，再没有别的民居，看来当年的宅主不愿与他人靠得太近。如今，宅子的围墙塌得断断续续，连大门在哪里也找不着了。

"哎哟，这么大的宅子原来得是多气派啊！"镜屏将胳膊搭在琼于肩膀上说。

"果然，这宅院离灵龟宫不远啊，可以说是挨着了。"琼于指着东边说。

镜屏按他指的方向，只见一片突出的山崖，说："你就昨天和今天走了两回，就把镇里各处的方位布局都记住了？"

琼于却不搭话，只往前走。镜屏"哼"了一声跟上："倒是记性好，就是长相一般。"

"你说什么？"

"呃……我说这宅子比起上回案子里的寇宅来，一般。"

二人从一处断墙爬了进去，眼前又是一副破败的景象：四处只见残垣断壁，土堆乱石，东一片西一片的荒草枯蒿高可没人，房屋早已不见了，只在原本是房屋的地方还残存着一些被火烧剩的梁柱、门窗，也已经朽烂得只剩残渣了，四处传来不知名的野鸟叫声。两人才走了几步，居然就惊出两只野兔，飞快地窜没了。

两人在乱草间寻路而走，边走边找余闵说的那间屋子，走了一会儿，又经过一个塌得剩了半边的拱门，进了一个园子，园子里能看到没了顶的凉亭，假山早已塌了，乱石散落在荒草中。旁边有一个大坑，不用说以前定是个鱼池了，如今池底早长满了草，又积着一些雨水。

此时，阳光被一片云遮住，这荒园子里顿时有了种昏暗冷凄的感觉。

忽然，从亭子后面一片草丛里闪出一个纤细的人影，看身形像是个女人，倏地便不见了。那人影行动如此迅疾，竟没看到她裙摆抖动，像是飘过去一样。

"夫人留步！"琼于叫了一声，便追了过去，镜屏连忙跟上。两人转过亭子，才看见那堆草后又是一个园门。两人追了出去，果然又是一个园子，只见野花野草更多，四处乱长，已经没有路了。两人拨着花枝乱草走了好一会儿，又进了一进门，全是破墙，不像有人的样子。只好又寻门再找，如此又进了两三进门，只觉这么再走就连来路也记不得了，正不知该进该退时，终于又见到一个院门。两人试探着进了这个院子，只见四围都还有几间残破的房屋，其中一间保存尚好，还糊了新窗纸，门帘也是新的。

"余公子！"镜屏连叫了几声。

只听"嘎"的一声响，一扇快要掉的门开了，从里面走出一个年轻女子，衣饰无甚特别之处，只是那雪白面庞上的五官长得十分精致，尤其是那双眼睛，内眦低，外眦高，纵然没有眨，也觉得灵波微动，长睫毛随着眼皮上下微微扑簌着，再配上两条稍扬的细眉，极富风情……正是琼于在灵龟宫外看到的女子。琼于不由又盯着她看起来。

女子这片刻间也打量了一下二人，点头微笑道："二位道长想必是我夫君请来的吧。快请进……呃，还是算了，屋里狭促敝陋，不像样子，道长先委屈在院子里坐坐，我已经收拾了一间房给二位住，让我夫君买席褥去了。"说着便引二人在院子里的石桌上坐了，又倒了茶。

"夫人适才有没有去过观鱼池那边？"琼于终于停止了对女子的盯视，喝了一口茶，问道。

"别夫人了，还是叫我的名字吧，我叫诗茵。"诗茵笑着，那笑容虽然美丽动人，只是在琼于看来，总掺杂着几分狡黠。她看出琼于正在审视她，便说："道长怎么会有此一问，我这半天都在给道长们收拾屋子啊。只是，现在看来，一间恐怕不够了……姑娘，你这么标致的一个人，为何要弄这么个邋遢打扮？"诗茵看着镜屏说。

镜屏一愣，也喝了一口茶，试探道："姑娘？你……"

"没错，早就看出来了。不是你装得不像，是你对我这样的美人，眼神里竟没有一丝渴望。"

"呃……姑娘你还真是……"

"不知羞是吗？其实我看出镜屏姑娘也是个率性直真的人，才会这么直说的，其实我也是这样的性子，咱们相处定会非常融洽。"

镜屏听她这么说，很快对她有了好感，笑道："想来余公子也把我俩的来历和手段向你说过了，那咱们就别客套了。诗茵，就算你看出我是女的，可我俩说不定是夫妻呢……怎么就说一间房不够？须知我们龙虎山属正一盟威道，是能婚娶的咧。"

"夫妻是不会互相用这种眼神看对方的，更不会做娘子的自顾饮茶聊天，而不问夫君渴不渴累不累的。"

"哈哈哈，玉痰盂你累不累，渴不渴？你看，就算我问他他也不理我，我只好自己玩自己的。"镜屏忍不住又看了一会儿眼前的这个美人儿，又看看周围的房屋和院子，虽然还是很破陋，但已经收拾的算是最整洁的样子了，便说："诗茵，你这样的小姐身子，没想到还很会持家呀。"

诗茵冷笑一下："持什么家，他哪有家呀。从跟了他，就四处流落着。到如今才有了个自己的地方，他还嫌我叫他买的这宅子诸多不好呢！"

这话倒叫琼于颇觉意外：做生意的人按说都很理智，就算居无定所，也不能跟心血来潮似的就买个鬼宅吧。

这时诗茵也觉得失言，又干笑了一下，瞥见琼于正四处乱走乱看。镜屏斜了他一眼，对诗茵说："他就那样，一到什么地方先把人家犄角旮旯看个遍。"

此时琼于正想进屋看看，诗茵对他笑道："这荒宅子有什么好看的，琼于道长过来喝茶吧……你与镜屏是同门师兄妹吗？"

琼于明白她不想让自己进她屋子，便应了一句"不是"，又去看别处了。

"他那门派就是一百个人里有一百零一个没听说过的真大派，现如今就他一个人了，估计也没有光大门户那天了。他的名号是他师父起的，说什么'为器者，宁为玉乎宁为盂乎'，你懂什么意思吗？"诗茵猛摇摇头。镜屏笑道："我懂，就是说这痰盂就算是玉做的，还是要给人啊……呸！哈哈哈！"镜屏学着吐痰的样子，逗得诗茵大笑起来。这两个女人自顾笑着，完全不顾还有一个男人在旁边呢。

十 妇人

这时院子外传来一阵说话声，"定是我夫君回来了。"诗茵起身去迎，琼于和镜屏也跟着。原来这院子还有另一个门，之前两人进来的是后门，此时才是前门方向。出门是一个巷子，尽头处只见余闵抱着一团包袱，腋下还夹着张席子，正和一个中年妇人说话，妇人身边有个小孩子抱着一捆柴站着。余闵看到这边，忙结束谈话，快步走了过来，只是他这一动作，夹着的席子掉了，他连忙去捡，只是手里抱的包袱又散开了，里面掉出各种日常用品，他只得又捡那些。妇人和小孩见他如此狼狈，便帮他捡，忙了一会儿才又收拾停当。余闵对妇人傻笑一下，才慌张地走了过来。

诗茵看着余闵的样子，脸上露出鄙夷的神色……被琼于看在眼里。诗茵挤出些笑容，迎上去几步，接过东西说："两位道长都来了，只是人家不愿意睡一间房，你还得再去买一套席褥，顺便买只活鸡回来……选只精神点的！"

余闵对两个道士打了招呼，便对诗茵说他还有事，让许大娘去买吧。诗茵虽背对着琼于二人，却能看到她眼角一皱，定是有些不悦地看着余闵。果然余闵一脸委屈地小声说："娘子，并非在下偷懒，我确实还有一堆账要算呢。咱们自买了这宅子，剩下的钱也不多了，如今只出不进，还需赶紧想个办法。我这两天认识了几个丝商，一会想要去见见。要不叫那小孩去吧。"说着指指那个抱柴小孩。

余闵说完，也不敢正眼看诗茵，转而又问镜屏做法事需要什么。镜屏点了香、烛、黄纸之类的一些东西，余闵边听边在嘴里默念，完了便说了些抱歉不能相陪的话，回到巷子那边，对那抱柴小孩说了好一阵子话，只觉得很简单的事，他却絮絮叨叨说个没完，最后又给了小孩一串钱。那小孩看看中年妇人，见妇人点头，小孩便从旁边一个院门跑了，余闵也随之而去。妇人则拎起柴进了对面的另一道门。

诗茵带着二人走回院子，又领二人进了一个大房间……以前应该是这围院子的堂屋，说是要将它收拾出来，就不用在院子里吃饭了。她也不客气，邀请二人一起收拾。二人自然应允，诗茵便像是管家婆吩咐下人一样，给两个道士派起活来，叫琼于负责清扫高处的蛛网灰尘，自己和镜屏则将杂物归拢、打扫地面、擦窗户糊新窗纸、收拾餐桌，三个初识的人，竟像家人一样忙起家务来。

忙碌中，镜屏小声问诗茵："诗茵，人家余公子虽然有点呆，却也一表人才，我看他对你服服帖帖的，你怎么好像不待见他？"

"在下也同有此问。"琼于用杆子绑上扫帚扫着墙上的灰尘，自己也弄得灰头土脸，却没忘了解决心中的疑惑。

两个女人见他那样子，又笑起来，诗茵收住笑，转而一脸无奈地说："我并非自己愿意的，哎，这事一提起来就气，不想多说了……总归会有报答完那天，到时我就解脱了！"

"报答？解脱？什么意思？"

诗茵笑了笑，却不回答。

一个多时辰后，才将这间屋子收拾妥当。这期间两个女人谈天说地，嘴一直没闲着，大有相见恨晚之感。诗茵又顺手把琼于的房间也收拾好了。最后，三人从另外一处破屋卸下来一张破门板做桌面，又找来一些砖头做腿，摆成了一张矮桌。诗茵从她房中拿来几个马扎摆好，然后她高兴地拍起手来："一会儿吃饭有饭桌了，来，咱们先坐着。"说着又把茶具端来，给那二人斟了茶。

"那个带着小孩的妇人是谁？"琼于饮下一杯茶，又开始了他自己的提问。

"她呀，也跟这宅子一样，浑身都是奇怪。据街坊说，她是两三个月前像流浪一样来了这里，然后就忘了自己是谁一样，在这里住下了，喏，那边也有一个小院子，里面有间破屋，她就住在里面。因为她偶尔也出去买买日常所需，街坊们才知道她住在这里。后来我们买下了这宅子，她自知无力挽回，便苦苦哀求，让我们许她再多住半个月，不知她为什么对这荒宅子这么留恋。"

"我看她的面相肤色，不是常年劳累受饿的样子；她与余公子交谈时的举手投足，很有修养，绝非贫苦出身。总之她绝不是疯子乞丐，她不应该没有家的，怎么会变成这样？"

"这事说起来更怪：她现在，不是原来的她，是另外一个人！"

……

"我们住进来后，曾目睹过她的家人来找她！"

"她真是有家人的？！"

"对，只是，她却不记得了！那天，一伙人由一位士绅带着，向街坊打听这里，正被我夫君碰到，便领回家来。那士绅见了她就大哭起来，还不停地叫着娘子。一起来的有丫鬟有小厮，都给她跪下，一伙人都求她回家。我就问夫君到底怎么回事，他说那士绅姓许，是丝绸行里有名的生意人，在邻县长兴县产业很大。而那个妇人，居然是他的正室夫人！"

……

"其实在我们买下宅子之前那段日子，许家就已经打听到她流落到了这里，还派人来找过她好几回，每次都求她回去，她死活不肯。我们目睹那次，是许员外亲自来求她，看许家人对她的那副样子，应该不可能认错了人。可许大娘像是完全不认识自己的家人一样，许家人无法，便强行要拉她回去，她这时居然就下狠手抓自己的脸，拿头撞墙，要以死相抗，还满口疯话，里面有几句能听明白的，好像是说她是齐家的人，死也要留在这里！许员外无可奈何，只好哭着回去了。"

"……竟会有这种事？那你们和她相处这段时间，有没有发现她有什么怪异？"

"她平常深居简出，话也不多。偶尔碰到了会闲聊几句，只觉得和正常人没什么两样，只是一旦问起她身世，她就不愿多说，有时候还会头晕，说自己一想这事就会这样。到如今我们也不知道她娘家姓什么，我们只好按她夫家的姓，叫她许大娘，她也无所谓，反正跟我们总共没说几句话。"

"她身边那个小孩是谁？"

"是她前几天领回来的一个小乞丐，跟着她一起吃住。"

镜屏点点头："这许大娘虽然奇怪，倒是个慈悲人。"

诗茵却微微冷笑了一下，虽然借着起身去烧开水之机掩饰了过去，却还是被琼于看见了。

这时已是日斜西山，琼于想趁还有光亮再去看看这座宅子还没去过的地方，被镜屏拉住："玉痰盂你听我的，这件差使好干。你瞧这里不是已经住了两家人了吗，都相安无事，哪有什么鬼？这都是宅子荒太久了，难免有乞丐游民来混几天，被人看见就当成鬼了。明天赶早起来，你给我打下手，咱们好好做个法事，拿了钱就走人。"

镜屏拉琼于在院子前门的门槛上坐了，视线也低了下来。视野都被巷子两边的墙挡住了，抬头只有一片窄窄的天空。巷子的地面有一半还能照到夕阳的余晖，只觉整条小巷半红半阴，半暖半凉，这种气息给人一种思绪万千的感觉。

镜屏手托着下巴，呆坐了一会儿，总觉得心里有种想要倾诉的感觉。她忽然瞥见琼于正直直地盯着自己，猛地转脸问道："你这么看我干吗？"

"你居然这么久没说话了，难得！"

"哼！哎，痰盂，你说我以后还要不要继续做男装打扮？刚才诗茵说我长得很好看，穿这么一身道袍可惜了……这样的话我可从来没听师兄师弟们说过。哎，这都怪师父当年把我当男孩养，弄得我现在没个女人样子！要不我弄个女剑侠的装束样貌，怎么样？"

"那也很好，只是你本来是凭龙虎山的名号招摇撞骗，脱了那身道袍只怕没人愿意相信一个小姑娘了。"

"哎！我怎么骗了？有时候人家明明没事，可他们就是喜欢疑神疑鬼，我去踏个禹步唱个经，人家心里就安稳了，两相情愿两边方便，多好啊！你之前不也这么觉得吗！哎，你那宝贝虫子怎么样了，什么时候能变成蛾子啊？"

琼于从腰间解下一个羊膜瓶递给镜屏，镜屏看了一会儿瓶里："长大了许多，已经快结茧了。"

"镜屏，我常听到你做噩梦，说梦话时提起师父师兄弟的居多，却从未听你提到过爹娘，你……没有别的亲人了吗？"琼于问完，又后悔起来，因为但凡孤儿，难免对自己的亲生爹娘有特殊的向往，有时还会在心中对他们刻意描画，是旁人不可触碰的禁忌。镜屏虽然天性开朗，表面无拘无束，只是自己与她相识也不算太久，她心里到底是怎样是很难猜到的，便又补了一句："你若不想说也没关系。"

"哈哈哈，痰盂呀，看来你越来越在意我啦，开始想知道我身世了！哈哈哈，想知道也行，可你得先说你的。"镜屏倚到门框上，捅着琼于肩膀叫他快点说。

琼于无奈地笑了笑，说："我的身世，并没什么特别的。据师父说，我本来是某省按察使的独子，从小染上大病，四处延医，却丝毫不见好转。后来家里来了个游方的老道士，就是我师父，说我养在家里也是等死，不如舍给他做弟子，或许还能活命：'他命里不能享这富贵，注定漂泊，四海为家'……师父彼时就是这么说的。我家人只得将我送给了师父。他抱我走后，边四处云游边抚养我长大，我的病竟真的慢慢好了。直到师父仙归，我再没犯过什么病，也再没见过我父母。"

"哎哟，痰盂，你这还叫没什么特别，够可怜了。你这是有爹有娘却硬生生地要分开，到处吃苦受累啊。我知道了，说不定你师父就是缺个徒弟给他养老烧埋，他又懂点医术，看你还有救，故意那么说把你骗走了。哎，你可真可怜，你师父对你好吗？"

"先师对我很好，教了我很多东西。他人也很随和开朗，有时候说起笑话来有点像你。"

"啊，是吗，怪不得你对我这么有好感，哇哈哈哈哈。你被他带走的时候，懂事了吗？"

"大约三四岁，略懂一点。"

"这年纪应该能记住父母长什么样了吧，那他还敢要你？"

"先师从不忌谈我原来的家，我小时候曾因为衣着褴褛被富人家小孩笑话，他便安慰我说我本就是富贵人家的公子，虽然没有锦衣玉食，却不能自轻自贱，从那以后他便不再叫我名号，只叫我公子。"

"好奇怪的师父。既然你一直知道自己的身世，干吗不去找你爹娘？对啦，你说你爹是按察使，那就好办了。试问我大明朝开国以来，做上按察使这样大官的能有多少，更何况是这几十年内的，你挨个省打听，一定会找到亲生父母的……哎哟，说不定现在升到京城六部内阁里去了咧！玉痰盂，咱们快别修什么外功了，以后就专心找你父母吧！"镜屏抱住琼于胳膊使劲晃起来。

"我曾经也有过想回家的念头，只是看到师父年迈，着实不忍心丢下他。我便想等袭了衣钵就马上回家。然而真等到了师父仙归那刻，当我面对抉择的时候，我忽然又不想回家了……这么多年过去了，爹娘多半又有了新的孩子吧，或许还不止一个，兄弟姐妹们或许已经长大成人，受着万般疼爱呢。如果我回去，他们将怎么面对我呢？他们是会为忽然多了一个如此怪异的兄长而高兴，还是会为多了一个分家产的对手而担心呢？"琼于仰望着天空，陷入了沉思之中。

镜屏从未见过琼于这样，那是一种不同于他思索谜题时的深思，这深思里含着期待，又有着无奈和悲凉，教镜屏也不免有些忧闷起来："哎，痰盂，你可真能矫情。你知道我最恼你什么吗？就是你对什么都置身事外，冷眼旁观⋯⋯只是这世间并非只有案情和谜题的，有时候，你要能把你的心事说出来，你要能爱敢恨，要和你在意的人感同身受⋯⋯如果我是你，我一定会找他们的！"镜屏还想再说，却见琼于只是呆呆看着天，便不忍心，也没兴趣再多说了。

两人如此坐了许久，直到夕阳已经斜尽时，琼于忽然微微一笑，转而看着镜屏，示意该她说了。镜屏冷哼一声："如今我知道了你的底细，你却不知道我的，我赢了！"说完用肘抵了一下琼于肩膀，两人便呵呵笑了起来。

十一 三个孩子

天快黑了，两人正要起身，只见被余闵打发去买东西的小孩回来了，手里拎着一个鸡笼，背上背着一捆东西，一脸闷闷不乐的样子。他后面又跟着两个较大的孩子，正嬉皮笑脸地东看西看，只是都破衣烂衫、蓬头垢面，一看便知是两个小叫花子。

镜屏看了看那两个小乞丐，忽然惊喜地叫道："大毛、二毛？你们怎么来了？"说着就迎了上去。

那两个小乞丐往这边一看，也嘻嘻哈哈地跑过来抱住镜屏。镜屏还没高兴完，他们又在她身上摸起来，摸得镜屏脸臊得通红，却明白他们的目的，正想说话，他们早又围到琼于身边了，只是跟他却不熟，不敢太随便，嘻嘻笑着问："你肯定是胡道长的朋友吧？身上⋯⋯有吃的吗？"

琼于忙说："我背囊里好像还有⋯⋯"镜屏早就回了院子，不一会儿拿出几个烧饼来给了他们："还没开饭呢，你们先压压肚子。"那俩孩子看来是饿得久了，夺过来就猛吞起来。镜屏拍着他们的背说："慢慢吃，还有。玉痰盂，你还记得他们吗？"

"记得，是在白景镇与你合伙搭场子的那对孪生兄弟。"

"哈哈哈，对，这是老大，叫二毛；这是老二，叫大毛，名字起得奇怪吧。我在安吉那一带云游的时候，搭场子常叫他们帮忙。哎，大毛，你俩怎么跑到这里来了？"

二毛吃力地咽下一口饼，说："别提了，安吉州那边的丐帮换把头了，份子要得忒多，我们俩小孩能要多少饭，忙活一天还不够上交的，我俩干脆就跑了，边走边要饭就漂到这里来了。谁知道刚才在街上碰见我弟弟了。"说着把手搭在那提鸡笼的孩子的肩膀上，那孩子勉强笑了笑。

"哦，他是你们弟弟？这么一说长得是有点像啊。三毛，你怎么没和哥哥们在一起？"

"我不叫三毛，我叫难养。本来我们哥仨是在一起的，有回我们在人家马车上睡觉，他俩早起来去要饭，也没叫醒我。我醒过来的时候，马车已经走到小风镇了。我本想沿路要饭去找他们，结果被许大娘收留了。没想到刚才出去买菜又碰上我哥他们了。"难养说着，不由哭起来，大毛二毛也跟着一起哭了起来。

看着这么三个苦命孩子，镜屏也忍不住抹了一把泪，看得琼于目瞪口呆，说："难得你也会如此伤感。"

"我又不是弥勒佛，就只会笑啊？"镜屏又问三兄弟："你们几个又在一起了，以后想怎么办？"

三人不及回答，这时从巷子尽头的另一个院门走出一个中年妇人，正是许大娘，显然她待人算不上热情，见到有别人也不打招呼，侧着身子好像避免与人对视一样，直接叫道："难养，赶紧把东西给余公子送去，回来吃饭。"

难养答应一声，先放下东西，又领着大毛二毛跑到许大娘跟前，只听他说道："大娘，这是我两个哥哥，求大娘也收留他们吧。他们吃得不多，也能干活。"

从琼于和镜屏所站的地方看去，并看不清许大娘此时是什么表情，只见她愣了很长时间，便带三个孩子进了她的院子。

诗茵已做好饭菜，余闵也回来了，几个人便在新收拾出来的客厅里吃起了晚饭。

饭间，余闵提起次日要做的法事，镜屏自信满满地说："公子和诗茵放心吧，一切都包在我身上，保准还你们个'干净'宅子。到时候我再送你一叠天师符。"说着便掏出一叠符纸给大家看。

余闵拿过几张看了看，问："这每张符上画的咒都不一样啊。"

"符无正形，以气而灵。我们龙虎山的天师符又不是找印坊批量印的，都是高功法师用金水一张张亲手画的，所以才灵验。这要是贴一张在门槛上床头上，任什么妖怪狐仙，都近不了身了！"

"哦，那多谢道长了！"余闵正有意要收下，旁边诗茵暗暗捅他一下，他会意，干笑了笑说："只是……这些符道长以后或许还有用处，在下不敢接受。道长只要把法事做了便好。"说着举杯敬琼于和镜屏一杯酒，诗茵也陪了一杯。

镜屏"嗞嗞"地喝了一杯酒，夹起一块鸡肉大口嚼了起来，边吃边夸："诗茵真是好手艺，好吃。就是这只鸡小了点，怎么没几块肉啊！"她毫不客气在盘子里翻着肉块。

琼于早就看出这盘鸡肉有些不对劲：比起难养买回来的一整只鸡，盘中的肉块确实少了……或许人家想不到镜屏身子虽小，食量却这么大，只炒了一部分吧。此时，他看到诗茵的目光游移了一下，又用喝酒掩饰了过去，这才发觉，她自坐上饭桌，还没夹过一次菜呢。

十二　新发现

第二天清晨，琼于起来走到院子里，舒展了一会儿筋骨，忽然听到外面传来哭声。他走出院外，只见巷子尽头，许大娘正给二毛三兄弟送行。二毛拉着其他两个要给许大娘磕头，远远只听许大娘说："不必如此。我无力养你们这么多人，你们别怪我，走吧！"说完便转身回了她的院子。

三兄弟还是给她磕了几个头。二毛起身，见难养还跪着，一副恋恋不舍的样子，便去拉他。难养却甩开他手，朝他和大毛看了看，那眼神中分明杂着几丝怨恨。难养又朝着许大娘院子的方向磕了个头，便起身走了，也不管他两个哥哥。

大毛二毛正要去追，忽然镜屏跑来了，到他们身边，摸着大毛的头问："你们这是去哪？"

"许大娘养不了我们这么多人，叫我们走，也好，我们兄弟仨又在一起了。"

镜屏一听这话，不免又伤心起来，过了许久，只好说："这几串钱给你们，别乱花，要不到饭的时候再买馒头吃。你们先自己养活自己，等我攒够了钱回去盖好道观，你们就去龙虎山找我吧。"

"胡道长，钱我要了，可我们不做道士。做了道士要不就整天念经，要不就跟你一样到处闲晃，不是正经营生。再说，我娘临死的时候我答应过她，要给两个兄弟都娶媳妇盖房子。"

"嘿哟小兔崽子，要饭还想娶媳妇？"

"现在是要饭，可保不准哪天就有钱了，到时候去你山上舍上百八十两，给天师像刷金粉。"

"哈哈哈，好，我等着那天。行了，你们几个小心点。"

大毛二毛又给镜屏和琼于作了个揖，便敲着破碗嘻嘻哈哈地走了。

镜屏看了他们许久才回身，见琼于正坐在门框上看她，问："痰盂，你又在想什么呢？"

琼于不动声色。

"哎，这弟兄三个虽说还是要去当乞丐，比起之前来，总归好了点。"镜屏像是在自我安慰。

……

"哎，我这样，就是想跟你说说话嘛，你就不能应一声啊！"

"哪里好了？"

"以前他们失散着，现在又团聚了，这还不好吗？"

"昨天之前，难养都过着被人收养的生活，因为遇见了两个哥哥，又要去要饭了……三个人一起要饭，和两个人要饭、一个给人家做养子顿顿饱食，哪个好？"

"这……你这话真是无情，难道亲人团聚还比不上吃喝？"

"你这么说，是因为你从没有连着几天饿过：虽然你从小没了父母，可你的师父和师兄弟对你都还不错，亲情一条，你比二毛他们好了很多；你如今四处游历，虽然也能吃苦，可凭着你的本事，从没教自己太过窘迫，境遇上，那几个小乞丐更没法与你相比。你因为自己的在乎，就觉得别人也该在乎，这岂不是无知吗？"

"你……你到底什么意思！？"

"雏鸟有时并不饥饿，也会张大嘴巴哀叫乞食，因为如果虫子喂给了同窝雏鸟，那自己活下去时就要面对更多竞争。婴儿常会在半夜里哭闹，那往往不是饿了，也不是有了便遗，而仅仅是想叫父母劳苦，如此，父母，特别是母亲就可能厌烦再养育孩子，自己便能一直得到细心的照顾。世间诸事种种，归结到最后，不过都是利益二字，越是想要长久，则利益越需要均衡。比如难养，当他再遇到两个哥哥时，似乎就猜到了自己将要回归以前的命运了，这就是为何他对两个哥哥并不热情。你若是想问这三兄弟此时是不是比以前好，应该先问问难养再做评判！"琼于表情漠然地说。

"你……什么事被你一说，就变得好没意思，在你眼里，凡事除了利益就是动机，就没别的了！"镜屏气得一甩袖子进了院门。

早饭时，桌上只有琼于、镜屏和诗茵三人，余闵早早出去看丝绸庄了。诗茵见那两人好久不说话，镜屏还不时拿大眼珠白琼于。诗茵给琼于夹了一块鸡蛋，谁知镜屏又恶狠狠地瞪了诗茵一眼，将那块鸡蛋从琼于碗里又夹出来自己吃了，边嚼边吧唧着嘴说："你别对他这样，他这人不信这世上有好人，你给他夹菜，他还以为你有什么预谋呢！"

诗茵自然不明就里，却知道这两个肯定闹别扭了，先对琼于笑了笑，见琼于还是那副淡淡的嘴脸，便故意装作无奈地说："这……哎，两位道长这么要好的伙伴，却因为来我这里不愉快了，这法事恐怕也不好做了……还好，我交了个镜屏这样的朋友！"

"诗茵你不用担心，我胡镜屏办事最讲公道，再好的朋友，我接了你的差使，也一定给你办好。哎，痰盂，咱们吃完饭就开始做法事！"

饭后，镜屏拿出两个布袋给了琼于，两袋里分别装着菖蒲叶和艾叶。两人开始做法事，先从身前所住的院子开始，沿他们进齐宅的来路一路而返。镜屏胸前挂着八卦镜，又往琼于身上贴天师符，脑门、颈后、胸前都贴了，琼于只得由她。两人每到一间屋子，镜屏便左手拿着罗盘，右手挥剑，踏着禹步，在屋中走上几遭，边摇铃边念咒，念完咒又唱几遍经，然后由琼于从两个布袋里分别抓了些叶子乱撒到房子里。

只是这宅子太大，光花园就好几个，又大院套小院，楼屋厅馆加起来恐怕得有上百间，虽然大部分都已经烂得不像样了，能进去人的也还有十来间，如此忙乎了大半天，也还有不少地方没走到。镜屏前面倒还认真，后面累得不行，便开始应付起来，念咒唱经都少了几遍，后来碰见小屋子干脆连经也不唱了，直接撒几把菖蒲叶完事。

这时，两人走到一间破屋子里，镜屏累得坐在一个石墩上。琼于又着手倚在门边，问："贵派道术既然如此高妙，不如使一招'天眼通'之类的招数，看看邪魅在哪里不就完了，何必如此烦琐？"

"你又挖苦我，哼！不过，你说的这种高深道术确实极难修炼，我只听说前代祖师里有一个师叔真正练成了。"

"只是……"

"……你有时候可真讨厌，不过确实有'只是'，只是此术太夺造化了，我那个师叔祖是先瞎了自己双眼后，才有了这只天眼。"

"……"

"你这表情可真是欠打呀，你又猜到什么了？"

"那位师叔祖自知失明后难以为继，在还能看到些东西时便开始造势，所谓天眼，无非是给失明后寻个饭碗罢了……虽然事情不一定真是如此，可心里有这样的怀疑确实是我的本能反应。"

"也就是说，你对每件事情都是先怀疑它的真实性，再去查证真相是吗？"

"正是。"

"你活得真不自在。行了行了，别在这碍我眼，去查你的真相吧！"

"好，你有什么发现就告诉我。"琼于将剩下的叶子放下，便走去别处。他边看边走，走了一会儿，便到了最外层的围墙，他贴着围墙又走了一会儿，看到一个断口，正是他和镜屏进入宅子的那个缺口。原来他们进入宅子后，就往左走到了宅子西部，之后追那个草丛中闪出的人影，等于是绕着宅子走了大半圈。倘若那时他们往右去宅子东部，估计很快就会到了余闳住处了。他这么一想，便开始贴着围墙往东边走，果然在一丛乱草后找到一条小路……看样子是最近才被人踩出来的。他便顺着小路又走了一会儿，看见一个门，正是余闵和二毛等人进出的那个门。进了门，往前几步是通向许大娘住处的小院门，而左转则正是通向他们住处的巷子……经此一遍，琼于对这座大宅的方位布局已了然于胸了。

许大娘就住在对面的院子里！那里，是目前整座大宅里最吸引琼于一探究竟的地方。

不用多想，本能已经驱使他往前迈出了脚步，经过已经没了门板的院门后，琼于进入了一个小小的院子。只见北边有一排房，东边有一间已经快要塌掉顶的小屋，剩下的就都是院墙。那排房看窗户本来应是三间，只是左中两间的屋顶早塌了，只有右边那间屋半塌不塌的，或许能住人。

院中种着一棵老槐树，树下放着个马扎。一条晾衣绳上晾着几件旧衣服。槐树旁边又有一个砖头垒的灶，用黄泥简单糊了一下，上面架着口铁锅。四处还散落了一些生活物品，无甚特别之处。

琼于叫了声"许大娘"，无人答应。这时他瞥见槐树下的马扎边散着一本书，走近一看，是一本《抱朴子》，已经被翻得很旧了。琼于捡起书，见有折页处，翻开后是《金丹篇》，记录的是金液方，讲如何控制火候烧炼丹砂，制成汞液，再配以氟石粉末溶解黄金，页角还有蝇头小楷的批注，写着："服金者寿如金，服玉者寿如玉。"

"这妇人竟会对这些感兴趣。"琼于心生疑惑，更对这许大娘好奇起来。他见那屋门虚掩着……这样的机会，他怎么会弃而不进呢！

一推房门，才知道这门为什么不锁，因为锁了也没用……门枢早锈掉了，门扇根本就是摆在那里的。进门后环顾四周，除了一张简陋的床、一张床头柜和一个架子外，再无什么称得上家具的摆设，地上倒有许多锅瓶盘罐之类的器皿。那个架子有些特别，下面一半是四扇柜门的分格，上面则分了好多抽屉，像中药铺里的药柜一样。琼于打开其中一个抽屉，是一些赭石粉。又拉开几个抽屉，分别装着朱砂、丹砂、黄精等物。这些东西的出现令琼于颇感意外，想了想又在情理之中……倘若这许大娘真对烧炼金丹有兴趣，那这些金石药物都是必备的原料。

琼于又去看床铺，见枕边有一本《周易参同契》……这是丹家必备的经典。他又小心翻开枕头，只见下面又压着几本关于辟谷、养生的书册，再无别的东西。琼于起身想走，袍子的衣角带起一股风，将其中一本小册子掀起一角，那里面的插图正好被他瞥见了……画的像是一只乌龟在地上爬行，奇怪的是它竟没有壳，而它身后却有一副空的龟壳。琼于忙拿起那本册子，翻开一看，里面的内容讲的根本不是养生，那封皮只是掩人耳目的。

琼于仔细翻看了几页，只看得他脊背一阵阵发凉：里面记载的都是关于行巫起蛊、布降施咒之类的左道邪术，且每种邪术都讲述得非常详细，还配以插图。他找了一会儿，找到了刚才被衣角带起的那一页。他连忙去看篇首，只见标题写着"调壳反嗜"，第一段是楔子，写道：有龟神异，能蜕壳以遁隐，调壳以延寿……外面忽然传来有人走近的脚步声！

琼于快速将册子放好，将床上恢复原状，见屋里完全没有躲避的地方，只有那装药石的架子下面的柜门不小，连忙打开一扇……幸好里面是空的，只瞥见柜子里面的木板上镶着一个罗盘，与镜屏驱邪用的差不多，只是上面的天干盘和地支盘一瞥之下觉得有些奇怪，只是眼下顾不上这个，便将身子缩了进去。

琼于刚将柜门掩上，来人已走到屋门口。从柜门的缝隙里，琼于只见那人的阴影在屋门外停住了。琼于立即紧张起来……来人明显已觉察到了什么。

那人就那么在门口站了许久，忽然转身走了。

琼于虽然觉得奇怪，只是眼下也顾不得弄清来人如何作为是何目的。等了片刻，见再没有什么动静，他便开了柜门，轻轻走了出去。

十三 骗子

琼于出了小院子，四处寻找，已找不到刚才那人了。琼于猜那人是许大娘，只是又有疑惑：明明是她的屋子，她为何不进去反而走掉。琼于只觉这宅子里所藏的疑点实在很多，而线索几乎没有，此时想也没用，不如再去附近转转，或许能从附近街坊那里打听到什么。

他便返回到宅子围墙处，找了个塌掉的缺口爬了出去，然后径直往镇里走。走了两条街巷，只见前面巷口处围着一堆人，像是在看什么热闹。琼于走了过去，人群中只见一辆小推车，车上拉了一个小火炉，一架风箱，车后站个壮大的和尚，正在一手拉着风箱，另一手用火钳夹着一个坩埚在炉火上烤，坩埚里有一些粉末，正慢慢被炼成液体。

琼于一眼便认出这烧炼的人正是之前在赌摊上输了很多钱的壮和尚。他小声问旁边人，得知壮和尚自称能以丹砂炼出银子来。

这时壮和尚已将坩埚里的粉末全炼成液体了，他便将之倒入一个瓷瓶中，对众人道："千年之气，一日而足；山泽之宝，七日而成。诸位乡亲，你们要想用贫僧这袋里的矿砂炼出金银，那是比登天还难，为何？因为你没有贫僧这配方！"和尚说着，便在人群中随便找了个人，让他看那袋子里的东西。那是一袋红色矿石粉末，夹杂了些碎粒。那人抓了一把仔细看了看，又闻了闻，便说："这是丹砂末吧？"

"真识货，这些粉末炼了后是什么？"

"那自然是汞水啊！"

"哟，你家有和尚还是有道士啊？知道得不少！不过，若是用我的配方，管保叫你用这些丹砂末炼出银子来！"和尚说着，将一个陶罐放到炭火上，用铲子铲了一些丹砂粉倒到罐中，然后从怀里掏出一个小瓶，拿了一个比挖耳勺略大一点的小勺，从瓶里挖出一些蓝色细末，给大家看："诸位看，这叫银龙，就是我炼银的秘药。不用多，一小勺就行。"然后像撒盐似的撒到陶罐里，再将装银龙的小瓶拧好盖，小心揣回怀里。

这时，他又拿根小棍子在陶罐子里翻弄。他还嫌火不旺，就叫一个小孩帮他拉风箱，自己专心翻着砂粉。如此过了约一刻钟，和尚叫声"银龙起了"，便用厚垫子隔着手将陶罐拿起，将里面的砂粉都倒在一个筛网里，然后筛去粉渣，只见有一粒花生米大小的白色金属……是一块银子！

在众人一片惊叹声中，和尚先用水浇到银子上降温，然后捏起那银子向众人展示了一圈，就随便递给了一个人说："这位兄弟，你也不用再细看，也不用牙咬，这是货真价实的银子，不信，你去找个银匠验。贫僧知道你是这条街第三个门的，你要敢拿了跑，我上家找你去！"

众人笑了笑。这时有个老人凑过来看了一眼，点头道："这确实是真银子呀！"

"咦，这老人家多什么嘴，你这么一说，人家倒怀疑你和我是一伙的了。诸位，贫僧可不认识他！"

众人又笑，一个人指着老人说："这是裕丰银号的肖掌柜，他要说这银子是真的，那就没错了。"

肖掌柜问："和尚，你既然能炼银，为什么不炼金呢？"

"哟，那可难啊，贫僧跟异人学了半世，也只学会了炼银……就光学怎么认全那些炼银用的药草药石，就学了七八年咧！想炼金，恐怕得再学二三十年呢！"

在场众人听了一阵啧啧赞叹声，对和尚露出了艳羡的表情，只有少数几个仍然存疑。那些羡慕的知道那配方肯定便宜不了，只好摇头干着急。过了好久，终于有一个敢问价了。和尚于是得意地伸出三个手指。

"三百两？"众人咋舌不止。

琼于微微冷笑，等着看谁会买。

这时，一个中年人想买，便与和尚讲起价来，最终讲到二百三十两。中年人叫和尚等着，他先回去拿房契去当铺。

琼于仔细看了看那中年人，便一把将他扯住，道："你莫要上当！他那把戏都是左道之徒玩剩下的！"他这话一出，众人自然齐刷刷地都看他，他便道："诸位乡亲，丹砂炼银那是痴人说梦，无论什么配方都不可能炼出真银的，而只能炼出水银……他那银龙只是个幌子。关键是他那棍子，头上是中空的，里面藏了银粉，再用蜡封住。他用棍子翻弄矿砂粉时，蜡便融了，银粉漏到罐子里，最后凝结成一块……诸位只需验那条棍子即可。"

众人听了恍然大悟，再看那和尚，早已面红耳赤，满头大汗了，这副模样还要再验什么棍子！这时便有几个后生抡胳膊要打和尚，和尚见势不好，忽然掀翻小车，将那袋丹砂扬得到处都是，一炉炭全倾倒到地上，烫伤了好几个人的脚。他趁这一阵乱，撞开众人跑了。

刚才还喊着要回去拿房契的那人此时一脸窘相，旁边人提醒他，他才想起来，忙给琼于不停地作揖起来："哎呀道长，要不是你提醒，我们一家人就完了！"

琼于似乎很受不了这种对自己的恭维，微微点了点头，便转过身去。那人也好没意思，只好又作了个揖走了。

琼于转身要走，见镜屏正在身后站着，满脸写着"不屑"二字，便问："做完法事了？有什么发现？"

"我完事后，诗茵告诉我看见你往这边来了。那宅子哪有什么邪魅鬼怪，要是真有邪，那只有在……回去再告诉你吧。你刚才为什么不马上拆穿那野和尚？"

"我先看看上当的人是什么人，如果是个有钱的，就让他破笔小财，长个教训。可适才是个普通百姓拿身家性命去上当，我只好现场拆穿和尚。"

"呃……还真是奇怪的原则！"

"炼金术、外丹之术，都是虚妄之说，自古以来害人无数，本来早该没人理会了。现在还有人借此行骗，实在是荒谬。"琼于对镜屏说。

"道长说得也不尽然，不能因为假的多，就说都是假的。"

两人一看，原来说话的是许大娘。这时两人才算第一次近距离看她，只见她的面貌很显年轻，皮肤很光滑，神色中还有几分青春少女的灵光，不像个中年妇人的样子。只是目光中却含着一股锐利，细看之下，却见眼轮略显黯淡，面色有些蜡黄。琼于又去看她手，只见十指都略微发黑。想起刚才在她房间看到的那些东西，这副模样必是长期服用金石药物所致无疑了。

许大娘道："外丹之术自古就有，虽经过多代丹家传承发扬，只是炼法总还是太过晦涩，其中奥妙非常人所能窥识，所以历来成功者极少，而且即使成功了，也不一定就是常人所想象的那样。"

"那是什么样？"镜屏问。

琼于正在犹豫要不要借机试探一下她对有人潜入她屋子的反应，许大娘却不答镜屏，又说："外丹派虽然已经没落，但有一门'金丹术'尚不为众道家所知……即是取金、玉不朽不坏之质，按秘方烧炼，提炼出黄金和玉石中的精华服用。"

"这便是所谓'服金者寿如金，服玉者寿如玉'对吧。"琼于盯着许大娘说道。

"你……也知道？"许大娘一脸惊讶的表情。

只是这表情却叫琼于有些意外。

镜屏不屑地说："金石是没生命的，可人是有生命的，活人怎么可能借着没性命的死物延年益寿？"

许大娘笑而不语，那笑容透着些傲慢轻蔑。

琼于问："许大娘，咱们见过面了，只是之前没机会和你说话。听了大娘的一席话，颇觉意外，大娘怎么会对金丹之说感兴趣？"

"呵呵，之前家里有人钻研，就耳濡目染学了些皮毛。"

镜屏却还不罢休："所谓的丹术，不管金丹银丹，根本就是骗人的，沉迷于此，只会像当年的齐员外那样，把自己给害死了！"

许大娘一听这话，忍不住面露怒色："你又没亲眼见过，你怎么知道人家究竟怎么了！"

他们说话时，看热闹的街坊也开始小声议论起来，还有的人对许大娘指指点点。琼于听到有人说："哎哟，这人就是被鬼附身的那个妇人！"

看到众人如此，许大娘冷哼一声，正要转身走，镜屏赶紧问："你难道不想念家人吗？"

许大娘一怔，目光中显露出几丝游移，看来镜屏的话触碰到了她。她马上意识到了这个，赶紧走了。

"她不是门外那个人。"琼于说。

"门外人？什么人？"

琼于将刚才去许大娘房间的经历对镜屏说了，镜屏瞪着琼于："你怎么又私自进人家房间？以后可不许你随便进我的房间！"

琼于却道："如果彼时门外站着的人是她，那她听了我提到她书中所记关于'金玉'的话，就能马上猜到是我去过她住处，且躲在房中的也是我，这样的话，她应该对我怨恨甚至当场质问才对。而她适才那一脸惊讶却表明她对我说出那句话很意外，这意味着什么？"

"嗯，意味着你废话太多，老卖关子。"

"意味着我在她住处调查的那段时间，她并没有回去；那么，彼时站在屋外的究竟会是谁呢？"

连琼于都想不明白的问题，镜屏更不愿费神。此时许大娘已经走远了，镜屏看着她的背影，说："她好像还能记得以前的事，她应该也是想念自己的家人的……你看她真的被什么东西附了身吗？"

琼于没有回答，却自言自语道："家人……哪边的家人？"

十四 前事

二人往回走。

琼于问起镜屏刚才提到的"要是真有邪"是指什么。镜屏说："我觉得最邪的就是许大娘……听你刚才那么一说，更是了。这妇人不会真的在练什么左道邪术吧？如果是，那我们可不能袖手旁观，那些邪术虽五花八门，但是有一点是相同的，那就是肯定要害人！"

回到住处，远远便听见余闳和诗茵两人大声说话的声音。镜屏忙将琼于拉到一个角落里猫了起来，一脸兴奋的样子："吵架了！"

只听余闳的声音虽然比平常嗓门大，却明显能听出有示弱的意思："姑娘，我俩现今是只进不出，就不能节俭些吗，不过吃个饭而已，少点荤腥又能如何？"

诗茵的声音也一反平常，一副尖利的高嗓门："呆子，你要叫我饿肚子吗？自我跟了你之后，你知道我为你做了多少事吗？你倒好，连吃几块肉都管不够了！"

"人本来就以黍谷为主食，姑娘还常自称是有道法根基的，怎么这日常饮食方面，还不及常人，怎么，怎么这么馋痨呢？"

"什么！你……你……爹、娘，你们哪里去了呀，也不管管我，那个老东西欠的人情债，干嘛叫我还啊！"

似乎这句话终于引得余公子爆发了，他以前所未有的口气大声道："姑娘自和我一起，便老是这般说辞，不知道你到底欠了我什么，又到底为我做了什么，竟会如此委屈。倘若姑娘觉得跟着我实在辱没了你，那就别寻良木吧，反正，反正我们并未正式成婚！"

琼于和镜屏对视一眼……这话都说了，再不拉架不行了。二人赶紧循声而去，只见那两个人正在客厅里，余闳坐在饭桌边，冷冷地看向一边，诗茵站在旁边瞪着他。

"你……"诗茵气得忍不住，抓起桌上的茶壶就摔，茶水瓷片洒了一地。

余闵被这一摔吓得一哆嗦，见不是摔在他脸上，又气得面色苍白，只是那眼神里还是有几分惊惧，像是怕她会过来打自己似的。诗茵则完全没了平日的灵气，成了个娇纵撒泼的恶小姐。

琼于对镜屏使个眼色，两人赶紧进屋，一人拉住一个。镜屏拍着手笑道："太好了，太好了，终于见着两口子吵架是什么样了！跟你说哎，我早就想看了……我们龙虎山的道士一旦婚娶，就不让在山上住了，我从小就没见过这世间的夫妻是怎么过日子的。可惜呀可惜，没打起来！"

镜屏这"和事劝架功"虽叫人哭笑不得，却也暂时缓和了气氛。镜屏瞥见诗茵似想笑却又忍住了，气哼哼地把头扭到一边，她更觉得好玩，便将诗茵一把搂过来，还挠她痒肉。

余闵见一个道士居然对自己娘子如此轻薄，更加气恼："你们，你们这成何体统！"说着就要上前，又被琼于拉住。镜屏这才想起来，诗茵虽知道她是女儿身，可余闵却不知道，这才意识到玩笑开过头了，立时不知所措起来。

镜屏难得的窘迫引得琼于笑起来，她见这野道士竟还笑话自己，急道："痰盂你快带余公子出去走走。"

琼于还没动作，余公子已拂袖而去。

两人一走，诗茵又哭了起来。镜屏拉她坐下来，虽说是在安慰，却总绷不住她那一脸笑肉："诗茵，快别哭了，瞧你这胭脂都花了。那个呆公子虽说是个绣花枕头，你们的事都是你说了算，可我看得出来，余公子还是很喜欢你的。只是听你刚才的话，好像你跟了他是被逼无奈……你俩并未真正成婚又是怎么回事？"

"我俩只是名义上的夫妻，还没办婚事。"

"嗨，都住一个屋了，跟正经夫妻有什么分别？"镜屏忽然一愣，瞪着她那双清澈的大眼睛，那眼神中闪出了离奇的暧昧的光辉，"这男女睡一张床……好玩吗？"

一阵沉默之后，诗茵终于放开怀大笑起来，笑得镜屏很是不解。诗茵笑够了，便说："据说很好玩……可我俩没睡一张床，他都是在床边铺个褥子。"

"呃……我哪会不知道，逗你呢。"

"嗯，是吗？"

"那哪天心情好了，你们就一起睡睡吧。我十二岁之后就不和师兄弟一个房睡了，师父本想送我去他师妹的道庵，我就是太舍不得师父和师兄了。"

"所以你师父只好让你的行事装扮成了现在这样。看来我得给你好好打扮一下，叫你知道自己其实是个女人。"

镜屏低头看了看自己的身子，嘿嘿一笑："我也习惯了。"

"你法事做完了？有什么发现？"

"没发现有邪魅鬼怪！不如我帮你改改风水，你再找匠人把这里好好收拾收拾。说实在的，咱姐妹一见如故，趁我俩走之前，你们把婚事办了吧，我给你主持，不要钱。"

诗茵笑了一笑，把残泪擦干净，郑重地说："请你们可是来祛邪的，这里确实有邪！只不过不一定是你所理解的那种无形的魂灵，无质的鬼魄，它或许是以另一种形式存在。"

"你好像很明白嘛，那还要我们来干吗？"镜屏有些不悦。

诗茵笑而不语。

镜屏只好问："那你说，这邪灵究竟在哪里？"

诗茵看看院外巷子的方向，用很低的语气说："许大娘！"

镜屏想了想，道："按你之前的说法，还有这两天我们的观察，确实像是有某种邪灵附到了许大娘身上？可是表面上她又像个正常人，总不能先打晕了再施法吧？"镜屏问。

诗茵神秘地看着镜屏，悄声说："我有办法！"

琼于陪着余闵走了半个宅子，两人也不说话，最后在一个小院子里找了个破石椅坐了下来。

琼于看着仍然闷闷不乐的余闵，说："适才并非胡镜屏轻薄诗茵，其实胡道长是女人，只不过为了行走方便，才扮了男装。"

余闵并没有反应，愣了半晌，才长出了口气，问："道长，刚才你笑什么？"

"呃……这位胡道长性情诙谐，平时总是一脸笑肉，难得见她还有尴尬的时候。"

"胡道长？那你们，不是情侣？"

"不是，只是因为一起离奇的案件走在了一起，之后便结伴而行。"

"那你们也算知己好友了，总好过我和诗茵这种挂名夫妻。道长，在下也是读过几年书的人，对鬼神向来是如圣人所说，敬而远之的，谁知如今却整日待在这是非之地。请道长以实相告，这里，能住吗？"

琼于不答反问："既然知道这宅子有邪传，为何诗茵还让你买？"

"在下也不明白。大约半个月前，我俩游至此地。她就像当初莫名其妙地看中我似的，一眼看中了这荒宅子，坚持让我买下来。我每次问起来，她都说'我让你怎么办你就怎么办，错不了'，我不明白她为何如此自信。"

"莫名其妙看上你？实不相瞒，我觉得尊夫人是个很奇特的人。"

"哎，在下也一直不解，像诗茵这样的女子，为何跟了我这么个落魄的人。"

"想是公子年轻英俊，她对你一见钟情吧。"

余闵无奈地笑了笑："这事说来不知算不算我的运气，现在想想之前的经历，真有如梦境一般。"

琼于看出此时的余公子很想倾诉，便道："公子完全可以一吐为快，我是修行人，不会做那些口舌是非的事。"

余闵沉思了半晌，说道："家父在世时行事浪荡，又交友不慎，致使家境败落。最后，他因为误信骗子，被骗光了所剩无几的家产，他自己也愤病交加，早早去世。他去世后，祖父也相继离世。我只好变卖了老宅出门躲债，在许多亲戚家辗转落魄了多年。那些平时号称近亲世交的，彼时对我都唯恐避之不及。连与我从小定亲的表妹家也嫌弃我，毁弃了婚约。这期间我是真正明白了世态炎凉，人心可怕。

"五个月前，一个老嬷嬷带着诗茵去我住处投宿。那老嬷嬷先时说是租我房子，还叫我管饭，说月底连房钱带饭钱一并算给我。熟识了之后，她又说她前半世孽债太多，剩下的十来年想去找个庙庵挂搭，带个女儿不方便，问我想不想要了。她不但不要礼金，还给了我一百多两银子做嫁妆。我彼时正值孤独无助的时候，见到这份情义，实在不舍得却之门外，便和诗茵给老嬷嬷磕了个头，算是一起过了，并约定日后家境宽裕了，再正式成亲。

"那老嬷嬷第二天早晨便悄悄走了，自始至终我连她姓什么都没来得及问。又过了几天，诗茵说受不了亲戚们的白眼，叫我和她一起走。从此，我俩便开始到处漂泊，这期间我们对外以夫妻称呼，其实她从来不让我碰她。虽然如此，我总算有了个亲人，对老天，对她都是感激不尽……这是祖父在天之灵，怕他去了之后我孤单无助，才叫人来陪我。

"诗茵天性开朗率真，遇事从来不愁不苦。有时候，我也会暂时忘了身处的逆境和心里的烦恼，只觉得如果能一直那样跟着她四处游玩，倒也自在。"

说到这里，余闵有些懊悔地说："哎，诗茵美丽聪明，能跟了我，是我的福气。只是她性子太强，常对我颐指气使，这也罢了，最叫我无法忍受的，就是她每每生气时，总说她本该是轻松自在，到处去玩乐的，因为跟了我才叫她如何如何委屈。试问在下虽然落魄，也是读过圣贤书的人，她如此轻视我，叫我怎么忍受？"

琼于像是忽然被从沉思中拉了回来，眯着眼睛问："公子就没想过，诗茵到底为什么跟了你吗？"

十五 做梦

一座大宅院中，正传来许多人的喧闹。透过大厅的雕花大门，只见一个中年人焦急地来回走着，一大群丫鬟老嬷围着榻上的一个小孩忙得团团转。那小孩不停地咳嗽，面色蜡黄，一看便知是重病在身。

这本是一副悲情场面，只是，离近看时，却叫人忍俊不禁：只见那中年人眼眉上都涂了重彩，脸上居然还抹着厚厚的腮红，不停地挤眉弄眼，走动时还手舞足蹈的。其他人装束模样也很奇特，都穿得花花绿绿，举止怪异，神情浮夸……叫人觉得这里并非现实，而是一群戏子伶人在戏台上的场景。

这时，那躺着的小孩忽然睁大眼睛站起来，伸手抓过一个鸡毛掸子……也不知鸡毛掸子是哪里来的……开始抽自己屁股，边抽边说："镜屏最聪明，我以后什么都听镜屏的！"

忽然，眼前的宅院都不见了，接着在场众人也都像风卷残烟般忽地便消失了。瞬间，眼前又换了一副场景：一座道观的山门前，几个小道士正围站在观看者的身旁。这时，好像是观看者自己的一只手将一卷包袱斜挎到肩上，又挨个搓了搓小道士们的脸，说："师姐我要出门闯荡了，你们可要看好家，等我回来给你们盖新屋子，买新衣裳新被褥。"

镜屏闭着眼睛躺在床上，头下枕着一个略比脑壳大点的小枕头。此时她正一脸笑容，不知是睡是迷。诗茵坐在床边看着，见她那样，笑道："看来是个好梦。"

目光看去，只见几个小道士围在周围，正嘻嘻笑着看自己，其中一个略大的小道士小心地用手指刮着自己的脸，说："师父，这小师妹真好玩，她现在能吃芋头吗，怕是得吃奶吧？"

躺着的镜屏脸红了，喃喃地说："师兄，你在哪，好想你啊！"

片刻，镜屏开始眉头紧锁，眼皮频动……那必是里面的眼珠在快速翻滚。诗茵看到这个，轻轻地将镜屏的手放在胸口上："这是又梦到什么遥远的事了？"

眼前一片朦胧，不知是身处浓雾中，还是眼睛本就被蒙上了一层阴霾。似乎有一男一女两个中年人正俯身看着自己，那男人一脸悲苦地说："孩儿他娘，我知道你想要个女儿心切，可这小孩是个祸害，咱们不能留下她呀！"

眼前忽然又变了：周围是一片萧素枯枝的寒冬景象，寒风凛冽，漫天飘着雪花。一片大大的雪慢慢地飘过来，落在自己脸上，激得自己一个激灵，这一激灵过后，只觉朦胧开了，目光清晰了。视线正前方，只见高高的一拱飞檐，旁边是两扇朱红大门，门上悬着一块匾，写着"天师派"三个字。

这时，大门"吱呀"开了，一个中年道士慌忙走向自己，俯下身子，又看看四周，便将自己抱起来，进了大门。

中年道士转身之间，自己的视线便天旋地转了起来。忽然，目光中闪过一双眼睛，那不是人的眼睛，而是像狼一样的野兽的眼睛，隐藏在迷离风草之中，那眼神中全无半点野性和凶残，却饱含着许多温情和忧伤。那眼神虽然只是一瞬间的所见，留给自己的印象却如此深刻。大门关闭时，只听一阵粗哑的哀号，那野兽定是带着无限的眷恋痛苦地远去了。

镜屏醒了过来，见诗茵正笑着看自己，手里拿着眉笔。镜屏想说话，诗茵按住她："先别急，就快好了。"说着又在镜屏双眉上描了几下。

镜屏才知道诗茵趁自己熟睡时给自己化了妆，只是这时哪顾得上这事，忙直起上身。她这一动，却碰到了诗茵另一只手拿着的胭脂盒，从里面掉出一块翠玉，那翠玉色泽温润剔透，整个外形是水滴样，表面刻上了如意花纹。镜屏忍不住多看了几眼，说："这块玉真好看，是呆公子买给你的吧？"

"他那副呆样，哪知道送我这种东西。是一位心地特别好的老爷爷送给我的。"

镜屏还想再问，诗茵拿过翠玉放回盒中，问："都梦到什么了？"

镜屏将那小枕头拿到面前……枕皮虽然简洁无华，细看下针工却十分精巧，从未曾见过，闻一闻，还有一股奇特的香味，有一种叫人想昏睡的感觉。镜屏赶紧将枕头离鼻子远了些，再看之下，只见这枕头表面已粘了一层脏油，有种沉年老月的味道。镜屏撇着嘴问："这该不会是'游仙枕'吧？"

诗茵转身走去一边的梳妆台，说："哪有什么游仙枕，不过是塞了特别的香料，容易睡得沉，梦得深。"她拿起一面铜镜，转身回来床边，举到镜屏面前。

镜屏按下镜子："那，我刚才想起来的，到底是梦，还是真实的记忆？"

"这要看你梦得是深是浅。梦得浅时，就跟平常做梦一样，亦真亦幻，很难定论……"

镜屏想起了那个拿鸡毛掸子抽自己的小孩，又想起琼于讲过的他的身世，忍不住又哈哈笑了起来。

"若是梦得深，也分几种情况，比如梦到过去的事，大都是你的记忆；若是未来的事，多半是你编织出的想象。若是你梦得再深，或许会梦到一些似乎从未经历过的事情……那却是你真实的生平记忆，只不过它们太久太沉，你平时一点印象也没有。"

"我确实梦到了自己小时候的事，只是都是不清不楚的景象。"

"因为你那时太小了，眼睛本来就看不清。"

"看来师父没骗我，我在襁褓里时就被扔掉了，所以我根本想不起亲生父母……有一对夫妇本想收养我的，后来又把我放在了山门口，被师父捡了。幸亏那夫妇没留下我，不然我这年纪哪还能到处玩，早被逼着嫁人了。"

诗茵没想到镜屏会这么随意而又坦然地述说自己的身世，在常人眼里，那本是很悲惨的身世。眼前的这个姑娘表面诙谐可爱，却拥有着一颗强大的内心，那种力量足以感染周围的人，化解人们的怨，所以请她来是请对了。更何况，再加上那个聪明人的能力，他们肯定会帮自己做成那件事。

"人是不可能忘记他的亲生父母的，特别是母亲，因为一出世看到的就是他们……或许你已经梦到了，只是没有意识到。"

"谁说的，一出世看到的肯定是双大手，接生婆的，生拉硬拽的……咱们别扯这些了，你的意思是，想办法让许大娘在这游仙枕上睡一觉，看她能否想起以前的事？"见诗茵点头，镜屏一拍手："就这么办！对了，事成之后，这游仙枕能否再让我用一回？"

"送给你都可以。"诗茵看着镜屏，忽然目光中有了种奇怪的神色："那你究竟想记起什么？"

"我就想看看接生婆把我给谁抱了。"镜屏说这话的时候，终于显出了怅然若失的眼神。

终究还是想着自己的亲生爹娘啊！

"诗茵，你娘也不心疼你，叫你跟了个陌生人，你会恨她吗？"

"我娘？哦，对啊，我恨死她了。真羡慕你能自由自在地到处走，还羡慕你什么都能吃得下。"

"那当然，我胃口向来很好……哎哟，你给我化的这是什么妆呀，这么好看，我以后怎么走江湖啊！"镜屏这才看到镜子中自己的脸，她从没发现自己原来是这么美。

十六 和好

余闵和琼于在野园子里坐着，不觉已到傍晚。这时诗茵来找他俩，远远地笑着道："你们两个大男人居然也能聊这么久，是不是一说起我的不是来，就滔滔不绝啊？"她走到近前，拉起余闵的胳膊道："行了行了，这回是我的错，走吧，吃饭去，我做了羔羊肉……你想省吃俭用也罢，也得过两天送两位道长走了再说吧。"

"在下何德何能，敢劳娘子如此。"余闵见有这等台阶，如何不下，对琼于傻笑了一下，当即起身，三人一起回去。

三人刚走几步，看到前面拱门处站着一个亭亭玉立的姑娘，穿一身粉绿的束身箭袖衣，外罩着一袭轻纱鹤氅，背插双剑，一头秀发并没有束起来，而是在头顶用红丝带扎了，那一束粗长的发丝，随着红丝带簌簌而飘。姑娘转过身来……竟然正是镜屏！只见她将原来的道姑头扯开了，挽了高髻，留了云鬟，又有两缕青丝飘在胸前。她脸上略施了些粉黛，显得清新素雅，全身看去又有一种英姿女侠之风……与之前那个邋遢样早已判若两人。

这一幅景象看得余闵都呆了。琼于虽然还是不动声色，诗茵却看出他那目光中流露出的欣赏，呵呵笑起来说："道长凡事都这么矜持，累不累？"说得琼于一怔。

余闵惊讶道："没想到胡道长……胡姑娘原本是这么光彩照人！"

诗茵已走到镜屏身边，满足地看着她道："没胭脂了，不然更好看。镜屏，以后你就这么打扮吧！"

琼于只是微微一笑，便和余闵走了过去。镜屏见他没有预期的反应，颇有些失落，撇嘴"哼"了一声，也拉着诗茵回走。

快走到巷口时，远远看见许大娘回来了，身后还跟着一个约有十几岁的孩子……又是个破衣烂衫、蓬头垢面的小乞丐。余闵说："许大娘又发善心了。"便走了过去，要和她聊几句，只是她似乎无意闲聊，简单说了几句便带孩子走了。

余闵一脸疑惑地回来，说："许大娘虽然慈悲心，只是有些不明世故。纵然是为了养老送终，收养个婴儿不是更好吗？那孩子都这么大了，什么都懂了，养几年跑了怎么办？"

其他三人互相对视一眼，琼于眯起了眼睛，又看见诗茵的嘴角露出一丝难以察觉的冷笑。

晚饭间。

镜屏吃得半饱了，先开了腔："我今日仔细走了一遭，这宅子本身的风水倒还周正。现在的问题就是那些邪传，还有那个许大娘有些奇怪……以她自己莫名其妙地跑来、不知是真是假的'失心疯'，都叫人觉得她与这宅子有许多牵扯，所以不能撵走她了事，要从她身上深挖一下。"说着看了看琼于，琼于点头，她便对余闵夫妇说了一下琼于在许大娘房间的发现。

余闵和诗茵都很惊讶，余闵一脸恐惧地看着诗茵，似有埋怨的意思，诗茵白了他一眼。

琼于道："正如镜屏所说，目前获知的线索太少，无法定论。除了许大娘这边，恐怕还要再另辟蹊径，以获取更多线索。只是这蹊径在哪里，尚无想法。"

诗茵说："有一个人或许知道的多些……咸先生。这人号称民俗家，平时研究整理地方县志，又喜欢撰写笔记文集，记载那些乡村野谈，奇闻趣事。他那里或许收集了关于齐员外和齐宅的各种史料、传闻也说不定。我只知道他家住烟水巷那边，详细的却不知道，道长想去的时候问问街坊吧。"

琼于点头应允。这时他又仔细看那盘羊肉……肉块切得很小，味道也早被酱料掩盖了，虽然还有些膻，也难说真是羊肉。又看看诗茵，只见她和之前一样，对肉类菜蔬均无兴趣，只是敬酒时自己跟着抿一口。琼于虽然心疑，可是又看见余闵一直都吃喝正常，只好任由镜屏大快朵颐。

饭后，琼于和镜屏走去许大娘住处。路上，镜屏将她和诗茵事先商定的计划告诉了琼于，琼于看着镜屏手里的所谓"游仙枕"，怀疑地问："即使它能催发梦境，那旁观者又怎么知道人家到底梦到了什么呢？"

"按诗茵的说法，人梦到极深处的时候，就会不自主地说起梦话来，那梦话其实就是他记起的往事里在说的话。我们通过这些话，或许就能猜出他做了什么梦。"

琼于不置可否，但也想看看能有什么收获。

到了许大娘的小院，透过屋门，见小屋里点着一条昏暗的蜡烛，许大娘正和新来的小乞丐收拾碗筷。那小乞丐此时已穿上了新衣裳，与之前的那副脏样判若两人。他似乎很感激许大娘的收留，很懂事地让大娘歇着，自己忙前忙后。

许大娘看着小乞丐道："憨宝，收拾完就回屋睡觉吧，我把东屋收拾好了，又用油布搭了顶，你暂时先睡几天，回头再找匠人给你好好修修。"

憨宝答应一声，端着碗筷出了屋门，见到二人，两边对视一会儿，琼于并未看出异样。憨宝对里面叫了声："大娘，那两个道长来了。"自己就去院子里洗刷去了。

许大娘到了屋门边，意外地看着二人，问："道长们有何贵干？"

"来找大娘聊天。"

许大娘并未显出兴致，连往里让都不让："道长与我这老妇有何话说？"

琼于便直接问："许大娘，你想念你的家人吗？"

"家人……谁会不想念自己的家人？道长干吗问这个？"

"那你为什么不回去？"

"回哪儿？这里就是我的家啊！"

"你真记不得你是谁了？你之前可是长兴县许员外的妻子。"

"你们怎么也这般说辞？我不记得什么许员外。"

"那你可记得自己为何住在这里吗？"

许大娘想了想，说："我也不知道怎么就来了这里，只觉得这是我的家，很熟悉。"

"那你记得在这里生活的种种经历吗？"

许大娘显出一脸惆怅，说："偶尔能想起一些细枝片段，可就是想不起完整的画面，比如我有什么家人，我自己在这个家里到底是谁，我和家人都做了些什么……这些都想不全，但我坚信我属于这里，所以只好先住着。"

"既然如此，你试试这个吧！"镜屏拿出枕头，"枕在这上面睡一觉，你就会记起以前的事。"又将枕头的功效详细给许大娘说了一遍，然后和琼于看着她。

许大娘将信将疑地接过枕头，想了一会儿，便说："好，我试试。"她把枕头放在床头，躺了上去。只过了一会儿，便听她呼吸渐沉，还打着轻鼾。

琼于和镜屏赶紧凑上去。又过了一会儿，只见许大娘紧锁眉头，呼吸急促起来，一副不情愿的样子，口中念道："娘，娘，别卖凤儿，凤儿不想做童养媳。"过了一会儿，又念道："嬷嬷，求你别打了，凤儿再也不敢了……好好，我愿意，我愿意成婚！"

琼于和镜屏对视一眼，镜屏已看出琼于似乎猜到了什么，可自己却毫无头绪，她挠挠头，想开口问，却被琼于示意不要说话。这时许大娘又开始说梦话了，两人赶紧又凑近了，只听她说："师父不收留我，我就撞死在庙门口，我死也不回去做童养媳……"过了一会儿，又说道："老爷，以后你可要好好地待凤儿……"

许大娘的呼吸慢慢地更急促了，来回摆着头，身体不停地挣扎着，像是噩梦缠身的样子。镜屏想摇醒她，被琼于拦住："再等等！"

果然，又过了一会儿，许大娘呼吸渐渐均匀了，这时她又喃喃絮语起来："爹，你看，这是咱们养的那只白龟啊……什么，这种白龟真能活一千年？脱去壳它还能活？太神了！

"爹，就让蔓儿永远陪着爹……这药好难喝啊……肚子难受，爹，蔓儿好疼啊！"

许大娘又紧张起来，表情异常痛苦，像是真喝了什么极难喝的药。一阵周身的发抖，她惊醒了，接着，她呜呜哭了起来。

琼于和镜屏有些不好意思……看来许大娘记起的都是些悲惨的画面，为了所谓真相而强迫她想起那些本已忘记的痛苦过去，不管是对是错，总有些于心不忍。

镜屏想安慰一下，许大娘上身倚着床头，脸扭到一边，继续哭着。镜屏只好抽回枕头，却不愿放弃："许大娘，你应该还记得刚才梦到的内容吧？能不能详细告诉我们？"

许大娘一言不发，只顾哭她的。

琼于见这样，只好拉着镜屏告辞。走到屋外，见憨宝正坐在台阶上打着蚊子发呆。琼于问："憨宝，怎么还不睡？"

"嘿嘿，吃撑了，睡不着。"

"许大娘待你如何？"

"好啊，我憨宝算是找着妈了！"

"嗯，这回能顿顿吃上热饭了吧，大娘的饭好吃吗？"

"那可比'百家饭'好吃多了，就是让我喝的那药一股怪味，比黄连水还难喝。"

"憨宝，怎么还不睡觉！"屋里传来许大娘的声音。

二人离了许大娘住处，边聊边回房。

镜屏道："真是越来越复杂了，怎么又冒出来个凤儿？还有什么慢儿、快儿的！这许大娘到底是怎么回事，到底有几个邪灵附体了啊？"

琼于道："从她一开始所说的梦话，大体能猜到那个凤儿是她正身。将那些只言片语串联起来看，大概是说凤儿从小被卖给人家做童养媳，长大后为了躲婚而逃到了某个庙庵里，后来，又出现了一个'老爷'，她希望那个老爷'好好待她'，显然这个老爷就是许员外。如果以上猜测都没错的话，那么，这个凤儿就是现在的许大娘。

"而最离奇的是后半段，因为这段记忆中又出现了一个'蔓儿'。我姑且大胆一猜：这个蔓儿或许就是传闻中齐员外的独女，而那段梦境并非是正身凤儿的记忆，而是附在她身体里的那个齐家独女的魂灵的记忆。这样的话，后半段的梦话内容便正好与那些传闻吻合……齐员外痴迷炼丹，不但自己服食，还强迫他女儿也吃，父女俩皆毁于丹毒。之后，蔓儿这股怨灵在宅中徘徊多年，并最终附到了许大娘身上。"

镜屏一拍手："你说得对！要是这样，我们只要想办法让蔓儿的怨灵离开许大娘身体，再做个法事超度她，这件案子就算解决了！"

"只是……这种说法虽然可以圆掉大部分的已知线索，却还有些疑点没法解释周全，比如，有关许大娘本身的谜团就有不少：一者，她似乎热衷于收养乞儿，如果这不是纯粹的发善心，又是为了什么；二者，她迷恋左道之术与本案是否有关系；三者，她本来住在长兴县，为什么莫名其妙要来这里，而恰好又被齐蔓儿的怨灵附了身！"

不知不觉两人已走到房间门口，琼于还想再说点什么，镜屏早打着哈欠就进屋了。琼于无奈，只得进了自己房间，和衣躺在床上，照例又将今天的经历在眼前过了一遍，只觉疑点虽多，头绪太少。看来明天还要多问些知情人，再去拜访一下那位咸先生。想着想着，又听到了隔壁镜屏说起梦话来了。琼于笑了笑，慢慢也睡着了。

屋外，随着一阵轻轻的风吹，一条人影映到了窗子上。那人在窗前矗立良久，黑暗中，那人的一双眼睛竟像野兽一样发出幽蓝的亮光。那双眼睛像是悬浮在黑暗中，静静地凑近了窗纸上的缝隙。

透过缝隙，只见琼于正在半截残烛边安然地睡着。

十七 里老

清晨。

镜屏起床，本想照着诗茵给她弄的装束再打扮一番，只是她耍惯了剑的手，摆弄起胭脂水粉，就不灵光了。那脂粉施得浓薄不匀的，弄得她脸上红一块白一块，却逗得她自己呵呵笑了好一阵。她索性不再打扮，只将头发扎了，又穿上那身女侠式样的束身箭袖，便得意扬扬地走去隔壁找琼于。

只见琼于房间空着，有个小纸条贴在门上，写着："去后宅走走。"镜屏便出了小院后门，沿他们第一次来时的路往回走，走到那个有观鱼池的园子时，看见琼于正坐在池边一块假山石上。

镜屏悄悄走到琼于背后，只见他正盯着一只趴在石头上的乌龟。那乌龟像是明白了他没有敌意，慢慢伸出了头，与他对视起来，那情景乍看有些奇怪，可仔细看乌龟那绿豆大小的眼睛，再看琼于的眼神，两边纹丝不动的情景，竟有些诡异的感觉。

如此僵持了许久，只见琼于慢慢从腰间解下那只羊脂瓶，打开盖，将瓶口慢慢凑到乌龟面前。那龟看了一会儿，便开始伸长脖子，最后竟将头伸到瓶子里了……瓶里是那只快要结蛹的尺蠖虫。

"哎！"

镜屏叫了一声。那乌龟受惊，赶紧缩头回壳，滚到池水里去了。

镜屏几步过去，抢过羊脂瓶，把盖塞好："你干吗，之前把它当宝贝，公子公子的叫，现在好不容易要出蛹了，你干吗要毁它！"

琼于笑了笑："我想看看这龟把脖颈伸到最长时会是什么样……我只觉得那换壳延命的传说不足为信。"

"真是个怪人！你跑这里来干吗？"

"还记得咱们第一次来，曾在这园子的草丛里看见一个人影吗？我刚才去那边仔细看过了，你也去看看吧。"

镜屏便按琼于示意的方向，走到那片草丛里，只见里面散落着许多羽毛和兽皮兽骨，还有些残肢断爪，看样子应是鸡鸭兔羊之类。镜屏瘆得抓了抓肩膀，赶紧退了回来，说："咱们那时候看到的应该是许大娘，她那时候定是在这里试验什么邪术呢！"镜屏忽然想起什么，一脸担心地说："哎呀，不知道她热衷于收养乞丐孤儿，是否与炼邪术有关，如果是，那可真是伤天害理了，我们一定要阻止她！"

琼于点点头："只是那憨宝把她当作亲人一样，我们目前又无任何证据，还不能贸然与她对质。我看她日常都在我们眼皮底下，真要害人，恐怕也没那么容易。我有一种预感，只要我们尽快查明关于这宅子的隐情真相，那么许大娘身上的一切谜题，就都会随之而解。"

"那就赶快吧，咱们这就去镇上。你先走着，我去跟诗茵打个招呼。"

镜屏又回到余闽夫妇的房间门口，看到屋门紧闭，笑着说："这都什么时辰了还不起床……我就不信，这两个肝火旺盛的小男女，同睡一房还不同床！"一想到这，镜屏童心骤起，攀着窗户找了个窗纸的破洞，偷偷往里看。她却见到一副奇怪的景象：只见余闽仍在床上熟睡，而诗茵却站在床边俯身看着他。过了一会儿，她凑近了余闽，就像猫狸一遍遍"观赏"着抓在爪子里的老鼠一样，看了余闽的脸，又看他身子，一边看一边像闻食物一样嗅着。如此许久，她忽然小心掂起了余闽的手，装模作样地"啃"了起来，边啃边用眼恨恨地白着余闽。

这诡异的景象叫镜屏不寒而栗！

忽然，一个手掌拍打在镜屏肩膀上，吓得她忍不住"啊"了一声，原来琼于不知何时走到了身后。镜屏正想示意他别出声，屋里却传来诗茵的声音："是镜屏吗？我这就去准备早饭。"

"呃……不用了，我和玉痰盂去镇上吃，哪里有好吃的店？"镜屏赶紧闪到了门口。

这时门开了，诗茵笑嘻嘻地走了出来，说："也好，我那两下子手艺也快现完了。你们出门直走两条街，有家铺子卖的馄饨不错，去试试吧。"

两人到了镇中巷子里，琼于问一个路人，说自己想买镇子北边挨着山的破宅子。路人疑惑地看着他说："那宅子没人要，被县里收了，要想买得问此地的里老十三公……我怎么听说已经卖了呢？"

两人问清了本地里老的住址，边问边找，不一会儿便找到了……居然正是诗茵所说的馄饨铺。只见铺子里和外面临时搭的桌椅都坐满了，两个伙计来来回回地招呼着。琼于本想直接问伙计，镜屏拉他坐在一个已经有人的桌子上，叫了两碗馄饨，才问伙计："你家是不是有个十三公？现在在家吗？"

谁知桌子对面的那人抬起头，笑问："客官……哦，是道长，找我什么事？"

两人都很意外，那人看上去不过是个不到四十来岁的中年人，居然以"公"自称，镜屏问："敢问，大哥贵庚？"

十三公有些得意地说："咱今年五十有五了。"

"哟，这是练了什么养生法，调理得这么好？"

十三公一副很得意的神情："咱平常虽不服食丹药，也不辟谷，饮食方面倒是很注意。早年还跟一个老道士学过几套吞吐功法，再加上咱这里水好，所以呀，呵呵。"

"老人家可是本镇的里老？"

"呵呵，这都是官府摊派的，几个像我这样的老头三五年轮一回，身子骨再老些的干不了，再年轻些的，也称不上个'老'字。平日里无非就是接待县里的官差来缴粮纳税，再就是劝劝架，安排更夫打更，四处转转看有没有生人面孔。"

"这店也是老人家开的？"

"是啊，算是给儿子谋个营生。"

琼于点点头，道："老人家修持高妙，在下敬仰。实不相瞒，我夫妻二人早年慕道，四处云游。到了此地，见到山水灵秀，想就地买个现成宅子，或者买地基自己盖也行，以后就在此住下，方便修行了。"镜屏听他这一通瞎话，偷笑着看着他，琼于看了她一眼，示意她憋住笑，她便向琼于偷偷伸出一个大拇指来。

十三公嘿嘿一笑："夫妻？跟咱老头儿说实话也没关系，我看你们是受不了山门里的修行清苦，私奔出来的吧？"

"老人家有所不知，我夫妻二人虽是道门中人，却属正一盟威道，修行方式与全真道不同，是可以伙居的。老人家难道没听过葛鲍双修，刘樊合籍？"

"是吗？要是这样可太好了，我二弟也是崇道的人，只是他信得更切，时常想舍了我弟妹和侄子去找个道观出家，为这事成天和我弟妹闹，要是这样，以后就叫他入你们这一派道门得了，在家也能修行……你们看上哪块地了。"

"镇北靠山的那片废宅子。"

"啊？那可万万使不得，不瞒两位道长，那地方可邪！"

这时馄饨上来了，镜屏将浮着的香菜末都拨到琼于碗里，又嘿嘿笑着从他碗里夹了几个馄饨到自己这边，就开始往嘴里扒拉起来。

琼于道："十三公指的是不是关于那宅子的邪传吧，说原宅主齐员外沉迷于烧炼丹药，致使神志不清，与女儿自焚而死，之后他们的鬼魂一直在宅子里飘荡，是吗？"

"看来道长们是先打听过了的，只是……"又凑近了说，"传言有很多，这只是其中一种说法。"

"哦，还有别的说法？"塞了一嘴馄饨的镜屏问。

"这齐家老宅的传闻，我知道得不少，这齐员外在世时，我还很年轻呢。齐员外当年确实是结交了些左道之人，妄想长生不老，还在他宅子附近盖了个长生玄坛。后来他越来越痴迷，无心经营产业。他老婆也是大户人家的女儿，骄横惯了的人，见他那样，就逼他写了休书改嫁了。自那之后，他更是性情暴躁，连下人们也都受不了，一个个地跑了。最后他身边就剩下一个女儿。"

"那女儿叫什么？"

"记得好像叫蔓儿！"

琼于和镜屏对视了一眼，镜屏问："后来呢？"

"之后齐员外把家产卖光，只剩那宅子，又把宅子各处大翻修了一遍。那时节他已经神志不清了，经常看到听到他说些疯话，扬言自己已经快要炼成长生不老的金丹仙药了。再之后，就很少见到齐员外，因为他再也不出门了，平时不管白天黑夜，他家的大门都上了几条插栓，还加上大锁。据说那时日常用品都是叫几个事先约好的货郎送到宅门口，砸一阵门后，里面就扔出几串钱和一条绳子。货郎还得将菜蔬米面系到绳子上，由里面拉进去。总之这齐员外要过的是与世隔绝的日子。"

"那蔓儿就甘心过这样的日子？她那样的年纪，总要见人吧！"

"这姑娘从小就跟着那么个疯爹，保不齐她也是不愿见人的呢。再后来，有翻墙去他家偷枣的坏孩子见到蔓儿和一个小乞丐在空荡荡的一个大宅子里玩。"

"小乞丐？"

"对。想是那蔓儿太孤单了，齐员外就在街上领了个小乞丐回家陪她玩吧。

"再后来，就彻底见不着齐员外了。之后一阵子，小乞丐偶尔会从宅子里出来，病恹恹的，来镇上买些干粮米面再背回去。那时节镇上人都猜，齐员外怕是已经吃金丹吃死了，那小乞丐才跑出来买东西给蔓儿吃。"

"这蔓儿够可怜的，就没有亲戚族人去管管吗？"

"咳，连她娘都扔下她改嫁了，其他还能指望谁？齐家那些族人一个个都是无耻之徒，早在齐员外深居不出的时候，就开始张罗着要分他家财产了，只是齐员外时不时还露个面，他们便不敢贸然上门。后来齐员外生死不明，他们就伙起来去宅子里探动静，谁知一大帮人后来都跟失了魂似的跑了出来，就跟见了鬼似的，还有一个死在了里面。事后，有其中的人说，他们见到齐员外还活着，只是已经完全不像个人样了，枯瘦得像干尸一样，走起路来又像一具僵尸。而且，他好像练成了什么邪法，离人老远时，用手一指谁，谁就像是被人锁住喉咙一样喘不了气。那个死了的，就是这么被他锁住咽喉，当场气绝而死。他算是念及同族之情，没再多弄死几个，任由其他人跑了。

"那伙族人被吓跑的当天夜里，齐宅忽然着起了大火……那火烧得旺啊，根本没法救，幸好他家与别家不挨着，镇上人也只能等着那火自己灭了。大火整整烧了一天一夜，将偌大一个宅子烧得干干净净。"

"那齐家父女和小乞丐呢？"

"那还用说，肯定都死在火场里了。"

"从这时起，齐宅便开始闹鬼了是吗？"

"不，之后反而安静无事了几年。"

二人疑惑地互相看了看。

"开始那些年，因为宅子里的东西都烧没了，齐氏族人也就不再理会那荒宅子。之后多年，大明朝都是太平盛世，咱这里那更是越来越繁华，镇上的人就多了起来，人一多地方就值钱，那些族人又眼馋起那块宅子的地基了。这种事只要一个人动了心思，其他人岂肯落后，几家族人就开始争抢了，宅地没到手，先因为械斗死伤了好几个人，互相结了大仇，其中有一家弄得家破人亡，另有一家的长男现在还在吃牢饭呢。

"那时节便开始有传闻，说这是齐员外父女的阴魂为了护宅，故意挑拨争斗，可这是没凭没据的说法，那些不懂廉耻不敬神明的人哪会在乎。直到后来，有一伙族人派了家丁去宅子里占着，却真的碰上了鬼魂！

"据家丁说，夜里见到有白影子四处晃动，家丁仗着人多去追，眼看着追到一个屋子，进去却没有人……窗户是紧闭的，除了屋门再没别的出口，若是活人是断然藏不起来的。又隔了两天，那鬼魂又出现了，只是又没追上。有几个家丁自以为胆大，挑着火把在废宅子里到处乱搜起来，结果死了两个人！"

……

"就像之前那样，那两个短命奴才被人凭空锁喉，活活憋死了！剩下的幸亏跑得快，不然也是小命难保。到这时候，大家才真信了齐员外阴魂不散……那等邪法除了他还有谁能使出来！

"之后，关于齐宅的传闻越来越邪，再后来宅子被县里收了，也只是登记在簿罢了，谁还敢再打它的主意！那宅子算是彻底荒了。"

听十三公讲完这段前史，镜屏说："如此看来，那鬼魂是不想被人家打扰，所以平常没事，一有人去宅子骚扰，他就开始闹了。只不过风水得轮流转，要是阳宅都叫阴魂占着，那世间还有多少地方能住人？十三公你不用担心，我们道门中人，不但不怕鬼，还专门驱鬼呢。"

"那你们也买不成了，那宅子最近被一对外来的小夫妻买了。"

琼于道："这个在下也打听到了，我觉得那对夫妻是一时冲动之举。那地方既然这么邪，岂是凡人百姓能住的？再问十三公一事：我听说那灵龟宫本来也是齐家的产业，应该就是你适才所提的'长生玄坛'，它又是怎么成了香火旺盛的道观？"

"你说得没错，这灵龟宫就是当年由齐员外盖的，他沉迷炼丹那阵子，时常在里面烧香烧纸，祭天祭地的。他死后，那里也一直荒着。十几年之前，镇上来了一个老和尚，还收养了一个小和尚，将那玄坛里的三间破屋修补了一下，便住了下来。平时是自种自吃，青黄不接的时候，会下来化化缘……只是后来也发生了邪事！"

"怎么了？"

"据说，那老和尚在一个雷雨夜撞上了厉鬼，着了魔，自己跳下悬崖摔死了！"

"……难道又是齐员外的鬼魂在作怪？"

"想来是吧，哎，谁叫他去住那样的邪地方！"

"那个小和尚呢？"

"那小和尚本该就此无依无靠，谁知他姐姐正巧找来了……据他说是早年失散的姐姐。姐弟俩先在那庙里住了几个月，后来他姐姐也走了，想是临走前做了安排，请了个老汉上去和小和尚一起住，老汉平常种点菜供两个人吃，也时常下来买些米粮。那小和尚则每天打坐修行，真的过上了出家人的生活。他倒是福星高照，之后多年没发生什么怪事。现在，他不但人长大了，道行也是日渐高深，特别是卜卦看相的本事十分了得。"

"他这样的修行，不是闭门造车吗？怎么能无师自通的？"

"他呀，那可真称得上是仙缘巧合：他那小破庙里，不知什么时候爬来了一只千年灵龟！想是他供养了那龟仙后，慢慢看明白了日月星河、山川地理，又跟着龟仙学了些吐纳、卜卦之术，就成了半仙了。"

"你说的，是不是……"镜屏不由往北边看了看。

十八 案件

巷子口，一个后生慌张地跑来，径直跑到十三公面前，喘着大气说："叔公，不好了，出大事了！"

"慌什么，好好说！"

"还能不慌，死人了！"

十三公也吃了一惊，对后生喝道："你小声点！"看了看琼于二人，便拉那后生走到一边，两人小声说了几句。琼于隐约听后生说到衙门那边已有人去报了，最后十三公也不再避讳，说："你去找几个壮丁去帮忙，我这就去。"

那后生"哎"了一声就跑了。十三公对着店里伙计招呼了一声，也奔外而去。琼于岂会放过这样的案件，与镜屏对视一眼，不用商量，一起起身跟着去了。两人跟着十三公转了三条街，远远听到一阵吵嚷，只见街那头有一大群人围在一户人家门口。

十三公正要往里进，才发现身后跟着的两个道士，忙说："道长跟来做什么？快别进去了，里面不干净。"

镜屏笑了笑："我俩专去不干净的地方。"

两人跟十三公挤进院子，只见院中一个男人正倚着台阶号哭不止，他左手腕像是受了伤，已经简单包扎了，都被血浸透了，旁边有几个人正抚慰他。

十三公问旁边一个后生："到底怎么回事？"

后生似乎被吓得不轻，面色苍白地说："郑大他老婆，还有赵寡妇，被一个野和尚杀了，郑大与那和尚撕斗时又把那和尚杀了，他自己也被砍了一刀。"说着指指客厅，门已经关上了，门口还站着个年轻人，看来厅里必是那凶案现场。

镜屏听到"郑大"，疑惑地看了看那伤者，道："真是他！"转而对琼于小声说：

"这人先前还在灵龟宫里跟石龟许愿的，说得眉飞色舞的，怎么会转眼碰上这种祸事？"

琼于略一想，便问那后生："赵寡妇是谁？"

"是郑大邻居，就住隔壁。"后生往旁边院子指了指。

琼于眼睛一亮，对镜屏说："我忽然对这件案子很有兴趣，你愿不愿意和我一起查？"

"你可真会多管闲事，余公子那边的事你不忙了？"

"齐宅案现今是乱麻一堆，而此案我却马上便有了些眉目，既然碰上了，不如就地调查一番，或者有什么意外的发现也说不定。"

镜屏只得同意。琼于便分派任务：让镜屏去调查赵寡妇和郑大各自的背景，重要的是看能否问清他俩平时的关系如何。自己则进现场查看。

镜屏便走去人群，找了几个闲话不停的妇人，轻易便搭进话去。琼于回头再看时，镜屏已经和她们聊得热火朝天了。琼于笑了笑，自己便往客厅里走，却被守门的壮丁拦住："你这野道士乱闯什么，这里可是刚死了人，县令老爷和差官仵作还没来看呢，现在可还没你的经念。"

琼于叫过十三公，小声对壮后生和十三公道："在下只怕县令爷中邪着魔，你们吃罪不起！"

"你说什么？"

"你们虽是安抚郑大，实则也是看住他，等官府来人定夺……如此行事是对的。只是在下修道多年，一眼便看出郑大眉心黯淡，两眼无神，恐怕他是沾了晦气上身……实不相瞒，在下已看出这屋子里藏有邪魅，不然怎么会忽然死了三人，还有一个不明来历的和尚！在下是修行之人，嫉邪如仇，不如让我先看看现场，若真有妖邪，我便先收了它，若只是寻常命案，我什么也不动……在下只管邪事，其他的还由官差来管。"

十三公想了想，便对壮后生说："这位道长游历四方，想来是有道行的，就让他看看吧。"壮后生一看里老都这么说，便开了门。

琼于跨进门槛走了进去，回头见十三公伸着头往里看，便道："一起来吧，在下有道术傍身，不怕的。"十三公也开始后悔不该就这么放他进去，可也不好再拉他出来，只好又叫了另一个胆大的后生跟着进去了。

房屋里的布局与本地其他民居无异，也是通体三间，中间是客厅，左右各有一间，右边一间多为主人卧房，左边一间则随各家情况而定。听后生说，这一家的左边那间也收拾了住人，算是客房。

客厅中并未看到死者，只是有些血迹，看血滴形状，应是有受伤之人在行动时流血，血滴掉落在地上而形成的。后生指指主人卧房说："赵寡妇就死在里面床上了，另一个死的就是那野和尚。"

琼于掀起帘子进去，直入眼睛的便是一片凌乱狼藉的场景。只见主卧内家具摆设并没什么特别，都是寻常人家起居之物。只是衣柜柜门打开了，衣服被翻得很乱；床边有主妇的梳妆台，上面有个首饰盒也被打开，首饰散得台上地上都有；其他家具也东倒西歪的，像是被撞倒的。而最引人注目的则是屋中的两具尸体，其中一具女尸只穿内衣，仰面躺在床上，定是赵寡妇了；另有一具男尸侧卧在地上，身体略有蜷曲，一身粗布衣服，剃着个光头……也许正是这一点，才叫众人以为他是个和尚。

琼于看了一眼那男尸的面孔，顿时一惊，连忙小心避开地上的血迹和散落的物件，走到跟前凑近了看：果然，死者正是那个假炼银子骗人的壮和尚……他竟然死在此处，这着实令琼于感到意外。只见他脖颈上有一处很深的创口，身上又有好几处锐器伤，深浅不一，方位凌乱，血染透了全身。男尸旁边地上又有一把菜刀，沾着已经干凝的血迹。

琼于又仔细看那床上的女尸，只见她就如平常睡觉一样仰面躺着，身上和所盖的被子除溅落的血滴外，并没有较大片的血污。咽喉上方也有一处很深的创口，创形与壮和尚的相似，明显是刀斧之类的利器猛砍下去造成。

琼于退出主卧，又去看客房，在客房门口先伸头一看，只见屋内很整齐，床上也有一具女尸。琼于先仔细看了地面，发现这石板地干净光滑，哪有脚印可查，便和十三公放心走了进去。十三公一眼认出死者是郑大的老婆丁氏，她身上并没有别的伤痕，只有脖子左侧有一条深深的创口，明显是被人用利器猛砍下去，一击毙命。

琼于回身到了客厅，问后生："郑大是怎么说的？"

"听郑大说是这样：赵寡妇与他老婆丁氏平常关系很好。昨夜郑大有事要很晚回来，丁氏就叫赵寡妇来陪她过夜。快天亮时，郑大办完了事回来，一敲院门发现虚掩着，进了院子又见房门敞开着。郑大就慌了，赶紧进了屋，见自己老婆已经被砍死了。这时他又听到主卧有动静，他一进去，正撞见那个乱翻东西的秃驴，手里还拿着菜刀……那时赵寡妇已被杀了。郑大便与那秃驴打了起来，混乱中杀了他。"

琼于听了，眼睛眯成了一条线，自言自语道："请人陪宿，怎么又分房睡，而且是客人睡主卧房而主人睡客房？"他思索片刻，正想再发问，忽然听见门外传来镜屏的声音，看来是她想进来被守门人拦住了。琼于对十三公示意，十三公便开了门，叫镜屏进来。

镜屏一进门便凑到琼于耳边小声说："郑大与赵寡妇平日里果然是关系暧昧，他老婆丁氏是个没主意的，据说只要给她买件首饰就能哄得晕头转向，连郑大的流言蜚语也不理不问。"

琼于点点头："如此就都对了！"便对镜屏耳语了几句。琼于又叫十三公去多叫几个人进来，又吩咐将郑大也叫进来。十三公正想问，琼于对他道："此案细末在下已尽知，不用等官差前来，在下此刻便向诸位揭示真相，也算是我外功一件。"十三公见他如此自信，只好照他说的做。

片刻后人来齐了。琼于指着镜屏道："想来十三公也对诸位略讲了我俩的来历，实不相瞒，我这位夫人曾得异人传授神术，能将刚死之人的灵魂拘回阳间一刻，如此便能将此案的真相问清楚了。"

众人立刻紧张起来："什么？那不就是把鬼招来吗？"

"不做亏心事，不怕鬼敲门，况且有我俩压阵，就算有鬼也做不了恶的。"镜屏说着，走到和尚尸首边，对着尸首说："和尚，你一个出家人，怎么干起偷盗的事？这也罢了，你万万不该色胆包天，污辱民女，犯了出家人大忌！你死的一点都不冤枉，你就不需问了。"接着嘴里念念有词，跟念经似的嘟囔了一会儿，又抬起头看着屋门处摆摆手："行了行了，别客气了，快走你的路吧！"瘆得众人赶紧躲开屋门口。

镜屏又走到赵寡妇尸首边，像是对着活人一样说道："大姐，你却死得有些冤枉，待贫道将你魂儿拘来，你把夜里发生的事情告诉我，贫道替你报仇雪恨！"

众人又都挤在主卧门口，伸头往里看，只见卧房里并没动静。这时琼于从外挤了进去，他这挤的工夫，众人都注意他了，等再回头看时，其中有几个人顿时腿软了……只见那床上、赵寡妇尸首边，出现了一个披头散发的女人！

那几个人慌作一团，转身就要逃走，却被镜屏喝住："别怕！谁走我叫她缠谁！都给我回来！"她这么一喊，那几个人果然又不敢走了，只好胆战心惊又反身站在原地，其他人都莫名其妙地看着这些人，因为在他们看来，屋子里并没有什么特别的地方。

此时，琼于已经站在了那披发女人的身边，并和她喃喃而语说起来，边说边不住点头，说到最后，只见他冷冷地看向那几个慌张的人，并将目光锁定在其中一个人身上，众人循他目光看去，便知道他在看谁了……那人正是郑大！

就在这时，那披发女人像是地窖里被闭上门的光线，倏地便没了。

镜屏像是在送谁出去一样，只是走到窗户旁边，转身又看看床上的寡妇尸首，又对着窗外的方向说："嗯，我知道你无依无靠挺可怜的，我会请十三公帮忙，给你买副好棺材板葬了，你放心走吧，下辈子嫁人先找先生给那男的看看相，别再嫁短命的了，好好，去吧去吧。"

众人又一阵惊叹。

琼于不管他们，问郑大道："郑大，你且说说你今日早晨是如何发现凶案现场的？"

郑大一脸不屑地说："你是干吗的，凭什么问这问那？"

十三公此时早已被这两个道长的法术所折服，对郑大喝道："郑大，你别废话！咱可是官府指派的本镇里老，咱叫你说你就得说，快回道长的话！"

郑大无奈，只好将亲历凶案的经过又说了一遍，与刚才那后生所说的一致，说完，他又忍不住号哭起来："老婆子，你好命苦！我一定求县令老爷给你报仇！"

琼于冷冷地看着郑大，用与他平时极不相称的音量喝道："够了！你好大胆，好狠心，不但杀害无辜，居然连自己的结发妻子也一并害死！"

"你，你胡说什么！"郑大看看众人，又对琼于吼道。

"赵寡妇都告诉我了！"镜屏也喝道。

"告诉你什么了？"郑大本想骂，看了看十三公和众人，将那口气压了下去，满脸不屑地说："野道士，你别唬人了。我知道，你刚才使的那是旁门左道的障眼法，哪有什么赵寡妇的鬼魂啊！"

琼于冷哼一声道："好，我且说一说事情经过，看赵寡妇告诉我的对不对！"

琼于换了个平淡的语气说道："郑大，你与赵寡妇平日里多有暧昧，料来，应是你一直想将人家得手却未成功，为此，你还曾去灵龟宫许过愿，只是你色心难耐，终究没有听从那安然士观主的建议，不然也不会做出这种恶事。"他将这件事一说，不免使郑大一惊，脸上立刻显出狐疑的神色。

琼于接着道："昨晚，你按自己预先计划的，先叫你老婆丁氏去赵寡妇处假说自己不在家，请她过来陪宿，只等到了夜里，丁氏便去客房睡，你再'后来居上'。只是，事情却发生了意外……这光头者是近几天混迹于本镇的一个野和尚，与我竟有两面之缘，我料他不过是个假托僧人身份的江湖混混。他来你家本是想趁黑行窃，却见门户虚掩……那必是丁氏预先为你留的。野和尚便按此地宅居风俗，径直摸到主人房来，昏暗中却看到床上躺着个衣衫不整的美妇。他色胆包天，竟然去床上与赵寡妇同寝。那赵寡妇早就知道你对她有情，此时也只好半推半就了……只是却看错了人。

"然后，真正的奸夫，也就是你，回来此屋后便摸到床上，却摸到一个秃头。想起赵寡妇平日里对你也是眉来眼去的，此时本是水到渠成的时候，她竟然在自己家与另外的奸夫幽会！可想而知你是如何忌恨，你便杀心顿起，拿刀将二人砍死在床上。

"等你清醒过来，才意识到惹了大祸。仓皇之间，你心生毒计，竟狠心又杀死了自己的妻子，再回来这边将和尚拖下床摆在地上，在他身上乱砍几刀，又伪造了现场。最后，就是在自己手腕上砍了一刀……这都是适才赵寡妇的魂魄'亲口'告诉我的。"

众人惊讶地看着郑大，只见郑大满头大汗，口齿已不清了："胡，胡说，你，你有什么证据说我杀人，这是人命案，你不能凭障眼法就说我有罪！"

"你说是快天亮时回家发现了这一幕，其实你至少是前半夜回家的。贫道颇通医术，甚至跟仵作学过验尸，按死者尸僵、尸斑看，死亡的三人都是差不多同一时间死的，而时间，应是夜里子时丑时之间。

"三人脖子上都有刀伤，只是赵寡妇与野和尚的都是被仰面正砍的创口，而丁氏的创口则在脖子左侧，明显是被对面站立之人右手挥刀砍的……这些都是致命伤，也就是生前伤，有鲜血喷溅，死后创口会哆开明显。而那和尚身上的伤，流血不多，伤口哆开不明显，即是说他的创口是死后伤，这分明是凶手为了伪造与之搏斗的假象，在其死后砍到身上的……等一会儿仵作来了，必然也是同样的说法。

"郑大，你自以为伪造好了现场，其实犯了个大错！"

"什么大错？"郑大忙问，忽然意识到不该这么问，脸色刷地白了。

"那野和尚是个左撇子！之前他炼假银时被我揭穿，这事我记得清楚，彼时街上看热闹的人，比如裕丰银号的肖掌柜都可以证明这事。"

这时一个后生叫道："对对，我见过那和尚拿矿砂炼银子，他确实是个左撇子！"

琼于点点头，又道："如果一个左撇子与你搏斗，那他手里的刀应该是砍在你身体右边，而你却包扎着左手腕，这定是你使的苦肉计，自己拿刀砍上去的。"

郑大的身体不由自主地颤抖起来，努力想要再辩，却又无话可说似的。

十三公喝道："混账东西，两位道长是慧眼识真的神仙，现在铁证如山，你要还说自己不是凶手，那只好送到衙门大刑伺候了，不如趁官差来之前承认，咱到时给你证明，算是你自首悔过！"

郑大忽然瘫倒在地上，大号一声："婆子，我对不起你啊！"

两人走出了院门，十三公对他们作揖谢道："两位道长真是道行高深，才多少会工夫，就破了三条人命的大案，今天咱算是开了眼了。道长可一定要住在咱镇子这，以后要是再出了什么怪事邪事，也有人能镇得住。若是那齐家老宅不好入手，道长只管来找咱，咱帮着选更好的宅子。"

琼于微笑道："言重了，我二人只不过会些微末之技而已。"

镜屏白了他一眼，对十三公说："我这夫君就是爱谦虚，其实这案子能破，并非完全出于道术，是仔细推敲后才能得知了全部真相。"她正想再说，琼于却拉着她胳膊走了。

十三公看着他们的背影，正不住佩服，看到旁边那个指认的后生，问："你见过那野和尚在咱镇上行骗，怎么也没告诉我？"

"我没见过他！是那个女道长事先交代我那么说的。她说郑大肯定是凶手，不如诈一诈他，他一心虚说不定就认了……要是能在官差来之前就破了案，叔公也算是立了一功。"

十三公听了恍然大悟，又叹服不已，直说"高人，高人"。

天快黑了，琼于看看天，说："本来是要去拜访那咸先生，却被郑大案牵扯了大半天，明天再去吧。"两人只好往回走。

路上，镜屏搭着琼于的肩膀说："痰盂你瞎掰的功夫越来越厉害啦，我都觉得和我不相上下了。"

"耳濡目染，总有些收获。话说回来，你那招'迷情虚影'能否再有些精进啊，不要总是幻化出纹丝不动的女人影像，若是碰上心智强硬的人，便唬不住他了。再者，我有些不明白，为何有的人能看到虚影，有的人却像是看不到？"

"心虚的，容易被别人诱导的人就容易看到。这一招练起来太费神了！我师兄聿元子练了这么多年，也只能幻化来去飘浮的人影。"

琼于揶揄道："你如此不求甚解，又怕吃苦，还修什么外功，不如听你师兄的，回龙虎山去吧。"

镜屏白了他一眼："你怎么知道我怕吃苦？我只不过是不想练那些没意思的！"

"所以只好靠耍嘴皮子走江湖了。"

"哎，你这野道士，有什么资格教训我，你除了会点小聪明、靠瞎掰套人家话，什么都不会！你要不跟着我，能遇上这些案子吗？"

琼于看她生气了，便不再反驳，自顾自走他的。

镜屏见他这样，更加反感：这人可真没劲，连吵个架也不配合。他除了调查案情和思索谜题时显得挺机智，其余的时候总是薄情寡义、冷漠刻薄，在他心里，真把自己当朋友了吗？

镜屏气哼哼的正不知该如何再与他搭话，琼于却抬起头，像是自言自语，又像是在对镜屏说："壮和尚为什么会出现在这里？这件事闲时还需再调查一下！"

镜屏一听，气得咬牙切齿，自己那么在意他，他此刻却还在想着案情呢！

她跺了跺脚，转身就走了。

十九 点滴

镜屏气哼哼往回走着，快走到齐家老宅时，迎面碰上了诗茵。诗茵将她拉到一旁，神秘地说："快回去，我给许大娘送了点心，里面掺了一点迷药，她和憨宝应该快要睡了。咱们把枕头给她枕上，看还有什么发现。"

镜屏连忙与诗茵回家，镜屏回房取了枕头，便直奔许大娘房间……诗茵早已等在那里了。

两人进了屋，镜屏见许大娘果然已经昏睡了，便给她枕上枕头，这时不免有点担心起来，说："玉痰盂怎么没跟回来？难道他又去找那个咸先生了？哎，这边要是出现了什么重要的线索，我自己恐怕想不明白啊！"

傍晚，雨下得更大了。这么大的雨已经足足下了半个多月。

眼前这一片堤坝早已经被水泡软了，不知什么时候，就可能被汹涌的河水冲开。附近镇里和村里但凡能被征召的男丁，这时都被征来加固堤坝了。这坝能否守得住，关系到下游数千条人命的安危。

"齐员外，你已经尽到了一位士绅的责任，不必待在河坝上，快回家歇息吧。"亲自指挥防洪的县令老爷劝道……这是县令老爷说的最后一句话，之后，他和两百多个守堤的男人一起死在了决堤的洪水中。

景象忽然变了。

自己正慢慢地往回走，路过一条巷子，各家各户的院门里纷纷伸出了女人和老人们写满不安的面容，她们互相安慰着，又不停地咒骂着这连绵不绝的大雨。只有几个孩子不知死活，披着大人的蓑衣在街上踩水玩。

女人们看到这边，都急切地走上前来，询问起上游的情况和自家男人的消息，只是自己早已疲惫不堪，根本无法应付。当得到的不是她们满意的答复时，她们又都投来了忌妒的目光。

"有钱人家就是好啊，这时候也不用受累"……这样的话不断传入耳中。

只是，她们想错了：只要坝堤决口，所有人不分贵贱，都要面对滔天的洪水，家财万贯，顺心如意的生活瞬间便要灰飞烟灭，自己和家人也必将和全镇百姓一起被洪水吞没！

"多想继续活着啊！"

躺在床上的许大娘忽然不安地挣扎起来，豆大的汗珠从额头上渗了出来，滚落的汗水已将枕头濡湿了。开始时，她像被什么噎住了，想喊却又喊不出来的样子。努力了许久之后，睡梦中的许大娘终于努力而又紧张地说出了一句话："大水，大水来了！"

"大水？"琮于小声说。镜屏和诗茵吓了一跳，不知他什么时候回来的，只见他手里拿着个做工精致的小木方盒，正站在一边仔细看着许大娘。

又死了一个。

以前每天都会见到的刘三顺，都说他壮得像头牛，几天不见，已经瘦得像一副枯柴，眼圈黑的像僵尸一样，被他兄弟草草埋在了北山边。

果然是大灾之后必有大疫啊，从那场大水过后，幸存下来的人便接二连三地得病。

先是从附近村庄陆续而来的流民，接着连外县的流民也来了。本来被洪灾害掉大半人口的镇子，此时忽然人满为患起来。可这是一群多么虚弱的人啊，他们挤在一起，难免要生出疫病来了。刚开始只是老人和孩子得病，那时还以为是饥饿所致，到后来刚吃完义粥的男人也忽然倒下了好几个，这才引起人们的注意。但此时已经晚了，每个人身体里早已被传染上的疫病像是约好了一样，忽然在同一时间暴发了。

当第一个人倒下去的时候，镇上其他人还都为之哀恸，当短短几天内，上百人接连死去的时候，剩下的人只想快点将他们埋掉而已。

官府害怕疫病传出，竟将镇子封了起来……本来就是环山的地方，进口出口各只有一个，派兵把住，镇里的人便绝无可能再出去了。官府虽每天往里扔些粮食药物，可虚弱的人们连过去捡的力气也没有了……人间地狱，说的就是这种情景吧！

虽然自己很幸运的没有得病，可看着眼前这片惨不忍睹的景象，又怎能独善其身呢？

人的性命为何这么轻贱，这么脆弱啊！

许大娘紧闭的双眼中不停地流出眼睛，嘴里喃喃地说："疫灾还要死多少人！都快死光了呀！"

琼、镜互相对视一眼，镜屏小声说："怎么又有了疫灾？"

一个道士举着一个写有"灵丹妙药"的幌子，摇着铃走来，边走边说："欲济苍生，先施灵药；食者长生，悟者得道！"

忍不住问那个道士："道长，这世上真有长生之术吗？"

"我知道你是谁，也知道你现在的困惑。实话告诉你，长生术是绝对有的。只不过，这世间万物都是相生相演、相消相克的，也就是说，当你得到之时，正是别人失去之时，如果是这样，你愿意吗？"

映入眼帘的是一封休书。

这张纸拈在手中轻如鸿毛，却如巨石一样压在心头。这纸上书写的寥寥数字，即将结束夫妻间近二十年的情义吗？

这妇人真是无情啊，她竟然早就写好了休书，只等着自己签字画押了。

"你整天又烧又炼的，对家人和产业都不管不顾，我和你过不下去了！你趁早将我休了吧，算是对我跟着你辛苦这么多年的报答！你要是不愿意，我，我就砸了你的丹炉，整天跟你闹！"

愚妇啊，你哪会明白，人生如白驹过隙，若是不为将来打算，不过二三十年，我们就都要化成一具枯骨了！

睡梦中的许大娘语速有快有慢，许多话根本听不清也听不明白，琼于只好将耳朵贴近她嘴唇去听，终于又听清了一句话："你真要离我们父女而去吗？"

愚妇带着她的嫁妆回娘家了。她虽是个可悲的女人，倒还有几丝亲情，临走的时候，还不忘将家里的事详细交代给了管家；也还像个母亲似的，对女儿难分难舍。哼，去吧，去吧，还交代什么，管家已经不需要了，下人们也都不需要了，过阵子就让他们全回家。这座宅子里只要有我们父女俩就足够了，等到金丹炼成的那天，我和蔓儿便能一起获得所有人梦寐以求的长生！

我和蔓儿会永远一起活着！

许大娘梦得更深了，眼皮下的眼珠快速翻滚起来，不时地喃喃自语，忽然，她沙哑的嗓子喊了一句："娘，你别走！"

"娘？谁的娘？"琼于越发觉得奇怪了。

眼前的这个溶洞，虽深藏在山腹中，却一点也不潮湿，又有一条地下河流过，实在是一处绝好的烧炼场。这样的地方居然就近在咫尺，这难道不正是上天在助我成功吗！

"好了，只要把这份黄精与丹砂拌好，放到炉中炼上一个半时辰就可以了！"

"蔓儿，别在乎那些愚人对咱们的奚落，总有一天，爹爹定会叫他们吃惊的！"

"爹爹，你快看，已经有一只小龟出壳了，啊，竟然是白色的小龟！"

"嗯，真稀罕啊！这种龟寿命极长，只是母龟每次只产卵几枚，而且只有一只龟能出壳，有时候还可能所有的卵都坏掉。可惜，它毕竟是刚出壳的小龟，如果能捉到那只母龟，哪怕是见一见，也是天大的缘分了……它可能已经活了上千年了啊！"

"爹爹，你今天怎么这么高兴？平常都很少和我说话，想和你玩，你总嫌我缠你。"

"……蔓儿，再给爹一些时间，爹就成功了！"

"爹爹，我一点也不怪你，我知道你最爱我，你做这些事都是为了让我和你能永远在一起！"

爹爹又叫自己喝他的药了，现在听到的爹爹对自己说的最多的话就是："蔓儿，这是今天刚炼出来的金液，你快喝喝试试！"

那些药汤还有药丸都苦极了，可为了让爹爹高兴，自己只好硬着头皮往下咽，可心里多想让爹爹不要再弄这些了，带自己去上面玩玩……已经很久没出去了，很久没见阳光了。

想娘了啊！

"爹爹，求你了，我不想喝了！"

"混账，这是为你好，喝了它，你就能获得长生，你不是说要永远陪着爹吗！"

"爹爹，你知道吗，蔓儿经常肚子疼，脚趾有好几个都烂了，可你为什么不管管我？爹爹，你什么时候才能炼好你的丹药啊？"

许大娘面露痛苦的神色，不停地说着："爹爹，求你了，我不想喝了！"

小白龟长得很快，它现在成了自己唯一的玩伴了。

"蔓儿！"

爹爹从上面下来，照例又背又拎了一些他烧丹用的石粉药粉，还有些自己喜欢吃的东西。自己迎上去的时候，才看到爹爹后面还跟着一个小男孩……多久了呀，忘了多久没有见过另外的人了！

"这是谁？"

"他是个叫花子，叫木栓儿，以后你就跟他玩吧！"爹爹说完这句，就又去忙他的了。

小乞丐蹲在角落里，怯生生的。想拉拉他的袖子，他本想躲开，迟疑了一下，又把手伸了回来。

"木栓儿，你愿意跟我玩吗？"

此时的许大娘嘴角竟露出一丝微笑来，说："小乞丐，你是叫木栓儿吗？你愿意跟我玩吗？"那是一种轻轻的、柔弱的语气，就像是一个小姑娘的声音。

"小乞丐？怎么又出了个小乞丐？这都梦见什么了呀，越来越乱了！"镜屏忍不住说道。琼于看了镜屏一眼，眼中也是写满了疑惑。

"齐大伯说，领我回来就是叫我陪你玩！"

"是吗？爹真是太好了！我从来没提过，他怎么会知道我的心意？"

"俺不知道。俺正要饭呢，大伯过来问俺还有爹娘亲人吗？俺说爹娘疫灾时都死了，就剩俺了。他就说那跟他走吧，他管咱饭，让俺陪着你玩！"

"那你会玩双陆棋吗？"

"不会，你教教俺吧！"

"好啊，可双陆棋得有三个人玩才行……爹爹，你和我们一起玩双陆吧！"

爹却忽然一阵猛烈的咳嗽："爹忙着呢，你们玩别的。"

虽然爹不陪自己玩，可总算有木栓儿了。

"木栓儿，你和的泥不行呀，你看你的房子都塌了呀！"

木栓儿笑了，木栓儿一笑就有两个深深的酒窝，很好看，自己就是喜欢看他笑。

可是，这是自己最后一次看到他笑！

"炼成了！炼成了！蔓儿，以后爹就可以永远陪着你了！"

"蔓儿，快将这颗丹拿这碗药送下去，你就可以长生了，你就可以和爹永远在一起了！"

许大娘除了眼睛还紧闭着，满脸都显出了兴奋之色，说道："蔓儿，这次是真的，快服下这药，我们就可以长生了！"

鸡叫了。

三人这才意识到已经过了整整一夜了，不免慌了起来……许大娘随时可能会醒来！

只见诗茵从袖口里掏出一个小瓷瓶，拧开盖在许大娘鼻孔处晃了几晃，便觉许大娘眉毛舒缓了许多，气息又均匀了下来。镜屏问："这是什么？"

"别怕，就是迷烟而已，叫她再多睡一会儿！"

琼于惊奇地看了诗茵一眼，她却回避了他的目光，将许大娘的头抱了起来。镜屏会意，抽出了枕头，又换上了原来的枕头。三人赶紧收拾了一下要走，琼于忽然想起什么，又搜了一下枕边和床边，果然已经找不到那些书册了。琼于还想再找，却被镜屏扯了胳膊拉走了。

片刻后，许大娘醒了过来，她看着略显凌乱的枕头和被褥，又看看明显是重新掩上的门扇，眼神中流露出几丝不安，那不安瞬间又转换为恨意，久久地停留在许大娘疲惫的脸上。

二十　新装扮

三人走回所住院子，诗茵忽然问琼于："你去找咸先生了吗？"

琼于很有意味地看了看她，说："还没有，你为何这么着急叫我们去找他？"

诗茵并不直视琼于，打了个哈欠说："和你们守了一夜，困死了，我还要伺候我夫君起床，先回去了。早饭没得吃，你们还是去镇上找点东西吃吧。"说着便回了自己屋里。

琼于和镜屏却没有睡意，便往后宅闲走。这时旭日东升，照在荒草丛生的园子里，虽然色彩饱暖，背阴处却还是十分阴寒。琼于先开口说："镜屏，现在线索多了不少，不如我们来分析一下案情吧？"

"哎，我可还没跟你和好呢！"

琼于笑了笑，将他一直拿在手里的小木盒子递给镜屏。镜屏忙抢过来打开一看，原来是个妆盒，里面层层叠套，装着各种胭脂水粉。镜屏顿时喜得眉飞色舞："哎呀，玉痰盂，干吗送我这个？"

"觉得你做女人打扮时很好看。"

纵然平时再怎么大咧咧，被一个男人这么称赞，镜屏此刻也不免有些娇羞起来。

"不管你平时如何半吊子不正经，咱们查案时配合得倒很默契。尤其是你向别人询问时，总是能在不经意间切入到要害上！"琼于又一本正经地说，只是这话锋转得太快，镜屏刚有点红的脸顿时又气白了，狠狠地白了琼于一眼，琼于却早转过身去，自言自语地说："可惜，不能直接进入她梦中，只能通过那些只言片语的梦话猜测了。许大娘的梦中出现了洪水、瘟疫，还出现了几个人：齐员外、他女儿蔓儿，还有一个叫木栓儿的小乞丐。后来的话也印证了我们打听到的那些传闻……齐员外沉迷于炼丹，并经常逼迫蔓儿试药。"

镜屏坐在旁边石头上，没好气地说："这不就都对了，所有线索都说明，是齐蔓儿的魂灵附了许大娘身上了。"

"我的直觉……虽然我一向告诫自己查案不要相信直觉，可我总觉得真相远比这复杂！只是线索还有许多缺失，要是能再让许大娘来一次这样的深梦就好了。"

"再来一次？她现在恐怕正在怨恨我们呢，只不过她是寄人篱下，还不敢轻易造次和诗茵夫妇翻脸，只是她绝不会再轻易上当了。再说，就算再叫她梦一次又能怎样呢？"

"很明显，齐员外自以为炼成了灵丹，可那之后又发生了什么？"

"还能怎样？根本没有那种灵丹，所以，肯定是最后一次吃多了，父女俩都死了！"

"那这个时间到底是什么时候？为什么不是梦到死在大火中呢？"琼于眉头紧锁："如果能找到当年的小乞丐木栓儿，一切就都清楚了！"

琼于将所有线索细细想了一遍，镜屏则继续玩她的首饰盒。许久，琼于终于道："这件案子，目前不过是弄清了问题，可离得到答案还很遥远。"

"那还废什么话？"

"这已算很难得的进展了。"

"行了行了，别卖关子了，你快说说，都有什么收获？"

"此案确实复杂，因为它存在着三方面的疑问：灵龟宫之谜，诗茵之谜，许大娘和齐宅之谜！"

"诗茵？你怎么连雇主一起怀疑啊？"

"上次大树那件案子不正是雇主一手造成的吗？在弄清真相前，一切皆可怀疑！先说灵龟宫，问题有三：

"一者，当年的老和尚为什么会坠崖而死。"

"哎哟痰盂，你管得还真多，这样的陈年往事，恐怕只有那小和尚才会知道吧，再说这与本案有什么关系？"

"或许有关，或许无关，可只要是谜题，就是要让人破解的。小和尚就是现在的灵龟宫观主安然士，那老和尚死时，他不过是个孩子，且他自己也因此过了一阵子苦日子，所以对于老和尚的死，他可以说毫无动机，大可排除他的嫌疑。但是老和尚的死算是一切事情的起点，之后一连串事件开始接二连三地展开，所以，这且算是有关灵龟宫的第一个谜。二者，那安然士精于占卜是否真实，那所谓的灵龟验应，到底是怎么实现的？三者，郑大的案子，意外地出现了野和尚。须知郑大曾去灵龟宫许愿，而野和尚也曾说过要去灵龟宫挂搭，这仅仅是巧合吗？

"接下来再说诗茵，从认识她起，她的所作所为便让我十分疑惑，可以说围绕在她身上的谜一点也不比其他方面的少。一者，这个美丽聪明的女子以这么奇怪的方式和那落魄公子在一起，到底是为了完成什么使命，这使命的前因为何；二者，为什么她坚持要买下这么一个一般人眼里的荒宅；三者，太多的言谈举止和处事的细微之处，都让我觉得诗茵极不寻常，她，到底是何来历？

"以上这两方面虽然谜题重重，总归还不算当务之急。当务之急，是弄清本案最大的谜团：许大娘和齐宅之谜。许大娘是因为来了齐宅后有了异常之举，在我看来，只要弄清两者其一，另外的自然就清楚了，所以她和齐宅的事可以合为一说。

"而这方面的谜题就更叫人迷惑了：一者，许大娘在第一次梦境中曾道出了她童养媳的身世，后来她又被迫出家，嫁给了富商，本该安享生活，可为何又如此崇慕歪门邪道，沉迷起那些虚无缥缈的事情；二者，已经提过了，她为何莫名其妙地来了这里，又是怎么中的邪，怎么被齐蔓儿的怨灵附了身？三者，她为何对收养小乞丐这么感兴趣，她梦话中也提到了小乞丐，两下相映，叫我越发怀疑此事的动机。四者，齐宅闹鬼的时间充满了玄机……它并非是一直持续的，而是时断时续……还记得你说过'看来鬼魂不想别人打扰'吗，或许齐员外并没有杀他女儿，齐员外和蔓儿，还有那个小乞丐木栓儿是否真的死了也不可知，说不定他们正躲藏在这世间，甚至这宅子的某处呢！"

琼于看着一脸惊恐的镜屏，意味深长地说道："已经过了这么多年，这不比真正的鬼魂还要可怕吗！"

二十一 咸先生

此时已是上午，琼于对镜屏道："必须尽快调查清楚许大娘这条线……诗茵多次提醒我去找咸先生，不如我现在就去，希望能有新的收获。这段时间，你只需严守勿动。"镜屏早困得不行了，乐得琼于不叫她一起去，便将胭脂盒小心收了起来，伸着懒腰回了屋。

过了约两刻后，琼于到了镇上，按诗茵所说，又打听了几个路人，不一会儿便找到了烟水巷，只是所见都是一般民居，走完了巷子也没见到什么特别的居所。这时看到迎面有人走来，原来径直往前走出巷子，是一片湖边湿地，长满了高高的水草，水草中有条小路，在巷子中是看不到的，必须走到近前才能发现。琼于顺着这条路走过去，见小路都是整洁的石板砌成的，小路两边还种了许多花草，再往外才是野草。小路尽头是一片不大不小的湖水，青山环绕，绿水微漾。

小路的右边，紧挨着湖水起出一座十分雅致的宅园。那宅子围墙边都种着月季，且品种繁多，其中还有开白色、绿色花的异种，又有许多品种也颇为少见，枝条又长又茂，将围墙都盖满了。此时正是繁花盛开，眼前只见一条长长的花墙，五颜六色，被上午的阳光一照，美得叫人眩晕。

这么爱花的人总归不会太庸俗。

琼于这样想着，便走到院门前，见院门大开，门内有个老头正打盹。琼于刚想询问，他自己先醒了，问："客人是来查书的？去吧去吧，咸先生在正厅与客人们聊天呢。"

琼于也不多说，绕过迎门墙，只见一个约两亩的院子，被小路分割成几片花圃，里面种着各型花草，搭配得恰到好处，再杂以小树、鱼缸、鱼池，还有两只小猫在其间穿梭，动静皆宜，错落有致，这意境比那些千篇一律的园林不知生动了多少，足见主人的风情高妙。园子正面是一排厅堂，两边是带厢廊的房间，远远听到从正厅里传来说笑的声音。

琼于不走直通正厅的花间小路，而往右边厢廊走去。只见厢廊的廊柱、飞檐、门扇、窗格等物看似粗略，其实很好地利用了空间方位进行了精心布局，让光线能顺利到达廊中和房间的每个角落，可谓大细就简。厢廊里的几扇门都开着，琼于随便进了一扇门，才发现整个右厢房并没有再分房间，而是通体一间，里面是一排排的书架，都摆满了书籍……不用说左厢房也是如此了。身处这浩瀚书海中，闻着墨香四溢，琼于竟有些兴奋起来。

每一排书架上都贴了标签。琼于看到第一架第一排上贴的标签写着"咸氏宗谱"，最右边摆着一套装帧精致的书，这套书里最左边的一本书中缝上写着"湖州咸氏第十二卷"，看排序是最大的一本，便抽了出来，翻到后面，写的是一个叫咸槿的人的生平，讲他二十岁就中了近士，曾在福建泉州为官，还曾作为大明使节出使过南洋，后厌倦仕途，辞官回乡。他平时酷爱读书藏书，几近痴迷，用后半生二十多年的时间建起湖州府最大的私人藏书馆，并于五十岁时安然离世，死时正在凉亭中边品茗边看书，以手托腮，面带微笑，想是看到了动情之处吧。

讲完咸槿后，就是空白了，看来这咸槿是最近死去的咸氏族人，再往下的族人都还在世。琼于又翻到这卷书首页，果然附有一张折页，是这一支咸氏的家族谱系，看来子孙不旺：自元朝末年由台州府迁至湖州府的第一代咸氏祖先算起，到咸槿为止共传八代，有六代都是单传，那两代虽有两个儿子，可没留下后代就早逝了。而且咸家人原本并不住在小风镇，搬到小风镇定居的正是咸槿。琼于看到咸槿以下也只有一代，名字是：咸莘荑。

琼于将书放回原处摆好，便走出房间，顺着厢廊，循声走到正厅门口，只见门首悬着一块匾，那匾不加任何花雕藻饰，可说是朴实无华，写着"闲话坊"三个字。

往里看，有一面很大的迎门屏风，上面是一幅绢绣的山水画。琼于诗没什么研究，只看了落款，写着"咸槿画"。他头一看，见门口摆了几双鞋。琼于会意，便将鞋子脱了，只是那袜子太有年月了，上面的补丁不止一层，还是有几个脚趾露了出来。他无奈地笑了笑，便往厅里走。

绕过屏风才发现，那屏风上是一幅双面绣，内里的一面只绣了一首诗，落款写着"咸槿诗，闲话坊咸先生书"。琼于转过身，见闲话坊是个很大的厅馆，前后都有门，两边也摆满了书架，中央则留出了一大块空地，铺上了地毯，两边各摆了一排四张小桌，正中前方则有一个较大的书案。有几个人坐在小桌边，有盘腿坐的，也有跪的。每个人面前的小桌上都放了两盘点心小食，摆了一副茶具，有人正自斟自饮着。

那盘腿坐在中间书案后的人，令琼于很是意外：虽然那人一身男装儒士的打扮，可那清秀的脸庞，高挑的细眉，和自己长久以来跟镜屏相处的经验，都叫琼于一眼看出，那是个女人……咸先生竟是个女子，这几天里碰到的有意思的事真是太多了！

在场众人正在津津有味地听一个人说话，见到琼于来，只是点点头。那"咸先生"见到琼于，便往旁边看了一眼，有个小丫鬟便走了过来，领着琼于坐到右手边一个空着的小桌后，说了声"请"字，示意琼于坐下。自己则返身走了，不一会儿，小丫鬟又回来，往这个小桌上摆了一套和别人一样的点心茶具……那茶壶是很薄的铁壶，架在一个点着半截牛蜡的小炉上，如此便总是能喝到热茶汤了。

这时，那个说话的客人说完了……看来他讲的是一个有趣的故事，众人都笑着鼓起掌来，有几个人还点评了一番，丫鬟则趁此间歇给每一位客人又添了茶水点心。琼于立刻便喜欢上这种清雅的气氛。

咸先生用一种很清朗却有底气的声音说道："张仵作，你也来了？不是听说镇里发生了人命大案吗，怎么不见你忙碌？"

旁边的一个中年人笑着答道："先生说的是郑大杀人案吧，呵呵，说起来真运气啊，这件案子在我们官府的人到现场之前，就被一对道士夫妇轻易破了。听十三公说，那坤道人颇有些法力，能拘来死人灵魂；那乾道士察情破案则很有一手，还懂看尸斑、尸僵、血迹，这可都是我们仵作才会去钻研的门道啊。平常一遇到人命案，我们仵作辛苦受累不说，要破不了案老爷们还得先拿我们出气，这次被人家这么一代劳，官府的人就只剩下套索拉人了，这真是自我干了这一行从未有过的运气。"

"哦？竟有这样的奇人，你见到了吗？可否请他们来一叙？"

"我们去的时候人家已经走了。不过据十三公说，他们要在咱镇上买宅子定居，那以后有的是机会见面了！"

琼于不动声色地抿了一口茶。

"张仵作，那你今日来有何事？"

"听说先生家藏着南宋珍和本的《洗冤集录》，嘿嘿，想借来看看。"

"那可是孤本，里面有如何验枯骨毒伤的内容，还记载了一些奇特案例，比如产妇死后分娩、闺房秘戏致死等，比通行的《洗冤录》多了许多章节。"她说闺房秘戏时，其他人都看着张仵作偷笑，张仵作脸红起来，而她却很从容自然。

"正因为这才想看看！"

"那你先给大家讲个故事吧……讲得有趣，我再借给你。"

"那我讲张举烧猪辨冤？"

另一个客人忙说："不好不好，这个我知道。是说三国时吴人张举用火烧一头死猪和一头活猪，发现烧焦后原本活的猪口中有灰尘，而死猪口中却没有，从而证明：若是人在生前困在火场被烧死，死后口、咽也应有灰尘，否则就是死后抛尸于火场……好像这故事里的死者口中就无灰尘，由此推定是先被谋杀而后纵火伪造现场，那报案的老婆是谋杀亲夫而又假意报官。这故事连小孩都知道，再换个别的吧！"

众人都笑着鼓掌。张仵作笑了笑，正想再讲，琼于插话道："光靠检查口中的灰尘其实还是很片面，除此外也要仔细检查尸体形状及各处皮肉。比如凶手将人打晕或用细绳绑住后抛入火场中，他死后口中也会有灰尘，这就并非意外，还是谋杀。另外还要看死者身下所压着的地面，如果和其他地方相比，没有被火烤的迹象，说明死时没怎么挣扎，一直压着那里，这很可能是死后扔进火场。再者，生前烧死，死者肌肉收缩，烧后两手抱拳，身体曾现蜷曲状；眼角有'鸭爪纹'，那是因为被烟熏火烤之下，眼皮会下意识紧闭，眼角的皱纹不能被烟尘进入而形成独特的纹样……方法很多，不可一概而论。"

众人不约而同地向坐在最边上的这个新客人看去，咸先生也仔细看了看这个一身邋遢、道士打扮的人。琼于微微一笑："并非在下故意显摆，听说这位朋友是仵作，或许在下所讲的对他能有些用处。"

张仵作重重地点点头，赶紧掏了一管笔和一个小簿子，用舌头舔了舔笔尖，做起记录来。他记完后笑着说："这位……道长？嗯，道长说得很有道理。不知你怎么会知道这些？"

"偶然听人家聊起，就记住了，还是你接着说。"

"既然如此，那我讲一个亲历的案件吧。"

众人都兴致勃勃地看着张仵作，只听他讲道："这是我去年到嘉兴府秀水县参与的案子：有个游方的和尚，夜晚向一家人投宿，人家不愿意，他却死赖着不走，说累得不行了，哪怕就在门口的破车上睡一宿也好，那家人只好同意了。谁知半夜里，和尚自睡梦中醒来，却见到有人拿梯子搭到楼上，爬上去接了一个女子下来，身上还背着个大包袱。和尚马上猜到这是奸夫淫妇裹掠了财物要私奔，虽然如此，可他又不敢上前阻止，又怕等到天亮这家人发现失了人口财物，难免要怀疑他。他只好连夜逃走，谁知慌不择路的时候，竟掉进一个枯井中，只是跌到一个软软的东西上面，不至于摔死……那也摔得够疼的。

"漆黑中他乱摸一气，竟摸出那软软的东西是一具尸体，而且胸部隆起，分明是个女人。这女人脖颈上还流着温热的血，这必是刚被砍死不久扔下井来的。可怜这和尚就这么又疼又怕地过了一夜。天亮后，失窃的人家找来，才将他拉了上去……那还用说，被痛打了一顿后送到衙门。和尚先就吃了顿打，早吓傻了，衙门里又一顿大刑伺候，他熬刑不住，便胡乱招供说他与那女人本来就有染，约好了私奔，可又怕带着个女人上路不方便，便杀了她推入井中，自己却不小心也掉了进去，财物当时放在井边，可能后来被路人拾走了。

"和尚既这么一说，自然被定了死罪，上报省里按察司，省里也同意这裁决，上个月正要报往刑部。谁知正碰上京里派下来的巡按御史冯大人来咱省巡视。那冯大人是青天慧眼，一下便看出了疑点，发回重审，秀水县的县令老爷慌了，便向咱们这边借调了我等，秀水那边又按冯大人指示重新调查，终于将这件冤案审理明白了。"

咸先生问："冯巡按是怎么看出了疑点？"

张仵作却不回答，看着琼于坏笑了一下："道长看来对勘案颇有些研究，请问你对这案件有什么看法？"

琼于略一想，说："疑点很多：一者，倘若凶手真是和尚，他只会杀了女人拿钱走人，怎么会自己也掉到井里；二者，和尚若真有预谋，只会夜里偷偷去事主家拐人、窃财，哪会事先死赖着投宿，生怕人家不知道他来了；三者，那女尸被扔进枯井，和尚也是在走路中跌落枯井，说明这井在道旁不远，夜里走那条路的人是有可能掉进去的，虽然很巧却并非没有可能，不能依此断定和尚和女人是一起的；四者，女人是被砍死的，找到凶器是结案首要之一；失窃财物，搜索财物下落是结案首要之二，可本案中没提到这些，若不是张仵作忘了讲，就是那秀水县令糊涂至极。五者，人命案一定要搞清凶手动机、人证物证都要互为佐证才行。那和尚是游方到本地的，完全可以问问当地人认不认识他，就会发现疑点……试问一个之前从没到过本地的人，去人家家里偷窃也罢了，怎么可能成功拐走一个成年人呢？

"倘若官员能理智分析，先问清家里遗失了什么财物，再问女人最近与什么人来往密切，有什么异常行为……可想而知，这女人被诱私奔又被杀害，总归机灵不到哪去的，这种人要打算私奔，是很难事先不动声色的。如此便可能得到一些线索，再立即沿路搜捕，即使不能马上捉到凶手，只要那些财物一见光，离捉住真凶也不远了……可惜，都过去快半年了，想捉真凶怕是难了。"

张仵作惊奇地看着琼于，问："道长，你是哪个山门，修的是哪派道法，怎么对推理案情有这么深的见地？"

"在下是真大派第二十三代道正，没有山门。"

"咦，道长会不会就是……"

"就是你适才说的破了郑大杀人案的人。"他这么一说，在场众人无不以惊讶的目光看着他。

"啊！原来就是道长神速地破了案，这么着那就难怪了。道长怎么就急着走了？县令爷还想赏你们夫妇呢！"

"修行之人不在乎回馈。"

"哎呀呀，道长真是奇人。实不相瞒，刚才那个和尚的冤案，连冯巡按也没有你分析得这么透彻，他只在批示中提到了你所说的第一、二、四条。更没提如何捉到真凶……说到这里，敢问道长，若是现在这时节，如何能抓到那真凶呢？"

"也有办法,却只能抱三分希望了……那冤枉的和尚现在何处?"

"上个月刚发回重审,如今虽然明知他是冤枉的,可找不到真凶,也没法轻易放他。"

"什么?"琼于不禁怒了起来,他很少发怒,且外表对怒火的呈现远不及心里,只有一对紧皱的眉毛和忽然提高的音量,让人得知此刻他确实愤怒了:"草菅人命!这样的庸官我何必替他出谋划策!"

"道长,你要是真有主意,快请赐教啊。说实话,那糊涂官不是我上司,我本来不用替他操心,可那和尚毕竟冤枉啊,要是能早日抓到真凶,他也能早日脱身!"

琼于听他这么说,只好叹了口气,说:"好吧。正如我适才所说,凶手能成功拐走女人,那定是和这女人早就熟悉……可以从女人平常熟悉的人,特别是与她关系暧昧的人开始调查,但这种调查必须是暗中进行。先对外宣称,刑部已通过了和尚的死判,且和尚因严刑拷打,已经死在了狱中,以此让真凶放松戒备,然后派衙役四处暗访,还要在当铺赌场等能出赃的地方布下眼线。运气好的话,真凶或许就能落网。"

张仵作不住地点头,其他众人也都不停地称赞。咸先生拍着手说:"老张,你这故事,连同这位道长的解说,我都要记下来,这条目就叫:遇奸急遁终招祸,巡按野道巧察情……你要的书在西三排第四架二层'法司公案'类,限你三天还来,要是缺了一个纸角,我拔光你胡子!"

张仵作笑了笑:"好好,回去我还要将这道长所说的报给县令爷,请他再转达给秀水县令。"

这时丫鬟来问午膳怎么安排,众人一听时间不早了,便都起身告辞,咸先生也不挽留,拱拱手就算送了。又有几个人想借书,咸先生都立即说出那些书所在位置,又告诫了归还日期。众人便都走了,只有琼于愣在那里。

二十二 案情讲解

咸先生这时看看留在原地的琼于，琼于见隔得太远，便走到咸先生旁边的小桌坐下，离近再看这位闲话坊主人，只见她一双美目温润如玉，清澈如水，一身书生打扮，外罩一袭轻绸鹤氅，和她对面，只觉得有一股清逸淡雅之风迎面而来。她将手中的折扇放在案上，微笑着问："还没请教道长名号？有何指教？"

琼于先问："'先生'，就是咸莘荑吧？"

"正是，你看过我家的族谱了？"

琼于点点头，用食指蘸了些茶水，在桌上写了"琼于"两个字。

"琼于？这意思是？"

"师父起的，为器者，为玉乎，为盂乎？"

"嗯，你的师父很有见地。为器时，在乎为盂，有包藏而实用；为人时，在乎为玉，有质地而高洁。"

"……我从未这么想过，先生的解释倒叫我茅塞顿开。"

"道长适才说你属于真大道派。据我所知，这真大派原称大派，由沧州人无忧子创立于金初。其教崇尚无为清静，真常慈俭，不像其他道派那样追求炼养飞升，但以穷究事物之理，明察自然之法为修行根本，在我看来，是最接近'道'的真谛的一种修行方式……怪不得道长能对察案断狱有这么深的研究。"

琼于不禁面露钦佩之色："先生真是博学。"

这时张仵作找到了他想借的书，回来时经过这里，插嘴道："咱先生虽是女子，却是不棟的进士，埋没的翰林。她的书楼是本府最大的藏书楼，省里布政使还想将这书楼扩大成全省甚至江南最大的书楼咧。"

咸先生斜了他一眼，道："官府岂会白白帮我，只怕到时借机夺了我的藏书，这些书是家父的心血，断不会叫别人染指。"

"哎，只是可惜了先生，看了一肚子书，却上不了科场。"张仵作说完，忽然意识到说错话了，装模作样地对自己掌嘴，干笑了笑，赶紧告辞走了。

琼于看到咸先生目光中闪过一丝怒气，只是很快就掩饰过去了。他瞧了瞧周围，道："咸先生坐拥书海，必然做了一身好学问，科举不过是一条叫人跳进名利陷阱的不归路，先生不必觉得失落。"

咸先生奇怪地看了他一眼："道长何出此言？"

"我适才看了你家的族谱：这一代只单传了你一人，而你却是女子。可想而知，令尊定是希望能有个儿子来继承他这满屋的学识的。你从小生活在这种不可能实现的期望之中，表面的刚强也难掩内心的无奈，做男人装扮，即是先生这种心态的表现。"

咸先生听了这番话，很有些不悦，揶揄道："道长虽然善于分析，可也不用碰见什么事都道出个一二三吧……你说得过于自信了，做男人打扮，那只是我的喜好，跟什么父辈期望毫不相干。"说完白了琼于一眼，琼于只是微微一笑。

咸先生也不想刚见面就和人家说话呛火药，便又说："要说在下的学问好，那倒过誉了。我的所谓学问都只源于书上，只做在纸上，不如道长你四处游历见多识广。且听道长适才那一番对案件的分析，那才是致用的大学问呢。说起来，道长到底有何贵干？是借书还是来闲聊？你可知道我的规矩，要想借书，你得先给我讲个故事。"

"我想向先生打听点事。"

"那也一样，先讲个故事吧……要精彩哟，像狐仙幻化成美女与穷书生相会那种，是不行的。"

看来想抓紧时间怕是不能了，琼于想了想，便说："好吧。话说咱们湖州府安吉州有个白景镇，附近有个白鹤村，出村五里有一棵大树……"琼于便讲起了上次经历的大树案。

那件案子错综复杂，虽然琼于讲得很简要，也耗了一个时辰有多。咸先生听得津津有味，等琼于讲完，她不禁鼓了几下掌，赞道："这是道长亲身经历的案件吗？实在是太有趣了。"

琼于点头："那轮到我问了吧……听说咸先生平时修撰地方史志，又爱收集编录野闻杂谈，那你知道齐家老宅的事吗？"

咸先生虽很意外，但看出对方本就是个怪人，关心怪事也不奇怪，她略想了想，便去右边一个架子上翻起来……那架子上倒不是书，而是摆了许多小箱子。她又从旁边取来一个小梯子搭在架子边，爬上梯子，从最高的一层架子上拉出一个箱子，琼于连忙走过去帮她接住。咸先生下了梯子，打开那箱子，里面都是还未集成册的散页、手札，看来是咸先生自己的作品。她翻出一捆用厚牛皮纸包着的散页，拍了拍尘土，对琼于招了招手，两人回去，面对面坐在咸先生的桌边。

咸先生解去捆绳，翻开牛皮纸，里面是厚厚一叠散页，她边找边说："这是我编的《德清闲话》，里面就详细记载了关于齐家的事情，只是许多都是道听途说，未必是事实，权当消遣吧。"说着捡出几页递给琼于。

琼于见字体娟秀，文笔优美，说道："我不由庆幸，你是个女子。"

咸先生停下翻检资料的手，抬起头不悦地问："什么意思？"

"以先生这才气，倘若真是男人，难免就将精力耗在功名仕途上了，或许花费半生做一个庸庸小吏，纵然能成一代宰辅，哪还能留下这些有意思的文字！"

"呵呵，不过借此打发无聊罢了。"咸先生嘴上这么说，可她看琼于很认真地看着那些手稿，心里油然而生了些成就感……这邋遢道士比别人都懂得自己的价值！

琼于将那些资料大体看了一遍，看到他觉得有价值的，便看得认真些：看来所记的内容与十三公说的差不多，只是比他更详细，时间地点都很清楚。琼于边看边在心中整理着已经掌握的各条线索，等他看完，便问咸先生："本地近几十年可发生过洪灾、瘟疫？"

咸先生略想了想，说："好像二十年前曾有过洪水，紧接着又发生了疫灾，待我查查本地县志。"她去西边书架上找了一会儿，回来时抱了几本厚书，往桌上一放，原来是《德清县志》。两人一起查，最后还是咸先生查到了："喏，成化二年，连雨一月，六月初十，苕河决堤，阖县成泽，共死六百三十四人，牲畜无算，小风镇、极乐乡及所属村寨受灾最重，县令许勋亡于堤上，朝廷下召嘉慰；次年，瘟疫死九百零三人，牲畜无算，疫情最重者唯小风镇，全镇人口四分之三皆没。"

琼于赶紧问咸先生要了纸笔，将齐家老宅的种种传闻、许大娘梦中所提到的事件，配合咸先生以及县志中的记载，全部按时间先后做了一个排序。咸先生只见他边写边念叨着奇怪的话，一会儿说"齐员外迷恋丹术是在灾疫后，大约二十年前"，一会儿说"之后，齐宅被大火烧没"，一会儿又说"凤儿在道庵里出家"。琼于见咸先生盯着自己，后面索性不再念叨，只是往纸上写出一条一条的事件。咸先生是有修养的人，虽然很想知道他在忙什么，却自始至终没有打断他，只让丫鬟添茶添点心，自己给他磨墨。

所有事件的顺序一旦排完，琼于立刻露出了惊恐的目光，豆大的汗珠从额头上不断流了下来。

咸先生看他那副表情，赶紧将头扭过来看那张纸，看着不方便，索性转到对面，在琼于旁边坐下，只见那纸上一行一行像记账一样写了许多事情，有些事在《德清闲话》里已有记录，有些事自己却不知道，有些事写得不明不白，倒像是个问题，只见一行写着"凤儿是否存在"，又有一行写着"蔓儿、凤儿、许大娘"，这三个名字间还画了线连起来。

咸先生看得一头雾水，她再也忍不住了，便问："道长这是在做什么？"

"我正在处理一件异常离奇的案子，牵涉到了齐家老宅。此案源于一对近期买下齐宅的夫妇请我和同伴去那里看风水，却发现了许多叫人意外的线索。现今我已经有了关于整个事件的猜想，只是有些事尚需证据去证实。"

"到底是什么样的猜想？"

琼于不答反问："先生对长生之说有什么看法？"

这个怪人的话题转得还真快啊！咸先生无奈地说："长生大多是痴妄之人所追求的缥缈之梦，我当然不信。"

"我之前也不相信，可现在不由得我不信了……如果我的猜想是真的话。只是，用某人的话说，那是以一种令人意想不到的方式实现的长生！"

"不懂道长在说什么。"咸先生想了想，又说："在下对道术修炼没什么见地，只是觉得这世间万物都是相辅相成的，任何事物都应该有始有终，如果一种事物生命太长，就意味着另外的事物生命会变短；若是存在某个灵魂的不朽，那就意味着其他灵魂的消亡。"

琼于拍手点头道："先生说得太对了，可惜我有案件在身，不然倒很想与先生交个朋友了。"

咸先生也很高兴："那我可真要交你这个朋友了，等你忙完这件案子，大可来我这里玩几天。"

"嗯，想想与书香墨气为伴的感觉，不错不错，我也会将以前经历的案件讲给你听！"

"哈哈，那我们现在就是朋友了。"

"既然如此，如果我现在就请先生帮忙，你会不会觉得我太功利？"

咸先生被他的直白逗笑了，说："既然是朋友，自然会鼎力相助了。"

"想借你半屋书，去我一个朋友的书馆里摆一摆。"

"这……"

琼于看着为难的咸先生，那副认真略显懊悔的表情着实可爱，便呵呵笑了起来。咸先生没想到这么邋遢的人却有着一口洁白整齐的牙齿。琼于笑道："还是镜屏最会说笑话，我却没这方面的本事……没有的事，只是一个不成功的玩笑。真正想请先生帮忙的是：家里可有马车借我一用？"

"有，道长想去哪里？"

"长兴县。"

"现在就要去吗？"咸先生看看外面的天，已经到了下午，即使现在出发，到那边已经要天黑了。她又看看琼于郑重地点头，便知他主意已定，立刻叫来丫鬟，"叫老洪快备马车，跟这位琼于道长去一趟长兴。"

琼于很感激地笑了笑，拱手道："我这几天都住在齐家老宅，只是现在回不去了，有几句重要的话要告诉我的同伴胡镜屏，先生可否代劳？"

"当然可以。你可能不知道，你说的买下齐宅的那对夫妇我认识，诗茵姑娘之前还来我这里聊过天，也是个很有趣的女人。"

"虽然不知道，却也猜到了……这位诗茵姑娘一直在助我查案呢！"

"哦？这次的案件必定十分有趣，我很想参与。等案件完结，我能将它记到我的文集里吗？"咸先生眼睛瞟着上面，自语道："是记在《闲话坊絮闻》里，还是《德清异闻录》呢？"

"我是可以，只是你最后先问问我那同伴……不过，她是个极随和的人，你去传话时与她聊聊，说不定就交了朋友呢。拜托先生转告镜屏两件事：一者，我回来之前，叫她不要轻举妄动。"说着，又摸出一颗丸药给了咸先生："二者，那里有个许大娘收养了一个小乞丐憨宝，我回去之前，叫镜屏仔细看好他，找个机会避开许大娘将这药丸给憨宝，告诉他：如果大娘让他吃喝什么奇怪的东西，就事先找机会吞下这丸药……切记！"

　　说话间，咸先生已经用手帕包了几块点心递给琼于："路远，道长来去小心。"

　　这时外边车马准备好了。琼于将点心揣进怀里，又塞了一块到嘴里，饮干了杯中的茶，便转身而去。

　　咸先生送到门口，望着远去的车影，竟对这个奇怪的道士久久不能忘怀。

二十三　长兴县

　　诗茵给镜屏梳了一头高髻，又插上了许多头饰，退了一步看了看，笑道："你看，做回女儿身，漂亮得不得了哩！"

　　镜屏欣喜地看着镜子里的自己："活了这么大，我可从没这么打扮过，你看你，我现在都快迷上胭脂水粉这些东西了。"

　　"这又是你从哪里拐来的姑娘？"一个人走了进来。

　　诗茵一看，笑道："原来是咸先生，怎么有空来我这？"

　　"仙仙生，好怪的名号。哦，难道你就是那个闲话坊的咸先生？怎么这么……"镜屏说着，忽然冲过去伸手要抓咸先生的胸部，吓得咸先生赶紧后缩，用双臂护住胸。

　　镜屏不过是试探，见她这样，早就收了势，笑道："怪不得这么清秀，也是女扮男装啊。只是你这装扮吧……"镜屏绕着咸先生走了半圈，"太容易叫人看出来了。"

　　诗茵抿嘴一笑，说："镜屏，咸先生可是个斯文人，你别太放肆。"

　　咸先生果然有些不悦，问："姑娘怎么称呼？"

　　"贫道胡镜屏，龙虎山天师派！"

　　"既然是道门中人，怎么又学人家做小姐打扮？看来你这一派戒律不严啊！你同伴还说你与人和善……就是用如此轻佻的方式吗？"

　　镜屏没想到她这么古板，不屑地说："我跟有趣的人就和善，没和善好那是对方太无趣！"

咸先生瞪大了眼睛，正想反击，诗茵忙说："先生此来有何贵干啊？"

"我是来送口信的，你的伙伴琼于道长已经去了长兴县，他交代在他回来之前，叫你不要轻举妄动。"咸故意用命令的语气说。

镜屏翻了个白眼："这话真怪，怎么才算轻举妄动？"

"就是安于现状，一切等他回来再说。"

"笑话，就他会破案，我就是摆设？就不能做点事情了？"

诗茵听了这话，意味深长地看了镜屏一眼。

琼于到了长兴县城时，已经快天黑了。这时开始刮起大风来，一大团乌云随风而至，又夹带着阵阵雷声。许员外是长兴县的有名富绅，琼于随便问了几个路人，不用多久便找到了许宅，等走到许宅门前时，雨滴终于洒落了下来。

琼于请守门的小厮通报，直接说："在下琼于，游方道士，专为你家大夫人之事而来，请许员外务必见一面。"小厮去后，不一会儿便回来了，带琼于进了院子，直奔正厅。透过厅门，只见一个五十来岁的男人站在大厅当中，见到琼于便连忙来迎。琼于想抓紧时间，便不与他客套，直接说："在下从德清县小风镇齐家老宅而来，专为尊夫人之事，尊夫人，我们称之许大娘，想向员外打听一些关于她的事情。"

许员外疑虑地看着眼前这个装扮邋遢怪异、目光却无比坚毅锐利的道士："你干吗打听她，她……她如今是不是我的老婆都难说了！"

"员外，我此来正是为了弄清这件事！"

许员外更加疑惑。

"想来员外上次去接许大娘时，已经见过那一对买下齐宅的年轻夫妇了，我和同伴正是被他们请去齐宅看风水的。在那里我们见到了大娘，看出她似有邪灵附身，本欲施法救她，只怕法不对症，反伤了本体。须知身正而邪气退，大娘必是遇上了什么逆境挫折，才会叫邪魅侵袭了身体。故此，我要向员外求证一些事情，纵然一会儿问的都是大娘的私事，还请员外坦诚相告，待我找到症因，才能施法祛除。"

许员外犹豫了一会儿，一脸悲苦地点头答应。

"看来员外对大娘依然情深难舍。只可惜，我和许大娘有过多次接触，她从来没提到过你。"琼于说完，平静地看着许员外，等待他的反应。

员外先是"咳"了一声，过了片刻，终于忍不住流下泪来。他毕竟是个体面士绅，本想在客人面前强忍住，只是越忍反而哭得越厉害了，边哭边说自己命苦，怎么搭上这样的事。

如此便有利于接下来的询问了！琼于也不劝慰，索性由他痛快地哭。这时有丫鬟想过来伺候，许员外挥了挥手，气息渐渐平息下来。琼于明白此刻是人最容易敞开胸怀与人倾诉的时候，便道："这正是我感觉奇怪的地方，许大娘似乎完全变成了另外一个人，对原本的身份一点也记不清，起码表面上没有任何这方面的反应，这里面必有蹊跷。问员外：许大娘是不是有个小名叫凤儿？她以前是不是在道庵里出过家？"

许员外抹干了泪，饮了口茶，说："贱内小名确实叫凤儿，她本来是道庵里的道姑。据她说是自己从小命苦，被卖给人家做童养媳，长大了不想嫁给那家的儿子，便逃到道庵里出了家。我因为常去那庵里上香施舍，便认识了她。想来是她也并不愿意一辈子待在庵里清苦，得知我前妻去世后，她便常对我眉目传情。她那时候正是年轻漂亮，我岂能无动于衷。我于是舍了一大笔钱给庵主，让她还了俗，领她回家来成了亲。"

员外已经愿意对自己说实话了！

接下来，只需选一个合适的问题作为切入。琼于问道："恕在下冒昧，许大娘喜欢孩子吗？"

一听这个，许员外忍不住又是一阵眼泪纵横，"不喜欢啊！这事上，她可真算是女人中的异类了，嫁了我多年也没生孩子。提起来真是羞于启齿，她对那夫妻之事好像很是反感。一开始我还以为是在庵里待得太久，清心寡欲惯了，后来又以为她身体不行，我便请名医给她调养，也不见效。直到有一回我偶然撞到她做的事，才知道为什么这么多年她也没怀上孩子。"

"她究竟做了什么？"

许员外这时忽然转悲为怒，气呼呼地道："她，她居然在喝堕胎药啊！"

琼于并没表现出惊讶，如果事实真如自己所猜想的，那这样的举动就不奇怪了：那个人要保持洁净之身，一方面，因为他所修炼的独特道术；另一方面，他不想玷污那个本就不属于他的身体！

夜里，狂风大作，雷声隆隆，雨水瓢泼不止。

许大娘静静地躺在床上，阵阵微弱的鼾声从她鼻息里传出。

床边站着的是胡镜屏、诗茵和咸莘莛，她们都疑神屏息，等待着从许大娘嘴里吐出的话。

一滴水滑过表面沟沟壑壑的倒挂着的石笋，在石笋尖上停住了。

慢慢地，又一滴水滑了下来，与前一滴聚在一起，如此往复，于是，石笋尖上的水聚得够大时，便与石笋分离，滴落到下方。而下方又是一大片表面层层叠叠的石笋，水滴撞上，晶莹四散，发出像轻敲木鱼一样的声音。

这声音却被一阵阵波涛之声掩盖得无影无踪。

一条宽大的地下河从洞穴深处流了出来，水流在眼前因地势落差，渐渐变得湍急起来。河水这边是一大片空地，地面平整处搭了几间茅屋。近处，则是砖石砌成的巨大丹灶，灶中的余炭尚未熄灭，灶上架着的瓷壶里，还不断冒出热气。

眼前，躺着一个中年男人，只是任自己怎么推，他动也不动。用手试了试他鼻息，并无一丝生气；再摸摸他胸口，冷冰冰的，早已不再跳动……他死了！

齐玉堂死了！？

"我不明白，他，齐玉堂怎么会死呢，这具冰冷的尸首究竟是谁？"

这么想着的时候，自己的身体已经不由自主地走到了河边，找了一片不急的水洼，慢慢垂下了自己的脸：那个倒影中的形象，是一个十来岁的小姑娘，那小姑娘一脸惊愕，一脸无助，她的每一个动作甚至每一次眨眼都确实是自己的意识所支配的！

当明白了这小姑娘真的就是自己时，惊奇早已被哀痛和悔恨所淹没，终于忍不住号叫起来："怎么会这样！？"

许大娘紧闭着双眼，那眼皮下又一次快速翻滚的眼珠足以证实她早已进入了深深的梦境："不该是这样啊！蔓儿怎么办？我以后该怎么办？"许大娘一遍遍喃喃自语。

镜屏看着许大娘，又转而看看站在旁边的诗茵，问："哎，你这迷药能管多久啊，我觉得她已经上过当了，这回还能不能有收获？"

诗茵说："自上次后，她确实小心了许多。不过这回我是将迷药偷偷掺在憨宝买给她的饭食里了，她只要吃一点，就足够睡一晚上了。"

站在一旁的咸先生凑上来，问："她说的这梦话是什么意思？是不是梦里见到了什么意料之外的事？"她之前已经从诗茵口中得知了案情始末，对这件离奇的案件已经欲罢不能了，当那两个女人说要再试"游仙枕"时，她毫不犹豫地加入进来。

这时，许大娘开始来回剧烈地晃着身体，好像又梦到了让她难以承受的事情。

镜屏连忙做了个噤声的手势："别说话！"

手里拖着的，是那个破衣烂衫的少年的尸首。

最终，这具尸首被自己拖放到了齐玉堂旁边。此时的齐玉堂早已风干成了一具干尸，"木栓儿，这半年多让你受累了，以后你就在这丹坊，和这副齐玉堂的躯壳相伴吧！"

"木栓儿，对不住你了，以后你就在这丹坊，和这副齐玉堂的躯壳相伴吧！"梦中的许大娘说道。

"齐玉堂的躯壳？"镜屏疑惑道。

"齐玉堂就是当年的齐员外，也就是说她刚才是梦见了齐员外的死，才说'怎么会这样'。"诗茵说。

咸先生问诗茵："木栓儿就是她上次做梦时提起的那个小乞丐吗？"见诗茵点头，她便说："若是这样那就对了。据我收集的有关齐家老宅的传闻，确曾有个小乞丐在这里住过一两年，之后就不知所踪。"咸先生似乎并不愿在分析案情上输给那轻浮放肆的小道姑，哪怕她自己才是知情最少的人。

"她说让木栓儿陪齐玉堂，难道她杀了木栓儿为齐玉堂殉葬？她为什么要杀他呢？"诗茵也不由抛出了一连串的问题。

"她还提到了丹坊，会在哪里呢？"镜屏问。

又是提出了许多问题，却没有答案，这叫三人都很无奈。

愣了一会儿，镜屏说："我来说说：齐员外被自己烧炼的所谓灵丹毒死了，而那个齐蔓儿也死于丹毒。许大娘的本身是一个叫作凤儿的女人，咱们第一次请她睡游仙枕的时候，她梦到了关于凤儿的身世。后来她来了这里，不幸被游离在此地的齐蔓儿的怨灵附了身。"镜屏便将之前琼于对许大娘的分析讲给了诗茵和咸先生听。

另外两个女人听了琼于的分析，不禁十分佩服。咸先生既惊叹又兴奋：这么玄奇的事情，可不是经常能碰到的啊！

镜屏又懊恼起来："只是刚才许大娘说的那几句梦话，还是猜不出来是怎么回事。哎，要是玉痰盂在就好了！"

"玉痰盂？"咸先生看看镜屏。

镜屏撇嘴白了她一眼，"就是你的琼于道长。"

诗茵说："瞧你这话，我们女人就不能做事情了？从刚才的梦话里，可以猜测现在的记忆正是齐蔓儿自己的记忆，因为梦话说看到了齐玉堂和木栓儿的尸首……这是以蔓儿的视角去看的。那么，我们整理一下事情的顺序：蔓儿和齐玉堂因中丹毒而死，蔓儿的魂灵却并未散去，她先是看到了父亲的尸首，非常意外，后来，不管木栓儿是怎么死的，总之是她将木栓儿的尸首和齐玉堂的尸首放在了一起，这就是刚才听到的'和这副齐玉堂的躯壳相伴吧'。

"之后，这魂灵不知为何消失了几年，再之后又时隐时现起来，直到许大娘来到此地，附在她身上，对不对？"

其他二人边听边想，最后都点点头。

诗茵道："如果是这样的顺序，总感觉有点怪，感觉，感觉……"

"感觉什么，快急死我了。"镜屏的心悬到了嗓尖。

"这么说吧，什么事都应该越简单越好，越简单就越合理，而如果事情是刚才我说的那样，就太复杂了。我心里隐隐地在想，如果事情从一开始就不是我们想象的那样，如果我们能把一个前提条件改变一下，那后来的事情，虽然在旁观者看来还是一样的结果，但事实上就会更合理了！"

"到底是什么前提条件？"镜屏和咸先生齐声问道。

"齐蔓儿没有死啊！"

二十四 炼丹术

雨时骤时缓，却下个不停。

许家客厅里，琼于不管茶水早凉了，饮干了一杯茶后，问道："我在齐家老宅与她谈过话，见她似乎很崇道，原来是在道门中待过的。那她有没有修炼什么功法，又或者烧炼什么丹药？"

"何止是有啊，她就迷这个，除了这事，再没别的能教她动心了。一开始她不过是看看道书，练练吐纳导引、归元气功什么的，还拉我一起练，可我是个生意人，哪有工夫整天弄这些。那阵子我倒有些宠她，专门请了附近道观里的高功来家里与她闲聊，可她又清高的很，对人家不屑一顾，说什么金丹术才是真正的道宗……哎，她说的那些话我也不懂，隐约记得这么个名字。

"她见我没兴趣和她一起修炼，就教我给她在家里另辟了一个小院子，盖了几间小房，又按她的意思造了一间丹坊，将各种烧丹的器物一应备办了。自打有了这小院，我俩就不算平常夫妻了：她平常也不叫丫鬟伺候，就自个儿住在里面，也不正经吃饭了，常常一整天只服一颗她烧出来的药丸。隔个十天半月她才出来一回和我见见面，算是尽了做妻子的人伦。"

"道门里，丹家往往崇尚静处，这倒不足为奇。她在里面都做了些什么？"

"开始那阵子我还能常去小院子里看看她，见她有时还练她的功法，有时候又琢磨矿石药物，摆弄那些个丹炉器皿。要命的是她烧的丹太费，除了丹砂赭石这些常见的，还要配着金粉、玉石去炼！"

"真金真玉？"琼于问。

"是啊！我这起早贪黑的生意，日积月累的家产，要这么烧法，哪够她败的呀！"

"服金者寿如金，服玉者寿如玉。"琼于忽然想起了这句话，若真是如此，那就可以解释那人为何执意要住回齐家老宅了！

　　"慢慢地，我对她就冷淡了，这倒更随了她的意……她连出来见个面也免了。后来我索性纳了个妾，我倒想她能和我闹一闹，与那小的争个风吃个醋，也能显出她还在乎我，可她却无动于衷，可见她心里早已没有我了。"

　　"她的修炼，比如功法、丹法，有没有什么特别的？"

　　"特别？那些炼丹的勾当我不懂也不信，怎么看都特别。至于功法……"许员外想了想，脸上忽然露出恐惧的神色："我有一回见到她使了一招像是邪魔外道的招数。那次我想去看看她，走到院门时正见她坐在一块石头上练功。这时院墙上站了一只猫奴不停地叫唤，想是扰得她心烦了，她便瞪着那猫看。过了一会儿，那只猫就像被什么制住了一样，光张嘴想叫就是叫不出来，只好在那里出惨气，四个爪子乱抓乱扒。过了一会儿，那小猫像是被什么力量甩到墙外面去了，还好我听见一声尖叫，知道那小猫没死。

　　"这时她也察觉到我来了，对我笑了笑，可那明显是在掩饰……她刚才暗暗地用手指着那猫，小猫被甩出去的时候，她曾挥动了一下手指。

　　"我当时在房里着实很畏惧，觉得她忽然变得既陌生又可怕，我极力想掩饰自己的情绪，装着跟没事一样问她最近功练得怎么样，什么时候出去我带她逛逛，可我觉得我说这些话的时候声音都在颤抖了。她似乎也看出了我的紧张，恐怕也猜出我已经发现了她的邪术，只不过也没点破，只是说她没兴致，叫我以后没事不要去她的地方，说她的功法尚不能控制自如，容易伤了外人。之后我没事再也不去她那边了。"

　　琼于想了想那种情景，脸上不由也显出几丝恐惧，他又问："尊夫人平时常出门吗？我说的是离家。"

　　"不算经常，可对于一个妇道人家，也算不少了。从我俩各过各的，她出去得更勤了，有时候一去就是几天。曾有人对我说，在大风镇见过她，那时她浑身都湿透了，可当天又没下雨，不知她是干什么去了。最后一次，就是最近这一回，她出去便没再回来。我派人四处打听，许久才得知她去了小风镇。我派人去接了几次她都不回，最后我亲自去接，本想好歹先把她拉回家再说，谁知惹她急了，扯着我的头发又撕又咬，说什么'我要守在那里，我要和家人一起'！天呐，那破宅子里有她什么家人！我难道不是她家人！？"

　　琼于想了一会儿，又道："最后一个问题，关于她崇道，和所谓的金丹道术，她可曾提到过什么特别的事情，比如有关炼丹的材料、时间、地点之类。"

许员外想了想，说："有！她那几年和我关系尚好的时候，经常说起这些事：比如炼丹的材料，得用金粉玉粉配以丹砂、云母、赭石等，再配合某某珍稀药材。她还曾说别人炼不成灵丹，除了配方不对，还因为丹坊本身的布局不对，丹坊要选址在……有句口诀，我想想……对了，是'天地定位，山泽通气，雷风相薄，水火不相射，要隐乾有坤，艮腹兑侧，得巽坎，方有离'……那时节我为了讨好她才背得这么熟，至于到底什么意思我根本不懂。"

琼于口中反复默念着那些口诀，如此过了许久，他点点头，自言自语地道："明白了，一切都明白了！"

"道长明白什么了？"

"这口诀讲的是炼丹坊选址的方法：八卦中的乾、坤、艮、兑、震、巽、坎、离，分别代表天、地、山、泽、雷、风、水、火。按她的说法，这丹坊应设在不见天日，又有流水在侧的地方，得风得水，便能炼成灵丹了。"

"啊，怪不得，怪不得她整日闷在房间里不出来，让我给她造园时还专门在院子里挖了条沟，引了活水流进来，原来这都跟那选墓穴一样，讲究风水的！这么一说，我又想起她还曾提到，要想炼出灵丹，需得保证阴阳调和，且是从阳到阴又或者由阴转阳的时刻。我问她这样的时刻到底是何时，她说，一年中最好的时候就是入伏和入寒，尤其以入伏之日为最好。"

"那入伏日到底指哪天？"

"就是六月初六啊，咱们乡谚说'六月六，家家晒红绿'，就是说到这一天，梅雨天算完了，以后都是艳阳天，要将各式衣服翻出来晒。六月初六，巧了，就是明日啊！"

一个震山彻地的响雷！

琼于只觉得五内翻滚，两道浓眉又绞在了一起，眼睛眯成了一条线。他后悔之前的调查浪费了太多时间，此刻，他只能抓紧时间了。他又饮干了一杯茶，站起身对许员外道："员外，在下以实相告吧：尊夫人的事你根本无须难过，因为你碰上的不是什么姻缘，而是一个彻头彻尾的骗局。这真相实在匪夷所思，叫我不知该如何对你讲清楚，倒不如不说的好。员外，以后你好好过你的，赶紧把这事忘了吧！"

许员外怎肯罢休，拉住琼于胳膊急问："到底怎么回事？我的凤儿她还能回来吗？"

"你所说的凤儿，只存在于许大娘的口中；活在许大娘身体里的，其实是另一个人啊！"

二十五　恶斗

琼于出了长兴县城的时候，已经是深夜了，所幸雨势渐渐小了下来，马车很快进了山，在狭窄的山路间小心地行着。

琼于在车厢里找到一盏马灯，便取了火石点着，挂到车厢外，加上原本就挂着的马灯，两盏灯能将前面的路照得更亮一些。琼于对赶车的老洪道："能再快点吗？"

"太黑，再快就翻车了。"老洪虽然一身斗笠，但也冻得直哆嗦，说起话来也没点好气。这种天气他本该在床上披着薄被吃着花生喝酒的，却因为这野道士跑出来挨淋受累，他如何不怨。

琼于见不是办法，便叫老洪停了车，拉他进了车厢，自己披了斗笠赶起车来。只见身侧的山路和路经的一段段悬崖，就在忽明忽暗的灯光里快速向后穿梭，只听见被马蹄踢飞踩碎的石块不停地滚落到悬崖下面，吓得老洪不停地探出身子大叫："客人慢点，你不要命啦！"

"镜屏打不过他！我得快赶回去，对不住了老洪！"琼于不但没放慢，还加了一鞭，那马便不要命地飞奔起来。

所幸这段山路走得有惊无险，过了山路，便是铺了细石子的官道，大雨过后也不算泥泞，车子立刻快了起来。

"当一个灵魂看到了自己的身体，其实应该说是尸体，那会是什么感觉？"诗茵对镜屏和咸先生道："如果真有这样的事，那应该会是无比震惊的事，那比看到别人的尸首反应更强烈才对吧？"看到两个人点头，诗茵又说："可是，许大娘的话语中提到了齐员外的尸首，提到了小乞丐木栓儿的尸首，却没有提到她自己的尸首。"

"你的意思我明白了：如果齐蔓儿也因丹毒而死，那她的灵魂应该看到包括她在内的三具尸首，她最深的记忆也必然是看到自己尸首的那一刻留下的。"咸先生说。

"但她并没有关于自己尸首的记忆，也就是说她根本没死，根本没什么齐蔓儿的鬼魂，在宅子中游荡的就是她本人！"镜屏忍不住叫道："对了，这就对了。事情就是这样的：齐玉堂带着蔓儿和木栓儿住在这大宅子里，只是他对炼丹越来越沉迷，对蔓儿不管不顾，木栓儿便成了照顾蔓儿的人，常出宅子去给蔓儿买东西吃。再后来，齐家族人以为齐玉堂死了，便来宅里看动静，却被他施展邪术吓退。只是齐玉堂已经神志不清，又或者不堪那些'俗人'所扰，便放火烧了宅子，断了族人们的念想，其实他们并未死在火中，而是躲藏起来。真正置齐玉堂于死地的，是最后那次他自以为烧炼成功的丹药。可想而知，木栓儿也被强灌了丹药……说不定齐玉堂还以为给了他天大的恩惠咧！而齐蔓儿却并未一同死去，她在料理完父亲和木栓儿的遗体后离开了这里，所以那几年齐宅反而很消停。"镜屏一口气说了这么多，本来很得意，说完时忽然又想起什么，顿足道："哎呀，如果事情是这样，那凤儿又是怎么回事呢？"

诗茵冷哼一声："哪有什么凤儿，那是她故意骗我们的。"

镜屏看着诗茵，过了片刻，忽然猛拍了一下脑门："是啊！那次做梦，是我们与她商量之后她才睡在'游仙枕'上，她那时其实根本没睡着，自己编出了凤儿的故事，或许那个凤儿的身份一直都是她用来对外骗人的！而第二次做梦，还有这次，才是她的真实记忆。"

"没错！齐宅大火后的几年，正是她以凤儿的身份在道庵出家，又嫁给许员外的时间。这段时间，她曾以许夫人的身份安心过活，只是后来，当宅子又有人问津时，她便常常潜回来装神弄鬼，好让这里继续荒着。"

"直到最近，她不想两头跑了，但又无法在许家脱身，干脆就装疯卖傻，让人以为是蔓儿的怨灵附到了她身上……都说通了！"

镜屏和诗茵兴奋极了，咸先生则只能羡慕地看着她们。

诗茵又回复了严肃的表情，说："问题又来了：她为什么非得教这宅子继续荒着呢？很明显，这宅子里还存在着她不想教外人知道的秘密……这秘密究竟是什么？"

忽然，诗茵两手抓住自己脖子附近，像是抓着什么看不见的东西，那形势，就像有双无形的手用力扼住了她的喉咙，而她正努力将那双手扯开。片刻，诗茵变得面红耳赤，呼吸困难，表情十分痛苦，身体不停地挣扎起来。

咸先生还不明所以，镜屏已经意识到了什么，猛回头看床上，只见许大娘早已醒来，像是换了一张狰狞的面孔，正恶狠狠地瞪着她们。她右手指着诗茵，口中还默默念着什么。镜屏一眼便看出她正在对诗茵施展左道邪术，只是自己之前被诗茵弄了一身女子装扮，连剑也没带，急切中只好抄起旁边的小椅子摔过去，却被许大娘用另一只手一把抓住，稍一施力，椅子顿时四分五裂，那力量哪像一个女人！

镜屏下意识向后一缩身子："这老妖婆还真厉害！"镜屏对咸先生喊道："你先挡着点，我去去就来！"咸先生还没来得及答应，镜屏早不见人了。

这边诗茵已经翻起白眼，表情更加痛苦，眼看就要窒息而死。咸先生毕竟是一介文弱女流，连与人口角都会脸红的人，虽然如此，毕竟不忍看着诗茵就这么死了，她便随手抓起身边的东西朝许大娘乱扔。

许大娘冷哼一声，直挺挺地朝咸先生冲过来，那些椅子、杯盘等物砸在她脸上身上都浑然不觉，瞬间便将咸先生逼到墙角，她伸出左手扼住咸先生的喉咙，将她贴着墙举到空中。只是她左手一用力，右手所施的邪术便松懈了一些，诗茵的喉咙扼得没那么紧了。

诗茵稍微回了回神，她便猛地摇动身体，就势翻了个跟头，终于将禁在身上的邪咒挣脱了。她连忙也举起一把椅子冲向许大娘要砸，却被许大娘伸右手抓住椅腿，猛地一甩，诗茵不及松手，被椅子连带着重重摔到墙上，摔得她立时口吐鲜血。

许大娘趁着这会儿工夫，左手又施猛力，眼看就要捏碎咸先生的喉骨。

诗茵忽然站了起来，双目圆睁，瞬间，那眼瞳中散出了一种可怕的幽光。许大娘与她对视了一会儿，便觉两眼无神，浑身眩晕，渐渐的有种不由自主的感觉，只觉得精气神正一点点地漏出自己的身体。如此一来，她扼着咸先生的手也松了。咸先生摔在地上，所幸神志还在，趁机快速爬到门口，才开始用手揉着脖子咳嗽起来。

许大娘这才意识到那女子的眼瞳会教人迷幻，她赶紧闭上眼睛将脸撇向一边，以避免与诗茵对视，然后右手一指，诗茵马上又觉得自己被一股强大的力量禁住，脖子像被一道细绳缢得紧紧的，她痛苦地呻吟着，身体再也站立不住，向旁倒去。

这时，咸先生下意识伸手去扶诗茵，那伸出的手却"啪"地被人抓住扯到一边，紧接着便觉一阵剧痛，回头一看，只见镜屏已咬破了自己的右手掌大鱼际，正吸着血呢。咸先生急切间还没弄清是该缩回胳膊还是该大声惨叫，镜屏却将满口鲜血喷到她手持的剑上。只听她口念道："天地云风，赐吾真道，霜莹剑，击！"剑尖一指，便有一团蓝色的火焰打向许大娘。

许大娘看见她用生血祭剑借法，早有了准备，这时只得收了制住诗茵的邪术，闪身一躲，那火焰打在她身后的墙上，深深地打出一个大坑，墙皮四散而飞。

许大娘没想到这小道姑竟有如此厉害的道术傍身，冷冷地喝道："臭道姑，你们耽误了我的大事！要是错过了时辰，我非把你们扔到丹炉里烧了，再挫骨扬灰不可！"她忽然伸手打灭了挂在墙上的油灯，屋里立时黑了下来。接着便听到屋里乱作一团，镜屏大声嚷嚷着："抓住她，别教她跑了！"

等诗茵重新点上灯，只见镜屏抓着咸先生的右腿又扯又摇，许大娘早已不见了。镜屏见抓错了人，只得放了咸先生爬起身来，和诗茵去隔壁房一看，憨宝也不见了。两人追到门外，早没了人影，周围只剩半飘半落的烟雨。两人只好走回屋子，这时咸先生已经自己将手包扎了，看到镜屏，气得咬牙切齿，刚想发作，镜屏先笑嘻嘻地说："哎哟，真不好意思，刚才太急了，没跟你商量……我要是咬我自己，那就光顾着疼，使不出道术了，嘿嘿，嘿嘿嘿。"诗茵也跟着一起劝慰，咸先生是个斯文人，纵然再有气此刻也没法对镜屏撒出来，只是有些不解：这么个没脸没皮的人，琼于道长竟还对她恁般赞赏。

镜屏赶紧转了话题："也不知道那老妖婆跑哪去了，这黑灯瞎火的怎么追她。可她把憨宝也带走了，要是不赶紧逮住她，憨宝只怕凶多吉少！"

诗茵说："别急，我看这妖妇肯定还有别的藏身之处，那里或许正隐藏着她如此留恋这宅子的秘密。"

镜屏想了想，对二人说："你这么一说倒提醒了我。刚才灯灭的时候，我就站在靠门口的地方，老妖婆要是夺门而出，我断不能一点觉察也没有。十三公曾说，当年齐员外变卖家产，将宅子翻修了一遍，从此深居简出。他既然一直沉迷于烧炼丹药，为什么我们在这宅子里没发现任何这方面的痕迹？我猜，这宅子某处可能有密室！而且，说不定这密室的进口就在这屋子里！"

镜屏说到这里，忽然想起什么，赶紧端了油灯，打开那立在旁边的柜子，只见里面柜壁上嵌着一个罗盘，便道："玉痰盂说得没错，这里怎么会装一个罗盘？如果是辟邪用，那得挂在门槛上梁柱上才对啊！"

诗茵忽然一脸醒悟："原来在这里！"说完又觉得失语，忙瞟了瞟那两个人……幸亏声音较小，那二人没注意自己这句话。

咸先生说："这无疑是一个机关秘锁，需要将罗盘上的各轮都转对，才能触发机簧，打开暗门。"

"那你知道怎么转罗盘吗？"镜屏问，咸先生却摇摇头。镜屏忽然急切地说："不好，老妖婆刚才这么短的时间就消失了，她根本不是出去拽上憨宝逃了，而是之前就将憨宝关进密室里了。她要是没被我们迷倒，估计也早待在密室了。"

"你的意思是说，她今夜本来就想去密室做什么重要的事，只是被我们耽搁了，所以她才会那么恨的要把我们'挫骨扬灰'……既然这样，我们更得赶紧找到她了，她练的都是左道邪法，万一得逞，不知会有什么不可收拾的后果。"

诗茵道："我想妖妇片刻间便能消失，那轮盘的转法应该不会太复杂。此宅在小风镇西北方，属兑位，只需将罗盘上每个轮都调到兑位就行了。"镜屏便按她说的，将每轮的兑位都对准中轴线……等了半晌，却没有任何反应。

诗茵发出了像镜屏似的尴尬的笑声。

咸先生又道："我记得齐员外经历的洪灾是发生在成化二年，就是二十三年前，当时苕河决堤是六月初十，正是这一天的洪灾，以及随之而来的疫灾，教齐员外感到了性命的轻贱，才有了追求长生的想法。所以这一天对齐员外、齐蔓儿有非同寻常的意义。成化二年六月初十，按天干地支算来，就是丙戌年乙未月壬辰日……只需将各轮按此调好即可。"

镜屏赶紧按咸先生说的去调轮盘，只见大小轮盘一个个都调到了相应的位置。

三双美目都瞪得圆圆的，等着那"啪"的一声，又或者什么机簧发动的声音……可是，依然是什么动静也没有。

镜屏终于忍不住了，要砸那罗盘，可身子缩在柜子里不好施展，便抡拳乱捣了起来。谁知有一下正捣在那罗盘中间的枢纽上，只觉那枢纽向里凹了一下，这引起了镜屏的警觉，她又按了一下那枢纽，确实能活动，而且还摸到那枢纽上有上下两个小小的凹坑……显然是用来把握旋转的，只是她的身子挡住了射到柜子里的光线，那么小的凹坑根本无法留意到。她忙用力向里一按，手指捏着那两个凹坑顺势右旋了半圈。

片刻的宁静后，忽听"咯噔"一声。镜屏赶紧滚出了柜子，三人在柜门口隐约听到柜子后面传来机枢转动的声音，又传来巨石摩擦地面的声音。接着，"嚯"的一声，嵌着罗盘的那面柜壁向一边撤开，露出一个进口，里面是一个深深的洞穴。

三人互相看了看，镜屏嘿嘿一笑："你们想的都太多了。"

诗茵道："你俩先进去追妖妇，我给琮于道长留个记号，稍后便到！"

二十六　蜕壳

镜屏提了个灯笼就钻进了暗门，咸先生虽有些犹豫，可眼前的经历实在是远比她闷在家里寻章摘句、靠听别人讲故事去充实自己的笔记书集要有趣太多了，她无法就这么待在外面等着，便鼓起勇气，也提了个灯笼跟了进去。

过了暗门，先是一条黑暗的甬道，又窄又低，四周都是阴冷的山石。两人一前一后猫着腰走了三十多步，便觉眼前的甬道开阔起来，可以站直了并排走两个人了。这时四周的岩石凿得很光滑，每隔一段距离就用石桩加固，壁上又挂了灯盘。镜屏边走边点那些灯盘里的蜡烛，只是许多蜡烛年月太久，油脂都枯了，只剩又细又歪的一截，所幸能点着的那些也将就着照亮了道路。

咸先生仔细看了看两边的岩石："我们现在已经在山腹中了。"

又走了几步，却看见前面是个岔路口。两人对视一眼，咸先生故作镇定："还是不要分开，不然没法照应。"

镜屏却早看出她心有怯意，只是此时事急，也不想捉弄她，便说："好吧，咱们就选定左边走，走不通了再回来，先给他们留个记号。"说着便拉咸先生进了左边岔道，又摘下旁边灯盘里的蜡烛，点着后往地上滴了几滴蜡，将蜡烛黏在地上。

两人接着往里走，这段路修得更好，地面和两壁都是用砖砌的，简直像墓室一样。咸先生不由得挨近了镜屏。

镜屏刚点着一盏壁灯，忽然听到一阵喘气的声音，那声音十分沉闷，吸吐的时间很长，像是什么巨兽。咸先生害怕起来，不由扯住镜屏的袖子。镜屏不耐烦地拉她到自己身后，又用剑尖挑下灯盘上的蜡烛，手腕稍一用力往前一送，那截蜡烛倏地飞向前面，正好立在地上。借着那一点火光，只见前边有一个拐角，从里面探出一颗巨大的蟒头，被忽然而至的火光一晃，吓得快速缩了回去。

"这老妖婆行事真是怪异啊，居然养了这么个恶物看门，这又不是狗，我扔馒头也没用啦。"镜屏只怕再耽搁就救不到憨宝，她便叫咸先生躲远了，自己提着剑慢慢过去，快走到那拐角处，又用剑尖挑起地上的蜡烛，轻轻往里一甩。这力道拿捏得极准，那烛火在空中飘得微而不灭。只见一颗巨大的蟒头似要再伸出来，却又被烛火吓得缩了回去……它长得虽然凶恶，原来恁般胆小。镜屏这边胆子便壮了起来，向前再走两步，正对着那拐角一看，里面并非通道，而只是一个凹进去的空间，堆了些砖石、石灰粉等，已经很陈旧了，想是当年建这密室时剩下的建筑材料，被胡乱堆在了这里。

杂物堆之中有一个四五尺见方、黑乎乎的扁箱子……难道大长虫是养在这箱子里的？

镜屏又将手里的灯笼伸了过去，里面更亮了，仔细一看，那黑东西表面有沟有纹……原来不是箱子，而是个巨大的乌龟壳。镜屏意识到这个时，只见那壳中缓慢地伸出一颗圆圆的头，脖颈下的皮耷拉得老长，都快要拖地了，晃晃悠悠的，又呼呼地喘着气，看来是只老龟了，一副暮年的样子。

镜屏松了口气，叫咸先生过来，咸先生看到这么大一只龟，也惊叹不已："我要给此物写一篇记，就收在《苏湖奇谭·怪物卷》……哎！"还没说完就被镜屏拉走了。

两人继续向前，不久便到了尽头，右手边有一扇石门，隐约听到里面有人说话的声音。两人小心凑到门边，那石门与周围墙体并非严丝合缝，透过门边的一条窄缝隙，可以看到里面是一间两丈多方圆的石屋，屋里摆了许多架子，那些架子与许大娘房间里的架子形式相似，地上又散落着许多瓶瓶罐罐。此时，憨宝正缩在一个墙角里抽泣着，许大娘对他说着话，不知道是在数落还是在安慰，只是那神情举止明显有些不耐烦。

两人对视一下，点头会意，便合力在门的右侧用力一推，"嚯"的一声，门很轻松地被推开了。令她们没想到的是，这石门的枢轴是穿在正中间的，两人用力太猛，进门后收不住力，都摔到地上，而那石门又自动闭上了。

这一瞬间，许大娘早有反应，她顺手拉倒一个架子，幸亏镜屏手疾眼快，将咸先生抱住滚去一边，那架子连同架上的东西重重地砸在地上，上面的瓶瓶罐罐碎了一地，架子上的许多小抽屉里也散出各种各样的药材、矿石等东西，而那架子落地时离镜屏的鼻尖只有一寸！

镜屏气得咬牙切齿，爬起来提剑要砍，许大娘早已拽上憨宝跑了……原来屋子另一边还有一扇石门。两人追过去用力推那门，这次却纹丝不动。镜屏意识到不妙，赶紧返回去推那扇进来的门，也已经推不动了。

镜屏这才慌了："这怎么回事？怎么都打不开了？"

咸先生仔细看了看两扇石门，说："明白了，这两扇门叫'转轮门'，是匠工秘传的技艺，只能一进一出。适才我们从外推开的是'入门'，妖妇逃跑的是'出门'，门枢在门中间，里面暗藏机簧，一旦松手，便会自动弹回。我们现在在屋里面推'进门'是没法推开的。"

"照你这么说，'出门'应该能打开啊，为什么现在也开不了？"

"那必是妖妇出去后在外面用门闩或者什么重物挡住了，她这是想困死我们！"

镜屏急得跺着脚骂道："这老妖婆实在可恨，居然使这种阴险的手段害本姑娘！哎呀，痰盂、诗茵，你们怎么还不来！"

咸先生此时反倒不着急，她想到诗茵等人不久必会来接应，到时他们会从外面推开"入门"，虽然可能追不上妖妇了，至少能脱困。此时她好奇心起，便四处看石室里的摆设，发现那些架子上摆的、地上散放着的，都是各种炼丹的器皿、矿石药材，看来这里是为炼丹而设的储物间。

咸先生忽然在一个架子旁边看到一摞旧书，大多纸质发黄，残破不堪。她看到最上面的是一本《周易参同契》，她虽然不崇信丹术，只是平常博览群书，也知道这书是丹家必备的经典。她又翻了几本别的，大多是讲丹家烧炼的，有好几本咸先生连听都没听说过。

咸先生再往下翻，却被一本没有封皮、比手掌略大的册子吸引住了，只见那书的第一页便是目录，最下面的条目写着：篇十二，调壳反嗜，字旁边还画了一只小小的乌龟。她又看上面的目录，只看得她毛骨悚然：那上面的目录有两篇记的是魇镇术，又有三篇记的是各种巫蛊，有两篇魇镇、两篇布降、一篇血咒……总之都是原本只存在于传闻中的妖术邪法。这妖妇居然藏有这种左道秘籍，怪不得她之前能使出那样的邪术。咸先生震惊地发现，目录里竟然还有造蓄、采生割折这种伤天害理的字眼……冷汗不由从头顶和脸上冒了出来。

咸先生吓得赶紧将书合上。忽然，她想起刚才在甬道里见到的那只大龟，又想起了目录里画的那只小乌龟，想了想，又忍不住将书翻开，目光快速移到书页的最前端，以避开"采生割折"的条目。她看到篇十二所标的页码，快速翻到那一页，果然看见了标题为《调壳反嗜》的篇目，那一页上没有文字，而是画了三幅插图：

第一幅，画着一只像蛤蟆一样的怪物，它身后有一幅空的龟壳，如此联想起来，那并非蛤蟆，而是指这龟蜕去了外壳。

第二幅：那无壳的乌龟前面还有另一只正常的有壳乌龟，有了这只正常乌龟的对比后，才注意到上一幅和这一幅里那两个无壳龟都是用虚线画的。

第三幅：图里只画了一只正常的有壳乌龟，再没别的。

之后便是文字部分，只是里面有许多道家丹术专门的术语，还有不少诗谜、暗语的内容，一时无法理解。咸先生便只好再想那三幅插图：这图象征了什么？那没壳龟用虚线表示，意指它只是个幻影，又或者它是某种不同寻常的存在？为什么第三幅只剩下一只正常的龟，那虚影的无壳龟哪里去了？

咸先生想了半天，也想不出个所以然，或许没有道家丹术的根基，便很难理解其中所含的意思，索性不再多想，将这本书揣在怀里，想等回去查阅资料后再详加解读。

这时，咸先生眼角余光又瞥见旁边角落里还有好几个布袋，她打开一个，见是丹砂矿石；又打开一个枕头大小的袋子，却令她吃了一惊：里面竟是黄灿灿的金子，块大的如花生粒，块小的如黄豆粒；当年齐玉堂为烧炼所谓灵丹，算是下了血本，怪不得要变卖家产，原来都换成了黄金存在这里了。

镜屏那边一直在想着怎么将门打开，一会儿在门上摸来摸去，看是否能找到什么机关按钮，却什么也没发现；一会儿用剑从石门缝里伸出去想撬，剑虽然能插进门缝，可根本撬不动分毫；一会儿又喊个不停，希望外面能有人听见，只是毫无回应。

两人各忙各的，都没注意一个致命的问题：这是一间密闭的石室，如果不开门，是不会有空气进来的。两人已经在石室里折腾了很久，当她们意识到这个问题时，灯火已经慢慢微弱下来。咸先生看了看屋里的灯盘，镜屏被她提示，又看看手里的灯笼，惊叫道："要没气了！哎呀，什么死法也比闷死强啊，死痰盂，你倒是快来啊！"只是她越叫，屋内的气像是耗得越快一样，不一会儿，几盏灯相继灭了。

屋里立即被黑暗笼罩起来……这才是真正的教人窒息的黑暗！

咸先生此时也没了刚才的平和，循着镜屏的声音爬到她身旁。镜屏也喊得没力气了，两人背对背坐了下来。咸先生说："胡姑娘不用担心，诗茵和琮道长应该就快来了。"

"哎，就怕过了这么久，那岔道口的蜡烛都烧完了，他们留意不到。万一走了另一边遇到什么机关埋伏，且不说遇上什么危险，就算耽误了工夫，我们俩也就完了。"

"不可能的，琮道长是个极聪明的人，不会这么不小心的。"

"你和他初次打交道，就被他唬住啦？那是个怪人，心里就想着案情、真相，其他的什么也不关心！"

"不，琮道长绝不是这样的。我从他的言谈举止中，可以看出他的坚毅正直，他必会先挂念我们的！"

两人又不说话了，并非没了话题，而是屋里的空气已经耗尽，两人都有些昏昏欲睡了。镜屏虽然明知这一睡下去，便很可能会窒息而死，可也没法保持足够的清醒，心里虽急，身体却不听使唤。

就在这危急关头，忽然石屋外面一阵巨石挪动的声音……竟是"出门"那边的外面传来的，然后又没动静了。

两人精神为之一振，赶紧摸到"出门"那里，齐力一推……门开了，一股新鲜空气扑面而来。

镜屏推着门不敢松手，叫咸先生从她身上摸出火石点着灯笼，火光亮处只见门外地上有个石槽，旁边躺着一条三四尺长的方石柱：显然刚才许大娘在门外将石柱插进石槽里挡住了门，里面就推不开了。咸先生又四处看看，除了一条通向前方的像墓道一样的路，并没有别人："是不是诗茵或琼道长开了门后，直接去追妖妇了？"

镜屏催道："别想了，你倒是快点！"她又使劲将门开得大了一些。

咸先生赶紧抱住石柱一头，只是那写字翻书的嫩手，此时去抱大石头未免笨了些，好不容易才将石柱慢慢蹭到石槽里。那石槽与石柱尺寸正合适，石柱就此插了进去，立了起来。这边镜屏松开石门，石门返回时便被石柱挡住，关不上了。

两人猛吸了几口清气，便又往前走。走了十几步便看到有石阶盘旋而下，两人下了约有几十级台阶，渐渐听到流水声传来，听那水势，像是一条不小的河流。等下完台阶，转过一个弯，眼前豁然开朗，只见一个很大的山洞，近处是一片平地，远处是一条地下河，或许是因为上面刚下了大雨，这条河水流很急。河边还绑着一个竹筏。河对岸则是一片石钟乳、石笋层层叠叠……四处都插了火把，将山洞里大部分空间都照亮了。

这时听到了憨宝的哭声，许大娘呵斥他："别哭了，一会儿金汤熬好了，咱们一起喝，喝了金汤你就什么也不怕了！"

镜屏和咸先生偷偷伸头去看，只见三四十步外的河边搭了几间简陋茅屋，空地中间用砖石砌了一个高可及胸的炉灶，那炉灶分三层，每层都是有四面，每面有两个拱形的通气孔，每层渐次缩小，形成一个塔形……这明显是用来炼丹的丹灶。这种灶一般内藏丹鼎，丹家称为"神室"，炭火便加在丹鼎周围。在丹灶最高一层中间露出一个加盖的大瓷罐，那是丹鼎延伸到外部的部分，方便炼丹者加料取料。丹灶旁边的地上又散落着许多器皿，有水海、石榴罐、坩埚、研臼、绢筛等，都是丹家烧炼必备的物品。

许大娘正在丹灶旁，一会儿添炭，一会儿扇火，忙得不可开交。憨宝这时不哭了，蹲在一边呆呆地看着她。

过了一会儿儿，许大娘站在一个小凳子上，用火钳从瓷罐中夹出一个坩埚，将里面的溶液倾入两个杯中，又拿了许多个瓶瓶罐罐分别往杯里倒了些东西，又拿一双很长的铜筷子慢慢搅了搅，便将其中一杯递给憨宝说："喝！"

憨宝面露难色，许大娘拿铜筷子使劲敲了一下他的头，憨宝又哭了起来。

镜屏想出去，咸先生拉住她，小声说："你能打得过她吗？"

"打不过也得打呀，先拖延时间，等那几个来了就能以多胜少了！"镜屏虽这么说，可她心里比谁都清楚：琼于根本不懂法术，也不会武艺，诗茵夫妇更是比咸先生强不了多少，都是白给的。要说打架，只能靠自己。

只见许大娘更加烦躁，扔了铜筷，捏着憨宝的两腮将他嘴挤开，眼看就要将那"金汤"灌下去，镜屏忍不住提剑冲出，叫道："齐蔓儿，住手！"

许大娘猛回头一看是她两个，显然没想到她们能从石室出来，一时竟愣住了。

"齐蔓儿，你怎么这么执迷不悟，你爹就死于丹毒，你如今还在迷恋这些伤人害命的玩意儿。你要害死多少人才罢休？"

咸先生也胆怯地走了出来。

许大娘冷笑道："废话少说，看来你是非要与我为敌了！那也好办，你只需胜得了我便可。你是想斗符法、雷法，还是剑术？我看你这偷下山门的毛头小道姑哪一样也不精！"她显然比镜屏想象的要精明，早看出镜屏不想真打，只是先两边耗着，既然这样，那后面肯定要来帮手，而她必须赶紧将这小道姑制服。她本想再施邪术将镜屏制住，只是离她太远，术不能及，再者又惧她那招雷法，便想先与她缠斗，教她没机会祭出雷法，再找机会制她。便再不多言，顺手抄起丹炉边拨火的铁钩，一跃而来。

镜屏先时只想着耍嘴皮子磨蹭时间，并不想真打，这时见人影真的来了，只好来迎，两边斗起了武艺。

果然不出许大娘所料，镜屏那几路耍把式卖艺的剑法远不是她的对手，格了十几招，她便只能勉强招架了。她一边疲于应付，一边暗骂那几个人怎么还不来，又怨她师兄聿元子没多教她几招，又怨师父怎么不将内丹传给她而传给了师兄，几个小师弟尿了床却让她洗裤子的事也挨个恨了一遍。她这么胡思乱想，剑法便更散漫了，许大娘的火钩只贴着她脸上胸前倏倏生风。

两人相斗正紧，越来越靠近咸先生站的地方。咸先生急得不知如何是好，看看旁边有一把快锈秃了的铁铲，便抄起来想去帮忙。可她又怕伤了镜屏，欲上又止，踌躇不定。许大娘余光早注意了她，瞅准一个空档，纵身跃出，铁钩朝咸先生掷去。

眼看就要打着，镜屏急叫："快躲！"咸先生下意识地蹲下身体，又将铁铲格在面前。那火钩猛击在铲柄上，转了方向，打在旁边岩壁上，刮出一道长长的火星。而咸先生虽没被伤着，也被打得身体失重，往后退了好几步还没收住，忽然一脚踩空，摔到一个岩缝中去了。

许大娘见咸先生摔到了那岩缝里，忽然大惊失色，叫道："不许去！"就要追过来，却被镜屏截住，两人又缠了起来。

咸先生爬起身来，左右一看，只见这里是个比自己闲话坊还大一些的空荡荡的洞穴，四周洞壁上还挂着几盏长明灯。这时外面剑铁相击的声音又传来，咸先生正想再出去帮忙，忽然瞥见不远处躺着三个人，心跳骤然加剧起来。只是事在眼前，若不弄明白，只会更加疑神疑鬼，再者她只跟着张仵作学过几式吐纳气功，没学半点武艺，出去恐怕只会添乱，索性摘下一盏长明灯，又在旁边地上摸了块石头，猫着腰慢慢向那三个人走了过去。

躺着的三人却纹丝不动。

又走了几步，才看清楚了：那原来是两具干尸，一长一短，看身形像是一个大人和一个少年。而在长干尸和短干尸中间夹着的并不是另一具人的尸首，而是按人的形状摆的一套衣服……远看时也像躺着个人。

干尸头部旁边的地上都插着一块两尺长的木片，像是牌位一样。咸先生强压住内心的恐惧，凑近了看，只见那短干尸头边的木牌上写着"木栓儿之位"……看来这具尸首是那个小乞丐木栓儿了。既然这样，那另一具不用说必是齐玉堂的尸体了。

她又转到长干尸的头侧，将灯光凑到木牌上，看到上面写着"齐玉堂躯壳之位"。

好奇怪的称呼！

看来是痴心不改，真以为自己的死其实是羽化升仙了，才特意强调剩下的是"躯壳"。

此时，对齐员外执迷不悟的轻蔑压过了对他尸首的恐惧，咸先生冷哼了一声，又去看那套衣服旁的木牌，只见上面写着七个字，这七个字，却惊得她目瞪口呆！

她忽然想起什么，赶紧从怀中取出那本从密室拿来的左道秘籍，翻到之前所看的有乌龟插图的那页，这才明白了三幅图的含义：原来第一幅图里像蛤蟆一样的怪物其实是表示蜕去壳的龟身，这只无壳龟身被画者用虚线描绘，应该是说它是一种没有躯壳的存在，而且，现在仔细察看下才发现，画者用拟人手法给无壳龟的眼角加了几道皱纹，将它的脖颈下的皮肉画得很松垮，如此便显出了几分老相。当咸先生意识到这一点时，再去看第三幅图中乌龟的眼角和脖颈……果然，是那只老相的乌龟！

"调壳反嗜"，原来是这样！

二十七 原来是他

镜屏和许大娘越斗越处下风，她见再不脱身，一会儿气力耗尽了，就只能坐以待毙了，便猛砍一剑，却是虚招，却转身就跑。

许大娘也不急追，向镜屏伸手一指，口中念念有词。镜屏忽然感觉有一股力量像套马索一样兜在自己脖颈上，她马上意识到对方在施展邪术了：刚才相持中自己斗志尚存，老妖婆没机会施法，纵然施法，邪术尚不一定能沾上身来。此时老妖婆是抓住了自己这一瞬的气虚胆怯而将自己制住。

她这一想之间，便觉脖子上力道加强，那无形的套索越收越紧，气息立时禁断，眼珠开始上翻。片刻间，镜屏已经浑身无力了。

自己这回真的在劫难逃了！

平生第一次真正面对死亡，她竟然一点对自己的感想也没有。此刻，眼前不断浮现出的都是别人的面孔……那些出现在她生命里的，她所在意的人的面孔：

师弟们虽然淘气，可多半是因为从小跟自己黏得太多才成了那样，他们虽然常偷吃自己藏的点心，可那都是自己故意放在那里的。小师弟啊，师姐要是不能看着你们穿上新袍子，盖上新被褥，不能看你们以后结婚生子，师姐真不甘心啊！

三师叔，当年众位师伯师叔要与师父分庭抗礼，只有你站在师父这边；在其他师叔伯带着许多弟子出走后，也只有你留下来帮着师父一起主持山门。你还教了镜屏许多功法道术，只是镜屏太懒太滑头，每每都不好好学。你最后心灰意懒，要独自出门云游时，镜屏正在后山桃林里睡大头觉，连最后一面都没送你。三师叔，等你老了，可要回山啊，我们都想你呵。

师父，师父啊，这个从小最疼我宠我，叫镜屏我这个孤儿一点也不觉得自己是孤儿的人，每次做梦都会梦到的人，在师兄没成年之前，照顾镜屏和师兄弟们，给我们料理一切的人！自三师叔也与你意志不合离山而去，你便更劳累了，什么事都只能你亲力亲为，终于积劳成疾。师父，你死得太早了，说什么仙归呀，羽化呀，还不就是死了，可你干吗死得那么早，叫镜屏还没来得及多看看你，多孝顺你呢！

那头野兽，那隐藏在迷离风草中的像狼一样的目光！从在"游仙枕"上睡了一觉，意外"想起"了那头野兽，那副忧伤的满含人性的兽脸便经常会被不由自主地想起来。为什么褓褓中的我对它记忆如此清晰，却又在二十多年间从来不曾记起过？它，究竟和自己有什么关系？

师兄，镜屏最爱的人，不知道这份爱是不是就是人家常说的那种爱，可我一想起师兄，就忍不住心花怒放，就总是开心。师父身体不行了，山门就一直靠你主持，你为镜屏做的事，大大小小，镜屏都记得，而且会永远记得。师父后来没了，你对我更是关心备至，只是有时候你管我管得太严苛，都叫我反感了。每次有人来请你下山做法事，你都故意不带我去，反而带了更小的师弟；师兄弟们长大了都要下山积修外功，有的还要自立门户，不明白你为什么独独对我如此不放心。虽然我终于还是忍不住偷跑下山，虽然我现今最不听你的话，可那是因为我想看看山外的样子，看看平常人家的生活，我还想挣钱，还想给咱山门扬名，我可不想一直生活在你的保护里。可是，镜屏要是再也看不到师兄了，就算到了阴间地府也难过啊！师兄，你在哪，你不是要照顾我吗，你怎么不来救我！

咦，如今我一个快要死的人，怎么还有心思想起他，那个邋遢的野道士？那个除了线索、真相，其他都不管不顾，简直有些无情的人，我干吗想他呀，镜屏都快要死了，居然没想一想我的好朋友诗茵，却先想起那野道士，我胡镜屏还真是不好捉摸啊……

镜屏忽然想起了那一幕：琼于抱着被火烧尽的大树，试着与之沟通，却被余火烫到了。这一幕实在好，居然惹得她脸上笑肉绽开，浑身打了个激灵，回过了一些神来。只是她身体还是被邪术禁住，动弹不得。她眼睛半睁不开的，迷糊中瞥见憨宝正蹲在一旁哆嗦，便用劲全力，才嘶哑地叫道："憨宝，快逃！"

憨宝被她这一提醒，站起来想跑，许大娘急了，只好先顾他这边，朝他一声大喝："站住！"吓得憨宝又蹲下了。

只是许大娘这一转念的间隙，所施邪术的力量弱了一些。镜屏趁机晃动身子，竟暂时挣脱了邪术，刚一转身要跳出圈外，这边许大娘又专心应对她这边，邪术的力量重又回复，而且比之前更大……镜屏忽然被一股前所未有的巨力扼住脖子举到空中。

许大娘冷冷地道："小道姑，我看你也就是用生血祭出的雷法还有几分真功力，其他的都是三脚猫走江湖的伎俩。我和你本来无仇，也不愿意杀你，可你总是捣乱，不杀你我大事难成。"

镜屏在空中痛苦地乱蹬着腿，吃力地说："老妖婆……我要死在你……手里，我师兄聿元子定会……找你报仇。你到时要想活命，就叫他去祥和钱号……把我存的……钱取走，回山先给小师弟……盖新房，有余钱再修……大殿……要先顾活人。你要能带这些话，我就让师兄……饶你！"

许大娘冷笑道："臭丫头，死到临头还不忘了恐吓我！"说着用力一挥，镜屏只觉有千钧的力量将她猛地甩出，重重地摔在岩壁上，又掉落到地上，爬不起来了。

许大娘见镜屏扑在地上不动了，便重又拿起杯子，自己先喝了一杯，拿另一杯走向憨宝，捏开他的嘴就要灌……

"没用了！"琮于忽然从台阶上快步走下来，"你纵然费尽心机，只怕这一次也难成功了，齐员外！"

二十八 真相

雨又大了起来，雷声则比之前更响更急了。

齐家老宅外的空地上，两个人正一前一后急促前行。前面的人撑着一把大油伞，在伞下提着个忽明忽暗的灯笼，后面的人身披蓑衣，肩膀上一前一后搭着两个口袋，那袋中之物似乎很沉，压得那人半躬着腰。忽然那人脚底一滑，跪倒在泥里，袋子里的东西便抖出来一些，块块粒粒的，像是石子之类的东西。前面那人忙回身，将灯笼凑给他……灯光到处，只见跪在地上的人正是余闵，他慌慌张张地在周围边摸边捡，捡起一块大的，忙在泥水中涮了涮，举到灯笼前，只见黄灿灿的，竟是一块棋子般大小的金子。捡了一会儿，那提灯笼的人喝道："那一点不要了，快走！"……原来是个女人，她说完便转身前走，灯光晃过的一刹那，只见那人正是诗茵。

两人转过一片山崖，再走一阵，便到了灵龟宫前。诗茵快步走上去拍了几下门，过了片刻，门开了。开门之人正是灵龟宫的年轻观主安然士，他将两人让了进去，又很小心地看了看门外，才关了门。

灵龟宫大殿后堂里，此时灯火通明。诗茵擦着身上的雨水，余闵整理着装金粒的袋子，又套了一层新口袋，系好袋口。

诗茵擦干了脸上脖子上的雨水，扭头看到安然士闷闷不乐地坐在墙边，她便没好气地问："马车都装好了？"

平时谈吐自如的安然士，此时在诗茵面前就像个被呼喝惯了的小兄弟，点头"嗯"了一声，却不说话。

"那你收拾好了吗？我们快走！"

"你们走吧，我不跟你们走了。"

"为什么？"

"我不过是一时贪玩，没想到铸成大错了。现在我一闭眼就想起那几个死了的人，没法安心，我要去找个地方躲着。"

"傻兄弟，你快别矫情啦，我知道那野和尚的事，那都是他色胆包天惹的，不能赖你。你还是跟着我们走，找个没人认识的地方，到时你要想自己待着，我让你姐夫出钱给你盖个小庙，你爱做和尚做和尚，爱做道士做道士！"说着，诗茵和余闵一起拉着安然士出了门。

片刻后，一辆马车在电闪雷鸣中离灵龟宫越行越远。

镜屏被摔得很重，看那一口吐出的鲜血，也不由怕了起来，不知道自己有没有受内伤，趴在地上起不来，自言自语道："哎哟，这一大口血，得多少顿饭才能养回来呀？"忽然听到了那熟悉的声音，精神竟为之一振，用力一撑，就坐了起来。她自己那把剑刚才被震飞了，所幸师兄赠予她的霜莹剑还在背上，她便抽了出来。一个人快速移到她身边，正是琼于。

琼于连忙将她扶起来，教她倚着石壁，问："怎么样？"

"不跟你算完账我死不了，破痰盂，你怎么才来？"镜屏一手用剑支在地上，一手揉着胸口有气无力地说。

这时咸先生从洞里爬了出来，看到琼于回来了，也是一阵欣喜，又赶紧跑过来看镜屏，见她暂时无性命之忧，忍不住对许大娘怒道："齐玉堂，你为了自己长生，连女儿都可以牺牲，你真是自私至极！"

"齐玉堂？"镜屏一脸迷惑地看着咸先生，连周身疼痛都忘了。咸先生瞪着许大娘道："洞里的那些牌位，是你设的吧？到底应该怎么称呼你呢，是齐玉堂，还是齐蔓儿？恐怕连你自己也弄不清楚了吧，所以你才摆了一套衣服，设了个'齐蔓儿魂灵之位'的牌位吧？"

许大娘的脸上终于显出了惊惧。她犹豫片刻，又想施发邪术，手指刚要动，琼于将右手大鱼际放到嘴边，用力一咬，一块皮肉便被生生撕了下来，鲜血立时涌出。琼于将手伸出，血滴到了镜屏手中的剑上，道："快祭雷法破她！"

许大娘对那雷法颇有几分畏惧，便不敢上前，却一把拎住旁边的憨宝，似要拿他做挡箭牌，喝问道："你们究竟知道了什么？"

"除了几件小事，其余都知道了！"琼于冷冷地道。

镜屏还是一脸不解地看看琼于和咸先生，从他们的表情能看出来他们肯定都弄明白了案情的真相，看来之前的猜测并不正确，不由恼起来：痰盂且不说，那女书呆子也能猜到的事，我居然还不明白，哎，我也就只充当了回打手，揭示真相这么风光的事都叫臭痰盂干了！想到这里更是火大，吼道："你就别卖关子了，到底怎么回事？"

琼于看看四周，道："山泽通气，雷风相薄，水火不相射……若是按这种准则为丹坊选址，这洞穴真是再适合不过了，怪不得你怎么也不肯舍弃这里，你装疯扮鬼，费尽心思，就是为了避免别人发现你这处秘密丹坊吧！"

咸先生手里举着一本小册子，道："用自己的魂灵去占据另一个年轻的身体，如此自己的寿命便得以延续，这就是所谓'调壳反嗜'……原来你真练成了这等左道邪术！"

镜屏似乎有点明白了，惊惧地看看咸先生手里的书，又看看许大娘。

"然而，正如咸先生所说的，'世间万物都是相辅相成的，若是存在不朽的灵魂，那就意味着别的灵魂会变短甚至消亡'。'鹊巢鸠占'，鸠虽然得了便宜，可也意味着那只'鹊'已无安身之所。如果某人的魂灵占据另一个人的身体，被占据者本来的魂灵便只能消亡了！

齐玉堂，你练的就是这种邪术，而那所谓的金汤丹药，则能让'调壳之人'与'被嗜之人'之间产生联系感应。当年，你正是像今天一样，诱逼齐蔓儿和自己一起喝下了那些丹药，然后自己的灵魂便遁到了女儿身上……一个年轻无辜的身体就这么被一个可恶的人格占据了！"

"这，这也太不可思议了！"镜屏被这种说法惊得目瞪口呆，"还以为她就是齐蔓儿，照你这么说，咱们眼前这个老妖婆只是齐蔓儿长大之后的身体，灵魂早已经是另外一个人了！"镜屏想了想，又恍然大悟："如果真是这样，那之前的一切倒是都穿起来了！"转而又对许大娘怒喝道："你这人当真自私的可憎，为了自己多活几年，就教自己女儿活不了吗？"

许大娘此时目光呆滞，不置可否。

琼于看看她那样子，转而又叹了口气，道："或许，你自己也没想到会是这样。我料你本来是想去'噬占'别人的身体，那人就是小乞丐木栓儿。你收养小乞丐，是想找一个没人管又年轻鲜活的身体供你'调借'，一旦成功，你便能以一副崭新的面貌继续活下去了，而那不变的灵魂，那超越同龄人的智力和经历，会叫你用不了多久便能在新的生命和环境中脱颖而出，重拾富贵绝非难事，更何况这宅中密室里还有你变卖家产后所存的财物。

"只是，令你意想不到的事情发生了。齐蔓儿与她难得的玩伴木栓儿有了深深的情义，以至于她不忍看着木栓儿整日饮食那些难以下咽的'灵丹妙药'，于是她暗地里帮木栓儿服了那些丹药，包括最后一次，那一次，你真的烧炼出了能遁灵换体的金汤丹药！

"最终，那'调壳反嗜'的邪术真的成功了，只是结果却大出你的意料。当你对镜自顾，看到的却是自己女儿的身体时，可想而知彼时你是何等的惊惧和无奈，我想，只要你还有一丝良知，定然也要对自己的所作所为感到懊悔吧！"

"不该是这样啊！蔓儿怎么办？我以后该怎么办？"

镜屏一脸疑惑："我还是有些不明白，许大娘……嘿哟，都弄不清到底该叫什么了！这妖人第二次在游仙枕上曾提到很多关于蔓儿的事，其中也有关于丹药难吃的梦话，这不都是蔓儿的记忆吗？这也证明蔓儿经常被逼服下那些丹药，我们之前也是这么推测的……如果拐骗木栓儿是为了让他做替身，那蔓儿又何必服药呢？"

"蔓儿是和齐玉堂一起生活的，她的种种经历，只要齐玉堂在场，便也都是齐玉堂的经历。蔓儿说的话做的事，都被齐玉堂记了下来，我们听到的梦话，或许只是齐玉堂在转述蔓儿的话罢了。

"至于蔓儿为何也服药，据我推测，这'调壳反嗜'的左道邪术应是齐玉堂的无奈之选……他也知道那是伤天害理的事，所以前期并未实施，而是不断试炼那些所谓正统丹家留下的配方，只是一直无法成功。令他做出这等丧心病狂的选择，多半是因为齐氏族人因觊觎这座宅子而不断来此骚扰，令他觉得没法再耗下去了。于是，齐玉堂在赶跑了族人后，索性放火烧了宅子，自己则带着蔓儿、木栓儿在这洞中又生活了一段时间。利用这段时间，终于炼成了实施那邪术所需的丹药。齐玉堂，我说得对吗？"

许大娘并不回应，只是一脸惊惧的神色：这邋遢道士拥有着令人震惊的能力，不费一招一式，便击垮了自己的精神。不由得，眼前竟浮现起一幕幕很久以前的影像：

那次夺去许多人生命的洪水和随之而来的疫灾……

那个在自己最脆弱时离自己而去的绝情女人……

那个劝自己放下所有，专心修炼的云游道士……

一次次失败的烧炼和蔓儿愁怨的面容……

世人对自己丹术的质疑和嘲笑……

"你邪术成功后，我料你并没有向木栓儿坦白这事的始末。因为你已经'成了'一个柔弱的小姑娘，若是贸然走出去，难免不在这险恶的世道中吃亏，所以你和木栓儿就在这密室和山洞中又过了半年多，这期间，木栓儿偶尔会偷偷出去一下，买些生活所需回来……当然在他看来，他是在和他最亲的玩伴一起生活。这期间，你究竟在做些什么呢？"

"我在试炼丹药，研习道法，想将蔓儿找回来！"许大娘两眼无神地顺口应道，说完才发觉失语，可转而又像是解脱了一样，叹了口气："我的蔓儿，为父对不起你！"

咸先生点点头，说："从你在那洞中为木栓儿立牌位看来，这木栓儿应该不是你害死的吧？"

琼于道："我也这么觉得，因为彼时他还需木栓儿养着。想是木栓儿本就体弱，过了半年多就死了。"

"木栓儿，这半年多让你受累了，以后你就在这丹坊，和这副齐玉堂的躯壳相伴吧！"

"木栓儿一死，你便失了依靠。纵然你已经'成了'齐蔓儿，也不能去投奔那些贪婪的亲戚族人：倘若他们打着照顾齐家后人的幌子霸占这座宅子，那你辛苦营造的密室、丹坊就要暴露了。可是你也不敢轻易以那种少女之躯去世上闯荡，不然等着你的很可能就是人贩子和栅栏花楼了。于是，你想到了一个安全的地方：道庵！你便编造了一套'童养媳誓死不嫁'的身世，求庵主许你在庵中出了家。

"只是，好不容易得到的新生，你怎会甘心耗在那种清苦中，重新享受荣华富贵，并以此作为你继续研究道法丹术的支持，才是你始终如一的目的！时机不久就来了……许员外，一个倾慕道教又性情朴实的富商。你略施秋目便吸引住了他，最终以妙龄女郎之身嫁给了许员外，只是，那毕竟是你女儿的身躯啊，为了你一己之私，等于出卖了她的身体，不知你彼时做何感想？

"你所谓的金丹术消耗颇重，我料你本想拉许员外一起研究丹术，只是他毕竟是理智的生意人，给庵里施舍些钱买个上上签、吉利话也就罢了，才不会真的相信那些虚缈之说。你看他不着你的道儿，只好又想起这边的老宅来，因为这里还遗留有你炼丹用的器械和贵重原料。之后那些年，你便以各种理由经常离开许家，其实都是到这里来研究丹术。而每当听说有人要打这宅子的主意时，你也会来这宅中装神弄鬼：这就是齐家老宅的鬼魂时有时无的原因！

"最近，估计是你的丹术终于有了进展，又或者，最大的可能，则是离你所谓的'最佳丹期'，也就是六月初六的今日，越来越近了。你便迫不及待地来了这里，甚至在许家人找来时不惜装疯也要硬留下来。

"然而，还是发生了意外：余闵夫妇恰于此时不顾那些鬼怪传闻而执意买下了这座荒宅，你自然不敢公开自己真正的身份与他们抗争，只好求他们许你在此住些时日，好为你再次施法做准备，而其中最重要的准备，即是故技重演，收养了一个无论死活都不会引起别人注意的小乞丐。偏偏在这事上又不顺利：你先前收养的小乞丐难养，并非孤独一人，他的兄弟大毛二毛碰巧找来了，你只好撵他们走了。不得已之下，你才又收养了现在的憨宝！"

许大娘愣了半天，才回过神来，摇着头叹道："臭道士，你虽不会道术，可你这穷究事理的本事当真可怕！"她这么说着，攥着憨宝的手慢慢松了下来。

镜屏已经气得浑身发抖了，骂道："你既然这么说，看来玉痰盂说得都没错了。你可真够狠心的，早知道之前就不给你下什么迷药，直接下毒算了！"她一边骂着，一边给憨宝使眼色，想叫他趁此机会跑过来。可憨宝却仰头看着许大娘，表情竟没有怨恨，而是一脸悲苦的样子，问道："大娘，这都是真的吗？哎，憨宝还以为有家了，有娘了，你就这么骗憨宝吗？憨宝再贱也是人啊，你为啥这么骗憨宝啊！"憨宝终于忍不住号啕大哭起来。

"别哭了，你这小叫花子每天要饭，受尽了人间苦楚，我让你早点解脱，也不是件坏事！"许大娘恶狠狠地说。只是，她表面虽然强硬，可那语气中已经明显底气不足了。

镜屏听她这么说，气得又骂道："胡说！混账王八蛋！蝼蛄蚂蚁还知道偷生呢！人家爱要饭不要，你管不着！人家命再贱，也只有阎王能取他的命，你有什么资格决定人家的生死，你的狗命就贵？就要占了人家的身体多活几年？"她越骂越气，越气越骂得狠，想站起来再打，可用剑撑了一下地，却周身疼痛，还是起不来，只好呼呼地喘大气。

咸先生也怒道："我也无法理解，你这么多年是怎么心安理得地用着自己女儿的身体？你虽然能多活几年，却是个孤家寡人，这样的人生真的值得你如此强求？"

许大娘忽然大笑一阵，只是那笑声里夹杂的多是悲怆的意味，她仰头看着洞顶，像是在自言自语："心安理得？怎么可能心安啊，这么多年来，我一直活在对蔓儿的内疚中啊，尤其是嫁给老许后的前几年，每当他趴在我身子上……不，应该是蔓儿的身体上时，我的痛苦，我的煎熬，谁又会知道啊！"许大娘停了半晌，忽然瞪着三人道："你们说我连女儿都不要，可是你们知道吗，我这么多年来为什么一直在研究道术丹法？其实我早已炼成了金丹，自己想长生是唾手可得之事。

多年来我所做的一切努力，都是为了蔓儿！我要让蔓儿起死回生！"

"起死回生？这怎么可能！"三人都被他的话惊呆了。

"当然可能，人的魂魄和身体是相辅相成的：身无魂灵不立，魄无身体不依，只要蔓儿的身体还一直活着，那她的灵魂就不会真正消亡，她的灵魂，一定是潜藏在身体深处沉睡着。苦心研究了多年之后，我终于找到办法将她唤醒了，蔓儿，我的蔓儿，你马上就要回到爹爹身边了。"许大娘说到这里的时候，大声狂笑起来。

"你说的这是什么胡话啊，我都被你弄糊涂了。"镜屏看看咸先生，对方也是一脸不理解，便说："我虽有些不忍心，可也只能告诉你真相了：你这是金粉吃多了积在肚子里不消化，又被丹砂烧坏心肝了：蔓儿的身体现在正被你齐玉堂占着，她要真'回来'，试问以怎样的方式存在？"

许大娘看着憨宝，道："只需要再找一个躯壳，两边一起饮下金汤，促成联媒，就可以让蔓儿的灵魂苏醒，并占到那副躯壳里。"她说完，便猛地逼近憨宝，举起了手中的杯子又要灌……

"住手！"琼于以少见的音量喝叫道："你难道没看出来吗，这小乞丐活不了多久了！亏你还自夸长年研究道法养生，试问也应该略懂些医术吧，难道你就没看出憨宝已经身患恶疾？实话告诉你，我之前摸过他肚子，又看过他的排便：他腹中必是长了恶瘤，发作只在一年之间！"他目光继续坚定地看着许大娘那边，却对两个女人小声问："那颗药丸？"

镜屏忙小声说："咸先生给我了，我之前偷偷给憨宝了。"

"希望这孩子能听话吞了它。"

憨宝忽然开始剧烈咳嗽，咳了一阵，便觉得腹中翻滚，接着张口便吐，先吐了些之前的饮食，接着，竟吐起鲜血来。吐了好一会，憨宝身体乏力地坐倒在地上，喘起大气来。

"哎哟，好像吐血了，痰盂你给人家吃的是什么东西？"

"琼道长不会害人的，我猜是催吐药，那血肯定不是真的。"咸先生小声对镜屏说。

镜屏看了她一眼：不过刚认识，怎么那么信任他？

许大娘看憨宝这样子，眼神中闪出了绝望的神情，呆立半晌，她苦笑道："天意啊，天意！蔓儿，看来你还是没法和爹爹团圆啊！"

"大娘，别急！"只见憨宝嘴角竟挂着微笑，痴痴地看着许大娘："憨宝没病，那个道长是想救我！憨宝一点也不傻，像我这样的贱命，这世上哪有白对我好的人啊，憨宝早就知道大娘不缺我这样的孩子。可是憨宝还是舍不得跑，只求能永远待在大娘身边呢。憨宝本来就是快要饿死的人，能多活了几天，吃了好几顿饱饭，还穿上了新衣服，知足了。"

憨宝淡淡地说完，便捧起旁边的杯子……这却教琼于等人始料不及，想叫喊时，早已来不及了，只见憨宝早将那杯金汤一口气喝了下去。

许大娘也没想到这孩子会如此行事，她手里的杯子颤抖起来，不一会儿，泪水便模糊了她的视线。

这时，她看到了一件不可思议的事情，她马上被震惊了：从憨宝的瞳仁中，她似乎看到了蔓儿……那并非是反射出的自己的身体，而是真正的小时候的蔓儿的神情，那个乖巧的小姑娘，那个就算发妻离开自己时，她仍用稚嫩的声音说"我要跟爹爹"的女儿！

镜屏怒不可遏，这时她的气力也恢复了一些，便坐在地上将霜莹剑在琼于流着血的手上蹭了一下，叫声："憨宝让开点，天地云风，赐吾真道！"便打出一团火球，正打在许大娘脚边，将一块石头击得粉碎。

许大娘回过神来，怒道："既然如此，就让你们和我父女俩一起陪葬吧！"说着便快步闪到丹灶边，直接用手去推那大瓷罐，那瓷罐烫得她手掌冒烟，她竟全然不顾，口中叫着："金丹之术，只我一人。以后，再也不会有人能炼成这样的灵丹了！"

瓷罐被推倒在地上，立时摔得粉碎。许大娘又捡起原本插在炭中烧得通红的火钳，拉了憨宝跑向河边。琼于急忙追了过去。镜屏也想追，可一起身用力，胸口又剧痛起来，疼得她哇哇乱叫，又趴倒在地上，咸先生只得将她扶到一边。

这时许大娘和憨宝已跑到河边竹筏，她先将憨宝扶上筏子，解了绳索，自己手持一截粗竹也跳上去。趁着筏子还未漂动，她看了看镜屏和咸先生，又看了一眼琼于，笑了起来，随手将那半截通红的火钳扔进了旁边的茅屋中。

那一笑十分诡异，琼于不免一怔，猛然省悟，对背后叫道："快往后退！"自己则纵身一跃，顺势滚了几滚，滚到了一块巨石边。只这略一动作之间，忽然从茅屋门窗中闪出一片火光，火光闪出时便传来一声巨响……巨大的爆炸将那间茅屋和旁边的所有茅屋瞬间化为齑粉。

许大娘和憨宝在这一片火光中撑动竹筏，顺水疾去。

然而，那茅屋的爆炸只是个开始，紧接着，四周洞壁上不断传来巨爆声，就像一连串巨型的鞭炮，顺着洞壁接连炸起来，每声巨响，都足以将这里震得地动山摇。后面的爆炸还未完，前面炸过的地方已经开始往下掉落碎石了。当爆炸持续到第六七次时，整个山洞开始剧烈晃动起来，巨大的石块不断从头顶掉落下来，周围的洞壁也开始不停地坍塌，紧接着，大大小小的石块像毂中倾豆一般掉落下来。

所幸镜屏和咸先生所在的位置离震中较远，咸先生赶紧拖着镜屏又往外拉，直拉到台阶处方才停住。镜屏忽然看到琼于缩在那块巨石旁边，忍不住想冲上去救他。琼于也看到了她，只见他在乱石纷坠中静静地坐直了身体，对镜屏微笑着摇了摇头。

"丹家都懂火药……呆公子，事先想不周全，总要吃亏的！"琼于无奈地笑道。

只是，在巨石落掉的轰响中，镜屏再也听不到他的声音了。

这时，一块大石砸了下来，成了山石掉落的绝响，之后洞里便安静下来，只剩漫空中被荡起的浓重的灰尘，还有挡在镜屏和咸先生视线前的一堆巨石。

"琼于！"镜屏撕心裂肺的喊声响彻山洞。咸先生再也拉不住她，也不愿再拉着她，任由她冲到石堆前，由她哭喊着，徒劳地翻拨那些石头……

二十九 醒来

镜屏和咸先生重新回到地面时，已经天亮了。

初时，两人还为如何回去发愁，因为来时的台阶路已被掉落的巨石封住，而就算她们能原路返回，到了石室那里，也会被"轮转门"的"入门"所阻挡……诗茵和余闵为何到现在还没来，是不是知道其他人被困，去找帮手了？还是？

咸先生乱想着，忽然看到怀中因为筋疲力尽早已昏迷的镜屏又发抖起来，她摸了摸镜屏的额头，果然烫得厉害，她便脱下外衣，取出灯笼中的蜡烛，想点着为镜屏取暖……哪怕片刻的暖也好。蜡烛刚拿在手里，烛火却抖了起来，却并不是来回摇摆，而是朝一侧偏去，伴随着微微的抖动。咸先生猛然醒悟，朝烛火偏去的方向一看，只见离她十步远处的洞壁上，离地不过三尺，有一个洞口，那洞被一块伸出的石头挡住一半，若是进来时沿台阶从上往下，便很容易忽略了它。咸先生将蜡烛放回，走过去拿灯笼往洞里晃了晃，只见那里面的洞壁明显是被人工修凿过的，她忽然想起在未到储物石室前曾经遇到的那个岔路口，或许这是另一条出入这里的密径呢。这么一想，她心中顿时燃起了希望，便回去搀起镜屏，进了洞。

咸先生做过最重的体力活不过是抱着几十本书分别放在书架上，此时架着一个活人，总有些力不从心。好在镜屏虽然神志不清，尚还能下意识地半拖半迈着步子，纵然如此，也将咸先生累得香汗淋漓，她只盼着这甬道能快些走完。

那洞很狭窄，艰难地走了几十步，忽见前面有一道铁栅栏，由数条极粗的铁棍连在了一起。咸先生不由担心起来，将镜屏放到一边，自己跑过去一看，只见栅栏将整个洞道全部封住，人不可能过得去。咸先生正着急，却见有两条铁棍挨得很近，她顺着这两条铁棍边摸边看，终于意识到这是一道可以开合的小门……果然在两条铁棍插着的地上散着一条极粗的铁链，链两端用大铁锁连着。咸先生急忙凑近了看那铁锁：万幸，是开着的。

咸先生意识到这门定是齐玉堂设的，如此他便能沿此路返回，为防万一，平时便用锁锁住，只是这次为何锁是开着的？

她此时顾不上多想，便又搀起镜屏过了门，走了一会儿，便进了一条砖砌的甬道。令咸先生兴奋的是，没过多久便走到了那个岔路口，往旁边一看，镜屏之前留在地上的蜡烛已经烧完，只剩一点蜡油的痕迹。咸先生高兴得浑身又来了力量，她一边跟镜屏说着话，避免她昏过去，一边加快步子向前走去。

等咸先生和镜屏钻出洞时，只见那装有罗盘机关的柜子已被人推倒在一边了，洞口敞开着。咸先生将镜屏扶到许大娘床边，教她不要乱动，自己去找余闿和诗茵，却发现他们的房间屋门敞开，屋里贵重的物品都没了，其他的摆设则秩序井然。

咸先生转身出屋，被迎面射来的阳光照得睁不开眼睛……这一夜发生的事情太多，恍如隔世，她虽然有很多事情没弄明白，但有一点是清楚的：自己和那两个道士，都被这对小夫妻算计了。

清晨。

"玉痰盂，玉痰盂！"镜屏不停地轻声喊着，喊到最后，终于在焦躁急切中睁开了眼睛……原来是在做梦。她看看自己睡着的地方，只见被褥都是丝绸的，床铺很宽阔，装饰十分华丽，纱帐正被窗外的轻风吹得一开一合。

镜屏枕边有一叠衣服，正是自己的，已经被洗干净了，两把剑则挂在床柱上。她用手背试了试额头……不那么烫了，便试着起身，虽然还有些眩晕疼痛，总归还能站得住，便穿了衣服，走到外间，只见堂屋木榻上睡着的正是咸先生……解去了发髻，一瀑青丝散在肩边的咸先生原来这么美啊！旁边还有个小丫鬟半趴半倚地睡在榻边。镜屏明白自己在哪了，也立刻想起了夜里所发生的事情。

这时小丫鬟醒了，见到镜屏，忙说："道长醒了！"便又去推醒咸先生。咸先生醒了过来，先问镜屏感觉如何，镜屏笑说："好多了，其实没什么，就是累的。"

"嗯，张仵作也说没留下内伤。"

"仵作？我可还没死呢，用不着验尸。"

"呵呵……张仵作医术也是极高明的，他是世代的医家……"

"齐宅有什么消息？"

"余闵和诗茵不辞而别了，奇怪的是，那灵龟宫的观主安然士也同时消失了，值钱的东西都被搬空了。"

……

"余闵、诗茵与那观主是什么关系不得而知，只是那对小夫妻端的是深藏不露，还记得我们在那个石室里发现的那一袋碎金子吗？没了，所以，明白了吧？"

"什么？"这个意外的结局叫镜屏怅然若失，她虽然还无法得知诗茵种种所作所为的原因，但最重要的一点已经很清楚了，那个所谓的好姐妹诗茵从一开始就在利用自己！原来山门之外真如师父和师兄所说：江湖险恶，人心难测；也正如玉痰盂说："世间的事表面和内里常是不一样的！"

镜屏忽然心生孤寂无助的感觉，这种感觉她以前可是很少有的。她不由自主地走出屋子，只见外面是一个花园，其中一块花圃中种了许多大株的茶花。她走到花圃边，见那些茶花有开有败，几只蝴蝶正在花丛间飞舞。她俯身去闻离她最近的几朵茶花，并没什么味道。又看见地上遗有一把园丁修枝用的剪刀，捡起来仔细一看：这剪刀有些年头了，两个柄上缠着的布早已乌黑油亮，枢轴处抹了油，两刃磨得不锋不钝，一条刃上刻着"细剪缪"三个小字，知道这是杭州制剪名家缪氏所制的剪刀。能用这么好的剪刀，怪不得那园丁这么爱惜地抹油养护，只是他为什么又将干活的家什落在这里了呢？

镜屏想着，忽然意识到了另外的问题：自己什么时候开始见到事情就穷根究底了？为什么已经下意识地开始留意这些细微之处了？她当然明白是谁造成了自己的这种习惯：那个人！

也明白了，正是身边没了那个人，才会觉得孤独啊！

记得第一次见到那个人时，他也正盯着一棵茶花，还从上面捉了一只尺蠖虫，小心地养了起来。那个人如此独特，就像一阵奇怪的花香飘到面前，而当自己对这种花香产生了兴趣时，它却又随风而逝，不知所终了！

三十 旧人相遇

半个月后，嘉兴府桐乡县。

这一日，县城里传来平日少有的喧嚣，原来是有一家店铺正在开张。这店铺正处在县里主街上，鞭炮响完，红布扯下，只见店门上招牌写着"徐家丝绸庄"。

这时看热闹的人中挤出一个年轻的道姑，一身束身的青布道袍，背上背着两把大剑。她手里捏着根隔了夜的油条，将胳膊搭在旁边一个人肩上，咬了一口油条问："哎呀，这铺子修得好啊，光看这门扇，就知道一定是高手匠师的手艺。"

旁边那人将她胳膊抖开，没好气地问："不就是几扇门吗，一条街的铺子都这样。"

"嘿哟，小兄弟你还年轻，没眼力界不怕，就怕不好学不好问，今天贫道就教你几招看风的本事：你看这门槛，看出来了吗？这叫'七九扇'，门阔七尺，高九尺，这样的开门，外边的路人一眼就能看见里面铺子里摆的货物，进去的客人又觉得屋子里很私密，听不见街上的喧哗，叫他们能安心挑选，这是其一；其二，咱们这条街是正东正西的走向，街上的铺子一家挨一家，都没有窗，只能靠开门采光，这样尺寸的门，日头从东到西走一趟，阳光就从西到东往铺子里照了一趟……这是最好的采光。你再看铺子左边，卖什么的？"

"呃，那不是卖猪肉的吗？"

"右边呢？"

"卤狗肉铺呀！"

"对了，猪有龙相，狗有虎相，左有青龙守财门，右有白虎挡煞神，这是天造地设的机缘啊，这铺子要不旺那就怪了。"

那人听了这番话，不由得对道姑露出一脸敬佩。

这时门前看热闹的人开始陆续进店里去看，现出了门口站着的一个少妇，只见长相颇佳，举止间又透着一股干练劲，看她忙着招呼客人的架势，多半就是老板娘。

道姑看了看她，将油条塞进嘴里吞了，又拍了拍旁边那人的肩膀说声"走了"，顺便把手上的油抹干净，然后转成一副忧虑的面孔，走到少妇身边，咂着舌头直摇头："哎呀……哎呀呀……哎呀呀呀！"

少妇看她这副模样，知道有话说，忙打招呼："道长，是要化缘吗？小……"

"不必了，借问，是掌柜夫人吧？"

少妇点头，笑了笑："道长有什么指教的？"

"贫道是看不过你这辛苦开起的铺子，竟选在这么个不堪的地方，故此叹息！"

老板娘听了，虽然表面仍很镇定，只是那目光中还是闪出几丝慌张，她将道士拉到一边，问："道长这话怎么说？"

"贫道略懂堪舆，看你这铺子的选址，颇有些意外，纵然你家官人一点也不懂，也不该建成这样，你是不是欠着木匠工钱没给啊？怎么能将门户开成这样呢？"

"这门怎么了？"

"这门的规制名曰'七九扇'……这个说了你也不懂，你只须知道它在风水上又叫'流水户'就明白了。"

"流水户？什么意思？"

"还不懂？这门阔七尺高九尺，说大不大，说小也不小，可是阳光很难照进屋子，以后得费多少蜡呀……这是小流水，且不说。这门打开时，外边的行人一眼便能将铺子里看尽，没有余地；进铺看的客人又觉得阴闭，聚不拢人气，更聚不住财气，只见客流不见进账，故曰流水户。

"最要命的，是你这铺子怎么挨着两个肉铺啊！你瞧，那边是卖猪肉的，这边是卖狗肉的，猪有龙相，狗有虎相，本来左青龙守财，右白虎消灾，结果都是死'龙'死'虎'，还不如没有咧！败像，败像啊！虽说不是大凶，这样的风水简直是胡闹嘛！就算把范蠡关公邓通赵公明都供上也没用喽！"

听这了番话的老板娘早没了刚才那股从容，神色明显更慌乱了，忙问："这个，道长，有办法改改吗？"

"贫道能说出因由，怎会没法改？只是……"道姑得意地说。

"好好好。"那老板娘连说了几个好字，忽然像是唱戏的伶人变脸似的，柳眉倒竖，露出一副凶相，又叉着腰喝道："小骗子，你瞧今天是咱铺子刚开张的日子，咱得招呼客人，可没工夫掌你的嘴，要不这样，我赏你两个馊馒头，你赶紧寻下家去骗……快走你的！你要再不走，我可叫人赶你走啦！里面，快出来个人，打这个骗子！"

道姑没想到耍人反被人耍，当时傻在那里了，不禁冒出一句："还有比我嘴更厉害的！"正想灰溜溜逃走，忽然看到铺子里走出一个人来，顿时惊住了。

"娘子，出什么事了？"只见那来人很年轻，长得眉目清朗，身着华服，看打扮像是个生意人，举手投足却有种文人气。他笑着先看看老板娘，然后再看向道姑，这一照面，不禁大惊失色。

"余闵！""镜屏道长！"

两边同时脱口而出。

"诗茵在哪？你怎么会来了这里？"店铺后面的会客厅里，镜屏刚一坐下，就迫不及待地问起来。

余闵苦笑两声，又忐忑地问："道长此来是什么意思？"

"……哦，你放心吧，我不是来寻仇的，能碰上纯粹是巧了。"

余闵放松了一些戒备，又说："琼于道长……"

镜屏心头一震：很久没听到那个人的名字了啊……不对，才过了十来天而已，为什么像过了很长时间了呢？对了，那天晚上余闵夫妇先溜了，所以不知道后来的事。她便又换成了一副嬉皮笑脸的模样，说："自你们的案子完了，我就和他分开了。"

"……这样啊？"余闵好像看出镜屏所说是假，试探地问道："如果以后和琮道长还有机会相见，你，愿意再和他搭档吗？"

"不想不想，跟他搭档，生意是有，就是没钱赚。"镜屏又小声地嘟囔："我还想多活几年呐！"

"……可惜啊，烟儿在时，常说你俩是难得的伙伴，虽然没法做夫妻情侣，可那种亲密无间的默契却更胜一筹。"

"呵呵，吵架的时候你们没看见……烟儿？"

"既然道长答应不再追究，我也不好再做隐瞒。诗茵她……她其实真名叫作黄侍烟，而我，从和她做了夫妻后，便在她授意下也用了化名。我本名叫徐文源，是嘉兴府海盐县人氏。"

镜屏冷哼一声，说："其实我也知道，这件案子自始至终，你们夫妻都在利用我们。当然，这主意多半是诗……不，是那个黄侍烟出的，你也是被她利用了吧！"镜屏看了看周围，"她对你倒还讲情义，溜掉之前给你留了这份产业。"

"道长误会了，其实烟儿所做的一切，都是为了我！"徐文源顿了顿，给镜屏斟满茶，说道："一切都是烟儿预先安排的，目的就是齐家老宅所藏的财物。她事先知道了那些财物的存在，却不知道具体藏在何处。那齐员外当年行事诡异，不拘常理，一般人很难猜出他的心思。又鉴于他崇道，烟儿便觉得得找道门中人相助，或许能猜出财物下落。再者，我们买下齐宅时，正值许大娘已经先住了进去，烟儿一眼便看出此人身藏高深的道术功法，自己不是她的对手，所以表面上不敢强与争锋，只好暗地里物色帮手，这才使胡、琮二位道长卷入此案……她一开始就设计好了全局，只是连我也没告诉。"

"怪不得玉痰盂说烟儿总在调查中有所安排，哎，被你们耍得团团转啊！"

"主要还是琮道长自己机谨聪明。烟儿曾担心你们不把查案重点锁定在许大娘身上，有一回便想去许大娘房间找点她修炼丹术邪法的证物，好故意露给你们以为提示，没想到她去的时候发现琮道长正躲在那间屋里调查，她便在屋外站了一会儿……想来琮道长以为是许大娘来了，立刻躲了起来，才无意中发现了机关暗道。"

"那之后，烟儿便对琮道长放心了许多，只在案情关键处给予提示。她事后曾说，就算她不施以援手，以琮道长那样的机智，早晚也会破案的。只是他的目的是真相，与我俩不同。

"那天晚上，你们终于打开了暗道，烟儿骗你们先进去了，然后回去找到我赶紧收拾了一下。我们本想尾随你和咸先生进去后，找到财物便逃走，却发现里面还有机关密室，你俩被困在一座石室中。幸亏那里有另一条岔路，转过去后，可以走到石室的另一个门，我便帮你们开了门，躲在暗处，等你俩去追许大娘后，我们才带着黄金走了……到这时，我才真正知道了我们来小风镇要做的'生意'是什么。烟儿做事真是缜密，在那之前她没露半点风声，我只被她逼着学生意、背账本，现在看来，她那都是给我预备后路呢。"徐文源说到这里，指了指周围，又道："得到财物后，她便带我来了这里。安顿好了一切，她又请媒人给我找了娘子，就是在前面招呼的那个，婚事未办，她便独自走了。"

"烟儿走之前，还告诉了我一些事，道长想听吗？"

"事情都过去了，还有什么好说的？"镜屏一脸不悦：虽然早猜到自己被利用了，可最终知道怎么被利用的时候，不免还是难过。

"道长不觉得此事尚还有未解开的谜题吗？"

"好吧，看来我不想知道也不行，那是什么？"

"看来这勘案推理，胡道长不如琮道长多矣，他就早看出了所有问题。"文源笑了笑。

镜屏忽然想起了琮于和自己讲的，关于本案的三大谜题，其中诗茵之谜和许大娘之谜已差不多清楚了，只有那灵龟宫的奥妙，查案过程中从未真正触碰。她猛然醒悟：那灵龟宫的小观主安然士是和文源他们同时消失的！她瞪大了眼睛看着文源："你们和那安然士也有牵连？"

"确实如此。那号称安然士的小道士，其实是烟儿的义弟柳儿！

"烟儿许多年前就到过小风镇，那时柳儿还是个小和尚，跟一个老和尚住在灵龟宫……原来是齐玉堂建造的玄坛，彼时已经成了几间破烂屋子。后来，那老和尚失足跌落悬崖而死，正巧烟儿路过，见柳儿因为没了师父又哭又闹，觉得他可怜，就认他做了兄弟，带着他在那里住了一阵子，离开前又请了人照顾他，之后便定期捎些钱给他。

"这柳儿年纪轻轻就有慕道之心，也不想下山，就在那里修行起来，烟儿见他有心如此，便时不时送些道书秘籍给他。他对占验之术很有悟性，自己闲着没事就给人看相算命，挣了不少钱，他也很会经营，自己又募了些钱，将那玄坛扩建重造，修成了现在的灵龟宫，他自号安然士，成了观主。"

"他的本事居然是烟儿教的！"

"这孩子很聪明，不过从烟儿那里学了点皮毛，其他的都是他自己不知从哪里学的、琢磨的。他还很会使些机巧诈术，不知从哪里弄来一座石龟，说什么对那石龟许愿就能愿望成真，其实那石龟内里有孔道，人对石龟说话时，声音经过孔道可以传到他坐着的地方，被他暗地里听见，他再装作卜出了人家心事，然后装模作样地给人家指点迷津……跟他义姐行事风格颇像。"

镜屏忽然想起自己也曾对那石龟做过一番倾诉，不觉脸红起来。她忽然又想起了郑大杀人案：郑大在案发之前也曾向石龟许愿，他说的必是想和赵寡妇通奸的事，却被安然士暗暗听到，安然士必是鄙夷他的所为，便说他不能如愿。而郑大却执意而行，最终惹了大祸。这案子里最叫人意外的是那个野和尚的出现：野和尚曾说起要去灵龟宫里挂搭……这两件事出奇地联系在一起，曾让琼于颇为费解。

"那小风镇上发生的郑大杀人案，确实与安然士有关！"徐文源像是看穿了镜屏的心思，又像是本来就准备要说起此事，"那日镇上来了个云游的和尚，想到灵龟宫里挂搭，只是举止粗鲁，态度蛮横，安然士想打发他走，他却死赖着不走，说身无分文，无处可去。安然士毕竟年少轻浮，便想戏弄他一番，骗他说某街某户，夜里会门户大开，可以去那里'顺'些盘缠……"

"其实他说的就是郑大家，安然士偷听到了郑大的许愿，故意骗野和尚去踩这个深坑。"镜屏恍然大悟："哎呀，这小混账的恶作剧可是害了三条人命啊！纵然那野和尚做了该死的恶事，可赵寡妇和丁氏罪不至死啊……这混账现在在哪呢？"

"他自己也是万分内疚，现在由烟儿帮他找了个地方，真正出家做了道士，每天都在为死者诵经祈祷……他是无心之举，此事实在是个意外，镜道长能否……"

"……哎，算了算了，官府都不找他，我找他干吗。"

　　这对混账夫妻，真害人不浅啊！要不是他们，自己也不会卷进这件案子，琼于也不会……

　　从地道逃出来，在咸先生家里养身体的那几天，一想起他们俩就来气，不过后来想想，自始至终，他们除了利用了自己和琼于，并没有干什么坏事，而且按琼于的性子，只要碰上那等奇异的案件，不论如何他都会去管去查的。再说，那齐玉堂修炼的是伤天害理的邪术，剪除这等妖孽是正道责任，这闲事管得不冤。此时若对徐文源讲了琼于已死，只怕他会内疚万分的。

　　一想起那个人的死，镜屏又一阵悲痛涌上心头。

　　"我现在只想说两个字：这些人真是讨厌！"她露出少见的怒气，说："要不就神神秘秘，要不就薄情寡义，人家愿意交心的时候，他（她）反而不在了。怎么我遇上的都是这样的人！"

　　徐文源被她的怒气吓住了，一时不知如何是好。

　　镜屏看了他一眼，只好没好气地说："对了，你还没给我开坛做法事的钱呢，还有，我跟那老妖婆打了一架，受了内伤，现在一阴天胸口就疼，哎哟，一提又疼了，你得赔我汤药费！还有那些金子，是我和咸先生发现的，说起来你这铺子也有我一份，快，分钱！"

　　"道长还是这么诙谐，怪不得烟儿喜欢你。"

　　"是吗？我可对她没什么好感了，好不容易有了个姐妹，没想到是在利用我。"

　　"她那么做都是不得已。烟儿对我倒没什么感情，却是很在意你的。从我们逃到这里后，她常常会说起你来，说你虽不及琼道长睿智，但性子散漫率真，为人风趣，和你在一起时就会很快乐，说你是一等一的知交好友。她常说得神采飞扬，每到这时才是她最开心的时候，也只有这时，她和我才最有话说。"文源很有意味地看着镜屏，又说："烟儿临走时专门叮嘱，若是我再见到你，就对你说，你和她还会再见面的！"

　　"嘿哟，你瞧她神的，还真成了半仙了，还未卜先知了！真要是再见着了，我非得好好教训她！嗯，你这么一说，我心里舒服多了。实话对你说，我对她从没有真正恨过。她送我的胭脂水粉我现在还留得好好的，舍不得用呢……她到底去了哪里？"

　　徐文源又叹了口气："烟儿之所以愿意跟我做挂名夫妻，用她自己的话说，是受了祖父之命，回报我徐家先辈对她家的恩泽。可到底我们家对她家有什么大恩，能叫她如此帮我，她临走前也没说清楚。'我完成了使命就好，别的你不用知道'，这是烟儿对我说的最后一句话。至于如今人在哪里，哎，我也不知道。"

浓浓的思念之情在镜屏的心里涌动起来，她仿佛看见那个玉雕冰砌的烟儿，正一脸欢快的神采，在街上走着跳着，在绿水间畅舟而歌，在高山云海间肆意地呼喊……

镜屏笑了，她回过神时，却见徐文源又一脸的伤感，她明白了，纵然烟儿对这呆子百般厌烦，又常相戏谑，他也忍不住对烟儿动了真情了。此时他目光中分明是写满了眷恋，而烟儿愿意与自己再见，却对他只字未提，则叫他更觉失落了。

"呆子，她还是爱你的！"

徐文源一愣。

"我可是难得正经一回说话，你听着：她知道你读书没有前途，才叫你去学生意，为你下半生寻了出路；她知道你生意学得不伦不类，才又给你找了个能干的老婆帮你。试问天底下有哪个报恩的人，能替恩主想得这么周到的？除非她对你有情啊！只是，她终究受不了过那洗衣妇孩子婆的日子，她就像一只漂亮的鸟儿，不该被关在笼子里，你要是真爱她，就应该看着她飞走，看着她飞得又高又远，想着她落在远远的地方，谁也找不到的地方啊！"

镜屏和文源聊了很久。

虽然两人分开不过半个来月，却很像久别重逢的好友。转眼间已是晌午，文源先说要准备饭，又说想留镜屏住上些日子。镜屏说："那倒不必，我一个道姑在你家住着算怎么回事。行了，我还把你当朋友，以后接不到事做，再来你这里混饭吧。我习惯了云游，还想去别处看看有没有生意。"说着便起身告辞。文源也不强留，让他娘子照看店铺，自己送镜屏到太湖渡口。

镜屏上了船，对文源挥挥手，便走去船头，索性脱了鞋坐在船舷上，把两只脚泡在水里。艄公划起船桨，船便在湖面快速飘了起来，过了片刻再回头时，已只能看见文源模糊的身影了……他像是正在和身边一个人说着话。

镜屏又看向前面，面前是浩瀚的太湖。微风飘动，细波如皱。远处，斜阳照在波纹细碎的湖面上，像是给水面洒上了一层碎玉，偶有白鸥随着孤帆飘过，宛如梦境。

只是，镜屏却没有心情欣赏湖景，她手托着腮闭上眼睛，心里又忍不住胡思乱想起来：以后该何去何从呢？

若是没经历之前那些事情，自己或许还在四处游玩，倒也开心，可现在已经习惯了和那个人在一起，还能恢复以前的日子吗？

想起刚才和文源聊的话题，大多和黄侍烟有关，却很少提"那个人"。想到这里不免奇怪：呆公子和小"狐狸精"那天夜里先逃走了，并不知道后面发生的事，怎么文源也不问问那个人的下落。其实自己倒是很盼着文源能提起他的，这样，自己就有理由再好好想想那个人了：他的出现，他思索案情的专注和凝重的表情，他一脸的络腮胡子和剃去胡子后的清朗，他跟自己说"如果这世上他还有三个朋友，你便是其中之一"，他送胭脂盒给自己，还有，他在乱石纷落中的微笑……

镜屏心里又波荡起来，她收了收神，告诫自己：一切都过去了，那个人不管之前多么光彩，现在已经在自己的生活里消失了。

时间过得飞快，再回过神来时，天边已经抹出一片淡淡的晚霞。

镜屏忽然一拍大腿，唉声叹气个不停，既而像发癫似的捶胸顿足起来。

后面的艄公吓得愣在那里，也不敢摇橹了，猫起腰躲在篷子后偷看，只听前面那道姑船客大叫道："忘了要钱了！"

渡口处，文源看着远方，刚才那缩成一叶的小船此时早已不见，便对身边的人说道："道长，你为何不愿与胡道长相见呢？"

"我要认真考虑一下，要不要改变以前的修行方式。"

"你是说，以前你都是一个人，现在……"

"嗯。"

"哎，有人星夜赶科场，有人辞官归故里。我倒很想跟着烟儿，就算她不爱我，可只要能在她身边看着她，也很快乐。"

"就像镜屏刚才说的，烟儿并非对你没有感情，只是，那些从未经历过的情感会让她不知所措。"

"那你也像她一样吗？还留恋着之前的无牵无挂？"

那人不置可否，只是看着湖面，淡淡地笑了。

此时，数百里外的一个小镇上。

一个中年妇人领着一个少年，两人都衣衫褴褛，正沿街乞讨。卖包子的老板

物怪

见他俩可怜，便将蒸烂的两个包子递给妇人，又往她那破碗里舀了一勺稀粥。妇人欠身施了个礼，便拉少年走到一边墙角处坐下，将两个包子递给少年，说："蔓儿，快吃吧！"

一个路人奇怪地看了看那分明是个后生的少年。

少年察觉到了路人的好奇，便低头不语。等那路人走远了，他一手接过一个包子，将另一个送到妇人嘴边，说："你也吃啊，爹爹！"

迷墙鬼画

一 小船

月满如轮，光盈皎洁，天上没有半点星光，巨大的月亮悬在孤寂的夜空里，照着下面莽莽无边的丛林。

丛林深处，浓厚的树叶却将月光遮去，昏黑中隐约看到一棵棵粗大的树干，一簇一片的灌木、野草和藤蔓长满了靠近地面的空间。幽深浓密的林子里难见一个活物，只有无数凄凄切切的虫声碎响在周围。

活物都躲起来了吧！

这时，一点光亮飘然而来……终于见到活物了，像是一只萤火虫，慢慢悠悠，时起时伏，片刻后忽然飘出林子。随之，传来了由远至近的流水声，接着，水声渐大，继而有轰隆之声。只见密林中出现了一条狭长的空地，中间是一条溪水正快速流着。

萤火虫飘去的地方是白帘而垂的瀑布，它像是受到了瀑布的感召，径直飞向那里……不，它在离瀑布不远处折向了，向旁边飞去，又忽然停住，粘到了一棵野花上面。

不知是不是因为野花所散发出的气味吸引了萤火虫，还是它只是为了停歇，待它停在那蕊上，一亮一灭的节奏更快了。

这异常的明亮很快引起了旁边灌木上一只一尺多长的树蛇的注意。它看了片刻，只觉那应该是一顿味道极美的夜餐，便由树枝上飞跃而下，准确地落到瓣上。就在将要接触花瓣的那一瞬间，它的猎物，那只萤火虫忽然消失了……绝不是熄灭了萤火，而是整个虫子凭空消失了！

小蛇在花瓣上游移了许久，始终找不到它的猎物。这时，不知是怎么回事，那株草摇动起来，像是被风吹的，可明明没有风。那小蛇立身不住，掉到水里，被溪水带着漂了数里。溪水与其他几条山溪相汇，聚成一条河水，水面渐宽，水流变慢下来，小蛇艰难地在水面上漂浮着。

这时传来一阵嘈杂声，河岸上开始明亮起来。

嘈杂声越来越清楚了，那是一片大火燃烧的声音，房屋坍塌、木头爆裂，夹杂着孩童的哭泣、弱者的呼号、伤者的惨叫求饶、强者的喝骂淫笑……

这声音来自河岸过去的一大片空地，足有四五个平常村落的大小，此时到处火光冲天，昔日雄伟的宫殿、厅馆，平民的木屋、草棚，此刻都被熊熊烈火吞噬。火中不断有浑身赤裸，只用草裙遮羞的土著平民奔跑躲藏，又有成群结伙光着上身，只在下身围着粗围裙，手持梭枪利矛的土著兵丁到处砍杀人口，抢掠财物。

这时，从侧旁一条小溪里飘出一点光亮，只见一条有盖棚的小船从顺水而来，转进眼前这条河道。船头和船尾各站着一个人正在摇橹，船头上插着一把灯笼。船渐近了，灯笼的映照下，只见船头那摇橹的人表情十分紧张。船中间的棚子边又倚站着另一个人，很慌张地前后望着。

船顺水走了数里，河道又开始变窄，船中间的人伸长脖子看了看水波，大声叫道："水波有回溯，看来是有转弯，要让船走内圈，不要打偏。"原来河道在这里真有个转弯，水流马上急了起来。

他不说尚可，一说那两个摇橹的人也紧张起来，划桨的速度不一样了，这船渐渐开始走偏，这一下叫他俩更加紧张，手不听使唤了。眼见那船开始打横，往外圈直朝旁边一块巨石奔去。

靠棚站着的人急叫道："子山兄快松手，由庆彬兄一个人划。"

前面的子山听到喊，赶紧停了桨，将桨抄起来，又用脚勾起一条备用的桨踢向适前喊叫的人："咸槿，你也来帮忙！"

咸槿抓起桨也来到船头，两人举着两条桨，借着月光直盯着那巨石。后面的庆彬拼命划桨，虽然将船头方向改正了许多，只是已经太晚了。

月光下，只见站在船头的两人，一个轮廓清晰，眉宇间透着一股坚毅，正是被称作子山的那个；一个眉目清秀，一脸儒雅，他则是被称作咸槿之人，此刻，只有他自己知道，他的双眼里流露出的是胆怯。

子山似乎感觉到了他的惧意，喝道："别怕，身为大明使臣，死也不能失了气节。准备！"

只见船头已经成功侧过巨石，只是船身太长，腰舷眼看就要撞上了。两个拿桨的人又赶紧挪到船后边，子山叫道："撑！"便将手里的船桨捣到巨石上。他这一喊，也将咸槿从恐惧中惊醒，也用力将桨撑到巨石上。船的冲力瞬间全转移到四只手上，两个人顿觉周身一震，咸槿的手忍不住想松。子山大叫："用力顶住！"手里的桨又换了个位置用力撑住。咸槿则拼死抵住。

这是艰难无比又只是片刻间的角力，片刻后，船终于在离巨石两尺远的地方耗尽了前冲的力量，安全地转了弯。三人又一番努力划桨，船身终于正了，安全地过了转弯，然后顺水向前漂去，过了一会儿，已经可以看到入海口了。

此刻，茫茫无边的海水非常平静，只有轻轻的海浪摩擦着海岸边的礁石头。

"进海了！"后面的庆彬叫道："我们朝西北划，只要不碰上风暴，几天就能划到最近的大明海哨！"

"后面有追兵吗？"

"我一直向后看，没见到火光！"

"谁说我书生百无一用，这不是半个时辰就学会划船了！"子山站在船头，一副志得意满的样子，正要张口吟颂。

"谁在那？！"咸槿大叫道。

子山和庆彬同时看向咸槿，他却将灯笼拔起来，挑进船舱，另一只手紧握船桨，做出要掷的姿势。子山和庆彬一前一后几步走向船舱，灯光亮处，只见小小的棚子里面，蜷缩着一男一女两个人，看装扮与刚才火场里的土著相似。女的装扮华丽，只是蓬头垢面，显然刚经历了紧张的逃亡，一双惊恐无助的大眼睛随着灯笼的晃动而下意识地忽闪着。男的略大一些，只穿着遮羞布裙，虽然极力想表现出坚定，那眼睛里的胆怯却彻底出卖了他。

"子山兄，这，这可怎么办？"咸槿问。

"怎么办？还用说，不能留下他们。"庆彬恶狠狠地看着两个人吼道："那帮土人可是在造反，他们刚杀了那大首领，此刻必定到处在搜杀他的家室余党，他们若发现我们和这小姑娘一起失踪，必会派船来追！"

"不能留下？那你想怎样？"

庆彬想了想，咬了咬牙："把他们推到海里！"

片刻后，小船朝着苍茫无边的黑色大海，向紧挨着海天交界线的巨大月轮慢慢划去。

二 月夜故事

太湖浩瀚，绵延千里，引得许多条大小河流灌注其中。这些河流中最有名的，莫过于流经湖州府境内，被称作东、西苕溪的两条河。西苕溪发源自天目山脉，经安吉州流入湖州府城；东苕溪在湖州府东南，经德清县、小风镇也流入府城，在城中汇成一条，最终又流出府城，汇入太湖。只因沿河各地盛长芦苇，本地称芦花为"苕"，故此得名。到了秋天，若能驾条小船，在东苕溪上顺河往北，便能看见芦花飘散，漫天飞絮。只是如今正值暑夏，两岸都是青青的芦苇。

据《水经注》及本地县志记载，古时东苕溪在小风镇附近曾改过河道，留下一个不大不小的牛轭湖，名叫风湖，地处小风镇东南，依镇环山，景色优美。风湖又流出一条河通向东苕溪，于是小风镇上的船只便可从这里出发往南逆流去德清县城，往北顺流而到湖州府城。

此时正是弯月高照，湖边一个地方灯火很亮，那里不时传来笑声和掌声。

声音传来的地方，是靠近岸边、建在水里的一座凉亭，由岸上伸出的一座小木桥通向这座亭子。此时亭子里挂满了灯笼，被照得通亮。

近处再看，只见亭子里摆了一个八仙桌，有酒有菜，却只坐了两个人，另有七八个人都散在各处，或倚着亭边扶手，或坐在亭子的围栏上，看穿着风度，既有手摇折扇的斯文雅士，也有束身箭袖，挎刀背剑的，有个人浓妆艳抹，一看便是唱戏的伶人，此时正得意地啃着鸡腿，还有个和尚直接拿着酒壶喝酒，只觉得三教九流齐聚在一处，一片欢快的气氛。

八仙桌上坐着的一个儒士，正是男装打扮的咸先生，一阵掌声过后，她便道："适才宁秀才的竹仙故事很有意思，秀才，你何不学那故事里的公子，步'竹林七贤'的后尘，做个与竹为伴的隐士？或许也能引得竹仙来找你咧。"说得众人又笑起来。

那伶人扔了鸡骨头，笑道："宁公子这一段，我回去要编成戏文，改天唱给大家听。"众人连声道好。

另一个坐在桌边的人则是张仵作，等大家笑够了，他问："先生好久没办这样的聚会了，今天兴致怎么这么好？"

"我在等一个特别的客人。"

"特别的客人？是不是那个……"

张仵作话未说完，只听从湖心处飘来一句话："各位朋友，在下也想来参加宴会，叨扰一杯酒喝。"这句话声音不大，却显得很有底气，直入每个人的耳膜。众人连忙朝湖心望去，却看不到半个人影，只有一片片薄纱般的轻雾浮荡在湖面上。

"这声音是天上神仙说的吗？"有人惊道。

过了片刻，忽见一团雾气被荡开来，从雾气里飘出一叶小舟，船头插着一条竿子，上面挂着一盏摇摇曳曳的灯笼。船首站着一人，背手而立，渐渐近了，见他有二十来岁，眉间隔有三指，眉梢直插入鬓角，面色略白，显出一种脱尘的俊朗。一身灰布衣，外面罩一件青布大氅，背上系着一把长剑，衣梢袖角随凉风轻轻飘着，小船载着他在雾气中穿梭着，倒真像是从世外而来的剑仙。

船后另有一个老船夫轻轻划着桨，不一会儿船到近前，离亭子还有数丈远时，只见那侠士略一纵身，便飞身上了亭子，踩在喝酒的和尚旁边的栏杆上。众人还没看清楚时，他已迈步下栏。小船则被船夫停在亭子下面柱子旁边。

侠士在众人的目光中走到八仙桌边，也不客气，端起桌上一杯酒，对咸先生和周围人敬了一圈，然后一饮而尽。

众人都对这不速之客颇觉奇怪，咸先生虽也奇怪，却微笑地看着他，问："这位朋友尊姓、名号？哪里人氏？"

"在下原本是江湖野游之人，如今定居在德清苍峰山榴谷，姓冯名东循。"

"幸会。这聚会是在下办的，冯先生……"

"在先生面前，我哪还敢再称先生，还是叫我冯东循吧。"

"好，东循若想要参加，需先明白一下聚会的规矩。"

"愿闻其详。"

张仵作笑道："咱们咸先生平时喜欢收集野史怪谈辑录成笔记文集，她是最爱听故事人，你讲个精彩的故事，逗大家乐了，咱们就是朋友了。"张仵作说。

冯东循哈哈大笑起来，笑毕，便道："先生你真是个富贵闲人，好有趣的爱好啊。

这可巧了，在下行走江湖多年，也遇到过几桩怪案，听闻过几件奇谈，适才我听到咸先生说那位秀才的竹仙故事讲得有趣，不怕诸位笑话，这关于各种妖仙，特别是狐妖的故事，我可熟得很咧。"

"噢？那就请讲一个吧。"咸先生满脸兴致，又叫小丫鬟给冯东循准备了一副杯筷。

冯东循呷下一杯茶，润了润嗓子，便用一口清朗的嗓音开口讲道："关于狐妖的传说各朝各代皆有，无论文人学者、乡老村妇，还是笔记小说、戏曲杂谈，都有对狐妖的描述。狐妖常常善于诈术妖法，往来自由，有时遭人忌恨，有时又叫人艳羡。总之世间人对狐妖的传闻数不胜数，对他们的评说也百口莫一，无论是善是恶，都不免带着些诡谲的气息。如今我讲的这个关于狐妖的故事，也充满了这种气息，故事中埋藏了许多伏笔，等我讲完后还要请诸位听众评说一番，大家可要听仔细了！"

在场众人听了这段开场白，不由得涨满了兴致。

"南浔镇柳林乡有个罗老爷，家财万贯，田产无数。说起他这份家财，可并非来自祖宗福荫，也不是他白手起家，而是十分的意外之财。罗老爷本名罗三该……这都是村夫之辈自嘲而起的贱名，意思是说这人生下来就该天、该地、该父母的，所以日子过得穷困。他倒不以为意，从小跟着乡里从过军的老人学了几手射箭，学得也不精，凑合着做了猎户，常在这天目山里游走。到二十多岁时，才攒够钱盖了几间茅屋，娶了个麻子老婆。

"想是他从小泼野惯了，性情里有股残忍戾气，被他下套射杀、剥皮刮骨的生灵不计其数，难免就慢慢损了阴德，所以娶妻多年，也没能续上香火。

"他又是个爱异想天开的人，曾听皮货铺的掌柜说起百年白狐的皮最值钱，越白越好，要是有上一件，能换至少二十顷地。他便常说早晚会捉到一只老白狐，借它的皮给自己谋个后半生的员外做做，说得就像真的似的，惹得村人常常笑他。

"有一天，三该家里又断了炊，麻子老婆只得硬着头皮去娘家借米，他则提了杆枪去山里收先前下好的套子、枷子。三该爬了半天山，也没看到一个套住野物的套子。此时他又饿又累，头昏眼花，都快站不住了。他倚住一棵树，正想休息一会儿，忽然看见远远的前方，一个枷子夹住了一条白色的狐狸，这狐狸长得极肥大，像条狼一样，遍体如雪没有杂毛，不知活了多少年头了，枷子正夹在它右边后腿的爪子上。这时，那狐狸也看见他了，它似乎明白自己大祸临头，开始拼命挣扎，想摆脱枷子。那枷子极重，扣得又紧，它想挣脱是万无可能，只是它仍旧死命摇晃身体，枷上的锯齿磨得它腿上鲜血直流，它却像不知疼痛一样。

"三该看明白了，这畜牲为了逃生，宁可断掉自己一条腿啊。

"这么大的白狐狸，那皮定是价值不菲，难道自己常说的话真要应验了？

"三该马上意识到自己可能时运来了，他岂能让这到手的便宜飞了，赶紧起身飞跑过去，没留意脚边有个土坑，这右边一脚踩空，只觉右脚踝都扭断了，身子重重摔在地上。

"三该灰头土脸地爬起来，也顾不上自己脚疼，先看那狐狸，却哪还有狐狸，只见一个白发皓须的老道士，一身白色的绸缎道袍，趴在那里呻吟叫苦，而他的右脚正好被枷子夹住。老道士见有人来，连忙呼救：'后生，你是罗三该吗？快来救救我老儿！'

"三该一听这话，立时惊出一身冷汗，连脚伤都忘了……他可不是因为自己下的枷子误夹了人而害怕，而是因为这事实在诡异得紧：且不说一只狐狸转眼变成了人，为何这道士从未见过，张口就能说出自己的名字？

"心里立时闪过一个念头：这人不是狐妖幻化，还能是什么？

"那老道士眼珠乱转，似乎看出了三该的犹豫，连忙解释道：'贫道是前面山上凤鸣观里的，来这边采药，被你下的枷子夹住了，你若是送我回去，我叫我住持师弟好好谢你！你若是不想受累，也快把这枷子松了，帮我包扎一下，再去观里送个口信，叫几个小道士来抬我，哎哟，快松啊，我疼死了！'

"'畜牲，你快住口吧！'三该大喝一声，吼得那道士一怔，脸上立即露出怯意，这更叫三该觉得自己想的不错，便挂着枪走到道士跟前，站稳了，又提起枪对准道士，喝道：'我三该是多胆大的人，能叫你这畜牲唬住？你快现回原形，我也不折磨你，就一枪杀了，你的狐狸肉骚，我不吃，只借你皮一用！'

"'哎哟，施主你这是什么话，什么畜牲狐狸的，贫道快疼死了，你倒是救我一救！'只是任那老道士怎么解释叫苦，三该总是无动于衷。

"三该被老道士啰唆得烦了，又喝道：'你这老畜牲，再不现回原形，我这枪现在就戳下去了！哎，不知道这畜牲有多少年道行了，要是道行深，死了还是人样，那可没法剥皮了！'三该想了半天也拿不定主意，索性心一横，说：'不如先戳死算了，若是现回原形，那是我三该时运到了；若还是人样，我再下套子打猎去。'这么想了，他便举起标枪要往下扎。

"那老道士慌忙叫道：'慢着慢着，我是狐妖，饶命啊！'

"三该赶紧停了枪，得意地笑起来。

"老道士抹了一把汗，说：'蠢后生，我怎么说你都不信啊！好好好，你说吧，怎么才能叫你放我条生路？'

"'你的皮值二十顷地，你要是能给我这么多钱，我就放了你！'

"'贫道是脱尘之人，哪有那么多钱财……哎哎哎，别动手！好好，我给你，我能给你比二十顷地值得多的钱，只是现今不在我身上。我告诉你在什么地方，你放了我，自己去取，如何？'

"'你当我真傻真呆呢？我得先看到钱，才能放了你！'

"'嘿哟，好好，后生，我告诉你：此山上埋着许多财宝！当年太祖皇帝在德清将张士诚的残军打败，他的残军裹挟了许多金银四处逃窜，成了流寇，有一支便在这山里驻过。后来追兵赶到，这伙贼便又四散逃走，临走前将所带的金银埋在这山里各处。多年了，从没人来找过，看来那些贼人当年就被剿杀了，那些财宝可以任你取用。'

"'你意思是你知道埋在哪？那你快说！'

"'我只知道一处地方，从你身后往西走半里，有个小泉眼，你走惯这里应该知道吧！泉眼往正西边走十步，往下挖，定能挖到一个坛子，里面至少有黄金五十两，白银四五百两，你去取吧！'

"三该喜不自胜，刚要去，老道士又求饶起来，求他先把枷子松了，若是怕自己跑，绑在树上也好。三该觉得有理，便依了他，先将他捆得跟粽子一样，又绑在一棵树上。这才放心去找泉眼，找到了泉眼，按老道士所说又往西走了十步，还怕有误，又往周围以两步为径画了个圈，便徒手挖起来。那地很松软很好挖，没挖多久，真的挖起一个酒坛子。三该双手发着抖打开了盖，只见里面有黄有白，真的装了半坛多金银。

"三该大喜过望，回去放了那老道士，自己也下山回家。从此广置田产，不久便真如愿成了一方巨富。"

冯东循讲到这里，又端起酒杯，略一敬咸先生，便饮了下去。

一阵稀疏的掌声传来，只是那几个鼓掌的人看其他人都没有反应，也不好再鼓了。张仟作说："侠士，恕我直说，你这故事……很一般啊，说实话，这样的故事我也会讲。"

众人笑了一阵。

咸先生看看冯东循，他正微笑着边品酒边看手里的酒盅，便叫小丫鬟给他斟酒，冯东循却对小丫鬟摆摆手，自己斟满，又饮了一杯，也不吃菜。

咸先生正想再问，耳畔传来一阵熟悉的声音："先生别急，他这是暗埋包袱，必有下文，你要是急着问他，品调就低了，还是由我来吧……侠士，你适才所讲的才只是个引子，我猜罗三该并没有放过老道士吧，不然引不出正文故事！"

冯东循一怔，和众人一起看向声源的方向，只见咸先生身侧，张仟作旁边不知何时坐了一个衣着邋遢的道士，面庞稍显瘦弱，目光极有神采，配了两条锐气的浓眉，下巴刮得不甚干净，冒着稀疏的胡茬。穿着一身由五颜六色的补丁拼缀成的麻布道袍，最特别的，是他那头上顶着一块花布头巾，与他那身袍子倒是十分"映衬"。

咸先生早已掩饰不住脸上的喜悦，转身看向那道士，道："琮道长！你终于来了！"此刻，她的心里早已是一团乱麻：奇怪啊，见到好朋友忍不住欢喜也罢了，为何心里会如此紧张，脸上好烫啊……不行，咸莘萸，你快想想别的，不然叫这道士见到自己脸红那多难为情！对，看看张仟作，瞧他那张老脸，沟沟壑壑的，真难看啊，一笑更难看了，老来我这里蹭酒喝，从没讲过什么精彩的故事；还有宁秀才，那副身板瘦得都快成鱼干了，整天扬言下次乡试定然高中，一大声说这话时，满嘴的菜叶口水全喷出来了，实在好笑……哎呀，终于缓过去了！

咸先生努力止住了心跳，又赶紧叫小丫鬟给新来的客人看茶、摆上新碗筷，趁机将满脸情绪掩饰了过去。其他人这时才明白咸先生所说的"特别的客人"原来就是这个邋遢道士。

道士对咸先生拱手道："其实来了半个时辰了，老洪本想直接领我来这里，我却被你闲话坊里的屏风吸引住了……就是题有令尊诗作的屏风。"

咸先生知道此人虽然古怪，但所作所为都有目的，也不再问，给大家介绍道："这位是琮于道长，就是不久前用半天时间就勘破郑大杀人案的那位。"

旁边张仟作一脸钦佩地不住点头。在场的人琮于只认识张仟作，便与他又拱了拱手，算是打招呼了。

众人显然都听说了那起案件，以及两个道士曾用奇特的手法在现场便将案件侦破的事，此时亲睹其人，不禁都赞叹地鼓起掌来。连冯东循似乎也对此事有所耳闻，用欣赏的目光看着琼于。

琼于不喜欢这么被人关注，便道："这位客人，不如继续讲你的故事……接下来才是有趣的部分吧？"

冯东循点点头，举杯敬向琼于，琼于不喝酒，只拿茶回敬了。冯东循饮下一杯后，便又讲道："道长猜得不错，罗三该得到钱财后，并没有满足。而是又回到被绑的老道士那里，不顾其苦苦哀求，将他逼死！"

他这么一说，众人都十分诧异，有的说："这后生好狠毒，人家已然给了他好处，他干吗还非要置人于死地。"

琼于说："这很好理解。诸位可以想想，彼时他还是个食不果腹的穷猎户，对他来说，数百两金银到底有多少价值，他根本毫无概念。倒是反复在他意识里建立起来的'一张白狐皮可换二十顷地'这种想法更清晰、更有吸引力，那是清清楚楚的好处。此时'狐皮'就在眼前，他怎会放过。再者，是他的套子夹伤了老道士，并强逼老道士说出了财物所在，如果他放了老道士，老道士很可能会事后找他算账，说不定还会夺回财物，索性不如杀之灭口，减少麻烦。"

冯东循点点头："道长说得不错，我也觉得他当时也是这么想的，只是还有详情：那老道士见他非要杀害自己，苦苦哀求无用后，便换了一副面孔，一副完全不同于之前的恶毒的嘴脸和阴惨惨的眼睛，说：'看来师弟算得不错，今日确实是我的劫难！我虽活不成，也不会叫你这恶贼好过。山泽星斗，后土神灵，弟子平时行事任意散漫，不敬神明，不按功课，才招此大难。弟子殒灭可矣，只是要咒恶贼罗三该：他虽命里该有这场横财富贵，弟子克不动他，可弟子要咒他子嗣，他的后代必被弟子的阴魂所扰，彼时弟子定叫他阖家不宁，家毁人亡，叫他不得善终！如今预言三事：

"一者，罗贼子孙必遭水厄；

"二者，罗贼子孙必克其兄弟姊妹；

"三者，罗贼子孙必肢体不全，以报我断腿之恨。

"这三事齐毕，便是弟子阴魂临到的见证……弟子诅咒完矣！'

　　"老道士说完叹了口气,用怨毒的目光瞪着罗三该:'蠢后生,我死也不叫你得逞!'说完,他双手忽然放到左肋上,那手指不知何时变得又粗又大,指甲深深嵌入皮肉里。他狂叫一声,双手一上一下用力撕开肋部的皮肉,转眼撕出半尺长的创口!

　　"罗三该纵然做惯了剥皮斩肉的行当,看到这血淋淋的一幕,也着实被吓呆了。半晌,他才反应过来:狐妖是要坏了自己这张皮呀!他正不知如何是好,那老道士已经忍痛扯断了肋骨,呼呼喘了几口气,两手沿着创口换了换地方,用最后的狠力将那创口继续撕开,直撕到右边肋上,终于熬疼不住,死了。"

　　亭外的微风像是为了配合这故事的恐怖气氛,忽然停了,热气开始笼罩着湖边,亭子里的气氛凝重起来。冯东循讲得颇为生动,众人都紧张得一句话也不说:这真是一个不同于以往的可怕故事!

　　"罗三该眼睁睁看着老道士如此残忍地自杀,还没回过神来,又见那尸首开始抖动起来,外面的衣服都变成了树叶,纷纷抖落,剩下的果然是一具银白色的狐尸,只是那身贵重的皮毛已经拦胸破了。

　　"三该悔不迭地骂自己:还容他废什么话,一枪戳死不就得了,现在倒好,皮子不值钱了,还叫他临死前施了诅咒。纵然三该性子粗憨,那些咒他的话他却只听了一遍便记得一清二楚,不断地在耳畔回荡。他再也不想在此地待了,便脱了衣服将坛子里的金银裹了缠在身上,拄着枪下山了。

　　"三该的脚竟因崴得严重,无法医治成了跛子,只是比起他之后的运势,这点小灾厄已不算什么了。

　　"他自己虽然不甚灵光,可他那麻子老婆却极会经营,凭着那笔意外之财,不但置办了许多田产,还在县里镇里买铺子做了生意。只是有时候手段颇为狠辣,常年向外放贷,加收重息,一旦人家无法偿还,不将人家的财产刮尽相抵,决不罢休。

　　"治腿的那阵子,三该又认识了一个江湖游医,跟他学了些炼气养生的法术,倒是有些用,除了腿无法还原完好,身体一直很健康,几乎百病不生,连举止也从容有度了许多,再也不是以前那样吃顿饱饭就知足的穷猎户了。

　　"如此不出六七年,三该的家业早非昔日一坛金银之数了,他彻底改头换面,真的成了富甲一方的员外,这时节再也没人敢叫他三该了,都称呼他罗老爷。

"这罗老爷的福分可说是世间少有，按说他也该知足了。可随着他步入中年，开始变得心事重重起来，心头一直压着两块巨石，叫他常常闷闷不乐。

"第一件，自然是他还没有子嗣，这倒好说：他那麻子老婆四处给他求医问卜，先生说他身体倒没什么大毛病，只是有些精虚，但只要调养得当，应该不会没有孩子。

"第一件只是一时没能满足的心愿，而这第二件事却叫他寝食难安。

"如今的罗老爷是收惯了租，经久了商的，早已不是往年的憨后生，阅历自是不同一般。多年来，那狐妖临死前的诅咒一直如噩梦般缠着他，叫他对拥有儿子这事十分矛盾，且心生畏惧……倘若生出的儿子真是那狐妖的阴魂附体该怎么办？后来，他将心事告诉了老婆，婆子骂道：'这事有多难？诅咒不是说"肢体不全"吗，等我有了孕，便在家闭门谢客，不让外人知道，等孩子生出来，要是真的肢体不全，那就是狐妖附体的，咱们偷偷淹死算了；要是完好健康，咱就留着养起来。'罗老爷觉得有理，也只得如此。

"既然有了主意，罗老爷便暂时按下心事，专心养精蓄锐。后来果然叫他老婆结成一胎，十月之后，他怀着期待又忐忑的心情看到了自己的儿子：骨骼完好无缺，长得方头阔嘴，极像自己，哪里会是什么狐妖。罗老爷万分欢喜，请有学问的先生给孩子取名罗家维。

"这罗家维算是罗老爷大半生才有的骨血，自然从小便过着万般娇宠的日子。只是他的娘，罗老爷的麻子老婆在他仅十三岁时便得病死了，这对家维是悲痛的事，可对罗老爷来说却是喜从天降：因为这麻子老婆是患难之妻，于情于理于功劳，且又慑于其威严，罗老爷多年来从没敢有过什么'意外之事'，只是他如此尊贵的身份，成天与富豪财主交往，岂能没有'意外之想'？再者，他长年炼气养生，除了蓄了点胡子，相貌身体保养得跟个三十出头的年轻人一样，他岂肯守一而终。此时机会终于来了，他将麻子老婆风光大葬，在葬礼上哭得死去活来，众人直夸他有情有义，之后，他便立刻给儿子家维请了先生，让他们师徒在乡间别墅安心读书，自己则搬进县城里去住了，可想而知他平日混迹的地方都是哪里。

家维从小性格文静，唯唯诺诺没什么主见，下人们都说他不像他老子年轻时那般鲁莽蛮横，也不像他的麻子娘做事沉稳有心机。命倒是很好，没跟着父母一起吃苦，生下来正赶上他爹大起之时。只是他身子骨有些弱，腿脚又纤细，走不了长路……果然是天生的富贵命啊。

"如此过了几年，教书先生和侍候的老嬷嬷反而成了家维最亲的人，那老先生是个迂腐秀才，家维自跟了他起便只知闭门读书，所以到了十八九岁时还人事不知。他资质也不甚高，刚刚参加了第一次生员考试，却没考上，此时正信心受挫，百无聊赖。

"一日，家维心中烦闷，老先生便允他去山里走走散散心。他在山间小路上走了小半天，本想吟咏，却又觉腹中空空，无处成诗，这时又觉得腿酸脚疼，不免恨自己无能，开始胡思乱想起来：'我罗家维读书多年，如今连个秀才都考不上，看来不是读书的材料，现在连个路都走不好。听老嬷嬷们闲聊时说，若是我出生时稍有些残疾，早就活不下来了。哎，仔细想想，我也许根本就不该活在这世上！'想到这里，心情更加低落，唉声叹气不止。

"心绪不宁之间，脚却不觉得疼了，下意识乱走起来，等回过神来，只觉山雾弥漫，早不知走到哪里了。这玉食锦绣中长大的公子哪里迷过路？家维不免紧张起来，慌不择路地又走了一会儿，忽然脚下一空，便觉如坠云雾中，片刻后又觉周身一次剧震，便不省人事了。

"不知过了多久，家维终于醒了过来，看看周围，已是满天星斗，雾气都已经散了。他勉强爬起来，只觉得全身像没了骨架一样软绵绵的。所幸还能走路，他只得借着月光在草稞子里乱走乱撞，过一会儿，居然真的找到了一条小路，他赶紧加快脚步。又不知走了多久，忽见眼前一圈篱笆，里面有几间土坯为墙、茅草为顶的小屋，还亮着光，其中一间还冒着炊烟。

"家维一阵欣喜，赶紧跑过去叫门，随之从屋里走出一个身材雄壮的中年男人，一手提个灯笼，一手握着哨棍，屋里还有个姑娘，不时伸头偷看。男人走到篱笆门前，先疑惑地看了看家维，见他一身公子哥打扮，只是一身狼狈，脸上、衣服划破的到处都是，便猜到了几分，也不问，便很不客气地叫他进屋。

"家维跟着男人进了屋，只见墙上挂着弓箭、长枪，还有许多兔子、狐狸皮，看来是个打猎的。男人这时请家维坐下，只是一脸横气，令他不敢正视。男人又问饿不饿，家维低着头喏喏地答'饿了'。男人哼了一声，却给他和自己一人倒了一大碗酒。这时之前的姑娘端上来几样食物，有红薯还有兔肉，只是她那手艺真不敢恭维，那肉不生不熟还带着血呢，家维看了一眼便不敢再看了，拿了一块红薯大口咽起来，一时噎住，慌不迭喝酒想送下去，谁知这酒很烈，家维舌头沾了一点便'咿哇'乱叫起来，又被噎得喘起了大气，逗得那姑娘呵呵笑个不停。

　　"姑娘边笑边端来一碗水，还亲自喂家维喝下。趁着这机会，家维才看清姑娘容貌，只见双目含情，樱唇不抿自笑，实在娇柔可爱。家维这时才明白，原来除了书本之外，世间还有如此的妙物呢，自己是被先生给骗了。

　　"男人这时也说话了，先问清家维身世、来历，家维吞吞吐吐地说了。男人听完他的话，点头"嗯"了一声："你这公子哥深更半夜的没让虎狼叼去算是运气了。我家姓安，你得叫我安伯父，给你端饭的是我闺女九姑娘。"说着便叫家维陪他喝酒。

　　"家维不敢与安伯父对话，又想着九姑娘，只好趁喝酒时偷看她两眼，不一会儿便醉了。这时安伯父也醉了，嘟囔说明天还要去收套子，先睡去了，叫九姑娘陪着家维。

　　"九姑娘天性率直，也不腼腆，和家维边喝酒边聊天，家维也慢慢放得开了。令家维意外的是，九姑娘的谈吐气质根本不像个穷苦猎户家的女儿，原来她并非安伯父亲生，而是他收养的义女。她本是县衙小吏之女，母亲早年病亡。这小吏在处理重大案件时徇私替人开脱，后被发现遭了弹劾，被判革职抄家，小吏羞愧愤懑而死，她也成了孤儿，先被叔父收养，婶娘却百般凌辱，逼得她跳河自杀，被人捞起来后，她回过神来便往山里跑了，跑了好多天，直到筋疲力尽昏了过去，后来被安伯父碰上救了。安伯父想问她家在哪送她回去，她死活不说，也再不愿回去，并且主动照顾起安伯父的饮食起居来。从此安伯父便与九姑娘以父女相称，朝夕相处之下，却是比亲生的女儿还亲。

　　"听说九姑娘也幼年丧母，家维心里不由得与她又近了一层。两人谈天说地，越说越亲近。看着九姑娘微醉后红扑扑的粉脸，家维有些心猿意马，难以自持了，九姑娘也举止暧昧，似在暗示。热油火星，一触即燃，两人便成就了好事……咸先生，若是你来讲这故事，接下来你该如何安排？"

　　众人正等着听怎么"成就了好事"，没想到冯东循将话头一抛，自己又喝起酒来，饮尽了一杯酒，笑着等咸先生说话。

　　咸先生一愣，脸刷的红了起来，心说这人好轻薄，定是看出自己是女人，便有意调侃……不如正经回答他，若是说得好，反而能反客为主，只是一时也没有好想法。

咸先生正在思索间，张仵作说："侠士真有意思，讲故事还有问别人下文该怎样的？"

"若是能由别人随意安排，可见这一段于整个故事并不是很重要，想起老道士和罗三该的前文，看来关键是九姑娘嫁到罗家后发生了什么。"

说话的是琼于，咸先生被他一提醒，也有了思路："既如此不如这样吧：安伯父一早醒来，见两个年轻人如此这般，不但不恼，还说女儿得此依靠他放心了，便又留下家维住了几日，叫他在这小茅屋里更深地享受了一番温存。等到他对这份情义无法忘怀时，又要撵他走了，并告诉他自己这女儿好歹也是官宦家出身，虽然落魄了，婚姻大事也不能委屈。家维当即发誓，回去后定会禀明父亲，将九姑娘明媒正娶回去……乡野怪谈多是这样的情节。"

冯东循哈哈大笑起来："咸先生果然是听多了故事的人，这情节安排得很好……原本也差不多是如此，只是还有一节与你说的不太一样：家维临走时，安伯父告诫他：回去后不用派媒人来找，也不用叫下人来接，来也找不着人。时候到了，九姑娘自会到他家里。

"而接下来发生的事或许会令各位很意外：安伯父送了罗家维一匹老马驮着他回家，走出篱笆后，家维再回头一看，哪有什么茅屋，但见高冢一堆，周围全是荒草！

"家维忽然想起平常听老嬷嬷们讲的鬼怪故事，难道这样的事情让自己碰上了！？他吓得险些摔下马来，不敢再想，赶紧打马逃走。那马倒很会认路，不用家维牵引，自己就寻路而走，走了小半天，终于走回了家。门口的小厮早看见马上驮着的失魂落魄的公子，赶紧将他拖下来背回家里。

"这罗公子失踪许多天，家里早已乱作一团，老先生觉得没看好家维，颇为自责，急得差点上吊；老嬷嬷们也都哭天抢地，比自己孩子没了还着急；罗老爷也闻讯从县城赶回来了，各路出去找的人都没带回消息，都已经准备发丧了。这时看到家维自己回来了，全家又都欢天喜地起来。

"只是家维自打回来后，总是闷闷不乐，魂不守舍的。罗老爷和先生问他到底为什么，他也说不清楚，家人都只有干着急的份。

"后来，还是罗老爷一个常'来往'的寡妇提了个醒：'你这老子光顾自己

逍遥自在，公子都快二十了，还没给他物色一门婚事，想是他失踪那几天看到了哪个小姑娘，得了相思病了吧。'

"说起这位寡妇，可并非只是罗老爷的情妇，而算得上是继麻子老婆之后，罗老爷的内助兼军师。她本姓商，虽是一介女流，却颇有心机，足智多谋。她本是一农户之妻，有十几亩良田，也算小康之家。只是她家男人好赌成性，先将田产家产输光，后来又借人家钱去赌博，又输得精光，又还不了债主的钱，情急之下上吊自杀了。商寡妇很要强，也不改嫁，将女儿寄养在亲戚家，自己孤身一人到县城闯荡，租了罗老爷的铺子做点小生意，一来二去便和罗老爷相熟了。

"罗老爷到田庄上收收佃租还行，于那些商铺生意则毫无头绪，很多时候都是商寡妇在幕后帮他。所以纵然她已是老柳残花，罗老爷却与她格外亲密，俨如夫妻，而且十分信任，连自己未发达之前的事都对她毫无保留。

"听了商寡妇的提醒，罗老爷恍然大悟，这才对家维往儿女之情上面问，可是家维还是不说……说了又有什么用，难道要媒人去坟茔里提亲？只是看他眼神里又显出几丝光亮，像是说中了他心思。罗老爷便以为他真想成婚，只是羞于说出口，他哪知道儿子早已心有所属，只是属的那'人'实在难找！罗老爷便自己做主，找媒人四处去寻，说不求门户登对，只要姑娘相貌好，配得起咱家儿子便可。家维见父亲宠爱，也不好违了他意思，便想了个主意：媒婆寻到好姑娘时，他要先看一眼，他满意了才行。罗老爷自然应允。

"只是找了许多家，都不合家维的意，后来连媒婆也烦了，问罗老爷这公子哥到底想要什么样的人？他要的是人还是仙女？怎么个个漂亮的姑娘他都看不上。罗老爷也觉得儿子太矫情，索性也不再费心了，只是多给媒婆们些钱，叫她们没事时多留意，自己又跑回县城去了。

"如此过了半年多。有一天，一个媒婆喜滋滋来家，这媒婆姓杨，人称杨喜婆，不但替人做媒 ，还兼做接生婆，所以她常自夸但凡喜事都得经她手才行。喜婆找不着罗老爷，便找到老先生，笑说：'哎哟老秀才，你可教了个好学生，怪不得咱家公子谁都看不上，原来早就有喜欢的姑娘了，连胎都"种"下了。'

"老先生被她说得莫名其妙，赶紧唤家维来。喜婆对家维喜道：'公子哥，你的小情人自己找上门来了，你快出去看看吧。'说着便拉家维出门。只见大门外停着一辆骡车，车里有一个姑娘正伸头出来四处张望……这一眼，真是梦里寻她千百度，正是那个躲在茅屋里张望的人儿啊！那几日的柔情款款重又回到眼前，家维的脚早就不由自主地疾步走了过去。

"罗老爷听说了此事，急忙从县城赶回来，先叫下人给那个自己送上门的姑娘安排了住处，再细问究竟，再看儿子那神情，便知这回是找对人了。只是不知那姑娘来历，便问杨喜婆怎么回事，喜婆兴高采烈地讲了起来：'这位九姑娘，说起来身世真是奇特得很！她本来和她爹相依为命，她爹是个猎户，想是前半生杀生太多，这几年常常自觉得心里不安。正巧碰上个游方的道士想收个徒弟，说是师徒，其实是一起修行，一起赎罪孽。这道士就看中她爹了，打猎的也想跟着去，只是对女儿放不下心。

"九姑娘也不想拖累她爹，只是不知如何是好，有回一个人走到河边解闷，一不留神就掉进河里了，过了好久才被救上来。别人都说没救了，谁知她呛了几口水又活过来了。自打那之后，九姑娘像是换了一个人，说自己已经和柳林乡罗家的公子定了终身，还怀了他的孩子。眼见着肚子真的就大了起来……就像一夜之间变大了一样。

"我半月前才听说这事，只是不敢就上咱门上来提……万一这姑娘水性杨花，惹了是非后给咱老爷家扣屎盆子，我还在那四处张罗，那不是成了我的大罪过了？我便暗地里打听了许久，得知这姑娘从来都是和她爹住在山上几间茅屋里，从没和别的男人交往过。我还不敢乱声张，便雇了辆骡车，先拉她来给公子看看，看是不是他的人儿。果然，咱公子看了一眼，眼珠就回不来了，这要还说两人以前没见过，我再不在这行里混了！'

"喜婆像是立了大功一件，说得眉飞色舞，滔滔不绝。后来又说起这门亲事实在是难得的便宜，因为九姑娘她爹急着跟道士去云游，压根不要聘礼，只求女儿能嫁个爱她的好人就行。得知九姑娘和罗公子确实彼此爱慕，她爹便放心了，如今已经跟道士走了。

"这一条确实说得罗老爷心动了……本来还担心那样的穷人家攀上大户，会狠敲一笔彩礼呢。罗老爷便问儿子心意，家维自然满口愿意，求父亲成全。既如此还有什么可说的，这婚事立即就办，不然再拖上一两月，到时新娘挺着大肚子拜堂岂不叫人笑话。于是罗家张灯结彩，大排宴席，给家维办了婚事。

"这桩心愿一了，罗老爷更觉一身轻了，也自觉对得起那麻子老婆。至于儿子的学业，自己目不识丁尚能混得一身富贵，儿子能考则考，不能考也随他吧。那老秀才也不用撵他，平常还能叫他算算账写写信，过几年再教自己孙子。

"于是，罗老爷伙着一帮朋友去了苏州，说是做生意，其实是去逛花楼了。

"罗老爷在苏州一过就是两年多，开始还装模作样地和同行聊聊生意，看看行情，后来只觉生意难做，百计不成，看来自己远不如麻子老婆和商寡妇，根本不是做生意的料，索性整天纵情玩乐了。如今他家大业大，也消耗得起，便长住在花楼里不出来，如此乐不思蜀，哪还在乎家里。

"其间收到几封老先生写来的信。

"第一封是到苏州两个月后，大意说：公子和九姑娘婚后很是美满，只是公子过于沉溺于夫妻之乐，于读书更不专心了。我作为先生很不高兴，却也无法，请东翁时时督促一下。

"罗老爷心说这老秀才可算'找对人'了，我整天在花楼里混的人，还督促人家读书。再说儿子刚成婚，腻着点是理所当然的事，他瞎操什么心。只是表面上还是请人写了封回信，叫家维多多用功，尊敬师长。

"第二封信则是到苏州四个月时，信里带来了一个坏消息：九姑娘流产了，可惜啊可惜，是一个已经成形的男婴啊。想是这姑娘穷苦日子过惯了，忽然做了少奶奶，浑身不习惯，整天和下人抢活干，也没调养好身体，招致这等结果。公子虽然因此难过了一阵，总归还有九姑娘相伴，慢慢也缓过来了。

"罗老爷看到这个，虽然也因失去了孙子有过片刻难过，可这种事也是常有的，更何况自己儿子正值年轻，早晚必能传续香火。

"第三封信是再之后的半年多时间，依然是坏消息：少夫人又小产了！这次怀孕后，少夫人一切谨遵医嘱，调理得当，公子也细心照顾，以为不会有失。谁知还是没保住。公子大恸之下，又腹痛不止，躺在床上不想饮食。请大夫调治，说是情绪导致肝伤，而使气淤肠胃，先开了几副养肠胃的药，再慢慢调理食欲……关键是心情要快好起来。只是少夫人接连如此，他哪能好这么快！再者，这段时间陆续有城里各铺掌柜来家找东翁，说生意不顺，入不敷出，已经有债主堵到铺子里要账了。我推说东翁在苏州公干，不知他们是否去苏州找过你。

"罗老爷此时已经不会再为儿媳小产这种事分心了，他完全沉浸在苏州的风月场温柔乡里了。至于生意，那都是麻子老婆当年置办下的，后来又有商寡妇在幕后帮他。如今自己另有新欢，商寡妇那边早就冷淡了，那些需要操心的营生，自己这几年哪有心思过问？还是田产好，租给佃户，年底收收租就行了。不如再等等看，若总是亏钱，就把那些铺子转手吧，守着那么许多田产，还是一样吃喝不愁。

"第四封和第五封信，罗老爷是一起看到的，原因是他换地方了，住到了一个单干的妓女家里，连朋友也不来往了，送信人自然找不着。罗老爷这阵子可说是周身不适，有时腹部以下还会出现黯斑、红疮，那个妓女会些内科调养之术，罗老爷便长住在她那里安心休养，再加上自己本来的炼气养生功法，一段时间后，身体开始略有恢复……直到第五封信寄来。那送信人被罗家人叮嘱无论如何要找到罗老爷，因为，家里出大事了！

"第四封信是自上封信后半年多寄来的：恭喜东翁，真是天佑罗家，少夫人已经有孕在身四个月了，如今腹部已经隆起。公子隔上半月一月，便请大夫来给少夫人看一次，都说一切安好。连产婆也找好了，就是杨喜婆，她倒也热心，常来看公子和少夫人，陪少夫人聊天，还教些安胎按摩的手法。看来这回少夫人必能为罗家增添子嗣了。唯一叫老夫担心的，是少夫人如今行为举止十分怪异：她不像别的孕妇那样喜酸喜甜，而是喜欢荤腥，这种喜欢在我看来，已经超出了正常的范围！有时她会跑到灶房去看庖人宰鸡宰鱼，竟会捡起那些鸡头鱼尾闻上半天，小厮还看见过她偷偷舔血吃生肉！据庖人说，这少夫人看着自己动刀时的眼神很诡异，像是要跃跃欲试。果然，之后家里的鸡鸭多有夜里被咬死扼死的，初时还以为是狐狸、黄鼠狼闹的，后来小厮在鸡圈边下了枷子，夜里又守在附近，结果竟看到少夫人鬼祟而来，她像是事先知道一样小心避开枷子，然后去圈里抓过两只鸡，活生生咬死，吮饱血后才满足而去！小厮将这事告诉了我和公子，公子问少夫人到底为何如此，她说她自己也不想，只是感觉不由自主，欲罢不能，唯有吃点生血腥肉，自己腹中才舒服些。我和公子都无法理解，以为少夫人得了什么怪病，只是大夫无论如何诊看，都说并无大碍。我活了这么大，从未听说过孕妇有这种嗜好，实在是匪夷所思！

"第五封信只有寥寥数语：东翁快回来看看吧，少夫人生了一个怪婴！

"第五封信到罗老爷手上时，离寄信日已经又过了两个月。罗老爷弄清寄信时间后，一阵惊惧的芒刺袭遍全身：那不正是自己身上长疮的时候吗！他忽然想起了多年前的那件事！

　　"当罗老爷硬着头皮回到家里的时候，离他上次回家已经有两年多了，只觉得家里的一切都照旧如常。下人们忽然看到他回来，一开始还颇觉意外，都忙不迭地问候，其他的似乎也并无异样，可他毕竟是这里的一家之主，那气氛里明显感觉到的不安详，就像常年气息不流通的屋子里的腐气，叫他不愿意多呼吸。他从一个小厮嘴里问清了奶娘带小孩的房间，便怀着忐忑的心情直奔那里。

　　"那是挨着儿子卧房的一个清静亮敞的房间，自己给儿子办婚事的时候，还曾交代他，以后自己有了孙子，就让他住在这间房。

　　"罗老爷不及多想，猛地推开了房门，只见奶娘正背对着房门给孩子喂奶。他冲上前去，只见一个白白胖胖的小娃娃被裹在襁褓里，正被奶娘侧身搂在怀中，大口地吮吸着奶娘的左乳。

　　"这时罗家维和九姑娘听说父亲归来，赶紧一起来了，进门先叫了声'父亲'。

　　"罗老爷看也不看他们，不顾奶娘的惊疑，一把扯去裹着娃娃的襁褓，映入眼睛的情景让他彻底惊呆了：只见那小孩的右腿自小腿中段开始，皮肉变得粗糙不堪，并缩成了扁扁的一片，像鱼尾巴一样！

　　"罗老爷犹豫片刻，又大着胆抓起那只畸形的小脚捏了一下：里面有骨头，只是像是被夹断了一样，软软的毫无支撑作用！

　　"忽然，那条死命挣扎，想摆脱枷子的白狐狸猛然闪在眼前！

　　"这是狐妖的诅咒啊！他回来了，他的阴魂附在自己后代身上，向自己报复了！

　　"罗老爷此时后悔莫及：这狐妖当真狡诈呀，他的诅咒不验在儿子身上，叫自己放松了警惕，多年后竟验在孙子身上了！如今孩子已经出生数月，远近皆知，此时要想再除去，不但被人骂'绝户贼'，恐怕官府也要治罪了。

　　"家维和九姑娘似乎看出了罗老爷对孩子的厌恶，九姑娘赶紧扑过去抓住小孩，生怕他有什么意外之举，家维则扑倒在地，痛哭着说：'父亲，这孩子虽有些残疾，毕竟是儿子的骨肉，罗家的血脉。咱家家大业大，怎么也能给他口饭吃啊！'

　　"哎，傻儿子，你哪里知道那些前事啊！

　　"罗老爷将娃娃扔给九姑娘，失魂落魄地出了屋门。家维看着父亲的背影，不明所以，九姑娘则在确定孩子无恙后，怨恨地看了罗老爷一眼。

"此后，不出一年，罗老爷便恶疮复发，在惊惧中悲惨死去。"

三 故事新解

冯东循饮干一杯酒后，又自己斟满，抬起头来道："这就是我来咱们这换酒喝的故事。"

众人一阵沉寂。许久，宁秀才忍不住问："那后来呢？我是说罗三该得到了应有的下场，但还有罗家维、九姑娘，以及他们所生的孩子……不，应该是被狐妖阴魂附体的孩子！"

"这是一个奇特的故事，大部分的故事讲的都是人物的命运和结局，而这个故事有趣的地方就在于，它提供了一个故事的框架和素材，看上去好像完整了，但如果你的视角不同，便可以有完全不同的发现。"冯东循有些得意地把玩着手里的酒盅，看着在场的众人，又看了一眼咸先生和琮于。

咸先生想了想，道："从表面上看，这个故事已经完整了，因为罗三该的命运已经在最后做了交代。但听你所说，故事里还有更有趣的隐线，如果能把这些隐线抽丝剥茧，析顺条理，就能得到完全不同的解读。"

"先生说得很对，关于这个故事，传说有三重解读，不知在场诸位可否理得清楚？"

"三重解读？哪三重？"

"不就是狐妖报仇吗，还有什么玄机？"

众人议论纷纷。

咸先生说："既然是三重，那越深入的解读肯定越有趣。我且抛砖引玉，先说说第一重，应该是最明显的：这是一个有关狐妖诅咒的故事。故事前面所有情节的铺排，都是为了让听者在情节发展到孩子出生那一刻心头一惊，猛然想起前面情节里的老道士，即狐妖的'诅咒三事'的应验：

"九姑娘之前怀孕两次都流产，即是诅咒所提的'罗贼子孙必克其兄弟姊妹'；

"当年白狐狸的后腿被夹断，而娃娃的右脚'像是被夹断了一样'，正应了'刘贼子孙肢体不全'；

"至于'遭遇水厄'，九姑娘嫁过来之前曾经溺水，孕育这妖邪孩子的人溺水，不也就是他自己的'水厄'吗！

"'当回想诸事种种，原来人物的结局都是有前因的，诅咒得到了应验！'这就是故事想要达到的效果。"

众人听了都纷纷拍手鼓掌，不住点头。

张仵作说："在我看来，这故事也就是这样了，实在想不出还能有什么别的解读？"

冯东循道："是有的，而且其他的解读更会出人意料！"

众人又七嘴八舌地说起了自己的感想，只是说来说去，都跳不出咸先生所说的那种意思。

"这位罗老爷，就是狐妖啊！"

一个不算洪亮，却中气十足的声音传来。瞬间，周围安静下来。循声而看，原来说话者是咸先生的"特别的客人"，那个邋遢道士。

只听琼于淡淡地道："真正的罗三该，早在山上与狐妖相遇时，就已经死了……即是被这狐妖害死的。后来的罗老爷，并不是真正的罗三该，而是假冒罗三该身份活在人世上的狐妖啊！"

"这是什么意思？"

"听不懂了！"

众人纷纷疑惑，冯东循却用意外欣喜的目光盯着琼于。

咸先生初时不解，低头思索了一阵，忽然，她像醍醐灌顶一样，击掌叫道："是啊，若是这样，那后来的许多情节就都照应上了！"她看了琼于一眼，见对方对自己轻轻点了一下头，然后喝起茶了，她便笑了笑，说道："罗三该和狐妖相遇的时候并没有外人在场，所以真相完全有可能是另外一个样子：狐妖被罗三该的枷子夹断了腿，但他幻化成老道士，哄骗来收猎物的三该放了他，他却将三该害死，而在临死前立下'诅咒三事'的则是罗三该啊！"

事情都反过来了！

物怪

　　咸先生兴奋地对大家说道："之后，狐妖便幻化成罗三该的模样，以三该的身份对外界编造了那个'走运猎户'的谎言，包括急于去取猎物而扭断了脚这样的细节，以此为自己明明是被夹断的腿开脱。

　　"这狐妖就这样享受了多年的人间富贵，并且保留着作为妖怪的习惯，比如善于炼气养生；又享受着作为妖怪的好处，比如常年年轻体健。只是，他终究做了泯灭天道的事，纵然是妖，也难免会为自己犯下的恶行担惊受怕，所以，他也担心着真正的三该对自己的诅咒，并和麻子老婆商量如何应对，这老婆子竟替杀夫仇人出谋划策，幸亏罗家维出生时骨骼完好，不然难逃一死。

　　"接下来是最叫人意外的情节：家维出外散心时，不慎迷路遇险，醒来后到了一个茅屋前，遇到了安氏父女，在那里住了几天，临走时却发现是荒冢一堆……可见这安氏父女并非人类。我大胆猜测：那'猎户'安伯父就是罗三该死后的阴魂！

　　"而有关九姑娘的身世里曾提到她不堪受婶娘凌辱而跳河自杀……其实彼时她就已经死了，是她的阴魂与安伯父走在了一起！这小吏之女便是三该的阴魂所收的义女，也成了他复仇的助手。多年之后，罗三该的阴魂利用仇人的儿子，向仇人展开了复仇！

　　"然而，罗三该的阴魂所幻化的其实是假冒的安氏父女，而真正的安伯父和九姑娘，此时不过是生活在另一个地方的普通的猎户。罗三该故意选中了这么一对父女去假扮，是为了让罗家维能'先行适应'，并让他对'九姑娘'念念不忘。"

　　张仵作一脸疑惑："我有点糊涂了，你是说，有一对鬼魂父女假扮现实人间的另一对父女，引得罗家维对这个鬼女念念不忘？那之后呢，之后的上门媳妇到底是谁，鬼魂，还是人间的九姑娘？"

　　"最终和罗家维成亲的，虽然是九姑娘的肉身，却并非真正的她，而是那个小吏之女！还记得杨喜婆说起的关于九姑娘的经历吗：她曾掉进河里，'过了好久'才被救上来，而那之后，她就像换了一个人……也就是说，真正的九姑娘在溺水时成了小吏女儿的'替身'，等她醒来后，便已不是以前的九姑娘了，而是被'小吏之女'的阴魂附身后，一心想要替罗三该复仇的人！

　　"之后的情节便顺理成章了：真正的罗三该对狐妖的诅咒一一应验，只不过在旁人看来，是如今的'罗老爷'摊上了一桩桩厄运。可想而知，那个幻化成罗老爷的狐妖定是万分惧怕，方寸大乱，此时再要降他，便轻易多了。"

众人愣了半晌。这时，咸先生一击掌："道长的想象真是奇特，如果是这样的话，故事就不再是人、鬼之间诅咒的故事，而是成了鬼、妖之间的斗智！"众人经咸先生一提醒，都如梦方醒，接着是一片喝彩的掌声。张仵作连说："有意思。"宁秀才点头道："这样的解读确实很令人意外，想想又都在情理之中。"

咸先生看看琼于，脸上出现了一抹娇羞。

冯东循也鼓掌几下，道："道长的这重解读着实精彩，在下佩服。却不知还能否说出第三重解读来？"

众人又面露难色，有的苦思冥想起来，有的明知想不出来，干脆喝酒等别人说。咸先生思索一阵，再无别的想法，便看着琼于，那是满含信任的目光：这个人定然会理出隐藏最深的线索，给大家一个精彩的答案！

"根本没有狐妖啊，一切都只是为了复仇而已！"琼于等了片刻，见再没有别人要说，便说出了这句话，"没有狐妖，没有鬼魂，所有的事都是人和人之间的事。"

"愿闻其详！"冯东循的面容中充满了惊喜和期待。

"这是一个关于复仇的故事，复仇的对象正是罗三该。

"总共有两伙人向他发动了复仇，其一，便是早先被罗三该误认作白狐妖而杀死的老道士！没错，那是真的生活在附近道观里的老道士，罗三该却坚持认为那是狐妖……他本就有些粗憨，又过厌了穷困的日子，他是多么想套住一只白狐狸从而改变自己的命运啊！或许他在心里，已经不知盘算过多少次怎么耕种那二十顷地了。长期的幻想终于造就了某个时刻的臆想，特别是在'又饿又累，头昏眼花'之际，他便远远地'看到'枷子夹到了一条极大的'白狐狸'！

"而之后，老道士也犯了一个致命错误，他张口便说出了罗三该的名字……这绝不奇怪，因为他的道观就在附近山上，平常又喜欢野游，所以听说过那个'常在山里游走'的罗三该。只是他不该对一个蠢人表现出过多的了解，因为这会引起那个人自以为是的防备和猜疑。老道士不断为自己开脱的言行反而更加强了罗三该认为他是狐妖幻化的想法，并逼他讲出了埋藏财宝之地……老道士是修行之人，即使知道某处藏有财宝也可能自己没有兴趣。

"而后罗三该却还是不肯放过老道士，老道士怨恨至极，对他立下'诅咒三事'。

"至于老道士残忍自戕，这并无旁证，或许那只是罗三该编造的谎言，来解释他来历不明的财物。"

"我不明白了，倘若你把老道士说成不是妖灵之类的凡人，那他又怎么能施发诅咒……那些诅咒多年后可都应验了，他是会算卦还是会看相？要是那样这个故事就太牵强了！"张仵作说。

"这正是最有趣的地方之一。说起这个，还要问问仵作你呢！"

"我，我是没有道长这样的机智，想不出来。"

"听咸先生说，老张是世代医家，你医术高明却自愿做了仵作这种常人眼里很卑贱的行当，在下一直很佩服呢！"

"呵，我自己可没觉得卑贱，若是我能从死者身上看出端倪，协助官差破案，我只会感到无限的荣耀，这也是对屈死者的告慰！"张仵作似乎不喜欢琼于的用词，很郑重地说。

"嗯，老张说得很好。仵作，最重要的是要深明病理，是医家里的博学者。请问老张，可曾听过'枯骨病'？"

张仵作想了想，说："有，这种病的患者一般先天骨质疏松，容易骨折，往往小时候就行动不灵便，走不了长路。而且，这是一种遗传病！"

忽然，如同漆黑夜幕里划过一道闪电，张仵作恍然大悟。

琼于看着张仵作的表情，微微一笑："是的，罗三该正是患有这种病，不然也不会仅仅崴了一下就成了跛子。"

"是了，是了，就是这样，那所谓的'诅咒三事'都说通了！"张仵作兴奋地说："这'枯骨病'是一种十分罕见的病，得病的大多是贫苦人家，没钱医治，一般的庸医也诊看不出来这种病，而一旦生了畸形小孩，穷人家往往都将之抛弃，所以活下来的患者根本不知道自己有这样的家族病史。

"患这种病的人往往体弱精虚，所以罗三该婚后多年，他老婆都没有生孕，直到发财后有能力求医调养，才生了罗家维，而这种多年不孕、之后好不容易得来的孩子，就很自然被认为'克其兄弟姊妹'。

"而这种病最奇特的地方，是隔上一两代人，就可能出现畸形儿，一般都是手、足肢体有残疾，即医家所谓的'隔代遗传病'，最终使罗三该的孙子肢体不全。

"患这病的人容易燥虚，喜欢凉快，这样的孩子难免不往河边水坑里去玩，当然容易溺水，即所谓'水厄'……那老道士哪有什么神力，只是见多识广，看出了罗三该的先天毛病，便煞有介事地诅咒他，一旦在三该的子孙身上应验，便能叫他生活在担惊受怕中，也算给自己出了口恶气。"

咸先生眼睛一亮："何止如此，罗三该的麻子老婆不是说过，若是生了肢体不全的孩子就弄死吗，倘若真是这样，就等于害死了他自己的子孙……这才是老道士所谓的'阴魂'在未来对罗三该的报复！真是狡诈至极的计策！"

众人听到这里，都忍不住啧啧称奇，正想点评，咸先生忙问："道长说有两伙人对罗三该复仇，那另一伙人是谁？"

"倘若只有老道士一人实施了报复，那后来对于诅咒的'应验'就应该是适才所说的那样，是没有外力之下自然发生的，但事情并非如此，因为多年之后，有人借诅咒之便进行了另外的复仇。"琮于用淡定而又充满底气的语气说道："第二伙人里的主要人物，即是商寡妇和九姑娘！"

众人惊讶无比。

"如果能先猜出她们的动机，之后对线索的梳理就轻松多了。可以大胆假设，商寡妇就是罗三该放贷逼债，弄得流离失所的一户人家，而九姑娘也并非什么小吏之女，很可能就是商寡妇的女儿。商寡妇机缘巧合地成了罗三该的情妇……更有可能是通过苦心设计认识了他，并通过帮他打理产业获得了他的信任，以至于罗三该'连自己未发达之前的往事都对她毫无保留'，可想而知，他或许在某次酒醉后对这位很信任的情妇说起了当年的'诅咒三事'，这终于给了一直隐忍在侧，伺机报复的商寡妇一个绝好的机会！于是，她和她的同伙一起合谋开始了复仇，这复仇不只是对罗三该，而是对整个罗氏家族！

"显然，之后的情节发展中出现的安伯父也是她们一伙的，而另一同伙杨喜婆则在九姑娘嫁到罗家，和之后的两次流产、最终生出畸形小孩的事件中做了重要辅助……那两次流产，或许连苦肉计都不是，或许根本没有真怀孕，要知道杨喜婆作为产婆，帮九姑娘弄来一个死婴是再简单不过的事。而那个畸形孩子，也可能不是罗家的骨肉，而是九姑娘伙同杨喜婆偷梁换柱的结果！

"当年那个纯粹是老道士自己臆造出的诅咒，在有心之人的有意施为之下，终于都'应验'了！

"另有几个细节需要提一下：在这段时间，老先生写给罗老爷的信都没寄到，这都是九姑娘等人略施手段便能做到的事。而罗家的产业渐渐败落，或许也和商寡妇善于经营有关……说不定她利用罗老爷的信任蛀空了他的产业。如此看来，这伙人不只是要复仇，还要最终侵占罗家的产业……能实施如此周密的计划，那么之后趁罗老爷内心恐惧、方寸大乱之时再设计除掉他也不是难事了！

"至于罗老爷的'周身不适'正好是畸形小孩出生时，那纯粹是个巧合。试想他整天混迹于花楼妓馆，难免染上些风月病。而他本就对当年诅咒的事很心虚，害怕遭到报应，疑神疑鬼之下，对平常事都忍不住牵强附会了。

"这就是我对这故事的第三重解读！"

四 怪人琮于

月亮已经斜过了头顶，微风吹起湖边的芦苇和岸上的野柳，发出令人舒服的摩挲声。

又一阵长久的掌声响了起来，琮于对众人做了个抬手的姿势，客人们看他如此，便知他不喜欢被人如此赞赏，都住了掌声，只是那钦佩之色是掩饰不住的。

咸先生强忍着内心的快速跳动，尽量让自己表面上和其他人一样。

张仵作问冯东循："琮道长说得对吗？"

冯东循盯着琮于："这个故事本就是没有唯一的解释，只要分析得合情合理就好，道长解读得实在精彩。呵呵，佩服，佩服。"

咸先生击掌说道："我要将这个故事，连同琮道长的解读，记在我的《苏湖奇谭》里。"

冯东循问琮于："敢问一句，道长与咸先生是朋友？"

琮于点点头。

"是一般朋友，还是……"

咸先生对他的问题有些意外，不好意思地看看琮于。

"如果这世上我只有三个朋友，咸先生是其中之一。"琮于平静地答道。

咸先生微笑着看了他一眼。

"那很好。那件'郑大杀人案'在下早已耳闻，听说道长是在毫无利害关系的情况下自发去破案，不知是出于何种目的？"

"探寻事情的真相，即是我这一道门的修行，我只是在修我的道而已。"

"明白了，道长的修行并非功利而为，那道长又来小风镇有何贵干？"

"之前有个案件还有些小事没有解决，来这里再调查一下，很快便可离去。"

咸先生一听他说很快要走，脸上立刻显出了失望。

"离去？去别的地方寻找别的案件的真相吗？"

琼于点点头，喝了一口茶。

"既然如此，我是来对了。实不相瞒，我那里就有一件很离奇的事情，正需要道长这样的人去解决。"冯东循又是一副耐人寻味的表情。

"对了，还没请教东循来此有何贵干，不会只是来讲个故事吧？"咸先生问。

"本来是想请咸先生去查证一桩事，却意外碰到了这位琼道长，以这位道长所表现出的机智，看来这桩事解决有望了。"冯东循看着咸先生："我说的这事，与咸先生还有莫大的渊源。冒昧地问一句，先生了解自己的身世吗？"

"……"

"德清县西南苍峰山里的榴谷榴园，不知咸先生有没有印象？"

"没听说过。"

"那是处于苍峰山阴的一片山谷里的宅院，你有没有听令尊提起过那里？"

"家父？"咸先生对他的提问十分意外，"在我印象中，他从未提起过这么个地方。"

"那可奇怪了。在下如今就住在那里，那是一所避暑别墅，前任宅主看来很大方，并没有将所有家具陈设都搬走，尤其值得一提的是留下了一个很大的书房兼画室，里面有许多藏书……"

"还有这么大方的人？！"张仵作忍不住插话，见周围人看向他，又笑道："我这是替咱们爱书如命的咸先生说的。"

咸先生对张仵作笑了笑，又问冯东循："藏书怎么了？"

"之前闲来无事，我便整理那个画室，结果发现了前任宅主的许多画作，还有一些笔记、手札，大都是他的生活随笔、早年的文章、诗作。在下是粗莽之人，没工夫认真查阅这些文字，只是在大略浏览时多次看到一个人的名字……咸槿。"

在场熟悉咸先生的人都很意外，咸先生瞪大了眼睛。

"恕在下直呼令尊名讳……如果我打听得不错的话。"

"那确实是家父的名字。但我的确不知道家父与贵府上还曾有过渊源。"咸先生想了想，又道："不过，家父年少读书时与湖州各地有名的书生都有交往，他的名字出现在别人的笔记中倒也不算很意外。"

"不，那绝不是令尊年少时的经历，因为笔记中提到的时间，是天顺五年，那时令尊应该是二十多岁了，且刚刚从泉州辞官回湖州。"

咸先生一怔：这个人真是不寻常，他之前已经对自己的家事做了充足的调查。

冯东循一副很难捉摸的表情："在我看来，那些笔记中不但多次提到令尊，而且那些文字中的语气很不一般……恕我直言，仅我看到的数篇文稿中，似乎能看出这位宅主对令尊既有很深的交情，可又充满了某种怨恨，直到后来，已经表现出了想要杀害令尊的意图！"

众人都吃了一惊，咸先生这一次真的惊讶了，琼于看看她，又问冯东循："侠士不如直接说出你此来的目的吧！"

"如果咸先生连令尊曾与苍峰山榴园有过渊源都不知道，那就更不会知道他和榴园前任主人的过节了。作为子女，难道先生不想弄清彼时到底发生了什么？"略停了片刻，冯东循又凑近了桌对面的咸先生……明显是不想让其他人听到，目光很有深意地看着咸先生道："或许不只能弄清令尊的事，说不定连有关先生你身世的谜团，也能一并搞清楚呢。"

冯东循说完这句话，也不等咸先生反应，便饮干了杯里的酒，站起身对众人拱拱手："在下还有事，恕我先告辞了！"说着便几步走到栏边，轻轻一跃便凌空而过，稳稳地落在早已等候在亭边水面上的小船上，那船就此划开，片刻间便远远离去，咸先生和众人还没反应过来，小船已经又荡开雾气，隐于雾中，雾气重新聚拢的瞬间，湖面上飘来一句话："琼道长，出于你自己的修行，出于对朋友的帮助，你都应该去一趟。在下恭候先生、道长！"

咸先生这才发现他在桌子上留下一个纸条，打开后原来是一个粗略手绘的地图，画着从小风镇到榴园的道路。

夜深了，湖边冷风纵起，将雾气吹得干干净净，亭子里顿觉清冷起来，客人们只好意犹未尽地散去。

那喝酒的和尚临走时对琼于道："这位道长对线索的分析真是细致入微，和尚我佩服啊，改天要是有机会去府城，一定到铁佛寺找我，那里也有一件埋藏了许久的谜案。"说完将酒壶塞回给咸先生："先生一定要带他来喝茶看寺啊！"说完便又意味深长地看了琼于一眼，笑呵呵地走了。

咸先生送走最后几个客人，转身回了"闲话坊"大厅，只见迎门屏风后透出一个模糊的剪影。咸先生笑着转过屏风，只见琼于将几个灯架摆在旁边，自己又提着一把灯笼照着那屏风，仔细看着上面的文字。

咸先生看着琼于专注的样子，之前那些惊心动魄的场景重又浮现在了眼前，想起自己悠闲文人的生活，正是由于这个邋遢道士的到来而被搅起了波澜，是他给了自己一个机会，去体验不同的经历，哪怕那仅仅是几天的经历，却叫自己的人生更加丰富了。此刻，咸先生心里泛起无限的感触，呼吸不由得又急促起来，问道："道长……你是怎么活下来的？"

琼于将灯笼挂在旁边架子上，转过身来，灯光映着他略显胡茬的脸，那脸上本来长着浓密的络腮胡子，胡子刮去后本该发青的，此时却显得很白净，这倒更衬出那两道入鬓的浓眉和锐利的双眼。

"我少了些判断，却多了些运气。"琼于以平和的语气讲起了自己死里逃生的经历……

琼于醒来的时候，已经不知过了多久，没有记忆，没有疼痛，只感觉到一片漆黑。

"好黑啊，难道这就是我不相信存在的阴间吗？"

"不对，我明明还有喘息！我明明能一字一句地说出自己想说的话！"

"太好了，我还活着！"琼于自言自语的，当他确认自己真的听到了从自己嘴里说出的话后，他的意识便命令自己先动一动身体，又到处摸了摸……没有异样，身体完好无缺。

然后，之前的事记起来了：齐玉堂点燃了事先埋好的炸药，导致整个山洞顷刻崩塌，自己来不及逃掉，只好倚在一块巨石边……正是这块巨石和随之掉落的另一块大石头救了自己，因为后来落下的石块较长，它的一端砸在地上，另一端正好搭在自己倚着的巨石上，形成了一个倾斜的空间，而这个空间又承接了后来散落的石块，自己被奇迹般地封闭在这个空间里，只不过持续的剧烈震动将他震晕了过去。

顾不上庆幸，琼于先大声喊了几声，并没有反应，可见声音也被封在这里了，不然应该能听到一些山洞四壁的回声。

"一切只能靠自己了！"他对自己说，然后试着翻了翻身，万幸这个空间足够让自己翻转身体趴在地上。他又摸了摸身上，又感到了自己的运气：打火石还在。他便从裤子上撕下一大块布，又摸索着将它撕成许多布条，用火石小心打着其中一条捏在手里，借着火光向四周看了看，见左上方有一个窄缝。他急忙趁布条未燃尽时向那条缝隙爬去，初时倒能顺利向前爬，可爬了约有一丈远，便遇上了填得密密实实的碎石。

自己已经成了想钻出馒头的蚂蚁！

琼于只得又点着一条布条，退回到原来的地方。他略想了想，开始在周围捡起一些碎石，将这些碎石都堵到之前钻过的缝隙里，而且堵得严严实实。然后，他开始脱袍子，又停住了……这件缀满补丁的道袍是师父传给他的，这件道袍绝不能烧。他便又将里面的裤子脱了下来，用燃着的布条点着了裤子。

不一会儿，裤子已经有快一半被烧着了。

琼于头顶着上面的石头半站起身子，忍着近在咫尺的火堆，向火中撒起尿来……

"道长这是为何？"咸先生先前听琼于讲得很是紧张，忽然被他说起的这奇怪举动弄得莫名其妙，微红着脸问道。

"想将衣服浇得湿一些，方便看清烟往哪里散。"

咸先生眼睛一亮，不由得拍手点头，心里更是佩服这道士的机智，"后来呢？"

"我捏着裤子一角在周围四处晃了晃，看烟的走势，只是这条裤子很快便烧完了。我只好又脱下贴身上衣来烧，终于找到了另一个缝隙，比之前那个小了些，但它更有可能钻出去……如果这里还钻不出去，那我必然困死在那石缝中了，因为我的衣服都已经烧完了。"

"……之后呢？"

"看看你眼前的人，当然是钻出来了！"

"可是回到地上的密道也被石头封住了，你怎么出了山洞？"

"还有别的出路！"

琼于爬出石堆后，四周仍是一片漆黑，听到的唯一的声音便是旁边的地下河的水声。他又点着了一截布，只见自己正在地下河的河边，另外一边则是高高的一堆乱石，自己下洞来的那条路已经被石堆挡得严严实实，无法原路返回了。他又看看河水，水流已经不似初来时那么急了，说明地上的雨早就停了。河岸边绑着几个竹筏。

竹筏！

琼于忽然想起了去许员外家调查许大娘时，许员外曾说起有人看到许大娘浑身湿着出现在另一个地方，立刻便明白她是怎么出去的了……她有时为了掩人耳目，不想原路返回，就可以撑着竹筏沿地下河漂出去。看来这条水路是只有去路，没法回的，所以那妖道便扎了好多竹筏备用。只是地下河流出山洞的地方或许很凶险，不知道她到那时是如何脱身的。

虽然有此顾虑，此时也别无他法了。

琼于将最后一点布条也烧了，借着火光找到了齐玉堂存火药的茅屋……

"那茅屋里应该还有他逃走的密道，只是彼时都被盖住了。"琼于道。

"是了，我想起来了！彼时，我换着镜屏回去时，想着'轮转门'已经没法打开，正急切时，却发现了另一条密道。在密道中有一道铁栏，幸亏那铁栏一角有小门开着，我还纳闷既然开着又设这道铁栏还有什么意义。彼时我看到身侧还有一个洞道，不知通向哪里，现在看来，那茅屋里的密道必是一直通到那里，齐玉堂在引发爆炸后从这条密道逃脱，就是从那里出了铁栏门，匆忙间忘了锁上小门……也算是给我们留了条生路。"

"原来如此。先生还想听之后的事吗？"

"当然了。"

"我从塌了的茅屋上抽了些茅草点成一个火堆。有了光，其他就好办了。我无意中竟看到那河水中居然有鱼。我便搬开茅屋上一些小的石块，很幸运地在里面摸到了一把柴刀。我便用柴刀削了一根竹子，叉了两条鱼上来烤着吃了，吃完又休息了一会儿。"

咸先生听到这里，脸上露出了赞叹的表情。

"接下来就是最惊险的一段，却也是最顺利的一段……"

琼于待体力恢复，便撑起一个竹筏，顺着河水漂了出去，一路都黑暗无比，他只能不断大声叫喊，根据回声判断两边的岩壁的距离，避免撞上去。过了约有一刻，便看到前面一孔光亮，看样子要出山洞了。

是瀑布！

琼于正急迫间，只见一侧石壁上不知什么时候开始出现了一条粗绳，绳子每隔数尺便有钉深深嵌入岩缝，而绳子下方也开始有仅能容脚的小路……这必是用来上岸的了。

琼于瞅准机会，就在快要出洞的瞬间，抓住绳子跳上了岸，那筏子随水冲出洞外，往前漂出一丈远便向下落去。琼于则抓着绳子往前走了十来步，到了洞口，伸头一看，果然一条瀑布冲下百丈深渊。

而绳子也到此为止了。他只好在出洞后抓着旁边的藤蔓和小树一点一点往上爬，又爬了三丈高，才终于到了山顶平地……倘若齐玉堂也是如此，那他真是个勇猛的疯子。

咸先生像是亲身经历了一番惊险，脸上都冒出了汗珠。看她这样，琼于笑了笑："若是镜屏来讲这些，你恐怕要鼓掌扔铜板了。"

咸先生也笑了起来："接到道长的信说要再回这里，我非常高兴。不知道长回来做什么？"

"其实我午前便到了，只是我又去了齐宅。"

"听说那里被弁山石仙庵的明秀道姑买了，好像要在那里盖一座别院。"

"所以才趁易主前再去查看一番。"

"哦，要查什么，查到了吗？"

"这个等有机会再说吧。我现在又对它产生了兴趣。"琼于看着眼前的屏风。

那架屏风琼于初次来时便印象深刻，除了它的材料和雕刻，以及上面的双面绣，最吸引他的，还是那首用行书写的一首七绝诗，诗文是：

> 弦断琴停谷雨暇，
>
> 旧友长回小婿家。
>
> 遥盼笑招昆仑奴，
>
> 顿首急情指啊啊。
>
> 登亭叩拜新夫人，

风摧冰絮玉成沙。

暗园风深隔墙香，

只道离离忘情花。

落款很简单，写道：咸槿诗，闲话坊先生书。

"这是家父写的一首诗。"咸先生想了想，又说："家父很少写诗，他平时主要喜欢藏书和文史考证，这首诗是我整理他的文稿时发现的，写在一张夹页上。"

这时小丫鬟走来问："先生，这位道长是要留宿吗？"

咸先生看着琼于，脸上泛起一阵微红。

"是，可能还不止一天，要有闲屋子，给我收拾一间吧。"琼于平淡地说。

咸先生对小丫鬟点点头，小丫鬟便转身离去，顺便又重新点上几截蜡烛，大厅里又亮堂起来。

"我对诗文艺术不是很懂，先生可否讲一下这首诗描述的情景？"琼于问。

"这是家父在描写某人谷雨日出门访友的经历。"

"某人？"

"我明白道长你的意思，只是，我并不能确定这个人就是家父，因为完全没有这方面的线索，不如就以'公子'代称吧。按诗文所写，说的是谷雨日，公子正闲暇在家，想起了老朋友已经回家好多天了……小婚家，即是说这位朋友新婚不久。那么下面当然是讲公子去看望朋友。

"'昆仑奴'，其实是指海外番人，大都面相丑陋，肤色乌黑，且温顺容易驯服，才有此名，隋唐时屡有记载，因为彼时曾有人贩子从海外藩国掠得'蛮鬼'来中华售卖，史书记载，大唐时长安曾流传'昆仑奴、新罗婢'的说法，是说有身份的人家都喜欢雇用这样的人做家奴。正是这一点让我不能确定这首诗是否讲的就是家父本人的经历，因为本朝开国以来，很少听说关于昆仑奴的传闻……这首诗可能只是家父在观赏某篇前朝的故事、画作时为之题写的，又或者只是某个想象出的情景。家父天性浪漫，常有些奇思妙想，我小时候他曾开玩笑说，他许多世前曾是大唐天宝年间的水军将军，而我是被水匪劫掠的良家女子，他剿灭水匪救出我后，便将我带在身边。后来我的家人找来，他只好将我送还。有了这段前缘，所以今世我们要做真正的父女。"

咸先生说到这里，有些出神了，琼于瞟了她一眼：她把这么私密的事都说了，显然是又想起了自己的父亲，看来父女情深啊。

咸先生回过神了，有些不好意思地看看琼于，只见他正盯着屏风上一处污迹，他慢慢凑向那污迹，想用手擦去，手指一近，却听见一阵"嗡嗡"声……原来是只苍蝇。琼于面无表情地站直身子："接着说。"

咸先生明白他是用这种方式替自己掩饰尴尬，忙又看向屏风："诗的第三、四句是说，公子老远就看见了昆仑奴，笑着和他打招呼，看来是早就熟识。只是这昆仑奴还没学会中土语言，看到客人来了却不能表达，只好'阿阿'乱指。后面说到公子别了昆仑奴，进去找旧友，看来不在家，只在亭子中见到了那位新婚夫人，公子不敢轻视，所以'登亭叩拜'。"

"'风摧冰絮玉成沙'，应该是描写夫人的美貌和娇弱吧。"咸先生说到这里，看到琼于愣愣地盯着自己，问道："道长想到什么了？"

"……这位诗人用来形容美人的字眼实在别致，我在想，看到好友娶了这样的美妻，这位公子的心情会是怎样呢？除了替好友高兴、内心羡慕，还有没有别的呢？"

咸先生不知如何作答，只得继续往下说："最后两句思路有些跳跃，忽然转到了别处，'暗园风深'，描述的像是一个幽深静谧的园子，一阵风吹来，公子像是闻到了什么香味，便问那是什么。夫人回答，那是'忘情花'的味道。至于这'忘情花'是什么花种，我遍查博物书也没查到，或许非中土之物，又或许是对某种花的代称。

"这就是这首诗所讲的故事。"

琼于看着屏风上的诗文陷入了沉思，良久，他才从思绪中回到现实，看到咸先生正站在身侧专心地看着屏风。此时的咸先生一身儒生打扮，背手而立，头上扎了一条鹅黄色的逍遥巾，一身白衣束身，外面披一袭鹤氅，很显飘逸，那凝神专注的样子像极了一个揣摩文章的文人才子，只是那脸庞上女子特有的柔和轮廓又格外显出一种典雅的味道，叫人忍不住想细细品味。

咸先生将视线重又转到琼于，琼于却也将视线转回到屏风上，说道："这真是一个平淡的可以任意发挥的故事。"

五 四段前史

闲话坊大厅里，琼于和咸先生对案而坐。

案上放了一套精致的茶具，咸先生这边又有一个木炭小火炉，上面架着一把比盘子略大的铜锅，里面煮着半锅水和一些不知什么材料的汤料，咸先生不时用铜勺搅着锅里的汤，说道："咱们湖州府自古人文荟萃，唐朝时的茶圣陆羽即是在此定居，潜心研究茶艺，每天过着'远远上层崖，时宿野人家'，'何处赏春茗，何处寻清泉'的日子，最终写成了流芳百世的《茶经》。我这茶便是按《茶经》所载的'煮茶五法'之中'铜釜煮茶法'煮的：先将茶叶碾成碎末做成茶团，饮用前捣碎，加入葱、姜、橘子皮、枣和盐一起煎煮……"咸先生本想再接着说，见琼于早已在凝神思考了，只好笑笑作罢。

琼于这时也意识到自己对咸先生的冷落，看了看冒着热气的铜锅，只见里面的茶汤被煮成了好看的橙红色。咸先生见煮好了，便在火炉和锅子中间插入一层铁片，隔断炭火，用铜勺舀了茶汤到两个茶碗里，将其中一碗端给琼于。

琼于接过茶碗，闻了闻，道："这样煮出来的茶，还能喝出原茶味？"

咸先生用手半托半端着自己的茶碗，轻轻地摇晃起来："这叫作'把盏摇香'，道长可以再试试。"

琼于只好依样转起碗来，然后用鼻子轻轻吸着茶香，只是转的劲大了，茶汤溅到桌子上，他便用袖子抹了一把。

咸先生看着他的样子，笑道："道长其实是个很细腻的人，所以才能察觉细微的线索，做细致的分析，可为何要以如此形象示人？"

"你是说这件袍子？"琼于凝神看向天上，淡淡地道："这上面缝满了对先师的纪念，还有自己的经历。"

"所以你被埋在石堆里时，如果其他衣服都烧完了，宁死也不会烧掉这件，是吗？"

琼于不置可否，可表情却很坚定，只是他显然对这个话题不想多说，看着手里的茶杯道："掌握在手中的茶香是明确的，但那'暗园风深'里'隔墙'的香味到底是什么样的？还有所谓的'忘情花'又是什么样？"

咸先生只好配合他的话题："关于这个，目前也只有家父写的那首诗，再无别的线索。"

"你对你的父亲了解吗？"琼于终于开始了令他感兴趣的话题。

咸先生想了想，说道："家父并非小风镇人，而是在我出生后不久迁到这里的，他祖籍台州，因仕途不顺，才来小风镇隐居。"

"这些都记在先生的族谱里了，我看过，我想知道一些别的……如果冯东循说的是真的，族谱里显然没有记录完整。"琼于看到咸先生一副欲言又止的样子，又道："先生不必多虑，我是你的朋友，所以，纵然是你的家事，你大可以畅所欲言。"

"是三者其一的朋友吗？"咸先生笑了笑，"那我真是荣幸之至呢。好吧，我告诉你，其实，族谱里记的都是假的！"

"……"

"那是他编造出来的身份，如今看来，显然是为了隐瞒他人生的一段经历。"

"说实话，我第一次看到咸氏族谱里的记载时，便有些下意识的怀疑：你们这一支咸氏家族到令尊共传了八代，有六代都是单传，剩下那两代虽有两个儿子，可第二个儿子都早逝了，其实是代代单传，而令尊又是从那么远的地方迁到这里，也就是说，我们没办法通过走访亲戚来查证你的家族历史了……这多像是编造出来的身份啊！"

咸先生眼睛一亮，又一次佩服起这个道士的机智，便道："道长说得不错。其实家父在小风镇的身份，只有名字是保留以前的，只是他生前几乎没向我提起自己以前的事，也不让我看他的笔记文稿，所以我一点也不知道，直到我在家父去世后翻阅他的笔记，看到了一些蛛丝马迹，引起了我的好奇，才陆续打听、调查得知的。"

"为什么会好奇？"

"因为他提到的一些事，与二十多年前湖州府的两位读书人有关。"

"两位？"

"对，其中一位叫作刘子山，另一位，就是家父。其实家父本就是湖州人，他和那位刘子山共同创造了湖州读书人的一个传奇：他俩从小就是好友，又都自幼聪明，曾一起读书，一起考中秀才，最难得的是连乡试、会试都一起参加并得中，最终，家父在二十岁时与刘子山一起中了进士，此事在当时名震江南。"

"这确实算得上传奇，可这种'名震江南'的事就算令尊不提，也肯定是学子们口口相传的励志奇闻，你怎么可能没听说过？"

"我小时候自然从先生、好友口中听说过关于湖州府两位同窗好友一路斩获科场的故事，先生还用这事激励我们相互友爱，一同勉进，可当我听到父亲的名字回去问他时，他却说那是重姓同名的人，他可没那么会读书，不然也不会隐没在这小镇子上……他就这么给自己编造了一个新的身份，一直骗着我到他去世。

"我是在父亲笔记中看到了几次'子山'的字眼，便开始怀疑家父是否真的就是那传奇故事里的人，然后我又查阅了府志、县志，得知这一对朋友的家住在湖州乌程县童乐乡，我便又去那里查访，找到了几个他们少年时代一起读书的同学，那些人说起父亲的音容笑貌，我才最终确定那传奇学子真的是他。"

"原来先生这么好骗啊！"琼于笑了笑，"两个好朋友在科举之后又做了什么？"

"家父殿试得中三甲第三十二名，赐官福建泉州府市舶司司员；而那位刘子山考得更好，是二甲第十名，留礼部听用，后来做了行人司左司副，两位好友只好分开。"

"嗯，这些都是朝廷公开的，容易查，之后呢？"

"之后，就是家父人生当中最为神秘的一段了：据我所查，这段时间里，家父曾受朝廷委派出使过南洋某地，在那里待了近一年，好像是差使没办好，回到大明后被官降一级……具体为何我也没打听到。之后他在任上又做了半年多的官，正值朝廷要给对他擢升之时，他却厌倦仕途，辞官回乡。"

"你是怎么打听到的？"

"既然查到了家父任过的官职，我便亲自去了一趟泉州，好不容易才找到几位家父当年的同僚打听到的。另外，我也在家父的笔记中看到过'有辱使命'的字眼，显然说的就是这件事。只是这种事属于朝廷机密，我去泉州时，那边的人只是提了一下，具体细节无法知晓，一者事隔多年，当事人大都不在了；二者就算有人知道，也不会轻易乱说。"

"关于令堂，族谱中并没有提起，这是为什么？"

咸先生无奈地一笑："可能是因为我母亲出身低贱吧。"

"……"

"父亲辞官回乡后便娶了我母亲。一年后母亲生下我，却因体虚而死，之后，他便带了我来了这里，那一年，父亲二十六岁。"

"令尊之后没再续娶？"

"没有。"

"那关于令堂……"

"我小时候每次问父亲，他都说等我大了再说。而等我成年后，有一回郑重问起他，他说我的母亲无父无母是个孤儿，出身又很低贱，是他年轻时意外碰到，看她可怜，便为她赎了身娶为妻子……怕我知道了伤心，所以从不提起，又叫我也不要再问了。"

"又一个无从查证的身份。"琼于的这句话引得咸先生又一脸疑惑，他又道："先生想过没有，你刚出生就随令尊迁到了这里，说明什么？"

"请道长明说。"

"说明你完全没有对自己母亲的记忆，这些关于令堂的事情很可能也是令尊编造出来的。"

咸先生目光不由得转向了别处，那显然在掩饰她的伤感，这叫琼于多少有些后悔自己说得太直。过了一会儿，咸先生说："其实我对母亲的事虽然很想知道，可很少因此难过。"

"因为从一开始就不曾拥有过她，也就没有失去的痛苦……和我另一个朋友倒是很像。"琼于不由得眼睛看向外面的弯月，嘴角泛起微笑。

咸先生摇碗的手更轻了。

一股茶香味又随着鼻息沁入头颅，琼于又想起了什么，转过脸来："对了，令尊和那位刘子山分开后，有没有关于他的消息？"

"至少我不知道。家父和我生活在小风镇的二十多年里，他从未提过这位昔日的好友。但据我打听，这位刘子山在京城没做官多久便病逝了，禄星高照，却没有寿星庇护。"

琼于想了想，又问："令尊在小风镇的生活如何……这段日子是他和你共同生活的时光，据你观察，他是个怎样的人？"

"他在小风镇过的日子，很像个隐居的学者。平时酷爱读书藏书，用后半生建起湖州府最大的私人藏书馆……只是生前连他自己也不知道已经到了这种规模，因为他极少会客，也没什么朋友，所以也就没人知道他的事情。有时候实在闷了，他便会出趟远门，说是去游览名山古刹，常常数月才回，除读书外，他也会研究古籍，写一些随笔。"

"果然是隐居的生活，既然如此，更名改姓不是更彻底吗……令尊是什么时候去世的？"

"两年前的九月初三，家父安然而逝，享年五十岁，离世时还手里捧着一本博物书，面带着微笑。"咸先生差点流出泪来。

"那你们已经在小风镇住了二十五六年了。你整理他的笔记，有没有发现关于这些年里的异常？"

"有的话我早就提了，据我看来，随笔都是些读书体会、感想之类；另有一些研究古籍时的发现，已被他自己辑录成集，我看过，很有价值。"

"……令尊的行事在我看来有些奇怪：饱读诗书、满腹经纶的人，既然做着学问，怎么会安于寂寞，而不想让自己的作品昭示于人呢？另外，他能建起如此规模的私人藏书馆，岂是一味低调隐居能办到的……他只是不想让身边的环境知道他的存在罢了。"

咸先生想了一会儿，忽然省悟的样子："道长这么一说，倒提醒了我。细想起来，家父出外远游之后的一段时间，往往就是家里的书增多的时候，都是从各地寄来的书。"

琼于略想片刻，忽然微笑道："这大概就是文人的纠结吧：既想拒绝世俗，淡泊明志，又想将所学所思所感记下来留待后人知道。可见，我们并不一定了解我们自认为很亲近的人！"

咸先生似乎触到了什么心事："其实，我真的不怎么了解家父，我几乎想不起几回他与我促膝长谈。小时候他让我和男孩子一起去学堂读书，却从不过问我的学业；后来我钻研学问，编写文集，很难说是为了兴趣还是为了得到他的注意和认可，可他似乎也不怎么关心。常常，他像是想和我说些什么，却欲言又止。他对我母亲的描述像是编造的，这我也早就怀疑过。"咸先生低头饮了一口茶，只是从她微皱的细眉上能看出她的不快来。

琼于又摇了摇手里的茶碗，闻了闻飘出的茶香，郑重地说："告诉你我的猜测：不管令尊是否爱你，但他是希望你能解决上述这些疑惑的，不然也不会在笔记里留下'子山'和那段岁月的痕迹；作为文人，他将自己的研究辑录成集，不就是想等着你帮他刊行问世吗。只是出于某种原因，他不好直接告诉你，又或者，有些事连他自己也没弄清楚。"

咸先生对他的说法颇感意外。

琼于饮下杯中的茶，将茶碗放回桌上，坐直了身体，又说："关于令尊，似乎所有人都只记住了他和刘子山两人读书时代的传奇……这是他人生里最清晰的一段，而从他出使南洋开始，他的生平就变得模糊不清了。"想了片刻，他又问："先生是本地的名人，应该与官府中人，特别主管文书的官吏有来往吧？"

"有些来往，之前还找过他们查阅县志、公文。"

"很好。我暂且将令尊出使南洋之后的时间分为四段：

"第一段，在南洋的一年；

"第二段，回大明后继续在泉州做官的大半年；

"第三段，辞官回乡与你母亲成婚以及你出生的那段时间；

"第四段，是你父女搬到这里住的二十多年……若是如你所说的，则似乎没什么值得调查的地方，可以略过。

"所以需要查证的只剩下三段，首先，是在南洋的一年：目前只知道'有辱使命'，要想知道更多，需弄清彼时一同出使的使臣都有谁，只是，如你所说，目前尚难查证，暂且一放；

"其次是回来大明后在泉州的大半年：没有什么线索，但你现在可以借助官府的力量，请官府中的朋友以修撰地方县志，为本地名人立传而收集资料的名义，向泉州市舶司那边写信询问……当然，这要看你和你的官府朋友交情如何了，毕竟这个忙帮起来不容易。

"最后是令尊辞官回乡，到迁来小凤镇之间的那段时间：因为没有亲戚族人，一时也难以查证，但我们刚刚有了一条线索，就是冯东循所说的，在他宅中发现了提到令尊名字的笔记，笔记中明确提到的时间'天顺五年'，正是二十八年前，与这段时间刚好吻合……冯东循既然能调查到这种地步，显然他所知道的远不止这些。所以，我们要去一趟榴园了。"

"我们？"咸先生的兴致也被提起来了，"道长对这件事有兴趣了？"

"呵，已经开始调查了！"

六　苏小姐

第二天上午，琼于和咸先生装束齐备，往宅子后面走去，绕过闲话坊是一个小园子，有一个后门，走出后门，就是昨夜举行聚会的湖边，老洪早就将船和马车准备好了，那是一架很小的马车，正好能连车带马都走上船。那匹马通体白色，见到琼于，像是显得格外热情，不停地用蹄子踏着石板地，等琼于走到跟前时，则不停地用头蹭他。琼于见咸先生有些疑惑，便道："上次和老洪去长兴县调查许大娘的事，回来的时候我赶过它。"

"你和白麟儿一回就熟了？"

"它叫白麟儿？白公子比人好相处。"

"不知死活的玩意儿！"老洪想起那晚在山路上惊险的一幕，朝白麟儿暗骂一句。

琼于先将马车拉到船后面，抚摸着马背说："白公子知道死活，只不过它愿意在老死前好好跑上几回。"

老洪显然不明白这话在针对他，换了副笑脸问咸先生："先生当真不用我跟着去？"

咸先生看着那马与琼于厮磨的劲儿，笑道："看来是不用了。你在家看守，碰到借书的要让碧函仔细记在簿上……别喝多了！"

最后那句让老洪原本露出的窃笑又僵了回去，他扶咸先生上了船，咸先生在船中间坐好，琼于也来到船前面，摆开桨，船便离岸而去。

船不一会儿便出了风湖，上了东苕溪，一路往南逆水而行，幸好水流不急，沿途风光又很秀丽，咸先生倒也不闷。琼于划了一会儿，这时后面一条大船赶了上来，琼于看看大船，见上面有几个壮船夫一起撑篙划桨，回头又见咸先生正呆呆地看着岸边景色，便道："先生似乎很在意我的修行之道，对吗？"

咸先生一回神，过了一会儿才说："道长的修行确实很特别啊。"

"嗯，既然如此，我应该将精力更多用在思索我的修行上，所以，划船的事，不如就由别人代劳吧。"说完便对那大船上的人打个手势，那船夫马上明白了，扔过来一条绳子，琼于将绳子绑在自己的船头，然后回身看看咸先生，伸出了一只手。

咸先生这才明白是什么意思，哭笑不得地从包袱里摸出一小块银子，用扇子托着一甩，扔到了大船上，被一个壮船夫笑呵呵地捡了起来。

"道长累了何不早说。"咸先生忍俊不禁看着对面已经满头大汗的怪道士。

琼于却不回应这个，问："先生编写了几部笔记小说了？"

见他转移话题，咸先生只得笑道："有几部了，只是都在扩充整理，没有完结的。"

"除了那些狐妖野鬼，怪志奇谭，先生还喜欢记什么？"

"除了那些，各种巧思奇辩、异闻野史，但凡有趣的，我都喜欢记。"

"那先生定然知道不少故事了，不如你就讲一个'巧'的给我听吧，算是给我为你划船的回报。"

咸先生"呵呵"一笑："好。道长应该知道唐朝时武后的事吧？"

"大体知道，不知你说的哪一段。"

"这自然是一段民间传说：武则天篡唐自立大周后，请术士李淳风和袁天罡一起为其找风水俱佳之地作为墓穴。两人领命，一个从东边找，一个从西边找，后来两人回朝复命，都自称找到了最好的地方。武皇问佳穴是哪里，淳风说在某某地方，说得很细致，说他在那里埋了一枚铜钱。袁天罡则说那地方在某某之地，他在那里插了自己一枚簪子。武皇派两队侍卫分别按两人所说的地方去找，结果两队侍卫会合在一地，并最终找到了那枚簪子，最巧的是，那簪子正好插在埋在土里的一枚铜钱上。"

"两个人根本没去找，合伙骗了武后。"琼于冷冷地说。

咸先生本来很有兴致的脸色一下变成窘了，愣了半晌才说："道长不相信任何神奇的事吗？"

"不是不相信，只是不会轻易相信，不合常理的事都会下意识地先质疑。"

"这样会不会觉得……"

"世间很苦闷，人生很无趣，是吗？"

"呵呵。"

"让虚幻的神奇做精神支撑，精神不是更容易崩塌吗？"

"道长追寻的是一个'真'字。"

"看来你对此不愿认同，那就再换个话题吧，除了收集、编录这些故事，先生还做些什么？"

"我对民俗也很感兴趣，比如巴蜀民风、湘赣贵滇的苗民风俗等，我都很想研究。"

"那些学问可不是待在家里就能做的。"

"嗯，我在找一个走出家门的理由。"咸先生不由得看向琼于，他已经看起了冯东循留下的地图了。

正午时两人在船上随便吃了点干粮，再后来两人的船与所搭的大船分离，琼于只得又划了一会儿，按地图所指转到一条支流，又划了约半个时辰，便到了一个小小的码头，说是码头，其实只有一个宽不过五尺的栈桥伸到河里，桥柱上系着一条小船。周围是一片荒野，有一条小路从码头通向山里。琼于靠岸后自己先跳到岸上，将船上的一块木板搭在船舷和岸上，叫声："白公子，过来。"白麟儿很听话地自己拖着马车踏上木板，走到岸上。琼于转身想扶咸先生时，她已经也上了岸了。

两人上了马车，琼于坐在车前架上，咸先生坐在车厢里，马车走了起来。咸先生手拿地图，先给琼于指示了路线。开始的一段是平坦的小路，马车走起来很顺当，咸先生说了几句，便坐回棚子里，坐了一会儿有些无聊，看到琼于的藤箱，只见补丁缀补丁，像是一块块竹席和花花绿绿的布片拼成的。外面挂着各种挂件：罗盘、透镜、小刀、水壶等应有尽有，箱子一角还系着一个用羊的胎膜晒干箍成的小瓶子。咸先生拿起来，见那瓶口处嵌了一个像珠子一样的凸镜，她便往里头看，只见里面有一条枯树枝，上面粘了一个灰色半指长的虫茧。

这就是那条被他收养的尺蠖虫吧。

咸先生放下瓶子，从帘子缝里看了看外面的赶车人，那稍显瘦窄的身躯此刻正熟练地操纵着缰绳，白麟儿被他驾着正以不快不慢的速度有节律地行进着。

这个怪道士对自然之物的理解有种超乎常人的能力。咸先生想着，倚在棚柱上，微笑地看着窗外不断变化的景色。

不知过了多久，咸先生忽然感觉到一阵凉意，这才意识到自己睡着了。这炎热的天气里忽然感受到一阵清凉，倒叫人很舒服，只是这种舒服马上就被随之而来的气氛冲淡了。

咸先生伸出头，棚前空空的，琼于不见了。她连忙跳下车，周围一片阴暗，树木都长得矮矮的，有树的地方，地上都积着厚厚的树叶和树枝，在其间稀疏地冒出一些野草。没树的地方，则长满了灌木和杂草。

车边只剩白麟儿用尾巴不停抽打着屁股，用力呼着气喷出钻进鼻孔里的小虫。奇怪的是，那用力地抽动尾巴和呼气竟没有一丝声音，连周围也没有一丝动静，只觉得所有声音在自己醒来那一刻都消失了。

不，还有一种声音，那是一种细碎的"嘶嘶"声和"沙沙"声掺在一起的声音，这声音像是千万只蚕咀嚼桑叶的声音，又像是虫蚁在朽烂的木头里穿梭游走的声音，这声音犹如一阵阵烟雾，一丝一缕地飘入耳孔，像是在极力叫听者听得清楚。

咸先生的内心则告诉自己：自己并不愿去听这种陌生的声音。她此刻已经感觉不到凉意，而是一种浸入毛孔的阴森感觉。

"前面转过弯就到了！"

一句平淡却很有底气的话进入咸先生的耳膜，然后，就像是扯去了原本塞在她耳朵里的塞子：马尾巴来回抽打，白麟儿大声地呼气，偶尔吹来的风摩挲稀疏的树叶……一切声音忽然又重新回来了。

"奇怪，快到宅子了，草长得反而旺了。"琼于边说着话边走回来，看见愣在那里的咸先生，忙问："你也听到了？"

"……看来不是我的幻觉，那是种很小的声音，像是在说些什么，但什么也听不清。"

琼于皱起了眉头："我还以为是马车颠了一路，产生的幻听。"琼于从怀里掏出一个拴着红线的小瓶，拔去塞子，在咸先生鼻孔处又晃了晃。

一股略有刺鼻的清凉气息使咸先生精神一振。

琼于显然已经吸过了，将小瓶塞到咸先生手里……原来是一个精致的白玉鼻烟壶。

　　咸先生却注意到了另一个细节：这邋遢道士的手很柔软很温润呢。她又看了看那鼻烟壶，立即喜欢上了，趁琼于转身之际，将它戴到了脖子上，又将壶藏到胸衣里，问道："这声音是怎么回事？"

　　"我也不知道，或许是此处有什么轻微的瘴气，能叫人耳鸣，适应一段时间就好了。"

　　咸先生又看看周围，问："现在是什么时辰了？"

　　"午时刚过。"琼于看看周围。

　　咸先生也看到四周是一片连绵不绝的高山绝壁，原来此刻正身处一片谷地中。这里是苍峰山北面，本来就是背阴地，又处在一圈像桶一样的山谷里，估计阳光斜一点就很难照进来了，怪不得植被长成这样。

　　"咸先生，琼道长，没想到这么快就来了，有失远迎！"只见冯东循从一片灌木后转了出来，装束与昨晚一样，只不过没有背剑。

　　两边寒暄了几句，冯东循便请二人回宅，琼于手拉着缰绳，两人步行跟着冯东循，边走边看四周。只见原本应该是路的地方，如今都长了稀稀拉拉的荒草，周围的树木比刚才所见的多了一些，只是又不是平常的树，夹杂着不少像是芭蕉的大叶植物，只不过没有芭蕉叶那么多，茎秆也远不如芭蕉粗，颜色偏黄带绿，远看就像一棵棵巨草。越往前走，这种大叶植物越多，多得逐渐成片成林，竟见不到别的树木了。

　　"这是树还是草？"咸先生问。

　　"我也不知道，无花无果，只有叶子，可能是类似芭蕉一类的东西吧。"

　　"这地方太过阴暗，感觉也很潮湿。"

　　"如今是夏季，天气潮是难免的，更何况附近好像还有条山溪河水流过。"冯东循答道。

　　琼于问："'好像'？东循住在这里，难道还没有熟悉这里的环境？"

　　"我住到这里不过三个来月，且这山中毒蛇猛兽极多，还有各种悚人的传闻，再说夫人身边也离不开人，所以一直没有游览。"

　　"夫人？我正疑惑你为何选了这么个地方居住……除了凉快，似乎并非一处好的避暑之地。看来是因为另一个人的缘故了。"

冯东循没有回答，而是指着前面："已经到了。"

只见前面又隆起一片土坡，半坡上围了一圈围墙，围墙里能看见依着坡势建了十余幢大大小小的房子，都露出屋顶，还有许大高大的树木，只是枝叶都很稀拉，与这盛夏时节不相匹配。后面似乎还有广阔空间，只是被围墙挡住了。其中一处屋子的烟囱正冒出炊烟，另有一处地方又有一片白气不断蒸腾着，不知是什么东西。深山谷地中忽然出现了这么一处园林，叫两人都有种奇特的感觉。"这里不只是避暑，还有避世的意思吧。"咸先生忍不住对琼于说。

三人又往前走，已经看见两扇装饰着乳钉的大门，门上面挂着一块颇显古旧的匾，写着四个字：鱼尾榴园。走近再看，见门上的朱漆着色已经褪得差不多了，每扇门上各有一个咬环狮兽，一条粗大的铁链穿过两个铜环，铁链又用一把大锁锁了。冯东循快走几步，掏出钥匙开了锁，用力推开了大门。

门洞开的地方是一条沿坡而上的石阶小路，小路上有岔道通向旁边。冯东循请两人进了门，自己接过琼于手里的缰绳，将马车牵到旁边马棚里。他熟练地给白麟儿卸下马具，将它牵到一个槽栏里，又给它倒了些草料，琼于则帮忙将车推到棚子一边。冯东循转而又去关好大门，插上两条极粗的木闩，又在每扇门上各顶了一条顶门杠，还不算完，又用刚才那条大铁链穿过两扇门上的孔隙锁了起来。做完这些，他像是猜到了两人的疑问，道："深山里雇不到用人，只好多防着点，好在也没有什么贼人跑到这里来滋扰。"说完笑了笑，好像他自己也觉得这样的解释不那么令人信服。又将一把钥匙给了琼于："如果两位想出门办事，可以用这钥匙开锁，但要在外面把门再锁上……我和夫人平常很少出门。"

三人沿小路拾级而上，路两边各有几幢房子，大部分都显得很旧，东循指着一排较显新的房间："这几间是客房，夫人已经收拾过了，两位晚上就住这里吧。"说着便接了两人的行李，走过去放到房间里又很快回来。

三人继续往上走，见四周除了房子，还有一些空地，种了许多草花树木，只是明显都疏于养护修剪，长得稀稀拉拉，很多花草都枯萎了。琼于这时看到路边一块空地上有一口很古旧的井，井沿上盖着石板，另一侧则是一排破旧不堪的房子，门窗都朽烂了。他正想问，冯东循回身催促道："两位先不要急着看，奔波了大半天，应该也饿了，夫人已经准备了酒饭，先去客厅吧。"

两人只好跟了上去。

冯东循引着两人径直去了坡上最高处的一座大房子，看样子像是一幢厅馆，馆前开出一片平台，平台中间铺了石板地，往两边一丈的地方各植了一棵大槐树，树干粗大，只是枝叶不算繁茂，将花园的中间区域遮住，右边树下摆了一张四方石桌，几个圆石墩；再右边是一个两三丈方圆的小鱼池，摆了几块很大的太湖石；左边则搭了一片瓜架，瓜架下面有摇篮摇椅，还有一把躺椅，一把搭脚。周围空隙处用石条围出花池，种了许多花草，又种了些竹子错落其间，不疏不密，既显别致又不阻挡四围的景观。平台正面是一排石栏，往外望去，能看到整个榴园的南面，还能看到大门和大门外一大片地方。冯东循定是在这里看到他俩来了，才出门去迎接。

此时大槐树下的石桌上已经摆了酒菜，冯东循招呼两人入席。两人刚走到桌边，只见一个有二十来岁的美人端着一个食盒轻盈地走来，先对两人笑笑，只是笑得有些勉强，又将食盒放到桌子上，打开盒盖，从里面端出一盘蒸鱼放到桌上。

冯东循先说："夫人辛苦了。"又对两人介绍："这是我家娘子。"

"贱妾娘家姓苏。"美人在客座边站着，这次连个笑容也没有了。

两人拱手施礼，咸先生说："咱们都是朋友，不必客气。夫人年轻美丽，我更想称呼夫人为苏小姐。"

夫妇俩相视一下，算是默认了。冯东循又一次请客人入座，冯东循背对客厅，面朝前面石栏，他右手是琼于，左手是咸先生，苏小姐则与冯东循相对而坐。冯东循先敬了一杯酒，咸先生饮下后只觉回甘绵长，赞道："好酒啊，东循在哪里弄来这么好的酒。"

"其实是在山外镇上打的一般的黄酒，只不过泡了山上采的老灵芝……当然不是我采的，有樵夫采到了卖的。"冯东循也饮了一杯。

琼于以茶代酒喝了一杯，眼睛不住地盯着苏小姐看，除了她的冷若冰霜，琼于一眼便看到她端着酒杯的手背手腕上有好几道划伤，像是被针一类的东西划的。苏小姐被看得有些不满，放下杯低着头不动声色，只见那雪白的脸上明显写满了忧郁。琼于只好夹了一块鱼肉吃了："府上的庖厨手艺不错。"

冯东循得意地笑了笑："实不相瞒，这些都是夫人做的。"

"哦！"两人又看了看苏小姐，她还是那副表情。琼于又问："厨艺这么好，怎么会把手弄伤的？"

"那不是炒菜弄的，夫人喜欢园艺，是花刺划的。"冯东循回答。

"这位琼道长爱寻根究底，初次见人，总能看出人家一身的问题。"咸先生见琼于把苏小姐问得头都抬不起来，只好打圆场。

"我略通医术，看苏小姐的肤色，似乎是燥热体质……你们住在这里是出于养病的考虑吧？"

本以为冯东循还会代她回答，谁知苏小姐终于抬起头冷冰冰地道："道长猜得一点也不对。我什么病也没有，只是喜欢清静。"顿了顿又说："这么大的宅子没雇下人，也是因为这个！"转而又看着一脸疑问的咸先生："没错，虽然是恁大一个园子，我自己也收拾得过来，有时夫君也会帮我。"她像是知道两人心里在想什么似的，不等问自己就先说了，说完又恢复了刚才的样子。

两人被她一顿抢白给说愣了。

冯东循不好意思地干笑了一下，说："这苍峰山是天目山支脉，却陡然升高，整个山形状似鱼尾，所以这一段山又叫鱼尾山，这也是'鱼尾榴园'的来历。这片谷地虽然有些避阳，夏天清凉自不必说，妙就妙在这里地下既连通寒泉，又有一处温泉，冬天也比外面镇子上暖和许多，不失为一个清静休养的好地方，一年中最热和最冷的几个月若能在此居住倒是很不错。对了，前任宅主还在园子东边砌了一眼温泉，两位晚上若是不嫌热的话，可以去泡一泡……现在虽是夏天，泡了热水后反而会觉得凉快。"说到这里，他故意对两人笑了笑，咸先生故意夹菜装没看见，他却又问苏小姐："夫人，你看出这位咸先生有什么特别的地方了吗？"

"她是女人！"苏小姐还是不动声色地说。

"你怎么看出来的？"

"哪有这么好看的男人。"

见咸先生有些尴尬，冯东循又笑了笑，接着说："前任宅主定也是因为这里适合疗养，才在这里建了这个园子。我是因为一个偶然的机会认识了现在的宅主，他是前任宅主的堂侄，常年在德清县城，是个生意人，哪有空来这里住，我便以很合算的价格买下这里，方便我夫妻二人修行。"

"'修行'？"

"呵呵，道长看不出来吧，在下早年曾遍访名山，在青城山做过一年多俗家弟子，学了些道门的吐纳养生功法。此地山林清秀，正适合我夫妻二人修身养性。"

"苏小姐是哪里人氏，怎么成了东循的夫人？"琼于对苏小姐的兴趣并未因为刚才那一顿揶揄而减弱。

苏小姐像是被问到了痛处，脸上露出了不自然的表情，冯东循又想代她说话，她却猛抬起头盯着琼于答道："道长不搞明白，怕是不会罢休了。好吧，我就告诉你：其实我没有娘家，我也不知道自己是哪里人，不知道爹娘是谁，连我的名字苏巧仙，都是嬷嬷给起的……对，我是在花楼里长大的，后来被嬷嬷逼着陪客人，过的是生不如死的日子，就算后来被人赎了身，也还是跳进了另一个火坑而已。直到遇见了仙尊，才叫我脱离苦海！"苏小姐明显激动了，问："道长相信这世上有狐仙吗？"

"这……没有亲眼见过，不敢乱评。"

"我相信！若不是狐仙施救，我根本挺不过那些日子，是仙尊让我坚持活了下来。"看着琼于和咸先生惊愕的样子，她又郑重地说："没错，我见过狐仙……"

"夫人，你喝多了！"冯东循有些不悦了。

苏小姐像是被提醒了，止住话，又恢复了之前的冷淡，说："小奴确实不胜酒力，且常年有早睡的习惯，先行告退，道长和先生请自便吧。"说完起身对两人点点头就转身离去。

咸先生尴尬地目送她离去，琼于却面不改色，又夹了一筷子菜吞了下去。

冯东循又敬两人道："用完酒饭我带两位去后园看看。"

七　净观九想

饭后，阳光已经快要被西边的山完全遮住，榴谷中显得更暗了。

咸先生一站起身，便觉得有些头晕，笑道："这酒后劲可真大，我只喝了三杯。"

"先生要不要先小憩一会儿？"

"不用不用，有劳东循带路了。"

冯东循便引着两人，转过客厅，回到石板小路上，再往坡上走了二三十阶，

物怪

只见前面一圈白色围墙，墙头造成了波浪形，加了青瓦和砖雕装饰，墙面上隔着半丈远又画着"岁寒三友""竹林七贤"等墙画，只是颜料也脱落得差不多了，尚能辨出一点痕迹而已。挨着墙种了许多花草，以月季为主，此时大部分品种已经过了花期，还有些不常见的品种零星开着些黄色、粉色和黄红相间的花朵。冯东循指着那些花说："这都是夫人种的，只是阳光不好，花开得不多。"

围墙中间有一孔圆拱门，上面题着：倚山书香。"里面就是后园。"冯东循指着拱门，"这后园在我接手宅子时，还被上任宅主给堵上了呢，不知是为什么。"说着便进了拱门。

那两人跟他也进了拱门，只见一条略窄的碎石拼嵌的小路被太湖石和竹子掩住两侧，只留着前进的方向。那些假山石和竹子显然经过精心设计，一丛一簇，低处则有的摆了花盆，有的就地种植着耐开的草花。这种设计相同于迎门墙的作用，走出去后定能进入一个园林景观。

小路又走了有二十来步，脚便踏上了一座曲桥，眼前豁然开朗，只见一个有十来亩大的园子，大部分面积被一片水池占了，沿脚下的曲桥走到池水正中间，是一座观鱼亭，从亭子的右侧伸出一条廊桥，一直伸到园子东边一块空地上，那里有一幢宽大的厅馆。水池和厅馆周围遍布假山石、竹丛、花卉、盆景，错落有致、各成章节，遗憾的是那些植物也都因为缺少阳光，大都花叶稀疏，使整个园林缺了不少生气。

曲桥紧贴着水面而造，两边的石条栏杆只高到膝盖。三人上了曲桥，只见水里的水草长得倒很茂盛，却没有养鱼，偶尔能见到几只小龟啃食水草露出水面的尖芽。

"这水不是死水，在流动。"咸先生说着，忽然瞥见到左侧水里像是半浮半沉着一截黑色的木头，只是那木头形状有些奇怪，她便半蹲着伸出半截身子去看，腰上挂的一块绿莹莹的玉佩耷拉到栏杆外。

忽然，那木头以极快的速度冲出水面，击起一大片水花，水花开处，只见一头几乎像鳄鱼一样大的怪兽张开大口咬向咸先生！

咸先生吓得大叫一声，下意识后仰身子，这一仰太过用力，重心不稳又歪向桥面另一侧，眼看就要摔入水中，琮于眼快，急忙伸手抓住咸先生的左手……咸先生大半身体已斜在栏外了！

琼于压低自己身体，猛地一拉，将咸先生拉到身前，又怕她这一冲撞再把自己撞到另一边，便趁势半推半拉，转着身子慢慢将她拽到胸前，等咸先生停稳了，两人的鼻尖已经触到一起。

好急促的喘息声。

近距离的对视使人的形象模糊起来，却并不影响心里面对那个人的形象的描摹，周围的一切似乎都僵住了。

"快看，一条这么大的鲵鱼！"冯东循指着水里。

琼于和咸先生被这一声叫惊了回来，咸先生连忙和他分开，两人都朝水里看去，咸先生的脸上又飞满了红晕。

顺着冯东循手指处，只见一条又粗又长的黑影向远处游去，黑影的头就像蛤蟆一样又圆又扁，只是大了许多，身子像鱼却又长了四肢，一条巨长的扁尾正左右摆着。忽然，另有一条泛着条纹状红光的更大的黑影从旁边水草中横游过来，猛地咬向之前的那条黑影。瞬间，这两条黑影在水里绞在一起，像两条争斗的鳄鱼一样，那不停翻滚的红光在泛起了泥的水中忽隐忽现，又过了一会儿，两条黑影便沉到深处不见了。

"红腹大鲵！"冯东循看着水里忍不住击掌叫道，"我居然亲眼见到了这种怪物！"他回头看了看惊魂未定的咸先生，又看看她腰间的玉佩，点着头说："怪不得，这蠢物以为那是自己的猎物哩。"

咸先生听到是鲵鱼，惊怕也少了几分，连忙又往水里看了一会儿，只是再也看不到了。"红腹大鲵，博物书里有记载说其比一般鲵鱼体形略大，腹部两侧各有一条暗红色的侧线，极其罕见，是鲵鱼属里的异种。它与鲵鱼交配后只能产出一般鲵鱼，只有雌雄两条都是红腹鲵时，才能产下纯种。"她显然有些懊悔自己因胆小而错过了难得一见的异兽。

"这池子里的水都是引自园外山溪里的活水。以前进出水道都有铁网拦着，池里养着鱼。估计是铁网年久锈烂，这蠢物才钻了进来，将这池里的鱼都吃光了，居然已经长得这么肥大了！据说鲵鱼大补，改天我非得将它钓上来！"

"还是让它待着吧，它也吃蛤蟆，夜里就不会吵了。"琼于说。

"还真说不定是因为有它镇着，蛤蟆不敢来了，这园子夜里很安静。"

曲桥尽头便是一个建在池子中心的四角凉亭，四根柱子上都刻了楹联。走进去，倒很宽阔，中间摆了一张石圆桌，四个石凳子，四围栏杆边也有长座椅，顶上挂着一盏大灯笼。

三人不及细看，又转往右侧出口，进了一条廊桥，两侧是及腰的栏杆，柱子和廊檐上都刻满了诗文……以前都刷过哑光的金粉，如今早就脱落了，只剩下依然可辨的刻痕。廊桥不长，走了二十几步便到了一块两亩许的平地上，地上铺着印花的石砖，只是年头久了，大部分都覆上了青苔。眼前是通体的几间房子连成了一幢厅馆，木质结构，外表被刷成暗红色，在周围灰色的假山石和绿色的竹子的映衬中，显得十分厚重，也和其他建筑一样，表面的漆皮已经斑驳掉落，窗楹窗纸破破烂烂。厅门分四扇，被两条链锁锁着，两边的楹联已经模糊不清，上面悬着一块被虫蛀的孔孔洞洞的牌匾，像是随时都会掉下来的样子，题着："倚山坞"三个字。除了厅门外，左右两边还各有四个两扇开的大窗。

冯东循停住脚步："这里是我最想带两位看的地方！我在里面发现了许多耐人寻味的事情，以道长和咸先生的智慧，希望能发现更多，那样，或许就能解开埋藏在这座宅园里的谜了。"说完，便推门而入。

三人一进门，便感觉厅里的气氛忽然变得格外不同，特别是门窗附近，充满了一种奇异的色彩，这色彩给人一种迷离的感觉，一扫这半天来在谷中感受到的阴郁。咸先生意识到什么，转身看看窗子，说："云母贝。"

"先生真是见多识广，那确实不是一般的窗纸，而是用云母贝壳一片片拼缀而成的窗户。"冯东循说。

琮于也看向窗户，只见每扇窗又分上下两部分，下部是可开合用于通气的窗扇，上面则是固定的窗格，简洁的窗格上果然是一片片半透明的薄薄的贝壳，片片拼叠，光线经过贝壳反射和折射后，变成像彩虹一样的彩色散光。

"在这种迷离的氛围下，倒是容易激发人创作的欲望。"琮于道。

就这说话的一会儿，屋里骤然暗了许多，那满堂异彩也随之不见了。咸先生问："怎么回事？"

冯东循说："阳光已经偏过这片山谷了。现在这时候，别的地方是夕阳西下，这里已经算黑天了。"

咸先生推开一扇窗看看外面，果然已经很黑了，笑了笑："真是'好景不长'。"

还好冯东循早有准备，掏出火石点着了几盏灯，厅里又亮了起来。

整个厅馆显然是用来做书房画室的，且画室的功能较为明显，按横梁的位置可知大概有五间屋子的大小，便将整个馆分成大体五个区域。正对厅门的中间区域光线最好，屋中间正对着门摆了一张宽大的案桌，如此作画者便可站在案后，看着门、窗外的风景描摹作画了。画案上面摆满了大大小小的笔具，几方砚台，又有许多小盒，装的应该是作画颜料，只是都已经很陈旧，笔上的毛也早已脱落光了。案后的墙上挂了一幅高约六尺，宽约四尺的水墨风景画，题目是：苍峰览气图，显然画的是苍峰山的景色，落款是"倚山樵"，时间是天顺五年六月二日。

"倚山樵……似乎有些印象。"咸先生想了一会儿，忽然醒悟，"记得收藏书画的朋友提起过。这位画家的作品应该是在二十多年前，曾在湖州书画界出现过一小段时间。现在看这幅《苍峰览气图》，落款是天顺五年，正是二十八年前，两个时间大体能对应得上。"

不等那两人问，咸先生接着说道："咱们湖州人文荟萃，文人雅客和艺术藏家们会每年举办一次聚会，聚会上往往要品评各家书画，还有专人负责将这些评论记下来，辑成文录。我曾在一本记录二十多年前的聚会的册子里看到过'倚山樵'这个名号。我想想，嗯，在那次聚会上，有人拿了一幅没有落款的画给大家看……按记载所说，是一幅'奇特'的作品。据那人说，他竟是从一个泥瓦匠手里得到了那幅画，是那个泥瓦匠说这幅画的作者名号是'倚山樵'。现在看来，那很可能是他唯一面世的作品，因为之后再也没听闻过这个名字和相关作品。据评论记载，那幅画之所以称其奇特，是因为主题和画风都很另类，画中既画有现实的人物、鸟兽、花草，又有想象出的各种怪物，那些怪物都相貌奇异，令人侧目，而这些元素就像日常生活一样被糅合在一个虚幻、迷离的环境中。记载还特别提到，所谓'画风奇特'，是指这位画家对色彩的极致运用：整幅画都是水墨，却在某些细节处，比如人物、怪物的眼睛、嘴唇、长长的手指甲等处用了很鲜艳的颜色，在整个灰青色的背景下，显得'触目惊心'。因为画作太过怪诞，不能被时人接受，自然没有被藏家愿意收藏，不久连那幅画也就销声匿迹了。"

"咸先生真是博闻强识啊，有你在，我就不怕忘记线索了。"琼于笑了笑。

咸先生看着琼于："我以为你会说，或许'倚山樵'即是那位'前任宅主'。"

冯东循眼睛一亮，琼于却摇摇头："还有一种可能：是'前任宅主'收藏了'倚山樵'的作品。另外，如果你记得没错，那显然眼前这幅《苍山览气图》与那幅评论记载中的作品在风格上并不一致：这明明是一幅很正统的山水画。没有证据，不好乱猜。"

三人再看左边，有两间屋子大小的区域，摆着三列架子，每列又有五排，最里三排是书，外面两排都摆着各种尺寸的纸张画轴和各种画具，还有一排是一些花瓶、瓷器等，也都塞满了画轴。

三人的目光又转向右边，琼于和咸先生马上被那里吸引了，只见那大约两间屋子的区域里，摆了许多精致的画架，有大有小，但都高过人头，上面嵌的是各种尺寸的画板，画板上则或挂或贴着一幅幅画作，有的画板只挂一幅大画，有的板则贴着数张画，或是一套组画，远看就像一块块屏风一样，只是上面的画作大都没装裱过。四周墙上也挂满了各种书法、画作，以画作为多。

这时，两人的目光都盯住了画馆的右墙……那些画架后面的整整一面墙上，是一幅巨大的画，那不是画在纸上悬挂上去的，而是直接画到墙上的壁画，此时只看到了墙面顶上一部分青灰色，因为在三人的位置，壁画的大部分都被前面的那些画架挡住了。

冯东循指了指整个画室："除了那些画架，这里一直维持着原来的样子。"

"'原来'，是从何时开始算的？就算那个堂倌没来住过，也应该派人看管吧？"

冯东循有些迟疑，然后说："之前是有人打扫维护，不然这宅子早不像样了。另外的这些画和架子以前也不是摆在这里的，以前这片区域是空的，这样，进门往右一转脸，就能看到这幅诡异的墙画。"

"诡异？"琼于对他的用词很意外。

"这也是我请两位来此的目的之一。只不过，我现在不想直说，还是请两位自己看。"

冯东循引两人走到林立的画架前，"这些画作是我整理这个书画馆时找到的，另有一些文字资料，一会儿再带两位看。在下是个粗莽游侠，对诗文字画了解不多……可以说是既没兴趣也不明白，这些玩意儿还得请咸先生品评。我能知道的只有两点：

"一者，落款所示，所有的画果然都是"倚山樵"所作；

"二者，这些画基本都是在两三年内画的，就是天顺四年至天顺六年。"

"这与湖州书画界出现倚山樵的作品的时间正好相合。"咸先生说。

冯东循点点头，又说："我还做了一件事，就是按照落款里的时间将画排好：越往后面架子上的画，创作时间离现在越近，我们面前的，则是这位画家最早期的画作……这样或许更方便揣摩这位画家的创作历程。"咸先生对他的这个做法很赞赏，不住地点头。

这时冯东循又将散在各处的灯具都点着了，画室里便亮如白昼，三人开始看画。

前面几排画案上的画以山水画居多，人物、花鸟也有几幅，看时间大都集中在天顺四年下半年，这些画形式多变，各有风格。冯东循问："先生如何品评？"

咸先生道："从这些画中能明显看出画家的画技在逐步提升，因为最早期的作品还有一些临摹名家的痕迹，比如在画树、山石等景物的时候就明显用了前代名画家的成熟技法，而且每幅画都尝试用了不同的技法，很明显他在通过学习各名家的技法来找到适合自己的风格。虽然技艺发挥有些不稳定，比如后面的几幅画画得还不如前面的，不过这也是练画的人在技法提升阶段常有的事。

"到了十来幅画之后，能看出画家已经逐渐摆脱故例模式，开始加入更多自主的成分，无论主题、形式还是画技上，他都有了自己的风格。只不过，在我看来他的画风缺少一些灵气，仍停留在描摹实景的层次，画面中很难感受画家自己的情绪，当然也很难有感同身受的认同，说白了就是匠气重了点。

"这一段时间，应该是画家在技法方面自我探索和完善的阶段。"说完，她正想往前走，忽然觉得一阵头晕，忙扶住旁边的画架。两个男人想去扶，她却抬手笑道："东循，你的酒好烈啊，后劲上来了！"

咸先生站了片刻就没事了，往里继续看画。两个男人见她没有大碍，便在后面跟着。又经过几个画架后，所有的画都已经是山水画了。咸先生这时停在第五排中间的一个画架前，看了一会儿上面的画，又回去看了看之前的画，然后又看了看之后几排画，如此反复了多次，看来是在对比着看不同时期的画作。最后，她回到刚才那幅画前说："从这几幅开始，画家基本确立了自己的绘画风格，题材也固定为山水画。这段时期的画作风格比较写实，"她指着其中两个画架上，那上面共挂了八幅作品，都是宽两尺高五尺的竖幅，说："最典型的，就是这套组画，题目是《苍峰八景》。"

在那两个外行人看来，这些架子上的画和前面的似乎也没什么大的区别，只是经过咸先生一番点评后，又觉得确实如此。冯东循笑道："那是先生你情感太细腻，品位太高，打发我等粗莽俗人，画到六分已足够了。在我看来，这几幅要是挂在中堂，还是很气派的嘛。"

"那些想有所成就的画家，不过是在这四分里再得半分而已。"咸先生笑着说："蝼蚁眼里都是巨人，只有人的眼里才能分出高矮侏儒。"说完忽然觉得这么说很失礼，尴尬地笑了笑。冯东循搔了搔头。

琼于道："从时间看，那幅《苍峰览气图》也是倚山樵在这段时期的作品。看来他对那幅作品很满意，才挂在画案后的墙上。"

咸先生说："你说得没错，先不论创作主题，起码那幅《苍峰览气图》确实可称这些山水画里，在技法方面的巅峰之作。这位画家很有才华，好像在十几幅画后便顿悟了一样，在作画技法上进步神速，可谓突飞猛进。短短半年多，倚山樵的画技已经日臻成熟，若是再这么画下去，再有几位名家愿意为他扬名，或许他真能在书画界有所成就。"

咸先生说完又往前边走边看，走过几个画架后，脚步慢慢停住了。

在后面的琼于看来，咸先生的身体一动不动，像是僵住了一样。他加快几步跟上去，顺着她的视线看去，只见画架上挂着一幅竖幅画，题目是《面韭》，画的是一簇怪草……琼于虽然不懂画，一眼看去，也觉得这幅画的构图很怪：明明是幅立轴，作为唯一景物的草却只占了画面下端较小的面积，上面的大部分面积都没有任何景物，只是在明度上做了处理，看上去像是有一束光线从画外的某个光源照下来。这样，整个画面的整体色调显得很暗淡，呈现出从上到下不断变暗的渐变效果。

那些草的外貌十分怪异，显然是画者想象出来的东西：画面中没有地面，草的底部也没有画出来，从画面最底下，也是最黑暗的部分画出一条条长得像水仙，却又弯弯曲曲，像触手一样的叶子，这些叶子并非是向上伸长，而是向四面八方长着，但，向上长的叶子都显得很挺拔粗壮，夹杂着一些只开一片花瓣的花，每片瓣上都有一个或两个鲜艳的红点。花瓣的形状并非常见的椭圆形，而是很不规则，有着模糊的波浪形的边缘，像是透过一层烟熏后看到的样子。而那些向其他方向长着的叶子，则画得很萎缩，有的叶子已经枯萎了，有的叶子大部分耷拉着，只有叶梢部抬起来。

这时再看整幅画，画面上方那束黯淡而又窄小的光线投在这些怪草上，草显现出一种朦胧迷幻的感觉。

冯东循指着画说："在我看来，这幅画有明显的象征意义：那些被阳光照射到的韭叶都很鲜亮，也只有被沐浴阳光的韭叶才开了花；而没被照到的叶子则会面临枯死，所以韭叶们只好努力趋向阳光。"

"那不是阳光。"琼于说，"阳光对世间万物是不分彼此的，怎么会只有窄窄的一束照到其中一些叶子上？而若是想表现从某个孔隙漏下的一束阳光，那应该在画面上方画一下是什么孔隙造成了光线的遮挡，这样无论从构图还是立意上，都比完全不交代要好。这样处理，就是要人明白：这不是普通的光线，这种光线对照射对象是有选择的！"

琼于说完，看向咸先生，却见她一脸惊恐，头部开始微微地向一边扭去，像是在努力摆脱画面对她的"吸引"。琼于赶紧抓住她的肩膀晃了晃，咸先生回过神来，清俏的脸庞上开始渗出汗珠，她看了看琼于，又看了看那幅画："好多脸！"

琼于赶紧再看这幅《面韭》……还是和刚才自己看到的一样，哪有什么脸。

冯东循显然之前已经看过了所有的画，此时见咸先生如此，又仔细看了看这幅画，也是毫无发现："先生是不是酒劲冲上头了，去那边稍坐片刻吧。"说着便将咸先生拉到画架外边去了。

林立的画架中只剩下琼于自己，周围是那幅怪诞的画作，在时而摇曳的烛火中，气氛瞬间变得诡异起来。

琼于苦笑一下：要是能将咸先生对书画的鉴赏能力借来一用就好了，如今也只能附庸风雅，硬着头皮看了。他又仔细看了看《面韭》之前的画作，纵然他不懂艺术，心中也立即有了一个感觉：变了！

以《面韭》为起点，之前的七八幅画，按作画的顺序，无论是题材、内容、画风、表现技法上，都发生了巨大的变化：一开始还是以现实中的山水风景为主要内容，渐渐的，风景环境的元素逐渐简单、淡化，开始重点突出某几种有生命的元素，这种演变随着时间的推进而越来越明显；对人物、道具的刻画也越来越细腻，还出现了许多非现实的东西，比如长相奇特的人、凶狠的野兽、怪异的花草树木。

琼于发现了这个，忙像咸先生一样来来回回地反复观看，希望能找出画作之间的变化和联系。这时，紧挨在《面韭》前面的，一幅题目为《沐阳花树》的画作吸引了他的目光，即使以他的鉴赏能力，也能明显看出这是一幅"弃前启后"之作，因为风格转变得最为明显：画上画的是一个妖冶的女人，以一块绚丽的花布斜披在肩上，露出一边的酥胸和长长的玉腿。她的身子半倚在一块石头上，左胳膊向上举着，右手则捂在自己私处，抬头向上看着……用一种很迷媚的眼神。

背景是密密麻麻、毫无层次的许多蓝紫色花穗，看颜色和外形，像是紫藤花，却只有弯张化的粗长的花穗，不见枝蔓。紫藤花穗的上部颜色鲜艳，而下部，即花穗的末梢却都是灰黑色。女人抬起的左手正抚弄着其中一条花穗。

琼于看不懂画中的表现技法和有关意境的东西，令他觉得"弃前启后"的是这幅画的用色：女人的眼眉、嘴唇、披肩花布和那些紫藤花穗，都用了很饱和的颜色，与灰调背景形成了鲜明的对比，这令他想起了咸先生所说的"触目惊心"！

琼于又挪到《面韭》前，扫了一眼《面韭》后面，只剩一排画架，那排架上共有十四幅画作，而其中有十幅明显同属一套组画。这一扫之下，琼于只能感叹一句：越来越怪了！

"这位画家完全抛弃了以往的绘画风格，忽然走上了一条极其蹊僻的道路，在短期内留下了十来幅作品，之后很可能便结束了他的创作生涯。"不知不觉，咸先生又走了回来，冯东循跟在旁边。咸先生盯着那幅《面韭》，又摇晃了一下头，使劲闭上眼睛然后睁开，说："我知道为什么会看到脸了。你俩靠近一点，试着两只眼睛的视线不聚在一起……就像喝醉了之后看东西。"

两人按她所说，走到离画作仅有两尺的距离，当两只眼睛看到的东西成了模糊重叠的影像时，令人惊异的画面出现了：《面韭》上那些单片的花瓣大都两两重合，形成了一张张人脸，原本花瓣里的黑点此时竟成了："脸"中的眼睛和嘴，看这些"眼睛"和"嘴"的形状，分明都是一张张惨苦的表情！

在黯淡背景的衬托下，这些脸像是飘浮在黑暗中的白色幽灵。

"这是画家在酒醉后画的吗？"冯东循问。

"我想不是。似乎这一幅画是唯一用了这种手法的画作，在我看来，这更像是倚山樵在某个神志恍惚的时候画的。"咸先生说。

琼于将双臂叉在胸前，注视着《面韭》说："经咸先生提示后，再看这幅画，我忽然有了新的想法，这幅画里暗含着更深的意义。"

"什么？"

"现在，我的想法和东循适才所说的正好相反：这些面韭是不想被那束光线照射的！

"虽然被照射到的叶子青绿挺拔，开出的花却都是满脸哀怨的表情。显然，这是一种象征的手法，画者似乎在表达这样的意思：虽然面韭在接受了光线的照射后，自身变强壮了，但内心却很想拒绝这种'馈赠'。"

"为什么会拒绝，花草不都向往光的沐浴吗？"

"如果这种光线的初衷是恶的呢？比如，它并非真正想有利于别物，而是先以迷惑的手段进行引诱。"琼于的眼睛眯了起来，"如果仅仅是酒醉之类的神志不清，很难想象画者会如此用心地赋予画作这么多喻义。"

"道长说得对，艺术创作的意义绝非只是为了展示技巧，艺术创作者的精神很丰富，也很含蓄，如果他想表达什么，不会直来直去地说出来，而是在作品中宣泄他的情感，这种情感有时很强烈，一目了然，有时却很隐讳，让人不明所以，琢磨不透，只有具备有一定修养的人才能参悟。

"而眼前这种超脱现实的作品，则更是源于画者自身的精神寄托，显然，画者在用象征的手法表达他彼时的境况和感受，这些象征意义就像谜题一样，要先了解画者的生活经历，再猜测他的思想，才可能对画作进行解读。"咸先生说到这里，看到琼于嘴角抿出一丝难以察觉的微笑：是了，这个怪道士一听到"谜题"，就快乐起来了！

三人又往后看，接下来的作品中，最引人注目的是排在《面韭》后面的一套组画，题目叫《净观九想》，是十幅宽三尺高两尺的横轴。画面内容则十分恐怖，叫人不敢直视，因为所画的是一个女子在死亡之后尸体的变化过程，每幅画表现其中一个阶段，并题有子题目，另配一首诗文。

第一幅名为《青瘀想》，画的是这女子的尸体变色，呈现出许多青斑，诗注为：风日久吹炙，青黄殊可怜。皮干初烂橘，骨朽半枯橼。

第二幅名为《胀想》，只见这个新死不久的女子赤身裸体躺在荒野之中，尸体已经发胀，大得像吹了气一样。惨白色的尸体在灰黄的环境中显得特别醒目。诗注为：记得侬华态，俄成脬胀躯。眼前年少者，容貌竟何如？

再往下的七幅画，画面内容则更加恐怖：

第三幅名为《坏想》，画的是女子渐渐皮肉裂坏；

第四幅名为《血涂漫想》，尸体上有血从孔窍和破裂处流了出来；

第五幅名为《脓烂想》，画的是身体更加腐烂，脓血污秽开始四处流溢，污秽遍体；

第六幅名为《啖想》，只见尸体引来了野兽野鸟前来嗜食；

第七幅名为《散想》，那尸体已被分食得差不多了，又被蛆虫一点点咀尽；

第八幅名为《骨想》，这时候，尸体只剩下一堆白骨了；

第九幅名为《烧想》，这幅画中，连白骨也被烧尽，成了骨粉一堆，与黄土混在一起；

最后一幅名为《生死想》，画面采用分割构图，左边一半画的是一个美女在对镜梳妆，旁边有许多人很欣赏地看她，像是她的倾慕者，而仔细看后发现，这个美人正是之前画作里死去的女子；右边一半画着这位美人身着华丽殓服躺在床上，周围的人面容哀痛。旁边有诗写道：有爱皆归尽，此身宁久长。替他空坠泪，谁解反思量？

在技法上，画者在每幅画作的许多细节处都使用了极致的色彩，比如《生死想》中，这个女子的嘴唇和华服用色很鲜艳，而周围则以灰淡色调来体现一片哀悼的气氛。其他几幅中又用大红色表现尸体的皮开肉绽；《啖想》中将鸟兽都画成了深黑色，《散想》里，即使是蛆虫也刻意处理成灰黑色，以便与画面上白色的身躯形成对比。

"触目惊心，触目惊心！"咸先生连声叫道，纵然她见多识广，看到这样的画面，也不寒而栗起来。

"'九想'？咸先生，这是不是出自佛门中的所谓'不净观'修行？"许久后，琼于才打破了这种沉重的气氛。

"对，'九想'载于《释禅波罗蜜次第法门》。所谓'不净观'，是说修行人为破除淫欲，在新死的年轻美丽的女人旁边，观想她的尸体腐败消亡的整个过程，从而明了色身纤弱无常，无论躯体看上去多么美丽，终究是盛满脓血脏秽的皮囊，最终必然衰败磨灭，万般带不去，唯有业随身。

"所谓九想，一曰青瘀想，二曰胀想，三曰坏想，四曰血涂漫想，五曰脓烂想，六曰啖想，七曰散想，八曰骨想，九曰烧想……正与这组画的题目和内容相合。

估计这位画者为了让整组画主题明确，又要增强对比效果，便在最后面加了一幅《生死想》，变成了十幅。

"奇怪，这位画家之前还是一种热爱自然，努力提升画技的心态，现在竟选择了这样的主题进行创作，居然热衷于描摹死亡，很难想象他的人生出现了什么强烈的转变。"

"'不净观'？那题目怎么又叫《净观九想》？"冯东循问。

"色即是空，不净即为净，如果能观想明了事物的真相，表象便不重要了，世间成物的表象虽然不同，但所有表象下面不过都是最单纯的部分，这不就是'净'吗？"琼于说。

"话都被你们这些有学问的人说尽了，我可不想什么都明白，要是都明白了，连喝酒也没意思了。"冯东循笑道。

琼于说："这套画虽富含象征和禅意，却也真实反映了现实，简直是教授仵作验尸的好教材，要是送给张仵作的话，他肯定会喜欢。"

"这么瘆人的画我可不想要，你们想要就拿走吧。"冯东循倒是很痛快。

咸先生忽然想起什么，又看了看最后两排画架上："从《沐阳花树》开始，所有的画作都没有落款和时间了。现在已经可以确定，评论记载中提到的那幅画的作者倚山樵，就是这里所有画作的作者，那幅唯一面世的作品，也是这个时期创作的。"

琼于点点头，又问冯东循："这些画上没有题注作画时间，你是怎么知道要这么排列的？"

"我发现这些画的时候，是一幅幅叠在一起的，这里张挂的顺序就是当时叠着的顺序。"

咸先生又扫了一眼之后的画作："从画风的演变来看，顺序没问题，只是不知道眼前这些画是不是倚山樵所有的作品，他的最后一幅作品是什么呢？"

冯东循抬起头，指了指对面的墙壁："我猜那就是他的最后一幅画！"

三人赶紧再往前走，过了最后一排架子，那幅巨大的墙画便展现在眼前了：一幅占满了整面墙的巨作！

琼于仰着头从左到右将画看了一遍，猛然转身回去，将之前看过的那些画架都推到了两侧墙边，画馆右侧的区域立即空旷了起来。三人又退后到合适的位置，终于可以将整幅巨作尽收眼里了。

这幅壁画给人的第一感觉是：更加的怪诞！

画面以俯视的角度描述了一个像是花园的环境：以简略的笔法在右下方画了一幢房屋的局部……看大小和外观应是很宽阔的厅馆。厅馆侧面，即画面的右边和右上方画了一小片花圃，只是里面并没有种植多少花卉，只有几株怪异的花草……真的是很怪异，因为绽开的花朵上居然长着类似人的五官！与《面韭》不同的是，这些花上的表情更加多变，或笑或哀，或冷漠或惊愕，都"有意"地朝着画面中间开放。

画面的左侧和左下方画了一片水池，池中有几条也长着人面的怪鱼，也各有表情，正探头出水做偷窥状，目光也朝向画面中心。画面最下端，还画了一颗黑色的大蛤蟆头，表示其身子在画外，正要张口吞吃临近的一条鱼。

画面上方和左上方的区域，有一条右上、左下斜向的围墙将一片面积"挡"在外面，那片面积没有任何内容，只是一片黯淡的灰黄颜色。

显然，花圃、鱼池、围墙都只是作为构图元素，圈住画面中心的内容……整幅画最诡异的地方。

那是一片干净空旷的空地，正中偏右一点的位置，一个美丽的女子身体呈左上、右下斜向半躺着，好像有什么东西支撑着她的上半身，然而她身下并没有画什么东西，她就像躺在一把看不见的躺椅上。她上身的衣服扯开，裸出整个上半身；双手垂地，眼睛半睁半闭，一条腿蜷曲，另一条腿直直地伸到地上，一副慵懒的样子。胸口有一大片像文身一样的区域，红艳艳的。女子的身侧，远离观画者的那一边，跪着一个书生，正握着笔在她胸前画着，似乎那文身正是他画的，另一只手则端着一个盘子，里面有几种颜色，像是调色盘。书生的面色很苍白，眉眼嘴角都呈下降势，显得很憔悴，目光直直地看着自己的画笔，女子身体另一侧的地上则有几摊渐落的颜料。

作画者像是特别热衷于在画面中表现人物身上所发生的事情，将精力都用在刻画人物的细节上了，无论肌肤、毛发、衣服、道具都画得非常细致，简直有些烦琐了。再者，人物，包括人面花、人面鱼的面部表情也描绘很细腻、十分传神，另外，那些景物，如建筑、墙石等没有生命的元素则画得很简略。

在色彩上，仍然秉承他一贯的风格，弱化了背景，而对目光聚集的画面中心更大胆地用色。女子洁白的肌肤、化过浓妆的面容、书生苍白的脸、两人的华服，都画得鲜艳无比。最引人注目的则是女子胸前那一大片红色的文身，虽然对于整幅画来说是很小的区域，但对于观画者来说，这片差不多有半人宽的面积，无疑成了这幅巨作的焦点。

三个人默不作声地看了很久。

"这座画馆应该是一直没人打理，我刚接手的时候，这面墙居然被一大片荆棘覆盖着，后来我把荆棘铲掉了，才发现这墙上画了一幅如此宏大的壁画。"冯东循终于耐不住，先发话了。

"你是说，荆棘长到屋里来了？"琼于追问。

"没错，当时的情景很叫人惊叹，我猜是那个留守的老头不敢看这么吓人的画，也就偷懒不来这里打扫，可这草长得也太猛了。"冯东循道，"这幅壁画宽三丈，高一丈六尺，不知道这么大的画得画多久。"

咸先生说："画这种巨幅，都要先画相同比例的小稿，将小稿分块成小格，标上记号，然后在墙上也做相同的分格，做同样的标记，这样就可以将小稿上每块区域里的内容对应地'移植'到墙上去。"只是她现在根本不关心这些了，画面本身所展示出的意义，已经叫她一时无法承受。

"没有题目，没有落款，也没配诗文，所有的线索都隐藏在画面里了。"琼于说话了："这幅画的象征意义太过深奥，先生说得对，不做更多的背景了解，根本无从解读，我看我们还是找找其他的线索。东循，你现在可以说说，这些画作是在哪里发现的了吧？"

"就在《苍峰览气图》后的密室中！"

八 前任宅主

冯东循两手各持一盏灯，又示意琼于也拿上灯，琼于便提过两个灯笼，三人回到画馆中间，然后走到画案后边。

冯东循将灯盏放在一旁，顺手拿过墙边一条细竿："咸先生，先闭上眼睛！"说完便用细竿将墙上那幅《苍峰览气图》挑了下来。

骇人的一幕出现了：只见这幅画所盖住的墙上居然贴满了许多爬虫，大的有鳄鱼、蜥蜴、鲵鱼、蝾螈和蛇，小的有蛤蟆、龟鳖，甚至在一些缝隙里还杂着许多壁虎。

虽然经过提醒，琼于还是被眼前的景象惊得目瞪口呆，咸先生则吓得赶紧闭上眼睛，琼于下意识抓住了她的手。再次感觉到那柔软温暖的手，咸先生刚才的恐惧瞬间消散了许多，她又睁开了眼，强忍着惧意让自己适应眼前的所见。

"原来就是这样的！"冯东循显然因为经历过而没那么惊恐了。他将挑下来的画小心放在地上，又轻轻卷了起来，插进旁边一个大花瓶里。

琼于则走上前去看，见墙上贴着的大都只是爬虫的皮，只有蛤蟆、壁虎等小的是整个钉上去的，也早已干瘪成一张皮了。他贴近了一条蜥蜴闻了一下，还能闻到一点刺鼻的气味，但不是爬虫本来的腥味，看来为了防蛀事先泡过药水，虽然如此，许多皮也已经被虫子咬得残破不全了，但可以看出，当时所有的皮都是尽量完整地揭下来的，且保留着完整的面部，这些东西是紧贴墙面，外面再挂上图画后就看不出有凹凸之处。

"前任宅主究竟是个什么样的人啊，为什么老做这种骇人的事！"咸先生忍不住发出了自己的感叹。

"还没完呢。"冯东循搬过椅子站在上面，用手在墙上摸索起来，手指掠过一条条丑恶的爬虫尸皮。忽然听到一声机销拨动的声音，冯东循再往里一推，只见一整块大约和《苍峰览气图》相同面积的墙面，连同上面钉着的各种爬虫，都沿一侧的边沿向里开去……一扇隐藏在墙上的密室之门。

"我是在整理倚山坞时意外发现了这个密室。"冯东循边说边示意琼于将灯盏递给他，自己先爬了进去。琼于也踩上椅子随之爬了进去，刚一进去，便回头对外面的咸先生道："你，还是别进来了！"

咸先生岂肯罢休，踩上椅子便向上爬，幸好她来时穿着束身衣服，行动起来方便，也不用琼于拉，攀着门沿往里一跃……那闪入眼帘的场景让她万分惊惧：只见门边一条巨大的有着黄黑相间条纹的蝾螈，正瞪着眼睛看着自己！

咸先生吓得浑身一颤，踩着椅子的脚一下蹬空了，身体猛向下坠去。幸亏琼于眼快，伸手将她胳膊抓住，冯东循也架住她另一边胳膊，两人将她拽了进去。趁着瞬间的上升之势，咸先生将密室里扫了一遍：只见一个一丈三尺见方的小屋，一边墙摆了一个大储物架，架子上零乱地堆了许多书籍、散页的文稿、箱子、笔墨文具和杂物。而四围墙壁和屋顶上，则如刚才一样，都钉满了各种爬虫的尸皮！

密室里另一边，有近三分之一的空间堆着什么东西，被用油纸裹住了。琼于看看冯东循，冯东循以一种不置可否的表情回应，琼于便抓住油纸一角，猛地一扯。

一摞一摞挨到室顶的爬虫尸皮！

咸先生惊得差点站不稳，不禁感叹：自己的感叹发得太早了！

"我第一眼看到这些，我实在怀疑这前任宅主的身份，究竟是书画文人，还是做药材生意的，还是，他根本就是个怪人。"冯东循看着四周瘆人的装饰，又说，"第一次发现这个密室时，外面那些画除了《苍峰览气图》和壁画，其余的都摆在这个架子上。"琼于早已将灯盏和灯笼放在合适的位置，密室里顿时亮了起来。墙上的一张张兽皮在烛光的恍惚中显得更加丑陋，那些干瘪的鲼鱼皮在牛蜡燃烧未尽的黑烟中看去，好像又扭动起来。

冯东循指着那个架子："那些题了落款时间的画，都是卷成轴按顺序摆着，后期那些没落款的画，都没装裱，一张画夹着一张白纸叠放在架子上，上下都盖着油纸，边角用镇纸压着。其他这些文稿有的装订成册，大部分都是散页，装在箱子里。"

咸先生尽量避免看墙壁，走到架子前，随手拿出几本书，见不是诗集就是文赋，署名都是"倚山樵"。她随手揭开几个牛皮箱子的箱盖，里面都是满满的散页文稿，虽然都已发黄，但大都保存完好，还散出一股刺鼻的药味，看来装箱的时候也撒了防虫药水。那些文稿或几十页或上百页一叠，用线简单串在一起。她随手拿起一叠，抬头写着"画松针之皴笔法"，里面有图有字，详细讲了在画松树的时候如何用笔，从而快速画出成簇的针叶……原来这是对作画技法的总结笔记。

"这个习惯和我倒很像。"咸先生她自言自语，在琼于看来，她是故意说话来缓解刚才的恐惧，琼于便问她："有什么发现？"

"现在已经可以确定，这'前任宅主'正是倚山樵，不然怎么会有这么多他尚在编辑之中的笔记文稿收藏在这密室里。"咸先生看到琼于点头，接着说："显然这都是他的心血，才如此小心地保存起来……只是用了常人无法理解的方式。

而既然那些怪诞的画作是从这里被发现的，那么那些画无疑也是倚山樵所作……在创作后期，倚山樵已经不在乎名誉，只想以画面表达他的某些想法和情绪，也就不再加注落款了。"

冯东循看着那些架上的书稿："我平生最烦看书，只看了一点就再也看不下去了。"

"那你可真运气，只这一点，叫你看到了有关'咸槿'的事，才想到去请咸先生来是吗？"琼于问，见冯东循点头，又道："你怎么知道文稿中提的咸槿，即是小风镇的咸槿……咸先生的父亲一直骗她说那个咸槿是重姓同名的人。"

"我之前四处云游，先听说过小风镇闲话坊咸先生的名号。须知整个德清县也没几家姓咸的，我便留了印象。后来发现了这密室，看到文稿笔记里多次提到'咸槿'这个名字，我便去小风镇打听，得知了彼咸槿搬到小风镇的时间，和此咸槿'消失'在这些笔记文稿里的时间相合，那还有什么可怀疑的。"冯东循看到琼于和咸先生疑惑的表情，接着说："按我看到的那段笔记中所记，咸槿有段时间确实经常到榴园来，与前任宅主颇有交情。"

"你为何这么想帮咸先生弄清她的身世？"琼于问。

"呵呵，我自己好像也在被调查了……因为我也想知道真相，关于这座宅子的。这里有太多我弄不懂的事情，解不开的谜题，就像那些画一样……画它们的究竟是个怎样的人；还有那幅巨大的壁画，相信我，那画上还有很多未知，你们对它的了解才刚开始呢。只是这些东西，以我这等莽夫的心智根本无法解决。"

冯东循说着话，身子不由得倚到墙上，肩膀正好压在一条鳄鱼皮上，等他意识到时，他一转脸，那锥形的怪物立即将他惊得一颤，他赶紧跳开，下意识拍打了几下肩膀，没好气地说："像这座密室就很令我费解。若是倚山樵想将他的作品保密封存，那这密室就应该再隐蔽些，别让我那么轻易发现。"

"他并不想保密他的画和笔记，反而是希望别人能看到……密室并不是防后来之人用的。"琼于答。

"那干吗用这些丑东西贴满门和墙，他到底想吓退谁？"

"这……就不是现在能回答的问题了。"琼于说，"如今首要解决的，是先弄清楚倚山樵，也就是那位'前任宅主'是谁。"

咸先生道："适才我只浏览了几篇笔记，都是关于诗文、绘画的心得纪要，还没看到有关倚山樵身份的部分。看来要在如此海量的文稿中找到有关家父的线索，要耗费不少时间。幸好东循已经看过一部分，就可以先做些交代提示。"

"我看的那几页文稿里提到，这'前任宅主'，名叫刘子山！"

九 关于父亲

三人从倚山坞里出来时，周围已经全黑了，据冯东循说，身在这与世隔绝的谷地，一天中有大半天时间无从知晓日头的位置，对阳光的感觉也不敏感了。此时谷口上方只剩黑色的天空和几点不甚明亮的星光。

咸先生问是什么时辰，冯东循说前厅有漏壶，琼于则说快到戌时了。咸先生问他是怎么知道的。琼于终于展开了一直思索着的眉头，微微一笑："到了饿的时候。"

冯东循看到前面灶房的方向升起一缕炊烟，笑道："夫人已经做好晚饭了，我们先回前边用饭吧。"

正要走，琼于扭头看到一片竹子，种得密不透风，只是里面似有白光透出，像是有空着的地方。这片竹子就种在倚山坞左侧十来步开外，一直种到鱼池边，将后园整个北部区域都挡住了，似乎是作为围墙来用的。

"不好，我挂在画架上的一盏灯笼忘了吹灭。"琼于叫两人先走，自己转身回了馆内。过了一会儿又反身出来，见两人已经走远了，他便走到竹林边，拉开最外边几棵竹子钻了进去，随着越往里钻，里面透出的光亮越明显，后来果然看到里面有一条小道，虽然铺着石板，却早已疏于养护，被杂草拱得高低不平了，两边斜长的竹子已经将小路盖满了顶。

琼于略一想，便反身又钻出竹林，去追那两人了。

一到晚上，谷地里很快便凉了下来，晚饭没有再摆在外面，而是设在了客厅里。

酒菜一如上一顿一样丰盛，四人围成一桌，都不声不响地吃喝着。冯东循夹起一块肉给苏小姐，苏小姐像是很不情愿地抿抿嘴，头也不抬将肉吃了下去。

冯东循自觉有些无趣，又给咸先生敬酒。咸先生嫌这酒劲太大，沾了一点，冯东循则一饮而尽。

琼于吃得不多，不饿了就停下筷子，问："东循，既然这座宅院是从前任宅主的堂侄那里买的，这位堂侄就没有提起关于刘子山的事？"

"刘子山？"苏小姐像是不经意地重复了一遍，只是她的眼神明明在说，自己对此很有兴趣。

冯东循用复杂的眼神看了看她，又对那两人说："没有。说起来，我们住到这里也属意外，我是半个道门中人，喜欢到处云游，先前是在苍峰山野游时偶然到了这谷中，发现了这座宅院，那时候这宅子里只有一个半聋的老人做看守。我从他那里打听到了这宅子现今的主人，就是前任宅主的堂侄，便去德清县城找他问想不想把这宅子卖了。这个生意人虽然表面装作不愿出售先辈留下的产业，只是我这走惯了江湖的人，早看出他其实很乐意有人接手这座'与世隔绝'的荒宅，我故意说了个极低的价格，由他又加了一些，便很顺利地买了下来。彼时正赶上他有事情要走，便当场做完了这笔交易，只是没顾得上多问他刘子山的事了。"

"这堂侄现在住在哪里？"

"不知道。我在密室里发现了画和文稿后，本想找他询问，并还给他，可已经找不着他了，据说他在德清生意做得不顺，举家迁往别处去了，到底在哪里我一直没打听到。"

"密室？"这次苏小姐像是忽然发作了一样，表现出完全不属于她的惊讶表情和音量，"宅里有密室？你怎么从来没向我提起过！"

琼于和咸先生对苏小姐的反应都很意外，琼于审视着苏小姐，故意说："我们在倚山坞里发现了一个密室，那些画作就是从那里发现的。"

"这事你为何瞒着我？"苏小姐那语气明明是在喝问。

"这……我带你去看那幅壁画的时候，你不是表现得很厌烦吗，所以我也没再多说……夫人，当着客人面，你怎么这么不高兴，是不是不舒服啊？"

苏小姐想再说什么，却又不愿说出口的样子，索性站起身来，也不打个招呼就转身离去。

"夫人早休息，我和客人聊完就来。"冯东循对着她的背影说，转而一脸无奈地笑着对那两人说："两位莫怪，我这夫人性子有些古怪，她不是针对你们的。"

"也就是说，刘氏堂侄这条线索断了。"琼于像是没经历刚才尴尬的一幕，又问："你是看到了哪一段，才知道前任宅主名叫刘子山？"

"我早挑出来给先生了。"

咸先生从怀中掏出一叠文稿："这是一篇自序，像是为某部画作评论之类的书写的，时间较早，大约是天顺四年十一月左右。"

琼于说："也就是倚山樵还在专攻山水画的时候。"

咸先生点点头，然后念道："倚山樵自序：倚山樵者，湖州府乌程县童乐乡人，姓刘名子山，本系朝官，天顺四年，子山厌倦仕途，遂回湖州，于苍峰山阴榴谷开土造园，名榴园，自号倚山樵……"念到这里，咸先生抬起头："关于他的生平事迹，就只讲了这么多，之后讲的全是有关绘画的内容，比如讲他如何重拾昔日喜欢画画的兴趣，如何研究前代名家绘画技巧练习绘画，并怡然自得，经常一出去就是好多天，在这片山水风情中游赏的同时逐渐对绘画技艺有了许多感悟，以及在绘画评论方面也有了一些心得，总结出了所谓'七闻画赏'，大意是说书画鉴赏就像品茶，品茶时每闻一遍便应该有新的感受，反复回味……这些内容里所有的自称都用'倚山樵'代之，就像他忘了自己本来的名字。

另外，他也提到了自己在练画过程中如何辛苦，一开始总觉得自己很难晋升，愧对情人爱慕，后来像是悟出了技法的真谛，再画起画来就顺手了好多，所谓'七闻画赏'，和其他很多作画的总结，对绘画的感悟，都是那段时间得出来的，感觉特别欣慰。看来他对自己创作经历的评价和我们差不多。"

琼于问："有没有关于他身份背景，特别是他和令尊之间相处的记录？"

咸先生答："目前还没看到。"

"又一个甘于寂寞又痴迷的文人，只是给调查带来不少麻烦。"琼于不由得皱皱眉头，"提到咸槿的又是哪篇笔记？"

冯东循又看看咸先生，咸先生拿出另几叠文稿："应该有不少，我还只看了很小一部分，这像是记录刘子山一段时期里的生活随笔。看完的这几页里，能看出他在这里生活比较惬意，因为文字里流露着一股轻松愉快的气氛，只是没有提到具体的日期，但我可以肯定是天顺四年到天顺五年这段时间，比如这篇：'二月初六，弟咸槿来，同游苍峰山半日'……之后的一大段篇幅是讲他们游山的经过……'又至后园作画赋诗为乐，咸槿弟为吾新画题诗'……这里有一些残缺。"

咸先生指着那张纸给二人看，只见在"为吾新画题诗"后面有一句话长度的纸面缺损了，一个长条形的孔洞出现在那里。

冯东循有点不好意思："当时纸都粘在一起了，我揭开的时候够小心了，还是有些被撕破了。"

咸先生往下看了看，说："不碍事，下面又说'吾二人击椰鼓相和'，看来是家父为刘子山的新作品配了诗，在欢聚现场又谱了曲，所以才'击椰鼓相和'，只是这椰鼓是什么样的乐器我倒不知。这文稿后来又讲了新画作的具体内容，又录上了所题的诗文。"

琼于眼睛亮了起来："'线'总算能接上一段了。"

冯东循问："这刘子山到底是什么人，你们好像知道关于他的事？"

咸先生便将关于咸槿和刘子山的前事都告诉了冯东循，冯东循像是听故事一样听得津津有味，也不再敬咸先生，自己一杯接一杯喝起酒来。

琼于看了看冯东循面前的碟子，都干干净净，忽然意识到：除了帮别人夹过菜，他的筷子再也没动过，饭桌上的食物他也什么都没有吃过！这让他想起了一个人，那个出现在齐宅案里的美丽而又狡黠的女子。

饭后，冯东循送他们去卧房。两人住的地方位于榴园东侧，是两幢独立的小房，每幢两间，房前也有一块小平地，有石桌石椅。卧房再往东过去是一片低洼地，由围墙围成的一片约两间屋子大小的区域，里面蒸腾着白色的雾气。冯东循指着那里："温泉就在那里，两位大可去泡一泡，舒服极了。"最后又加了句："明日早晨请自己来客厅用早膳。"便告辞离去。

咸先生的房间最靠近温泉，临进屋时问："按道长的习惯，不是应该将所知的线索梳理一下吗？"

"目前的线索还太少，做不了这些。"琼于说完，点点头便进了自己的房间。

咸先生有些失望：这个道士在分析案情的时候有一种特别的魅力，可惜今晚看不到了，只好也进了房间。

收拾停当后，咸先生和衣躺在床上，只是哪能睡着，这两天所经历的诸事又不断浮现在眼前。想到父亲身上存在着这么多的谜团，自己对他真是太不了解了，这多少让自己有些内疚。自知道父亲就是那传说中的才子，自己便将弄清父亲的身世，并将他的成就公之于众作为了自己的责任。如今竟真的开始调查了，而且，还是和那个人一起，不禁又有种前所未有的冲动和兴奋：和他在一起，就总是能经历各种奇特的事情，那些大开眼界，那些惊魂不定，都对自己这个只能将书本文字作为寄托的人产生了无限的吸引。

哎呀，咸莘萸，你这是怎么了，为何现在私心杂念这么多了，这还是做学问的人该有的样子吗？

咸先生不想再胡思乱想，索性起了身，拿了梳洗用具和换的衣服，提了盏灯笼出了房门，往旁边那间看了看，见里面黑着，便转身往东边走去。下了十几级台阶，走到一围矮墙前，只见进口处一个小木牌上写着：醒汤。

进口旁边还有个小门，此时已经被锁上了，不知门后通向哪里。

咸先生先在醒汤进口处咳嗽了几声，见里面没有动静，便走了进去。只见一个两丈方圆的小池子，周围用光滑的石头砌了一圈，池边立着一根立柱灯盘，旁边又有一个小桌小椅。咸先生将立柱灯盘里的蜡烛点燃，又将自己带的灯笼挂在池边，便脱了衣服搭在小椅子上。

此时斜月初升，只见一团羊脂白玉一样的肌肤缓缓地沉入水池。水温稍有些热，咸先生却觉得无比舒爽……今天赶了大半天路，之后又一直说个不停，对于平时活动较少的咸先生来说，早就有些乏了。

咸先生将腿抬出水面，用浴巾轻轻抹着小腿，月光下就像一段晶莹的白藕，她忽然有了种奇怪的想法：这秀美的肌肤，在最灿烂的时候，总应该给一个人欣赏的。不要忘了，自己是个女人啊，书中不是说，女为悦己者容吗！

可谁是那个悦己者呢？

又来了，咸莘萸，怎么这些怪想法老是挥之不去了啊！

咸先生不免有些烦躁，将整个身体没在水里，只将头露出水面枕在池边的石头上。

周围一片宁静，她的思绪不由得回到了和父亲相处的那段日子。

一个普通的夜晚，父女俩又像往常一样在湖边亭子里赏月品茗。咸莘萸熟练地摆弄着茶具，泡好一壶茶后，给咸槿倒了一杯，恭谨地递给他。

"莘萸，为父似乎得了什么病，这阵子常常胸闷，容易头晕。我已经看过几个大夫，只是都说不出到底怎么回事。"

"呃……父亲不必担心，那或许只是饮食不当之类的小恙，料无大碍。"咸莘荑不知如何表示自己的担忧，只好说了句不痛不痒的话。

咸槿露出了慈爱的微笑："莘荑，过来，来父亲身边，将你的头枕在为父腿上。"

咸莘荑有些诧异：父亲很少会直接表露自己的情感，像这种要求从自己成年后更是从来没有过。她转过茶案，坐在咸槿身边的蒲垫上，犹豫着将头枕在咸槿腿上。

一双温暖的手抚上了咸莘荑的头。

"乖女儿，我不是个好父亲。"

"……"

"我以为让你像男儿一样读书会让你更有智慧，有一个充实的人生，做一个非凡的女子。可当我回首自己的人生时，我忽然觉得如果你是一个普通的女儿，嫁一个如意郎君，过着相夫教子的生活，或许会更快乐。"

"父亲您怎么了，孩儿觉得没有沦为洗衣妇孩子婆一点也不遗憾啊，能在书中获取学问，增长见闻，又能将自己的所见所感记录成文字，这是件多美妙的事情啊。"

"可是你这冰玉雕琢的容貌，花一样的年纪，难道就不想享受男欢女爱……那也是无数文字所描述的人间最美妙的事情咧。"咸槿呵呵笑道。

"笔记小说里讲的多是痴情女子遇上了薄情郎的故事，若多是如此结局，不如不试了。我觉得跟随父亲专心致学就已经很快乐了。"

"傻女儿，为父总有老去的一天，如今看来，这一天应该不远了……我死之后总要有个人照顾你。"

"不用，我可以像个男儿一样自己照顾自己。父亲不必如此气馁，等您身体好了，还要与孩儿一起考证元史。孩儿一直想研究湘赣及滇贵民俗，特别是对苗民的人文历史及民俗很有兴趣，此类研究也很少有人触及。父亲到时与孩儿一起去云游采风如何？"

"好好好，你比许多男儿更有志向。只是为父陪你，不如由一个志同道合的年轻人陪你，你若是不想出嫁，是否，可以招赘一个？"

"说实话，孩儿完全没有这方面的想法。父亲不是一直叫我取号吗，我昨日偶有一想，不如就叫'闲话坊先生'吧！孩儿以后就以男装示人，做个真正的男儿！"

　　"你的说法让我想起了多年前的一个朋友，他年轻时也曾立志为后世致学，留不朽作品，对婚娶、对俗世生活毫无兴趣。可到了后来，他又是那么痴情于一个女子，直至疯狂的程度，最终……"说到这里，咸槿竟泪流满面起来，待他意识到自己的失态，便又强笑道："或许你只是还没碰到那个让你动人，让你愿意做个女儿的人。"说着，便又哈哈大笑起来，那是一种对他来说十分难得的开怀的笑。

　　咸莘荑仰视着父亲日渐消瘦的脸，像是在重新认识他。

　　咸先生睁开眼睛，看着灯盘里抖动的烛火，才知道自己竟睡着了。她笑了笑，想要起身，听到胳膊抬起时弄出的水声，忽然感觉到周围有什么不对劲。她又坐到了池子里，开始仔细想究竟是哪不对。

　　眼前的水面只剩下泉水冒出来的轻微的波动，那水波轻得就像贴着碗沿往里倒油一样，只有仔细听，才能听到一丝声音。

　　没有风，烛火的抖动只是因为蜡质不好，燃得不充分。

　　周围安静极了。

　　对！就是这个……太安静了！

　　这种夏夜，周围到处是茂密的植被，怎么能这么安静呢？小虫哪去了？夜鸮哪去了？那明亮的烛火周围，不是应该有许多飞蛾舞动吗？

　　自己刚来的时候，还是有一些声音的，怎么现在都没有了？

　　意识到这个时，咸先生的心里立刻紧张起来，感觉就像自己被封闭在了一个狭小的密室中，除了急促呼吸，什么也做不了。

　　为什么呼吸不顺了？

　　是因为没有声音的压抑？

　　不对，还有声音！

　　那是一种极微小的声音，小得就像虫子的触角在摩擦一样，"嘶嘶、沙沙"，像是烟雾被不停地吸进了耳朵。它是那么绵绵不绝，让人无法抗拒。

　　这声音好熟悉，像是在哪里听到过……对了，咸先生想起来了，初到这片谷地时就曾听到过类似的声音。只是那时自己本能地拒绝去听，而现在，仔细听了之后，觉得它也不那么讨厌，很好听，很舒服，让人陶醉，让人迷情。

　　或许是因为听者在努力分辨，或许是声音逐渐在累积，慢慢地，声音越来大了。

只听一个像是从千里之外传来的轻轻的声音说："快来！"

"谁！？"

咸先生猛地一惊，赶紧抓过衣服护住胸口，愣了一下，又抓过挂在一旁的灯笼四处看了看，并未发现任何人的动静。确认了不可能有别人在附近后，她开始问自己刚才是不是真的听到了，究竟听到了什么？只是如此自疑的心思下，实在难有结论。

"太累了，都有幻觉了！"咸先生故意自言自语地说，又勉强笑了笑，接着便出了池子擦干身子，穿好衣服，提着东西快速离开了。

十 月下观画

咸先生从温泉出来，只觉得有些头沉，却又毫无倦意，浑身充满了一种奇怪的感觉。她忽然有一种很想去后园的冲动，不由得想起那幅巨大的墙画，又想到密室里那一箱箱的笔记文稿，既然睡不着，干脆就去倚山坞待一会儿吧，便将换下的衣服放回房间，出来时见琼于房间依然黑着，她犹豫了一会儿，决定不叫他，自己提着灯笼向后园走去。

途中路过主人卧房，见灯还亮着，从窗纸上映出两人的剪影，看样子似乎冯东循正在安慰坐着的苏小姐，而苏小姐并不领情，甩开冯东循的胳膊，站到一边，过了一会儿果然有大声的吵嚷传了出来，听来应是苏小姐的声音："仙尊既然救了我，为什么对我不诚心？"

咸先生忙将灯笼隐在身后，听了起来。

"这话又是从何说起啊？"这显然是冯东循的声音。

"我在这里住得比仙尊还久，我都不知道有这么个密室！"

"原来又是这事，那不过是之前的宅主为了保存他的字画弄的，你对那些东西又不感兴趣，为何独独对这密室这么在意？"

"那些画会暴露这里的秘密！"

"秘密？什么秘密？夫人，我一直不明白你对这里到底有什么在意的？你又知道些什么，有什么是瞒着我的？

"我……我不能告诉你，他不让我说！"

"他，他是谁……夫人，你又胡思乱想了。不如，我们走吧，离开这里。"

"不，我不能走，我得留在这，再说，他也不会放我走的！"

"又来了，夫人，你以前不是这样的，以前的你是那么善良娇弱，怎么现在变得疑神疑鬼了？到底是什么让你变成了这样啊？"

只见冯东循的身影在屋内走来走去，显然是十分的烦躁，苏小姐则不停地哭起来了。

咸先生站了一会儿，自觉听人隐私有失风度，便又向前走去。进了后园拱门，穿过竹石小径，又上了曲桥，只见无论是园子还是右前方远处的倚山坞，此刻都是一片黑暗……那还未升高的月亮根本带不来多少光亮。

一个女人深夜来到这么个荒园子，难免有些心慌。咸先生在曲桥上慢慢走着，灯笼里的光只能照亮周围数尺的距离，灯光的边界，能看见随波而动的水草就像一条条挥舞的触手，想要将桥上的人拉下去。

咸先生的体内慢慢聚积起了惧意。

她边走边想，忽然灯笼一晃，瞥见前面地上一个粗长的黑物快速坠入池水中，大尾巴在地上拖出一大片水渍。吓得咸先生向后一个趔趄，手中的灯笼差点拿不住。

又是一条巨大的鲵鱼！

咸先生看清了怎么回事，才长长舒了口气，只是这一惊使得心里狂跳不止，不由得萌生了退意。刚想转身，又觉得这样未免太懦弱：倘若以后还想和那怪道士一起调查，那离奇恐怖的事情还多着呢！想到这里，她又努力唤回了心中的勇气，走了起来，不一会儿便走到了倚山坞前。

门缓缓地被推开，刺耳的门枢声打破了大厅的宁静。咸先生先不敢看那些画作，她忍着对灯光所不及的那一片漆黑的害怕，赶紧先将门口的座灯点燃，光亮瞬间增加了不少。本来放置在各处的灯具之前被冯东循为了看画方便而移来移去，一时记不得究竟在哪里了，她只好将能找到的灯烛都点着了，大厅的中间区域开始溢满昏黄的光明。

"不要看它！"

好像一个声音在告诉咸先生，语气是一种威胁，好像是从遥远的地方传来，又好像近在咫尺；好像是近在耳畔的诉说，却又让她觉得那就来自她的内心。她马上想起了在温泉时听到的那个声音。

不要看什么？它是指谁？难道是自己的恍惚劲还没过？可那声音分明听得真真切切。

咸先生安慰自己，那纯粹就是太累了产生的幻觉。此刻，她内心深处另一个意识正催促自己：不如再仔细观摩一下那幅壁画吧，总觉得再看一眼，就会有更丰富的意义从画面里被琢磨出来。于是，她将身子转向右侧：烛光的亮度有限，以至于大厅右侧区域越往里越暗，原本林立的画架已经被推到两边，那幅被绘制在最右侧墙上的巨大壁画在黯淡的光线中，看起来很模糊。

咸先生又端起旁边一个灯盘，长舒了一口气，一步一步缓慢走向壁画，两边画架上的画也在灯笼和灯盘的光亮中不断进入视线：那些山水画并没有引起她太多的关注，紧接着，她不由自主地紧张起来，因为眼前开始出现一幅幅越来越怪诞的画作：《沐阳春树》《面韭》《净观九想》，这些下午还能坦然面对和品评的画作，现在在这种气氛下竟叫她不愿直视了。

咸先生几乎是硬着头皮往前走，壁画最中间的区域也随着灯笼的临近一点点被照亮，那美女胸前一片火红的文身开始在恍惚的灯光中跳跃起来。

当走到离壁画还有两丈远时，咸先生两眼的余光已经看不到两侧的摆设和窗户，现实中的景物在视线中消失了，目光所及都是壁画的内容。

眼前忽然亮了！

屋子外面，天空上升起了一条凸月，像是要极力放大自己的轮廓，从一大片云里飘然而出，将月光洒在窗户上，透过顶部窗楹上嵌着的云母贝片，散射出奇异的光线，这时，整幅壁画都沐浴在这"难以捉摸"的光线中。

不可思议的景象发生了：壁画上的内容变成了"真实"的环境！

原本由简单的笔触和线条描绘出的场景，此时竟变得细节丰富起来，墙上的砖纹、柱子上剥落的油漆、投射在地上和建筑上的斑驳树影、水池中若隐若现的水草、各种花草假山石的纹理都刻画得细致入微。而这些根本算不了什么，关键是画中对光影的处理十分纯熟，那些白天还觉得非常鲜艳的色块，此时在整体统一的灰色调下并不刺眼了。原本显得很平面化的画面此刻陡然有了真实的景深感，叫人惊叹的写实性达到了水墨丹青前所未有的程度，身在这巨幅画作之前，简直有种想要"走进去"的冲动。

而，所有这些，都还没来得及让咸先生感到惊叹，无比的恐惧感便从她每一个毛孔渗出来！

壁画里出现了两个魔鬼！

这两个魔鬼浑身赤裸地出现在画面正中的位置，并和原本就存在的那两个人，美女和书生有了交互感，从而使意义更加合理：其中一个魔鬼面朝画外，用双手撑着地半趴半跪着，用背部托着那斜倚的美女。头部以不合常理的角度扭向美女，两只眼睛也达到了斜视的极限，冷笑着睨视着书生对美女的所作所为。

另一个魔鬼佝偻着身躯站在书生身体右侧，他一副奸险诡谲的表情，左手捂着嘴凑近书生耳朵，像是在说窃窃私语；右手则张开五指，做出要掏挖的手形。

他想要掏挖什么？

当咸先生的视线再转到书生手上时，只觉得一片芒刺袭遍全身每一寸皮肤！

原本握在书生手里的笔竟变宽变利，成了一把匕首。另一只手里的调色板则变成了盘子，里面摆着各式的刀具。书生像是彻底被恶鬼迷惑了，竟用这把匕首剖割着美女的胸口……根本没有文身，那分明是一块被挖开的巨大的创口，露出胸腔里面的内脏。

心和左肺已经不见了。

果然，地上那些原以为是溅落的颜料的色块，就是胸腔中缺失的内脏。

最诡异的是，此时再看美女的表情，那半睁半闭的眼睛和樱红微翘的嘴唇，都显得她像是很享受被如此对待。

这时，一阵阵轻轻的声音隐约传至耳际，那是像小虫的低吟的声音，低得让人难以觉察到，却又能不断捕捉到它的声响。

奇怪的声音又来了！

眼睛和耳朵都被这不可名状又强大的力量影响了，咸先生感觉自己在眩晕，她赶紧闭上眼睛，用双手捂住耳朵，可如此一来，那声音听得反而更清楚了，不但听到了"嘶嘶"的声音，还听到了人声，像是从不远处传来的几个人低声对话的声音，以及他们的不屑、嗤鼻、冷笑以及愤怒。咸先生听清楚了：一个难辨距离、音量、男女的声音在对她说话：

一个声音，小声却充满怨气："为什么你要看？！"

另一个声音则毫不掩饰自己的愤恨："为何不来找我！"

一股前所未有的压迫感和无助感袭来，咸先生立脚有些不稳了，她想逃离，却迈不开脚步，感觉整个身体就像陀螺一样摇摆起来。

"别让魔鬼侵占了你的心！"

就像飓风吹散了残云，深入耳膜的怪声音消失了，那些难辨来源的声音也都消失了，一个充满底气的男人声音让咸先生为之一振。

咸先生下意识向声源看去，"琼道长，你什么时候来的？"却只看到许多画架正处在墙壁边阴影中，一时竟找不到琼于的位置。

"先你来的……呃，啊！"像是在伸懒腰，只见几个挂着《净观九想》的画架之间，一个本来坐姿的人影站了起来，缓缓从阴影中走了出来，"现在明白冯东循说的了吧……他关于壁画的评论。"

"想起来了：'相信我，那画上还有很多未知，你们对它的了解才刚开始呢'。"

"先生真是过耳不忘啊！"琼于走到咸先生跟前，指了指她的胸口。

咸先生低头看了看自己，立即羞得满脸通红，原来泡过温泉后换了一身女式便服，竟忘了穿胸衣，衣衫的开襟低得将酥胸露出了许多。她赶紧转过身整理好衣服，有些恼怒地说："你怎能如此轻浮？"

"……先生穿女儿装很显妩媚，只是我不是这意思，快拿我给你的鼻烟壶出来闻闻。"

咸先生一怔，忍不住又笑了，将挂在胸前的鼻烟壶拿起来闻了闻，神志果然很快清醒了许多。她转过身来，还带着羞，只好快点换话题："道长也看到这壁画的怪异了吧？"

琼于点点头："这三个魔鬼一出现，画里的故事更多了！"

"三个？明明只有两个！"

"你再看！"琼于指着壁画左上方。

只见左上方那段斜墙外，原来一片灰黄颜色的区域，出现了一些植物，就是在榴谷中看到的那种像芭蕉的巨草，只不过画得有些模糊，但仍能看清轮廓。处在前面的两棵巨草异常高大，一左一右，夹着后面被虚化处理的几棵巨草。比较有特点的是它们的叶子，有的叶子画得完整，有的则残缺不全，有的长势怪异，形成了各种姿态的扭曲。其他则并没什么发现。

咸先生看看琮于，看到的是他坚定的目光，知道他说的绝不会错，只好又回头仔细看那片区域。

忽然，一个高大的魔鬼以令人意外的形式出现了！

画者巧妙运用了颜色和线条，使前景两棵植物的叶子边沿互相封闭而成了一个魔鬼的上半身的轮廓，它就像隐于黑暗中刚走出来，巨大的左手攀着墙，右臂则逐渐淡入暗部，看不到右手在何处；它的五官，以及头顶的巨角则由后面虚化的叶子来充当。几片变形的叶子构造出了他的表情，叫人浮想联翩，像是傲慢，像是凶狠，像是在耍弄阴谋，像是在观赏他人痛苦的快感。

"这……是谁又画上去的？"

"不管是谁，肯定不是我们这些人，也不可能在晚饭这么短的时间里完成……我在你去温泉时就来这里了！"

"难道这宅子里还有我们没见过的人？"咸先生说到这里，刚刚过去的惧意重又聚了回来。

"不管有没有另外的人，这画绝不可能是我们离开这段时间修改的，你看那些颜料，明明有岁月的痕迹。"

"那它的变化又怎么解释？"

"不知道，就像我不知道那些奇怪的声音。"

"画面加上这些魔鬼，想要说明什么？是想暗示魔鬼就像传说的那样，白天隐藏起来，一到夜晚，便出来害人？"咸先生自顾自地说着，忽然回过神来，瞪大眼睛看着琮于："声音？你也听到了那些声音，很细微的怪声？"

"听到了，看到你捂耳朵，我就知道你和我一样都听到了，只是我反应没那么剧烈。"

咸先生马上回想了一下，关于那些声音，目前已经听到过三次了：刚到谷地的时候，泡温泉的时候，适才看壁画的时候。她看着壁画，忍不住退后几步："这壁画……莫非真的有魔力？"

"这很难说，目前可以得出的结论是：那些声音自我们刚到谷地时就听到了，而且，离这后园越近，那些声音听到的越多越清晰。"

咸先生想了想，又说："也可以理解为：离壁画越近，声音越清晰。"

"首先，壁画是否真有'魔力'还很难说，而那些怪声音也不一定是来自这壁画。"琮于故意缓和气氛地笑了笑，"无论这里存在着什么力量，目前我们还没有被它影响，我们能做的，唯有尽快展开调查，查明真相。"

咸先生不解："真相？除了调查家父和这里有何渊源，还有别的？"

"多着呢，比如天顺四年、五年那段时间，似乎发生了不少事，也留下了很多疑点，我且将能想到的先讲一下：

"一者，刘子山回了湖州，这一点就很叫人疑惑，因为按你所说的，那他和令尊在那一年不过刚开始跨入仕途，一个刚刚做官的青年才俊，怎么会这么快就厌倦官场，这之前发生了什么让他彻底改变了自己对人生的追求？

"二者，刘子山作为倚山樵开始了他的艺术生涯，于是又一个疑点出现了：是什么经历让他的作品风格有了如此奇异的转变？

"三者，就是你关心的，倚山樵在榴园的这段时间，令尊与他有过什么往事，为何笔记中记录了他想加害令尊的内容……是什么让这对好朋友生隙决裂？而之后，令尊隐藏身份迁去了小风镇生活，并再也没有和倚山樵有过交往，那么从此之后倚山樵的去向似乎也没了任何线索……那个刘氏堂侄并没有提到他的叔父后来的结局。

"四者，关于现任宅主，这一对奇怪的夫妇，也有让人疑惑不解的地方……奇怪啊，最近的案子，我总是会怀疑起雇主来。"琮于笑了笑。

咸先生问："什么不解？"

"比如冯东循的身份……一个行走江湖的俗家道士，换句话说，就是一个来历不明的神秘之人。而那个苏小姐的言谈举止更加怪异，竟自称见过狐仙，那狐仙还救助过她，让我对她的神志不得不产生怀疑。你知道吗，就在刚才，苏小姐先于你来过这里，她和你一样没有注意到我坐在角落里，我看到她很愤怒地看着密室，却又踌躇不前，估计是那一墙的丑陋怪物吓住了她。她最后竟要将灯笼扔到密室里，看来是要将那里面所藏的'秘密'付之一炬。我正要去阻止时，东循来了，又劝又吵地将她拽走了。"

又听到一件出人意料的事。咸先生实在不明白苏小姐为何有这么奇怪的性情和举动，便将自己听到的冯东循和苏小姐的争吵对琼于说了。

"真是人不可貌相。"琼于又一脸严肃地说："先生以后可不能因为风度就放弃这等获取线索的机会。万一那对夫妻以后再也不吵架了，又或者装得更小心，我们便很难再从他们的言谈举止中获得线索了。"

咸先生认真地点点头，又问："难道，全是疑点？就没有结论？"

看着她期望的神情，琼于苦笑道："调查才刚刚开始呢，能理出这么多疑点已经是很大的进展了。不过，我倒是对适才所说的第一个疑问有了猜测。"

"关于刘子山为何来这里隐居？"

"对，将你以前所说的，和现在所得的关于'前任宅主'刘子山的线索结合起来，就能得出我的这种结论，先整理一下相关线索：

"令尊在做官后曾出使过南洋；

"令尊曾赐官泉州府市舶司司员，泉州历来是海运港埠，市舶司又是主管与藩国贸易、海运的衙门，令尊既然在那里做官，应该是因为熟悉海事而被委派随朝廷使臣一起出使藩国；而刘子山的官职是行人司左司副，行人司是朝廷礼部负责管理藩事、外交、出使的地方，出使藩国的使节自然会从那里选拔，这两人的官职都与外交、出使有关……想到什么了吗？

"令尊在出使后回泉州又过了大半年，又辞官回到湖州，那正是天顺五年的事，这时候，刘子山已经辞官半年多，在这里过上了画家的生活，之后，刘子山的笔记中便出现了令尊的身影……都接上了对吗？

"如此，我的想法是：刘子山和令尊在各自做官后又见过面，而且时间不短。"

琼于看着惊疑的咸先生，索性直接说道："没错，他们一起出使过南洋！"

咸先生惊得一怔，琼于接着说："或许事情是这样的：朝廷要派人出使南洋，便选刘子山作为使节，而他想到自己的好友正好有海事经验，便又向朝廷推荐了令尊作为从使，这样于公于私都很便利，于是，两个好朋友又在一起了。想确认此事，可以求你衙门里的朋友查阅当年的昭告文书，只是出使这种事往往是朝廷机密，不一定能查得到，只好算作合理的猜测。"

咸先生想了想，说："若是按你说的，很可能是查不到了。"

"为什么？"

"按你所说，那有几件事就变得合理了：家父返回大明后被官降一级，而刘子山也大体在那个时间'厌倦仕途'……看来他真的不是主动厌倦，而是无奈之举，因为，我猜这次出使藩国的使命没有顺利达成，家父因而被降级处罚，而刘子山作为主使，受到的处罚很可能更严重，直接导致他心灰意懒，这才回了湖州，又不好意思回原籍，便来到这里居住和创作。而如果出使没有成功，朝廷就可能不会将这件事公之于文书……这是有损国威的事。"

琼于重重地点点头，此时，他正对着窗户，看着窗外的天空和那盏已经西斜的凸月，问："今天是什么日子？"

"七月十一。"

"明天的月亮会更圆一些……至少我们不用在完全黑暗的夜空下调查了。"

"这话，也是象征吗？"

琼于转身看着那幅壁画，笑了笑："现在，我们面对的疑点更多了，明天开始的调查恐怕会发现更多的谜题。我有种预感，当我们弄清了这幅壁画所隐含的象征意义，这里的所有谜团便都解开了！"

十一 探查

琼于从画案上醒过来时，并不知道是什么时辰了。

胳膊被脸压得早就麻了，脸也被硌得通红。琼于揉了揉眼睛，下意识地转脸看向壁画的方向，然后，他再一次震惊了！

他赶紧走到壁画前仔细看了一会儿，没看错：那幅壁画竟又回复了原来的模样！

琼于惊得目瞪口呆，半晌，他竟笑了起来，然后回身走回画案，将满案的文稿散页整理好放回箱子，又将箱子塞回密室，关好密室的门，便走出倚山坞。出门时，用一条铁链将馆门锁了起来。

来到馆外的空地上，琼于只觉周围气息很清新，他大口吸吐了几下空气，又舒展了一下筋骨。往天上看了看，只见一片澄净的蓝色，没有半片云彩，过了一会儿，有两只白鹤安详地飞了过去。不远处的山顶和山顶上的树木被照得通亮……已经是上午了，谷外肯定是个好天气。

琼于上了廊桥，快走到池中心的亭子时，他看到冯东循正在那里。只见他一只手抓着一根棍子，棍子斜支在地上，而他居然盘腿悬在空中，唯一的支点，就是抓着棍子的手。而另一只手抓着一条粗鱼竿，目不转睛地盯着鱼线。

冯东循余光也看到了琼于，笑问："道长怎么睡到这边来了？"

"这宅子里太安静反而睡不着，来这边再看看画和资料，后来就睡着了。"琼于走到冯东循跟前，也盘膝坐了下来，看着他奇怪的"坐姿"，问："东循这练的是什么功？"

"没名字没套路，练着玩而已，师父说可以将身体练轻。"

琼于不再对这个感兴趣，直接问道："你早知道那幅壁画的怪异吧？"

冯东循不动声色地答道："没错。"显然他预料到这个邋遢道士必会发现壁画有变化的特点。

"为什么不先告诉我们？"

"想过，可又觉得让你们体验一下我当初的惊奇会更好，或许以道长和先生的智慧，能马上发现什么线索！"

"所以，你请我们来并非只为了弄清有关咸先生父亲的事，你最在意的，是藏于这座宅院中的谜团？"

"对，不然，我怎么能安心住下去。"

"也可能是为了安心地离开。"

冯东循一愣，瞟了琼于一眼，身体晃了一下，差点失去平衡，赶紧又稳住了。

琼于故意不看他，而是盯着鱼竿尽头垂到水里的线，又郑重地说："既然如今由我们来调查，那就暂时由我们来主导这里的事情吧，我提个要求：不经我同意，其他人不得进入倚山坞。"

"……"冯东循一迟疑，又笑道："好，就依道长。"

"这鱼线怎么没有漂？"

"哪还有鱼了，我在钓那条鲵怪。"

"你还是不想放过它？"

"是夫人害怕这类丑物，叫我将它除掉。道长若是不想杀生，我钓上来后放到外面溪里去。"

琼于站起身来，向前面走去，边走边说："那么大的怪物，你可要小心。"

"哈哈哈，大不了同归于尽。"冯东循像是在苦笑，笑容很快便在脸上消散了。

琼于走回自己所住的院子，见咸先生又换上了一身干练衣服，头上束了髻，正背对着自己坐在石桌边。琼于慢慢走到她身边，见桌子上有一张画得像棋盘一样的纸，上面摆满了各种颜色的棋子，侧身一看，见她正闭着眼睛自言自语："红八枚：三二、四四、五四、七三、七五、七九、八六、八九；黄四枚：一三、四五、五七、七九……"

"呃……先生在做什么？"琼于坐在另一个石凳上。

咸先生睁开一双秀眼，笑道："道长常说我善于记忆，我就是这么练的。"她拿起旁边一个小布袋，里面装满了半袋像围棋一样的棋子，只是除黑白外还有红、黄、褐、绿等颜色，"闭上眼睛，从袋里随意摸出一些棋子，摆到棋盘上……棋盘是特制的，在各经纬线相交处都有凸起，即使看不见也能摆对位置。摆完后睁眼看一会儿，这一会儿之间，要尽量记住各棋子在棋盘上的位置，再闭上眼睛，说出各棋子颜色及所在位置，比如红子放在经四线和纬六线相交的位置，就说红，四六。我一开始可以只摆二三十枚，练得深了，可以逐次增加子数，最多可将棋盘摆满，八十一枚。"

"即是先生此刻练习的数量。"琼于看了看棋盘，红子和黄子的数目和位置咸先生都说对了。

"还有什么办法能增强记忆？"

咸先生想了想，说："记黄历。除了常见的节日，有关自己和亲人的纪念日，还要记住更多特殊的日子，练到最后，就是记住一整套黄历。"

"呃……那最近有什么值得一提的日子？"

咸先生又想了想，说："有一个很特别的日子，再过三天，就是七月十五中元节，民俗传说的鬼节，这倒不足为奇，奇的是，这一天将会出现月食！"

"哦？会有这么巧？"

"是啊，我收藏有一本历法秘书，与现今大明朝通行的历法很不一样，似乎我那本书上的历法算得更准。我十八岁那年曾发生一次日食，那书上便事先有记载，正是这次的验证让我对它产生了兴趣。只是要想看懂这本书里所讲的算法，需精通天文术算之学，这方面我太过愚拙，只好将书里已经列出的十年内的黄历死记硬背下来了。"

"十年？"

"嗯，道长要不要试试，对增强记忆很有帮助？"

"与其怎么练也不如先生，不如将你带在身边。"琼于像是说着一句很自然的话，又道："昨夜让你回来休息后，我留在倚山坞看那些文稿，只是太多了，看了很久也没发现什么有价值的线索，看来查阅笔记、对证资料这些，还得由你代劳。"

"嗯，那是自然。"咸先生很少这么得意，看来越来越不把琼于当外人了，她又换了一副很疑惑的面容，说："我睡前也看了冯东循给我挑出来的那些资料，里面确实有一页提到，倚山樵，也就是刘子山，说家父时常借故来榴园消磨时光，还说他不怀好意，自称越来越讨厌家父，有时恨不得想杀了他。而其他纸张里的记录却与这种意思截然不同，都是讲家父来拜访，刘子山很高兴，吟诗作画，喝酒赏园，如何惬意。不知道家父做了什么，令刘子山对他会有这么大的转变，而且转变得这么快。"

"或许不是转变得快，是文稿有缺失，而那些缺失的部分里则记录了令尊到底怎么得罪了倚山樵。总之那些文稿笔记是要认真查阅了。另外，我适才又发现了更离奇的事情！"说到这里，琼于笑了，眼中放射出得意的光彩。

原来他的笑容很好看，只是眼角有些细纹，这必是长久风餐露宿造成的吧，然而这些细纹却又给了他一种岁月累积下的魅力。咸先生心里想着，嘴上也没忘了问："看道长如此，便知这事肯定有趣，是什么？"

"那幅壁画，此刻又恢复了原状。"

"……不明白。"

"现在如果你去倚山坞，看到的壁画就像昨天午后我们看到的一样。"

"这，太不可思议了！也就是说，它是一幅随时间而变的画！"

"对。"

"难道这画真的有魔力？"

"这话你昨晚就说过……我目前还不知道到底怎么回事，不过，看来正是这样的离奇古怪，才是冯东循请我们来调查的真正原因。"琼于一脸难得的笑容。

咸先生看他这么欢悦，忙问："那道长又解开了什么谜？"

"这倒没有。"

"那……"

"遇到了这样的奇案，本身就是一件快乐的事啊！"

早饭也被摆在厅里，只是两盘馒头和几碟小菜，都用碗扣着，并没有看到冯东循和苏小姐。咸先生问："我俩一来，让苏小姐受累了？"

"或许她总算有机会做饭给别人吃了。"

"……"

"你没发现，冯东循从来不当着我们的面吃东西吗？巧的是，这种习惯，诗茵也有。"

"诗茵？就是齐宅案里的那个？哎，她耍得我们好苦啊，差点把你害死。"

"那只是意外，她本心倒不坏。"

"是啊，她或许没想到你会对齐玉堂、对案情穷追不舍……你一说我倒是想起来了，真是这么回事，是不是他们修炼道术，平常都辟谷？"

"我看不只这么简单，只是这事并非目前的首要关键，暂且一放。"琼于说："还有，倚山樵的那些文稿晚上再看不迟。"

咸先生也吃完了："那现在做什么？"

"没有邻居，就无法查证冯东循夫妻所说的事，特别是关于榴园来历的内容。刘子山的创作历程很怪异，到底是什么叫他从对现实山水的描绘，演变成创作那些充满象征和隐讳的怪画？你不是说要想了解画家在作品里暗藏的意义，就要先了解他的生活经历吗，不如我们先追寻倚山樵的创作足迹，游览苍峰山。"

饭毕，咸先生在桌上留了个字条，说明两人出门游山，琼于将剩下的馒头塞在一个布袋里缠在背上。

两人走到宅门口，琼于转去马棚里看看白麟儿，却见它显得十分焦躁，目光不停地到处看着，像是有什么可怕的东西藏在它的附近周围，可明明什么可疑的也没有。琼于检查了一下草料，也都很正常，便觉得白麟儿到了陌生环境而有不安，便安抚了它片刻，见它安静了一些，才回到宅门那里，掏了钥匙开了链锁，出门后又按冯东循的要求，用链锁在外面将门锁上，便和咸先生向谷外走。走了几十步回头再看时，只见这座宅院在清晨淡淡的雾气中显得清新了许多，连墙砖、油漆都比昨天更鲜艳了。

两人往东走，见到一条溪流。这几天雨水不多，溪流不深，约有两丈宽。两人沿溪路而上，走了半个时辰，终于爬上了一座小山顶部。这时周围的光线自然比谷地里明亮多了，视野开阔了许多，两人看着周围，只见苍峰山方圆有数百里，大大小小的山峰有十几座，有几座较高的山峰此刻正处于烟雾缭绕中，两人所在位置几乎算是最矮的山峰了。

咸先生累得已顾不得风雅，大口喘着气，后来索性坐在旁边一块大石头上。

琼于的呼吸却很均匀，他捡了两根粗树枝，将上面的小枝掰净，将其中一根拿给咸先生："先生是坐惯了书馆的人，体力倒还可以。"

"我可不是文弱书生，张仵作曾教我几套健体的功法，我一直坚持练。"咸先生接过"拐杖"，看了看周围，"道长先前有没有问过路？"

"不用问，都已经记下来了。"琼于从怀中掏出一张纸展开，"昨晚看那些文稿唯一的收获：原来刘子山已将苍峰山各峰各景都绘成图了。"

只见一张棕黄色的牛皮纸上，用简略的线条大体勾出了道路、山峰、溪流、村落和一些景点，每个重要地方都标注了名字，有路线将之连接起来。地图最左下方，路线的起点，便是两人出发的地方：榴园。

两人沿山尖刚走几步，忽然看到一条狭窄的小路直通向山下，这小路显然已经荒了多年，早已长满了荒草，落满了碎石泥土，只是略能看出一点路的痕迹，看它转弯的方向，似乎是通向来时的谷地。两人对视一眼，不用多说，便沿小路而下。这小路窄得无法并排，又很难走，琼于便在前探路，咸先生在后。有些路段已经被雨水冲刷得陷落了一大块，有的地方则被上面崩落的山石泥土填平了，完全看不出路的样子。两人费劲走了许久，又转过一个弯后，果然看到了榴谷的一部分，正是初到谷地，马车停住的地方，那些长得稀疏的矮树和野草在此时俯视之下，更显得很萧条。沿小路越往前走，看到的谷地部分越靠近榴园，那一大片像芭蕉一样的巨草在高处看去则显得很是茂盛，那形势，正不断渗透、侵蚀着附近的树木。

两人正想再走几步，便能俯视榴园的全貌，然而，前面却没路了，一个陡峭的斜坡挡在了面前，侧外便是数十丈深的悬崖，没有绳索器具很难徒手攀爬过去。

咸先生道："这路怎么修的，怎么正好断在这？"

琼于仔细看了看前面的陡坡，说："这是一个路障！你看这些泥土颜色，有新土覆盖旧土、层层堆积的痕迹，这里本来是有路的，但后来出现了这个路障，或许是山石崩塌，或许是有人为之，将路堵死了，多年雨水冲刷，又从山上面冲下来新的泥石，路障慢慢成了山体的一部分。"他叫声"先生退后！"便拿过自用拐杖插进石堆里一个缝隙，用力撬了撬，发现很稳当，便拿过咸先生的那根拐杖，将脚踩到已经插进陡坡的拐杖里，身体顺势贴到了陡坡上，然后又将咸先生的拐杖在陡坡前面找了一个孔隙插了进去，有了这两个"签子"，他便在陡坡上有了落脚的地方。

琼于小心踩上第二个"签子"，抓着一把草往前探头一看，果然前面还有路，只是离现在的落脚点尚有一段距离，而他一时又无法再造出第三个签子。咸先生有些紧张了："不如回去拿了绳子再来！"琼于哪会再费时间，看准了下个落脚点，稍一蹲身，便纵身一跃，只见一片碎石块哗哗地掉落到悬崖下面，而他却不见了。

路障向外突出，将琼于的身影完全挡住，一时不知他是否安全落地。

咸先生的心提到了嗓尖，正要叫，只见陡坡后伸出一只胳膊晃了晃，传来了那邋遢道士的声音："这路还能走。"

"道长小心啊！"咸先生喊了一句，只是已经没有回音了，显然人家已经走远了，她擦了擦额角的冷汗：换作自己，会为了所谓的真相冒这种危险吗？

两三刻钟后，琼于回来了，先在坡后晃了晃胳膊，喊道："我要过来了！"说着便露出头，小心贴上了陡坡，又一纵身踩上了靠近他的签子。

咸先生早已又找了一条更长的树枝，挑在琼于身侧，预备他万一失了重心，还能抓住树枝调整身体。只是有了上次的经验，琼于已经摸清了下脚的地方，第二个落点踩得很稳，又一跳，终于落到了咸先生身边。

"下次真要带绳子了。"咸先生怜惜地看着琼于，替他打掉身上的浮土和枯叶。

"怪我考虑不周，我以为按刘子山的路线走便可，没料到会有这等狼狈。不过，确实没白走。"

"又发现了什么？"

"这条小路通向的地方，居然是温泉旁边，那里有个小门，以前或许就是榴园的侧门，只不过现在门附近都长满草，走不了了。"

咸先生想起昨夜去温泉时发现的位于侧旁的小门，她忽然意识到一件事："你怎么知道温泉边有小门？"

"昨夜本想去泡泡温泉，不料你已经在里面了。"

咸先生脖子都红了，琼于却跟没事一样，又道："还有一个更重要的发现……这苍峰山地图，再看看，然后想想那些山水画。"

咸先生只得看着琼于摊开在双手上的地图，看了片刻，忽然抬起头来："这些标注的景点，刘子山都画过，比如那幅《苍山览气图》，很可能就是在标注为'览气峰'的地方画的……这是刘子山依据自己的所行所见，自己画出的地图，说不定这些景点的名字都是他自己起的呢。"

"这些景点他确实都到过了，也都画过了……那些山水画的题目与地图里标注的景点都能对应得上。只是，为何独独少了它？"琼于微笑着看了看咸先生，然后将手指向地图的左下角。

"榴园！对啊，他将这苍峰山的景色都画尽了，却没有为自己朝夕居住的宅园留下一幅画作！会不会，他根本找不到一个绝佳的位置去看到整个榴……"咸先生一双美目睁圆了，放射出明亮的光彩，"这条小路再走下去，即是'绝佳的位置'？！"

"没错。而且远不止这个：刘子山确实为榴园作过一幅画，只是没有取它的全景，而是将榴园的一部分以难以觉察的方式表现出来了……我们都看过了。"

"到底哪一幅？"

"就是那幅巨大的壁画！"

十二 野狐

不到辰时，小风镇的主街上已变得熙熙攘攘。

远处走来一个道士，束身箭袖，外罩一件青布大氅，背插一把长剑，腰上系着一个红漆葫芦。他头上挽了一个高髻，插一柄弯月竹簪，一手拿着拂尘，一手搭着挎在肩上的包袱，一脸神气地走来。

这时，他看见路边有个酒铺，立刻眉开眼笑，走到铺子前抱拳道："店家，可有好酒，给贫道灌上一葫芦。"

店家是一个短胖的中年男人，一脸媚笑地接着葫芦："道长来巧了，这一坛是南浔三里铺林家老酒刚送来的，这酒他酿出来只送两家，另一家就是乌程铁佛寺边上的月秀酒庄。"

"呵，那可好了。这三里铺我知道，一进咱湖州地界就听说了：整个庄子都是林家老酒的酒坊，乡民都是酒坊伙计。"

"道长能打听到这个可真是好酒的人了，你可知道，他家的酒不在本地卖，都运到湖州府外去卖。这是他家祖上留下来的规矩：老大家的酒不能在湖州卖，老二家的酒只能在湖州卖，好叫兄弟俩都有生意做。"说到这里，又压低了嗓门，"只是老大家的酒确实更好些，他家的人就偷偷在湖州地界里也卖一点，道长知道就行，可别到处说，不然人家不往我这送了。"

道士听了不住地点头。店家拿酒提子灌了三提半，刚好将葫芦灌满，还剩了一点，想倒回坛里，道士急得"哎"了一声，早将嘴凑了过去。店家笑了笑，将酒提子送到他嘴上。道士将那一口酒一吸而尽，还想舔，店家赶紧将酒提子撤回去了。

道士"啧"了几下舌头，连夸几声"好酒"，转身就要走，被店家扯住："哎，还没给钱呢！"

"贫道道号聿元，龙虎山天师……"

"我管你哪来的，哪有买了酒不给钱的！"

"你难道没看出我这一身仙宇之气，所谓'手拿拂尘，不是凡人'，我……"

"道长你这算什么事，我嘴欠跟你多白话了几句，跟谁都是这样，你就觉得我和你有交情了？"

"在下可是修行之人！"

"呸，我三叔就修道，整天游手好闲不干正事，到处跟人侃神说仙的，饭也不好好吃，整天吞他炼的铅丸子，愁得我婶子兄弟直掉泪，他这样都是你们这些野道士撺掇的。我不跟你废话，给钱，没钱？那酒倒回来！"店家边撸袖子边抄起旁边一根顶门棍。

聿元一副左右为难的样子："哎，镜屏还说装傻就行，根本没用！"只好从包袱里掏出一个酒壶，像是银的，只是已经残缺不全了，也没有壶盖。他将这酒地递给店家，店家仔细看了看，果然是银的。他便抢回来，左手拿酒壶，右手猛地抽出背上的铁剑从下往上一挥……快得只看见白光闪动，吓得店家往后一跳，缩到角落里，还没来得及叫时，只见一小块壶嘴崩起来老高。再一眨眼，却见丰元一脸心疼地将剑横格，剑尖将那一块银壶嘴稳稳接住，送到店家面前："够了吧！"

店家暗自庆幸自己没动手，不然这么快的剑削上自己，等人家走远了头还没掉呢。他试探着将那一块银壶嘴捏起来，又恢复了一脸媚笑："够了够了！道长好没算计，这么好的酒壶，怎么不趁着完好的时候卖了，那可比这么一点点斫下来值的银子多咧！"

"哎，原本想留着，馋酒了，身上又没钱，一着急就拿它抵了。"丰元无奈地收好只剩半个的银酒壶。

"想吃白食，也得有咱这样的运气才行！"一个倚墙躺着的乞丐伸了伸懒腰，一脸得意地斜瞧着丰元说。

旁边另一个乞丐一脸不屑："又来了又来了，不就是被个有钱没处使的阔佬雇去做下人，其实什么都不用干，整天好吃好喝……这小半年就听你这套词了，把我耳根子里的老屎都冲干净了。"

"你别说，那样的日子过习惯了，刚一开始那宅子我还真受不了，老想回去了。"

"你都被撵出来了，还有脸回去。"

"不是被撵出来的，是我实在受不了那主子自己说走的。他是一个怪人，平常喜欢琢磨药方，这倒罢了，只是他老让我们几个下人喝他的药试验，一顿两顿就算了，他是天天叫我们喝，不喝他就连打带骂，这么折腾法谁受得了，我宁可再出来要饭了。"

"那你还想回去？"

"我也不知道怎么回事，刚出来的时候就很想回去，想得睡不着觉，浑身难受。后来我就跑去德清县城待了半月，才慢慢淡了。"

"怎么有这样的怪人？他一开始就这样？"

"我看不是，八成是被他老婆气的。我刚去做下人的时候，这主子倒还挺正常，他虽然有的是钱，可喜欢的是在山里转悠，用他的话说是认识各种药材，想写一部医书。可后来他娶了一房老婆，之后性子就越变越坏了，没多久这老婆也受不了跑回娘家了，这主子之后就更难伺候，我们几个下人才跑出来了。"

"新娶的媳妇跑回娘家？到底出了什么事？"聿元问。

"谁知道呢，我看，那宅子本身就有问题，地方太偏了，盖在一个深山谷里头，一天有大半天见不着太阳，风水不好！"

"风水不好？！"聿元来了精神。

苍峰山断指峰。

满山皆是茂密的树木，一条小路隐匿其间，小路上正走着两个人。

"我们出倚山坞时，你是否留意到右侧有一小片竹林？"琼于边走边说。

"看到了，那有何蹊跷？"咸先生。

"我曾进入过竹林，见到一条小路，不知通向哪里。彼时没有时间，我也没走下去看。"

"有这种事？"

"试想一下，如果将那片竹林去掉，变成一片平地，再以俯视的视角，便和壁画所描绘的场景一致了。"

"你是说，壁画右下方的一角房檐即是倚山坞，画在左边的鱼池就是后园里的鱼池？"

"还有那片花圃，或许原本是有的，只是后来将之铲去，种上了竹子。我在小路上看到，那片竹林约有三四亩，其外有一段很高的墙……这也与壁画上一致，但墙外又是一片'芭蕉'林，似乎没有什么特别的。"

咸先生想了想，说："听你这么说，我忽然有了个想法。"

琼于用鼓励的眼神看着她："说出来。"

"那堵高墙像是有着什么秘密，所以能俯视那里的山间小路被人弄了路障；而在后园里，则在去高墙的必由之路上种上竹子加以掩藏。"

琼于赞赏地点点头，道："看来又有了一个新谜题：关于那堵高墙，它究竟掩藏了什么秘密？！"

琼于停止了说话，向坡下跑了几步，那里有一块两三丈方圆的巨石，表面十分平坦，简直是一个天造地设的观景台。他跨上巨石，左右看了一会儿，招手叫咸先生也过来。

　　咸先生也上了石台，只见由此向西看，便是绵延不绝的天目群山，周围各峰在此都尽收眼底。她指着右前方一座山峰："那不就是观音髻吗？倚山樵曾为它画过一幅《观音髻秋暮图》。还有那边的卧佛山，也有一幅《卧佛朝天》，只是画中描绘的是冬景。看来仅在这块石头上，他就画了许多幅。只不过这里地势较低，无法鸟瞰全景。"

　　"所以他要再找更好的观景点……按地图，再往前走四五里路就是览气峰了。我们走吧。"

　　两人又在密林中走了一会儿，渐渐听到流水声，又走几十步后，只见一条狭长的开阔地横在眼前，中间流着一条溪水。这条溪水从更高的地方一直流下来，到这里正逢地势平缓，流速减慢。两人正走得满头大汗，见到这一股清凉，心情瞬间舒爽了许多。琼于看日头已偏过中天，估计得到未时了，便提议休息一下，咸先生自然答应。

　　两人四处寻看，想找块好树荫，忽见溪对岸乱石丛中有灰影闪动。两人赶紧蹲下身子小心观察，只见一条灰色的狐狸从石头后慢慢走了出来，先四处望了许久，又粗哑地叫了几声，过了一会儿，它身后的灌木丛中又走出三只小狐狸，快速跑到它身边。

　　大狐狸见小狐狸来了，便在溪边低着头走走停停，似在寻视什么。果然，它停在一处泥边，开始用爪子刨起来。

　　两人都紧张得不敢大声出气，只等着那狐狸会刨出什么异物。

　　谁知，大狐狸挖了一会儿便不挖了，然后站在那里等了片刻，便低头喝起水来，接着小狐狸也跟着喝那里的水。

　　咸先生看着喝水的狐狸，差点没笑出声来，小声道："还以为又会挖出一坛金银呢……罗三该的故事还记忆犹新。"

　　"它那是过滤溪水里的泥沙。都说狐狸狡黠，果然如此。这样的生灵若是哪天幻化成人形，倒也不是绝无可能。"

　　"……"

　　琼于忽然问："你相信这世上有狐妖吗？"

　　"这……天生万物，我们所知能有多少？只是没有亲眼见过，难免对那些以讹传讹的故事产生怀疑。"

"这或许又是一个谜题。不过，现在我们该吃点东西了。"

琼于从袋子里摸出几个馒头。咸先生见那袋子油腻腻的，微皱了下眉头。琼于早察觉了，先将馒头的皮都撕下来自己吃了，才将软软的馒头芯递给咸先生。咸先生心头不由得涌起一阵暖意。

琼于吃了几口馒头，见狐狸喝完水走了，便走去溪边蹲下要捧水喝。

"别喝，这水有毒！"

只见一个中年汉子背着一捆柴从溪对面的林子里走出来。他蹚水过了溪，走到琼于面前，一看他这身打扮，立刻满脸堆笑，将柴立在一边，凑了过来："原来是位道长，这附近可没什么道观，你这是要去哪里呀？"

"四处云游，居无定所……这水真的有毒？"

"这条溪叫苦肠水，真的有毒，喝了会肚子痛、拉稀。"

"怪不得狐狸要那样喝水。在下道号琼于，施主怎么称呼？"

"嘿嘿，咱叫葛老四，在这山上砍点柴火卖，有时也逮兔子套狐狸，住在山那边的葛村。"

咸先生也走了出来，葛老四看了她一眼，"嘿哟，这荒山今天真算热闹了，这俊相公又是哪里来的？莫不是狐狸变的吧？"说完笑了笑。

"我是人，和这道长一起的。"咸先生没好气地说。

"一起也得小心咧，这山里有狐妖，这么俊的人小心被狐狸精拐了去。"

"这位先生不喜欢与人诙谐。老四，你说水里有毒，这毒是哪里来的？"

葛老四很郑重地说："据说这溪水有一支源头是从山顶的龙洞里流出来的。那龙洞里有冷泉，泉里藏着毒龙。"

琼于显然不当真："据说？也就是没见过。"

"见过就回不来喽。"

咸先生没兴趣听他瞎白话，问："从这里到峰顶还有多远？"

"这可是最高的一座峰了，要爬上顶恐怕还得要一个多时辰……道长想什么呢，你不会想去看龙洞吧！"

咸先生带着些调侃的口气说："本来只是去峰顶看看，现在听说了这事，他怎么也得去看看了。"

"可别这么干，那地方我们山里人都不敢去。早年有几个不知死的后生去那里玩，几天没回来，村里人就伙起来拿着刀弓锄头去找。刚找到那洞口，就听见里面传出来一阵阵吼声，那声音又短又粗，吼得却比老虎还响，吓得那伙人又不敢进了。可那几个后生的家里人不能不进啊，就让其他胆小的在洞口等着，约好要是半个时辰不出来，就别管他们了。结果那几个人进去后先是没动静，接着就连声惨叫，其中一个跑了出来，连叫'龙，真有龙！'。守着的人问其他人呢，他说'别管了，被龙吞了'，这帮人没命地跑下了山，才算活了。"葛老四见两人还是一脸怀疑，认真地说："道长莫要不信，这山里的古怪太多，你们这些外人不熟，玩玩就回去吧。"

"除了狐妖、毒龙，还有什么怪的？"咸先生揶揄道。

"还有野人呢！"

"野人？！"

"这可是千真万确，我和其他几个走山砍柴的都见过！那野人和咱们差不多高，浑身长着又黄又黑的粗毛，爬树、走山比猴子还快。"

咸先生将信将疑地看了看琼于，却见他显出一脸惧意。葛老四见琼于真害怕了，忙说："两位赶紧回家，咱这柴也砍够了，咱回了。"便扛起那捆柴，哼着小调往山下走去。

"这等乡野讹传，道长还真信了？"咸先生难得看到琼于会有畏惧。

琼于却回复了平常的样子，说："我不显出害怕，他不会对我们放下戒心，也不会愿意多说实情。"

"……"

琼于又看了看地图："这里也标了一条山溪……这座峰就是览气峰了。"

"那我们还要上去？"

琼于摇了摇头："如今已过了大半天了，上去还要一个时辰，那就没法在天黑前赶回去了。不如我们就此回榴园，明日早早动身，溯溪直奔览气峰顶。"

十三 神秘男子

两人回到榴园后，不先去和主人打招呼，径直往后园走，路过那些花圃、竹丛，只觉得一夜之间，好像花朵又开了不少，连枝叶也繁茂了许多。

两人进了拱门，上曲桥，琼于速度越来越快，咸先生快跟不上了。琼于小跑着过了廊桥到了倚山坞前，先看门上的链锁，却猛然一愣，赶上来的咸先生一看，只见链锁虽然完好，只是旁边两扇窗户却被砸开了。

琼于拿钥匙开锁进门，看到的情景令两人大吃一惊：馆内左边区域一切如旧，右边却一片狼藉：很多画架都被推倒，很多画作或被撕成碎片，或被揉得残缺不全，只剩那幅壁画幸免于难。

咸先生先看了那幅壁画一眼，正如琼于所说，壁画又恢复成原来的模样，那几个恐怖的魔鬼不见了。她虽然惊叹，可更让她震惊的则是这宅园中有人要破坏调查："这人只有苏小姐了。这可怎么办？许多线索都暗含在那些画作中，如今毁于一旦，以后的调查更艰难了。"

琼于不答话，赶紧走去画案后的密室，打开门爬了进去，片刻后笑着跳了出来："别灰心，没艰难多少！"

"怎么回事？"

"我离开前将那些重要的画都取下来，连同所有文稿都放到密室里去了，如今安然无恙。"

咸先生先松了一口气，又看了看那扇贴满丑恶爬虫的密室之门，"为何这么一扇没有重锁、没有机关，可以随意打开的门，却能将破坏者拒之门外？"

"这个我一时也不明白，只是已经能确定，这些爬虫能叫苏小姐望而却步。现在，苏小姐想破坏调查的行为已经确定无疑，问题只是她这么做的动机是什么。"

咸先生不禁又佩服这道士心思真是缜密，说："冯东循想离开这里，而苏小姐想留下，她以为只要查清了这里的谜团，就无法继续待在这里，到那时，很可能的情况是即使她自己愿意，东循也不会再陪着她了……这或许是苏小姐阻挠调查的动机。"

"嗯，只是这又引出了下一个问题，也就是最终的问题：苏小姐极力维护、东循却想努力弄清从而让她从这宅子解脱的谜到底是什么？"琼于顿了顿，说："问题又回到这座宅园了。"

晚饭时，一开始只有咸先生和冯东循两个人，正要开饭时琼于才来到，看他那样像是忙过什么体力活，很疲惫的样子。他朝咸先生点点头，然后坐在桌边，这引起了冯东循的疑惑，问："道长干什么去了，累成这样？"

"我将密室里的爬虫皮全钉到倚山坞的门窗上了。"

"……这是为什么？"

"我也说不清，但总感受会有用。"

冯东循只好不再问。

只见饭桌上除了两盘剩菜，还有一盘煮红薯，一盘馒头。冯东循一脸不好意思，请两人将就一下。咸先生拿出自己带来的酒请冯东循喝，与他对饮了几杯后，便问苏小姐哪里去了。冯东循无奈地叹了口气，又连喝了几杯酒。

咸先生问："东循是豪侠之人，有什么心事不如说出来。"

冯东循犹豫了一下，问："两位都去倚山坞看过了吧？"

"那里是调查的关键，自然是回来后就先去那里。"

"那些乱，是我夫人所为。她砸不开锁，便打破了窗户自己爬了进去，也不知道是哪里来的力气。我赶到时，她已经闹得不可收拾了，我与她争执不决，只得先将她击晕。"

"击晕？"

冯东循无奈地长叹一口气："哎，我这夫人有点失心狂病，而且我感觉最近好像越来越严重了。她发起狂来有些忘乎所以，还特别自以为是。我实在控制不了她，只好如此。放心，我会拿捏好力道，夫人现在已经休息了。只是，如今画都被破坏了，失了重要线索，你们的调查还能继续吗？"

咸先生正想说，忽然，后面传来一阵尖利的叫声，那分明是苏小姐的声音。冯东循急道："娘子又做噩梦了！两位请自便。"说完急急起身离去。

两人都看出他有话要说，正想趁机提问呢，既然如此只好作罢。

吃过饭，两人往住处走。路上，咸先生说："本想再看看那些文稿，只是今天真的好累，果然调查案件比在书馆里寻章摘句要辛苦多了。"

"寻章摘句的事还没开始呢，到时有的你做了。"琼于抬头看着繁星点点的天空，月亮比昨夜更圆更亮了。

夜里，咸先生躺在床上久久不能入睡，身体上的劳累抵消不了内心此起彼伏的情绪，她想起了那种轻轻的怪声音，想起了那幅恐怖的壁画，她觉得后园正有一种力量在召唤着她。她索性坐了起来，也不穿衣服，只将鹤氅披在身上，挑了一盏灯笼，出门径直向后园走去。

今晚的夜空有些不对劲，月亮和星星都异常的明亮，这种光亮下，周围的一切都清晰可见，咸先生根本不用挑灯笼了。她将灯笼扔到路边，步子越走越快，只觉离后园越近，周围就越明亮起来，堪比白昼，接着犹如正午，然后就像万千颗太阳齐聚在天空。等她踏进后园拱门的一刹那，一阵眩光将她的眼睛刺得瞬间失明了。

等咸先生再次慢慢地睁开眼睛，只见目光所及再也没有任何颜色，周围的一切被暴烈的白光染透了。她像是没了魂魄一样，僵硬地走上了曲桥上。

奇怪的是，此时的池水竟然漫过了桥面，且在不停地上涨，一直涨到她的腰部。

咸先生紧张起来，她想退回去，却怎么也转不了身，低头一看，清澈的水中，自己的脚踝被几条暗绿色的水草缠住，那水草犹如一只只有力的手，捏着她的脚向前推，前进了，"手"便松一些，否则，便越缠越紧。她只得战战兢兢地往前蹚水。

忽然，身侧冒起几串大水泡，紧接着，一片黑影在离她右肩不到两尺的地方浮起来，只见六七条巨大的怪鱼冒出头来，怪鱼有着庞大的身躯，浑身乌黑色，长着高耸的背鳍和形如人手的胸鳍，它们不停地用胸鳍拍打着水面，以使自己能浮在水上。

最可怖的是，它们都有一张人脸！

紧接着，眼前的影像开始不停地变换起来，自己以前所经历的一幕幕印象深刻的情景不断浮现在眼前，忽然，画面停住了，自己好像在俯视着一个人的脸，那个人面庞削瘦，面容扭曲，最可怕的是，那两眼凶狠的目光正瞪视着自己。

咸先生在浑身颤抖中惊醒！

她坐直了身子，实在不愿再去回忆这可怕的梦，便努力让自己去想别的，想了半天，竟没想起什么愉快的事。她气恼地起了床，穿好衣服，本想挑个灯笼，却又怕与梦境相合，索性什么也不带便出了门。

"有了适才的梦境，你还敢去后园吗？"咸先生故意自言自语地问自己。这一问，本来走向后园的脚步变得犹豫起来。徘徊之中，不知不觉竟朝反方向走了起来，当她意识到走错方向时，忽然西侧的两间厢房里竟亮着灯。

那两间厢房呈东西走向，此刻正被一片朦胧的气氛笼罩着，不知是月光还是雾气的原因。

冯东循夫妇住在靠近后园的主人卧房，自己和琼于住在身后的客房，这里本应是闲置的房间，怎么会有人住呢，会不会是东循与苏小姐吵架后分房睡了？

想到这里，咸先生正要转身回去，忽听一声开门响，从屋里退着走出来一个书生打扮的男子……距离较远，灯光昏暗，眼前都是虚虚恍恍的影像，根本看不清他的脸，只觉他身材瘦窄，个子不高，绝不是冯东循。男子退的时候抬着双手，等他整个身子退出来，才发现他的手正抓着送他出门的一个女人的袖子，那女人同样看不清面貌。接着，那女人像是很不忍地甩开他的手，而男子也不情愿地转身向这边走来，女人则一直看着他离开，看这情景，很像是一对恋恋不舍的情人。

这宅中竟还有别人，而且居然是苏小姐的情人！

这又是一个足以让咸先生震惊的发现。她不及细想，赶紧闪在一旁的竹丛里，想看看那男子究竟是谁。等了好一会，却不见有人走过来：那十来步的距离怎么走了这么久？

又等了一会儿，还是没人过来，咸先生只好慢慢走出竹丛，又往那边看了看……哪有半个人影。她往房前走去，仔细查看了一下周围，这幢房子一侧挨着围墙，对面则是用花圃、太湖石、竹子和围墙、房子一起围成了一个小院子，咸先生来的方向是唯一的出入口。花圃里早已没了花，长满了杂草，竹子也大多枯死了，男子要想从中穿过爬墙而走，一者不会这么快，二者不可能完全不留痕迹。

那男子就像凭空消失了一样！

咸先生又想看看房间里的女人，刚一转身，忽然觉得周围的一切轻轻晃动起来，就像是身在画面上的景色之中，被人抖动了画纸，一阵波浪朝她涌过来，又像一阵风经过她的身体，然后，一切又平静了。

　　咸先生还以为这真的是一阵风，赶紧走上台阶，月光下只见门窗老旧，屋门还上着把大锁，她从早已没了窗纸的窗格向里面望去，靠着一点漏进去的月光，她看到里像是废弃已久，空空的什么也没有，这样的屋子怎么会是情人幽会之地？

　　这个时候，她才真正感到了奇怪，只是又看了许久，又想了许久，也没有一点头绪：难得自己还没有从梦境里走出来？

　　她想赶紧离开这是非之地，转身向外走去。忽然，离自己二十丈开外，那口古井边，像是凭空闪出了一个人影。

　　那人像是要往井里跳！

　　咸先生紧张极了，正想过去阻拦，忽然又觉得那人不像是自愿的，倒像是没了自主能力，被人拖着抬起来，对准了井口向里推去！

　　"不要！"

　　咸先生急得大叫一声，可已经晚了，只听"扑通"一声，井里传来沉闷的落水声。咸先生略一犹豫，捡起脚边一根枯竹竿便冲了过去，跑到井边，她先看看四周：周围并没有什么遮挡，月光下哪有别人。她鼓起勇气往井里看去，却见井口依如之前一样盖着大石板……怎么可能有人掉进去而不挪动石板呢？咸先生开始后悔没有挑灯笼出来，只好朝井里喊："有人吗，你怎么样？"

　　除了自己的声音，没听到任何动静，可是刚才明明听到了重物落进水里的声音啊！

　　这掉进井里的人，以及……如果真存在……那个推他入井的人，又这么凭空消失了！

　　"咣……"

　　一声瓷器破碎的响声传来。

　　与此同时，像是又一阵波动袭过咸先生身边……很难说，到底是波动在先还是破碎在先。咸先生听到那声响又是从身后传来，她猛转身，只见刚才看过了的厢房，此时竟又透出了亮光。这时候，又一阵摔东西的声音传来，伴随着一阵痛苦的呻吟声。

　　咸先生赶紧跑了过去……那原本挂在屋门上的大锁不见了，里面靠右的区域灯火通明。咸先生使劲推门，里面却被抵住。她叫了几声，里面也没有回应。她又转到西侧的窗边，窗子也推不开。她只得将窗纸捅破，凑上去看，里面的情景让她紧张的心提到了嗓子口。

只见靠着窗子的一张桌子后面，一个年轻的男子侧身坐在椅子上……更像是被摁在椅子上，正痛苦地挣扎着，像是被一个无形的臂膀勒住了他的脖子。他的两脚乱蹬，踢倒了附近的花瓶、家具。他的双手就那么抓着无形的勒在他脖子上的胳膊。

因为男子离窗户太近，从咸先生的位置根本无法看到在他背后加害的人。咸先生大叫："住手！"只是屋里的凶手并未停止，眼看男子就要窒息而死了。

咸先生又回到屋门前，用身子使劲撞上去，接连撞了几下，忽然，门像是被撤去了抵物，开了。

咸先生收不住势，幸亏扒住门上的门环。她忍着肩膀的疼痛站定，然而，又像是一阵波浪随风袭过，屋里又黑了下来。

借着月光，哪看到什么男人，所有的一切，都还是像第一次来看时那样又空又旧，只有一些杂物堆在角落里。

咸先生还不能确定，又用手里的竹竿胡乱扫了一通，除了碰到一把破椅子，哪碰到什么活物？

月光将窗台照得较亮，她见窗台上还有一截残蜡，赶紧拿出火石打着了，捏着蜡烛看了一周，虽然没有再看到刚才那惊险的一幕，可分明若有若无地听到了那个男人的呻吟，就像是胳膊越勒越紧，他的呻吟声也变得越来越小。

咸先生实在无法接受刚才经历的这一切，更别说理解了。现在能感觉到的，唯有因这怪异而逐渐增强的恐惧感。她忽然感觉身后有个人影慢慢靠近，她猛然转过身，背后已经站了一个人！

咸先生惊得差点跳起来，那人却将她一只手抓住，从背后挑出一盏灯笼。灯光照亮了那个人的脸，咸先生只觉得这种孤独无助的时候，最想见到就是这张脸了，"你怎么才来！"

"你怎么又没叫我就跑出来了！"

"我做噩梦了，睡不着才出来。"

"实在想不出，先生这样的人会做出什么噩梦。"

"哎，那是从小就经常做的梦，梦见我在高空俯视一张人脸，那人像是久病缠身，面色很难看，这倒罢了，最叫我害怕的是他好像对我很仇视，那是一种恨不得我死掉的眼神。"

"梦是很奇特的体验，如果第一次梦到某个叫人印象深刻的影像，就会永久地记下来，以后就有可能再梦到它，而且那是经过再次编排的梦境，这样，如果一开始就是恐怖的情景，只会越梦越恐怖。所以先生不必在意。"琼于道："我看到你从古井那边跑到这边来，便跟了过来。你在找什么？"

咸先生借机退后两步，又走到屋子西侧靠窗的位置："要不就是我有了幻觉，要不就真的看到了鬼魅。"便将刚才看到的几幕不可思议的情景详细对琼于说了。

琼于仔细听完，眉头搅在了一起，左臂抱着胸前，右肘搭在其上，拇指和食指搓着下巴上的胡茬想了许久，然后淡淡地道："这座宅子，是活的！"

十四 竹林深处

"你这话是什么意思？"咸先生完全不明白琼于在说什么。

琼于又是那副不动声色的表情："我只是有感而发。"他想了想，又说："既然睡不着，不如一起去后园看看吧。"

两人往后园走去，快走到主人卧房时，听到有房门开动的声音。琼于赶紧吹灭了灯笼，拉咸先生躲在旁边一丛蔷薇后。过了一会儿，只见一个人挑着灯笼从房间里走出来，原来是苏小姐。她很小心的样子，看看屋里，轻轻掩好门，便转向后园走去。

"咱们跟上她！"咸先生小声说，正要动，却被琼于拉住。

过了片刻，从房里又出来一个人，却没有挑灯，只是月光照得清楚，那人正是冯东循，他先快速走出房间和小院，在转弯处停了停，看清苏小姐行踪后，便以与之相同的速度小心地跟在她后面。

咸先生钦佩地看了琼于一眼。等前面的人都走远了，两人也跟了上去。

苏小姐自以为小心地走到倚山坞，正要上前，猛然看见门上、窗上都钉满了鲩鱼、鳄鱼的尸皮，灯笼所到之处只见一张张丑恶狰狞的嘴脸。苏小姐吓得往旁边退了几步，又在原地呆立半晌，转而往旁边的竹林走去。

"看来你的尝试真的有用。"猫在曲桥上的咸先生对旁边的琼于小声说，"既然明知苏小姐有鬼，为何不直接去找她对质？"

"如今她是主我们是客，在调查没有实质进展前，我们没法强制她不能进出她家里的什么地方。"

此时的冯东循正缩在廊桥上一根柱子后面，见苏小姐又开始走了，便又跟了上去。

月亮升到了高空，月光正盛。两人跟到倚山坞附近，见那夫妇二人早没了，那片竹林中尚有几棵竹子在晃动。琼于便引着咸先生走过去，自己扒开那些晃动的竹子，咸先生趁机挤了进去，琼于也跟着进去了，两人在竹子中费力挤了一会儿，便走上石板小路。

月光被浓密的竹子挡住，小路一片漆黑。

两人不敢点灯笼，只得摸着两侧的竹竿前进。走了二十多步后，慢慢地又有光亮透了过来，只见二三十步开外，小路的尽头通向一小片空地，冯东循像是不再掩饰自己的存在，正坐在小路尽头一块石头上看着前面。

两人都屏住了呼吸，生怕他听到了动静。透过他的肩膀，月光下只见苏小姐将灯笼挂在一条藤蔓上，自己站在平地而起的一堵高墙前。

那堵墙足有两丈高，在两人所处的位置看不到它的边界，上面已经爬满了爬山虎和三角梅，墙头外面能看到一些"芭蕉"巨草的叶子……外面的巨草竟长得如此之高！

而苏小姐此刻的举止也着实怪异：她竟不顾三角梅藤蔓上的荆刺，将身体贴到墙上，像是很努力在往里面看，过了一会儿，又大口地呼吸，很仔细地闻着不知哪里散发出的气息，身体开始慢慢扭动起来，等她转过身来，只见她一脸"春意荡漾"的神情，像是十分陶醉于此时此刻。

咸先生羞得不敢再看，将脸转向琼于，压低了声音问："她在做什么？"

琼于面无表情地盯着一脸魅容的苏小姐："我也不知道她做什么，但起码知道了她胳膊上的划伤是怎么来的。"

此时的苏小姐快要将上衣褪掉了，而冯东循却坐在那里一动不动，只是脸上分明写满了忧伤。这怪异的情景让躲在后面的咸先生尴尬不已，琼于则认真地看着，为了聚光，眼睛快要眯成一条线了。

过了一会儿，苏小姐像是得到了满足，意识也清醒了过来，将自己的衣服头发整理好。这时冯东循也站起身，转身向外走来。琼于对咸先生使个眼色，两人各朝一边钻进厚密的竹林深处。

咸先生往里钻了七八步远，又蹲了下来，一动不动地盯着小路。过了一会儿，只见冯东循快步走了过去。又过了一会儿，苏小姐也挑着灯笼经过。就在此时，一条杯口粗的蛇从咸先生面前的一棵竹子上游了下来，黑暗中看不清它的颜色，只看到它从头到尾足有半丈多长。咸先生吓得刚发出一点"嗯"的声音，赶紧用双手将嘴捂住。

小路上的苏小姐显然听到了动静，停下脚步，用灯笼四处查看起来，灯光中照出的她，完全没有初次见面时的美丽动人，竟一脸阴冷的犹疑。

而那条蛇却因咸先生这一动，反向她这边转过头来。它将身子后端又向下游了一段，前半端便可悬在空中，然后将它梭形的蛇头在咸先生头顶慢慢垂下，蛇口张开到最大，俨然要吞的样子。虽然这蛇的口远没有大过人的头顶，可这样的情景乍一看去也令人胆寒，咸先生仰着头与之对视，吓得全身的血液都沸腾起来，而这似乎更引得那蛇兴奋了，蛇头下降的速度更快了。

"谁在那？！"苏小姐叫了一声。

那蛇像是听懂了这声喊，快速掉转方向，朝苏小姐游去，这蛇竟能在竹叶上游动，在竹子间攀游如飞，快到小路时，忽然凌空弹射出去，正落在苏小姐脖子上，又顺势缠了几遭，将头绕到她耳畔，然后后缩蓄力，张开大口……这一连串的动作只在一瞬之间，眼见它就要咬向苏小姐。

倏地，一道白光飞了过去，苏小姐侧面一棵竹子上早已插上一把不知是什么的短刃，再看那蛇，早已由七寸处断成两截，头被短刃带出老远才落下。

苏小姐直到此时才想起惊叫，边叫边将缠在脖子上的蛇身扯了下来，蛇身掉在旁边地上，犹自不停地扭动，灯笼也掉到地上，里面的蜡烛将之烧着了。这时一条人影又倏忽而至，看身型必是冯东循，他抱住惊叫着的苏小姐，拍着她的背小心安抚了几句。他见那段蛇身仍在脚边翻滚，便一脚将它踢到火里……那一刹那，只听到一阵轻轻的冷笑声。

又是那个声音！

咸先生马上意识到了是那个声音，这次，不再是各种窃窃的低吟，而是非常清楚的冷笑……到底是谁发出来的？

浑身无力的苏小姐被冯东循架走了。过了一会儿，咸先生见琼于从竹林里钻了出来，自己也走了出去。琼于蹲下看那片余火：灯笼早已烧完了，火中只剩大半截缩成一团的蛇身，被烧得滋滋冒烟，片刻后便成了焦炭。

"这蛇的举动好奇怪，它为何很有针对性地攻击苏小姐，而且作势要吞……这样的小蛇怎么可能吞得下一个人？"

"蛇心不足，它适才也张口要吞我呢！"咸先生看到落在不远处还在轻微动弹的蛇头。

琼于点着自己的灯笼，起身看插在竹子上的短刃，见它长约七寸，尖部似铲，柄上刻着一个像是犬类的兽头："这必是冯东循听到叫声，又折了回来，急用暗器化险。"又捡起那段蛇头递向咸先生。

咸先生显然很害怕，只是强作镇定。

"不要怕！若是想和我一起调查，这种事还要碰到很多呢！"琼于另一只手拔下短刃，也递了过去，用平淡的语气说："埋了它吧，它只是按照自己的方式生存罢了。"便将地上被烧成炭的蛇身踢到路边泥里，用短刃挖起土来。谁知短刃还未及地面，那块泥忽然动了起来！

咸先生就站在旁边，大叫着跳了起来，被琼于扶住，定睛看时，原来是一条四尺多长的大鲵正趴在那里，黑暗中与周围的泥土混成一种颜色。这鲵鱼头一抖，便将那半截蛇头吞下，然后慢慢地转身，向竹林深处爬去。

咸先生有些不好意思地看了看琼于，琼于微微一笑："这次是意外，我也会吓一跳。"

"你没有听到一声冷笑？"

琼于疑惑地看着她："没有啊。"

没有？以前都是两个人都能听到，这次他没有，那看来是自己太紧张，出现了幻听……疑神疑鬼总比真的有鬼要好。咸先生松了一口气。

琼于已经转身向小路里面走去："去看看。"

两人走到小路尽头，来到了苏小姐刚才站着的空地上，只见那堵墙高有两丈，宽有十余丈，左右两边在尽头处都向外延伸，拐角处又连着后园本来的围墙，墙上已经被藤蔓爬得看不见一点砖石。三角梅的品种也很少见，是紫色重瓣的。

两人惊奇地看到，那些花瓣几乎以肉眼能看见的速度展开！

"三角梅的'花'其实是叶子，有颜色是为了吸引蜂蛾来授粉，真正的花是那几片叶子中间像花蕊的小东西。"咸先生抬头看看月亮，那盏月盘比昨夜更凸了，很快就要月满了，"这些三角梅是不是得了天时、地利，长得这么快！"

琼于则走到了刚才苏小姐所站的位置，一手举着灯笼，一手扒着藤蔓小心找着什么。过了一会儿，他叫道："在这！"

咸先生凑了过去，只见荆棘后面的砖墙上露出一条竖直的缝隙：原来有暗门！

琼于又扒开旁边一片藤蔓和荆棘，大致看到了整扇门，不过比人高一点，只有一扇，只是这门明显朽烂不堪。琼于用指背敲了敲，原来是木质的，"这是个伪装，木板上画了和周围一样的砖纹。"

他想打开这扇门，却拉不开，似乎另一面有插闩。朽成这样的木门若是用猛力撞，是能撞开的，只是琼于还不想贸然破坏它，只好将拉开的藤蔓又摆回原来的样子，拍了拍手上的木屑，道："很多年前，有人从这扇门走出墙外，然后在那边关上了门。"

咸先生想了想，说："如果你说的是对的，我的那种感觉就更强烈了。"

"什么感觉？"

"冥冥之中，像是有什么力量吸引着别人来到这里。可以想象，苏小姐定也是经常来此……那些奇怪的举止，东循怕是已经熟视无睹了，所以只要不发生意外，就由着她了。"

琼于又皱紧了眉头："一种吸引别人来这里的力量？"

"你说，要不要向东循挑明，让他打开这扇门？"

琼于看着眼前的高墙，不从暗门进，不借助高梯，是不可能翻过去的。他摇摇头："如果东循想让我们进去，一开始就会告知这里的存在。在没想清楚进去要做什么之前，先不要暴露我们想进去的意思。"他看看快要沉入山谷的月亮，知道时间不早了，"我们先回去吧。"

一会儿工夫，两人走出竹林，来到倚山坞前。咸先生看着门窗上那些丑陋的爬虫，又发瘆起来。琼于对她笑了笑，用钥匙打开了锁，推门进去，先点上了附近灯盘里的蜡烛。咸先生也跟着迈了进来。

两人直接转身向右走，顺便又点着几盏灯，然后看向壁画。令他们意外的是：壁画上并没有再次出现那三个隐藏的魔鬼，整幅画和第一次看到时一模一样！

两人对视了一眼，琼于忽然想起什么，将旁边的窗户打开，天空繁星点点，偶有云层飘过，园子里一片寂静，廊桥和池中的亭子在漆黑的夜色中只能看到一点点轮廓。

"这到底是怎么回事……我还以为壁画一到晚上就会变样！"咸先生说。画架都被推到墙边，整个画馆的右部区域显得空荡荡的，咸先生说话都有回音了。

"看来不只和昼夜有关，还得有别的条件。"

"这事冯东循肯定也知道，可他为何不直接告诉我们？"

"就算他知道这壁画有这样的怪异，我敢肯定他也不知道原因。"琼于想起了冯东循的话，讪讪自语："这壁画的怪异还多着呢！"

咸先生道："我越来越觉得整件事都是冯东循设好的圈套，从一开始他以调查父亲身世为由诱我们来此，然后我们不断发现新的谜团，有的线索分明是在他的引导下得知的，比如他所谓的'只看了几页文稿'，却正好看到了关于刘子山和父亲的章节。"咸先生有些恼火地说："我现在真想去找他当面对质，问他到底还有什么瞒着我们！"

"他是想让调查控制在他希望的范围和程度之内，他害怕我们涉事太深，会查出什么有碍于他自己的真相。"

"还有苏小姐的。"咸先生又想起了苏小姐的怪异举止。

琼于赞许地点点头。

"可是这么下去，整个调查就偏离了初衷……我都不知道究竟在查什么了！"

"并没有偏离初衷，只是又多了许多疑点，我们正处在许多并行的船的其中一条上，很可能要在不同的船之间跳来跳去，才能查获线索，但最终，我确信所有的'船'都会汇集到一条航道上。所以，就算要找冯东循对质，也必须等到查获更充分的线索，将整个调查的'航向'确立下来的时候，而现在还不是时候。目前，能真正为我们提供线索的只有两个调查方向，一是密室中刘子山的笔记文稿，需待查阅比对；二是苍峰山中所'记录'的倚山樵的作画历程，需待游览探访。这两者一静一动，先生要选哪个？"

这是明摆着的事：自己善于文字，若两人分头调查，必会事半功倍。琼于怕自己多心，不好直说，可如若分头行事，就没法和他一起调查，一起经历了，那会错过多少精彩的事啊。想到这里，咸先生有些为难，支支吾吾了半天也说不出到底想怎样。

琼于笑了笑："文字是死的，晚上也可以查阅，先生不如明日仍随我一起游山，或许能有意外发现。"

"好啊！"咸先生高兴之情溢于言表，又问："那接下来我们做什么？"

"回去睡觉！"

十五 昆仑奴

第二天的早膳，两人还是没见到冯东循和苏小姐，饭食也依旧如昨日。两人都吃了个饱，琼于又带了几个馒头，灌了一壶水，便和咸先生往外走。路过马棚时，琼于又特意看了看白麟儿，只见它趴在地上，槽里的草料没少多少，看到琼于来也不撒欢了。琼于想摸摸它，它却又表现出烦躁不安的模样，琼于按着它的头仔细看了一会儿，只觉得不像是得了什么病。眼下没法好好管它了，琼于又找了一捆绳子挂在肩上，又找了一条棍子递给咸先生做拐杖，自己则抄起一条顶门棍，然后出门而去。

两人很快便爬上了第一座山峰，站在峰顶，两人都不约而同看了看那条有路障的小路，然后沿着山尖向览气峰走去。

聿元走到齐家老宅前，望着眼前的残垣断壁和里面露出的高高的蒿草，他有些疑惑：这里就是镜屏和那个真大派道正破解了玄奇谜案的地方吗？

他转身看看旁边，见有个老汉扛着锄头正向旁边一片田地走去，便跟了过去："老人家，贫道乃云游道人，正积修外功，今日游至咱小风镇……"

"又是个修炼外功的，你修的是什么外功？"

"……禳星看风水，除妖祛邪之类，这齐家老……"

"怪了，今天是道士聚会怎的，刚刚有个小道姑也是这般说辞，向我打听齐家老宅的事。"

"哦？她长什么样？有没有说是哪门哪派？"

"长得挺灵气，天生的一副笑脸，小嘴巴巴地说个没完，说是龙虎山天师派的大弟子，下山专为降妖除魔，积修外功！"

"这……祖师保佑，千万别叫我碰上她！"聿元子忽然自己念叨起来。

"师兄！"

只见一个瘦小的背影闪到聿元子身后，将一只白细的手重重拍到他肩膀上。

琮于和咸先生在山林间不停地走着。这次游山目标明确，不用再看沿途风景，经过了断指峰，走到苦肠水时，看日头还不到巳时。琮于看着峰顶的方向："顺着这条溪水往上走，应该就是到峰顶的路，刘子山定是在那里创作了《苍峰览气图》，之后他的创作风格骤变，所以，览气峰是刘子山创作生涯重要的转折之地，或许那里能查到重要线索。"

"更何况，那里还有'龙洞'那种神乎其神的地方。"咸先生笑着说。

两人在溪边稍作休息，便开始往上面走，走了半个多时辰，山势开始变陡峭了，而且越往上越陡，步履变得艰难起来。琮于体力倒还可以，咸先生则明显有些气力不支……她哪里吃过这等苦头？琮于往上看看，离峰顶至少还有一个时辰的路，只好提议再歇，他刚说了一个"休"字便戛然停住，一动不动地直直盯着正前方。

咸先生顺着他的视线看去，只见不远处的密林中，一个人正躲在一棵大树后，一动不动地看着这边，那片林子长得太过茂密，以两人的距离，仅能看到一条黑黑的剪影。

两边静立了许久，琮于忽然叫道："我们是游山之人，朋友若要相见，何不现身？"又慢慢地试探着向前走去。

那人却快速将探出的身子隐到树后，只是伸出胳膊挥舞起来，看那姿势，似要两人往山下走。咸先生趁这时机，赶紧抓起棍子，紧跟在琮于身后。两人越走越近，渐渐能看清那挥动的手臂竟长满了棕黑色的毛发，只有手掌略像人的颜色。那人见这边正在靠近，侧身便要退逃，又停住了，像是发现了什么吸引他的事情，又盯着这边看了起来。

琮于不想吓跑他，停住了脚步，又抬手示意咸先生不要动，如此又对峙了一会儿。琮于开始慢慢半蹲下身子，走向一边，又试探着朝那人迂回走去。而那人则像是放松了警惕，也开始向这边走来。

琼于看着那人注视的方向，小声对咸先生说："他在意的是你，你不要动！"

那人又从一片树荫中走了出来，从树叶空隙里漏下的光线先照亮了他的下半身，在肚皮下部用几片破麻布拼缀着树叶遮挡羞处。

"哩噜！哩噜！"从那人嘴里吐出了很奇怪的喊叫。

正当他要继续往前走的时候，忽然从下方传来一阵尖利的口哨声，只听一个人大声喊道："老四……快来！"接着，便听到了另一个人的应答："套到什么了？"听那声音，应该就在下面不远处。

那"人"的脚步就此停住，他看看下面，然后猛地转身向山上的方向逃去，只见他的身影在粗大的树干和低矮的灌木间穿梭，随着几声与树枝摩擦的"沙沙"声，瞬间消失在密林深处。

"好快！"咸先生看着犹自摇晃的树枝惊叹，"还记得葛老四说的……"

"野人！"

小风镇风月酒楼。

两个道士打扮的年轻人坐在靠窗的座位上，桌上摆满了酒食。两人先对饮了几杯，其中一个年纪较小，白净俊俏的小道姑嘻嘻笑道："师兄，大树谷那件案子后，你都做了什么？"

她对面身材高大的道士一脸没好气的样子，正是聿元，喝了杯酒道："没做什么。镜屏，你信里不是说，你在这镇上破了一件大案吗，又说你去了别的地方，又回来了？"

"没错。我本想就此去苏州，只是走到半路，我听说了一件事。"镜屏凑近了小声道："师兄听说过密曜教吗？"

"你怎么会知道这个？"

"看你这样子，肯定是知道了。那，你相信这世上有狐妖吗？"

聿元不置可否，过了一会儿又问："你到底听说了什么？"

"在刚过去的齐宅案里，我可能就碰到了狐妖。"

览气峰下部平缓，上部则十分陡峭，山峰上面部分与周围的山脉比起来，就像是突出地面的竹笋，身在其中，根本无法看到完整的峰顶。

此时，琼于和咸先生已身在云雾缭绕之中，山势本就险峻，雾气又将一丈外的道路完全遮掩住了，只是听着附近不断流下的溪水声，能知道方向没错。琼于看了看身后的咸先生："这雾太大，等过去了再走吧。"便指指旁边的石头。

咸先生早就盼着他能提议休息，这时赶紧坐在石头上，琼于拿出馒头给她，她却只顾喝水。琼于笑问："你还好吧？"

"很好，就是有些后悔。"

"悔什么？"琼于又往上走了几步，上了另一块大石头，往周围看了看，雾气更浓了，只这几步之遥，虽然话听得很清楚，却只能依稀看到咸先生坐着的轮廓。

"没有和老张多学几套吞吐养气的功法，他武功也很高强，我却没学。"

琼于看着她："本以为只在书海中云游便可，谁知现在在真的山水间云游，有点力不从心了。"

"道长说得正是。"咸先生答应着，却用右手招呼琼于，左手慢慢抓起旁边的拐杖，目光直直盯着左前方一片石头边的灌木丛，嘴里仍不紧不慢地说："不知道那龙洞里是什么样，要是真藏着什么毒龙，凭我们俩，能应付得来吗？"

琼于立即明白她发现了什么，也不动声色地朝下慢慢走去，走到咸先生旁边时，越过她的肩膀，看到前方四五丈外被浓雾裹着的一片山石后面，隐隐有一个人在轻轻晃动。琼于挪到咸先生身侧，捡起棍子，对咸先生做个手势，示意她接着说，自己则起身慢慢走向一边。咸先生不明白他为何空手过去，不由紧张起来。

琼于先猫着腰绕到一侧，然后转过那片石头，终于看到一个黑黑的人影，正伏着身子，伸头向咸先生的方向看。琼于在他身后三四丈远的地方站直身子，轻轻叫了一声："哎！"

转过身来的是一个浑身长满浓密鬃毛的人形怪物，只有面部没有毛发，长着像人一样的五官，前额略显突出，眼窝有些深，鼻孔比一般人宽阔，一脸惊慌失措，身材略显矮胖。

琼于不禁叫了一声："昆仑奴？！"

那"人"也十分惊诧，与琼于对视了片刻，欲动又止，似在犹豫，接着喊道："哩噜，哩噜！"

这时咸先生跑了过来："道长，怎么了？"谁知刚跑几步，脚下踩到一片松土，瞬间失了重心，旁边正是一段悬崖……浓雾弥漫，之前竟没注意到。咸先生只来得及"啊"了一声，就此跌落下去。

丰元又喝干了一杯酒，疑惑地问镜屏："你是说，那个叫黄侍烟的小女子可能是密曜教的人，她可能是狐妖？"

镜屏郑重地点点头。

丰元想了半天，然后说："我刚刚也碰到了一件事，可能与狐妖有关。我在前面打酒的时候，碰到了一个乞丐，他说他曾在一个叫榴园的大户人家宅里做过几天下人，说那家的家主行为举止很是怪异，像是有失心狂病，常打骂虐待他的老婆，曾对她吼道：'你去找你的狐仙啊，叫你的狐仙来救你啊！'我只当这是句疯话，现在听你这么一说，倒有几分怀疑了。"

"大户人家？生意来了，走，找钱去！"

咸先生醒来时，发现自己躺在一张小床上，周围是一间简陋的茅草屋，墙上挂着锄、犁等农具，还有几张黄狼皮。茅屋只在对着门的地方开了一个窗户，有些弱光散进来，也不知是什么时辰，只能知道还是白天。咸先生想起身，胳膊一撑，便觉得右胳膊彻骨的疼痛，疼得她惨叫一声又躺了下去。她只好努力抬了抬头，看到自己身上的衣服破了几个口子，右胳膊肘部用一条细木棍支着绑了起来。她马上想起了之前的经历：难道摔成残废了？

这想法叫她紧张极了，也弄不清除了胳膊外到底还有哪里摔伤，只觉得浑身不能动弹。

这时琼于端着一碗东西走了进来，见到咸先生醒了，脸上露出了笑容……他的笑容真是温暖啊。咸先生忙问："这是在哪里？我的胳膊，没事吧？"

琼于先将碗放在一边，又小心托着她的右胳膊，去扶她上半身。她顺势起身，只是又感到一阵疼痛。

"除了胳膊外，你其他地方都很完好。"琼于边吹着碗里边说，那碗里的汤水黑黑的，看来是药汤。

咸先生这才放下心来，问："我记得我好像摔下悬崖了？"

琼于端着碗送到她嘴边："先喝点药吧。这里虽是荒山野村，却住着不少采药户，药材很好找。"

咸先生有点不好意思，便将上身倚到墙边，用左手接了碗喝了。

"我们在苍头村，这里葛老四的家。你摔得不算轻也不算重，正好碰到葛老四他们，我只好雇他和他的伙伴将你抬了回来。幸亏你带了银子，我便请了村里的大夫给你医治，又打发葛老四去别处住。现在已经到了酉时，今天只好在此地将就过一晚了。好消息是村医已经帮你看过了，他说并无大碍，只需休息一两天。坏消息是这村医兼做骟猪阉牛，他的医术我不敢保证。"见到咸先生又一脸惊慌，琼于笑道："我说笑话的度总是拿捏得不好，这方面还真不如镜屏。放心吧，以后你还能拿这手写字翻书。"

"我真没用，耽误了调查。"

"别担心。我的经验，每每在调查生出枝节时，往往会有意外的收获。你这次摔伤便是。"

"哦，有什么意外收获？"

"因为你的摔伤，我们到了这苍头村，这里应该是离榴园最近的村子了。适才我走访了村里几户人家，向他们打听到一些有关榴园的事情。据村民所说：榴园建造的时间约是天顺四年，园主是一位曾做过官的归隐士人……无疑就是刘子山。

"显然他没打算与本地村民交往，过了很久才有村民发现榴园的存在，估计建造榴园的工匠都是从外地找的，总之，他尽量避免让本地人知道榴园的存在。只是那毕竟是个大宅园，难免不被猎户樵夫发现，而对那些想去榴园窥探的好事者，刘子山均派家奴恩威并施，叫他们不要再来，甚至连榴谷都不许他们再靠近。那条小路上的路障，或许就是刘子山为免他人骚扰而设的。所以，之后多年，村民们对榴园的事情几乎一无所知。

"关于刘子山的这种'避世'习性，还有一证：据一个村民说，他的一位家住南浔的远房亲戚，曾参与过榴园的工程……居然跑到那么远的外地请人。这位匠人干的却不是最初建造榴园的工程，而是在之后某个时间修筑了一堵高墙……想到了吧，没错，现在看来，应该就是竹林之外的那堵墙了。这匠人对当时的经历记忆深刻，因为那宅主很奇怪，先让工匠们两天内修好墙，后来又不让修了，又让推倒，再过了一天，又要重修，第二次建墙则比预先设想的更高更厚，只是要在墙上留一个小门。这期间那宅主的情绪波动很大，喜怒无常，有时胡言乱语，惹得工匠们很不舒服，要不是觉得给钱痛快，他们早不干了。"

"这匠人有没有提到那些巨草？"

"没有，他只是说那里稀稀拉拉长着一片大叶子草，有半人多高，那雇主每天都在旁监工，倒不是怕匠人们偷懒，而是怕有人去那片草地里。有人问他那里到底有什么古怪，他这时倒是挺清醒的，说草里到处是毒蛇，所以才建墙挡住。不过，匠人说那是骗人的，真正的原因可能是那里埋着金钱财宝。"

"……"

"有一个同去的匠人因为实在好奇，装作方便走到草丛边，尿水冲出了地里埋着的一小块金子，他正想偷偷藏在身上的时候，却被宅主发现了，宅主当即暴怒，扔给他几块碎银子，连打带骂将他撵走了。这件事是事后其他匠人回家，才从那被撵的匠人口中得知的，但那位匠人很不幸在另一次工程中出了意外死了。"

咸先生想了想，道："这件事倒印证了另一件事：倚山樵唯一面世的一幅画是泥瓦匠卖出去的，或许是彼时顺手牵羊，或许是倚山樵性情大变后，胡乱拿别人当知己，将画送给了泥瓦匠。只是听了这些，越来越觉得这刘子山性情怪僻，很像个孤家寡人，他的堂侄竟不去看望他一下？"

琼于笑了笑，又说："听到下面的，或许可以回答你的疑惑。后来又过了多年，曾有一次，有个采药的后生偶然间到了那里，看到了榴园，只是彼时整个园子已经非常破败，早已没人住了。后生以为这等大户人家就算搬走了，或许能遗下些木料石材也说不定，便大着胆去那里看了看。据他回来说，所有厅馆屋宇、家具摆设、花园造景之类，但凡是人为的东西，都朽的朽、烂的烂，没有一件能再用的……整个园子已经成了废墟。这后生胆子也大，在园中四处转了半天，还捉到只野兔烤着吃了，才回了家。"

"怎么会这样？那冯东循……"

"你想得没错，若此说是真，那冯东循所谓从堂侄手里买到榴园的说法就是谎言！"

"那你找到这个后生了吗？从他那里或许能问到更多线索。"

"找不到了，他回村后不久就得了一种怪病死了。据村民说，那病相当可怖，先是浑身红斑，几天后脸上和脖颈开始长出红色怪癣，而且越长越多，就像树皮上的苔藓一样。这期间他人也变得十分狂躁，还打骂自己的家人，又终日口渴，不停地喝水，长出怪癣后，又奇痒难耐，乱抓自己的脸和脖子，最后面容溃烂，肚胀而死。村里人以为那榴园被怪园主下了蛊咒，且那里既然已成废墟，无利可图，便再也不去那里了。"

咸先生想象着那样的画面，不由现出满脸的惊悚。

琼于又道："我还打听到了一件事，是村民提到，几年前山里曾发生过山洪，或许那宅子是那次冲垮成了废墟，可是……"

"可是，如果榴园之前已经破坏了，那现在的榴园为何又是这样一番景象……如果冯东循发现了那座荒宅占为己有，并对之重建，那应该是几年前的事，这与他自己所说的接手榴园的时间不符，最关键的是，重造榴园这么大的工程，木料、石材、匠人、输运这些事怎么可能避开小风镇，怎么可能进行得如此悄无声息？"

"没错。所以晚上我俩要再去找一个人，或许从她那里能打听到更多线索。"

"谁？"

"本村一个姓杨的姑娘，据说，她曾经嫁到过榴园！"

十六 杨姑娘

两人正说话间，葛老四来了，端着一个大瓷盆，小茅屋内顿感香味扑鼻。他抬咸先生回来的时候已经知道了她是女人，此时他的眼神中便掩饰不住贪婪，一脸谄媚地看着咸先生说："这是我叫对面大嫂烧的兔子，将就吃吧，嘿嘿。你们叫我找的杨姑娘正好在家，我是叫她过来，还是你们去她门上？"

"你略等片刻，我们用完晚饭便跟你去拜访她。"琼于将屋里一张小破桌子搬到床边，接过盛肉的盆放在桌边，靠近咸先生，又掏出馒头撕去了皮，将馒头插在一根筷子上递给她，又给她找了一把木勺，方便她单手进食，自己则席地而坐，啃起馒头来。咸先生看着琼于做这些，眼睛里忍不住流露出柔情款款。闻到香味，才发觉自己也早就饿了，向葛老四道了谢。

葛老四咧着一嘴黄牙："快别客气，这位道长给了那多银子，就给吃兔子肉，咱还过意不去呢。可咱这山里除了兔子、野猪，就只有狐狸了。"他看着咸先生受伤的胳膊："你这么俊的女人，不在家老实待着，跟个道士乱跑什么？你可得当心，千万别一个人在山里走，小心被狐妖迷了去！"

咸先生也不理他。琼于看着葛老四煞有介事的样子，问："你见过狐妖吗？"

"当然见过，平常变成人样，不是俊公子，就是俏娘子，一个人在深山老林里走，看见人多就躲起来，看见一个人的，就现出身来哄人。"

"怎么哄人？"

"下套骗人钻，挖坑叫人跳呗。比方他见你是个贪财的，就扔块银子给你，又哄你哪里哪里埋了更多的财宝，他一个人挖不出来，叫你一起去，就把你骗到他洞里去了，最后连骨头也剩不下。"

"这倒和冯东循讲的故事很像。"

"再比方你是个憨后生，一脸青筋暴露，走路呼呼生风，裤裆又大，那定是没娶老婆的……"咸先生听了羞得满脸通红，只顾埋头吃饭，不经意间已经塞了一嘴大肉，差点噎住了。葛老四看着她那狼狈相，反而更来了劲："这时候啊，就有个美人儿，穿着绫罗绸缎，佩着珠宝首饰，正好坐在路前面，有的时候是把脚崴了的，有的时候露着半个胸脯说遭了强盗，还有那更坏的，就说遭了强盗逃的时候把脚崴了，先娇滴滴地哭一阵，说自己是什么什么地方大户人家的千金小姐，求你送她回家。要是见你动了心思，她就又说她是十八的姑娘一朵花，还没许配好人家呢……嘿嘿，咱唱得不赖吧。那些憨后生从小听惯了好故事，就巴望着只要背那小娘子回去当天就能披红挂彩当上女婿了，最不济也能大吃大喝几天再拿赏银回来，就这么又被骗到不知哪个洞里，被一窝小狐狸啃光了。"

"你见过的狐妖也是这样？"咸先生忍不住讽道。

"嘿嘿，其实我没见过，我倒是想见呢，就是碰不着啊，俗话说，妖魔鬼怪还怕恶人哩！凭咱老四这把力气，要是遇见公狐狸，先拿绳套上拉回来，慢慢剥它的皮，炖它的肉下酒；要是碰上了狐媚子，嘿嘿，那就打晕了背回家来啰。"葛老四得意地笑起来。

咸先生冷冷地斜了他一眼，小声说："信口开河！"她忽然对那一盆肉有些作呕，只好干啃起馒头。

"葛老四说的或许真有其事。"琼于像是在想着什么，说："狐妖，并非妄谈之物！"

苍头村位于整个苍峰山东南，隐在几座山峰所围成的山谷中，出村往南，有条小路可以到小风镇。村子不大，有四十多户人家。此时已是夜晚，月色正明，多数人家里都点上了灯光。

葛老四举着一截火把在前引路，琼于挑着个灯笼，咸先生则拄根棍子做拐杖，三人在村间走着，所到之处，引来阵阵狗吠声。

葛老四扭头看到走路缓慢的咸先生，说："你这姑娘真能逞强，不好好歇着跑出来干吗，要问事情让这个道长问好了。"

咸先生只是笑了笑。琼于问她："榴园位于苍峰山另一侧的西北方向，而苍头村位于苍峰山东南，先生博学，不知在易学上可有研究，如何评论这两边的地理？"

咸先生说："西北在八卦中为兑位，属泽；苍头村在东南，居艮位，属山。按堪舆之说，苍峰山有龙相，而这村子正处在龙头上，榴园则居于龙尾，两者各属阴阳，相望相对，于卦相上来说，应有相互消生之势。"

"也就是说两边的联系不会因为刘子山拒绝与村民来往而消失，总会有其他的关系……但愿我们在这里能打听到更多榴园的事。"

这时，葛老四一指前面："喏，这里就是。"明亮的月光下只见眼前是一座修造整齐的小院子，土坯墙刷了干净的白灰，大门还配了门楼，门楼上装饰着砖雕。"杨麻子是买卖人，买卖山货，有钱人，在镇上也有房子哩。"葛老四说着便上去砸门。

一阵狗叫声后，一个四五十岁的精瘦男人挑着灯笼开了门，一看是葛老四，长满麻子的脸上便露出鄙夷之色，问："是老四啊，深更半夜的来干吗？"

"咱没事，倒是有个美人儿想找咱姑娘打听点事。"

"美人儿？"杨麻子一脸狐疑地看看琼于这边。

咸先生只得上前道："在下专为令爱所遇的怪事而来。"

"令爱，谁？"

琼于拱手："就是你家女儿。施主，杨姑娘之前是不是经历过一桩奇怪的婚事？"

杨麻子看看葛老四，葛老四一脸无辜的样子。杨麻子有些恼怒："别胡说，我姑娘好好的黄花大闺女，没嫁过人，赶紧走吧，我家婆子是信佛的，不喜男道士。"

琼于看了看葛老四，葛老四会意，嬉皮笑脸地说："麻哥，你就别瞒了，出嫁的时候你恨不得把喜帖撒到德清县城去。你家婆子那佛信的，观音奶奶和王母娘娘也分不清。人家道长不光是来找咱家姑娘打听事，是为了姑娘好才来咧。"

琼于道："不瞒施主，那位娶过杨姑娘的男人……不知算不算你女婿，如今已经另娶新欢了。"

杨麻子一听这话，顿时火冒三丈："什么女婿，那是我家的丧门星！来做媒的时候可是说得天花乱坠，许这许那，咱老杨家也不是为了图他家势力，只不过想着我姑娘过去能享福呢。谁想到那混账东西狼心狗肺，居然打老婆，把我姑娘打得浑身血印子，她熬不住才跑回来的。"

"既然是媒妁之言，纵然他人品不好，可那门婚事是存在的啊。"咸先生说。

"是他自己说的，只要不去烦他，他就当这婚事没发生过。"门里闪出一个二十来岁的姑娘，虽然长得不算十分标致，倒也算清秀，身材高挑，透着几分干练，此时一脸怒气对两人说，"我们，我们可是没同过房的，不能算夫妻！"

"哎哟小姑奶奶，你出来干吗？"杨麻子一脸难为情。

"哦？纵然闹别扭老婆跑回娘家，来认个错请回去就算了，他怎么能如此绝情？彼时他是怎么跟你家说的？"

"那时节我爹气得不行，叫了本家亲戚要上门去打他，他却来信了，信里夹着一张五百两的银票，说他从小被家里人娇养惯了，不知道怎么和人相处，娶了我后便后悔了。他也并不想欺负我，只是性情暴躁忍不住，劝我别再回去了。还说反正也没同过房，可以再嫁别家，他绝不与人提起这事，叫我家任何人不要去他那里找麻烦。既然这样，我哪还能觍着脸再说自己是人家老婆？"

琼于和咸先生互相疑惑地看了看。

"道长到底是来干什么的？"杨姑娘忽然显出关切的神情。

琼于看在眼里，走到她跟前说："姑娘，你不想知道冯东循为何对你如此吗？"

众人进了屋，杨麻子叫老婆给两人倒了茶，对葛老四还是不待见，葛老四也不当回事，瞥见一旁小桌上摆着酒壶，他一点不拿自己当外人，端起来就喝。琼于对葛老四使个眼色，他会意，便拉起杨麻子去了院子里："走走走，咱哥俩去凉快着喝点，大嫂，你给摆两个小菜呗。"

屋里只剩下琼于、咸先生和杨姑娘，琼于对杨姑娘道："姑娘，在下和这位咸先生这两天都住在榴园。"看到对方的惊讶，琼于接着说，"实不相瞒，冯东循确实另娶了一位夫人，我俩正是冯东循新任夫人苏小姐的旧相识，此次是被他们请去做客的。只是相处之间，碰上了许多怪事，只觉这冯东循的身份和他的所作所为实在令人生疑，另外，我们对那座深谷中的园子也充满了疑惑。于是我们开始调查有关榴园的一切，偶然间遇上了葛老四，来到咱们村子，意外得知你与榴园的渊源。杨姑娘，虽然冯东循那样对你，可我看出你是个重情义的人，恐怕对他不只是怀恨吧，毕竟……"

"毕竟我与他有一个月的夫妻缘分，道长猜得没错。"杨姑娘说得很坦然。

"姑娘是个大方人，很好。其实，我们怀疑冯东循如此行事，是有原因的，甚至是有难言之隐的，他自己无能为力，需要我们帮他解决，所以我来此向你询问，你能否将你和他的事情详细讲讲，不要漏掉任何细节，哪怕是你认为无关紧要的事都可以讲来。"

杨姑娘想了许久，才说："嗯，好吧。要从哪里讲起呢？那就从我和他第一次见面开始说吧。

"去年十月，村里来了个年轻郎中，身材单薄，背着个大背箱，又推着一个独轮车，跟货郎似的，走到村里晒药的空场上，先敲锣击鼓了一阵子，引来了一些村民。等人聚得多了，他便对众人拱手说他叫冯东循，早年跟名医学了三年医术，后来家里穷交不起学费，就出来走江湖了。他说他大病不会治，头疼发热腹泻之类的日常毛病那是药到病除。

"我当时也在，正好那几天有些偏头疼，还犯恶心，等他看了七八个人之后，我便叫他也给我看看。他盯着我看了半天，看得我不好意思，问他怎么样，他笑着问我娘我姥姥是不是也会时不时头疼。我一听这个就心里一惊，因为我娘倒还好，我姥姥确实经常头疼，疼上半天一天自己就好，隔一两天再疼上一回，这般折腾上小半月，这样的头疼大约每三四个月总有一回。我以前倒没怎么疼过，这两年开始有这迹象了，想起姥姥那病根，就害怕自己也得上。不要说村里、镇上的郎中，府里世代行医的先生都看了，就是没见好。他一眼就看出我这病的底细，我怎能不惊？

"他见我那样脸色，知道猜得没错，一碗茶的工夫就写了个方子，说，'你这村子就是产药的，就算缺几味，去镇上定能找全，总之按这方子吃药，分量绝不能有偏差，每月初一十五吃一副，坚持吃三个月，必可好转，到时我再来教你如何调养。'

"我问他这病到底是怎么回事，他说，'这是先天阴亏的妇科病，阴亏造成经血紊乱，血流不畅致使头疼，肠胃不振致使恶心，虽然不是什么致命的大病，可也算得上是熬人的"小鬼症"'。

"我问什么是小鬼症，他笑着说就跟被小鬼缠上一样，百事不顺，总也不好……原来，他那是逗我呢。我那时便对他……"杨姑娘说到这里，忽然停住了，脸上泛起了红晕。

"便对他有了好感。"琼于说，"任谁都会对片刻间解决自己麻烦的人有好感的……他的方子有用吗？"

"有用，到现在我也没再犯过那'小鬼症'。"

杨姑娘接着说："那小货郎写完方子，我问多少钱，他说，'你们这村本就是做药的，我来这里讨这碗饭吃，只怕会惹村里的郎中来挤对。索性我不要看病的钱，只卖些针头线脑，铜钗银锁，还有胭脂粉饼，姑娘长得这么清秀，就买些照顾一下生意吧。'我便拣那些好玩的耳坠项链买了几个，问他多少钱，他又拿了一个最好看的铜手镯递到我手里，说，'这回先不要姑娘的钱，等三个月后再来时，看姑娘身体如何，若是没有改善，那就分文不要；若是有所好转……'他说到这里就不说了，收拾东西走了，还回头对我笑笑。"

"他三个月后如约再来了吗？"

"没有，从那次之后，他再也没来过这个村子。只是大约三个月后，来了一个向我家提亲的男人……四十来岁，面相和善，只是说话不甚利索，结结巴巴，大概能说明来意。他说他是榴谷榴园的管家，姓冯，他家主人也姓冯，叫冯东循，是个做买卖的，最近在小风镇置办了产业，年纪二十四岁，尚未婚娶。冯先生喜欢清静，在榴谷那边造了园子。偶然间看见我，心生爱慕，又打听到我还没出嫁，便派他来我家提亲。我爹是个势利的人，一听人家做大生意，就先一头热了。是我和我娘叫他先别答应，总也要先去人家门上看看再说。冯管家虽不像个机灵人，显然是受了嘱咐，主动提出请我爹去榴园做客，我爹当天便跟着他过去了，过了三天才回来，还牵着一匹骡子，驮着大包小包的礼物。他一见我就欢天喜地，说我娘烧五个大钱一把的高香算是烧着了，我真是遇上了一桩千载难逢的好姻缘！"

"我一生一世也不会忘了我爹当时那副惊喜的脸孔和他对我说的话：'姑娘哎，你能想到娶你那位冯先生是谁吗？他就是几个月前来咱们村给你看过病的小货郎！这可真成了戏里说的那样，阔家少爷乔装扮，来咱村里看药材，却对一个小女子一见钟情，谁曾想，这小女子就是咱杨麻子的闺女咧！'

"我本来对我爹没脸皮地去人家家里很是恼火，准备好一口拒绝的，可一听到这话，心里忽然一阵热……那个送我镯子的小货郎，他居然是……他居然还想娶我。我一时竟不知该如何是好了。"

"他也是在给你看病时对你动了情，不然也不会娶你过去。"咸先生说。

杨姑娘又一阵脸红："……道长若这么说，兴许真是这样。"

"真没想到，冯东循还懂医术，他真是越来越神秘了。"咸先生皱着眉摇头感叹，又问："之后，你就嫁过去了？"

"我想不答应，可心里就是有个念头，要自己别乱说话，或许，或许这真是个机会。我爹一看我不言语，就觉得我是愿意了，当时就让我收拾行李。哎，我一个小户人家的女儿，年纪也有二十了，婚事上一直都高不成低不就，能碰上对我有情有义的人，还有什么奢望呢，虽然对嫁过去有许多疑惑，可更多的却是期待呢。

"冯先生彩礼给了不少，也不要我家陪送嫁妆，只是有个条件，人家说不喜铺张，即使婚事也想简单操办，亲戚朋友的就不请了，只让我爹把我送过去，他和我在那边给老人磕个头就算完了。我当时也觉得有些草率，心想就算从简，也得有花轿吹打，张灯结彩，聚齐了双方父母吧。可我爹却早被人家的家世给迷上了，只是催促我，第二天早晨就将我送过去了。"

"从那之后，你在榴园住了多久？"琼于终于开始提问，显然他对杨姑娘喋喋不休地讲她的恋情有些不耐烦了，虽然那对于她来说或许是最美好的记忆。

"约有两个月吧？"

"那就说说这期间的事情，主要说这几方面：一者，冯东循为人处世如何……你说他性情暴躁，他一开始就这样吗？二者，榴园的其他人，比如下人们都怎样？三者，对于榴园这座大宅院本身，你又怎样看？"

杨姑娘想了想，说："东循……本性真是个善良的好人。他一开始病没那么厉害的时候，对我、对下人都很好。可是后来病情越来越严重了，他也变得越来越古怪、暴躁。"

"病？"琼于和咸先生异口同声。

"在我看来，只能是得了怪病才会那样。"杨姑娘像是被扯动了心中的万千思绪，一副百感交集的表情："也正因为这病，从成亲那天到我离开榴园，他都没与我同房！

"在刚开始，我以为他还不习惯，他自己也说清静惯了，就没太在意。而且，我俩白天的生活过得跟平常夫妻一样：他大部分时间都在看医书，还在园子里开了块地种草药。有闲空的时候，他也很疼我，教我针术推拿，还带我在园子里玩。只是到了晚上，他就像变了另一个人，不但对我很冷淡，他自己也没什么精气神，而且，他都不和我一个屋睡。后来，我有一回厚着脸皮问他是不是不喜欢我，要是不喜欢，那干吗娶我？他苦笑着说他最近得了一种病，一到夜里就心神不宁，怕吓着我。不过他本就是行医的，已经知道怎么调治了。他说完这个，犹豫了一下，又给我讲了他以前的事：他本是个游医，平生最大的志向就是能四处行医，积累经验，然后写成一部医书。他刚来这里时根本没有住处，听说苍峰山里盛产药材，便在山里到处游走，碰到有村子就去看病卖货维持生活。有一次他无意中走到这里，那时他看到的还是一座废旧的大宅子。他见这里还有不少屋子都还好好的，便收拾了一间住了下来。这期间，他白天在山里采药，晚上回宅子里写他的医书。有一天，他在园子里挖药时，竟意外地挖出了一坛银锭。他兴奋极了，倒不是因为从此便能过上富贵的日子，而是有这钱，他就可以不用再四处漂泊，可以专心在这里看药材，写医书了……我这才知道，原来'有钱的大生意人'是这么来的，怪不得那么长时间他从没做过什么生意，也没有什么人来找他，我还以为做大买卖的都不用整天出去跑，庆幸他有空多在家里陪我呢。

"虽然是这样，可我毕竟成了他的老婆，他的富贵又不是做坏事得来的，那是前世有德，老天照应。再说他能对我这么诚心，我还有什么可说的。最叫我感动的，是他说他得了钱财后想到的第一件事，就是娶我为妻！

"他说完这个，很动情地捧着我的脸，说：'娘子，我从小孤苦无靠，那日给你看病时，我一眼便看上了你，心想要是能娶你为妻，能有个自己的家，那我东循真是死而无憾了。谁知我随后真的碰上了运气，叫我发了财，娶了你。娘子，东循是爱你的呀！等我治好了病，我就和你做真正的夫妻。'他那副笑容很叫人舒心！"

"在此期间，有没有值得一提的事？比如他除了日常做的这些，难道就从没出过门？”

"一开始病情不严重时，倒是隔几天出趟门，可都是出去采药，当天就背着一箩筐药材回来了。只是有一次比较特别，因为他回来时，箩筐没了，只带着一罐水，说是览气峰上的湖水，本想用它煎药，结果他喝了后腹泻不止，我一看这水不干净，便将剩下的都倒了，他为此还怨过我，转而又给我赔不是，说是他不好，我倒没当回事。"

"这是一件平常事，你为什么说特别？"

"因为自那之后，我就觉得他病得更严重了，性情也大变样了，动不动就发怒发狂。我猜他可能是在山上尝了什么毒蘑菇，或是吸了什么瘴气毒之类的东西。"

琼于点点头，说："说说第二个问题：榴园的其他人吧。"

"其他人都是下人了。榴园的下人不多，除了管家老冯，还有三个小厮，又专给我配了个丫鬟，顺便做饭。可是这些下人也很怪，整天嗑瓜子晒太阳，游手好闲，还脏兮兮的。那小丫鬟除了白菜萝卜乱炖，什么都不会做。我跟东循提起这些，他就对下人们训斥两句，下人们也就敷衍着动动扫帚抹布，其实好多活还得我自己做。我虽不怕累，只是觉得若是这样那还要下人做什么？我曾和小丫鬟聊过，问她什么事她都吞吞吐吐的说不清楚，其他人，甚至老冯都是这样……这些下人就像是临时在大街上找来的一样。

"至于榴园，我从第一次踏进它的大门，就觉得那里真不像是住人的地方！那里的怪事实在是太多了，那里住长了，不得怪病才怪。"

杨姑娘一连串的"怪"字，叫那两人很是好奇。她停了一会儿，像是努力回忆了一番，说："在那园子里住着，有时会感觉到周围静的可怕，可当我意识到很静的时候，又经常能听到一些奇怪的声音。"

"什么奇怪声音？"那两人立刻凑近了。

"不知该怎么说，就像，就像蚕在吃桑叶？不对，就像蚂蟥泥鳅在泥水里钻来钻去，也不对，反正很难说明白，很细很小的声音，可又能听得那么真那么切。"

"只是这样？"咸先生的心提了起来。

"不，这是刚开始。后来，有一天晚上，我正靠着窗给东循缝他的裤子……他的衣服和身上常被划得到处是口子，他自己说是花刺划的，我还说他怎么那么不小心。那时东循早在别屋睡了，窗外一丝声音也没有，月亮又圆又亮。一看到月亮，我又想家了，又开始怨我爹，就为了那些彩礼，就把女儿'卖'到这野地方了，我这到底是桩什么婚事啊？我越想越觉得心里委屈，托着下巴打起盹来，就在快睡着又没睡着、犯着迷糊的时候，就听见一声：'来我这'！"

琼于和咸先生几乎在同一时刻站了起来，过了一会儿，院子里杨麻子和葛老四的猜拳声才传入三人的耳朵。

"你说你打盹了，怎么知道那不是梦境？"琼于问。

"一开始我也以为是做梦，可后来，我又听到了几次这样的声音，都是夜阑人静，我一个人的时候，而且，那声音听得越来越清楚，就像，就像……"

"有人在你耳边对你说！"咸先生的目光中充满了寒意。

杨姑娘的脸变白了，她马上意识到了咸先生为何会这么说，没错，这两个人也在榴园住了，他们肯定也遇上了同样的事！

"之后呢？"咸先生急切地问。

"之后，又多次听到这样的声音，只是内容不一样了，说得越来越多，不过大概意思都是一个：叫我去什么地方。我害怕极了，在那么一个陌生又奇怪的地方，我除了东循还能依靠谁？尤其是夜里，我更想和他一起睡，不为别的，只求睡得安稳。

我把这事告诉了他，他听我讲了这些后，也很是震惊，我至今还记得他听我说起这事时那副惊慌的样子，还看着我不停地叹气摇头，好像很后悔似的，又说了半句很奇怪的话。"

"什么？"

"他说，'他已经这么厉害了！'"

"'他'？"琼于和咸先生异口同声地说。

"我不知道东循指的是谁，反正他没答应陪我一起过夜。而且，从那以后，即使在白天，他对我也疏远了。这时我感觉到他做事情越来越痴迷，开始没日没夜地看医书、熬药，熬完的药就自己喝，有时候还会给下人喝，几个下人都喝过几回他的药，后来他们被折腾烦了，死活不再喝了，说要是再拿他们试药，就算给他们金山他们也不干了，东循只好不再强求。我问过他好几回他到底得了什么病，他都不肯说清楚。可那毕竟不是正常人该做的事，我有一回忍不住问他到底怎么了，他竟不耐烦地叫我'滚开'。

　　"我真是伤心极了，一气之下真的收拾起东西来。小丫鬟看我这样，赶紧去报告他。过了一会儿，他摇晃着走来，就像喝醉了一样，我看到他那个样子，更是反感，夺门要走。这时，他居然跪在门口抱住我，还哭起来，说：'娘子，我知道你受了许多委屈，可我这样也是身不由己，只是眼下我还有些事没弄清楚，等我解决了，我会将整件事原原本本地讲给你听的。'

　　"他都这么求我了，我哪还能再气，心里又想起他的好来了。我只好放下包袱，他见我不走了，只是陪了我一会儿，就又去熬他的药了。

　　"之后的日子更加无聊：我每天除了收拾一下屋子，给大家做做饭，就无事可做。榴园的一切日常物用，都是老冯一个人赶着骡车去镇上买，去一回买的东西就能用半个多月，他和小厮还在园子里开了一块菜地，喂了一笼鸡，山里又有的是柴，总之是日用不缺，叫我根本没理由出门。

　　"我于是时常在园子里四处闲逛，想找找那个反复出现的声音到底是什么地方传来的，它又想叫我去什么地方。有一天晚上，我吃完晚饭一个人在屋里待着，东循还跟平常一样在他屋里忙他的。我只觉得心烦意乱坐不住，便提了个灯笼出门去散步，往园子北边走，路过两排屋子……那里不住人，也不知道干什么用，偶尔见老冯从那里抱出几条旧木头，兴许是堆杂物的地方。之前曾经散步到这里，可我记得那时候这屋子很显破旧，窗户纸被风吹得哗啦哗啦直响，漆皮快掉光了。当时月光正亮，周围一点也不觉得黑，更何况我有灯笼。再看那房子，竟像是几间新房子了，仔细一看，又不是那么新，窗櫺和门扇上的油漆都是半旧不新的，怎么也不会是这几天才刷上去的，再说，修整旧屋子，老冯他们怎么一点动静都没有？

　　"我一时也不得明白，心说过会再问老冯吧，想着的时候，脚已经不自觉地又往前走起来。走了几步，看到前面是一面长长的白墙。这堵墙我以前来过几次，每次都被东循看见，然后他便会叫我回去，说这墙外挨着山，潮湿多蛇虫，叫我没事别来这。这时我仔细看了看，只见墙边种着些月季花，白墙每隔一段距离还画着墙画，就像是什么花园的园墙，却找不着门。我看到前面十来步远的墙边堆着一大堆禾草、竹竿，心想柴禾不堆在灶房附近，怎么堆到这里了？我便抽了一根粗竹竿扒拉那堆柴禾，扒了一会儿，果然露出一个圆拱形的洞，门上面还题着四个大字，'倚山书香'……那原来是一个没有门扇的拱门，我小时候跟我爹去大户人家送过药材，人家的园林花园就是那样的拱门。

"家里还有后花园？

"这样的事我这个当老婆的居然不知道。东循弄这堆柴禾明显就是想藏住拱门入口，可越藏我越想进去看看……我那时就觉得特别强烈地想进去看看。

"我爬上柴堆，透过门洞，看到里面有一段窄路，路面是碎石铺垫的，两边有假山石和竹子挡着，像是通向某个地方。

"我又拨了一阵，叫露出的门洞更大了些，便从柴禾堆上面钻了进去。那路两边的假山石和竹子把月光都挡住了，黑乎乎的，我挑着个灯笼一个人走居然一点也不怕，就想去看看前面有什么，现在想想那时候真是怪，我平常可是最怕走夜路的。

"走了一会儿碎石路，眼前豁然一亮：果然是一个很大的园林，眼前是一个大水池，有一座曲曲折折的小桥通到水池里一个亭子上，从亭子再转右还有桥通向另一块地面，那里有一座大房子。

"我上了曲桥，只觉水池很深，能看见黑幽幽的水草，这水有明显的流向，或许这池子引的是山泉水吧。我这么想着，再一看，居然已经穿过亭子，上了向右转的桥，过桥后到了平地上，正面就是那座大房子，门匾上写着三个字：'倚山坞'。房子有些陈旧，门窗紧闭，中间有两扇花格子大门，用一条铁链绕着门把手。我一看只是缠上却没有锁，就想进去看看……这时候的事我记得很清楚，因为我有了想进门看这个想法之后，心里忽然特别乱，一会儿很想进去，一会儿又不想，就像有股力量阻止我进倚山坞一样。我平常做事都是想了就做，很少有这么犹豫的时候，所以觉得那片刻的我实在奇怪。最后，我就觉得自己很费劲地才摆脱了那种'不要进去'的念头，扯去铁链，推门进了房子。

"进屋就闻到一股尘土味，只见里面是通体的厅堂，正对面有一张大桌子，上面还摆着各种文具，桌子后面的墙上挂着一幅大画。我不懂这些秀才们喜欢的玩意儿，只能看出来画的像是一大片山被云雾包围着。大厅左边放着许多木架子，上面要不就摆着画画写字用的东西，要不就摆着书本。

"我又转身向屋子右边，看到的情景令我一惊：整个大厅右边的部分都是空空的，什么也没有，只是尽头的墙壁竟然长满了荆棘，将整面墙严严实实地盖住了。我走近了再看，只见那些荆棘上到处长出又粗又长的刺，除了那些灰黑色的粗藤和刺之外，连一片叶子都没有，我从来没见过这种藤蔓的草。

"这么一大片刺摆在面前，看得真是浑身不舒服。我不想多待，便出了这座大屋。正想原路回去，忽然又瞥见屋子右边有一片密密的竹子林，只觉得里面有白光透出来，想是竹林里面还有什么所在。我正想凑过去看看，冷不丁一只手拍在我肩膀上，吓得我魂都快没了，转身一看，原来是东循。他阴沉着脸问我为什么来这里，我说我太闷了，不知不觉地就走来了。

"他一听这个，脸色大变，重复了一遍：'"不知不觉"？'

"我不明白他为什么反应这么大，莫名其妙地点点头。

"他像是特别懊恼的样子，来回走了几步，又叹气连连。我听到他摇着头自言自语地说：'那时候该让你走的，怨我啊！'最后，他过来抓住我的肩膀吼道：'以后再不许你来这里，听到了吗？！'

"我被他吼蒙了，盯着他看时，看到他的目光偷偷扫了竹林那边一眼，就在这时，我清楚地听到一阵声音，没错，就是那种回旋在耳边的声音……这令我也恐惧起来，因为就在那一刹那，东循赶紧把头低了下去，就像是不敢再直视那片竹林。然后，他硬扯着我出了那个园子，又吩咐老冯将那个园门堵严实了。'

"叫我意外的是，回到前面，东循竟帮我收拾起包袱来，我拉住他的手问到底怎么了，他就像精疲力竭了一样，两只眼木木的，说：'这哪是好运，是上了大当啊！'

"我问他到底怎么回事，他还是不说，叫我别管，犹豫了半天又说：'我娶你竟成了害你啊！哎……你还是走吧，趁我还是我自己！'"

"'还是我自己'？真是奇怪的说法。"琼于的浓眉拧聚到了一起，"这件事导致你离开了榴园？"

"不，这次我还是没有走。我虽然不明白他是什么意思，可看他的样子，就像一个没爹没娘的孩子，把我当成了他唯一的亲人，我实在不忍心就这么离开他。

"'我不走了，我也不再问你怎么回事，你忙你的吧，我去做饭。'好像很自然的，我就这么说了。"杨姑娘说到这里，眼睛开始湿润了。

"只是，之后的日子更加提心吊胆，也实在无聊。慢慢地我也开始懒了，白天犯迷糊，瞌睡多，一到晚上又很有精神，越是睡不着，就越能感觉那些奇怪的东西，就这么又过了半个来月，我觉得自己已经精神恍惚了。"

"何以见得？"

"因为，我看见鬼了！"

"……"

"有一天晚上，我又怎么也睡不着，躺着又怕再听到那种声音，只好起来喝了口水，本想做点针线，看见外面月光很亮，忽然想出去透透气，泡泡温泉……榴园有个小温泉你们知道吧。我便披了衣服，提着灯笼出了门。

"那时候已经是冬天了，外面凉得很，我走了几步就开始后悔这时候出屋子，可回去也实在闷得慌，只好硬着头皮往温泉那边走。路过一眼枯井的时候，我忽然觉得左边一排房子好像闪了一下，就像一阵风吹了过来，却没有任何声音。我转头往那边看，看见三间崭新的房子，屋里灯火通明，可我明明记得这里的房子是破旧没人住的！

"这时，屋门开了，从里面走出一个瘦弱的公子，是退着步走出来的。他好像根本没注意到我，像是舍不得离开。紧接着，一个穿着华丽的小姐露出脸来了，像是在送那公子，离得远看不清容，只是觉得她一脸的难过。她越是推着那公子叫他快走，那公子越是不情愿。

"这时，奇怪的事又来了，我眼前看到的这些情景就像波浪一样抖了起来……

"我那时真以为自己是在做梦了。忽然，一股热气袭来，原来我看那边看得入神，挑灯笼的手不自觉地就放下去了，灯笼歪在地上，蜡烛将灯笼烧着了。我吓得大叫了一声，然后，我再抬头的时候，所有的奇怪影像都没了，只剩下和当初一样的破房子，那个公子和小姐就像是被我一声喊吓走了的鬼魂。"

轮到咸先生面色苍白了，她下意识地看看琼于，发现琼于正皱着眉，双手叉在胸前，右手反复摩挲着下巴上的胡茬，不动声色地说："难道，榴园里藏着蜃龙？"

十七 蜃龙

"蜃龙？那是什么？"杨姑娘问。

"传说能吐蜃气，化为幻象的龙，被你一声喊叫，吓得它将蜃气吸走了。"琼于似笑非笑地说，"按你的描述，那些幻象就像是蜃气一样，只是榴园所在的深谷哪会有龙啊？然而，姑娘看到的怪事，确又真的存在，因为这位朋友也曾经看到过。"他指了指咸先生。

杨姑娘惊讶地看着咸先生，咸先生回以一个点头，然后道："之后你又看到了什么？"

"我回过神来，吓得灯笼也不要了，跑回去想叫醒东循，刚一进他屋，看到的情景又吓得我直冒冷汗：只见东循正面对墙壁站着，身体轻轻地一抖一抖，嘴里又小声嘀咕着。

"我一开始以为他是发癔症梦游了，赶紧过去晃他的肩膀。先晃了几下，他理都不理我。后来我使劲掐他，他才转过身来，很生气看着我，那眼睛直愣愣的一点神气也没有。我大声叫他的名字，说我刚才看见鬼了，我害怕。他却很不耐烦地推开我的手，又继续和墙说起话来。我气极了，心想：他是我的夫君，我被吓成这样，他居然不管不问，他到底是怎么了？我越想越气，用力抓着他的胳膊晃，他被我这一晃，也怒了起来，猛地一推，将我推到了墙边。

"他终于开始打我了！我虽是穷人家的女儿，可也是被我娘宠大的，长那么大，我哪有被人打过？那一刻，我是彻底心灰意懒了。我正想大哭一场，忽然听到了一阵奇怪的响动，仔细一听，没错，那声音又来了。我看看东循，他此时的身体又在僵硬地一抖一抖。我爬起来站到了他身边，又慢慢凑向他面对着的那一片墙壁。

"然后，我又听到了那个声音。

"东循嘴里咕哝的话终于也听清了：'我没有反抗。'

"这时，那个声音听起来特别嘈杂，我下意识捂住了耳朵，可是根本没用。

"这时，东循又说话了：'有我……就够了。'只是他说话变得不利索了。

"我吓呆了，听东循这语气，就像是在和什么人对话一样！可是那明明是一片白白的墙，上面除了成婚前新粉刷的白灰，什么也没有啊！

"这时，东循的身体抖动得更快了，语气则变得更缓慢，像是喉咙里堵了东西，艰难地发出声来：'那我……找……别人。'

"我耳朵里又响起一阵剧烈的声音，就是听不清到底是什么，很乱，很杂，而且比之前几次都响。

"'不……行！'东循说完这话后，开始猛烈地晃动身体。可他根本没法控制他自己，跪到地上，用手指使劲掏他的喉咙，不知道是舌头还是喉咙被抓破了，口水混着鲜血从嘴里流出来。我急得不知该如何是好，只想着将他的手拉开。他忽然停止了掏嘴，红着眼睛瞪着我，那一刻，我好像看到有一片极细小的虫子飞快地爬过他的眼睛，有的从下眼皮爬到上眼皮，有的从内眼角爬到外眼角，那么一闪就爬过去了。

"我吓得退出几步远。这时，东循的身体像是恢复了正常，只是那一脸怒气还留在脸上。他恶狠狠地朝我走过来，将我逼到茶桌边，开始发疯一样打我，边打我边叫我滚，叫我永远不要再回来！

"幸亏下人们听到了动静，跑过来把他拉开了，不然真不知道他会不会打死我！小厮将他架到床上，他就像泄了气一样躺在床上昏睡过去，我则被丫鬟搀回了自己屋。后半夜，我一直在哭，心想不能再过这种日子了。第二天天还没亮，我就求老冯把我送回来了。"

"他这次没有阻止？"咸先生问。

杨姑娘一脸惆怅："没有……小丫鬟明明去叫了他！"

"自你回来后，他有没有来这边找过你？"

杨姑娘哀怨的表情却已经表示得很清楚了："倒是希望他能来啊！"

"后来冯管家来，除了送休书和银票，还做了别的吗？"琮于问。

"他还带了冯东循给我写的药方。"

"药方？"

"对，很奇怪的方子，只写了药材和用量，不知道是治什么病的。"

"不知治何病的方子？老冯对此有没有说什么？"

"他说东循交代过，如果我在家里还是精神恍惚，夜里听到那些怪声，且越来越厉害，就照这个方子吃药，或许有用。"

"那你没再犯过？"

"嗯，回来后没再听到过那些怪声音。"

"能看看方子吗？"

杨姑娘答应了，转身进屋，片刻后走了出来，手里捏着一张纸，展开放在桌上，看上面写的内容便知是一张药方，只是用的药很奇怪，有几味药还是寒火相抵，有几味药毒性很强，剂量却给得很大。琼于看了一会儿，又递给咸先生，"先生能过目不忘，记下来或许有用。"

"他面对的那面墙壁是不是在北边？"琼于又问杨姑娘。

杨姑娘很意外他问这个，点了点头。

"你和东循都听到了某种声音，但似乎你听到的内容和他不同。"

"当然，他好像能直接和那种声音对话！"

"实不相瞒，那种声音，其他在榴园待过的人也会听到，比如咸先生和我……你之前有没有怀疑过，冯东循做那些事并非出于本心？他其实已经无法控制他自己了……这就是他为何说'趁我还是我自己'。"

"……"杨姑娘一脸惊疑。

琼于又郑重地说："姑娘，你想回榴园吗？"

杨姑娘反应很大："不，我才不想回去。"

"是一直这么想，还是，曾经有过想回去的念头？"

"……"

"姑娘，我能看得出来你对冯东循还是很有感情的，即使是现在也是如此，可是说实话，我对这个并不感兴趣，只是想弄清楚你的感受，这对破解深藏在榴园里的可怕谜团很重要，对弄清到底是什么导致冯东循如此怪异也很重要……请你说实话，你离开榴园的这段时间，有没有想回去过，是什么时候有过这种念头？"

杨姑娘觉得眼前这个道士的问题很奇怪，只是他又表现出一种坚毅机智的感染力，让自己愿意相信他，想了想，便说："是想回去过！而且，这种感觉在刚回娘家来的时候特别强烈，坐也坐不住，吃也吃不下，就像丢了魂似的。只不过我多娘死活不同意我回去，说怎么着也得叫他来赔不是，把我接回去，不然太没脸面了，而且也容易惯他的脾气。我听着也对，可就是按捺不住想回去的念头。"

"你当然想回去，因为你对东循还情深义重啊！"咸先生这时更反感冯东循了，眼前这个痴情的姑娘，他居然弃之不顾，又另结新欢。

杨姑娘却不置可否。

琼于看了看她的表情，摇了摇头，道："姑娘，你平心而论，这种想回去的念头，是全部出于对东循的想念吗？"

　　杨姑娘瞪大了眼睛看着琮于，那表情显然在说，"你怎么知道？"

　　"你怎么知道？"杨姑娘问，"说实话，我那时候是挺想东循能接我回去，可我觉得不只是这个原因，总觉得还有别的在吸引我回到榴园，那种感觉说不清，可就是牵着我，叫我想个不停。"

　　琮于的眼睛又眯成了一条缝，咸先生却不明白他的问题究竟是为了了解什么，又不想打断他去问，只好干着急。

　　"之后呢，我是说这种想法……现在还想回去吗？"琮于又问。

　　"我爹娘看我这么没骨气，很是生气，我娘是个性子强的人，坚决不同意我自己回去，怕我回去受委屈，就整天看着我不让出门。这么过了几天，慢慢地，我想回去的心思也就淡了，开始觉得那榴园又怪又叫人生厌，希望东循能搬出来，那我还愿意跟他过，可是不久，他便送来了休书。"

　　琮于淡淡地道："有趣，现在的冯东循倒是很愿意离开榴园了。"

　　"真的？"杨姑娘脸上先露出一阵惊喜，马上又变成怅然若失，"他现在的老婆这么有能耐？"

　　"不，他的新夫人反而不想离开那里。"琮于说。

　　"你知道老冯之后去哪了吗……我们并未在榴园看到什么下人。"咸先生问。

　　"那他肯定去别的地方了。他来我家时曾说榴园他也待不下去了，说冯先生已经变得更加疑神疑鬼，刻薄无情，经常打骂他们。其他下人想来也是受不了东循那样的折腾，都跑了吧。"

　　"他有没有提到别的？"

　　杨姑娘想了一会儿，忽然抬起头："对了，老冯还提起一件事，说东循太没人情味，我刚走，他就派老冯去花楼买个妓女回去给东循做老婆，还说实在不行就去人贩子那里买个外地女人！"杨姑娘说到这里又是一脸很复杂的表情。

　　"花楼？"咸先生一惊，马上想起了到榴园的第一天，苏小姐提起自己的身世：

　　"连我的名字苏巧仙，都是嬷嬷给起的。我是在花楼里长大的，就算后来被人赎了身，也还是跳进了另一个火坑而已。"

　　咸先生看看琮于，他那样的表情肯定也想到了：原来他的记性也不差啊，特别是对于案件中的线索。"可惜，老冯的下落不明，又是个没头绪的线索。"

　　"老冯这条线已经没什么价值了，他对榴园的事情知道的并不多，和榴园的

'联系'也并不深，不然榴园不会'放走'他的。"琼于意味深长地说。

咸先生很奇怪，"你这话，把榴园说得好像它是活的。"

杨姑娘瞪大了的眼睛里充满了恐惧："在我看来，那个宅子就是活的！"

十八　驯狐

夜晚的月光很白很亮，月轮更凸了，再过两天，就会形成一轮满月了。

琼于和咸先生挑着灯笼往回走去，葛老四则去了他哥家寄宿。黯淡的灯光和被云彩不时遮住的月光，使咸先生根本看不到琼于此时的脸色，那是一副略有忧郁的脸色。只是她感到走了好久没有话说，便找话说道："琼道长，你有没有觉得我摔下悬崖其实不能算是意外？现在看来，这真可以说是老天和山神在指引我们，让我们来这里，以便从杨姑娘口中得知这些重要的线索啊。"

依然看不到琼于的表情，只是从他嘴里传来："嗯，听了杨姑娘的经历，我对榴园的了解更多了，可惜，疑惑也更多了。"

"可是我们的调查有了很大进展啊，有了杨姑娘这么一个知情的人，等明天我们和她回榴园见到冯东循对质，很多事情就能明了了。"

"希望如此。"

"道长为何这么不乐观？"

"先生难道没注意到，杨姑娘口中的冯东循，和我们见到的冯东循判若两人？这其中会有什么故事呢？"

咸先生这才瞟了身旁的道士一眼，趁着掠过他脸上的灯光，只见他正凝眉思索着，便说："令我最意外的倒不是这个，反而是杨姑娘对冯东循的情义。"

咸先生不由想起了刚才临别时，琼于请杨姑娘再回榴园时的情景。

"杨姑娘，你还爱冯东循吗？"

"……你这出家人，怎么问这个？"

"如果还爱，明天可否跟我们回榴园一趟？"

"他已经有了别的女人了，我干吗还去丢人现眼。"

"难道你不想看看现在的冯东循？我们眼里的他并非你所说的那副模样，反而是个风流倜傥的侠士。如果真如老冯所说，那冯东循和那个青楼女子就不是明媒正娶，你仍然是他的妻子。就算这段姻缘已经过去了，你也可以回去一次，帮助我们弄清楚到底是因为什么，让你经历了这样一桩奇异的婚事。"

杨姑娘不由想起了心事，下意识地点了点头。

咸先生回过神来，见琼于正在看自己，问："我居然关心的是这种事，你会不会觉得我很傻？"这句话脱口而出，说完便有些后悔……问这种话才是真傻呢。

"人有七情六欲，每个人都难免去在意能感动自己的事情，对喜欢的人和事陶醉又念念不忘，这是很自然的。"

"可道长你为什么总是那么沉静、那么理智，难道，你的心里就没有情欲？"

"……获悉事物的真相，是我的修行，而这是需要祛除私心杂念的。"

"听起来倒像是佛家的说法。"

"佛道本就是一家，当面对事物的时候，方式并不重要。"

"也就是说，你并不在意得到结果之前的那些经历？"

"经历是先生这种爱写故事的人所在意的事，我只会用最简单有效的方法找到结果。"

"可如果你面对的是情爱呢，那种缠绵，那种心动，只要细细地经历……"

"可那些正是最容易阻碍我的修行的杂念！"琼于淡淡地说。

"我也曾想像你这样，专心做我想做的事。可是，人生如果没有经历过爱，会不会留下遗憾呢？"咸先生望着月光深情地说，"冯东循如此对待杨姑娘，可杨姑娘对冯东循还是念念不忘，不是爱到深处，又怎么会这样呢？"

"……先生，你对这件案子还有兴趣吗？"

咸先生瞟了旁边的道士一眼，终于在灯火中看到了他的脸庞，棱角和侧线是那么清晰，他又在思考了。咸先生无奈地摇了摇头，问："这是什么话，案件还远未结束啊。"

"这件案子到现在，已经浮现出太多的疑点，远远超出了我们来此的初衷。如今，我们面临的困境和艰险越来越多，以后可能会更多，先生你，还想继续调查吗？"

"就算我不想，你也会继续的吧？这样的案件，你怎能忍得住不去查清真相就半途而废？"

"我自然会继续，可是你完全没必要冒这样的风险。你关心的是令尊的事情，这个在我查清本案后会告诉你的，你大可以回闲话坊等着，我回去把整个故事讲给你听。"

"不，我现在不只关心家父的身世了，藏在榴园里的所有谜题都让我着迷：

"比如刘子山的事情，他为何要创作那些诡奇的画，他在那个我们总想去却总没去成的龙洞里到底经历了什么；

"比如冯东循、苏巧仙各自的怪异所为，到底在他们身上发生了什么；

"还有，榴园里那些奇怪的声音和幻觉；

"那片竹林深处的高墙里到底隐匿了什么……这么多的谜题聚在一起的案件，可不是随便什么时候都能碰上的。"咸先生又恢复了以往的神情，得意地看了看琮于。

"这件案子确实牵涉了太多谜题，适才先生还少说了一个……"

月夜下，榴园静谧如常。

一扇房门轻轻地被推开了，从门里面走出一个身材高挑的人，这人出门老远，才用火石点着了灯笼中的蜡烛，火光照出这个挑灯笼的人正是冯东循，他看看身后，见适才出来的屋子里仍然黑着，才放心地走起来。

这时，他路过一排房子，这排位于他左边的房子此时正灯火通明。他朝房子那边望去，只见一个书生打扮的男人正急匆匆离开屋门，而一个女人正在门边似有不舍地看着他的背影。接着，就像眼前的画面抖动了起来，瞬间，那精致的门扇窗楹变成了破旧木板，原本富丽堂皇的房子变成了多年失修的朽屋。

冯东循就像是没看见一样继续走他的，自言自语道："井那边也该快了。"然后转脸朝另一边看去，这时，他看到十几丈外的那口枯井边，忽然凭空出现了一个人影。只见那人的头和四肢都无力地下垂着，全身瘫软得像泥一样，那人就像被线提着的傀儡人，被某个看不见的人拖着，最后"推"进了井里。

"兄弟，当时真是不得已，委屈你了，等完了这里的事，送她离开这，我会再回来安葬你的。"冯东循又看看周围，道："请那两个人来，究竟是对是错？"叹了口气，便径直朝园外走去。

"你相信葛老四所说的狐妖吗？"琼于问咸先生。不知不觉，他俩快走到了葛老四家。

"那是乡野村夫的虚妄之谈，你不会也信这个吧？"

"之前我也不信，可遇到了这么多事，有些事根本无法用常理解释。"琼于看着疑惑的咸先生，郑重地说："我开始接受它的存在了……哎呀！"

一个圆圆的白色东西从正前方急速飞来，打在琼于脸上，"扑"的一声脆响，那东西迎面而碎，碎块四溅，一团掺杂着某种颗粒的黏汁瞬间在他脸上爆开，糊了他满满一脸。咸先生下意识地缩低身子才得幸免，再看时，只见琼于脸上满是香瓜的碎块和瓜瓤。

"你个忘恩负义的破痰盂烂罐子！"从葛老四的茅屋里奔出一个身材瘦小的道士向琼于跑来。

"镜屏，你怎么会在这？"琼于抹了一把脸上的瓜瓤，惊喜万分，咸先生也很是意外。

只见胡镜屏满脸怒气地向琼于冲过来，快到近前时，她撸起袖子，抡起右胳膊，一跃而起，借着奔袭之势，这一拳重重地打在琼于脸颊上，将琼于打得退出一丈多远，又倒在了地上。

这一幕叫咸先生更是大吃一惊，她愣了半晌才回过神来，赶紧跑过去。只见琼于嘴向右歪着，显然是下巴被打脱臼了。咸先生大叫了几声道长，又晃了晃他的头，琼于才睁开眼睛。

"你这是做什么？"咸先生美目圆睁，怒视着镜屏。

镜屏不理她，朝琼于径直走过去，指着他骂道："你怎么还活着呀你！"只骂了一句，却又哭了起来，边哭边吼道："你这个忘恩负义的，你知道我多担心你吗？我一看见那些大飞蛾子，就想起那个拿虫子当宝供着的破痰盂烂痰盂了呀！"

"师妹，你何必如此，人家只是不想和你搭档了。"茅屋里又走出一个高个道士，右手拿着把酒壶，左手端着酒杯，晃晃悠悠地走了过来，离琼于老远便拱手，这一施礼，酒杯里的酒洒了出去，他马上觉察，急一扭身，将身体反拱起来，头快速地转到尚在空中坠落的酒下面，张开嘴正好将酒接到口中，又顺势用左手一撑地，接着只见一身束身的道袍在空中翻飞了两圈，道士重又站直了身体，只是难免有些踉跄，他不及站稳，便"咕咚"一声，将口中的酒咽了下去，这才抱拳道："琼道兄，多日不见，又破了几桩案子，查出什么真相了？"

琼于看到那人，张口要说话，只是嘴一动又疼了起来。高个道士走过去蹲下，将酒壶和酒杯放在一边，握住琼于的下巴看了看，不禁有些恼火地回头瞪着镜屏："你怎么下手这么重！"

"这还重，我没拔剑砍他算好了！"镜屏恶狠狠地说。

咸先生虽然恼她，可自己是文弱女子，也不敢上前和她理论，只得看琼于这边。谁知那高个道士趁着这对话之间，琼于没留神时，猛用力一掰，只听"咯"的一声，骨臼重新对合。只是这一下着实疼痛，纵然琼于平常坚忍惯了，这时也疼得五官都变了形。等疼痛慢慢缓和，他活动了一下下巴，站起来忍着疼对道士拱手道："多谢聿元子。"

"聿元子？你就是胡镜屏的师兄？你们山门中平常是怎么约束弟子的？你师妹这么打人，算不算有违你门上规矩，你管不管？"

聿元这才注意到一旁的咸先生，这四目一对，只觉她那双美目十分动人，那一脸怒气反而使她更有了许多娇媚，那股浸着书香的优雅可不是被自己骗惯了的愚妇傻小姐们比得了的，那野蛮师妹更是望尘莫及，聿元看得眼都直了。

镜屏看他那眼神，当下更怒了，那气没处撒，满眼找起琼于来，见琼于早站到两丈地之外了，举着手说："镜屏，我平常可都是一本正经破解谜题的人，自离了师父，四处云游这么久还没挨过打。不管你怎么恨我，够了，够了。"

那样子实在狼狈，叫镜屏不由想起了一幕情景：在白鹤乡大树案时，这臭道士为了演示松香末里掺了火药，拿松香往烛火上撒，没演好把自己胡子烧去一半。

"哈哈哈哈！"镜屏大笑起来，笑得其他几个人莫名其妙。

咸先生见聿元也是个轻浮的人，白了他一眼。聿元才抱拳道："你……应该就是那位女扮男装的咸先生吧，听师妹说起。按先生适才所说，我师妹打人固然不对，可这位琼道兄之前的所作所为……"转而对琼于说："道兄，你这事办得是有些不仗义了，可怜师妹巴巴地为你伤心难过了好一阵子。"

"那些已经是过去的事，不如不提。聿元子、镜屏，能见到你们，我很高兴。"琼于脸上露出了难得的畅快笑容，虽然他的下巴还在疼着。

"我一点也不高兴，只想再打你！"镜屏还不依不饶的。

"你们怎么到了一起，又来了这里？"琼于只好问聿元。

"上次一别后，我在湖州府几个州县游历，前两天到了附近一个镇上，在大街上碰到一个乞丐，他自称自己在一个大户人家宅里待过，那户人家住的地方叫榴谷，那宅子叫榴园，出了许多怪事，我便想来看看能否去那里接个观风的差事做，谁知道碰上她了。我两便结伴而行，这山里的路太难走，转来转去转到这个村子里来了。"

琼于和咸先生对视一眼，咸先生笑道："真是太巧了！"

冯东循走出榴园，到了通向榴谷外的小路上，他手里的灯笼在草木丛中像萤火虫一样飘着前进。两旁像芭蕉树一样的巨草像伸展着扁长手臂的怪人，在好不容易吹进谷里的微风中瑟瑟地抖着。

他走了一会儿，又离开小路，走进路旁的灌木林中，往里深入了几十步，找到几块巨石。他爬上石头，看看四周，用双手围成一个喇叭形放在嘴边，然后从喉咙里发出一种奇怪的声音，那声音低沉闷哑，像是什么野兽的嚎吼声。

过了片刻，只见远处的矮树后闪出几颗明亮的光点，接着是十几颗这样的光点悬浮在空中，这些光点开始向这边靠拢，越来越近，慢慢看到了光点所属之物的轮廓，那身体像是狼、犬之类，可又有高高竖起的大耳朵和比狼要小的身形。这时，最前面的一只走到了灯笼的光晕中，原来是一只灰色的狐狸，它看了石头上的冯东循一眼，回头嚎吼了一声，后面的狐狸便快速聚拢了过来。

山区的夜晚有些潮冷，可茅屋里又很憋气，琼于便抱了些柴到屋边，很快生起了一堆火，四个人在火堆边围成一圈席地而坐，镜屏还是气呼呼斜睨着琼于，一双大眼睛斜得只剩下白眼珠了，咸先生看着跳跃的火苗，聿元则盯着咸先生的脸看个不停。

"这就是你们现在调查的案子？"聿元问。

琼于和咸先生点点头。

聿元一脸疑惑："这么看来，我遇到的那个乞丐真的曾在榴园做过下人，这个姓冯的有钱人真特别，不去雇不去买，怎么去大街上找了几个乞丐回家做下人？"

琼于和咸先生对视了一眼，一时也说不清到底是怎么回事。

镜屏终于愿意跟琼于说话了，一脸不屑地问，"说了半天，怎么没提这趟差事多少钱呐？你们不会又是白干吧？"

"冯东循不是寻常人物，只要帮他解决了家门上的事情，他断不会亏待我们的。"琼于说。

"他到底多有钱？"镜屏和聿元的眼睛同时放射出了光芒。

"还记得小风镇的齐宅吧，榴园不比它小。"咸先生说，"而且，刚刚得到的消息，榴园里似乎埋藏着一笔财宝。"

"你再把最后两个字说一遍！"镜屏紧抓住聿元的手腕，聿元的表情也变痴了。

"财宝，榴园里有财宝！"咸先生鄙视地看着那师兄妹，"适才听嫁到过榴园的杨姑娘提起，那里确曾出现过巨额财物。"

镜屏先是一脸欣喜，转而又沮丧起来，瞪了琼于一眼："自和你搭档后，每次都是接大户人家的活做，可每次都收不到钱！对了，你是怎么活下来的？"

"这个之后再说吧。"琼于只怕说起来又会惹恼镜屏。

咸先生显然不喜欢互相拌嘴，想转移话题，问琼于："道长适才说我少提了一个谜，不会是指所谓的狐妖吧？"

"说的正是这个。"

"狐妖？"聿元和镜屏异口同声地说。

"你俩总是步调这么一致，很傻的。"琼于很无奈。

聿元看了镜屏一眼，见她没话说了，才道："江湖上偶有关于狐妖的流传，可大都是乡下老嬷嬷吓唬小孩子的，我修行多年，行走过不少地方，从未亲眼见过狐妖，别说见了，连正经些的听闻也没有。"

"可是如果我说，我们以前就见过呢？"琼于看看镜屏，又看看咸先生。

"那是谁？"镜屏和聿元伸长了脖子。

"还记得上次案件中，暗中左右着许多事情的诗茵吗，在我看来，她就是狐妖！"

"什么？"这回是咸先生大吃一惊。

"镜屏和咸先生都参与了小风镇齐宅的案子，一定还记得请我们去齐宅调查的那位徐公子，以及他那位身世神秘的夫人诗茵……后来才得知，她真名叫黄侍烟。彼时，我们曾对她为何甘心跟随一位落魄公子，却又对他保持距离的做法很不解。齐宅案之后，我找到了那位灵龟宫的观主安然士！"

镜屏和咸先生都是一惊，丰元也从镜屏那里听说了齐宅案的大概，对琮于说的自然充满兴趣。

"我找到他时，他已经真的出家做了道士……

暑夏的月夜总是少不了虫声，在这片孤寂的山间显得尤其喧闹。残烛在案台周围摇曳着微弱的光芒，案台上摆了一把茶壶，两只茶杯，两边面对面坐着两个道士打扮的人，一个身着青色精布道袍，头戴竹冠，对面一个则一身缀满补丁的粗麻布道袍，沉静的脸上却嵌着一双冷峻的眼睛，一道剑眉分明是在向对面之人于无声中发难，向他述说："还是做个交代吧，安然士！"

"到底怎么回事，还是做个交代吧，安然士！"琮于淡淡地道。

对面的道士一脸反感："别叫那个名字，它已经不存在了，跟我也没半点关系。我现在的道号是了悔。"

"既然有悔意，看来还是对之前的事情难以忘怀吧！"

"哪天彻底忘了，我会再改名字……废什么话，你独自深夜来找我，就不怕有去无回吗？"

"如果你是个因为骗了一个恶人致其丧命而内疚的人，我觉得你不会加害一个只求了解真相，不会对你有任何威胁的人。"

"看来我不说清前因后果，怕是很难得清静了。"

"只要我知道了想知道的，以后再也不会来搅扰你。"

"你想知道什么？"

"先确认第一件：你就是多年前的柳儿，因为一场意外，你的师父坠崖而死，而这件事与黄侍烟直接相关，正因为此，她才在那之后认你做兄弟，养活了你，是不是？"

了悔点点头。

"第二件：你不愿收留前去你观里挂单的野和尚，便对他说郑大家夜里会门户洞开，哄他可以去偷东西，结果造成了那桩惨案……"

"别再提了！"了悔猛地吼道。

"我并非官府的人，再说那件案子所有涉事之人都得到了应有的下场，尤其是你，正在经历痛苦的悔过，我是不会再追究这件事的。我想弄清的是：你是怎么知道野和尚、郑大，还有那些去你观里的人所许的愿。我猜那不过是个伎俩：他们许愿时都对着石龟的耳朵说出了自己的心事，而你则坐在角落通过空洞管道之类的机关听到了，对不对？"

"你猜得很对。卜卦其实是三分算七分看，我了解了来人的身世和欲望，再去推测他的命数，就准了十之八九了。"

"嗯。接下来是我最关心的：我想知道黄侍烟的身份。"

"你为什么那么想知道关于她的事？"了悔很不信任地看着对面这个邋遢道士，他坚毅的目光像是看穿了自己所有的心思，了悔忽然有了一丝胆怯。

"你别多想，你义姐虽然长得美丽，可我只对查案感兴趣。了解她的身世，可以帮我弄清一个在江湖上一直流传的传闻。"

"什么？"

"关于狐妖的传说。"

"……你不会怀疑我姐姐是狐妖吧？"

"以我目前掌握的线索，确实是有这种怀疑。"

了悔愣住了，显然他内心正经历着激烈的挣扎，半晌他才说："你真是机智过人。虽然姐姐从没亲口告诉过我，可在我看来，也只有这种答案能解释她身上所有的神秘了。你知道我姐夫，应该说是以前的、名义上的姐夫徐文源的身世吗？"

"愿闻其详。"

"徐文源的祖父本是嘉兴府海盐县的大商人，这位徐老爷年逾四旬才得了一子，即是徐文源的父亲。说起这家人，还得说一下一位四处云游的异人，他叫黄修茂，是徐老爷的知交好友。此人精通道术、医术、卜易，正是他给徐老爷写了一记调养身体的方子，叫他终于有了个儿子，取名徐净。只是这徐净从小被宠溺惯了，日久天长便成了败家纨绔，结交了一伙朋友，其中一个自称得道高人，善观风水，名叫张长兴，其实是个江湖骗子，常哄那迷信的有钱人去买他指认的地产，那些地的原主自然和他是一伙的……先低价买一块荒蛮野地，再在河里撒些金沙铜粉，再找市井闲人宣扬传说一番，不毛之地便成了所谓'隆兴之地''矿藏丘泽'，他们再高价卖出。徐净便是上了这种当，将徐家几世传承的资产很快败净了……而这些，黄修茂在献方时就已卜到先知，只是命术使然，先知也没有用。"

琼于接着说道："之后徐净和徐老爷相继去世，只剩徐文源孤苦一人，他先是在亲戚家寄住，直到一个叫诗茵的姑娘主动来投奔他……这就是徐文源的身世由来。"琼于用树枝挑动了一下眼前那堆炭火，将火挑得旺了一些，又道："诸位要记住适才故事里提到的那几个人的名字，一会自有交代。"他转而看着镜屏："还记得黄侍烟和徐文源在一起时，时常表现出对她家人的怨恨，还有对跟随文源的无奈吗？似乎是黄家人为了报徐家往年的恩德，便叫黄侍烟去找徐文源还人情，只是牺牲了黄侍烟自己的青春和自由。我从安然士……现在应叫了悔，他口中得知：黄侍烟就是黄修茂的孙女！

黄家到底受了徐家什么恩德，了悔也不清楚，只知道黄侍烟化名诗茵，在文源落魄时以身相许，并带他到了小风镇的齐家老宅。她为何会选择那里安身呢？因为，她和小风镇早有渊源。"琼于说到这里，又开始转述了悔对他讲的故事。

"大约十年前，师父带着我到小风镇安身。我并非他的亲人，而是收养的。和师父相处长了，慢慢便看出他像是背负着什么大心事，因为他总是表现出不同寻常的悔恨。他虽然坚持过着苦修的生活，也免不了夜里时常在噩梦中惊醒，醒来后便去菩萨塑像前忏悔：'弟子知错了，求真人放过我吧！'

"我曾缠着问他到底是什么'错'？有一次他实在被缠得躲不过，只好唏嘘地说：'为师年轻时是个骗子，专做伤天害理的事。多年来骗人无数，常弄得人家家破人亡，从来都没有后悔过。只是最后一次行骗，骗光了一个叫徐净的公子哥的家财，还打了他一顿跑了，据说事后他和他爹很快就都死了，只剩他一个儿子。纵然如此，我也没有半点悔意。

"后来一个世外高人找到我……此人我见过，就是徐净父亲的好友。此人不但武功高强，最厉害的是他精通左道邪术，你只要和他对视一眼，便能被他制住，就像全身痉挛一样不能动弹，任由他摆布。他趁我单身一人时将我用邪术擒住，又拿一个小管子往我鼻子和耳朵里吹进去一些不知是何物的粉末，然后对我说：'贫道已经给你下了'惊心咒'，你后半生再也别想有片刻的安宁。你作孽太多，该当有此恶报！'说完就走。过了半个来时辰，我自己就能动了，只是觉得浑身血脉凝重，血液里就像是塞了什么东西一样，运行得没以前顺畅了。

"这之后，我的身体就不灵便了，只要一大动就头晕眼花，这倒罢了，一到晚上，只要睡得稍微安稳点，就忽然心口疼痛，要不就连做噩梦。这般我才怕了：谁说老天不长眼，我这都是报应啊！我开始后悔起以前的所作所为，再也不想做害人的事。可那些帮友同伙嫌我知道的太多，怕我背叛，居然想合伙害死我，是我事先得了信，去官府告发了他们，自己抽身逃了，后来又收留了你，来了这个地方隐姓埋名过日子。

"我以为只要清心寡欲，注意休养，我的身体便能有所改善。可这么多年来哪有什么好转？现在看来要想恢复以前，真是痴心妄想了，那恶道人对我的诅咒怕是要跟着我一辈子了！

了悔说到这里，快速伸手挡住了烛火，原来一只飞蛾正径直朝火光飞去。他从旁边拿起一个纱罩，将烛台笼上，看着已经安全却又只能在罩外乱飞的蛾子，他接着道："这些就是那个大雨夜，师父给我讲起的他的故事。我虽然年纪小，可听到这个也是惊讶不已：平日里对自己疼爱有加的师父，居然是个害人无数的骗子，我忽然觉得那昏昏的烛火后面，师父的脸变得狰狞起来。

这时，外面鸡棚里的鸡忽然惊叫起来，我们以为是狐狸在偷鸡了，师父赶紧跑了出去，我跟在他后面。那天打雷响得出奇，师父很快便在雨中看不见了，我怕得哆哆嗦嗦不敢走，不停地叫着师父，可就是没有回应，只有筛豆子一样的雨声反复不停地聒噪着耳朵。

我在大雨里摸索了很久，也没找到师父，一道闪电划过，忽然，我看见师父背对着我呆呆地站在鸡窝边……没错，就那么一动不动地站着，像是僵住了。

在他面前的鸡窝门边，缩着一个女人，那女人嘴上全是血，手里抓着一只死鸡，显然是刚刚咬死的……这都不足为怪，怪的是，这女人的眼睛没有瞳仁，整个眼窝里都闪着白色的幽光！

我吓坏了，想往回跑，可是两条腿像灌满了铅，根本动不了。那女人则静静地看着师父，他俩僵持了一会儿，女人的头一抖，那幽光倏地消失了，而师父的背影竟然快速抖了起来，忽然，他像是疯了一样，大叫着："天意，报应啊！'

"我还没反应过来，只见师父扭头看了看右边几丈外的悬崖，他猛地转身，径直向着那悬崖飞奔而去，一头扎下悬崖了！"

了悔讲到这里，挤出了几滴眼泪，然后又恢复了原本的表情。

琼于认真地看了他一会儿，道："在我看来，你没有为你师父的死过分伤心，是因为你觉得他有那样的结果其实是个解脱。比起他做的那些伤天害理的事情，这样的结局真的算不错了……你师父就是张长兴吧？"

了悔点了点头。

"给他施了诅咒的，则正是黄修茂。而雨夜出现在你们庙门附近的女人，则是黄修茂的孙女黄侍烟？"

"你猜得很对。"了悔不再像之前那么惊讶了，因为他对眼前这个邋遢道士的机智已经有些习惯，"我师父正是被姐姐的'幻瞳'术搅乱了心智而死。"

"不，你师父不能算是被黄侍烟害死的，不然你也不会那么坦然地接受她。"

了悔又一次惊讶地看了看琼于，问："怎么说？"

"黄修茂早已经惩治了张长兴，没必要再指使孙女去找张长兴。张长兴多年被所谓诅咒所扰，本就心灰意懒，彼时又以那样的情境碰到了黄侍烟，可想而知心情是多么脆弱无助。而黄侍烟会用和黄修茂一样的邪术是很自然的事，这个张长兴肯定能想到，而且也能意识到黄侍烟并非来寻仇，她的出现只是个巧合，可这种巧合实在有种宿命的感觉，让张子兴深感天意就是如此，才绝望自杀……这大概就是张长兴彼时的心情吧！"

了悔点点头："事后姐姐也说她只是路过，她从教友那里得知小风镇齐玉堂的事，想来看看，只是因为饿了才闯进我们的庙门。"

"饿了？这倒是个奇怪的理由。"

"因为饿了才闯进人家里，只为偷只鸡吃……如果对于一个寻常人，这着实让人难以置信。可如果姐姐是狐妖，那就没什么不合理的了。"

"嗯，现在明白了。我和黄侍烟曾有几天同住一个院子，她的生活习惯和许多行为举止都很怪异，比如她从不吃菜蔬，也不吃熟食。我曾在齐宅荒草堆里发现了许多碎骨，开始还以为是齐玉堂弄的邪术祭炼，其实那都是黄侍烟留下的，因为，她只能生食！"

围着火堆的四个人开始了长久的沉默，那气氛虽然悄无声息，可每个人的内心却都经历着起伏和不安。

镜屏忽然想起了黄侍烟对她说过的话："我娘？噢，对啊，我恨死她了。真羡慕你能自由自在地到处走，还羡慕你什么都能吃得下。"

聿元忽然看着镜屏，一脸疑云地说："还记得三师叔吗？他曾参与过剿灭狐妖。三师叔是哪一年离山出走，你还记得吗？"

"当然记得，是我七岁那年，他因为什么事和师父吵了一架，第二天便独自出门云游去了，再也没回来。"

"嗯。我记得很清楚，那天我下山买粮，粮价降了，剩了几钱银子，我就给三师叔买了酒。他那天喝得很高兴，而且很快便醉了，说了好多话，大都是醉酒后的胡言乱语。说话中他便提到，他和另外一个门派的几位高道围攻了一伙妖人，将他们制住后才发现他们居然是狐妖！三师叔自己也说他还不敢相信真的碰上了传说中的狐妖，最终还是将它们剿灭了。而三师叔也从其中一个狐妖口中得知了一个秘密。

"我那时只以为他在吹牛，现在看来，那些话真的大有玄机，因为我记得他那副认真的表情，应该是在暗示我要认真听他讲的话，那分明是诀别前的倾诉，在那种情况下是不会胡说的。而且，他第二天便走了，他走了后我才知道他和师父大吵的事……很可能吵架的原因便和这个秘密有关！"

镜屏急切地问："三师叔到底说了些什么啊？"

"哎呀，我也急啊，就是想不起来说了什么，我当时也喝多了，他又说得絮絮叨叨，哪记得住。"聿元抓着头发懊恼地说。

其他两个人对这番话很意外。琮于道："这么多的线索，已经足够让我们去正视那些有关狐妖的传闻了。"

镜屏问："痰盂，你这个时候提起这事，应该不只是为了讲故事吧？"

"我们目前所查的案件中，就有一个人极可能是狐妖幻化！"咸先生接了话头，火光照亮了她的脸，那副明眸中浮现出的满是恐惧，她此时想起的是苏小姐的话："若不是狐仙施救，我根本过不去那些日子，是狐仙让我坚持活了下来，没错，我见过狐仙。"

十九 野人

冯东循盘膝坐在大石头顶上，一手托着一张荷叶，里面包了许多肉骨头，另一只手不时捏起一两块骨头扔给石头下面的狐狸。那些狐狸像是被驯化了的，见到骨头扔下来也不争抢，而是挨个衔起来溜到一边去吃。过了一会儿，冯东循已将骨头扔完了，狐狸们也都吃到了各自的骨头。它们又围到石头旁边，接连发出闷哑的叫声。

冯东循笑了笑："跟你们玩，才是我最轻松的时候。"他手一撑，飘然从两丈多高的大石上跳了下来，落在众狐中间。那些狐狸就像是围住了老朋友，对他不停地厮磨邀宠，他摸摸这个，逗逗那个，挨个都抚慰了一遍，自己竟也发出了似狐狸般的叫声，就像是在和同类说话。

他们正玩得高兴，一阵风吹了过来，紧接着，狐群开始焦躁起来，冯东循看到众狐的目光里充满了恐惧，不由说道："又听到那种奇怪的声音了？"见几只狐狸发出了沉闷的叫声，冯东循一脸怨恨地回头看了看榴园的方向，自言自语道："我真想也能听到那种声音，好叫我弄清到底是怎么回事。"他回身摸了摸身边一只较大的灰白狐狸的头，对着它哑叫了几声，便转身朝榴园匆匆而去。

"苏小姐曾在饭桌上提到过狐仙，从她话语中得知，她似乎受到过某个所谓狐仙的恩惠。另外，我们眼中的冯东循在饭桌上也是只喝酒而从未动过筷子。"咸先生看着琮于说。

琮于的眉毛深深地锁了起来，"我看冯东循无论武功还是道术，都在高手之列，他在这次案件里究竟是何居心先不说，有一点是可以肯定的，如果他真是异类，那我们马上就有了一个强敌。虽然我们之前已经对他有所怀疑，只是察言观色，发现他还无恶意，不然前两天他有的是机会动手。我猜测，在没有利用我们查出他想要的真相之前，他应该不会加害我们，所以我也没有拆穿他，两边算是各留余地，相安无事。但如果到了真相浮出之时，他是否还能这么客气就不得而知了。"琮于说到这里，看了看聿元，"所幸聿元子及时到来，我们这边也有了高手，可以势均力敌了。"

"这……我可没斗过狐妖，不知他道行、妖术厉不厉害啊！"聿元面露难色。

"怕什么，还有我呢。"镜屏一脸的不服气，"和真正的妖邪斗上一斗，这可是难得的一件外功！"

聿元摇着头说："就是有你，我才怕被拖后腿。到时你可别帮忙，好赖我一个人对付，打得过就打，打不过就跑。"

咸先生忍不住笑了。聿元看她被自己逗笑了，不免得意，对着她抖了抖眉毛，咸先生羞得赶紧将脸转向一边！

琮于却慢慢站了起来，开始在旁边活动筋骨，看来是坐得太久了。过了一会儿，他便在旁边来回踱起步来，道："明天一早，我们和杨姑娘便回榴园，先和冯东循对质，让他说清楚他到底得了什么病，为何要如此对待杨姑娘，他的病又是怎么好的。弄清这些，能对案情有很大的推动。"

"可如果他不愿意呢？"咸先生问。

"那我们只好按原来的计划慢慢地调查了。如果他因为杨姑娘的出现而恼羞成怒，那只好由聿元子出手先制住他再说。"琮于说着，忽然像脱缰的野马一样跑了起来，边跑边叫："一起追，树后面有人！"其他几人虽还不明所以，也下意识起身跟着追。这时，只见五六丈外的几棵槐树间闪出一个人影，飞快地向山上树林中跑去，那速度之快，绝非寻常之人。片刻工夫，那人影已经隐入树林中，再也看不见了。

"是谁？"镜屏气喘吁吁地问，聿元也从后跟来。

"那个'野人'！"琮于说。

苏小姐在沉睡中猛然醒了过来。

并非做了什么噩梦，而是，那种声音又来了。纵然她使劲捂住耳朵，那声音还是不受任何阻挡地渗入耳孔，摩擦着耳膜。

"快来吧！"细如游丝的声音里忽然听到一句清晰的话。

"不，风郎不让我听你的！"苏小姐捂住耳朵，摇着头为难地说。

"快来吧，不要拒绝！"又是一句。

"只要你放下抵抗，坦然接受，你会非常满意的。"那种声音一遍又一遍地直接在苏小姐的隔膜里絮叨着。

苏小姐无法再抗拒下去了，她放下捂着耳朵的手，仔细听了起来，听着听着，便觉得那声音并没有夫君说得那么讨厌，反而很动听，很舒服，让人陶醉，让人迷情。苏小姐顺从了，她掀开被子，离床下地，赤着脚向屋外走去，正要推门时，冯东循赶回来了。

"娘子，你要去哪？"冯东循惊问。

"去后面。"苏小姐痴痴地说。

冯东循看着目光呆滞的娘子，马上明白了，变了脸色吼道："不许去！"

"你为什么要拦着我！"苏小姐也生气了，大叫着想要冲出屋门，却被冯东循一把揽住。

"不许你去！那里藏着可疑又可怕的东西，我还没弄清究竟是什么。那个道士或许可以帮我们查清楚。在那之前，绝不许你再去那里！"冯东循的语气不容置辩。

"你，你现在怎么变得那么蛮横无情！你还是那个爱我爱得发狂的狐尊吗？"苏小姐哭了起来。

冯东循叹了口气，胳膊慢慢软了下来。就在他松懈之际，苏小姐猛地挣脱他的手向外冲去，快到屋门口时，冯东循才回过神来，他急忙一跃，跳到屋门边，掌锋对着苏小姐的后颈劈去。只一下，苏小姐便眼珠上翻，昏了过去。

"野人？哪里来的？窜得那么快，简直就是个大猴子！"镜屏看着幽黑的丛林说。

琼于则看着咸先生说："你摔下悬崖后，还发生了一些你肯定想不到的事情：正是这野人救了你啊！"

"……"

"你摔下去后，大雾中我一时弄不清你的位置，叫你也没有回应。这时，野人又出现了，他也不再害怕我，反而显得比我更着急，他看了我一眼，忽然向我扑了过来。我紧张得正想抢棍子，他却扯住我身上的绳子，将一头缠在他腰上，沿着崖壁爬了下去。这时雾慢慢散了，原来你摔下去的地方是一个深十余丈的大坑。所幸崖壁上长满了树，你正好挂在一棵横出的树杈上。

这野人像猿猴一样向你攀了过去，用绳子将你绑在他背上，又抖了抖绳。我便往上拉绳，他自己也尽力往上爬，最终将你背了上来。

还有奇怪的事情：野人除了奋不顾身救你，行为举止都表现出对你不同寻常的担心，嘴里不停地叫着番话，像是在说'哩噜'两个字……就像在叫你的名字一样！"

咸先生十分惊讶，镜屏和聿元都诧异地看着她。

琼于接着道："我发现他居然能说几句简单的中土语言，正想试着与他交谈时，葛老四来了，他只得跑了，临走时还很不舍地看了你一眼。以他在丛林中来去自如的本事，他想藏匿行踪是很容易的，可他数次出现在我们面前，确切地说是你的面前，显然，他对你有种特别的在意，只是忌惮旁人而不敢靠近你。"

"这，我怎么会认识他呢！"

琼于没回答，说："之前我问了葛老四，得知了一些关于他的事情：村里人自然不晓得他从何而来，只称他为'野人'，他出现的具体时间也很难确定了，最早的关于他的传闻，是近二十年前，一个采药的村民首次在山里碰到了他；之后多年间，偶尔又有人见到过他的踪影，在寥寥数次的遭遇中，他从没有危害过村民。他行动敏捷，村民也没法擒住他，如此多年来他和村民算是相安无事。只是他毕竟是异类，那些村夫们的谣传妄谈一旦找不到源头时，总难免往他身上攀扯，大人吓唬小孩子也会拿他做现成材料，慢慢地，他便成了这片大山里的一个神秘，年轻一辈再碰到他时，就变得又惧又厌了。"

不过，我的直觉很强烈：这个野人的存在不是偶然，他很可能与整个案件有重大关联。如果有机会能和他面对面，我们一定要先试着安抚他，再想办法和他说话，千万别把他吓走。

"可他已经逃走了，一个像猿猴一样的野人，在这么一大片深山之中，哪还能找着！"镜屏说。

"他还会现身的。"琼于看着咸先生，肯定地说。

二十 四人就寝

夜深了，四人开始安排就寝。琼于找了一张破席子，聿元抱来几抱干草，两人便在火堆边睡了。

镜屏和咸先生则睡在屋子里，两人虽然都不甚情愿，还是咸先生稍有大度，说："只是一夜而已，镜屏就委屈一下吧。"镜屏本来不是个讲究的人，就是不待见面前这个酸文人，此时见有台阶，也只好下了。咸先生端着半截蜡烛，两人进了屋，首先看见的就是葛老四那张又脏又破的小床。咸先生将蜡烛粘在旁边桌子上，镜屏用头点了点小床的这头，又点了点那头，看着咸先生。咸先生看着那一床污垢，闭上眼睛说："随意。"镜屏便选了有枕头的那边，将大氅铺上去，先歪倒到床上，才用脚蹭掉了鞋，嘿嘿笑道："叫你先选吧，你还假客气，那你就在那边吧，我的脚倒不算臭，只是席子上葛老四多年蹭下来的脚泥肯定不少。"

咸先生心里虽然有些恼火，只是怨不得人家，她不敢去想那些"泥"，便道："我写点东西，你先睡吧。"

"这么晚了还写字？"

"习惯，要把今天发生的事记下来。"咸先生说着，从一个随身布袋里掏出一管小笔，几张信纸，一小块墨。

"这就是你们文人常说的'笔记'吗？"

"嗯。"咸先生已经开始磨墨了。

"你打算把我们调查的案件都记下来？"

"对啊。"她将纸摊开，写上了第一列字：七月十三，经历颇丰……

镜屏忽然来了兴趣，坐起身来："那你就这么写我，这女侠既有飒飒惊鸿之身姿，又有羞花闭月之娇态，长袖一舞，挥出寒冰铁剑，回眸一盼，笑出醉眼梨花，哇哈哈哈哈哈……"镜屏得意地抱着膝在床上打起滚来。

"恐怕不会，我不喜欢写成说书人的话本。"

镜屏"哼"了一声："你就是盘老醋花生，酸！那你把我写得好点。"

"恐怕也不会在你身上着墨太多。"

"为什么？"

"我记的是案件，说到案件，那不都是琮道长破的吗。"

"什么？你可真没见识！要不是我带着他，他也就能去查查小孩老尿床的案子吧，他能碰上像灵龟宫那样的大案？再说，上次要不是我能打，你们早被齐玉堂那妖道灭了！"

"你这么一说，也有点道理，真武帝君总少不了龟将军，菩萨身边也得有个善财童子，嗯，好吧，那就给你点笔墨。"咸先生偷笑起来。

"什么？我就是个善财童子的货色？你……都说文人一支笔能主生杀，我现在算是明白了。算了，你干脆就不要提到我，就写：一个邋遢道士，道号痰盂，一个落魄文人，女扮男装，自号闲先生，就是闲着没事乱说闲话到处闲逛的闲，这一闲一逛就破了几件大案，哈哈哈，写吧写吧，写这样的故事去骗小孩子玩。"

镜屏表面在笑，心里则恼得很，堵着气翻身向里边去了。

咸先生笑着白了她一眼，又写了起来。

火堆里的木块已经都燃得通红了，抖曳出红蓝相杂的火焰。琼于又往火堆里加了两块耐烧的老树根，正想躺下，却听到聿元口里传来的梦话："师妹，别瞎逛了，回山吧！"

琼于微微一笑，躺倒在席子上。地面虽然有些湿凉，所幸有火堆散发出的干热气烘烤着，这一冷一热，竟还觉得很舒服。想到明天众人要一起回到榴园，那时或许整个案件将有很大转机，他竟有些兴奋起来，对即将到来的天亮充满了期待。

"好喝，嗯，好酒。"火堆的另一边又传来了聿元的梦话，"这酒好喝。师叔，你说镜屏不能留，是什么意思？"

这梦话像一阵风一样吹过发抖的火焰，停在琼于耳边，他眉头皱了皱，然后，看着满天的繁星和快要盈满的月亮，慢慢地合上了眼睛。

咸先生终于记完了今天发生的事情：事情可真多，写了满满六页纸，还都是很简略地写下来的。 她站起身伸了伸懒腰，走到屋门口看了看火堆那边，两个男人都躺成了大字沉沉地睡着，看来火堆很暖和。她便走向床边……那贫嘴小道姑也躺成了大字，将整个小床都占满了。她只得小心将镜屏的脚并起来，给自己空出了地方，这才发现自己这边连个枕头都没有。她看了看周围，只有镜屏的包袱有个枕头的样子。她拿起包袱，见里面露出一个小布囊的一角……原来正是一个小枕头，虽然上面沾满了油垢，可毕竟比直接把脸贴在葛老四放脚的地方要好。她便将枕头摆上床，又将自己外衣脱下来铺在床上和枕头上，这才躺了上去。

不知睡了多久……

眼前一片明亮，睁眼一看，外面已经很亮了。

"嬷嬷，我起了。"一声娇滴滴的叫声传了出去。

一个胖胖的中年妇人从屋外走来，笑呵呵将自己抱了起来，又给自己穿上衣服，边穿边说："哎哟，我的莘荑是不是又长大了，怎么这衣服穿得不利索了。哎哟，瞧咱们莘荑长的，就是俊俏，可惜呀，黑了点。这一白遮三丑，一白抵三俏，咱姑娘要是再白点呀，那可真是天造地设的美人坯子了，就算选进宫做个皇后也不为过啊。"

穿好衣服，嬷嬷便牵着自己的小手走出屋外。外面是一个有花圃的小院子，种着各式花草，此时正值盛开季节，身在一片缤纷绚丽之间，心情很是舒畅，不由开口吟了两句：心随晨光起，花开四月春。

只听一阵鼓掌声，从院子一边的小亭子里走来一个男人，手里拿着一本书，另一只手背在身后，虽然身穿便服，却很有风度，一身文气，笑呵呵走过来。

"父亲。"只听自己清脆地叫了一声。

男子弯下腰将自己抱起来，在花丛间散起步来，边走边说："莘荑的诗文很有进步。最近先生在教什么？"

"有《诗经》，有《论语》，还有《诗三百》。"

"你最喜欢哪个？"

"嘿嘿，这些我都不喜欢，我最喜欢听说书的讲《长坂桥》《梁红玉》那些。"

"呵呵，你喜欢听故事？"

"嗯，哪有小孩不喜欢听故事的。"

"哈哈哈，也对，那你会不会怨为父让你去先生那里读书，没空听故事了？"

"那也不会。光听故事，学问也没长进，等有了学问，就能写出好故事啦。"

男人眼睛一亮，然后对着自己亲了一口，道："难得我儿这么小就知道主次。"

"先生也说，孔孟之言、经史六艺那才是正统之学，其他那些都是市井俗流，不足道哉，不足道哉！"

男子微微一笑："孩子你记住，先生、包括为父说的话，都是他一家之言，不一定都是对的。你这个年纪，只需要多读书、多阅历就行了。书无好坏，皆能读也，关键在于你如何取舍，是扩充你的学识，还是指引你的信念，还是仅仅学人家遣词造句，这些都取决于你自己。将来你长大了，你自会有自己的主张，你想做个什么人，也由你自己决定，为父绝不逼你去做你不喜欢的事，只是希望你有足够的能力去做自己想做的事。"

"嗯，我记住了。"这时，看到了男子手里拿着一本书，封面写着《南番拾缀》，便问："那父亲这阵子在看什么书？"

"呵呵，为父在看博物书。"

"父亲真像个孩子，对什么都很好奇。我常看到父亲在看这类的书，您是想知道什么事物吗？"

"……既然是博物，怎么会一时半会就看完呢。我是想看看有关南洋的事，风土人情、鱼虫鸟兽、花草树木都想知道。"

"南洋？在哪里？"

"在远离我中华的地方，是大海之外的藩国。"

"父亲去过那里？"

"……只是闲着无事，想了解一下。莘荑刚才的诗还不错，不如我们一起将它补全吧？"

"嗯，好啊！"自己高兴地拍起手来。

眼前的一切完全模糊起来，等再一次精晰时，影像又完全变了。视线变成了仰视，而且有节率的一上一下，好像有人将自己抱了起来走路……转头一看，果然，一个年轻美丽的女人正怀抱着自己快速地走着。

往上面看，只见满天的繁星和巨大的月轮，原来已经是深夜了。周围一片安静，余光里能看到有低矮的桥的栏杆，桥外的一片池水反射着月光的明亮……原来自己又到了后园！

这时，心思有些乱了，又猛然想起了上次自己独自来到这里的情景：在曲桥上看到了长着人脸的怪鱼，一种被他人窥视的恐惧感袭来。

即使自己被女人紧紧怀抱在胸前，也没有减弱这种无助感，因为，通过手臂和肌肤的触觉，自己已经明显感到了女人的体内也是充满了无助和惊慌，她也很快感到了自己的紧张，脚步更急了起来。

自己紧张是因为害怕那些怪鱼，她为什么也会惊惧？该怎么办？

自己还是忍不住转头向水池中看去，那是一片清澈的水池，一群彩色的鲤鱼本来悠闲地游着，见到有人来，都自动从四面方向聚了过来，看来是被人喂惯了的……仔细看了好久，也没有看到怪鱼的踪迹。

明白了，自己独自来的那次，并不存在于现实中，那些怪鱼是想象出来的，那应该是自己的所思所感的映射，总之那是一次梦境。而这次，感觉得很明显，是自己曾经的亲身经历，对，这明明就是自己的记忆啊！此刻，自己既是那个被女人怀抱着走在曲桥上的婴儿，又是一个已经有了思考能力的成人，这个成人的思想正徘徊于婴儿的身体之外，以独立的人格看着发生的一切，而她的视线却又与婴儿重合，且一样狭窄，也一样模糊。

所以，她根本看不清抱着自己的女人，所谓的美丽，明明就是对和自己亲近的人的美化而已。

一旦意识到这些，眼前的景象忽然消失了。

不，不要消失，要记起来，这些都是自己从来没有想起来过的记忆啊，一定要再重新记起来，或许这样就能知道自己小时候的事情，那个抱着自己的女人，要看清楚她，快点看清楚她的模样，她是谁，她会不会就是自己的娘啊？

越是想集中精神回到刚才的影像中，越是无法抓住那些画面。眼前的影像在不停地变换、抖动、清晰了又模糊，然后又变得清晰，许多以前的经历就像元宵灯会上的走马灯一样闪到眼前，又快速消失。

这时，一个感觉很熟悉的面孔……却依然朦胧着，凑到面前，正是那个之前抱着自己的女人，轻轻地说："还是放下吧，这不是你能掌控的。"

"可我想知道，我想看看你！"

女人笑了笑，不再说什么，她的面孔一会儿模糊，一会儿清晰，但始终无法看清她的五官，只能感觉到她慈爱的笑容，那笑容让自己很舒服、很轻松，慢慢地，眼前所有的影像又全部模糊了起来。

接着是一片长时间的模糊。

咸先生的头不时地轻微晃动着，眼皮下的眼珠正剧烈地翻滚，嘴里小声嘟囔着："快想起来，快啊！"

画面终于回到了之前的样子。

怀抱着自己的女人快速走过了曲桥，路过亭子，略微一停，又经过廊桥，上了地面。她刚想缓一口气，却显出一脸惊骇的神色，自己幼小的身体感到了她剧烈的抖动，转头一看，只见空地上支起几个像晾衣架一样的架子，架子间扯着绳子，而绳子上则挂满了各种丑陋的爬虫，其实应该说是爬虫的皮壳，蝾螈、蜥蜴、鳄鱼、蟒蛇都有，许多皮已经晒干了，有些则是刚挂上去的，血淋淋的，一团团苍蝇嗡嗡地围在附近。

自己不敢再看那些，转头看向前面，看到了一幢宽大的屋子，门匾上写着"倚山坞"三个字，在月光下分外显眼。

终于明白自己为何要来这里了，内心深处的意识已经在说：自己最惦记的就是这里，一切的变故都源于这里！

意识到这个的时候，忽然眼前骤然一亮，原本漆黑一片的厅馆霎时竟变得满堂灯火。

而这时，视线也终于彻底变清晰了，目光第一次看清了抱着自己的女人，令人意外的是，那个女人竟然就是自己！

这究竟是怎么回事？

自己的思维乱了，完全不明白到底发生了什么，心里又一次问道："这究竟是记忆，还是梦境？"

自己就这么被抱着走进了大厅，转而向屋子右边走去，又走了几步，脚步便停了下来。

只见屋子右边，明亮的灯火映照着一个消瘦的身躯：一个男人正踩着梯子在宽大的墙壁上画画。墙上的画已经完成了大半，男人此刻正在画整幅画面的中心，那里描绘的是一个魔鬼躬身在一个书生身边，书生则正用匕首剖挖女人的胸腔！

画画的人意识到背后有人来，猛地转身，只见他的脸瘦得已经仅剩一颗头骨，只有突出的双眼、鼻梁和活动的下巴还能证明那是一个活人。他喘气都很辛苦，好像仅仅站着都要耗光他仅剩的体力。可他还是用尽力气，做出一个凶恶的表情，喝道："你来这做什么？"

"大人，不要再画了！"抱着自己的女人恳求道，只是她的发音很不地道，就像是以一种奇怪的方言在说。

"别管我，以后不许你来这里！"

"大人，我们已经奈何不了他了，你这样下去，会彻底丧失心智。大人，别管这里了，我们走吧！"

"你快带孩子走，这是我犯下的错，我必须承担后果！快走！"

男子的脸由于极力吼叫，扭曲得像是地狱的恶鬼，自己被他吓呆了。紧接着，一阵阵婴孩的哭声传进耳朵，不错，那正是自己发出的哭声。

抱着自己的女人也哭了，她只得转身离开，走出厅门外时，又转身回望了一下，只见那男子已经到了厅门正对着的书案后面，架上了梯子，正用锤子将一块血迹尚未干涸的鳄鱼皮钉到墙上。

"先生！起来，快起来！"

咸先生睁开眼睛，看见一双大眼睛正瞪着自己，吓得她一个激灵，不由尖叫了一声。她这一叫，把正捏着她脸的镜屏也吓了一跳，弹开了好远。两边各自稳了稳神，镜屏才翻着白眼说："我说你这书呆子，没本事熬夜就按时辰睡觉得了，睡得跟死……你看这都什么时候了？那两人都已经收拾好要走了！"

"我做了奇怪的梦。"

"那不奇怪，你枕了我的游仙枕啊。"

"游仙枕？就是上次许大娘枕的那个游仙枕？"

"对啊，是黄侍烟送我的，可如果黄侍烟是狐妖，那这游仙枕可就是妖物了。"镜屏也疑惑地看着那个油腻腻的枕头。咸先生一听这话，赶紧躲到一边，惊惧地看着枕头。镜屏暗自好笑，表面一本正经地说："放心，这枕头我睡过，齐玉堂也用过，要出事早出了，它只不过是里面填了些特别的香料，能叫人睡得香睡得沉，然后就容易做梦，经常梦到以前的事情，确切地说，是'想起'。"

"那些梦，当真是我的记忆？"咸先生的脸色变得难看了。

"按我的经验，梦也有深浅之分，这要看你睡得沉不沉。半睡半醒的时候做的梦，多半都是你心里的暗示，是你自己在编故事；但睡得很沉的时候，就像我那样捏你腮帮子你也不醒，那时候的梦，往往就是你的记忆了。"

"可我梦见了像是我母亲的人！"咸先生本来还想再提她梦见的那个男人，却又忍住了，又说："只是我先是看不清楚她的长相，等看清了，却看到了另一个自己。"咸先生把自己的梦详细地讲给了镜屏。

镜屏用手指磨着下巴，若有所思起来……那神态倒很像琼于。她想了一会儿说："你先看不清她的长相，是因为你那时候年纪还小，小孩的眼睛都是浑的。至于后来看到你娘是你自己……哎哟，这可真够乱的，这……嘿嘿，我明白了，那就是说你睡得不沉，梦得不深，所以埋藏在你内心深处的记忆并没有浮出来，你娘的形象是你编造出来的，而你又不能凭空编造，嗯，没错了，你肯定是觉得自己长得俊，所以就拿自己的脸去编造了。按黄侍烟的说法，'人是不可能忘记他的亲生父母的，特别是母亲，因为一出世看到的就是她'。"镜屏看咸先生脸上的疑云更重了，也不好意思再调侃她，"不过你也别着急，我做梦的时候也没记起我娘，就梦到我师父年轻时的样子了。"

咸先生摇摇头："还有一个可能：我们长得太像了。"

二十一 寻金

琼于走了进来，正要问她俩收拾得怎么样了，镜屏一把拉住他，说："咸先生枕了我的游仙枕，你猜她梦见什么了？"便将咸先生讲给她的梦又转述给了琼于。

琼于听镜屏讲完，看看咸先生，从她的表情得到了证实。他却没有表现出两个女人预期的疑惑，那两道浓眉也没有紧紧锁在一起，只是点了点头，说："如果你梦到的真是你的记忆，那我们离真相又近了一步。事不宜迟，我们还是赶紧回榴园吧。"

回榴园时已经变成了六个人，杨麻子给杨姑娘找了一头毛驴骑，葛老四牵着毛驴在前面带路，其他四人在后面步行跟随。葛老四对这片山很熟悉，知道几条小路，他带着众人在山林间到处穿梭，确实省了不少时间，再加上有镜屏那样的话痨，众人倒也不觉得无聊，只用了两个时辰，就走到了榴谷的谷口。

快到榴谷时，杨姑娘开始迟疑起来，她自己下了毛驴，对其他人说："你们先走。"

镜屏说："哎哟，他都不是你夫君了，你还有什么不好意思的。"

葛老四已经看到那座宅院，羡慕地嚷起来："哎呀，这宅子可真气派，谁说是座破宅子，新着呢！"

琼于和咸先生听他这么一说，也看向榴园，琼于仔细看了看宅子的围墙和大门，问咸先生："你有没有觉得，这宅院确实比我们刚来时显得新了很多？"

咸先生不及回答，只见冯东循从大门里快步走出来，对这边大声道："哎呀，道长、先生，你俩一夜没回，我们担心死了！你们跑哪里去了！"说着已经走到了跟前。

琼于便对他讲了自己与咸先生去游山，咸先生意外受伤，碰巧遇上葛老四将他们带回村里，竟碰上了两个老朋友，对野人和关于案情的进展却只字不提，又介绍两边的人认识。冯东循和聿元互相打量了一眼，目光中都露出了一丝警惕，显然他们早已看出，对方是个高手。

寒暄完了，众人便往宅子里走。琼于想起杨姑娘还在后面，便回身去找她，拐了一个弯才看见她正骑着驴往回走。琼于大声喊她，她回头看看，只见她一脸慌张的样子，不但不停，反而用手帕猛抽起驴来。琼于意识到肯定出了意外，赶紧追了上去，追了好久，实在跑不动了，只好蹲在一旁喘气。

那驴子平常是拉惯磨了的，极少驮人，更少走山路，被杨姑娘抽得急了，到处瞎撞起来，偏到路边上去了，前蹄不小心踩到一个鼠洞，便忽然一倾，这一下将杨姑娘掀出两丈多远。琼于急忙过去扶起她，所幸没有大伤，只是胳膊擦破了皮，右脚扭了，疼得满脸冒汗。

"姑娘怎么不辞而别？像逃一样。"

"我是要逃，我害怕呀！"杨姑娘急得快要哭了出来。

"到底怎么回事？"

"那个人不是冯东循！"

咸先生他们已经跟着冯东循进了榴园，咸先生看着周围的房屋，问："这些房子你重新粉刷过？"

"没有啊，不过我也觉得这些漆的颜色鲜艳了，可能是昨晚雾太重，留下了湿气。"冯东循边说边招呼众人，葛老四和镜屏四处张望，都一脸艳羡。冯东循笑道："时候不早了，诸位先去客厅用午膳，之后再游园不迟。"

这时琼于和杨姑娘也走来了，镜屏嚷道："杨姑娘，你见到你夫君……"

"东循，苏小姐呢？"琼于打断了镜屏的话。

"呃……她昨晚有些不舒服，到现在还在昏睡。"冯东循脸上掠过一丝不自然，忙走到前面引众人去客厅。

"这位杨姑娘本想跟来看看豪宅大院，适才却扭伤了脚，咸先生，你扶她去你房间休息一下如何？"琼于说话时又给咸先生使了个眼色。

咸先生立即会意："姑娘随我来，我帮你冷敷，你先休息一下，一会儿我送饭给你。"便扶着杨姑娘走了。

琼于趁机也给镜屏使了个眼色，镜屏瞪着大眼睛想了半天还是想不明白，便偷偷拉住琼于问道："什么意思？"

琼于无奈，用头点了点冯东循的背影，小声说："这位园主身份神秘，你少说话，见机行事。"说完便走去前面。

镜屏白了他一眼："这么复杂，一个眼神谁能明白啊！"也跟了上去。

饭桌上的菜肴很丰盛，可味道实在不敢恭维，显然是冯东循自己做的，只是葛老四、镜屏和聿元都吃得津津有味。东循像是很感激人家对他厨艺如此捧场，不住对众人劝酒。琼于注意着冯东循，果然见他从未真正吃过东西，有时故意装作举箸，但夹了一块肉后又放到碟里，又去和别人说话。他倒是和聿元一见如故，酒喝了不少，喝到后来，都有了些醉意，话也多了起来，把自己师出何门，云游去过哪里和所见所闻都说了个遍。席间咸先生来了，聿元又找咸先生喝酒，咸先生只好陪了两杯，镜屏又不乐意，非要和冯东循又碰了两个杯，连葛老四也和她喝了几杯。几遭酒下来，葛老四先醉了，聿元和冯东循也已不清醒，可他们还是你来我往地喝着。

众人不想听冯东循和聿元吹牛，镜屏对琼于说："带我四处看看。"众人便出了客厅。

镜屏先吵着要去看温泉，咸先生也跟了过去。葛老四晕晕乎乎的自己转悠到别处去了。

三人走了几步，咸先生见再无外人，便急切地问琼于："杨姑娘是怎么回事？她和冯东循见面怎么像陌生人一样？"

"请我们来这里调查的、此刻正在喝酒的那位宅主，不是冯东循！"琼于将杨姑娘说的话对二人讲了一遍，然后摇着头说："本来以为只要杨姑娘一到榴园和冯东循对质，问清事情的来龙去脉，案件就将有很大转机，可现在又生出这样的意外，看来我高兴得太早了。"

"道长不要泄气，在我看来，这种结果虽然很意外，但也很合理，因为我俩昨晚在杨姑娘口中听到的那个冯东循，明明就和我们见到的完全不一样。而且，这个假冯东循也不认识杨姑娘，这就说明了一个问题：他出现在这里的时间，是杨姑娘离开榴园之后。"

"你说得很对。"琼于想了想，又道："这个意外波折又促使我想到了另外的调查方向……我们快去古井那里！"

两个女人不明所以，只好在后跟着，远远见琼于停在了那口井边。咸先生一见那里，心里先有了几分惧意，那天晚上的幻觉马上又浮现在眼前。

琼于将盖着井口的石板用力推开，伸头向井里看了看，井很深，光线不及井底。他捡了一个石块扔了下去，听到"咚"的一声，他便去马厩又找了一捆绳子回来，将绳子抖开，一头系在自己腰上。镜屏知道的最少，忍不住想问，琼于却将绳子塞到她手里："聿元子要看住那宅主，葛老四不知哪去了，而且也不要让他知道此事，所以，辛苦你们两个女人了，你们要一起拽着，一会儿可能会很重！"便两手抓着绳子，进了井里。

两个女人一时还不明白，只好一前一后用力拉着绳子，一点一点将琼于放了下去，眼看着他慢慢消失在井底的黑暗中。过了一会儿，传来一阵水花声，绳子也松了，显然他已经沉到水里了。接着，一阵阵水花声不断传来，看来他正在水里摸索着什么。

两个女人扒着井沿往井底焦急地看着，只是井太深了，黑暗中仅能看到一点水波的反光。等了很久，忽然绳子一抖，只听下面传来一阵闷闷的回声："往上拉，千万别怕！"

两个女人便使劲拉起绳子，但这次并没有像琼于事先说的那么重，很快便感觉要拉到井口了。可绳子上绑的东西在井沿里一露，两个女人便尖叫起来：那是一具已经泡得面目全非的死人！

死尸的面目很是狰狞，突出的眼珠不偏不倚盯着绳子的另一边，吓得咸先生本能地全身一缩，绳子便脱了手，幸亏镜屏在后面将绳子缠到自己腰上，这一下却叫她重心前倾，撞到咸先生身上，又将她撞向井沿。咸先生被撞了一个踉跄，脸正贴在那死尸绽开的眼裂上，四目相对，一条蚂蟥从死尸的鼻孔里钻出，又钻进另一个鼻孔，她吓得大叫一声，扭头向旁边爬了一丈多远，吐了起来。

所幸镜屏经历的世面多些，又怕这一松手，尸体再掉下去会砸到琼于，便强忍着惧意全力把尸体拽了出来。尸体滑过井沿，滚落在井边地上，镜屏也扯掉绳子，像躲瘟疫一样跑到了一边。这时井里传来琼于的叫声："绳子扔下来，拉我上去！"

"死痰盂臭痰盂，你就在里面待着吧，瞧你把先生吓的！"镜屏看着还没吐完的咸先生，气得嚷嚷。

"适才我没踩好水，沉下去了，才没提醒你们那是死人！快扔绳子下来吧，我……快浮不动了！"

"冯东循"和聿元已经将三坛林家老酒喝光了，两人都喝到了平生从未到过的量，聿元终于忍不住了，道："冯兄，你我不要再互相试了。在下炼的是龙虎内丹，酒气重了难免积下内伤，在下甘拜下风了。"

"呵呵，道兄早说啊，我也早就在硬撑了。不过看得出来，道兄在道术、武功上必有极高深的修为，我闲来无事时，也常练些不入流的功法，等酒醒了，咱们切磋切磋！"

"嗯，等酒醒了……"聿元说到这里，已经趴在了桌子上。

"冯东循"见他睡死了，放心地笑了笑，也打了个酒嗝，仰面倒向地上。

镜屏和咸先生将琼于也拉上来时，已经累得筋疲力尽了。琼于一到地面上，便浑身哆嗦起来。周围有几棵大小树木将阳光遮住，他只得爬到一片阳光下，说："这井水极冷，想是直通着地下的寒泉。"

镜屏本想骂他，看他现在这样子，又于心不忍了："我去找件我师兄的衣服给你换！"

"咸先生，你去把杨姑娘叫来，请她认一认这尸体。"

"认尸？"

"不必……多问，去吧！"琼于冷得已经说不出话了。

过了一会儿，两边的人都来了。琼于也恢复了一些体力，到树丛后换上了衣服，再走出来时，那一身剑侠打扮倒更显得干练。他又走到死尸跟前，回头镜屏和咸先生道："敢看吗？"

"呃，有什么不敢！"镜屏不太情愿地靠了过去。咸先生见状，也只好硬着头皮跟过去。

"如果张仵作在，肯定能看得更仔细，不过仅凭我看到的线索已经足够给出结论了。"琼于蹲在尸体旁边说："这是一具男尸，尸体已经泡得发胀变形，不过还有不少痕迹留了下来。首先，是他左手的小指缺了一截。"琼于指着尸体的左手，站在远处的杨姑娘听到这里，整个身体晃了一下。

"尸体在井水里被发现，所以首先要考虑死因是溺水的可能。可是你们看，死者脖子上有明显的缢痕，所以死因也可能是缢死。"琼于又扒开尸体的嘴，里面是胀大了两倍的舌头和少许发黄的水。琼于又指着尸体身上："衣服也很完整，再没有其他创伤；也不是活着掉入井中，不然嘴里和鼻孔里难免会呛进脏水，积下泥沙……那井水里的泥沙很多的。

那么就只能是被缢死后投入井中了，你们看，这具尸首脖子上的缢沟深浅不均匀，除了勒痕，还明显有反复摩擦的痕迹。"琼于又翻过尸体，指着他后颈上："已经快被泡得退尽了，所幸还能看到一些红色瘀斑。若是自缢，断然不会出现这样的红瘀，而这片红瘀恰恰说明是他杀：死者被凶手从后勒住脖子，他不断挣扎，凶手怕他挣脱，便用膝盖抵住他脖子后面，从而造成了这块瘀斑。待其死后，又将尸体投入井中。只是这井水太过冰冷，好的一面是有利于尸体的保存，坏的一面是无法看出死亡时间了！"

"那怎么办？"镜屏问。

"只好先确定死者身份。杨姑娘，不要害怕，你来看看吧。"琼于似乎已经预料到杨姑娘接下来会怎样，不敢正视她的脸。

杨姑娘也已经猜出了什么，颤抖着走到尸首跟前，只看了一眼，便闭上眼睛转过身去："是他！"然后失声痛哭起来。

"这么快就能确定？"镜屏又看了一眼被泡得不像人样的尸首。

"他的左手小指，是他得病之后，整天切药草不小心切断的，是我亲手给他包的。"

"如此说来，这个人无疑才是真的冯东循。"琼于站起身来，对杨姑娘郑重地说："虽然还不清楚冯东循的死因，但他对于你的所作所为，却已经很清楚了，杨姑娘，这就是在下的肺腑之言：你的夫君冯东循是爱你的！他的那些怪异的举止，都是为了避免你患上和他一样的怪病，又或者是怕他病情严重时无法自持而伤害你，最终，当他再无别法的时候，只得忍痛逼走了你！杨姑娘，我不是个很懂感情的人，但我很羡慕你能得到一个男人这样的爱！"

杨姑娘已经泣不成声了，终于扑向尸体，跪在旁边大哭起来。

杨姑娘哭了一阵，忽然止住哭，转过身对琼于三人磕起头来。镜屏和咸先生赶忙过去扶住她："姑娘这是干什么？"

"东循是我的夫君，我是东循的妻子。不管他后来变成什么样，我心中永远记着的，永远是他给我看病的样子。我的夫君死得不明不白，做妻子的怎么能就此罢休？道长们是有机智有修行的人，求你们帮我查出我夫君的死因，小女子没什么钱财，只有东循当初送我的这些了。"说着将所戴的耳环戒指都脱下来。

"姑娘不必……"

"这事啊，嘿哟，包在我们身上。"镜屏打断琼于的话，"在下龙虎山天师……"

"杨姑娘，你先回去休息吧，我们会将东循的事彻底调查清楚，给你一个交代。到时，我们再一起来将他安葬。"琼于本想请咸先生将杨姑娘送回去，她却又拜了几拜，对着尸体说："夫君，你我暂别几天，我回去等道长们的消息。"说完便木木的自己走了。

"哎，痰盂，你干吗不让我要钱？"

"我们离真相还远着呢！"

"我不管，等案子办完了，我得把我的钱要回来！"

咸先生问："原来在我们身边，曾经上演了一幕'鹊巢鸠占'的恶行！"

镜屏看着她急了："你怎么也跟痰盂一样了，说话卖关子，什么意思？"

咸先生说："很难猜吗？和我们朝夕相处的那个人如果不是真的宅主，那他就马上有了杀害真正宅主的嫌疑！"

葛老四一个人醉醺醺地东转西转，转得远了，他四周望了望，见没有人，便用手抹了一脸，露出一脸冷笑，酒像是马上"醒了"。他看着周围成排的高大房屋，恨恨地说："这些人凭什么这么有钱！"他见大部分屋子都上着锁，又贴着纱窗，看了看几间屋子里面，虽然摆设华丽，可都是很难顺走的大件家具，没看到什么金银器、首饰盒。他便又往后面走，慢慢转到一个拱门，心中一喜，不由自言自语："对了，就是这！杨家姑娘说有财宝的地方。"

葛老四很快走上了曲桥，远远看见池水另一边的大房子，喜得拍了一下大腿，兴冲冲直奔那而去。转眼过了亭子和廊桥，刚踏上地面，却吓得脚一软差点摔倒，只见那大房子的屋门和窗户上钉满了各种爬虫，那一张张丑恶的面孔瘆得人发毛，纵然葛老四平常做惯了打猎宰牲，看到这幅情景也不免有些胆寒。他赶紧绕开倚山坞，转向左边，见到一片竹林，又纳闷起来："怎么又成了竹子林了？"

他走近了竹林仔细看了一会儿，发现里面并非全是黑暗一片，有光线透了出来，又看到近处一些竹子明显有常被扒扯的痕迹，他立刻明白了，便扒开那些竹子钻了进去，这样钻了一会儿，便看到了一条透出石板的小土路。

葛老四兴奋地顺着小路一直走下去，片刻出了竹林，一片空地外便是那一段长长的高大的围墙。葛老四对着整面墙扫了一眼，找了一片荆棘不多的地方，从腰间抽出腰绳……原来是一条很长的软绳，绳头上还绑有抓钩，看来平时采药都凭着这个。他看准了地方将抓钩一抛，便搭在墙头上，然后用力向上爬去，途中虽不断被棘刺划破衣服和腿，只是这对于平常以采药砍柴为生的他来说都是惯常的事，不一会儿他便爬上了墙头。

墙外是一大片林子，一眼望去恐怕得有上千亩，周围被一圈陡峭的山崖包围着，长的却并非树木，而是叶子像芭蕉一样的粗壮的怪草，跟进入榴谷时看见的一样，只不过长得更高大更茂密。葛老四眉头一皱："这么一大片地方，杨家的姑爷是怎么找到金子的？"

一阵风吹来，竟裹着一股异样的腥味。葛老四蹲在墙头上抖了一个激灵，忽然听到一种奇怪的声音，那声音简直像一条条鳝鱼穿进了泥里，搅得葛老四筋骨发软，神迷不已，他的脸上露出了一种毫不掩饰的贪婪。他像是再也忍不住了，赶紧将抓钩挂了个方向，顺着绳子滑了下去，然后，他一脸邪笑地朝林子深处，那个他觉得是声音传来的方向走去。

"如果我们面前的死者，杨姑娘所嫁的人，是真正的冯东循，"琼于道："那么关于'榴园主人'的事情或许应该是这样：

"冯东循本来只是个赤脚郎中，与杨姑娘一见钟情，后来他偶然来了这里投宿，并在这里交上了所谓的'好运'，就是那笔意外之财……这正和那个关于榴园财宝的传闻相合。

"冯东循没过过富贵日子，根本不知道怎么用钱，他能想象到的有钱人的生活，无非就是豪宅大院、奴仆成群，现在大宅有了，他又急着想娶杨姑娘，便又雇了些乞丐做家仆。找乞丐做下人显然还有另外的目的，那就是方便以后打发他们走，可为什么不把这里当作长久的住所呢，难道彼时他已经意识到这座宅子的怪异，觉得这里不适合久居？这是一个疑点。

"接着，他将这座废宅收拾一新……这是疑点之二：这么大宅子的翻新，怎么会不惊动山谷之外的人，工匠和材料都是从哪里来的？

"然后，他终于娶了他的意中人杨姑娘……倘若这是故事的结局就好了，可惜，关于他的故事才刚刚开始。不久，冯东循发现自己得了一种奇怪的病……姑且先称之为病吧，这怪病导致他心神不宁，举止怪异，还产生了幻觉，这也引出了他身上最大的疑点：他究竟得了什么病？这个，且先称为疑点之三吧。

"这期间他不断与怪病对抗，试图阻止它侵蚀自己，但，显然没有成功……趁着他'还是自己'的时候，他逼走了杨姑娘。可令人费解的是，他紧接着又找了一个新的娘子，就是青楼出身的苏巧仙。目前我只能从最基本的人情伦理去猜测这么做的动机：他保证了自己爱人的安全，然后让一个苦命的不相干的人来这里做替代品。可他为什么非得需要替代品呢？显然不是因为害怕孤独，因为那之后他又打发走了所有的下人，有一段时间，可能整个宅子，整片山谷就只剩下他和苏巧仙两个人了……这便是关于冯东循的第四个疑点。"

咸先生不住地点头，说："苏巧仙来到这里做了冯东循第二任妻子，只是彼时的冯东循已经彻底丧失了心性，他必是经常虐待苏小姐，才让苏小姐觉得'跳进了另一个火坑'。"

"而就在这段时间，有着妖邪嫌疑的'云游侠士'出现在这里。不知发生了什么，只知道结果是：侠士成了假冒者，并与苏巧仙做了夫妻，成了请我们来此的'现任宅主'。"

"那到底发生了什么？"镜屏问。

琼于用手搓着下巴："接下来则是我的猜测：苏巧仙是个无知迷信的女子，在她无助凄惨的时刻，热切盼望着拯救自己的'仙尊'能够降临。而'侠士'的偶然出现，他身上的那份神秘，还有那些超乎常人的本事，对彼时的苏巧仙定是极有吸引力，而'侠士'似乎也需要一个安身之所，于是，冯东循便成了麻烦。显然，他们中的某个人，或者他们合伙，解决了这个麻烦，并将冯东循的尸首扔到了古井中。"

琼于说到这里，看了看那口井，又看了看周围的环境，道："接下来是有关冯东循的第五个疑点，一件极诡异的事：这片地方，将冯东循尸首被投入井中的情景'记'了下来！"

"听见了，听见了，嗯嗯，咱这就来了！"葛老四在巨草丛中左拐右拐，渐渐走到了林子深处，像是他本就知道去哪里找他要找的东西，又像是有什么"人"在为他指着路。最后，他停在一棵最粗最壮的巨草旁边。这棵展着宽大叶片的巨草足有三丈高，主干粗得两人无法合抱，每一片叶子都很宽大，最外层的大叶子比自己的小床还宽，已经垂到了地面，叶子上的脉络走势很怪，寻常草木的叶子都是一条主脉向两边分出许多支脉，而眼前这些大叶子上并无主脉支脉的分别，简直就是一团乱线压扁在整片叶子上，离近再看，居然能看到红色的像血一样的汁液在叶脉中缓缓流动。

葛老四惊奇地盯着叶子看了一会儿，只觉得那叶子在以肉眼能看见的速度长大，片刻间，葛老四已经完全处于那些巨大叶子的阴影里，内心油然而生出一股畏惧和臣服的感觉，目光也有些呆滞了，竟扑通跪在地上。膝盖这突然一疼，反叫他有了警觉，用力晃晃脑袋，看看周围，不免大惊失色，忙起身想要离开，没走几步，只见旁边湿泥里斜着露出一个罐子的口部。

葛老四赶紧捡起一条树枝，往坛子里捅了捅，一只肥大的四脚蛇从里面钻了出来，不知多少年月了，四脚蛇身上遍布红纹。

葛老四久在山林里行走，常与毒虫打交道，幸亏他长了个心眼，没有直接用手去掏，不然定会被爬虫咬到。他气得随手摸过一块石头向四脚蛇砸去，将它的头砸得稀烂，又啐了一口。他又用树枝往罐子里捅，觉得里面硬硬的像是有许多碎石块。他这才伸手进去抓了一把出来……哪里是碎石块，只见一团湿泥裹着一把黄澄澄的像花生米一样大小的金粒！

葛老四强忍着内心的兴奋，连忙用手将罐子周围的泥挖掉，取出一个茶壶大小的陶罐。他将贴身的褡裢取下来铺在地上，将罐子里的东西全倾在褡裢上：罐子一多半都是黑泥，但掺杂在其中的金粒子足有两大捧了，这么些金子要兑成白银，足够葛老四在小风镇做一个大富阔佬了！

"留下！"

葛老四正得意间，一阵细小的声音回想在他耳边……又是那种油滑如腻的声音，他分明听到了有人在对他说话。

他猛地回头……一个人也没有，他又看了看周围，四周除了那些层层叠叠的树干和无数宽大的叶子，再没有一个活物。他慌忙收拾起金子准备走，却听见那个声音又说道："留下吧，金子还有很多！"

那声音很细很软，听起来很舒服，好像自己的心肺被润泡在了温水里，让人情迷不已。葛老四的目光又恍惚了，他好像看到不远处又有一个露出的罐子口，而罐子附近的地上，居然直接散落着一些亮闪闪的碎金子。紧接着，他又看到更远的地方埋着另外的罐子，里面的碎金多得已经涌出罐口。

葛老四犹豫了，内心很想留下来，可另一个意识告诉自己："在这鬼地方，有了钱也花不出去啊。不，不能留下！这个地方有些古怪，得快点离开！"想到这里，他又晃了晃头，趁着那一时的清醒，他赶紧包好了金子，向高墙的方向逃去。

"记了下来？"镜屏又一脸不解，"你是说，这座宅子跟人似的，有心眼儿，能把在这里发生过的事记住，时不时还重演一遍？"

咸先生显然对镜屏的描述很认同，不住地点头。

"关于这个，目前有两点疑问，一点收获。"琼于说道，"咸先生所见的幻象有三件，一件是某位公子与小姐的离别，暂且称为'惜别'；一件是看到某个男人被勒死的恐怖情景，现在看来，这人无疑就是冯东循，暂且称为'谋害'；一件是冯东循的尸首被拖着投入古井中的情景，且称为'抛尸'。而根据杨姑娘所说，她却只提到了'惜别'，其他两件都没提到，也就是说，她在榴园的时候，'谋害'和'抛尸'两件还没有发生，这就证明了冯东循是杨姑娘离开榴园之后才被害，旁证了我对杀害冯之凶手的推测，这算是一点收获；另外，幻象里只有冯东循，却没有凶手的身影，也就是说幻象对当时的事只能'记住'一部分，为什么它不记住凶手呢，难道凶手和它有某种特殊的关系，这算是第一点疑问。"

"那另一点疑问呢？"

"那就是，'惜别'里出现的公子和小姐究竟是谁？"

镜屏忽然想起什么，叫道："如果'现任宅主'真是狐妖邪怪，那我师兄现在岂不是很危险？"说着就想往客厅跑。

琼于叫住她："应该不会！我和咸先生都不会武功道术，已与他相处了几天，他若想加害那是易如反掌的事。我坚信，至少在他达到他的目的前，他是不会对我们动手的。再说，以聿元子这样的高手，再加上你这样的半吊子，那人想要发难也绝非易事。"

"没我这样的半吊子，你那时在树洞里就被大虫子精给啃了。"镜屏自然不会嘴上服输。

咸先生也紧张起来："话虽如此，也难保万一，毕竟现在我们这边人多了，他或许会因为形势逆转而提前做出什么意外举动。"

琼于想了想，说："那我们只好赌一赌了。"

"怎么赌？"

"不到万不得已，不捅破这层纸：我们先假装什么也不知道，那个假冒者暂时由聿元子看住，我们则继续调查。今天去龙洞又来不及了，剩下的时间，我们一起去倚山坞查看刘子山留下的笔记文稿，希望再发现些有用的线索。"

镜屏又来了兴致："现在是要去那个你们一直在说的后园吗？那快走吧，我倒想看看那幅壁画有多'鬼'！"

二十二 红色细线

这个季节若是将尸首暴露在外，很快便要发臭。可既然死者是杨姑娘的夫君，不管他生前如何，死后也应得到起码的尊重，谁都无法接受再将他抛回井水里，无奈之下琮于只好在井边挖起坑来。

咸先生和镜屏回房间想去抱一床被褥，好包裹一下尸首，回来的时候遇见了葛老四，他的酒还没醒，摇摇晃晃地走过来，远远地便嚷嚷："不能待了，这地方不……能再待了，再待，我老四都没脸活在世上了。"

镜屏问："怎么了老四？"

葛老四一口又臭又辣的酒气喷到她脸上："人家怎么……那……那么阔，里外两个人，就住这么大地方？我老四活了快四十多年了，还没混上一张能翻开身的小床，羞煞人了！走了走了！"

"你喝成这样，还要带着杨姑娘，我看不如住一晚明天一早走。"咸先生说。

"这才多……多少酒，老四我闭着眼都能回去。回去以后再……不来这了，都是人，不能比哟！"葛老四说着摆摆手就走了。

镜屏还是不放心师兄，便叫咸先生抱着东西先回去，自己转身去了客厅。

一进厅，只见"冯东循"和聿元还倒在地上呼呼睡呢，看着"冯东循"那个样子，实在不敢相信他是异类，或是杀过人的凶手。镜屏也不免有些后怕，心说如果喝醉的只有师兄，那他和剩下的人都会很危险，不由又暗暗骂了一遍琮于：这次赌得实在太危险，可想想他信誓旦旦的样子，又觉得可以一试，那个邋遢道士好像就是有这样的能力，叫人死心塌地地相信他。

镜屏晃了晃聿元，对方哼哼啊啊了一阵，转身又接着睡，她只好将聿元的胳膊搭在自己肩膀上，使了全力才将他撑起来，往旁边的榻上拖去。聿元晕晕沉沉地看着师妹拖他，笑了一声："师妹，你长大了！"镜屏只觉得一阵酥软，低头一看，聿元的手正抓在自己胸上，羞得她脸瞬间红到了极点，将聿元往榻上一甩，聿元的头撞在旁边太师椅上，这回真醒了一半，揉着头问："怎……怎么了？"

"你和你的酒友都睡地上了！这天都快黑了，你打算睡到什么时候啊？"

"这位冯兄酒量……着实惊人，我陪不了！"

"那你把他扶到榻上，你回屋睡！"

"也罢。你干吗……那么生气？"

"我……我有话跟你话！"镜屏先看了一眼还在打呼噜的"冯东循"，又凑到聿元耳边小声说了一阵，最后交代："要小心盯着这个人！"说完便抓了几个桌子上的冷馒头走了。

镜屏远远只见琼于低着头站着，对着冯东循的尸首小声说着话。镜屏悄悄走近了，只听他道："冯兄，如今事务繁杂，只好亏待你了。在下定会查清一切，还你一个公道，彼时再请杨姑娘来起出尸首，正式给你安葬。"

镜屏翻着白眼："不是跟虫子说话，就是跟死人说话，跟活人就只会问问题，怪人！"

三人将冯东循的尸首裹了起来，埋到坑里，忙完了这些，太阳早偏过了山谷，榴园里又暗了下来。

三人片刻后便到了倚山坞前，镜屏看着门窗上那些奇怪的爬虫，惊得目瞪口呆，咸先生只得三言两语给她做了解释，只是自己也不敢去触碰那些丑东西。琼于先往竹林那边看了一眼，那一片稠密的竹子如往常般寂静，他皱了皱眉头，走上前去推开了倚山坞的房门。

馆里的一切还如上次离开一样。镜屏立刻被那幅巨大的壁画吸引住了，走过去目不转睛地看起来。琼于揭开正墙上那幅《苍峰览气图》，打开密室的小门，爬了进去，从里面搬出几个箱子，咸先生在下面接着，都摆在大厅中间的空地上。

琼于搬完了箱子，从密室里跳了出来，看着地上的七八个大箱子，还有很多成捆的纸张，问："已经没有时间仔细看每篇每页了，先生有什么办法能快速地浏览这些笔记？"

"我之前看了几篇刘子山写的文章，他的文风简明流畅，条理清楚，卷首一般都有序言，章首常有引文，段首也很概括，篇末还有总结。有不少文稿他预先都做了整理，将那些可能集成一册的文稿都叠在了一起，这样成沓的文稿我们只需看前面、中间、最后几页，大致确定其内容即可进行筛选；而对于那些杂乱的资料，我们重点看那些卷首、题目、章首、段首句、篇末段，然后每一段再随机看两三个词，便能推测出这一篇所写的内容。"

"嗯，凡是评判诗文书画的，都可以略过；重点是找那些写他出使南洋的经历和他居住榴园的这段时间里所发生的事情。"

咸先生点点头，两人便一人先分了一箱，开始一页页地检索起那些杂乱的文稿。

杨姑娘坐在毛驴上想着自己不幸的婚事，一脸愁苦，她到现在还不能接受自己的夫君已死的事实，甚至，以她嫁到榴园的经历，她有时候都觉得自己并没有嫁过人做过人家的娘子。而冯东循这个名字，她感到既熟悉又陌生，既有些心动，又勾起了无限的悲苦。她浮想联翩，也不知葛老四将自己拉到了什么地方，抬头一看，只见附近的环境她来时根本没见过，而驴子竟是自己在那里乱走，葛老四早已没了踪影！

杨姑娘看看四周寂静的山林，心里不由慌了起来，她喊了几声："四叔，你在哪？"可是没人答应。她赶紧下了驴，边叫"四叔"边四处看，看能否找到路。忽然，葛老四像鬼魅一样闪到面前，只见他两眼发直，口水从嘴角流了出来，身体竟不时有轻轻的抽搐。杨姑娘吓得退了几步，大着胆子问："四叔，你怎么了？"

"什么怎么了？"葛老四见杨姑娘盯着自己，很担心地捂住了自己的腰间，那里鼓鼓囊囊的，好像塞着什么东西。他这一动作反而引得杨姑娘更去看那里，他紧张地吼道："你看什么，快走！"说完转身就走。

杨姑娘只得自己拉着驴子在后面跟着他，她在榴园的大部分时间都在房间里休息，其实是在伤心，后来给她送的饭她也没吃，现在走起路来才觉得饿了，一饿便浑身冒汗，四肢发软。可葛老四在前面走得飞快，完全不顾自己，喊了他几声他都不理，自己又不敢在这密林中停下，只好紧赶慢赶地跟着。只是走了一会儿，那驴子又犯起了脾气，这驴本来每天拉完磨就去棚里睡觉，今天一直走山路还要驮人，比平时辛苦多了，任凭杨姑娘怎么拉它都不动了。无奈，杨姑娘只得将它拴在一堆草边，心说：等到了家再叫爹请后生来找，赔人家一头驴，总比自己丢在这荒岭子里强。

她甩了驴子，追起葛老四便快了些，渐渐能跟在他后面几十步远了。只是不管她怎么叫，葛老四就是不理她，自顾自走得飞快，而且换了方向，开始往山上爬去。不一会儿便出了密林，四周全是石头、荒草和零星的树木。杨姑娘看见葛老四在乱石堆里爬来爬去，又转过一块巨石，就再不见人影了。

杨姑娘精疲力竭地爬到那块巨石旁，只见巨石下面就是万丈悬崖，远处是一片片连绵不绝的山脉。杨姑娘抓着旁边的野草，小心地从巨石上爬了过去，才发现前面是一片平地，不远处有一片小湖，葛老四正蹲在湖边大口大口地喝水，他喝得那么急那么多，杨姑娘真怕他肚子要胀破了，杨姑娘赶紧叫着"四叔"跑过去。葛老四却停止了喝水，转身又往远处跑，转眼消失在一片草丛中。

杨姑娘只得追过去，这片草丛又广又浓密，她追着葛老四左转右转，有几次差点追不上，幸亏葛老四踉踉跄跄走得慢，不然她可能就迷在这片草丛里了。

终于出了草地，只见一片平地过去又是一个巨大的山峰，正对着自己的地方，是一个像城门一样大小的洞口，里面传出了葛老四癫狂的笑声。杨姑娘此时真是进退两难，可看看周围的环境，自己孤身一人更是害怕，只好也跟着走进了山洞。

刚进山洞，只见远处有一团火光映出一个黑影，正是葛老四，他身旁地上插着一根不知哪里来的火把，他自己正贴在一片石壁边不知在干什么。

杨姑娘赶紧跑过去，只见葛老四正半蹲着身子，脸贴近了一片泛着红色的石壁，津津有味地舔着。

杨姑娘奇怪极了，又连喊了几声"四叔"，对方还是不应。杨姑娘忽然看见葛老四脖子上的皮肤动了起来，随之脸上的皮肤也跟着隐隐在动，好像有几条红色细线一样的小蛇在皮肤下面，一边游走，一边分叉。

杨姑娘用颤抖的双手抓住葛老四的肩膀用力晃了几下，他终于有了反应，慢慢将头转了过来，只是杨姑娘看了他的脸后，竟后悔起自己的举动，宁可他永远不要理睬自己……只见葛老四的眼睛已经完全没有了光泽，变成像石灰一样，忽然，他的眼睛里闪了一下，杨姑娘吓得浑身一颤，忍不住再看，只见许多像水蚤一样，却小得多的红色虫子快速从他的眼睛里爬了过去，一片又一片，过了眼睛后，那片红色慢慢汇集到皮肤下游动的红色细线上。紧接着，葛老四的眼角、鼻孔、嘴角和耳朵等孔窍处开始慢慢长出许多红色茸丝，就像一丛丛微小的珊瑚。片刻后，那些茸丝盖满了整个面部。

杨姑娘看着葛老四面目全非的样子，吓得已经站不住了，瘫软在地上，强烈的恐惧让她下意识地屁股蹭着地向后爬。

这时，洞深处传来一阵巨大的脚步声，伴随着粗闷的喘息声，好像一个庞然大物从地底而来。

葛老四似乎并没有感到疼痛，他抓起火把，像游魂一样迈着沉重的步子向洞子深处走去。

杨姑娘不再管他，现在她宁可独自回到林子里喂狼，也不愿继续待在这个地方了。她一边用手撑着地向洞外的方向爬，一边不断伸缩着腿想让痉挛赶快过去，正当她快要爬到洞口时，里面忽然传出一阵葛老四的号叫。她回头一看，只见远处一片被火把照亮的洞壁上，映出一条恐怖的影子。那影子又粗又长，口部正衔着一个挣扎的人影，就像一条咬住壁虎的蛇，只是倍增到了骇人的程度。那人影无疑就是葛老四，在濒死的瞬间，他终于有了正常的感觉，只是那惨叫声成了他最后的绝响。那巨影玩弄够了，便一个囫囵将他全部吞了下去。

杨姑娘在过度劳累和惊吓后，再也支持不住了，昏死过去。

镜屏没有耐心帮忙看资料，在"欣赏"了一阵子画作后，便趴在大画案上睡了。等她睡醒了，看看门外，才发现外面已经全黑了……黑夜比其他地方提前降临到谷地，月亮又一次飘到了谷地上空，今夜的月轮更圆了。

琼于和咸先生已经不停地看了三箱文稿，镜屏给他俩各递了一个馒头，又点了几盏大灯摆在两人周围，便坐在地上啃着馒头问："发现什么了没有？"

咸先生摇摇头："没发现有价值的线索。"琼于看着剩下的几箱资料，也皱起了眉头。

镜屏"咳"了一声："这文人就是讨厌，整天写那么多字，自己也累，别人看着也累，这世上要那么多学问干吗？学来学去，学得都糊涂了，还是简单点好！"她边说边用闲着的一只手翻着旁边一个箱子，将一大叠文稿摞到咸先生旁边，笑着说："你比痰盂还有学问，那你就多看点。"这时，她从箱子里翻出了一个一尺见方的皮夹子，摸起来很软，里面明显放的也是纸一类的东西。镜屏看着那皮在灯光下锃亮，道："这是什么皮，摸起来又软又舒服！"

咸先生看了看袋子道："那是鳄鱼皮。"

镜屏赶紧将袋子扔了，被咸先生接住了，她解开绑着皮夹子的绳子，从里面取出厚厚一叠文稿，大部分是常用的信纸，也有一些随手撕成和信纸差不多的宣纸、黄纸，已经在侧边上打了孔，用线简单地穿了起来。只见封面写着：榴园缀拾。

咸先生兴奋地翻开里面，见还没有目录，第一页就是笔记，但又没有题目，只在纸的左上方写着一排小字"游山、入谷、有意、建园、定居"几个字，这些小字显然是作者的标注，这一篇无疑写的就是刘子山在这里建园和居住的过程。咸先生想着，赶紧又扫了一眼篇首几句话，只见写着："六月，初夏少雨之时，正可赏风看气。尝闻苍峰山有一高峰，可观东天目山群山全貌，欲游之，穿岭而去，遂溯溪而上，直到山顶平地，果然云海漫漫，如临仙境。附近有一小湖，原来溪水竟从此来，口渴，喝了几口湖水，只觉清凉甘冽。身体疲惫，便在湖边睡着……"

咸先生眼睛一亮，正想说话，却犹豫了一下，偷偷看了看琼于和镜屏，此时，他俩正背对着自己，琼于认真地看着文稿，镜屏则认真地啃着她的馒头。咸先生想了想，便将皮夹子藏进了怀里。

二十三　身不由己

镜屏啃完了馒头，又站起身来扭扭腰，说："真佩服你俩，看这些能看这么久，我是一页也看不下去啊。"她说话的时候身子不由倚到密室门旁边，刚倚上去才意识到，连忙跳开，皱着细眉："这前任宅主真是个怪人，他干吗要弄这些瘆人的东西贴在门上，想吓唬人还不如贴上门神呢。"

"嗯，你说得有道理。"琼于背对着两人，抬起头接过话，"或许他想'吓阻'的，不是人，而是别的什么东西。"

咸先生听了，道："巴蜀有一些土人有这样的风俗，他们以为如果披上猛兽的毛皮，便能避免疾病。在他们看来，疾病也是一种有生命的怪物，是害怕猛兽的。"

琼于眼睛一亮，"这么说那就合理了很多，这或许是一种神秘的巫术仪式，刘子山是想用这种特殊方法保护和隔离他想留下来的东西，避免它们被侵扰，可究竟是什么在侵扰呢……线索，我们太需要多一些线索了。"琼于有些懊恼地说，这种语气对他来说是不常见的。

镜屏被他说的也不好意思干站着了，又过来帮他们分拣资料。琼于看着身边的两个女人，一个才妙风雅，庄淑宁静，一个活泼有趣，灵巧可爱，画馆里气氛虽然清冷，有这么两个女人陪着，心里倒觉得很温暖。

"明白了，我明白了！"

镜屏忽然大叫起来，惊得那两人一怔，只见她从地上爬起来提着一盏灯跑向东墙，看了一会儿那幅壁画，又点着了旁边所有的灯台，然后看看右边的窗户，又打开窗户看看外面，又将窗户关上，做完这些，她兴奋地回身叫道："你们知道这画是怎么回事吗？"

咸先生说了声"不知道"。琼于看着她那副表情，道："你知道些什么？"

"等会，等等等等，你这是自己不知道，在问我的意思吗？"

"……"

"哇哈哈哈哈哈，可惜我不会画画，不然我可得把你这副模样画下来，还得裱起来整天背着。"

"我们没工夫闲白话！"

"哈哈哈，咱们无所不知，逢案必破的痰盂道长，居然也会有不知道，而我镜屏知道的事啊！"

"你到底想到了什么？"

"哎哎哎，你瞧你，人家得意的时候你也迎合一下嘛！"

"好吧，胡镜屏道长，你出身名门大派，道术高强，机智果断，没有你，在下不但没有案子可破，很可能还要忍饥挨饿，露宿街头，在下对道长很是钦佩，不求能及道长项背，但求早晚受教。"

咸先生看得都愣了："道长你何必如此，镜屏她肯定会说的。"

琼于小声说："之前不辞而别，一直觉得对镜屏内疚……让她高兴一下吧。"

谁知镜屏却并没有高兴，嘟着嘴摇了摇头："不诚心的恭维真没意思。好吧，告诉你们，这幅画之所以能白天晚上不一样，是因为画家在颜料里掺了一种叫水灰矾的粉末，这样画上去的画在白天和在一般光线下看不到，只能在月光照射下显影。这窗户上嵌的都是云母贝片，可以将外面的月亮散射进来，所以一到晚上就能看到白天看不到的东西。"

"你是怎么知道的？"咸先生问。

"你给人祛邪用的就是这种手法！"琼于恍然大悟。

镜屏显然没过够嘴瘾，接着说："我也不是一开始就会用的，说起来还是跟一个事主学的呢。以前去人家家里观风看气，碰见过这种技艺。话说那家人收藏了一幅说是传世的古画，画的是钟馗一手持剑，一手拿酒壶，右脚踩着一个趴在地上的小鬼。这只小鬼就是用这种技法画的，所以白天看只能看到钟师'金鸡独立'，晚上在月光下看就是他降伏恶鬼了。这家老员外把这画宝贝的跟什么似的，谁知道有一回他给客人看完后忘了收起来，第二天酒醒了再去看，那画纸上小鬼的那块地方变得皱皱巴巴，当时他就担心起来，等到晚上月亮出来，他在月光底下展开画一看，嘿哟，那小鬼真没影了，就剩下一撇鬼毛了。这时候不知哪个大嘴巴子说了句，'哎呀，这鬼跑出来了，要祸害人了'，老员外慌得险些晕倒，就此得了大病，梦里都哭，说愧对祖宗，没把小鬼看住……哈哈哈，笑死我了。"

"你必是被请去解决这件事，那你是怎么办的？"琼于故意表现出很想知道的样子。

"我开始也不明白这画里的蹊跷，只是绝不信什么小鬼逃脱的说法，我看出那家的二儿子神情很是紧张，像是有什么内情，我便拉他到一边，连蒙带吓，他才说出真情。原来老员外给客人显摆画的时候将画摘下来放在榻上，也没关房门就又回客厅喝酒去了，这老二家的小屁孩，就是老员外的小孙子跑进去看见那小鬼画得好玩，就爬到画上看，有几滴尿正好滴在画小鬼的地方。

"我弄明白了这事，就知道这画肯定是在技法上有些特别之处，只要弄清楚这个，再找画师用那种技法画上去一只鬼不就行了……你瞧镜屏多聪明。我便唬这老二：'看来你也不信这小鬼从画里跑出来的说法，只不过你家老头儿信，他要是知道是你这房的小孩干的坏事，你也没好果子吃，对不对？'这老二连连点头，说老员外子孙多，也不待见他这一房，要是再出了这种岔子，那他以后别想有好了。我就说，'既然如此，我帮你解决此事，只是你得伺机配合，不能说破。'这老二也是明白人，知道我就是想赚些银子，便说他家老头儿钱多，只要我能顺利办妥，叫我照多了要银子，他还想和我二一添作五，嘿哟，你瞧这吃里爬外的混账！

"我当下给老员外立了军令状，叫他先拿十两银子做盘缠，我则将自己的衣钵押下……其实是找人用黄铜刻的一个天师派的掌门印玺，还有件破道袍，嘿嘿，然后我就出门找字画行的人打听。这世上的事就怕认真，我问了张三问王五，问了王五问王五师父，咱这嘴皮子又利索，问了小半月，终于问到了一个画师会画这种画，原来技法真的很简单，就是我刚才说的那样，只是水灰矾怕腐蚀，怕醋怕尿……那小孩一泡尿把那只鬼给溶了。

"我就用了三两银子请那个画师跟我回去，当然我先把他打扮成道士，跟老员外说这是我师弟，不会看风看水，不会步罡打谯，就练了一样本事，专捉小鬼，叫他一家子都躲到外面去，我两个加上那家老二在屋里关上门，我磨墨，老二凭印象说那鬼的样子，那画师几下就把小鬼画上去了。等到晚上，老员外摆了几桌宴席，月光下展开画一看：果然小鬼又回来了！老员外看了又看，还有点奇怪：'这小鬼头顶上的毛怎么少了？'我当下一急，暗骂那画师手艺不精，不过咱这张嘴也不是只能喝稀饭，便道：'小鬼被钟师捉回，钟师大怒，拔了它三层老毛，叫它长记性啊！'我这么一说，老员外真乐了。当下又赏了我十两银子，哇哈哈哈哈哈。"

咸先生的下巴快要掉下去了。

琼于对镜屏笑道："幸亏镜屏及时来参与此案，不然我们还得浪费多少时间？这次的案件如果能成功破解，镜屏肯定是首功。"

镜屏把手放在耳朵上，做了个认真听的样子，得意地笑起来："我要是之前说人家半吊子，之后又在一筹莫展的时候叫人家帮了大忙，我得忍不住对人家拜上三拜，说句'小的错了，小的有眼不识泰山，小的以后再不敢在大人面前瞎白话了'。不过呢，有的人天生就没心没肺，碰上这号人，帮他也是白辛苦，人家不念情！"

琼于笑了笑，道："我现在有个想法：刘子山的那些诡异的画作，还有离奇转变的画风，似乎都和他在这里居住所产生的变化有关，这种变化，会不会……"琼于看向咸先生。

咸先生的眼睛也睁得大大的："你是说，刘子山也遭遇了和冯东循一样的经历？"

琼于虽然没有直接回答，可发亮的眼睛和嘴角露出的微笑却表露了他的态度，他道: "假设事情真如你所猜想的, 刘子山也患上了和冯东循一样的怪病, 那我们再看刘子山的画, 就很容易理解了。"

在琼于的示意下, 三人便将倚山樵的画作重又在画架上摆好, 特别是那些风格诡异的画作。

约半个时辰之后, 所有的画和画架又一次摆好在馆厅里, 就像第一次来倚山坞时的顺序。

三人走向那些画架, 最后停在《沐阳花树》前面, 琼于指着那之后的数幅画说: "之前, 我还以为像这样的画作是文人使用的一种隐喻和象征的手法, 现在看来, 远不止如此。事实上, 他画风的转变, 正反映着他身心境况的转变。

这幅《沐阳花树》可以说是刘子山改变画风的标志性画作, 咱们现在不必在意作画技法的转变, 要关注其中隐喻的内容: 画面上衣衫不整的女人, 正象征着画家彼时柔弱的自身, 盼望自己更加强大、渴望自己得到更多; 无枝无蔓的紫藤花填满整个画面上方, 则意味着有种能影响到这个女人的力量遍布她的周围, 而她以一种渴望的眼神看着画面上方那些紫藤花, 则暗示她向往着被那种力量所影响。"

琼于又走了几步, 停在那幅《面韭》旁边, 道: "到了这幅《面韭》, 画家在创作时体现出更多的象征意义。咸先生还记得你说过的评语吗: '这更像是倚山樵在某个神志恍惚的时候画的'。"

"道长的记性也很好啊!"

"那么, 到底是什么令刘子山神志恍惚呢? 或许正是那种和冯东循一样的怪'病'! 也许, 创作《面韭》的时候, 刘子山所患的怪病已经让他有所觉察, 令他精神有了一些错乱, 却又弄不清到底出了什么毛病, 只能隐隐感觉到自己被那怪病的'力量'所控制, 却很难摆脱, 于是他创作了这幅画, 那些表情古怪的脸, 正反映了他焦虑、不安、无奈却不知该如何表达的境况。此时的刘子山, 是处于一种'身不由己'的境况在作画!"

琼于又走到那幅名为《净观九想》的组画前, 表情也凝重起来: "这幅组画虽源于佛门经典, 反映的却是刘子山彼时的心情: 他已经有了绝望之意! 显然他已经意识到自己没能力再对抗病魔, 自然而然地想到了死。只是从他表现死亡的选题来看, 他似乎并不惧怕死亡, 从他游刃有余的描绘死后的各种变化, 能想到他愿意坦然接受死亡的结局……或许，这算是他能做的应对怪病的最后抗争。"

最后，三人终于走到那幅巨大的壁画前，再一次看到那恐怖的画面，仍然难以避免地产生内心的震撼。琼于道："在此之前，我们面对这样一个问题：刘子山为何要画这幅画？我想，当刘子山已经不再畏惧死亡，决定面对死亡时，他唯一还想做的事，应该是将这一切事情的根由记录下来，既是留待和警示后人，又是自己的一种宣泄吧。于是，他用自己最后也是最大的一幅作品实现了这个心愿。"

"那这壁画想说的是什么意思？"

"显然，画中的那个书生象征的正是画家自己，整幅画面着力表现出的恐怖气氛，则是画家彼时所处境况的写照。到了病情后期，他所看到的所有景物都已经和正常人看到的不同了，在他的眼里，鱼、花等自然景物都不再是正常的存在，而都有了生命，不管是哪种怪异的表情，有一点是共同的，那就是它们都是画家境遇的旁观者。而那些恶鬼，正象征了蛊惑和控制着他的怪病！"

"那个书生给美女画文身，其实是在残虐美女，这又是什么意思？"镜屏问。

"这和另一个问题等同：他为何要用这样独特的技法去完成他平生最后一幅作品？

"且看那书生悲凄的神色，他其实是想告诉看画之人：他并不想做那些，可'恶鬼'不停地在耳边怂恿，驱使着他做出疯狂的事。

"正是因为这个，让我意识到，刘子山用象征手法画这些画并非出于艺术创作的需要，而是'被逼无奈'之举，彼时的他已经被病魔控制，'身不由己'了，已经不能将自己的意愿直接说出来、写下来了，因为那种控制着他的力量阻止他那么做，他唯有用这种类似暗语的方式去表达他的意愿。

"刘子山在榴园居住的变化，正好与冯东循的变化能对应起来，所以我已经能确定，他经历了和冯东循一样的遭遇！"

"琼于踱到窗边，看着透过云母贝片洒在厅里的迷离光线，道："这几天的月光都是分外明亮，这让我想起了杨姑娘所讲的那些故事，我忽然意识到了一个问题：有怪事发生的时候，总是在月色明亮的时候，就像这幅壁画一样！

"那么，这是否也是画家的暗示呢？他用如此独特的绘画技法，使恶鬼只有在晚上才能看到，其实是在暗示：控制他的怪病在有月亮升起的时候会变得强大起来！"

咸先生想起了杨姑娘所讲的话，特别是冯东循在月光之夜面对墙壁的诡异举止。此刻，她心里并未因为案情有了重大进展而欣喜，反而十分矛盾，因为，从将鳄鱼皮夹子藏起来的那一刻，她就无法轻松了。显然，如果倚山樵用如此郑重的方式保存了那些文稿，那必然是他认为的极重要的资料，或许夹子里面就是解开这里所有谜团的重要线索。可是，想起那些游仙枕上的梦，又让她很害怕公开这些资料。然而，没有琼道长的帮助，仅凭自己，真能解开这里的，特别是有关自己身世的谜题吗？

咸先生想了想，觉得还是如此这般行事最好，便装作不经意地说："倚山樵画作方面的线索基本已经破解了，只是还是无法全窥案情，我们还是无法绕过检索文字资料这一步啊。我已经看了好多了，但没什么有价值的资料，我再去密室里看看还有没有遗漏的。"

琼于也点头同意，自己又低头看起文稿来。

咸先生则爬进密室，走到最里面，从怀里拿出鳄鱼皮夹子，抽出里面的纸稿，快速看完前面几页纸，然后将剩下的文稿又放回夹子，重新藏进怀里，出了密室，对琼于摇摇头，"没什么发现，算了，还是老老实实看箱子里的吧。"她便坐在一个箱子旁，趁那两人不注意时，将刚才所看的几页纸混在箱子里，过了一会儿，又装作不经意地发现，叫道："有发现，这里有几页纸，提到了榴园的由来！"

那两个人赶紧凑过来看，咸先生说道："我直接说吧，在文中，作者先简单自我介绍，道出了他的真实姓名就是刘子山，后来又讲他在游览苍峰山时，偶然来到了榴谷，觉得这里虽然背阴潮湿，但他自己正好有体燥虚热的毛病，另外他也一直很向往安静，想找个地方安心写作画画，整理他的笔记文集，而附近的山水风光正是他的创作源泉，他便将这块地买了下来，自己设计，亲自主持建造了这座别墅。他给别墅命名为'榴园'，又自号'倚山樵'。"

"这些都已经知道了。有没有其他我们还不知道的？"

"有，而且证明了你的直觉很正确：刘子山确实上了览气峰，还在那里待了很久。"咸先生说着，便拿起一页纸念道："尝闻苍峰山有一高峰，可观东天目山群山全貌……遂溯溪而上，直到山顶平地……口渴，喝了几口湖水，只觉清凉甘洌……"

"嗯，显然那里的景色激发了他的创作欲望，在那里他完成了《苍峰览气图》。

还有别的吗，他有没有提到这里的古怪，那种声音、幻影，还有那些长得像芭蕉一样的巨草？"

"没有。"

"如果这样，或许彼时还没有这些怪事。那还有吗？"

"有，他的家人？"

"哦？都有谁？"

"还没有看完全部，文字中提到了两个家人，从口吻来看，像是倚山樵的仆从。"

"仆从，那其中的一个，应该就是令尊诗中所提的昆仑奴吧？"琼于又将双臂叉在了胸前。

咸先生赶紧装作不知道一样，装模作样对着那几页文稿扫了几眼，然后猛地点了点头，"是提到了昆仑奴。"

"另外一个人，不出我所料，则是破解榴园二十多年前的谜题的关键。"琼于眯起了眼睛，"我忽然想起了咸先生之前所看的笔记中曾提到，令尊来这里做客，刘子山与之聚会的情景，有这么一句：槿为吾新画题诗，吾二人击椰鼓相和。先生是文人，难道没觉得这句话很奇怪吗？"

"……"

"这句话明显有些歧义啊：槿，当然是指令尊，他为刘子山新作的画题了诗，刘子山则'击椰鼓'，那么，为什么有'二人'呢？如果这个二人指的还是令尊和刘子山，那或许应该记成'吾二人又击椰鼓'，也就是说，在场有第三个人，刘子山和这位第三者为令尊击鼓相和，这样语句的意思才合理。那么这第三个人，显然与刘子山关系甚是亲密，亲密到了一起演奏乐器的程度，我很有把握地猜测，那是一个女人。而且，这个女人在本案中已经出过场了，只是以某种特殊的形式，没有亲眼见到而已。"

咸先生的内心开始剧烈颤抖起来：这个道士太机智了，他肯定能想到的，最终，他也会弄清所有的事情，而我，做好准备面对那一刻了吗？

二十四 诗中之谜

琼于并没有接着说下去，而是看着前面的方向，像是想起了心事。

镜屏问："你怎么又只说半截话，那个女人到底是谁？"

琼于看了看咸先生，咸先生被他看得一怔。过了一会儿，琼于才说："这个问题并非当务之急，暂且一放。眼前最大的问题是那个致人失去心智的怪病。不出所料的话，苏小姐也已经患上了这样的怪病！这正是苏小姐那些怪异举止的原因，也是他们夫妻之间矛盾的根源。直到现在，终于能弄清那位'狐妖仙尊'请我们来此的真正目的了：他没有假冒冯东循前便已经来到榴谷，只不过彼时可能在某处潜伏，目睹了冯东循患病后期的状况，以及他因病而变得狂躁，不断对苏小姐施虐的情景。他'李代桃僵'之后，又看过一些刘子山所留的文稿资料，看到刘子山当年也出现过狂躁的症状，便怀疑他也患上了类似的怪病，进而对这个地方、这座宅子产生了怀疑，本想带苏小姐离开此地，可苏小姐却坚决不从，再加上苏小姐的所作所为越来越怪异，让他开始怀疑是否连她也染上病了，这才使他想弄清这里的秘密。而他在查阅资料时得知，作为刘子山好友的咸槿，既然能时常来这里而又全身而退，或许能知道一些秘密，如今咸槿不在了，其女儿咸莘萸自然成了唯一能查清苏小姐患病原因的希望！"

镜屏急切地说："我想不通，就苏小姐那样的身板，要想离开，直接打晕了拽走不就完了吗，还查什么。"

"如果可以，以'狐妖仙尊'的能力，早就这么做了。他之所以没有这么做，显然是有原因的。"

"什么原因？"

"还不知道。但我感觉，这怪病像是有一种力量，一旦患上这种怪病的人，就像被这种力量绑住了一条无形的线，难以摆脱。"

镜屏一脸不解："我看你也受了那画家的影响，开始把什么都想象得有生命了。"

琼于没有直接回答，接着说："目前，对于这种力量，我有几点疑问：

"一者，它究竟是何形何质，以什么形式存在，又以什么方式施展它的魔力；

"二者，它究竟身在这片谷地的哪里……关于这个，我已经有了初步推测，只是对它还完全不了解，不敢贸然前去；

"三者，它怎么会出现在这里，也就是说，这里究竟有什么特别之处，为它提供了安身之所；

"四者，无论是先生和我，还是杨姑娘看到的那些幻影，和它有没有关系；

"五者，就是一切上述问题弄清楚后，我们必须要做的事：这种害人的力量，我们该怎么将之除掉！"

琼于说出最后一句话的时候，窗外忽然刮起了一阵慑人的狂风，那狂风卷裹着像是许多猛兽的吼叫，在琼于面前停了下来。

琼于静静地站在那里，过了一会儿，他感觉到一种压迫感的力量悬停在紧贴着自己眼睛和鼻尖的地方，那力量慢慢地像蚕茧一样将琼于的头部裹了起来，又在他脖颈处收紧，令他痛苦得无法呼吸。

"琼道长！"咸先生惊叫起来！

又一阵风声，那裹挟着琼于的力量瞬间消失了！

琼于瘫软在地上，猛地咳嗽了起来，用手揉着自己的脖子："你们……看见了吗？"

"看见什么？就看见你忽然呆了，脸涨得通红，跟憋了一大泡尿似的！"镜屏也赶紧凑上去看看他的脖子，发现并没有什么特别的，只好给他拍起背来。

琼于略微一想，看了看身侧，只见有一扇窗户漏开了一条缝，正是之前镜屏打开看月亮时没有关好的窗户。他赶紧起身关严了那扇窗户，两个女人见他这样，知道肯定有理由，也都又检查了其他的窗户和门。检查完毕后，只见琼于趺坐在地上，用两手拇指按住迎香穴，食指和中指按住两边的太阳穴，无名指按住睛明穴，屏气凝神，轻轻揉了一会儿，又道："咸先生，鼻烟壶。"

咸先生连忙掏出了鼻烟壶，打开盖在琼于鼻子前轻轻晃了起来。

琼于吸了一会儿，长吐了一口气，才睁开眼睛，道："刚才我和它较量过了！"

"他？"镜屏问，"哪有别人，完了，痰盂你该不会也患上邪病了吧。"

　　咸先生却明白他的意思，问："你是说，那种力量？'它'来过了？"

　　琼于点了点头，用食指在左边鼻孔里抠了一下，手指拿出来的时候，只见指头上沾满了鲜血。

　　"适才，我忽然想起了我的师父。"琼于有些伤感起来，他闭上眼睛调整了一下呼吸才又说："先师对我恩重如山，几乎将他平生所学倾囊相授于我，但并没有传授我如何验骨，我一直以为憾事。而适才，那阵风吹到我面前的时候，有一个声音忽然告诉我，想要学习验骨，想要了解世间更多的真相，只需要追随它就行了。"

　　"这都是刚才发生的？天呐，我可什么也没看见？"镜屏不敢相信，"痰盂，你是不是想破案想得有点失心狂了？"

　　咸先生却问："那你答应它了吗？"

　　"那一刻，我真的很想答应，可是在我内心深处又出现了一个声音，那是属于我自己的声音，告诉我不要听它的，这个正气的声音将我的心智从徘徊不定中拉了回来。而这之后，它便开始对我施加起了它的'力量'！"

　　"'力量'，你有什么感觉？"

　　"一种强大的力量，让我很难抗拒，就像什么巨兽的尾巴缠住了我，想要将我拉入深渊里去。"

　　两个女人听了他的形容，都不寒而栗起来。

　　琼于想接着说，又忍住了，看了看外面，又看看那间密室，对两个女人使了个眼色，两人会意，挨个爬进了密室，他也跟着进了密室，将门小心关得严严的。

　　空间顿时变得狭促了，再加上密室里的四周墙上和室顶都贴满了那些干瘪的爬虫尸皮，气氛更加压抑不堪。

　　镜屏忍不住问："干吗换到这里面来？"

　　"只有这些东西，才能阻隔那种力量，暂时摆脱它的'窥视'。"琼于指着墙上的爬虫尸皮，"'它'知道我们说的话！"

　　"它？"　两个女人同时惊道。

　　"对，它知道，这正是它可怕的地方，适才它施展力量对我挑衅，因为我说了它的坏话。"

　　"你的意思是，你说的那种力量，是来自于'它'。如果你老老实实的，它就让你慢慢得上怪病，受它控制；如果你能早些意识到了这一点，它还能在不动声色的情况下直接就向你发起攻击？"咸先生惊叹道。

琼于点点头。

"可是它又不是个人，那是什么？"镜屏也一脸恐惧："那不就是魔鬼吗？"

琼于想了一会儿，说："在我看来，它更像是一种邪恶的念力，去蛊惑别人。你们看，我的脖子并没有任何伤痕，但是我却感觉到了窒息和疼痛，这种疼痛感不是来自我肌肤的损伤，而是它暗示我、诱引我而产生的一种错觉，但错觉太像真的了，以至于我又在这种暗示下真的自我戕害：人的身体相辅相成，产生一种反应就会引发另一种反应……我总是觉得喘不上气的感觉便引发了其他部位的不适，这就是鼻孔渗血的原因。"

两个女人都被琼于的说法再一次震惊了，如果真如他所说，那生活在这个地方是多么可怕的事情！

聿元醒了过来，迷迷糊糊的只见旁边小茶几上点着一盏灯，冯东循已经不见了，看来是他点上的，估计他是回房间去了。聿元见厅外已经这么黑了，不禁怨起自己来：这顿酒喝得太大了，就算不花钱的酒也不能这么喝，这一顿下来不知要耗掉多少元气！他想起自己包袱里还有几丸解毒的丹药，便起身摘了个灯笼点着，晃晃悠悠地朝自己房间走去，犹自没忘了顺便抓起桌子上的酒壶。

聿元进了房间，先在床上找了一会儿，却找不着自己的包袱，而找到了另外一个，仔细一看才发现是镜屏的……原来自己走错房间了。他忽然头晕得厉害，接着一阵恶心，赶紧摸过床边的痰盂吐了起来。等吐完了，他嘿嘿一笑，心说：我把那男人婆的房间弄成这样，她肯定跟我没完，索性我睡这边，等她来了叫她去我那间睡就完了。这么一想，便懒得再吃丹药了，就势往床上一躺，拉过被子就睡，只是他平日里都是清苦修行，不习惯枕那么高的枕头，便想摸镜屏的包袱过来枕，却正好抽出一只小枕头。

后园里一片沉寂，透着深夜的清冷，月光在水池里映出一个大大的影子。忽然，水面翻起一个大水花，一条又黑又长的影子在水面上翻了一个身，最后露出一条粗壮得像矛头一样的尾巴，然后重新钻进水里。

倚山坞密室里，明亮的蜡烛暂时驱走了众人对周围的惧意，三个人席地而坐，周围是又搬进来的刘子山留下的文稿。

镜屏伸着懒腰说："一开始费劲把这些笔记资料搬出去，现在又搬进来，真够折腾的。我看这些笔墨玩意儿里一点线索也没有，再说了，查案子哪能憋在屋里不出去。"

琼于长吐了口气，道："现在，可以放心说说那致人怪病的恐怖力量了……还记得你闲话坊屏风上的那首诗吗？"

"那是家父唯一留下的诗，怎么会不记得？"咸先生念道：

> 弦断琴停谷雨眼，
>
> 旧友长回小婚家。
>
> 遥盼笑招昆仑奴，
>
> 顿首急情指啊啊。
>
> 登亭叩拜新夫人，
>
> 风摧冰絮玉成沙。
>
> 迷园风深隔墙香，
>
> 只道离离忘情花。

"好诗，好诗！"镜屏拍着手笑呵呵地道。

琼于和咸先生对视一眼。镜屏一脸不解："文人们念完诗不都这样吗？"

咸先生没理她，问："道长从这首诗里又发现了什么？"

"了解了诸多线索之后，我对这首诗已经有了更深一重的解读，可以肯定，这首诗讲的正是发生在这里的真实故事，并且绝非一个'平淡'的故事，因为许多重要线索已经被诗人隐藏在了这首诗中，而这些线索与目前我们得出的推论正好相合。

"这首诗讲的确实是诗人，也就是令尊来拜访榴园主人刘子山的事。

"先提出几点疑问吧：

"一者，昆仑奴看到客人来了，纵然没有学会中华语言，为什么不是欢喜的迎接，而是'顿首急情'呢？

"二者，为何在新婚不久，旧友，也就是刘子山却并未在家里，只有'新夫人'在家，他真的不在家吗？

"三者，'新夫人'出现后，诗人感慨的那句'风摧泥染玉成沙'，真的是描述她的美貌吗？为何会用了这么悲惨的字眼？

"四者，那神秘的'隔墙之香'到底来自哪里，这'忘情花'是一种象征手法，还是真的存在这样一种花呢？

"带着这些疑问，让我们重新再看这首诗所讲的故事。

"我暂且将诗中所记的事情发生的时间称为'转折之时'，那么：'旧友长回小婚家'，应该说的是刘子山在此定居，并娶了妻子，之后他便常在附近山水间游走写生，钻研画技，所以经常一出去就是好多天。而到了这'转折之时'，刘子山似乎已经对出外写生没了兴趣，又或者是因为别的原因，使他不得不整天待在榴园中，所以才'长回'……现在应该不难猜到这个原因是什么了吧？"

"那时候，他已经受到'那种力量'的影响，染上了怪病？"

琼于点点头，接着道："令尊在谷雨时节来这里访友，快到时，迎面而来的是急得啊啊直叫的昆仑奴。令尊不明白昆仑奴想表达什么，但以他对好友最近所作所为的了解，他猛然意识到可能发生了不祥的事，所以，他径直走向后园，在水池中的亭子里见到了'夫人'，'风摧冰絮玉成沙'形容的并非是夫人的容貌，而是她被虐待摧残后的形象。

"这位夫人，定是那位和刘子山'击鼓相和'的人。

"那么是谁对她下了毒手……现在也不难想象了吧：她的夫君刘子山彼时很可能已经变成了一个狂躁暴虐的人，失去理智的他对夫人残酷冷漠的施暴，就像冯东循对苏小姐所做的一样。

"我想，令尊看到夫人的可怜样子，应该是义愤填膺，想去找他的好友刘子山理论……诗中并未交代之后的事情，却转而说起了'迷园'和'忘情花'，这难免叫人疑惑，所以我猜所谓迷园，并非一种象征的地点，而是确有其地，而这个地方，就在榴园里！"

"三师叔，你喝多了，怎么数落起小师妹了，你平常可最疼她。"年轻的聿元给一个中年道士满上一杯酒，只是喝得多了，差点倒在酒杯外面。

"我……我没数落，我是忍不住啊，我想找个人说说这事，可，我能找谁呢，就你小子能跟我说说闲话了。"中年道士一脸惆怅地说。

"三师叔，我知道你一直想有个闺女，可你没……没那命，所以小师妹从小就被你疼着宠着。可我不明白了，你现在怎么这么不待见她了？"

"我哪有不待见，我是担心她呀，你师妹她……她不寻常！"中年道士说到这里，脸色忽然变得异常惊恐。

聿元被他吓住了，换了一副正经的表情问："到底怎么了，你这话半遮半掩的。"

"我，我没法说清楚，总之，你这小师妹根本不是你眼里看到的那样，她身上有你意想不到的东西。我已经跟你师父说了，该吵的也吵了。如果你想知道，就去问他，或许他会告诉你，无论如何，这件事我不想管了，我得走了，这里我不想待了。"

"三师叔，我看你老人家就是在山上闲得慌了，想出去云游，那你就，就去吧。"聿元说到这里，酒劲上头，趴在桌子上就睡着了。

"榴园哪里？"镜屏急切地问琼于。

"想想榴园里我们还有什么地方一直没有去过。"琼于的目光转向了北方。

咸先生瞪大了眼睛："竹林深处，高墙之外？！"

镜屏看看咸先生，又看看琼于，问道："你刚才说对'那种力量'所在的地方已经有了初步推测，指的就是那里？"

琼于回过头来，道："杨姑娘看到冯东循面对墙壁做出怪异的举动，其实，他听到的'声音'并非来自墙壁，而是与墙壁同一方向的，那座高墙之外。"他转而又沉重地说："而许多年前，那里要么是刘子山的藏身之地，要么，就是他的葬身之所！"

"什么意思？"咸先生似乎感觉到了什么。

"我猜令尊和刘子山的死有关，先生，恕我直言吧，我怀疑是令尊杀害了刘子山！"

咸先生几乎有些站不住了。

"先生别紧张，这只是我的猜测，没有直接的证据，只是通过一些事发生的时间猜的：这幅《苍峰览气图》，无疑是刘子山没有染上怪病前的最后一幅'正常'的画作，之后他的画风随神志的变化而转变，那幅壁画成了他的绝笔。之后也再没有了关于刘子山、倚山樵和'夫人'的任何记录，而正是在这段时间，令尊在小风镇建馆安家，这是何等之巧！

联想诗的最后一句所提的'忘情花'，现在可以猜想，它或许就是刘子山和令尊出使南洋时带回来的，后来，被刘子山种在了榴园附近，当它终于有一天开放，香气从高墙外散出来时，却掩盖了刘子山的尸臭！"

"不要再说了！"咸先生全身激烈地颤抖起来，琼于的推论足以使她的身份由置身事外而急转直下，成了整个案件的当事人，这种转变让她一时无法接受，她直勾勾地看着琼于，内心却正经历着惊涛骇浪的翻滚。终于，她再也忍不住，起身向外跑去。

"哎……"镜屏想去追她，却被琼于止住了。"先由她去吧！"琼于淡淡地说，"我说的这些并不是最可怕的！"

"你什么意思？你没对她说出全部？到底还有什么？"

"如果告诉她这个，那就会引出其他一连串的问题。"琼于叹了口气，说："有些事情，只能由她自己去面对！"

咸先生不知自己是怎么回到了前面，只是回过神来时，抬头已经看到了自己的房间，她正要进屋，又想起了什么，转而朝镜屏的房间走去。她打着灯笼进了房间，却听到了沉闷的鼾声，一时有些不好意思，可还是往床上走去，原来床上睡的是聿元，她先时还以为自己走错了房间，后来看到这道士头下枕着的东西和一旁散落的包袱，才知道原来是他走错了。

咸先生轻轻将聿元的头托了起来，抽出了那个小枕头，只见枕皮上黏着的油垢被灯光照得锃亮，若在平时，她恐怕早就扔了，可是此刻，她最想用的东西就是这个枕头了。她还怕自己难以入睡，瞥见聿元放在枕边的酒壶，便抓起来扬头一饮而尽，然后回了自己房间。

"我睡着了吗？怎么还不睡着！那个道士说的不是真的，我不相信父亲杀过人，而且还是他曾经的好友，那父亲成了什么人了？还有，我的母亲又是谁？为什么我总是不能清楚地记起她？就让我带着这些问题睡着吧，快点睡着吧，我要记起以前的所有事情！"

咸先生痛苦地躺在床上，她明知情绪不宁不容易睡着，可此时却无法平复她内心的那些纷乱，越急就越是清醒。

忽然，她想起了琼于送她的鼻烟壶，那不是醒神的吗，可如下情绪太乱，如果用它来宁气安神或许是个办法。她便摸出那个鼻烟壶，打开盖在鼻前晃了几下，舒服的蕴香立刻叫心情安静了许多。她又想起了张仵作教她的吞吐法，便试着调匀了呼吸……

眼前的景象变成了仰面朝天在看，视线也变得模糊起来，朦胧中看到了屋顶和周围小巧精致的木栏，一个美丽的女人……居然又是那另一个"自己"，正满脸喜悦和爱意地盯着自己看，嘴里唱着听不懂的歌谣，那简单的曲调听来像是一首童谣，但调式又非常的独特。

一个黑黑的丑陋男人凑了过来，一脸傻笑，看了一会儿，便想伸手逗弄自己，却被女人笑着轻轻打了一下，那女人对黑丑男人说了句听不懂的话，从声音上听来像是在说："赫巴布，西布卡瓦。"

黑丑男人听了，很服从地把手缩了回去，继续傻笑着看自己。

过了一会儿，一个男子笑着走了过来。他一靠近，黑丑男人赶紧让到一边，女人则和男子对视了一会儿，互相表现出亲昵和爱慕之情。男人又看向自己，伸手要来抱，女人轻轻拉住他的手："大人，这孩子不喜欢人家抱，刚安静了一会儿。"

男人笑了笑："我是她父亲，天下哪有小孩不让做爹的抱的！"说着便将自己抱了起来，他的胳膊虽然细长，手掌却很有力量，被他拥在怀里觉得既温暖又安全。他短短的胡须衬出清瘦的脸形，显得很英俊。自己就在他宽大的手中不停被举起又放下，犹如飞了起来。

"大林，笑了，笑了，嘿嘿嘿。"丑黑男人拍着手又凑了过来。

"是大人！"男子怀抱着自己对丑黑男人说："我这些日子要尽快将画作完成，你要照顾好小姐，不得出差错，不然我要罚你！"

丑黑男人很畏惧的样子，忙点了点头。

男子忽然身体一晃，像是头晕了，赶紧将孩子递给女人。女人接过孩子，关切地问："大人怎么了，是不是不舒服？"

男子答道："很奇怪，最近常常莫名头晕，一阵阵的，而且这几天次数更多了。"

"那快叫赫巴布驾车拉你去镇上看看先生吧，千万别大意。"

"嗯，等画完这幅画就去，夫人放心吧，照顾好孩子，我先去画馆了。"

眼前的景象变成了后园的环境，自己躺在一个木格子里，像是摇篮。目光直视处正是一个亭子的顶部，周围能感觉到水波反射的光亮，原来是在水池中的亭子里。

从摇篮的围栏中看出去，只见那个长得很像自己的美人，此刻的表情却变得一脸憔悴和愁苦。她轻轻推着围栏，自己的视线便在缓慢地来回摆动中渐渐沉迷。

这时，一个公子打扮的男人轻轻走来，虽然也是年轻俊朗，却不是之前抱自己的男子，这公子也很面熟，可还是模糊不清，感觉他和自己特别的亲密。

美人察觉了公子的到来，扭过头和他对望起来，两人的眼神充满了柔情。公子的身体动了一下，似乎要伸手扶美人的香肩，正在这时，远处传来呼唤："槿贤弟！"听这声音，应是来自那个抱过自己的男子。

公子赶紧顺势将手换了方向，扶住摇篮，装作看着自己，转脸向声音的方向："呃……子山兄……多日不见，孩子又长大了不少。"

"哪有多日，你不是前天才来过吗？"语气中明显透着揶揄。

"这……想念子山兄了嘛。"

"那既然来了，为何不来见我！"

美人的脸涨得通红，公子也难掩一脸尴尬，低着头向声音传来的方向走去。

景象又变了，看周围的陈设，应是某间卧房。

耳边先是一阵杂乱，慢慢地，声音渐渐清晰起来，可一旦听清楚了，却发现首先听到的竟是一阵哭声……那是自己的哭声吗？不是，是另外一个女人的哭声，其中还夹杂着她惨痛的哀吟。

自己的视线下意识转向声音传来的地方，只见榻上蜷曲着一个女人，正是那个美人，而此刻，她正痛苦地挣扎着，眼睛直直地看着自己，因为，她的脖子被勒上了一条绳子！

绳头被抓在一个男人的手里，那男人背对着自己，只能看到他消瘦佝偻的身躯，却正使着大力折磨着女人。眼看着绳头在他手里不断后拉，女人则表现得越来越痛苦，然而，她却是一脸逆来顺受的表情，并没有对行凶者表现出丝毫怨恨之情。

过了片刻，男人忽然松了绳子，女人便立即猛烈地咳嗽起来，咳了好一会才说："大人，不要这样！丽奴……没有做错事啊！"

"贱婢子，整日和他眉来眼去的，还说没做错事！"那男人啐了一口，恶狠狠地骂道。

"大人，请你相信丽奴，我真的什么也没做！看在孩子的分上，你饶了我吧！"

"孩子，哼，这孩子到底是谁的？"

"大人你这是什么话，她当然是你的骨肉！"

"胡说，她是你和那奸夫所生的杂种，今天我非要将她杀了不可！"男人大吼道。

　　女人本想用孩子求得男人的怜悯，却招来他更大的激愤。男人吼完，便猛地转身闪过来，还没看清他的样子，便觉有一只手抓住裹着自己的襁褓，这手虽然枯瘦如柴，竟如此有力，自己胸前的皮肤被抓得疼痛不已，哭声随之传出……这次定是自己的哭声！

　　"不要啊，大人你疯了，她是你的女儿！"女人急切地过来抢，却被男人另一只手拦住，用力推向一边，头正好磕在木榻的扶手上，一时没了动静。而自己此时被男人抬手拎了起来，视线也随之抬高，看不见女人状况如何。透过那层薄薄的襁褓，自己似乎感觉到男人手掌里透出的无情。他忽然将自己举高，自己随之在最高处翻了个个，视线转而朝下，正好与男人的目光对视……那可怕的目光在那一瞬间被永远刻在了内心深处，成了永久的记忆！

　　记起来了，是那个目光！

　　而他，原来正是那个抱过自己的男子！

　　现在的他，面容无比清晰，却一扫之前的风流倜傥，已经变得面容枯槁，又加上一副凶狠的怒容，简直像从地狱跳出来的恶鬼一样！

　　闲先生在仓皇中惊醒：终于明白了，那个纠缠她多年的噩梦，那个凶狠的目光，竟然出自自己的亲生父亲！

二十五　龙洞

　　琼于和镜屏在倚山坞待了整整一夜。

　　其间，琼于见镜屏耐不住性子看文稿，便叫她回前面睡觉，她"哼"了一声："这宅子这么多古怪，有我这道术护体的人在旁边你能安心一点。"琼于笑笑，只能由她，自己浏览那些成堆的笔记。镜屏坚持了一会儿，眼睛上下皮就不停地打起架来，只好拿了两页文稿装模作样地走到画案后坐下，不一会儿便趴在桌子上睡着了。

第二天清晨，琼于叫醒镜屏，道："我后半夜又看到了些有用的线索，现在我们要准备出发去览气峰龙洞了，你去前面叫齐所有人在大厅集合，我随后就来。"

镜屏只好迷迷糊糊地走回前面，想先回自己房间洗把脸，一进屋，浓烈的酒气便扑面而来，只见聿元正躺在自己床上，吐得床头和枕边都是，最可恶的是他枕着的正是自己的包袱。镜屏气得哇哇大叫："你，快给我滚起来。"跳过去扯住聿元的耳朵甩了起来，聿元被她甩得脑袋像拨浪鼓一样竟仍未醒来。镜屏更气了，她先抽出自己的包袱，拎着先放到一边，又回身拿脸盆去缸里舀了满满一盆水，又"呸呸"往里吐了几口痰，朝聿元当头浇了上去。这一下聿元终于醒了，抹了一把脸，大叫道："好酒啊！"

"好你个头，你干吗睡我房间？"

"你又没睡过，咱俩换换不行啊。"

"那你不把我的东西换过去，你看吐的！"镜屏用剑把包袱皮挑开扯出来，将包袱皮扔到一边，发现游仙枕不见了，忙问："我的枕头呢？"聿元这才发现自己头下没东西了，也到处找了起来。镜屏见他这样，急了起来，道："你把我的枕头弄哪去了？"

"我这不是也在找吗！"只是把床上被褥都抖开了也没找到，又满屋子翻箱倒柜，折腾了半天，还是不见踪影。

镜屏更急了，简直撒起泼来："你快给我找回来！快啊！师父哇，您老人家才走了几年，师兄就开始偷我的宝贝了，您还要传掌门给这样的人，哎呀师父，您在天之灵倒是管管！镜屏没人疼了，连我师兄都偷我宝贝了！"

"什么偷不偷的，我昨晚借来枕一下而已，一个破枕头怎么那么金贵！"

"那不是一般的枕头，那是游仙枕，能记起以前的事情，我还要靠它想起自己爹娘是谁呢！"

聿元一怔，偷偷看了镜屏一眼，又道："你不是在后面和那个道士调查吗，回来做什么？"

"他让我把你们召集去大厅，有事说。"

"那你先去叫他们吧，我再给你找找，找不着，我把我的剑赔给你！"

"你的剑已经给我啦！"

"还有一把更好的，炼了十几年的！"

"啊，有这么好的剑你居然瞒着我……"

"不瞒你我还能保住吗，行了你快去叫人吧！"

"你再好好找找。"镜屏一脸哭腔地走了。

聿元又找了一会儿，见再无希望，正要叹气，抬头见咸先生背着一只手正站在门口，只是一副怅然若失的神情。聿元赶紧显出一脸媚笑："先生有什么事？对了，你见到一个小枕头了吗，脏脏的，里面包了香料，味道很特别？"

咸先生呆呆地看了他一眼，从背后伸出手来，拿着的正是那个枕头。聿元一阵欣喜，跑去接过枕头，刚想说几句感激的话，顺便亲近一下，咸先生却一声不哼地转身走了。

聿元看着她的背影，得意地道："她肯定钟情于我，紧张得都说不出话来了！"

他又低头看了看手里的枕头，脸上转而出现了一种复杂的表情。想了一会儿，他抓起旁边桌上的油灯，拿着枕头走到屋外，在院子里找了个角落，将枕头扔在地上，又将灯壶里的油泼到枕头上，掏出了打火石："师妹，别怪师兄，我这是为你好，有些事知道了只是徒增烦恼，就让你这么无忧无虑地活着吧！"

聿元赶到大厅时，榴园里的所有人都已经到场了，只见"冯东循"和苏小姐坐在靠东边的两张挨着的太师椅上，"冯东循"对苏小姐不时安慰，斟茶送手帕，显然苏小姐的身体还是欠妥。那个真大派的邋遢道士两只胳膊叉在胸前，盯着一旁架子上摆着的一件古董出神，那是一件雕刻玉壁虎。咸先生两手扶着窗框，呆呆地看着窗外，两只大眼睛显出许多忧郁，不知她在想什么，有心凑过去套近乎，碍于旁人在场，只得作罢。只有镜屏还是那副天塌下来照旧傻乐的模样，一会儿晃到这边听听人家说什么，一会儿又凑到那边问"痰盂你究竟要说什么，一般聚齐人的时候都是案子要破了，可现在还有很多事没解决，你慌什么显摆啊"。她见聿元来了，那一脸嬉皮笑脸瞬间换成了门神脸，比戏台子上的丑官儿变得还快，她气哼哼地抢到聿元面前："我的枕头呢？"

"找到了，被我夜里吐脏了，我自己都觉得臭，顺手扔到墙角了，刚才给你洗了。"

咸先生眼睛动了一下，却不点破，继续想她的。

"什么，谁叫你洗的，那里面包的不知道是什么奇药，你泡坏了怎么办！"

"放心吧，我是把枕头皮小心拆了洗的，枕芯是一堆没见过的药草，都压坏了，我用布包好了，枕头皮晒干了我再给你原样装回去，再说那枕头皮也该洗洗了，上面全是油，你一个姑娘家不嫌脏啊！"

"嗯，这还差不多。对了，我刚才忘了问：你枕着它睡觉，夜里没梦到什么？没想起来什么？"

"……想起来了，你小时候把所有师兄的裤子都尿湿了，我还得给你洗尿布。"

镜屏一听他说这个，急得指指点点，脸红红地看着别人，见大家都没注意，狠狠地白了聿元一眼。

"琮道长，听说你又发现了新线索？"聿元不想再和镜屏瞎白话，问道。

琮于转过身，开口讲道："四天前，我们面前的这位侠士，请咸先生和我来此调查关于咸先生父亲咸槿的身世。我们俩来到这里后，经过这几天的调查，发现咸槿与这座宅院的渊源颇深，甚至，已经牵扯到了咸先生自己的身世。"

咸先生一怔，转过身来，正看见琮于对她微笑着，那微笑很温暖，让咸先生此刻的心情有了一点安慰。

"随着调查的深入，我们发现隐藏在这座宅园里的谜已经远远不止于某一两个人的身世了，还牵涉到其他两人，也就是侠士之前，先后两位宅主的事情，第一位，就是这座宅院的缔造者刘子山。刘子山早年与咸槿是同窗好友，后又一起中第、从仕，再后来一起受朝廷委派出使藩国。只是这一次出使却并不完满，两人回来后，前者不久便回了湖州，后者也在半年多后辞官回到湖州……请诸位记住这段前史，因为如今的所有谜题，很可能都源于这一段往事。

而第二位，就是继刘子山二十多年后，也就是不久前，成为榴园主人的冯东循。"

"冯东循"的脸上露出了一丝不自然，说："我身上能有什么谜？你这道士好怪，我请你来查其他人的事，你倒查起我来了！"苏小姐也瞟了琮于一眼。

"他办的案子都是查着查着就查到雇主身上去了。"镜屏说。

琮于看了"冯东循"一眼，眼神里透出一丝不易察觉的冷意："你请我们来的目的，我们已经知道了。"

"冯东循"表面淡定地问："我能有什么目的，我只是在翻看旧宅主文稿资料时，看到了咸槿的名字，出于好意，想请咸先生来看看。"

"除此之外，最重要的，是你想带走难舍此地的苏小姐！"

"冯东循"有点掩饰不住他的惊讶了。

琼于道："只是你的目的要达成，还需你与我等通力合作，在真相没有完全揭示之前，请侠士不要轻举妄动。"

"冯东循"一脸窘意地笑了笑："你这话除了暗含威胁，其他我什么也没听明白，什么叫轻举妄动？"

"没有就好，总之，如果侠士信任我，我定会就你所关心的事给你一个交代，在那之前，我不希望出现任何意外。"

"那你现在到底要做什么？"

"我们要去览气峰的龙洞！"

琼于这话一出口，"冯东循"和苏小姐都惊奇地看着他，他接着道："这次的案件，最与众不同的地方，也是最吸引我的地方，是它的谜题：我们一直面对的都是谜面，比如这座宅院里出现的种种神秘，却在很长一段时间里，连自己究竟在调查什么都没弄清楚。直到昨晚，我才明白了这个问题：我们要查清的，是潜伏在榴园里的一种力量，是它造成了以前和现今的诸事种种。"

"这力量，它到底在哪？""冯东循"问道。

"你似乎应该先问'什么力量'，看来你也知道了它的存在。好吧，它就在倚山坞北，竹林深处的那面高墙外！"

苏小姐浑身一怔。

"冯东循"迟疑了一下，说："不对啊，那里我曾经去过，没什么怪异啊。"

"你去过？你是说真的到了高墙之外？"

"冯东循"显然没明白他的意思，说："以我的功力，那样的墙还挡不住我吧。"

琼于有些意外，问："那你看到了什么？"

"一片像芭蕉树一样的怪草，和你们在榴谷里看到的一样，别的什么也没有。"

"这是什么时候的事？"

"我刚住到这里，就把园子各处走遍了。如果那里有什么异样，我怎么会不告诉你们。"

镜屏轻轻"哼"了一声，对聿元小声说："他没告诉我们的事多了，文稿的事他要能全说出来，我们也不用整夜查，能省多少时间！"

琼于疑惑地问"冯东循"："那之后，你的身体没感觉有什么变化？"

"你看看我，能有什么变化？""冯东循"说到这，忽然意识到了什么，看了看苏小姐。

琼于盯着"冯东循"道："你之前真应该好好想想，为什么苏小姐他们患上了怪病，而你却可以幸免。"

"冯东循"被他这句话说愣了。

聿元则觉得琼于似乎猜错了，有些幸灾乐祸起来："琼道正，他去了那里没事，看来你说的力量没藏在那，这园子会不会还有别的意想不到的地方，就像你们上回在齐宅遇到的地道密室？"

"不可能，刘子山用最后所剩的精力创作的壁画，已经提示了一切罪恶的源头，那蛊惑人心的恶魔般的力量，就在那片高墙之外！"琼于坚定地说。

看过那幅画的人此时都不由想起了画中一到晚上就会出现的魔鬼，那个隐藏在高墙之外的最大的魔鬼。

聿元不屑地说："我做事向来直截了当，既然你这么肯定在那个地方，那我们一起去找找看不就行了，还查什么龙洞？"

"目前我们对这种力量是什么，如何对人施加影响都毫无头绪，如果贸然前往，前景实在无法预料。"

聿元对琼于这么执着于出门调查有些不以为然："你怎么就能确定去了龙洞就有收获？"

琼于看了看咸先生，又望向窗外群山的方向："我有种奇怪的感觉，虽然奇怪，却非常强烈：这片山川在帮我们，就像咸先生意外跌伤，然后在苍头村得到了许多重要线索……山川神灵在指示我们调查，希望我们能查清这里隐藏的秘密，那秘密必定是它们所容不下的！"

苏小姐的眼神又动了一下。

"我预感到：虽然谜题是在这里，但解决之道将出现在外面的群山之中。当我们调查清楚后回到这里，就可以去直面那个最终的谜题了！"

"既然你这么想去，事不宜迟，咱们赶紧出发吧！"镜屏说。

聿元却并没有同去之意，直接说他不去。镜屏问为什么，他看着琼于道："查清真相是你的修行，降妖驱邪是我的修行。这地方有这么多古怪，我得留下来看着。"

琮于道："道兄是唯一的高手，你不去谁保证我们的安全？"

镜屏不服气了："什么唯一，我就不能打吗？别说一个野人，就算来上一群大马熊，我胡镜屏撒豆成兵，也能……"

"我也不想去了。"咸先生道。

咸先生竟然也对调查没了兴趣，这让琮于很意外。镜屏倒是挺乐意，拉了琮于的胳膊："咱们别闲白话了，你们不去的就看好家，我们走啦！"

咸先生看着他俩这样亲近，不自然地将脸转到一边。

琮于对咸先生郑重地说道："先生必须要去！想想之前的调查：假如没有你，只怕引不来那'野人'跟踪，也不会有后来和他的遭遇。野人是接下来调查里至关重要的部分，先生岂能临阵退后！"

镜屏不屑地道："这又是你的强烈预感吗？"

"难道我只是引来线索的诱饵？"咸先生没了往日的温和儒雅，有些怒气，又杂着悲伤的情绪。

镜屏说："嘿哟哟，今天这是怎么了？先生你这有点莫名其妙了，本来就是想查你家的事，你怎么能撂挑子不干？"

琮于静静地走到咸先生面前，凑到她耳边："有些事，既然发生了就要面对。"咸先生听了，呆呆地看着他。他不再多说，拉起咸先生的手腕往外走去，咸先生只得跟着。

镜屏"哎"了一声："等等我呀！"

琮于和咸先生已经第三次走这条山路，自然已经很熟悉，于是直奔目标，心无旁骛，只有镜屏是初次走，不时停下来看看山水风景，却从不掉队，似乎永远不知疲倦。咸先生看着她那副天真快乐的样子，不禁心生羡慕。

如此走了一个多时辰，琮于看看前面，对咸先生说："已经到览气峰了。"咸先生点点头。琮于又对镜屏道："下面的路是上坡，你存着些体力，你是高手，希望有危险时能使出本事。"

"哎，痰盂，咱们也合作过两件大案子了，我的机灵心细也应该给你留下印象了吧，你别跟交代小孩子一样。"

"这次不一样，有咸先生在。"

镜屏一听这个，真有些气了："那又怎样，上次和齐玉堂在地洞里打得我吐血，也没伤了先生一个手指头，那时候你在哪？"

琼于想想也对，便不再多说，三人借着说话略微休息片刻，正要动身，忽然，右边十几丈外的树丛中有个影子晃了晃，琼于给其他两人使了个眼色，三人边走边留意附近。

此后变成上坡，镜屏便没了刚才的活力，也开始喘大气起来。爬了一会儿，忽然听到石头滚落的声音，琼于大叫"趴下"，三人都伏在一个土坑里。接着，便有一片碎石块像冰雹一样稀里哗啦滚下来。所幸三人伏下的土坑上方正好有山石凸出，滚到他们上方的石子或者弹起，或者改道，三人都毫发无伤。等石块滚完了，琼于看那些散在附近的石块，虽然有不少，但都不是很大，这样的碎石不可能是自然崩落的，他皱了皱眉头看看周围的密林："看来那野人不想让我们上去！"

三人又走了一会儿，此时已经隐约看到峰顶，山风也大了起来，将身上的汗水很快吹干了。琼于提议休息一下，三人想找一块背风的大石头坐一会儿吃点干粮，刚分完馒头，忽然不远处的草丛晃了一下，一个人影跌跌撞撞地向旁边的石头后躲去。令琼于意外的是，看那人背影分明是个女人，而且看衣服虽然已经破烂不堪，却很像昨天就回了苍头村的杨姑娘。琼于看看其他二人，显然她们也看见了，琼于便起身小心走过去，叫道："杨姑娘，是我们，快出来吧！"

那石头后又一阵踩落碎石的声音，却没有人出来。琼于对镜屏使个眼色，两人慢慢靠近石头，然后一人一边包抄过去，刚转过石头，却又呆住了，只见那人正是杨姑娘，只是她显然受了过度的惊吓，面部都变得扭曲了，眼睛直直地呆视而毫无神色，估计又在山上冻了一夜，面色十分苍白，身体不停地哆嗦着。

琼于正要脱他的外衣，镜屏道："哎，算了，你那麻袋袍子也挡不了什么风。"便把自己的大氅脱了给杨姑娘披上，将她抱在怀里，问："姑娘这是怎么了，怎么到这里？"

杨姑娘转过脸看着镜屏，目光中闪出了无比的恐惧："龙！龙！"

苏小姐自琼于等人走后，便一扫往日的沉闷，表现出了难得的好心情，"冯东循"也很是愉快，正想提议午时做上些好酒菜，给那聿元子单准备一桌，两人则在卧房里好好叙叙，苏小姐却先说了一个令他意外的提议：去谷地外游山。

"冯东循"的疑虑得到了验证：原来她并非真的心情变好，而是假意讨好自己，好带她出去。虽说这正是自己梦寐以求的事情，可这个节骨眼上她有此提议，不能不叫人怀疑她的真实目的，"夫人能不怪我昨日打晕你，我很庆幸，也很感激，本当不辞效力，只是你多日来一直身体不太好，哪能吃得消走那些山路？而且琮道长专门交代了，在他查出真相前不要节外生枝，我看，我们还是在家待着的好。"

果然，苏小姐见"冯东循"不乐意带路，便显出了不高兴："他查他的，跟我们有什么关系，你不跟我商量便请他们来，还查这查那的，我都没说什么。现在我想出个门，也要他们管了？这个家到底是谁的？"

"娘子先说清楚，你要去哪。想来，你并非是有了游山玩水的雅兴。"

苏小姐的脸上忽然掠过一片阴冷："是不是我不说，你就不带我出去，也不会放我出去？"

"冯东循"也显出了强硬的态度："是。"

"好，实话告诉你，我想去龙洞！"

"龙洞，你去那里干什么？"

"你别管，我就是想去。"

"娘子，那里又远又危险，而且那道士三人已经去了，早晚必有消息，你干吗急着去那？"

"正因为他们去了，我才得去看看，我怕他们把那里毁了。"苏小姐的怒气又起来了。

"冯东循"也不甘示弱，吼道："苏巧仙，你告诉我那里到底有什么，毁了什么？"

谁知这一句却像是戳中了苏小姐的命门，她发狂地大叫起来："不许提那个名字，我不要再记起那个名字……你不是答应我不再提吗！"转而又哭着对"冯东循"又抓又打，"冯东循"像是很理亏，只得由她。

这时，聿元正好从屋外经过，听到这边的吵声，停住了脚步。

苏小姐哭闹了一会儿，忽然甩开"冯东循"自己往屋外跑去。"冯东循"连忙来拉她，两人便在屋门口又撕扯起来。慌乱中，"冯东循"抓住苏小姐的双肩，忽然看见她的眼睛里快速掠过了一片灰霾一样的东西，他吓了一跳，想再仔细看，苏小姐却拼命想挣脱他，他情急之下扬手对苏小姐扇了一耳光，扇得苏小姐嘴角流出血来。

"住手！"聿元几步抢了过来，厉声道："冯兄，你一身侠风道骨，怎么能做欺负女人的事？"

"这是我的家事，不用你管！"

"道长，你快救我，他不是我的夫君，我的夫君早被他害死了！"苏小姐大叫道。两个男人听到这话都惊呆了。苏小姐连滚带爬到了聿元这边，指着"冯东循"道："他根本不是冯东循，真正的冯东循已经被他推到井里去了。他其实叫萧风郎，他是个身怀邪术的狐妖！"

虽然镜屏之前已经告诉过他，到真的被证实时，聿元还是不免十分震惊。

"冯东循"惊讶地看着躲在聿元身后的苏小姐，一时不知如何是好。

聿元一脸疑惑，忽然像想起了什么："萧风郎？江湖上听过这个名字，是个左道妖人，你真的是萧风郎？"

对方不置可否，只是盯着苏小姐，脸上露出了悲伤。

聿元看看身边瑟瑟发抖的苏小姐，对萧风郎道："你还说是你的家？现在可难说了！"

萧风郎摇着头惨然地道："娘子，我不相信这话是从你口中说出来的。"

"谁是你娘子，你这个恶匪，杀害了我夫君，又霸占我和这座宅子，要不是看这位道长法术高强，能为我做主，我哪敢说破啊！"

聿元听了苏小姐的话，冷冷地看着对方，问："萧风郎，你现在还有何话说？"

萧风郎不理聿元，悲痛之情溢于言表，问苏小姐："你，你不爱我了吗？"

苏小姐冷冷地说道："哼，不爱，我从来就没爱过你，只是我自己根本没法活下去，利用你罢了！"

萧风郎忽然大声苦笑起来，笑了一阵，长叹一声道："既如此，我还有何话说。"

"那你这是承认你不是这里真正的主人！萧风郎，真的冯东循是你杀的？"

萧风郎根本不理会，显然苏小姐的话沉重打击了他。他的态度激怒了聿元，聿元给苏小姐做了个手势："既然如此，我只好先将你收了。苏小姐，你退后！"

萧风郎的双目忽然对着聿元放出了阴冷的寒光："聿元子，我其实也早就听说过你的名号，你自称名门正道，实则刚愎自用，你今日故意留下，就是为了监视我吧？"

"我的修行是降妖诛邪，哪里有邪自然在哪里。"

萧风郎冷笑一声："我确实是邪，只怕你想收我，还差几年道行！"萧风郎忽然仰天长啸起来，脖子上的血管瞬间变粗了，脸上的皮肉狰狞得变了形，张大的口中露出了几颗白森森的犬牙。

杨姑娘终于被镜屏安抚好了，她喝了几口水，才将昨天的经历讲给了三个人。

"按杨姑娘的说法，葛老四是被'巨龙'囫囵吞掉了。"琼于觉得匪夷所思，"我听过不少关于龙的传说，但很多都是捕风捉影，牵强附会，比如是将蛟鱼、巨蟒讹传成龙。"他看了看仍然没有从恐惧中清醒过来的杨姑娘，那完全是一副真的看到了令人震惊而又恐惧的事物的模样，"难道这世上真的有龙？"

镜屏用手掌一拍拳头："说那么多干吗，你要真有胆量，现在龙洞已经近在眼前了，进去看看就知道真假。如果打退堂鼓，咱们就此回去。"

"龙洞是必定要去的，不然岂不是功亏一篑。但杨姑娘现在需要有人照顾。"

"我留在这照顾她吧。"咸先生道，"如果洞里真有危险，镜屏护着你一个人已是辛苦，再加上我就太累赘了。"

琼于正想说话，忽然看到远处密林中又有一个人影闪了一下，他想了想，说："也好，咱们约定两个时辰，到时若是我们没出来，你便扶杨姑娘回去，叫聿元子来找我们。"便将估计用不上的工具都扔下了，自己只拿一条做拐杖的棍子，镜屏则背着两把剑，继续朝上走去。

镜屏追上琼于，瞟了瞟后面的咸先生："你这人真是怪，她不想来你非叫她来，她都走到这了，你又叫她留下，那和她不来有什么两样？"

"我们不离开，那野人不愿意现身。"

"啊？你还是让咸先生当诱饵啊！"

"不算诱饵，我俩还是去龙洞调查，由咸先生独自应对野人，相信，她的收获会比我们还多。"

"那万一野人对她不轨怎么办？"

"如果不轨，前天他不会帮忙救咸先生的。那个野人，曾是咸先生的家人！"

咸先生其实也看到了林子里的人影，她见已经看不见琼于和镜屏，便扶着杨姑娘慢慢向林子走过去，嘴里喊着："赫巴布，赫巴布！"她们往林子里走了一会儿，在前方二十来步远的树后，一个人影闪到一边的草丛后，咸先生赶紧叫："赫巴布，没事，快出来吧！"过了一会儿，一个蓬头垢面的人从草丛后走了出来，他（它）

身材不高，四肢粗短，一身浓密的毛发。咸先生强忍惧意，站着不动。那"野人"看清这边没有危险，便慢慢走了过来。走到光线下，才发现他满身的毛原来是披裹着的兽皮。

原来他是个人，只是浑身皮肤黝黑，显得两颗眼珠很白，那眼神一时不好判断是何情绪，但可以肯定地看出他绝无恶意，边走嘴里边念叨着："哩噜，哩噜！"

这时，原本倚着咸先生肩膀迷糊着的杨姑娘正好睁开眼睛，忽然看到一个丑恶的怪人出现在眼前，又大惊失色，也不及细想，便以为咸先生搂着她走过来是怀有恶意，竟用力一挥手，立时将咸先生的脖子上抓了几道血痕，然后想要逃跑。

野人看她这样，恼怒起来，抢过来将她推倒在一边，正要扑上去，咸先生叫道："赫巴布，西布卡瓦！"

那野人僵住了，转身看着咸先生，脸上又变成了一脸亲昵的样子，嘴里还是嘟囔着"哩噜，哩噜"。

"赫巴布，我不是丽奴，我是丽奴的女儿，丽奴已经死了二十多年了啊！"

琼于和镜屏越往览气峰上面走，周围的植被便越稀疏起来，慢慢地，树林也没了，只剩一些针叶树零星散落在巨石之中。这时，周围的湿气渐渐重起来，不过一会儿，一片浓雾便将二人完全淹没了。

雾气实在太重了，十步开外便看不到任何东西，在这种雾气中行走在一个陌生的山上实在危险。倘若这雾一时散不了，就算不出意外，势必会耽误不少时间，现在龙洞还没找到，就算找到了，调查完成后还要当天返回，不然就得在山上过夜，更何况又加上一个如惊弓之鸟的杨姑娘，想到这些，琼于不免有些心焦。

镜屏看出了他的意思，她从怀里掏出两个馒头，扔了一个给琼于："你先歇会儿，我上去看看，放心，不走远。"她边啃馒头边往上爬去，片刻便消失在雾气中。

琼于在雾中等了好一会儿，仍不见上面有动静，忽然不安起来，后悔自己竟同意镜屏一个人上去……可这并非他不安的真正原因，此刻令他心绪不宁的，是他只顾着担心镜屏的安危，而无法专心去思考下一步该如何行事了。这种对别人的牵挂是他以前不曾有过的。他忽然想起师父曾再三告诫自己：对他人过多的情愫会干扰他对形势的判断，对线索的分析，是他修行的大忌。所以，长久以来他都极力避免与别人建立深厚的感情。可是这次，他却陷入了这种困扰中了。

"假如这世上我能有三个朋友，镜屏便是其中之一。"琼于忽然想起了这句话，不由默默念叨起来："她怎么还没动静啊？"

"玉痰盂，快上来看，太美了！"是镜屏的声音。

琼于悬着的心终于放下了，他连忙向上面爬去，爬了一会儿，只见一条绳子沿着一段几乎直立的断崖垂了下来……果然是有了意外困难，镜屏才花了这么长时间。琼于拽着绳子向上爬，越往上雾气越稀了，爬了三四丈，他便爬上了断崖，站在了一大片平地上。

此时，已经完全在雾气上方了。琼于转身向外看去，立即便冒出一个念头：没错，这里正是刘子山画《苍山览气图》的地方！

只见一片云海正在翻腾滚涌，只有几个山峰露了出来，一些不知从哪里散射出来的霞光将云雾映得十分绚丽。忽然一处云雾荡开一孔，两只大鹤冲上云霄，在云层上空盘旋着互相追逐嬉戏，然后又钻进雾中。身临如此仙境，不禁叫人忍不住心潮澎湃。

琼于又往右边看，却见十来步开外有一条缓坡向下面通着，看来葛老四和杨姑娘就是从那里上来的，只不过刚才身在浓雾中，又被巨石挡住，看不见这条路，白费了许多力气爬上来。

他又转身看，见身侧不远有一条一人宽的小溪，一直流到平地边沿，然后从那里依势而下……原来自己溯溪上山的那条山溪，就是从这里流出来的。顺着溪流往里看，是一大片平地，方圆约有三四里。所见之处全都丛生着高及人头的杂草，其中偶尔有几棵枝干很粗却并不茂盛的树散落各处，看来常有山风，树长不大，而溪流正是来自这片草地。

过了这一大片草地的对面，又是高耸的山峰……原来走到这里，离览气峰的峰顶还很远，不过才及峰顶的三分之二而已。整个山势就像一个站着的巨人，此时正处在巨人的肩膀处。透过草地，琼于仔细看了看对面的山，剩下的部分更加陡峭，几乎像刀削的一样，难道还要继续爬山吗？琼于正有些着急这山爬得没完没了，忽见山壁偏北方有一个略成四方，高四五丈的洞口，那黑黑的洞口与周围被阳光照亮了的岩壁形成了鲜明的对比。

那里肯定就是龙洞了！

琼于这么一想，又不知是该为终于找到了龙洞的位置而庆幸，还是为眼前新出现的困难而苦恼：往前走就必须进入草地，这么一大片草地一旦进入很有可能会迷失方向。

琼于一时没有好办法，只好先找镜屏。扫视四周，却没看见她，叫了一声"镜屏"，也没有回应。听她刚才的声音，不可能离得太远，难道她不打声招呼就先走了？只见周围除了草地，其余的地方都是一览无余，只有左侧有一片大石头挡住了后面的空间。琼于便往那边走，转过石堆，果然见镜屏正盘腿坐在一块平坦的石头上，用肘支在腿上托着腮，闭着眼睛笑嘻嘻的，显然陶醉在美景中了。此时霞光洒在她小巧玲珑的脸上，颇显得可爱。琼于忽然很想陪她坐一会儿，聊聊天，可另一个意识却在催促他少消磨时光，他正要说"走"，镜屏睁开眼睛，问："你为什么不来找我？"

"总得先看看四周环境。"

"我是说之前！我去找徐文源时，你就在他那里吧！"镜屏睁开眼睛看着远方，脸上的笑容也没了。

"……现在不是说这个的时候。"

"如果这次没遇上，你以后就打算自己单干了是吧，就像你以前一样，还是，和那个女书呆子搭档？"

"我们还是快走吧，不尽快查出真相，我怕榴园那边真会发生意外。"

"又是'真相'。"镜屏长长地呼了一口气，闭了一下眼睛，再睁开时，她脸上的笑容又恢复了，手一托身子轻轻跳下石头，路过琼于时拍了拍他的肩膀说："走吧。"然后向草地走去。

琼于一愣，问："你知道路？"

"不知道，你愿意就跟我来，不往前走，哪知道答案？"

"……"

镜屏在草地的边界站住，转过头不耐烦地说："不是说这溪水来自龙洞吗，刘子山必定也是逆着溪水走才找到了龙洞！"

琼于顿觉有理，笑了笑，快步跟了上去。

两人进了草地，这里都是半泥半石的地面，看来山上雨水不多，岩石慢慢土壤化了。野草就像长在水边的芦苇，都是一簇一簇的，一簇约有七八步大小，簇和簇之间皆可行走，身在这些野草之中，就像身在迷宫里，到处都是岔路，如果不是逆着溪流，真不知该往哪里前进。

　　镜屏一路上都喜形于色，显然她对自己先琮于想到了好主意而十分得意，琮于看着她那样子，也面露微笑，气氛比之前好了许多。镜屏蹦走到前面，回身说："你说这次案子破了，我是首功，那首功能得着什么好处？"

　　琮于笑道："你想要什么，你知道我对钱没兴趣，所以主家的酬银都归你们师兄妹。"

　　"就没别的了？"镜屏说完一转身，只是映入她眼帘的景象将她脸上的笑容惊得荡然无存：只见眼前忽然出现了一个小湖，方圆约有一里，湖水呈碧绿色，此时风平浪静，水面被阳光映出耀眼的炫光。

　　而湖的对面还是草地，这是一个被草包围起来的死水湖。两个人马上意识到了：根本没法溯溪而入龙洞，溪水是从这湖里流出去的，再往前就没有溪流了。

　　"这，前面的草地可怎么走哇？"镜屏一屁股坐在湖边，抓起一把泥土扔向湖里，懊恼道："眼看着就到了，怎么又出岔子，烦死人了。"

　　琮于虽然不说话，可两道浓眉已经绞在一起了。他仔细看了看周围，忽然发现了什么，盯着地上什么东西往前走，慢慢走到了湖边。镜屏顺着他眼光看去，原来是一些依稀可辨的脚印，越往湖边湿泥多的地方，脚印越清晰，没错，那是葛老四的破草鞋踩出来的脚印。最后有几对重重的脚印是贴着湖水边踩下的，显然，他乱跑到这里定是口渴了，蹲在那里喝过水。

　　"这脚印只能证明杨姑娘说的是真的，葛老四确实来过这里，有什么用？"镜屏看着琮于盯着脚印的认真劲，又烦起来，"真是奇怪了，这破洞我们就那么难找，刘子山和葛老四就都轻易进去了，按说有你这样机智的人，再加上我这么一个高手，怎么也比他们强了，到底他们和我们有什么不一样的？"

　　琮于一怔，镜屏的话像一道闪电击中了他，他闭上眼睛，将之前所有的经历和线索快速在眼前过了一遍。镜屏知道他又在集中精神想事情了，也不敢打扰，只是翻着白眼叹气。

　　过了一会儿，琮于的眼睛终于睁开了，他看着眼前的湖水，慢慢走了过去，在水边蹲下身子，用手捧起湖水大口喝了起来。

　　镜屏白了他一眼："还以为你想明白了，原来是渴了。"她刚才干啃了一个馒头，见琮于这样，也觉得喉咙干燥起来，正想捧水喝，却被琮于抓住手止住，又拉她退后了几步，好像那水里有异样，然后说道："你说得对，我们确实和他们有不一样的地方。"

"别卖关子了，到底哪里不一样？"

"这又要从源头说起，现在我已经明白了：刘子山和冯东循之所以会到这里来，是因为他们受了'那种力量'的影响，受了毒病的驱使！"

"这，我不明白，'那种力量'不是在榴园吗，和这里有什么关系？"

"解答这个问题，首先要意识到一件事：刘子山和冯东循都来过这里！刘子山来这里是为了观景画画，冯东循则是采药时来过，他们似乎都像是偶然间到了这里。所以在此之前，我对这里只是抱着'因为刘和冯都来过且都有了异样变化，所以要来这里调查'的念头。

"但是，半个时辰前我们遇到杨姑娘，从她口中得知了葛老四的事，再加上走到这里没有路了，叫我重新认真地思索这个问题的起因。想想吧，葛老四本不该走这条路的。昨日他离开榴园时，虽然极力装得自然，可举止明显有些怪异，而他在午饭后曾在园子里四处乱逛，很有可能，他去了高墙那里，也就是说，他受到了'那种力量'的影响，患上了那种怪病，而且，比其他人的病情更严重。

"那么，相关之人会不约而同地到了这里就不能再算偶然，因为如果是偶然，那他们也应该面临和我们目前一样的处境，可为什么他们能轻易走过这片像迷宫一样的草地？

"所以我猜测，'那种力量'不但能蛊惑别人，影响别人，还会控制别人、驱使别人，让别人像奴隶一样帮它达成它的意愿！"

看着目瞪口呆的镜屏，琼于接着说："他们在来这之前其实已经染上了毒病，只是还很轻，并未有所察觉，但其实，身体里被'那种力量'植下的病因驱使着他们来到这里。"

镜屏虽然一时无法接受，还是强按琼于的意思去想了想，嘴里又反复念叨着："驱使别人，驱使别人，驱使别人干吗呢？"她忽然瞪大眼睛："这让我想起了一种左道邪术：驱僵！"

"现在的情形很像你说的那种邪术，只不过驱使者不是有生命的人。"琼于说到这里，又想起了一件事，说："如此，再回头想想那幅壁画，书生的表情如此哀怨，描绘的不正是他不愿意受'魔鬼'，事实上则是感染上身的毒病的驱使，去伤害自己心爱的人吗！

"我有一种猜测：其实我们都已经染上那种怪病了！也就是说，只要是去过榴园的人，就都会染上怪病。"

"什么？"

"你不用急，这只是一种可能，还有一种可能：我们一切正常，完好如初！"

"这不是废话吗！"

"不，两种可能会带来不同的结果：如果我们一切正常，那接下来就只能原路返回了，因为我们找不到往前的路了。"琼于看着前方的草地，"可如果我们的体内已经有了那种毒病，那我就知道怎么走出去，因为如果那样，我就能像葛老四一样'感应'到'那种力量'向往的东西。"

镜屏脸上露出了难以置信的表情，她忽然意识到了什么，担心地看着琼于。

"从相关人等的经历来看，染上这种病，到它能产生一定的危害，是有条件的。比如杨姑娘和她爹、那些做过下人的乞丐，他们都在榴园住过一段时间，但他们并未有异样，而刘子山、冯东循和葛老四却最终被病情彻底控制，为什么？

按杨姑娘所说，葛老四在此曾喝过不少山溪水，而他之后表现出来的怪异举止，明显已经是到了病情后期的症状，那么他为何仅在榴园半日却会发病如此之快？这就回到了那个问题：他到底做了什么，让他和之前不一样了？"

琼于望着眼前的湖水，长叹了一口气："不一样的，就是他曾喝过这里的水！这水让毒病的影响加重了！这水里或许含有某种成分，可以激发病因，加重病情，下面的溪水汇合了一些支流，稀释了那种成分，而此处是源头，水里的那种成分最多，葛老四和刘子山、冯东循必是都喝了这湖里的……"

"扑！"琼于腹部骤然遭到重击，剧痛之下，他忍不住吐了一大口水。

只见镜屏抡着拳头捶在琼于肚子上。琼于还没来得及说话，又是一拳打到肚子上，接着重拳接二连三打来，打得他后退了七八步，坐倒在地上，只觉腹痛难忍，转头"呜哇哇"吐了起来。

镜屏赶紧跑过来，拍着他的背："快吐出来，快！"

琼于吐了一会儿便吐不出来了，只是咳嗽，咳了一会儿便翻过身来坐直，然后调匀气息，又闭上眼睛，像是在凝神打坐，道："镜屏你不必如此，我意已决，唯有这样才可能走到龙洞。"

镜屏气得推了他一下，想伸手打他，手掌扇到耳边又止住了，转身走到湖边，气急败坏地将湖边的石子踢到水里，闹了一阵，忽然转身道："痰盂，你有没有想过，你为什么坚持要来这里，你刚才喝了这么多水，到底是为了查案，还是……"

"还是也受到了'它'的驱使？"琼于闭着眼睛淡淡地说。

原来他早就想到了，这个人真是机智啊！镜屏想到这里，又疑惑起来："那如果是这样，为什么我没有这种冲动？"

"或许是你到榴园的时间并不长，而且，你不是也很乐意跟来吗。"

"我那是……"镜屏还是忍住没说，只好在心里暗骂了他一句"不解风情的混账"。

琼于长舒了一口气，睁开眼睛站起身来："坦白说，我自己也已经分不清来这里是不是出于自己的本意了，所以，在我能清醒思考的时候，一定要查出真相，或许就能找到'那种力量'的弱点，这样我们所有人便都有救了。"

镜屏见他心意已定，气得把脚边一颗石子踢到湖里，这一次踢得很远，正想转身走，忽然，湖水中间冒起了一串大水泡，紧接着，一条巨大的黑影浮到了接近水面的地方，却并不露头，而是打了个水花又沉到下面去了。

"呵，这鱼可真大，足有五尺长……"镜屏刚说到这里，被琼于抓住胳膊，示意她不要发出动静，接下来的情景让她的下巴再也合不拢了：那打出水花的部分根本不是一条鱼，而是某个庞然大物的头顶和脖颈，因为水面上马上又露出了一排高高的竖棘，竖棘中显出一根接一根像手臂一样粗的硬骨，硬骨间的皮肉像向上飘扬的旗子，布满灰色的斑点……这分明是类似鱼的背鳍。这条背鳍足有一丈多长，而随之露出水面的，是一条大得惊人的梭形巨尾，在水面抖起一条弧形水花，最后也没入了水中。

两个人看得目瞪口呆。

"那不会就是'龙'吧，它怎么是长在湖里的，不是说在洞里吗？"

"不，这样的小湖是不可能供养那么大的活物的。或许，这湖水与龙洞那边有地下水道连着。如果是这样就更合理了：刘子山和冯东循都进过龙洞，却未曾提到什么怪物……倘若遇到这样的庞然大物，他们怎么会不提呢，显然是根本就没见过。"

镜屏吞了口唾沫："也就是说，运气好的人就赶上它出去串门了，葛老四正好碰上它在家又饿着……你现在还想进去？"

"说实话不想,可……"

"不查清真相会更受不了,所以就算要做第二个葛老四,你还是会进去。"

"如果你不想去了,就在这里等我!"

镜屏看了看水里,忙道:"哎,在这也不安全,那东西说不定水陆都能活!"

"那就不要再说话了。"

琼于扯下头巾,一头像蒿草似的乱发披散下来。他用头巾蒙上眼睛,深吸一口气,又长吐出来,然后迈开了步伐朝前走去。镜屏在一边呆呆地看着,只见他先是成功找到了一条草丛间的小路,走进草丛深处。镜屏赶紧跟上,又见他在几大簇草丛间来回乱走,有几次都要撞到草丛上,却又能及时止住,然后调整方向转向旁边的岔路。

那情景若是在平常,不免显得很滑稽,可此时此刻,却让人觉得异常诡异:他真的是听从着身体里毒病的"指示"在走吗?!

镜屏看着琼于在草丛间左走右走,自己也小心跟着,内心很是矛盾:既希望他真能"感应"到路该怎么走,又希望他的猜测是错的,因为那样,就意味着他没染上怪病,只是那样他们就被困在这草地迷宫里了,不过倒也不会陷入绝境,因为咸先生等不回他们,会回去找师兄来救他们,可那女书呆子拽拽文还行,真要指望她独自走那么远的山路,万一碰上意外怎么办?

镜屏胡思乱想着,还不忘跟着琼于走,又随手扯断身旁的草枝扔在地上……算是做路标了。

他们已经又东拐西拐地走了百十来步,而令人惊讶的是,琼于并没有再走错路,看来,他真的被"驱使"了!

乱草中不时出现一些小水坑,水坑边往往还散落着一些动物骸骨,看骨质颜色,有新有旧,一团团蝇虫嗡嗡的悬停在骸骨周围,不时又有几条蛇和蜥蜴忽然伏起,然后快速地爬到草丛中去了。一阵阵恶臭之气扑鼻而来,几欲作呕。这些草长得太密了,草丛深处无法通风,积聚了太多污秽。镜屏用头巾蒙住鼻子,又想帮琼于捂住鼻子,琼于头一偏躲过她的手,自顾自走他的。

又走了一会儿,镜屏憋得实在受不了了,正要说话,琼于忽然径直朝前跑去。镜屏不敢叫,怕扰了他的心思,只好赶紧追上去,当她气喘吁吁地又赶上琼于时,只见前面是一片石头地……两人已经走出草地,二三十步外,一个黑黑的洞口赫然出现在眼前。

琼于睁开了眼睛，当他看见那个洞口时，并没有丝毫的高兴，那幽深的像是要吸进所有一切的洞口，已经证明了一件事：他的猜测是对的！镜屏看出了他的心思，想安慰他几句，他却早已从包袱里取出一条火把，淡定地说："进去吧！"

进洞之后，没走多久便快速暗了下来。

琼于用火石将火把点着，镜屏则将铁剑抽了出来。两人每走一步都会感到明显的凉意，到后来已经是寒冷彻骨了。借着火把光亮看看周围，只见眼前是一个又阔又长的巨大甬道，以缓慢的坡度斜向下延伸到不知道多深的地方。地面和四壁除了本身地势的高低起伏外，还布满了大大小小的石柱石笋，大的有数丈长，悬在顶上摇摇欲坠，小的也有半丈多高，到处有滴水之声。有些石笋早已接地，层叠相连，宽大如墙，将这大洞隔成许多小室。

镜屏走得很小心，生怕那传闻中的怪物从什么意想不到的地方钻出来，两人又要不停地翻越和避开各种突出的石头和石笋，走了好一会儿，忽然看到地上散落着一条绳索，绳头上系着一个抓钩，琼于捡起来看了看，道："这是葛老四的东西，不远了。"

往前又走了一会儿，见到有一个水潭，约有三四十步方圆，潭中间看似有四五处泉眼，有水花汩汩翻滚出来。潭水也呈碧绿色，和外面的湖水一样，不浑但也不算清澈，根本看不出到底有多深。恐怖的是，潭边到处散落着白骨骸骸，且各种形状的骨骸都有，看形状除了人的，还有獐、鹿、野猪之类，当他们看到这幕景象时，一股强烈的异味随之扑面而来，比之前更甚，呛得都快睁不开眼了。这气味定是多年积聚下来的尸骨腐化发霉之气，那这些尸骨是怎么来的？两人对视了一眼，答案已经不言而喻了！

想到那个答案，镜屏又忍不住看了一遍四周，只见四围的崖壁上遍布着许多幽黑的洞，大大小小、高高低低不可胜数，也不知里面有多深多浅……那"龙"是否正在某个洞中伺机而动呢？！

琼于心里也很惊惧，只得强作精神继续观察周围。火把的光亮照不太远，他只得靠近水潭，见潭对面是一大片崖壁，那里的岩石有些不同寻常，泛着点点暗红色的磷光。琼于想走过去，镜屏拉住他，先看看四周，又搬了块石头砸到水里，也没什么反应，点点头说："希望它真出去串门了。"

镜屏一转脸，看到琼于表现出一种诡异的举止：他的目光变得毫无生气，只是盯着那片崖壁，嘴角竟流出了口水，身体轻微地抖动起来。镜屏大吃一惊，叫了一声"痰盂"，他像是回过神来，但视线仍不离那片岩壁，慢慢地，他的脸上浮现出一种贪婪的表情。接着，他动了起来，绕过半圈水潭，跑到那片岩壁边。镜屏赶紧追上去，只见琼于将火把扔了，忽然跪在地上，脸凑向岩壁，伸出舌头就要去舔。

镜屏大叫一声"不要"，震得琼于一怔，他转头看看镜屏，又回头看看眼前泛着红色的岩壁，忽然猛地晃了晃上身，慌忙向后退去，叫着："是这里！我明白了，是这里！"

镜屏刚想问明白什么了，只听一阵粗闷而又沉重的声响传来，一会儿是"嘶嘶"的声音，一会儿又是"呵呵"的声音，像是喘息声。看来"龙"发现了他们！

洞中空旷巨大，回声缭绕，不知道是从哪个方向而来。镜屏身上全是汗了，将剑从右手换到左手，一会又换回来，不停地转着身体，生怕那条"龙"从背后偷袭。要是那样的巨兽近了身，便再无逃脱的机会了。

镜屏忙叫琼于："明白了就快走吧，看样子那东西要出来了！"

"再等等！"琼于拿火把对着那层崖壁又照了起来，像是在找什么，找了一会儿，他的目光停在一块凸出来的石块上，那块条形的石头约有两尺长，半尺方圆，从光滑的崖壁上斜伸了出来，就像一根手指一样略呈弯曲状。琼于瞥了一下周围，将火把插在旁边石堆里，又捧起一块大石头，朝着这条伸出的石根部猛地砸了起来。

镜屏以为他神志不清又干傻事，但看他的举止并不像刚才那样，动作又稳又准，便叫道："痰盂你干吗呢，还不快走！"

"这就是他们来这里的原因，这就是'那种力量'最向往的东西！"琼于猛地又砸了一下，那条石从伸出的地方齐根而断，落在地上。

这时，那可怖的喘息声更近了，一种从未听过的沉重的脚步声也开始从崖壁上的孔道里传来，每踩一下，都对两人产生了深深的震撼。

琼于快速扯下腰间的绳子，将那条石缠好，又绑到自己背上。镜屏虽不明白他为何要背这么一大块石头，可眼下也没工夫问他，拉了他赶紧往外跑。负重之下，琼于自然跑不快，再加上地形起伏，速度更慢了。"龙"的步伐则更快更重，只觉得就在自己身后咫尺，连从它口里呼出的腥秽之气都能闻得到！

"快把那石头扔了！"

"不行，破案就靠它了！"

镜屏暗暗叫苦，她只得将剑插回鞘，在琼于身后边跑边帮他托着石头，这样速度快了一些，只是背后全暴露了。镜屏心一横，连头都不回了：或许下一刻就被"那物"衔在嘴里了，若是那样，希望它先咬的是肚子，这样还有机会拔剑先自刎，不至于被吞到人家肚子里活活闷死。

这么想着，眼前忽然看到了光亮……快要到洞口了！这一下两人又来了精神，步子迈得更快了，转眼间便到了洞口，琼于几个大步跑了出去，镜屏忍不住回头一看：一个无比巨大的黑影出现在明暗交界的地方，那条粗长得像鱼一样的梭形尾巴正暴露在光线中，半透明的巨尾呈乌黑色，散布着灰色的斑点，能隐约看到其中的硬骨，只晃了一眼，便又甩到了黑暗中。

镜屏不敢再看了，连跑带跳出了洞口，转眼间已经到了草地边，琼于正在那里大口喘气。

这时，从洞里传来一声震耳欲聋的嘶吼！

两人对视一眼，不敢再作停留，又钻进了草地里。

寻着镜屏来时遗下的草棒草枝，两人的回程倒不困难，走到小湖时，忽然附近的草丛中传来摩擦的声音，听到声音应该是个不小的活物。两人都注了意，镜屏又抽出了剑，往前走了几步，用剑往那传出声响的一堆草稞子打了几下，片刻后，从里面钻出一个人，径直朝湖边跑去。

"苏小姐！"镜屏叫了一声，看看琼于，琼于背着块石头跑不快，对她使个眼色，她立时明白，纵身一跃，跳过去五六丈远，只是落地时难免趔趄，但总算赶在苏小姐前面将她拦住："苏小姐，你不能喝那水！"

只见苏小姐脸上满是刮伤，衣服也被刮得破破烂烂，两眼呆直地看向湖水，忽然，她推开镜屏又想往湖边跑，镜屏眼见要追不上，扬手抽出背上的剑鞘掷了出去，正好打在苏小姐小腿上，将她打得一个跟跄扑倒在地上。镜屏自己也一哆嗦，觉得下手重了，赶紧过去将苏小姐扶起来，苏小姐的身子扶正，看了她一眼，却惊得她一怔：只见苏小姐的双眼发白，眼膜下"掠过"一片灰色的东西，仔细看去，好像一只只触须俱全的小虫子快速从她的眼睛里爬了过去。

镜屏吓得正要后退，琼于叫道："别怕，快制住她，不然她就再无法可救了！"说着也跑过来。

苏小姐像是失去了理智，只想往湖边挣扎，镜屏无法，出掌朝她颈后用力一劈，苏小姐便晕了过去。

"你把她打晕了？我们怎么把她弄回去？"琼于仰头看看背上的石块，"只好先把她背下去再说了，你来背这个。"琼于将石头解下来，也不管镜屏嘴张得老大，将石头缠到她背上，自己背起苏小姐。镜屏还在后悔不该打晕苏小姐，叫自己背那么重的东西，琼于已经走出了老远。

两人很快便出了草地。这次他们没走断崖，而是沿葛老四上来的缓坡下去。

等找到咸先生时，两人都累得筋疲力尽了，想想来时的山路，镜屏又叫起苦来，四仰八叉地倚在旁边的树桩上。琼于看看咸先生，只见她还是一脸忧郁，杨姑娘也没有从惊吓中恢复回来，缩在一边不停地抖着。"苏小姐一个人跑到这里来，榴园那边肯定是出事了，可现在这样，我们根本没法快速赶回去。这可怎……"琼于刚说到这，扭头看到旁边树上拴着一头驴子。

"这驴不是杨姑娘昨天骑来的吗？怎么又冒出来了？"镜屏问。

"是昆仑奴送回来的……就是那个野人，他并没有恶意，昨天他目睹了葛老四带杨姑娘到这里来，后来杨姑娘一个人惊慌地跑下来，是昆仑奴给她扔了些野果子和干净的水。"咸先生指指旁边一个竹筒。

镜屏将苏小姐放在地上倚着一棵树，抓起竹筒喂她喝了几口，自己又喝了几口。咸先生则开始收拾东西，又扶起杨姑娘，显然她猜到那两人接下来会问别的，但并不想作答，于是先问道："怎么苏小姐也来了，她怎么了？"镜屏将经过简单说了一遍。

咸先生又问："你们都查到了什么？"

琼于看出了她的心思，仰了仰头："找到了这个，不过没时间看了，还是回去吧。"

咸先生看了看他背上的东西，忽然眼神定住了，接着脸上变得很奇怪，似乎很渴望想得到的那种表情。琼于马上意识到了什么，忙说："快将苏小姐扶上驴子，咱们要赶紧回去！"又给镜屏使了个眼色。镜屏会意，假装拉咸先生走去旁边草丛里方便，让咸先生帮她看着。咸先生走远了几步，神色才慢慢恢复。

这边琼于忙将自己的包袱解开，取出最后几个馒头，把绳索、火把之类都扔了，然后用包袱皮将那块条石裹了起来，裹得严严实实。

众人快速分食了馒头，便往回走。

二十六　萧风郎

回程的时候多了苏小姐和杨姑娘，且两人一个精神恍惚，一个昏睡不醒，只好由镜屏扶着苏小姐趴在驴子上，杨姑娘由咸先生搀着步行，众人走起路来自然慢了许多。琼于担心榴园那边出了意外，不断催促着快走。

日头快要偏没时，一行人才走到榴谷谷口。这时，琼于猛然看到躺在路边草堆里的聿元，接着镜屏也看到了，两人急忙跑过去将他扶起来，镜屏往他嘴里灌了几口水，没用，情急之下又抡掌往他脸上抽了两耳光。琼于愣愣地看着她："以后如果我昏睡不醒，请你不要这么对我。"

聿元这时倒果真醒了过来，看了看眼前环境，叫声："不好！他跑了！"

"那个狐妖？"镜屏问。

聿元用一种叫人捉摸不透的眼神看着镜屏，似乎在犹豫着什么，过了一会儿，转而对琼于说道："他真名叫萧风郎，是为害已久的妖孽，江湖上早流传过他的名字。此人……这妖孽知道很多关于密曜教的事……我一直在追查这股邪魔外道，可惜叫他跑了。"

琼于道："这事暂且一放，当务之急是解决榴园之邪。你现在感觉如何？"

聿元想直起身子，却觉得浑身无力，摇了摇头："我记得并没有遭那妖孽的暗算，我与他连斗了几个时辰，一直是我压制着他，怎么会这样。"

"你和他交手了？"

聿元点点头，一抬头看到驴子上的苏小姐，忙问道："她怎么跟着你们一起？我叫她在园子里等着的啊？"

琼于只得说："一时难以说清，先回去安顿好再作商议。"

一行人便往回走，琼于走在最后，只觉得身后有"簌簌"摩擦的声音，猛一回头，看到树丛中一个黑影闪了一下，便不知所踪了。琼于看了看咸先生，见她正心事重重地走着，便不管那黑影，跟着众人回了榴园。

刚进门，琼于马上去马棚，只见白麟儿趴在那里，好像一夜之间瘦了很多，病恹恹的样子。琼于一脸伤感，道："白公子，再忍耐一时，今晚便可能有转机。"

众人都回了宅中大厅，只见满眼凌乱，到处是破窗烂门，家具摆设杂着瓦片散了一地，屋顶还出现了一个大窟窿……显然是聿元和萧风郎有过一场恶斗。为了方便照顾，索性就将几个伤者都安排在了大厅，杨姑娘和苏小姐都在榻上休息，聿元则倚坐在太师椅上。镜屏和咸先生忙碌了一阵，给众人准备了汤饭，杨姑娘尚能自己吃喝，苏小姐则怎么摇晃都不醒，众人初时还很担心她，后来看她只是昏迷，鼻息倒还正常，以为她是惊慌过度，体力透支所致，咸先生掰开她的嘴喂了些汤，然后只得由她。

大家都简单吃了一点，吃完饭后，看漏刻已经到了酉时三刻，若是平常地方的天，正是余晖将尽，可这片谷中的一切此时都早已被湮没在一片阴暗中了。

镜屏和咸先生早已点上了蜡烛。琼于见聿元精神有些恢复，便问他到底出了什么事。

聿元此时还不忘喝酒，端着酒壶抿了一口，看看屋顶的那些窟窿，颇有得意地说："起先我和那妖邪是在他们卧房打的，打到后来就难解难分了，这厮倒是能抵得住我几招，这房子算是被我俩拆了。哈哈哈，很久没这么痛快地打架了！"

镜屏一脸不屑地问："你这么厉害，怎么弄得自己昏睡不醒，还叫人家跑了？"

琼于显然也对他自称"一直压制"着萧风郎很是怀疑，问："聿元子快说吧，我们离开之后你和萧风郎到底发生了什么？"

聿元也看出众人对他现在这处境有些不满，因为琼于在临走前反复交代不要出意外，结果他叫一个重要疑犯跑了，有些不好意思地说道："我和他交手也是迫不得已，因为他要害苏小姐。"便将当时的情况说了一遍。然后又道："那妖孽自恃有左道邪术傍身，竟敢空手与我搏斗，不过他确实厉害，我剑术方面占不到一点便宜。我俩拆了两百多招，我才找到他的内丹气结。他这一门邪术虽也炼内丹，只是这内丹往往很诡异，都不在胸腹之内，而是选身上某处叫人意想不到的地方结气生丹。我反复试他的气结处，他也很快看出我的意思，将周身护得很密……"

琼于插话道："聿元子，你道术功法高强，众所周知，只是我们没多少时间了，这件离奇复杂的案子，今晚必须做出了结。所以……"

"好好，我说简单点：后来我找到他的气结竟是在左腋下，我便施剑猛击那里，终于有一剑刺中他腑窝。他立时便内丹破裂，失了元气。他彼时再无战意，只得逃了。"

"逃去哪里？"

"他一跃跳出战圈，一闪身进了后面那个拱门。"

"后园？"

"对，就有一片水池的那座后园，你们昨日不是在那边待了一整夜吗？我追了过去，只是已经找不着人了，我跃上池中的亭子看了看四周，见有一片竹林里的竹子还在晃动，心想他肯定藏进去了，便朝那边追去。果然那片竹子外面长得密实，里面却暗藏着一条小路，我顺着小路往里走到头，又看见一堵高墙，像是园子的边界了。"

"那墙外，你去了？"琼于、镜屏和咸先生都紧张起来。

"当然！周围都没发现那妖孽，我只能追出去。那墙倒是高，我一跃无法上去，只好削了根竹子，用力一撑，借着这势跃到墙头上，原来那外面是很大一片大芭蕉树，就像谷地里的一样。我不敢贸然下去，只好叫了声：'妖孽，我不杀你，只想问清几件事。'这时，我看到一处地方有几片大叶子晃了几晃，我赶紧祭起道法朝那地方打了几个火雷，便跳下墙朝那地方追去。

"一旦到了下面，只觉得那些像芭蕉一样的大叶子遮天蔽日，身在其下简直就像在一片不透光的棚子里，我之前打出的雷火根本看不见，等于是没了方向。我只得凭着印象往那边走，又怕那妖孽迂回偷袭，所以走得很小心，越走，我越觉得周围气氛越是压抑，那感觉，真叫人难以形容。"

"就像有无数双眼睛在窥视你，就像有什么'东西'在伺机而动。"琼于淡淡地说。

"哎，你这么形容，还真是很贴切……我寻了好一会，根本没见那妖孽的踪影，只怕在里面迷了路，便想先退回去再说。刚想回身，忽觉头顶有什么东西动了一下，那动势带起的风声很快，这么快的动作显然不怀好意。我下意识回手一剑，只觉得削断了什么东西，紧接着，我好像还听到一声像野兽一样的嘶叫。我急忙转身，只见落在地上的原来是那怪草的一片叶子，那断口处流出的汁都是红色的。可是，那么宽大的叶子，怎么可能动得那么快，再说当时也没有刮风。"

聿元说到这里，便走去外面，过了一会儿抱着个坛子回来，打开坛塞，然后抽剑往里一插，提起剑时，剑尖上插起一段厚厚的肉叶，看起来像是整片叶子的尖部，上面的叶脉又粗又乱，明显突出了叶面，就像瘦弱的人手上的血管一样。"这叶子长得很瘆人，我将它带了回来泡在水里，本想看看它习性的。"聿元说着，又将它甩回坛子里。

"一会儿就可以看到它的习性了，只是要换个地方。"琼于想了一下，又问聿元道："你在墙外，有没有感到什么异样？"

"我感觉什么都异样，那大叶子怪树本身就很奇怪，那里长了那么一大片，和周围山上的植被完全不一样，不过这都不算什么，最奇怪的是，我削掉一块叶肉后，去看身旁的树，可反复看了几遍，居然没找到我砍的那一片，所有的叶子都是完好无缺的。我还以为看错了，可身边一圈都是完好的树……要不就是我凭空砍出来一截厚叶子，要不就是那树成精了，马上就能长好。这时候我感到有些头重，心神不宁起来，觉得周围的树都在不停地转。"

镜屏叹了口气道："幸亏你内丹深厚，不然怕是成了第二个葛老四了。之后呢？"

"我当时只以为是萧风郎使了什么妖法，又或者下了什么迷药蛊咒在附近，再加上我担心苏小姐的安危，便赶紧离开了。我彼时已经有些气力不支，那高墙没法跳上去，只好沿着墙找看有没有下脚的地方，居然找到了一扇小门……这小门在墙里那边想来是被厚厚一层三角梅挡住了，在这边却挡得不厚。我用剑将乱草拨开，发现门上插着门闩……又一件奇怪吧，我都弄不清到底哪边是墙里，哪边是墙外了。

可我也没工夫想那么多了，只得耗尽元气，拼着内丹亏损，将那门撞破……"

"你就说你用身子撞开破门不就完了嘛。"镜屏撇着嘴说。

聿元白了她一眼……这兄妹俩翻起白眼来倒是如出一辙，接着道："我好不容易回来宅子前边，又听见一阵争吵，循声而去，原来是萧风郎那妖孽又跑回前面，正拖扯着苏小姐，想对她施暴。我本想再与他过招，他自己却大口吐起鲜血……

幸亏他先伤了内丹，气力不支，不然以我仅剩的功力，简直斗不上十回合。

我趁机封住了他穴道，只是他妖术厉害，一般的手段禁不住他多久，我当时便想趁他元气散而未复之时，想带他到镇上，然后赶去府城找到我的道友，再从容想办法制他，只是还没出谷，就遭他暗算，叫他跑了。"丰元说着便搓手叹气不止。

镜屏疑道："遭他暗算？他内丹都被你破了，还能使什么妖术？"

"这……我也没弄明白，彼时我用铁索拽着他走，只是刚出宅子没多久，我就觉得心绪不宁，总觉得不应该离开这地方，越往谷外走，这种感觉就越是强烈。我忽然意识到会不会是萧风郎在暗暗对我施邪咒。我猛回头，果见他眼睛直直地盯着我，那眼神很怪异，明显是居心不良，我便知自己所料不差，心里着实恼怒，正想再将他气道封紧，却感觉头晕眼花，浑身无力，还能感觉到自己的身体在不停地发抖，最后倒在地上无法动弹了。"

丰元说到这里，却叹了口气，说："我本以为性命休矣，因为那时萧风郎要取我性命是易如反掌，可令我意外的是，他并未加害。他先挣脱了绳索，跑回榴园去了。我以为他又要回去对苏小姐不利，谁知过了一会儿他又回来了，一脸怅然若失的样子，走到我身边，说了几句奇怪的话：'丰元子，我敬你一身正气，且不杀你。只是看来你也染上那怪病了，哎，这里的人都难逃'它'的魔掌了，看来我根本救不了娘子，不知道那位道长有没有这本事了。如今我只能走了，走之前，我想告诉你些事情。'然后，他便给我讲起了他的经历：他是如何来到这里，又爱上了苏小姐，然后又反客为主，以冯东循的身份成了这里的主人。"接着，丰元便讲说起了萧风郎的故事。

萧风郎的名字和行事在江湖上素有传闻，他与密曜教的关系非同一般，或许本就是教中核心，而密曜教则是正道中人闻之色变，谈之忌讳的话题，传说此教教徒并非人类，而是狐妖修炼成精幻化而成，是真是假一时没有定论，但已经知道的是，此教教徒平时大都独自行走江湖，等同于正道之人积修外功，只是他们修炼的都是高深的左道邪法，自然伤人害命不断。所以丰元和其道友一直相约追查此事。

萧风郎与杭州钱塘县的"王家楼十二尸"案，嘉兴府的洪恩寺"鬼取阖寺僧头"案都有瓜葛，只是他和密曜教其他教徒一样，行事诡秘，行踪不定，没人见过他的样貌。再者此类妖人善于幻化，记住他们的样貌也毫无意义，识别他们的唯一方法是弄清他们内丹气结的所在，因为他们所炼的左道邪术与龙虎内丹不同，气结之处常在身体某个特别的部位，是他们在修炼中根据自身特性而定，所以只有他们自己知道。但是一旦暴露了气结之处，道行高深的人若事先知道是他，便能通过观察气结处的肤色、血相、气热等加以辨认……萧风郎的气结被聿元试出位置，以后想从人海中找出他来就容易了不少。

四个多月前，萧风郎为躲避正道中人追剿，来到了苍峰山里。他所炼的邪术很特别，需忌食五谷和熟肉，只吃生肉，所以他在山林中生活并不艰难，只要如同野兽一般活着便可，平时他就躲在山洞里练功养气，偶尔也在山林中闲游。没过多久，他便发现了这处谷地，也知道有人住在榴园中，只是自己在避风头，便相安无事。后来在一次闲游时发现了一条小路，那条路有一段被山石堵上了，只是这样的路障怎么能挡得住他？他出于好奇便攀过路障，又沿路走下去。

在这条路的尽头，他不仅看到了榴园的全貌，还看到了令他十分意外的一幕：只见一个园子里，一个瘦成枯槁的男人将一个女子绑在树上，极尽虐待之事。那女子被他打得体无完肤，不停地求饶，听她叫喊时的称呼，那男人居然是她的夫君，只是如此呼唤却止不住男人冷酷的鞭子。男人不光虐待女子，对他自己也毫不留情，不时将头撞向身边的石椅和栏杆，用手抓着自己，还不停地狂叫着，显然是已经丧心病狂了。

萧风郎纵然杀人无数，看到这般情景，竟也对那女人有了恻隐之心。他见园子里似乎没有别人，当下便想下去将男人杀了，放了女人，只是回头一想，那女人口口声声叫他夫君，自己杀了人家丈夫，她是否领情还难说，万一她又跑出去报官，自己虽然不怕，只是又暴露了行踪。如果将她也杀了，那还不如不要多此一举，就当没看见，便转身离去。

然而，那女人的楚楚怜容却深深地印在萧风郎的心里，搅得他当天晚上打坐时再也无法专心。每当他闭上眼睛，那女人就会出现在他眼前嘤嘤而哭，那一脸泪水柔化得他肝肠寸断。他索性起身，乘着月夜又去了榴园，见有两处房屋亮着灯，他便找了个合适落脚的地方一跃而进了宅子，慢慢靠近其中一间屋子，那间屋的门虚掩着，一个男人就在厅中榻上酣睡，正是白天施暴的男子。萧风郎又悄声转到后面一排房子，那里也亮着灯，透过窗纱，只见一个女人正背对着门的方向跪着，她对面堂前的案上摆着一个牌位，上面写着"灵感狐尊大仙"。

女人正对着这牌位默默祝祷，声音虽然小，还是能听得大概，原来她正感叹自己命运多舛："奴家本以为被人赎身是新生的开始，没想到忍受的煎熬比之前在花楼里更甚，既然老天爷那么不待见我，上次上吊时索性就让我死了算了，怎么偏偏绳子又断了。"接着，她说到当天夜里她做了个梦，梦见有什么"仙尊"前来与她相会，安慰她暂且忍耐一时，过阵子仙尊自会前来相助。女人叹了口气，说："可过阵子到底是什么时候啊，奴家已经没命再等下去了！"

萧风郎在外面听她这般念叨，大体猜出了她之前的身世，便更可怜她，心想那些"上吊绳子断了""梦见仙尊"之类的情节不过是偶然发生，而被心怀渴望的她牵强附会罢了，没想到她竟如此天真。既然这样，不如逗逗她，一者打发无聊，二者也算救她一救。

正这么想着，猛然瞥见她已经拿起剪刀对准了自己喉咙。风郎急得大叫一声："住手，上仙来也！"便用掌风将门推开。

苏小姐吓了一跳，只见门口站着一个眉目俊朗，身材高大的年轻男子，那一双流星般的眸子正盯着自己，眼神中流露着关切。她惊讶地看着男子，只觉他的眼瞳中放射出一种奇特的幽光，自己被那幽光所吸引，像是慢慢没了自主，拿着剪刀的手便反扭向一边，眼睁睁看着自己的手松了，剪刀落到地上。

苏小姐被剪刀撞地的声音惊了回来，忙问："你，你是谁？"

"小姐整天想着的是谁？"萧风郎微笑着道，他那眼睛里的幽光放射得更多了，苏小姐只觉得自己的灵魂飘荡起来，却又没有飘离，而是在体内辗转萦绕，搅得自己神情荡漾，那种感觉很舒服，叫人欲罢不能……对啊，这不就是和自己梦中相会、自己朝思暮想的狐尊吗，没错，是他，是他，天呐，他真的来了！

苏小姐兴奋得一时过度，竟然昏了过去。

萧风郎忙去扶她起来，将她抱到床上，抱她的时候，只觉得自己双臂正揽着一团软软的美玉，女人体香溢出，沁得萧风郎春情荡漾。他将女人放在床上，正不知如何是好，忽然一双玉臂勾住他脖子，眼前那嘤嘤红口吐出话来："仙尊，不要走，不要丢下奴家，就让我再做一次美梦吧！"

萧风郎再也难以自持，轻轻说道："好，我陪你。"

之后，萧风郎便常借"仙尊"之名趁夜晚去与苏巧仙幽会，他修炼的功法本就不讲究守蓄元阳，而苏巧仙又出身花楼，学得一手摄欲的工夫，总能将萧风郎服侍得非常舒服，弄得他欲罢不能。最重要的是，这女子身上那种惹人怜惜的风情深深吸引了他，唤醒了潜藏在他内心深处的儿女之情，这种感觉叫萧风郎忍不住想疼她，想带她脱离苦海。他原以为凭自己的修为，早就超脱了七情六欲，可在这个女子面前，自己的修为竟不堪一击，"私情杂念"又都回来了，是的，他已经慢慢爱上了苏巧仙。

风郎没料到自己会在这种境遇下爱上一个女人，不过既然这份爱来了，他也没觉得有什么不好，并渐渐乐在其中。另外，那位身为夫君，名叫冯东循的人并没有成为他俩偷情的障碍，因为那个疯子已经完全没了情欲，整日闷在自己房里捣鼓一些药材，煎了药后就自己喝，喝完后有时候会欢喜一阵，狂叫："我找到药方了！"过上半天又会沮丧痛哭，不能自已，好像那药根本没用，这时候他便会找苏巧仙的麻烦。苏小姐之前都是逆来顺受，自和风郎相好后，便慢慢有了反抗的勇气，常挣脱了冯东循跑到自己屋里。冯东循大都是闹了一阵，好像又恢复了理智，便又回去试他的药。所以，萧风郎并未将他怎么样。

只是，一个来月后，冯东循疯癫的程度像是越来越厉害了。

有一次，萧风郎去山外约见一个朋友，好多天没来榴园。等他办完事兴冲冲回到榴园的时候，正是月明之夜，他马上发现气氛有些不对，因为自己按约定好的日子前来，苏小姐的房间竟没有亮着灯。他先小心到了苏小姐房外仔细听了一会儿，听到房中传来女人的喘息声，没什么别的动静。他便进了屋点了烛火，只见苏小姐衣衫破烂地躺在床上，嘴唇干裂，面色苍白，一副虚脱的样子。风郎忙将她唤醒，喂了一些水和食物，问她怎么了。苏小姐答说："不知道，只记得他打我，之后我就什么都不记得了。"

萧风郎见到自己爱的人儿被折磨成这样，这次再也忍不下去了，气急败坏地走去冯东循房间，见里面黑黑的，他便踹门而入，点上蜡烛，却赫然看见冯东循以扭曲的姿势仰面躺在榻上，脖子上缠着绳子，嘴巴大张着……已经死了，且尸体已经发臭，看样子已经死了三四天了。

杨姑娘听到这里，脸上又挂满了泪水。

聿元自顾讲他的："萧风郎一想便明白了：定是冯东循狂病发作，想虐待苏小姐，却反被她勒死。只是苏小姐是个弱女子，一时无法接受自己杀人的事实。

想到这里，萧风郎便将冯东循的尸体扛起来，趁着月光将尸体扔进前面的井里，又盖上一块石板。然后回到苏小姐房间，对她说自己去与冯东循对质，他蛮横无理，后来想加害自己，自己迫不得已将他勒死，尸体已经扔了。最后又道："小姐，忘了这事吧，以后我们俩开始新的生活。对外，我便以冯东循自称，没外人的时候，你可以叫我风郎。"

聿元讲到这里，看了看仍然没醒过来的苏小姐，感慨地说："萧风郎虽是妖孽，他倒是个情种，对苏小姐算是一片痴心。纵然苏小姐曾对他那么绝情，他也还是给苏小姐说好话：'小姐是个苦命的人，虽然她做过不该做的事，可那也是身不由己，绝不能怪她啊。'他还对我说，就在他被我拉着走的那一会儿，他终于明白苏小姐的病是怎么回事了，之前错怪了她，怀疑过她，对此深感歉疚。'我还深深爱着小姐，但她已经不是她自己了，这时候我本应该守在她身边，却已经不能了，我被你击破内丹，再不走定会元气散尽而死。如果小姐命大，希望那位琼于道长能勘破迷局，找到解决此事的办法……琼道长是我请来的，也算是我救了小姐一命；如果她命薄如此，那只能算是我尘世间的孽缘了。'

他本想就此离开，走了几步又恋恋不舍地回来，说：'道长虽与我为敌，那不过是因为修行不同，我并不恨道长。今日你没趁机杀我，如若你能有命离开这片山谷，他日若犯在我手里，定会留你一条性命。想想我俩昨日把酒言欢，喝到我平生从未到过的酒量，咱们也算是亦敌亦友了。既然如此，请道长带个话吧：倘若苏小姐有一天能恢复，如果那时她还爱她的风郎，就去我们曾经约定要相携终老的地方找我吧。'他说完这些，又交代我也要保重身体，看那神情，并不是一般的客气问候，好像我得了什么大病，他在和我诀别，然后便走了。"

"原来真的冯东循不是那狐妖杀的，凶手居然是……"镜屏看看榻上的苏小姐，正想说话，琼于却做了一个嘘声的手势，他朝北方看了看，说："接下来，我们该换换地方了。"他便出门而去，过了好一会儿，又抱着一个捣药的石臼回来，放在地上，又从腰带上抽出一个油纸包，打开后里面是皱皱巴巴一团黑乎乎的东西，镜屏走近一看，居然是一张鳄鱼皮，她一脸土色地问："你弄这个干吗？"

琼于也没答她，用鳄鱼皮将那块暗红色的石头包得严严实实，不留一处裸露，又缠在背上，双手抱起了药臼，说："咱们去倚山坞吧！"

众人虽然奇怪，但知道他做事情向来有主张，只得同意，咸先生扶了杨姑娘，聿元背了苏小姐，镜屏则抱了那个泡着半截叶子的坛子，众人一起向后园走去。

二十七 物怪

此时外面已经是繁星点点，天空泛着亮光，在这谷地中往上看去，有种坐井观天的感觉。琼于道："今天是七月十五中元节，传说的鬼节。再过两个多时辰，满月就会升到谷口上方了。"

一行人向后园走去，进了拱门，片刻又上了曲桥。只见池中的水更深了，眼见着就要没过桥面。

正走着，忽然看到前面不远处的地上伏着一团黑影。镜屏赶紧将坛子放在地上，抽剑出鞘，往前慢慢走了几处，只见那黑影缓缓地展开，变得又粗又长，接着不停地反复蜷曲起来，似乎并无攻击的意思，倒像是它自己很痛苦。

琼于道："不用怕，那是鲵鱼，一直活在这池子里。"镜屏听了，挑着灯笼小心往前晃了晃，果然是一条极大的鲵鱼，遍体乌黑色，又布满暗红色的斑块，只是它像是染上了什么恶病，浑身长满了烂疮，疮口都翻出肉花来了，仔细再看，它更像是在垂死挣扎。它也察觉到有人靠近，转过头来，两只嵌在扁头两边的小眼睛盯了众人一会儿，忽然张开大口，快速扭起身体朝这边爬来。

镜屏大叫着后退几步，正要抡剑，琼于大叫"不要伤它！"镜屏挥出去的剑就势在空中一划，没砍到大鲵身上，又扫出一脚，正好踢在它头上，止住它来势。大鲵被激怒了，转头又要来咬，镜屏不容它动，一蹲身，用剑尖嵌到它肚皮下面一撬，便将它拨到水里去了。

琼于没看清，以为镜屏还是将鲵鱼刺死了，正要恼怒，忽见那鲵鱼在水里翻了个身游走了，他才放了心。众人赶紧过了曲桥。

路过亭子时，琼于停了停，一手抱石臼，一手将灯笼挑近亭子的柱子看了一会儿，接着又上了廊桥，又拿灯四处照着桥上的栏杆和柱子，还到处摸了摸，对咸先生道："注意到了吗：现在园子里像新的一样。"咸先生看看周围，果然，那些栏杆和柱子上的油漆就像刚刚刷过一遍，这事又引得大家疑惑不已，咸先生说："好像从初来这里到现在，这园子一直在变。"

到了平地上，镜屏看到倚山坞门窗上钉得满满的怪物，鸡皮疙瘩又起来了："刚才为什么不叫我杀那鲵怪，恶心死了！"

"它想攻击的不是我们，而是我们体内的'东西'。"琼于说着便推开了倚山坞的门。

待众人都进了馆，镜屏快速将四处的蜡烛点着。聿元现在第一次看到那幅壁画，不免也惊叹不已，不过他显然知道那壁画中所用的技法到底是怎么回事……往往他给人家看风时，施术画符常用某种特殊材料，以便故弄玄虚之后，让那符纸上显出图画、鬼影之类，这是他和镜屏之流走江湖时常用的伎俩。只不过这种技法被用到如此宏大的画作中，还是很震撼的。

琼于将门关上，说道："别松懈，快进密室。"

镜屏又一阵埋怨，不过众人也只好听他的，杨姑娘还好，苏小姐简直是被拖进密室的，最后进去的是琼于，他先将石臼和背上的石头扔进密室，又被聿元拽了上去。只见杨姑娘缩着身子坐在地上，生怕身体粘着墙壁，苏小姐被安置在椅子上，仍在昏迷。这么多人挤在如此狭促又如此特别的空间里，有种说不出来的气氛笼罩着。

琼于又小心将密室门关好，转身见众人都一脸困惑地等着他说话。

镜屏首先不耐烦地道："痰盂你就喜欢卖关子，说个话还得换地方。想来这案子你心里已经清楚了八九了，你就痛快说清楚吧，我给你起个头：这件案子，到现在我已经了然于胸了……"镜屏学着琼于的腔调说。

琼于没心思和她调侃，对聿元说道："聿元子，你确实遭到了暗算。如今在你体内，有和我，和苏小姐，或许和所有在场的人都一样的'东西'，这'东西'之前我称之为毒病，可到底是毒是病，目前还很难说清，但有一点，我已经能够确定了：这暗算绝非萧风郎所为，而是来自'物怪'！"

"物怪？"

"对，只能这么称呼它了。

"物怪就隐藏在榴园的某个角落，之前一直提起的'那种力量'，正是这物怪所施发的力量，这力量影响着整个谷地。它很神秘，又很强大，能发出一种让人无法抗拒的声音，蛊惑人的心智，又能以某种方式诱骗人慢慢上瘾，叫人向往它，来到它的身边，跟随它的'指引'。一旦靠近它，那么此人便染上了毒病。随着毒病在体内蔓延开来，患病之人便慢慢受到它越来越深的控制。虽然这个时候此人可能已经有了警觉，但恐怕也很难抽身而退了。再之后，患病之人彻底受到这种力量的控制，犹如被无形的线操纵着的傀儡，不由自主地受它驱使，为它实现各种欲求，而自己的身体也沦为它的'供养'，直至殒命……《沐是花树》《面韭》《净观九想》和这幅壁画，正反映了刘子山面对物怪的几个阶段：从被其蛊惑而向往之，到无法摆脱的无奈，到最终失去'自我'，成了它的奴隶。

"而冯东循也是如此：一开始他交上的所谓'好运'，其实是这种力量用来蛊惑他的手段；后来，他感觉到了这种'病变'，作为医者，他努力想摆脱它，这就是他反复试验各种药物的原因；显然他的抗争并没有起到作用，慢慢神志不清起来，直到他变成了一个狂躁暴虐的人……所幸，他趁还有一些'自我'的时候，让自己的爱人脱离了险境。

"而那些受毒不太深的人，如果有幸能在毒病初期离开这里且不再回来，慢慢地，病情就能维持住不再加深，就像杨姑娘一样。"

琼于换了口气，接着道："聿元子在高墙上看到的叶子晃动，很可能并不是萧风郎在逃逸，他或许根本没进去过那片地方……那只是'物怪'诱骗聿元子过去的伎俩。

"物怪就像一个阴险狡诈的人，'行事'阴险诡谲，善于伪装，隐藏在那堵高墙之外，那一大片长着大叶子的巨草，每一棵都极其相似，正是为了隐藏它的所在。

"这种伪装的力量已经达到了令人不可思议的程度，以至于它会'记住'自己周围某段时间的情景，然后不时地幻化出这些情景，就像人记住一件事情，回想时历历在目的感觉，只是这种幻影显得更加真实，使旁观者有身临其境之感。"

"所以这座园子越来越显'新'，那是因为'物怪'记住了园子刚建成时的情景，然后幻化出了彼时的样子。"咸先生想起刚才路过廊桥时，恍然大悟。

琼于道："而且，据我推测，这种幻化的能力与月相很有关联。我们刚来的时候是十一，想想彼时榴园的样子，再看看今夜的样子，可知月轮越是饱满，'物怪'的幻化能力就越强。咸先生和杨姑娘看到的那些幻影，其实都是在榴园里真实发生过的事情，而且都是月相饱满的夜晚发生的事情，就像偶然投下的惊鸿一瞥，被'物怪'深深地'记'了下来。这也解释了为什么咸先生看到的幻象比杨姑娘多，因为'谋害'和'投尸入井'两件事都是发生在杨姑娘离开榴园之后。这也得出一个结论：'惜别'那件事，并非发生在最近，而是发生在二十多年前，刘子山的时代！"

咸先生听了这句话，又是一阵惊惧，她像是不愿意接受这种说法，而试图找出其中的破绽一样，问道："可是，'谋害'和'投尸'两个幻象里为什么看不到凶手，只看到冯东循？"

"这是很难想通的道理，在我看来，苏小姐已经被物怪视为同类，是'自己的一部分'，只不过是超越自己身体限制而向外延伸的一部分，物怪会忽视苏小姐的存在，将所有的力量一致对外。"

镜屏想了想，忽然说："这更不合理了，如果是这样，那冯东循所受毒病更深，他也应该被'忽视'啊，那幻象里就应该只有悬在空中的绳子，没有勒的人和被勒的人。"

琼于赞赏地看了看镜屏，说："你说得没错，要想弄清这个，就要先弄清物怪的欲求。"

密室外，画馆里那幅壁画上，隐在高墙之外的恶鬼似乎正展动它的触手，蛊惑着墙外任何靠近的人。

"物怪的欲求之一，便是控制更多的人。"琼于看着杨姑娘道："这就可以理解冯东循为何在赶走你后，马上又去花楼找了一个人做他的娘子……那并非出于他的本心啊！"

杨姑娘听到这里，惊异地看着琼于。

"杨姑娘，如果你再想想冯东循面对墙壁说话的情景，如今便能明白他为何如此了，他确实在'对话'，是在和'物怪'对话！"琼于眼前像是浮现起了彼时的情景：冯东循面对墙壁呆呆站着，墙壁里则慢慢钻出一个狰狞的恶鬼，冷酷地看着他。

"为何不带她来？"

冯东循强忍着身体里病毒的侵蚀，道："她是外人。"

"你以前也是外人！"

"有我……就够了。"

"不够，要更多，不然我会枯萎。"

冯东循的身体抖了起来，显然他在与那噬咬着自己五脏六腑和每一块皮肉的毒病艰难对抗着，只是这种对抗已经变得徒劳，因为他连喘息都已不能自如，喉咙里像是被血块堵住了，他痛苦地道："那我……找……别人。"

"东循，我错怪你了，我该陪着你啊！"杨姑娘忍不住掩面哭了起来，咸先生抚着她的背安慰她。

琼于又道："它的另一个欲求，就是这个！"他指了指背过来的用鳄鱼皮包裹的东西，然后解开鳄鱼皮，露出那块散发着暗红色荧光的条形石头，虽然周围的烛火通亮，可那荧光还是很明显。琼于从镜屏背上抽出铁剑，往条石一角上砍了几下，连削带蹭地掉下来几小块石渣。将这些石渣弄到石臼里捣碾成粉末，然后倒进一个茶碗里，加水后用一根毛笔的笔杆搅匀。这时，他余光看到咸先生慢慢靠近过来，他立刻双目圆睁，瞪视咸先生叫道："咸莘荑，清醒过来！"咸先生一怔，镜屏也意识到了咸先生的怪异，赶紧抓紧她肩膀晃了晃，她才回过神来，看了看那块矿石，马上明白自己刚才那一会儿已经"不由自主"了，赶紧站得远远的。

琼于又对聿元道："现在就让你看看这叶子的习性。"聿元会意，用剑挑开坛子盖，往里一插，那片厚厚的叶子被插在剑尖上提了出来，聿元将叶子甩到地上。那片叶子已经失去了光泽，突出的叶脉里也看不见发红的汁液流动了。

琼于端着那碗水走到叶子边蹲下，其他人也都凑了过来。琼于将那碗溶了矿粉的水慢慢淋到叶子上面。

并无反应。

众人紧绷的心弦顿时松了下来，只有琼于还死盯着那片叶子。忽然，那肉叶上沾着的水渍被吸进了叶子里，叶脉就此极速膨胀起来，明显能看到里面有红色汁液在流动了，接着，那片肉叶像是刚从水里到了地上的鱼一样，不断弯曲着活蹦乱跳起来……倘若真是鱼，或许会惹来众人一点喜悦，而此刻眼前的这一幕只骇得在场之人毛骨悚然。

众人都下意识地后退，琼于则去旁边拿过灯壶，将里面的油全倾在那片叶子上，又取过一截燃着的蜡烛扔了上去，肉叶瞬间烧了起来，犹自不停地跳动，直跳到烧成灰烬。

众人这时已经明白为何物怪会驱使一个又一个人去龙洞了：那里有能促使它疯长的矿石，这矿石溶到龙洞的冷泉里，又随地下水道流到外面的湖中，再沿溪水到了山下，只是流到山下时已经汇合了许多支流，药性变弱了，但喝了仍会腹泻。这又证实了一件事：刘子山的笔记中并没有提到成片的芭蕉林，也就是说物怪在他的时代还没有如此强大，多年前来过这里的工匠、樵夫等人也说没见过巨草树林，联系葛老四说几年前曾发生过山洪，或许一些溶了矿质的水冲到这里，促进了物怪的生长，才叫它有了现在的规模。

"刘子山、冯东循和葛老四就是受到物怪的驱使，'不由自主'地到了龙洞。葛老四如果不是被'龙'吞掉，他必会携带许多矿石回到榴园。除此之外，他们还被驱使着做了许多事情，比如那条通向温泉侧门的小路，我猜那路障就是多年前刘子山弄的……自然不是出于他的本意，而是物怪害怕外人窥视高墙外的环境，它的藏身之所，便'驱使'刘子山弄了路障。

我们回来碰到聿元子时，我还奇怪，为何他昏迷了，萧风郎不趁机回榴园强行带走苏小姐，反而求聿元子转达诀别的话，现在看来，他必是先回过榴园，发现苏小姐不见了，猜她已经中毒太深，不知去向，便回去对聿元子述说了自己的前事才离开。而彼时的苏小姐早已从那条小路奔去了览气峰。"

镜屏问："她一个弱女子，能攀过那样的路障？"

"如果是正常情况下，她自然过不去，甚至连这么远的山路都走不下来。但彼时的她形同僵尸，反而发挥出了身体的潜能，只是如此定会伤损本身。"琼于看着仍然昏睡的苏小姐说。

"你的意思是说，那些变得不再是自己了的人，可能还包括我们，其实都成了物怪的宿主……我们早晚也要变成僵尸？"镜屏一脸惊恐地问。

琼于点点头："不是可能，我们必定已经成了宿主，不然，我俩为何能'找'到龙洞呢？"

众人都害怕起来，琼于道："正因为如此，我们才一定要弄清这物怪的底细，在它彻底控制我们之前将它除灭。"

聿元道："我们到现在还是不知道所谓'物怪'究竟是什么东西，只知道它如何厉害，这么厉害的东西怎么除掉它？"

"物怪究竟为何物，我已经有所了解，我猜咸先生也明白了。"琼于看看咸先生，对方闪避了一下眼神，琼于也不在意，又道："物怪虽然不同寻常，但也是有弱点的，比如，它的力量无法侵入这里。"琼于看了看周围墙上。

镜屏刚退下去的鸡皮疙瘩瞬间又起来了："你是说，物怪怕这些丑爬虫？"

琼于点点头："是的。我意识到如此就是因为这间奇特的密室。可以肯定，刘子山将他的心血，那些笔记文稿和画稿都保存在这间密室里是别有用心的。他在患病后期，处在与毒病的抗争中，时而癫狂时而清醒的情况下创作了那些具有象征意义的画稿，他的笔记中也肯定记录着有关'物怪'的内容，只不过文稿太多，我们到现在也没有相关发现。"

咸先生听到这个，想到了怀中的皮夹子，不由一怔。

琼于接着说："想到杨姑娘曾说，她初次到倚山坞时，看到那画着壁画的墙壁被满满的荆棘挡住，这说明物怪能用自己的方式隐藏或者消灭对自己不利的东西，但它却不能毁掉这间密室，说明这些爬虫对它的力量有隔绝作用。我猜到这个后，试着将这些尸皮钉在外面门窗上，此后，苏小姐便不敢再靠近倚山坞。"

"我想到了，当苏小姐知道你们来调查时，她体内的毒病驱使她来这里搞破坏，幸亏你当时把重要的文稿和画作都收到了密室里。后来你把爬虫尸皮钉在门窗上，她就没法进来了……其实是她体内的毒病没法进来了！"镜屏得意地说，"怪不得这园子里几乎没有什么活物，只有池水中的鲵怪。"

琼于点头称是。

众人终于明白那块石头为何要用鳄鱼皮包裹着，也明白了紧要的话为何要跑到这里来说，镜屏这时觉得那墙上风干了的蝾螈也不那么丑了。

"只是，这个弱点对于我们来说只利于自守，想要找到那物怪的所在，施发攻击，还得知道它其余的弱点。"聿元说。

"就算知道了它的弱点，就算灭了它，又有什么用？我肚子里可能已经有千只万只小虫子在爬，以后我吃的炸酱面喝的老骨汤都不是养我，全喂它们了！"镜屏一想起之前看到苏小姐眼睛里爬过的小虫，整个身体都麻起来，忍不住想抓，又不知该抓哪里，急得面红耳赤。

"以我们目前的状况，毒病并没有侵入太深，倘若能及时将那母体除去，或许可以将毒病就此控制住，之后再请名医医治，痊愈是有可能的。"

镜屏急了："我们中毒不深，你可不一样，你喝过览气峰的湖水啊。"

"纵然如此，我也没有冯东循更严重啊。"

"你还跟他比，他早都死了。"

"镜屏，现在可以解释你刚才的问题了：为什么同为患病人，物怪的幻象里却只'记住'了冯东循，而'忽视'了苏小姐。在我看来，冯东循的死并非是因为苏小姐不堪忍受他的狂躁而反抗，也不是他耗尽了自己而被物怪遗弃，而是因为，他已经不被物怪视为自己的一部分了，成了急需除掉的异类，造成这种情况的原因只有一个：冯东循已经试验出了祛除毒病的药方，正当他有所恢复，并想将药方用在别人身上时，物怪驱使另一个毒病感染者苏小姐除掉了威胁。"

在场的人听了琼于的话，无不感到震惊，但又觉得很合理，都陷入了沉默中。

"你这些都只是猜测，毕竟到现在还没有一个感染了毒病又痊愈的人来到我们身边，告诉我们，先如此，再那般，病就好了。"镜屏担心地说，"再者，如果物怪真的能控制被它感染的人，那我们这些人就没法逃离这里，就算逃了，也会像杨姑娘那样，拼了命想回来！"

"你说得对，所以当我们知道了'物怪'的出处，就有可能知道它真正的弱点，只要查清了这个，就可以除掉它。"

"它的出处？这物怪还不是本地的？"镜屏又急了。

琼于看着咸先生，道："先生，是该说出详情的时候了。"

咸先生转向一边，一脸为难的样子。琼于走到她身边，小声道："先生，还记得我说过的吗？有些事发生了，就要去面对。更何况，当务之急是要除掉物怪之祸，至于前人的恩怨，那都是过去的事情了，谁是谁非，我们又何必计较呢？"

咸先生双目紧紧闭着，看得出她的内心正经受着挣扎。镜屏正想催，琼于抬手阻止，说："那是一个很难让人接受的事实，容她再想想吧。"

过了一会儿，咸先生终于睁开眼睛，道："好吧，我说，我的生父不是咸槿，我其实是刘子山的女儿！"

二十八 下南洋

蔚蓝的大海上，一艘张满大帆的船顺着海风不快不慢地驶着。

船的桅杆上高高挂着一面巨大的龙旗，随着海风簌簌而动。船头按品字形站立着三个人，都身着大明官服，看官服品秩，为首的那人是个四品官，不过二十来岁，脸型方正，相貌英俊，一脸志得意满的神情。后面两人一个官秩六品，年纪略大，留着小胡子；另一个着从六品官服，眉目清秀，气质文雅，也很年轻。

这时，一只海鸥飞到船的上空，落在缆绳上。

这时那四品官道："这次朝廷委派我们出使南洋，我也算走了平生最远的一次行程。之前我专门查了本朝出使的记载，除了永乐朝的三保太监，我们三人算是大明朝出藩最远的使节了。"

"大人说得是……"小胡子的六品官刚说话，被那四品官打断："哎，庆彬兄，大人就免了，你我三人要在海外待上一年呢，不如兄弟相称，忘了那些官场的规矩和客套。"

庆彬点头称是，笑道："那我斗胆称两位一声贤弟了。两位都是科场新进，年轻有为，前途不可限量。说起来真有些心酸，子山弟半年前还和我品秩相同，半年间便连升两级，照这升迁的速度，我若不趁这机会叫贤弟，以后怕是再也没机会了。"

子山哈哈大笑起来，道："那是朝廷为了让我出使藩国，才格外提拔。"

"是啊，一想起圣上隆恩，我就感激不已，唯有……"

"哈哈哈，庆彬兄，你是装傻还是真不明白，这趟差使根本就是没人愿意干的苦差，说不定还很危险。这番邦小国如此遥远，要不是当年三保太监曾在彼停留，怕是连我大明在何处也不知道，他们居然会倾慕我中华文明，主动遣使朝贡，还想入附为像琉球那样的属国，叫人不由不去揣测他们的动机。只是我中华乃上邦大国，人家找上门来示好，我们也只好回访。可那些官运亨通，后台过硬的人，谁愿意去那么个毒瘴瘟病流行，与鸟兽为伍的地方啊。朝廷升我官职，只不过不想派一个太小的官员做大明使节罢了。"

"虽然如此，倒叫你我兄弟重逢，趁着年轻丰富一下阅历，不也是一件乐事吗？"那个从六品的年轻官员终于说话了。

"嗯，和咸槿弟又在一起，算是这次出使最大的收获。"子山笑道。

咸槿也笑道："那可不一定啊，没到眼前，谁知道前途会有什么等着我们呢。"

庆彬看着他俩羡慕地说："我早就听说过，湖州府有一对同窗好友，一起读书，一起中举，还同榜中进士，简直是我大明开国以来的传奇，今日得幸和'传奇'兄弟一起办差，也算不枉此行。"三人又笑起来。

这时传来水手的喊声："看到陆地了！"

这藩国的码头很小，竟停泊不了使船，只好由小船将人和货物一点点接到岸上。三人先上了来接的小船，不一会儿便到了岸上，见一群土人，有男有女，穿着简陋的衣服，跳着奇特的舞蹈等在那里。庆彬看到跳舞的妇女居然赤裸着上身，只用粗布遮住下体，那硕大的乳房随身体晃来晃去，羞得赶紧用袖子掩住脸。子山笑道："据说这藩国没有男尊女卑，也不用避嫌，只要家中殷实，男女皆可多娶。年轻男女哪怕只见过一面，只要两情相悦，即可共宿一屋。庆彬兄，你可要好好把握了。"

庆彬听这么一说，又忍不住到处看起来，说："这里的妇女长相也有好有丑，只是都有些黑，我还是喜欢皮肤白白的女人。"

这时，为首一个高大的土人先迎到岸边，行了一个当地礼节，三人抱拳回礼，各自上了岸。有翻译走上来，先问清三人是何身份，又介绍那高大土人乃本族大祭司，并说他们首领已经在宫殿等候，又转达了两边的问候之礼，便请三人随大祭司先行回去，其他随从和货物自有人照顾。刘子山正要走，看到那大祭司身后的仪仗兵里有一个姑娘来回穿梭，穿着虽然特别，但装饰华丽，色彩鲜艳，显然身份很不一般，而且她的肤色很白，明显与周围的土人不同。她身后跟着一个矮壮的青年土人，穿戴虽不及姑娘，但也比那些仪仗兵要好。

咸槿小声问翻译那姑娘是谁，翻译说："那是大首领的女儿，相当于上国那里的公主。上国大人可知道吗？当年曾有个跟随郑和大人同来的侍女，后来留了下来，并嫁给了当时的大首领，也就是公主的祖母，生了如今的大首领。而大首领因倾慕中华，又和来此做生意的中国商人之女联姻。"

"哦？"三人都很惊奇，子山忍不住多看了几眼："怪不得这公主遗传了中土风貌。"

翻译道："她听说今天有中华人物前来，特地跑来看一看。跟着她的青年人是专门伺候她的'赫巴布'。"

"什么，让一个年纪相近的后生伺候公主，这还不出乱子？难道，你们这里的赫巴布也是没有那个的？"庆彬仔细看了看那青年土人的裤裆。

翻译哈哈大笑起来："上国大人错了，能做赫巴布的人都是经过仔细筛选的，他们从小信仰古姆神，心地纯洁得像海一样，是唯一不可能有男女欲望的人。"

庆彬不以为然："男女之爱是人之本性，除非被净身，否则怎么能保证没有这心思。"又坏笑着对翻译道："我听说有一些药草能降低那种欲望，有些和尚就将之掺到饭里，吃长了也形同净身了。你们这边肯定也是如此。"

翻译一愣："上国大人懂得真多，这么说来，做赫巴布的人从吃奶时就被喂着一种树汁，一直吃到十二岁，到底是什么只有大祭司知道，想来，可能就是您说的那种药。"

庆彬和咸槿对视一眼，得意地笑了笑。子山白了他俩一眼："不问风土人情，倒对这些下流事很感兴趣。"

这时那公主也看向这边，只见两只秀丽的眼睛正灵波微动，细眉小嘴无不恰到好处。刘子山忍不住感叹道："不管海内海外，美人都是长得一样啊！"

咸槿对庆彬笑道："还说我们下流，他也只会看美人。"

翻译道："她可是首领的哩噜，若是按上国语言，可以称作掌上明珠！"

"咸槿弟，我们到这里多久了？"

子山和咸槿、庆彬坐在一座棚屋里，看着远处的棕榈树和一望无际的大海。

"这藩国一年到头都酷热无比，没有四季之分。我一直按中土历法记着日期，不然我也不知道。我看看，哦，到明天就五个月整了。"

庆彬惊了："什么，这么久了，那番王到底什么意思，怎么还没个定论？"

子山也有些恼怒："要么向大明按期朝贡，立为定制；要么各安天命，我们也好快点回去。老这么拖着，岂不是藐视我们天朝使臣！"

庆彬道："据我暗中观察，这藩国的政体虽与我中华不同，可权斗党争的形势与我们一般无二。他这里表面上虽是那号称首领的番王为主，可那大祭司的权力也很大，因为这里番民愚昧，那大祭司每每便借着天神、古姆神的名义发号施令，可以说是为所欲为。大祭司有他自己强大的势力，已经能与番主分庭抗礼了。

这番主的先王曾随三保太监的使船去过中华，朝觐过永乐皇帝，从小就对他说起中华风貌，令他非常向往。那位先王曾带回来一些种子、医生和铁匠，种出来的西瓜被他们奉为神物，这些年来种子也没了，医生和铁匠也都死得差不多了，这里便仍然荒蛮无知。

眼下的事态，是番主较为开明，想借与中华建交，一改本邦积弊陋习。他打算向大明定期朝贡，换取大明允许其内附，最重要的是向其输出中华文明、工匠技艺。但是此举遭到了大祭司的强烈反对，很明显，愚昧的子民最容易驾驭，倘若开启民智，他想再借鬼神欺蒙上下就不容易了，当然还有其他很多利益纷争。总之，我等要想建功，就要帮助那番主打压大祭司的势力，坚定他与大明建交的决心。"

咸槿一脸忧虑："可是这样，我们就卷入了他们的内政，万一此消彼长不由我们控制，只怕会引火烧身。"

子山"咳"了一声："算了算了，不说这烦心事，我们喝酒。"

这时，赫巴布进了屋子，对三人呈上一张纸："大林，系，哩噜，系！"

子山笑道："不是系，是信。"接过那张纸一看，又笑了起来："这是哩噜写的信，你看她多聪明，几个月间，汉字居然能写成这样。反观赫巴布，到现在连一句完整的汉话也说不出来，真是蠢得可以。"

赫巴布虽然不敢也不知道如何反驳，可他也能听懂对方在骂他，趁着低头白了他一眼。

庆彬道："这都是槿贤弟教得好，看来对美人教得用心，没顾得上教奴才，呵呵。对了，槿贤弟一来就被那公主请去宫里做老师，她对你如何？我进宫见那番王时，常见到她背你写的诗，还拿着你送她的书本毛笔爱不释手，看来不用多久就要招你做驸马了！也难怪，他们这粗鄙之地，哪见过像槿贤弟这样风度翩翩的美男子。"说着大笑起来。

子山没有笑，而且脸色变得很难看，他怕被看出来，装作看信低下头去。

咸槿笑道："庆彬兄不要玩笑，哩噜与她父王一样倾慕中华文明，而且又聪明，写字看书都过目不忘，所以学得快。再者，这里面也有子山兄的功劳，哩噜也很喜欢跟他学画画。对了，子山兄，信上到底说什么？"

子山"哦"了一声，说："哩噜说她新学了一首荷花诗，她没见过荷花，请我去宫里教她画。"说完就起身要走。赫巴布疑惑地看看咸槿，被子山强拽着离开。

过了一会儿，庆彬起身如厕，走到门外，见地上有张纸，捡起一看，落款是"哩噜"，原来是子山将信丢了。他大略看了看，不由坏笑起来，抬头看向子山离开的方向，因为那信上明明写着："请咸先生大人、刘先生大人去东边海角游玩，哩噜准备了椰酒和烤鱼敬候。"

子山跟着赫巴布往东海角走去，途中穿过一片丛林，只见林中一片空地里搭着台子，台子上摆着一些石台、雕像，周围有土人士兵把守，台子上则有一些土人在跳巫舞。子山问赫巴布那是在做什么，赫巴布嘟囔了半天也说不出一句完整的汉话，正巧这时一直接待使者的翻译来了，子山便又问他，那边在做什么。翻译道："那是我们的祭坛，那些人在行祷祝舞。"

"祷祝什么？"

"请古姆神赐给中间的那个青年神力。"

子山不屑地笑了笑："有了神力做什么？把全族的活都干了？"

"我族中常有老人小孩得破疮病，以前从中华上国来的医生能治这病，后来医生们都相继去世，便再也没人会治了，只是有他们收的本族的徒弟，虽没有尽得老医生真传，也能凑合着看看。据他们反复试验，发现西边那座高山上的一个洞里有一种特别的蝙蝠，用它的粪涂在破疮处就能治好。只是那蝙蝠洞处于高山绝壁之上，平常人根本上不去，所以要请古姆神赐给勇士神力，由他去采些蝙蝠粪回来。"

"被祷祝的勇士收获如何？"

"确实能采回来不少，只是……"

"只是什么？"

"那些勇士回来后往往会变得越来越狂躁易怒，身体也越来越虚弱，有的慢慢衰竭而死，更多的则是控制不住自己，常骚扰别人，被关被杀的都有，更有甚者，会莫名其妙再去爬那蝙蝠洞，或者摔死，或者死在洞里。"

"这……那谁还敢做这勇士？"

"一开始他们并非自愿的，他们都是犯人或奴隶，被大祭司关到一个地方几天，不给吃喝，说是为了让身体干净，回来后再由大祭司对他做这种祷祝，然后他便有了神力，也不用别人逼着，自己就赴险去采药。"

子山开始觉得不可思议了："这倒有点像我中华习俗，在做重要祭祀前先斋戒数日、沐浴更衣。只是我们那边是因为诚心才如此行事，若本来是犯人，被关起来几天就变得心诚志坚，实在叫人难以理解。关他们的到底是个什么地方？"

翻译说他也不知道，只知道是一片山谷，很少有人去过，后来被大祭司派兵把守，更没人进去过了。这时赫巴布结结巴巴地说了好长一段话，说得翻译一脸惊疑。子山忙问他说了什么，翻译道："赫巴布说他曾有个朋友叫布阿，因与人口角打伤了人，成了犯人后被大祭司选为勇士，被扔到那片山谷。里面什么吃的都没有，又不敢逃出来，只好到处转悠。他实在饿得慌，竟抓住一条蛇生吞了下去。可之后再也找不到什么能吃的了。到了夜里，转到一条溪流边，月光下能清楚地看到水里面有许多大鱼，他便想抓鱼吃。可那鱼很奇怪，看着游得特别慢，用削尖的树枝插过去，却总是插空，好像它们一受惊吓就机灵了。那犯人追着一群鱼往上游去，到了一个瀑布前，眼看着那么一大群鱼就停在那，走过去一看就没了。他又饿又累，就在附近找了个石头睡着了。后来据他说，他夜里做了个梦，梦见附近的草木都活了，对着他张牙舞爪的，其中一个不知是花还是草的东西伸出一个长着牙的花瓣将他整个吞了进去，他这一吓就醒了。这时外面传来海螺号角的声音，那是通知他可以出去了，他出去才知道，自己居然睡了整整三天四夜了。"

子山问："后来呢，他也异常神勇，去采了许多药回来？"

翻译又用当地话问赫巴布，赫巴布又比画着说了好一会儿，说话时神情惊惧的样子，翻译也听得一脸惊恐。

"后来到底又发生了什么？"子山急切想知道下文。

"发生了很离奇的事。"

"他也像其他人一样，变得狂躁，没事往蝙蝠洞跑？"

"不，似乎他是个例外。他先是采了药回来，自然前罪俱消，大祭司还赏了他许多礼物。但他是个很好奇的人，想起那个恐怖的梦，实在太像真的，就想弄清那几天在山谷里究竟发生了什么。这种好奇折磨得他实在难受，所以他就准备了几天的食物和工具，自己偷偷潜进那片山谷，刚开始，他怎么也找不到那条溪流，一直忙到晚上，他像是记起来路了，凭着印象真的又找到了那条溪流。令他意外的是，他又看到了那群鱼，没错，那种游起来笨笨的大鱼，好像连条数都和上次一样。他跟着鱼往上游走，不一会儿便又到了瀑布附近。他明白了，产生怪异的地方就在这附近，可他仔细查看了周围的一切，除了山石草木、瀑布溪流之外，没有什么特别的。他再无别计可施，只好又找到上次的大石头睡觉。

果然，夜里他又做起了奇怪的梦，据他事后说，这次梦到的倒不算恐怖，反而让他觉得很舒服。他梦见了许多他想要、想吃的东西，梦见他喜欢的姑娘居然答应陪他过夜。他事后对赫巴布说，要是能一直做这样的梦，就算醒不过来也没关系。

最后，他竟梦到他的阿婆又活了……只不过那时的他以为那是真的情景。阿婆还像以前那么疼他，给他削甘蔗，他高兴地接过来。阿婆又做蒸鱼饭给他吃，做好了之后便唤他来端碗，他像小孩子一样蹦跳着跑过去。谁知碗太烫了，阿婆没拿好，碗失手了。眼看碗在空中坠落的时候，他猛地一伸手想接，就听见一声像是野猪一样的惨叫，他自己周身也一阵猛烈的疼痛，便惊醒了。

他赶紧摸摸身上，这才发现自己手里攥着短刀……那是他揣在身上防身的，肯定是梦里接甘蔗的时候下意识攥住了。自己并没有什么异样，便奇怪那惨叫声到底是梦还是真的，往周围看了看，也没看到什么特别的，只是在附近看到一段被砍断的草茎，那草长得很奇怪，他以前从来没见过。他捡起来看了看，见茎秆切口的地方居然流着红色的汁液，赶紧将它扔了。

之后再没发生什么奇怪的事，他也平安回去了。只是他还是没能逃脱厄运，因为自他之后，大祭司再派犯人去那片山谷，回来后接连出现犯人逃跑的情况……似乎祝祷和神力不起作用了。大祭司于是怀疑布阿做了什么，又将他抓起来，拷问之下，布阿只得将详情说了。大祭司十分恼怒，当即就将布阿扔进潭水里喂了鳄鱼。"

"布阿到底做了什么特别的？难道是无意中砍断了一棵草？"

"这我就不知道了。"

"既然不灵了，怎么现在又弄起这种仪式？"

"很奇怪，过了一两年后，神力又回来了！"

"……"

"是真的，半年前大祭司抱着试试的态度再派犯人进去，犯人出来后又能爬上蝙蝠洞，之后又会变得狂躁，直到死去，就像以前一样……这让我也不得不信服大祭司了。"

"这古姆神出门游玩一阵又回来了。"子山带着讽刺的口气说，他虽然不信这等怪力乱神，可也说不出到底是怎么回事。他不由向祭坛那边看了看，正看到那个高大的大祭司也看着自己，虽然离得很远，可还是明显看到了那双眼眶中的寒意。

一片海滩边支起了篷子，篷子边有几个土人在敲着一种外形很特别的鼓，那鼓像是用椰子壳做的，伴随着鼓声，几个土著女人跳着土著舞蹈，另几个土人来回忙着，伺候着篷子里坐着的一男一女。

"刘先生大人，咸先生大人怎么没来？"哩噜亲手接过赫巴布端过来的烤鱼，摆在刘子山面前。

"呃……他昨日吃坏了肚子，不愿出门。"

哩噜一脸遗憾的样子，刘子山看她那样，故意问她："哩噜，你说是你们这里大，还是我中华大？"

"刘先生大人，我正想问你这个，你们中华到底有多大？"

"我中华北至大漠，南至交趾，东西不只万里，一国之中，就分春夏秋冬；一省之民，便有百万之众。"刘子山啃着烤鱼，喝着椰酒，不禁有些飘飘然。

"那刘先生大人的家在哪里？"哩噜用手托着腮，忽闪着大眼睛问。

刘子山看着她纯真可爱的模样，心里忍不住躁动起来，他咳了一声，道："哩噜，别这么啰唆，要么叫先生，要么叫大人，而且无须道姓。"

"好好，大人的家一定在一个不冷不热的地方，那里的人也都像大人一样会写诗，会画画，会说笑话吧。"

"那倒未必，只不过历代的状元榜眼总是我们那里多。我家在大明最富庶的地方。"

"我听说你们那里养一种白虫子，虫子长大了就吐丝，你们就用那种丝做衣服，是真的吗？"

"是真的，看，这块帕子就是那种虫子吐的丝做的。我的家乡之所以富庶，就是因为会养这个虫子咧。"刘子山却看哩噜越觉得可爱，只好多说话来掩饰自己的心跳："说起来，我家那里有一点倒和这里很像，出门常常要坐船。"

"啊？我可烦死坐船了，我就是在船里出生的。我还想去你家玩呢，能不能不坐船，我要骑马，我从来没见过活的马。"

"哈哈哈，好啊，假如有天你真去了我家乡，我专门造个不用坐船出门的宅子接待你。"

哩噜欢喜地跳起来，学着汉人的样子抱了抱拳："大人，一言既出，驷马难追！"

政变了！

虽然最近的气氛已经很明显地显现出将要发生大变的征兆，可真的发生的时候，当一群土著士兵闯进大明使者的驿馆的时候，刘子山等人还是惊得目瞪口呆。他们三人连同其他随从，都被押去了王宫。

王宫早已处在一片火海中。巨大却快要烧成废墟的宫殿前，明朝使者跪成了一片，大家面面相觑，都不知如何是好。这时兵丁推推搡搡地押来一个土人，那人五十来岁，略显肥胖，皮肤显得很细嫩，打扮得很华贵。一个士兵用枪头猛地一戳他小腿肚子，他忍不住痛，扑通趴倒在地上，脸正好朝着咸槿。咸槿大惊失色："大首领！"

子山也看到了番主，怒视着对兵丁道："你们竟敢如此无礼！"对方听不懂他的话，只是用枪尖威胁，用土著语言呵斥他。

那番主爬起来，流着鼻血，对兵丁们说了几句话，似在谈判，却招来另一个兵丁用标枪的杆猛打他背部，打得他脸重重摔在地上。

"他说什么？"子山问身边的翻译。

"番主说，只有向大明朝贡，互通使者，向大明学习耕种织布，学习如何抵御强敌，才能给我族赢得未来。兵头说，你是最不该成为首领的人，你把我们引入了歧途，我们要替族人找回原本的土地和生活！"

"他们反了，他们果然反了。"庆彬低声嘟囔着，"我事先多次提醒，大祭司妖言惑众，权高盖主，需尽早除去，这话要是在我大明，圣上就算不听，也会有所防范，可这番主昏聩得紧，就是不听！"

咸槿叹了口气："他听了也没用，他早就被架空了。这里从上到下都被那些祭司巫佬们愚弄惯了，简直是一呼百应。"

庆彬道："现在他们已经成功了，听命于番主的人都被杀光了，这番主必死无疑。我们该想想自己如何身退。"

"我们是大明使节，他们不敢贸然杀我们的……吧？"子山明显有些不自信。

"你没看见？这是一群被蛊惑的暴民，随那大祭司凭口乱说，他们只听他的。"

"哈哈哈"，咸槿忽然笑起来，道，"子山兄，我们若是死在这里，你有何感想？"

"那……很好啊，小时候和槿贤弟一起读书，少年一起考中秀才、举人，直到同榜中进士，又一起来此为使节，如今要是还能一起死，那得是多少世才能修来的缘分啊！"子山也笑了起来。

一旁的土著兵只顾羞辱那番主，不时又有几个兵丁加入进来一起看热闹，又有几个被叫走干别的，倒没顾上这边的人说话。

咸槿又跟着笑笑，道："子山兄，说句一直藏在我心里的话：其实我一直很佩服你作的八股文，但对你的诗词并不怎么欣赏，还有你的画，匠气太重，都是照搬风景，毫无意境。"

"呃……你的诗倒是不错，只是太多感慨，以你这样的年纪，哪来那么多愁苦啊，分明是'为赋新词强说愁'嘛。"

"哈哈哈，我又想起了当年我俩读书的时候了。"

两人忍不住大笑起来，笑得那群土著士兵莫名其妙，只是听不懂他们说些什么，且大祭司还没来，他们不敢贸然处置这几个中华使节，只好又吼了几声。

"我说两位爷，眼见屠刀就要下来了，真能这么洒脱吗？"庆彬道："咱们还不快想想怎么走？

"庆彬兄，你有主意？"咸槿问。

庆彬压低了嗓音说："前两天，番主见我烦闷，曾派两个小侍卫陪我划船去海里钓鱼。今天早晨才回来，船就拴在咱们行馆附近的河边。船舱里有我捕的十几条大鱼，小侍卫还帮我都抹了盐巴，还有不少钓鱼准备的干粮，那船上还有灶具……"

"别啰唆，快说怎么办！"子山打断了他。

"只要能将船划到海上，食物足够我们三人吃上五六天了，这些天刮的风向定能将我们送回最近的大明海哨。"

"我是问怎么去小船那！"

如盘的月光照着茂密广阔的丛林。

　　林中有一条溪流，被月光照得通亮。这时一只萤火虫慢慢飞来，沿溪流往上游飞向一条瀑布，月光在这里没有遮拦，白瀑又将月光反射，照亮了周围，照出了岸边一株花草。萤火虫在瀑布边转而向一侧飞去，最后停在了这棵草上。

　　那棵草被月光映得很清楚：约有半人高，长着几片宽大的叶子，只看叶子倒像是缩小了的芭蕉树。叶子中间长出一根细长的茎，茎上长出两片红黄相间的扇形大花瓣，只是还未完全展开。细看之下，那并非真的花瓣，而是长得像花的另一种叶子，因为它的边缘长着细刺。两片假花之间，有一束长满短刺的条状东西，就像一条毛毛虫趴在那里，那才是它真正的花穗。

　　忽然，一条细长的黑影飞到花上，原来是只小树蛇，它定是被那萤火虫吸引，想飞下吞之，只是就在落到假花瓣上那一刻，那只萤火虫忽然不见了。

　　这时，草叶竟自己晃动起来，小蛇被甩到水里，随水漂流而下，路过一阵嘈杂声，远处的火光将这里的水面都照亮了。

　　水流太快，小蛇想靠岸却不能够。这时，一条小棚船从侧旁的支流里划了出来，上面划桨的人显然是个生手，将船划得摇摇晃晃。

　　船上有三个人，船头和船尾摇橹的是刘子山和庆彬，中间靠棚站着，高挑着灯笼的是咸槿。三人都十分紧张，子山边划桨边道："幸亏大祭司忙着带人清剿政敌，那些土兵胡乱将我们关了起来，我们才能逃脱，不然等大祭司回来，我们就凶多吉少了。"

　　"现在也是凶多吉少……他们发现后定会追上来，可我们划得太慢。"庆彬这话是暗示咸槿别光站着，也搭把手帮着一起划。咸槿这才领悟，也捡了把备用的桨划起水来。那小蛇一直跟着小船，这时赶紧快游几下，趁着桨头没进水里的一瞬间，先缠上桨来，又顺势爬上船舷，瞬间游入了船舱中。

　　船顺水又走了一会儿，竟遇到了急弯，水流陡然快了起来。幸亏子山和咸槿一起奋力用桨抵住转弯处的山石，船才没有撞到石头上。过了这转弯，前面便是入海口。

　　"进海了！"后面的庆彬兴奋地叫道。

　　"谁在那？！"咸槿听到船舱里有动静，忙挑着灯笼往船舱里看，刚想再喝问，却止住了：原来棚子里缩着一男一女两个人，正是哩噜和赫巴布。哩噜的大眼睛里闪着既有求助又有怀疑的眼神，显然在这个时候，她谁也不敢相信了。

那两人也伸头进来，然后都呆住了。

还是咸槿先开了腔："现在怎么办？"

"怎么办？还用说，不能留下他们。"庆彬看着两个人吼道："那帮土人可是在造反，他们刚杀了番主，此刻必定到处在搜杀他的家室余党，他们若发现我们和这姑娘一起失踪，必会派船来追！"

"不能留下？那你想怎样？"子山扭头冷冷地看着庆彬。

庆彬想了想，咬了咬牙："把他们推到海里！"他还怕子山误解，赶紧又道："他们都会游水，会自己游回岸上，之后必会被土人捉住。到时他们便知道我等不愿惹麻烦，或许不派兵追了……我们也算没有亲手杀他俩。"

"胡说！吴庆彬，亏你还是我大明朝的使臣，也需懂得些礼义廉耻吧，这等只顾自己、见死不救的事你也干得出来？说起来，今天这种局面你也有责任：你一味想促成建交，做成你的功劳，却罔顾现实，这番主还不是因为你劝他早下决心除掉那祭司，才逼得大祭司铤而走险。"

他这话骂得吴庆彬满脸通红，咸槿也帮腔道："是啊，我们是中华使臣，受的是孔孟先圣的仁义教诲，这番主和他女儿一心向往我大明，我们不能相助也罢了，决不能再行此不仁不义之事！"

"好好，反正你是使节之首，你说怎么办就怎么办吧，我就听天由命了！"吴庆彬"咳"了一声，挪到船尾摇橹去了。

"刘先生大人，咸先生大人！"哩噜明白了他俩的意思，扑过来抱住他俩的腿哭了起来。

"哩……"咸槿刚想说话，子山却对哩噜道："哩噜，你的国家已经不复存在了，你们的家族也只剩下你自己了，以后你就跟着我吧，你的家就在中华，在江南水乡湖州府，你就叫作丽奴，好不好？"

"好，丽奴跟着刘先生大人！"

片刻后，小船朝着苍茫无边的黑色大海，向紧挨着海天交界线的巨大月轮慢慢划去。

二十九 诗谜新解

夜更深了，琼于看着密室门外的方向，对众人道："估计再有一个时辰，月亮就能升到谷口正上方了。"

众人显然还没有从刘子山的故事里回过神来……这种结果未免太叫人意外，咸先生知道这种真相时，心里的震惊和痛苦恐怕是无法想象的。只见咸先生从怀中拿出一个 皮夹子，从里面抽出一叠写满字的纸："这是昨晚在这里查看刘子……倚山樵的笔记时发现的。这本笔记可以说是倚山樵的一部完整自传，前半部详细记载了他作为大明使节出使南洋的经过，以及回湖州后设计和修建榴园，与丽奴和昆仑奴，也就是赫巴布一起生活，专心研究诗文画技的事……这部分文稿并不完整，而且修改较多，有些章节段落一再增删，能明显看出他遣词造句的用心，显然这些只是草稿。而后面的内容则记得很简略，能看得出是不假思索的照实记录，记的是他生命最后的一段时间里，渐渐感觉自己有了奇怪的毛病后的经历……那是和冯东循类似的经历，不用我说，大家也应该能猜到了。"

咸先生吐了口气，她接着道："我的分析，倚山樵本来是很用心地想写一部自传一类的书，所以前期写作非常用心，但后来发生了意外，让他觉得时日无多，所以趁越来越少的清醒时刻将事件记下来，并在自觉大限到来之际，慌忙将所有文稿归拢在一起，用他认为安全的方式藏了起来……而这也造成了其中一部分文稿散失在皮夹以外，混在了其他文稿中，被萧风郎翻阅时看到。

"而这些被萧风郎看到的文稿中，正好记载了倚山樵患病初期，变得多疑起来，开始对频频来访的'家父'表现得越来越厌恶，甚至明文写道恨不得杀了'家父'。然而，这些都不是倚山樵的本意，因为我在鳄鱼皮夹子里看到了后续的文稿，里面写道：倚山樵在生命的最后阶段，开始对他怀疑自己多年的朋友以及后来不时虐待家人而深深自责和悔恨。

这些笔记，让我们了解了榴园第一任园主的前事，知道了那可怕物怪的由来。

同时，也让我更清楚了我自己的身世。"咸先生平淡地说着这些话，但众人都明白，在她没有太多表情流露的面容下面，是她强忍着的激动和不安。了解内情的人都能猜到，此刻她的内心存在着痛苦的疑虑：刘子山到底是怎么死的？如果是被物怪损害精气，最终油尽灯枯，那反而是容易接受的情况。可显然，还有着别的可能。

那必是咸先生无法接受的！

琼于正想说话，咸先生先问道："琼道长，以你的机智，到了现在定是已经知道了倚山樵的死因了吧。你说了，有些事发生了就要面对，所以，请先告诉我吧！"咸先生郑重的样子，像是在表明自己已经准备好坦然接受了，她不会像众人想得那么脆弱。

琼于看了看她，反问："难道赫巴布没有告诉你实情？"

"……原来你都猜到了。不错，在你们去探龙洞时，赫巴布现身了，他显然对我的长相与丽奴如此相似很是惊讶。只是多年来独自在野外艰难的生活，他已经很难与人正常交流了。我只能简单地求证关于家父和倚山樵出使南洋的事，看来笔记所载都是实情。但当我问他到底倚山樵是怎么死的，他很悲痛，反复哭喊着丽奴和大人，然后指着山外不停对我说'走'。后来你们回去找我，他听见你们的动静便又躲了起来，看来还是不敢见生人。"

"他躲着我们未尝不是一件好事，或许正因如此，他可能成为今晚事情的关键！"琼于说着，意味深长地看了看咸先生，咸先生与他对视一眼，一时不明白这话有何隐喻。琼于只好又说道："再回到适才的问题，在我看来，刘子山、丽奴和咸槿……恕我直呼先人名字，他们之间存在着复杂的情感关系，犹如二十多年后冯东循、苏巧仙和萧风郎之间的翻版，而刘子山的死因也与后者如出一辙：他的死定是与丽奴有关！"

整个大厅一片死寂，众人似乎听到了咸先生剧烈的心跳声。

"想想令尊的那首诗：

弦断琴停谷雨暇，

旧友长回小婚家。

遥盼笑招昆仑奴，

顿首急情指啊啊。

登亭叩拜新夫人，

风摧冰絮玉成沙。

迷园风深隔墙香，

只道离离忘情花。

"答案已经在诗里面了。

"那一天，咸槿来榴园时远远地看见赫巴布'顿首急情'的样子，便知榴园里出事了。由此，也排除了咸槿于刘子山之死的嫌疑，因为如果他是凶手，昆仑奴见到他要么心怀怨恨，要么畏惧闪避，断然不会'指啊啊'地想寻求帮助，甚至，连这首诗也不会存在了……杀人凶手怎么会写下一首叙说自己行凶的诗呢?

"咸槿叩拜的'新夫人'无疑就是丽奴，而'风摧冰絮玉成沙'则是用象征的手法表现丽奴所受的虐待。诗的最后两句含义隐约，叫人浮想联翩。我认为最可能的情况是，咸槿第一次看到了用来隔绝物怪的高墙，并对此产生了疑惑，对丽奴问起那高墙，以及外面飘来的奇怪香味是怎么回事，而丽奴只答说那是一片叫人'忘情'的花。

"让我们揣摩一下咸槿彼时的心情吧：他显然已经猜到发生什么事情了！只是，他并没有采取什么过激的行动，因为面对那样的情况，他实在不知道该如何是好了。文人的思绪总是敏感而又复杂的，当他对眼前的事很无奈时，除了嗟叹，或许也只能用一首诗去记录彼时的情景。由此，我猜想咸槿并没有追究此事。至于丽奴的下落如何，我还不能确定，但从咸先生最终被咸槿收养来看，她怕是早已经……"

咸先生的眼泪终于止不住地流了下来：虽然这两天所知的线索已经渐渐让自己预料到如此，可真的面对时，还是充满了无法言语的痛。原来自己一直生活在谎言里，多年来，对亲生母亲和她的命运有过各种想象，现在看来那都多么可笑啊，最终的样子却是那么出人意料，那么无情。

镜屏见咸先生如此动情，走过去想安慰一下，咸先生却赶紧擦干泪水，镜屏知道她要强，只得由她。

此刻，一个黑影从密林中闪了出来，又快速进了榴谷谷口。月光下，只见这影子全身都覆着乌黑的鳞甲，长着一个又宽又扁的怪头，看上去像是爬虫一样的物类，却用肉脚直立着行走，慢慢向榴园靠近。

琼于深深地吸了一口气，感叹道："这件案子，到现在终于明白我们的对手，所谓的'物怪'究竟是什么了！

"它是原产于南洋的一种极其独特的花草，诗中已经称之为忘情花，那我们姑且也如此称呼它吧。忘情花有着像我之前所说的那些恐怖力量，只是它对生长环境要求十分苛刻，这也就限制了它的生长和蔓延。当它在机缘巧合之下长到一定规模时，便可以对外施发那种力量。那大祭司定是知晓了它的习性，便将犯人放进它生长的山谷里过上一阵，那犯人极有可能便染上了毒病。而那个蝙蝠洞里可想而知定是也有这种矿物，被感染的犯人才会被驱使着'发挥'出超常的能力到达那里。

"布阿事先吃了蛇，与花毒相克，所以他受到的感染最低。至于他看到的鱼，也和我们看到的幻影一样。

"而从咸槿的诗中可知，他是看见过忘情花的样子的，只不过那个时候还只是花草的样子，力量有限，无法很快感染像他这样的客人。因为诗中用了'离离'，那显然是形容野草的，可见那长得像芭蕉一样的巨草在初期就和一般的野草差不多。"

镜屏不耐烦地说："那玩意儿的德行我们听得不少了，你倒是快说说我们怎么灭了它。"

"在我看来，忘情花的致命弱点就是它的自身：它力量再强，也不过是草木之属，它是无法直接对人进行肉体攻击的！这一点，在这幅壁画里已经被表现得很明白了：魔鬼不管是引诱、怂恿还是驱使书生，最终下毒手的还是书生自己！咸先生，想想我们初入榴谷时，以及后来不断听到的那些声响，其实根本没有那些声响，那是我们的精神在物怪的暗示和引诱下，自己想象出来的声音。"

"我不明白，我们明明都听到了那种细若游丝的声响，我也清楚听到了'召唤'的声音啊，若是按你的说法，怎么可能所有人都会有同样的听觉？"

"想想，如果你在深夜静处时，是不是总觉得耳边不断地听到'嘶嘶'的声音？当你想弄明白事情到底怎么回事，比如这种声音来自哪里，那你总不免会有'去声音那里看看'的想法，这种想法被物怪加以利用，成了它对你发出的'召唤'！"琼于强调道："物怪只是控制了人的意念而已！"

所有人都露出了疑惑的表情，显然这种说法只会让他们更糊涂。镜屏道："控制了人的意念，不就是控制了这个人吗？人干什么不都是先有了意念才会去做？

除非他是个木头人！"

"不，我没有再说废话。试问，在冯东循入主榴园的时期，这面画着壁画的墙为什么会被荆棘挡住？"

"那自然是忘情花施发了它的邪恶力量将壁画掩藏住。"

"可为什么在萧风郎铲掉荆棘后，这面墙就不再被掩藏了？"

"……"

"因为，忘情花只是花草，它只有像人一样生存的欲望，想通过控制别的活物维持它的生存，可它没有像人一样的眼睛，更没有像人一样评判分析的能力，也就是说，它其实并不理解什么会对它构成威胁，壁画的存在会对它不利，是它从被控制了的刘子山的意念那里知道的！

因为刘子山自己清楚他在做什么，他想用这壁画倾诉他的痛苦，最重要的是向后人警示物怪的存在，那个时候他成了物怪的傀儡，无法直接将这种感受写下来，只得用象征的手法创作壁画，还使用了能让画面随光线而变化的独特技法，以为如此便能躲过物怪的'监视'，然而他想错了，只要他怀着这样的目的去作画，物怪就能感觉到，然后它便将这壁画用它的方式掩藏起来。

而萧风郎和苏小姐并不了解画家的创作意图，在他们看来，这只是一幅会昼夜变化的神奇而恐怖的壁画而已，何况萧风郎有高深道术护身，所受的感染或许并不重，物怪无法从他们的意念里得知'这幅壁画会威胁到自己'这样的信息，也就意识不到壁画的存在了。"

众人又一次被琮于的说法惊得目瞪口呆。

"有点明白了，你是说忘情花不但能控制染上毒病的人，还能像老天爷一样知道那人心里在想什么，知道了人家心思，就更方便控制那个人！如果真是这样，那它干吗不干脆点，驱使刘子山在没画完壁画之前就一头撞死得了！"

"镜屏此问非常有趣，在我看来，物怪就像一个有着无限贪欲的人一样，想要将更多的猎物聚拢到它的力量下，而当可供驱使的傀儡较少时，它只能在玩弄傀儡的时候有所收敛，直到有了新的猎物，就像冯东循一样，只有当他带来苏巧仙后，物怪才会'允许'他死去。可想而知，彼时刘子山正处在这种两相对峙的情况下，他也清楚物怪只会不断折磨他，但还舍不得折磨死他，他是趁着一丝理智尚存时画完了壁画。"

众人被这种说法惊得毛骨悚然：活生生的人居然成了草木的玩物，这种事想想都足以叫人发毛。

镜屏想起什么，又道："可如果是这样，我们的处境岂不是更不利？我们都染上了毒病，不管想什么它都会知道……只要我们怀着想害它的心思去找它，它就会先下手，比如驱使你拿剑砍我，又或者让我自己割自己手腕，最起码它也会先躲起来……师兄砍了它一剑后就再也找不着它了……"镜屏瞪大了眼睛："说起这事，奇怪，师兄为什么能伤了它？"

琼于看看咸先生，咸先生像是想到了什么："对，正是如此：聿元子事先并不知道物怪的存在，他也不是怀着想要伤它的目的去了高墙外；布阿也是这样，他在梦中下意识伸手时，手中正好握着短刀……也就是说，那些成功伤了物怪的人，都是在不经意间完成的！"看到琼于轻轻点头，她却担心起来："可若是如此，我们更难办了，我们这些人现在都已经知道了整件事情的始末，怎么可能怀着想害它的心思靠近它，却又在不经意之下达到目的？真是两难啊！"

聿元听得云里雾里，索性一拍手："快别这么麻烦了，我有个办法，咱们多堆些柴禾，把这一片山谷烧个干净，别管它真身假身，怎么也都烧死了！"

镜屏刚想说好，琼于摇头道："这有几点不好，一者，这么大的火很难在事后控制火势，很可能引发山火，那整个苍峰山的生灵都要遭殃了；二者，如此这般到底能否将它诛灭并不确定，想想吧，忘情花尚只是种子时，便被刘子山他们带到这里……当然是在他们不知情的情况下，慢慢长到现在的规模，其间还有多年蛰伏，可想而知它生命力多么强大；三者，我怀疑这个计划我们根本实现不了……我们这些人都已经或多或少感染了毒病，如今要完成这么一件大事，要事先做很多准备，这期间肯定会被它阻挠，又或许逼得它提前传花授粉，扩散到别处亦未可知。"

镜屏又白了聿元一眼："瞧你这馊主意。可到底怎么办嘛？"

"我去！"琼于看似很平淡地说。

"什么？这怎么行，你也感染了毒病啊，而且你喝过龙洞里流出来的水，恐怕你受的毒是最深的了！"

"正因为如此，我才更有可能找到它。试想，如果你拥有知晓别人意念的力量，你是愿意让一个正常的人接近你，还是一个被你牢牢'控制'了意念的人接近？"

咸先生明白了："染毒病越深的人，越容易被物怪视为'自己的一部分'。只有让它意识到此人没有危险，才会被它信任，也才有可能接近它……即使这个人怀揣着想要害它的目的，可在它看来，这人不过是徒有其想，根本没能力威胁到自己。而只要能见到它，便可以趁着还有一息理智时发动攻击。"

"就像老鼠想吃大花猫，猫就算明知它想害自己，也不会把老鼠放在眼里，老鼠就能在靠近它后突发奇计。"镜屏拍手道。

聿元还是那副凡事不屑的样子："可奇计又是什么？你的心思'大花猫'都知道，只要你一动'奇计'的念头，它早就有所提防了，等于还是什么也干不了。再者，就算你们说得都对，可怎么就确保它一定会现身？万一'大花猫'懒得起床，躲洞里睡觉呢？"

琼于忽然往上看了看，道："今天是月圆之夜，是它最强大的时候，也是最利于它施发魔力的时候，它必会现身的！"

众人还是不明白他究竟想怎么干，但以咸先生对他的了解，知道他肯定有了足可一试的计划，便道："将你的想法告诉我，我去！既然祸端源于我的父辈，现在就由我去解决吧！"说到这里，咸先生又满眼凄凉起来："我的家人都已经没了，与其孤独一人，不如……"

琼于摇了摇头，以不容置辩的口气说："不行！机会只有一次，只能成功。如果失败了，物怪便会隐遁不现，我们只能望着一大片巨草兴叹了。时间已经不多了！"他以一种意味深长的眼神看着咸先生，道："先生，你并非孤独无靠，你现在又有了一个家人，赫巴布就是你的家人啊！"

满月如盘，终于升上了谷口上空。月光下，高墙之外的一大片巨草摇曳起宽大的叶子，准备迎接数月以来最亮的月光，一阵又一阵轻轻的嘶响徘徊在林子周围。

琼于从一排书架后走了出来，镜屏看了一眼，"扑哧"笑了起来。只见他浑身上下，不管是衣服还是脸上脖颈都涂成了暗红色，像是从染缸里爬出来的。聿元也从书架后闪了出来，搓着手一脸不好意思："我说衣服上抹了就行了，他非得连身上都抹，可倒好，连胳肢窝脚趾缝里都涂了矿粉了。"最叫人忍俊不禁的是他的两边嘴角各有一撇向上扬的涂红，看上去就像是唱丑戏的伶官儿，不知道是无意为之，还是聿元捉弄他。

琼于不管这些，将剩下的一些矿粉抓了一把掺进水里，咸先生和镜屏要拦，他早已一饮而下，道："天明前我还不能回来，你们便快快离去吧，若是那样，你们体内的残毒就只有一个希望了：冯东循留下的药方！"

咸先生和镜屏都难掩不舍之情，泪水从两双美目里流了出来。琼于对她俩笑了笑："两位不必如此，这是我的修行！记住我曾说的，这世上我若是有三个朋友，两位必在其中。"

琼于说完又看看聿元，聿元赶紧一抬手："哎，咱俩交情一般，你那最后一个空缺还是好好留着吧。我不想刚成了你朋友就眼看着你……"他不忍再说，便抽出背上铁剑递到琼于手里："我现在也不知道我这剑到底有没有用了，不过还是觉得应该给你。对了，我记得砍它的时候，位置是在林子中间靠东边一些，可是具体方位实在说不上来，你怎么找到它？"

"它会让我找到它！"

月光下的后园像是被洒上了一层银霜。琼于出了倚山坞，将门带好，一手提剑，一手挑灯，没几步便走到竹林前。他将剑插在腰绳上，正想分开竹子，忽然最外层的那些竹子剧烈摇晃起来，接着像是被人拉着分向两边，然后不断传来绷断声，那些竹子纷纷齐根而断，现出了里面的小路。

琼于心里有了几丝惊惧，然后他听到了一阵阴森低沉的冷笑，那声音道："你胆怯了！"

琼于稳了稳心神，沿着竹林小道直走到底，刚出竹林，一眼便看到了那堵高墙下的小门……小门外厚厚的荆棘已经被聿元砍开一个洞，看来他确实吹牛了，那样的小洞是没法体面地走出来的，除非爬出来。琼于正准备钻进去，令他惊惧的事又发生了：只见墙上覆着的三角梅和各种荆棘藤蔓以肉眼能看到的速度收缩开去，将整个暗门显现出来。月光将整堵墙面照得通亮，唯独门洞那里现出一孔幽深的黑色，那黑色由门洞逐渐向外扩散，像是伸出一只只黑暗的触手，招引着一切靠近这里的活物。

"来吧！"一个阴冷的声音直接在耳膜里响起。

琼于只得走进了门洞，过了小门之后，仿佛进入了另一个世界，只见每棵巨草都长得一模一样，比芭蕉树更粗壮更高大，顶上的宽大叶子将天空遮得严严实实。茎秆和叶子上都有清晰而凸出的叶脉，里面流着肉眼能看到的暗红色汁液，并发出暗红色的荧光，好像巨草是被无数条细丝状的灯火包缠着，人在其中，仿佛置身于一个暗红色的光影世界。琼于觉得灯笼已经没什么用了，便将灯笼杆插在一棵巨草的叶子上，一股像血液一样的汁液从插杆的地方汩汩地流了出来。

琼于又是一惊，心跳更快了，他站在原地迟迟不敢动，有那么一瞬间，他甚至有了想转身回去的念头："或许聿元子的主意也不失一个办法，或许，我可以当任何事都没发生过，和所有人离开这里，走得远远的，超过了一定距离，它是不可能再施加控制的。"

他这么一想，便听到周围传来一片片笑声，有冷笑，有大笑，有狂笑，慢慢地，已经分不清是什么笑声，也分不清到底有多少人在笑。琼于感到了前所未有的压抑和挫败感，只觉自己就像一只可怜又可悲的小虫子，被一群密密麻麻的乌鸦围绕着，乌鸦的聒噪让自己备感无助和凄凉，还要时刻担心随之而来的利喙的侵袭。

"这样下去，精神很快就要崩溃了！"琼于想到这里，索性盘腿坐在地上，闭上了眼睛。

过了一会儿，他仿佛又感觉到了满天星斗的纷纷闪耀，那些点点光亮透过厚密的叶子射了下来，点起了琼于心里最深处的明灯。过了好一会，他的气息渐渐被调匀了，内心的躁动也平和下来。他心里闪过了一个念头："看来你很想见我！我倒也想见见你呢！"这么想着，他便站起身子，将剑插进腰间。这时，他留意到地上没有一根杂草，土地就像精心修整过的庄稼地。

"看来你不许周围有别的活物，如此岂不是很寂寞。"他想，然后又"听"到了一阵冷笑。

这一次，琼于不再心惊了，索性闭上眼睛，任由自己走了起来。

琼于闭着眼睛走了一会儿，其间他感觉到自己像是拐过几次弯，走了约有一刻，觉得可以停下了。

忽然，一阵粗闷的喘息声，伴随着沉重的脚步声由远而近。琼于的心提到了嗓子眼上，只见眼前巨草上的叶子被一物顶开，一个巨大的兽头露了出来：它长着像蜥蜴一样的头部，却有着像鹿一样的角，大小则已经超出了人的见识。这巨兽此刻也看到了搅扰它的到底是什么，头部随着脖颈抖动而向后仰起，蓄势后，便猛地向前向下直朝琼于伸过来，在触及他鼻尖的地方停住，然后张口狂吼起来。

大地为之震颤，两旁的巨草被气浪吹得向四周倒去。

"龙！"

琼于心里想着，却不敢睁开眼睛。

而那狂嘶犹未停住，琼于只觉得自己被狂风吹得摇摇欲坠，刚刚调整好的精神又面临着一次重大的挑战，就在他快要抵不住的时候，忽然闪过了一个念头，那念头在混乱的神志里转瞬而逝，却像一道闪电一样划破他内心的荫翳。他冷笑了一声："别再故弄玄虚了，这里怎么会有龙呢！"

"这只是我自己想象出来的幻象，我记忆里最可怕的东西，你只是利用了这一点，对吗？"琼于的心里这么想着。

忽然，巨龙的狂吼停止了，周围又在瞬间恢复了刚才的样子，然后，那个阴冷的声音说道："既然能想到，为什么不敢睁开眼睛，难道不是胆怯？"

对啊，既然所有可怕的幻象都来自内心深处的胆怯，那只要不怕就不会被它利用那些意念了……可，真的能不怕吗？

琼于慢慢睁开了眼睛，发现自己正站在一片明亮的红色光束中，自己的对面，是一棵弯曲粗壮的茎秆，末端长着两片像蒲扇一样的巨大花瓣……不，那不是花，而是有着红黄相间的独特叶子，因为叶片上有明显突出的和普通叶子一样的叶脉，里面也缓缓地流动着暗红色的汁液。这两片假花的边缘长出像獠牙一样的粗刺，粗刺间相隔约有一掌，其间又长着密密的小刺，以眼睛不易察觉的速度一张一合地动着，这么看来，若是两片假花抱合，足可以将任何肉身夹断。假花瓣中间才是真正的花穗，已经长得像牛蜡一样粗，从穗头到穗尾分段呈紫、蓝、青三种颜色，但上面又布满了密密麻麻五颜六色的小花苞，每个花苞下面都有一根细长如针的苞秆，状如平常的花蕊，有些花苞已经脱落，只剩尖刺一样的苞秆。

"你终于现身了，比起布阿的年代，你已经长到这么巨大了，这是否算得上同属里前所未有的程度？"琼于仰头盯着那巨大的花穗，心里想道。

"我知道你要来干什么，可是，你做得到吗？"那个声音满是轻蔑，随着那声音说话，那灿烂到骇人的花穗抖动起支撑它的茎秆，伸到了琼于的左边，贴近他的耳朵，琼于听到了"嘶嘶呵呵"的令人畏惧的喘息声。

琼于尽量让自己的情绪平静下来，心里道："我不想害你，但你不能这样生存！"

"呵呵呵，你没资格和我谈判！"

"如果你一意孤行，等待你的只有毁灭！"

"将要毁灭的是你！你已经明白了我的力量，现在你来到了我面前，很快你就会像你调查的那些人一样！"那声音的音量陡高，花穗"倏"地又转到琼于右侧，两片锯齿假花的张合速度也快了起来："我知道你的弱点，我知道你心里所想，你将那些想法藏得越深，就越能被我抓住！"

琼于马上明白了，它是故意挑唆自己展开回忆，去想那些记忆里的消沉、迷茫、忌惮、恐惧、仇恨和苦难，那些曾经让他变得脆弱的事情，这样，它就能抓住那些记忆而加以控制，击垮自己的精神。琼于赶紧晃了晃头，努力让自己去想别的，想那些让自己开心起来的人和事。

"镜屏？你想起了那个招摇撞骗的小道姑，原来她是你如今最在乎的人，原来你一想到她就会开心。哦，还有咸先生，她的父亲很早以前便成了我的'一部分'！"花穗在琼于面前不停地换着位置，像巨蟒换着角度观赏着被它缠住的猎物一样，那声音又道："原来你最无助的时候，想到的是两个女人。你害怕自己越来越习惯和那个小道姑在一起，害怕会陷入情劫，影响了你对事物的判断，所以你要趁早离开她！呵呵，不用费神了，你们所有人最终都将成为我的一部分！"

琼于努力用自己的意识道："既然如此，我唯有将你诛灭！"他怒吼一声，拔出剑来向花穗挥去，剑刃快要砍到花穗时，两瓣假花快速闭合，将花穗护了起来。原来这是虚招，琼于却一晃胳膊，将剑画了一个弧，转而由下向上挑去，剑锋直奔忘情花的茎秆。眼看剑刃就要砍到那胳膊粗的茎秆，只听一声尖利的嘶叫，剑刃就紧贴着茎秆上的毛刺停住。与此同时，琼于感到整个手臂像是痉挛了一样，瞬间僵硬了起来，然后是一阵遍及全身的剧烈疼痛，那从未体验过的疼痛让他无法再站立住，"扑通"一声跪了下去，剑掉在地上。

然而并没有完，琼于只觉得自己僵硬的手臂忽然又有了知觉，只是恢复知觉后第一种感觉，就是好像有一股巨大的力量反扳了他的手腕，将虎口伸向自己的咽喉。他心里明白，这其实是物怪驱使自己做出的动作，可虽然如此，也无法停止"自己"慢慢捏紧喉咙。

自己本来的意念已经完全被受控制的那部分意念所压制，并且慢慢变弱，眼看就要消失了。琼于痛苦地盯着自己的手背，他看到一片片灰霾一样的东西从前臂的皮肤下面掠过，那是许多极小的像水蚤一样的小虫，不断地向手背和手指集中。

扼住自己脖子的力量更大了！

眼看琼于就要窒息而死，忽然又听到一阵沉闷的声音，听来像是许多巨爪抓地和巨尾拖拉在地面混合起来的声音。

鲵鱼！

是那只全身长满烂疮的红腹大鲵快速爬来，扑向忘情花的枝干，接着又有一只比它略小的也爬了过去。显然两只都同属一种，只是小的那只身体侧部的红纹长得面积并不大，身上也满是脓疮和水泡。

琼于一阵惊喜，精神也为之一震，便觉得扼着自己的手松了许多。他趁机猛地用力，将自己的手拉开，这时心情也觉得畅快了许多，情绪立时不乱了。

只见那只大的鲵鱼后腿蹬地，大半个上身都贴到了忘情花的主干上，犹自不断向上蹭着，头终于够到了一片垂下来的叶子，它便咬住叶子，猛地甩起头来，将整片大叶子由分枝处扯断。忘情花吃痛，一声长嘶响彻整片草林。

与此同时，那只小的鲵鱼更是矫捷，它见忘情花主干又粗又高不可能爬上去，便绕到琼于背后，竟也似另一只那样后爪蹬地，前半身和前爪搭在琼于躬着的脊背上。琼于只觉得一张又黏又滑的皮肉和爪子在他后背快速往上蹭，他一抬头，只见鲵鱼的白肚皮正耷拉着。那鲵鱼眼看要够着花穗，张口就是一咬。

忘情花像是没料到会有此变，猛地一仰花茎，虽然躲开了花穗，却被鲵鱼咬住一片锯齿假花。花茎负重之下再也仰不起来，又垂了下去，又想摆脱鲵鱼，便也不停地甩起花茎来。鲵鱼虽被假花边缘的硬刺割得满嘴是血，嘴角破裂，却决不松口。只听一声惨嘶，忘情花其中一片锯齿假花瓣被鲵鱼扯了下来。

忘情花趁此时机，用另一片假花瓣将花穗盖住，又竖直地仰了起来，虽然周围传来阵阵嘶吼声，但琼于明白那不过是虚张声势，它显然对两只大鲵颇为忌惮，一时无计可施。而大鲵身体毕竟太过臃肿，且它们是水中之物，来到地上只能短暂活动，刚才那些剧烈动作已属勉强，更不可能爬上主干再去咬它，只能乱啃树干泄愤，两边就此僵持下来。

忘情花摇晃着花穗和一片假花，像是在思考着诡计一样。琼于见己方无法对它攻击，而它却可以从容应付，己方处于被动，这样下去，它总会打破僵局的，便想趁此时攻击。他刚拾起剑，却又感觉到右臂一阵疼痛，那握剑的手不由又松开了。

　　这时，只见上面的花穗又猛地抖了几下，抖掉十来条花苞，在空中像蒲公英一样，慢慢向远处飘去。那两条鲵鱼被这花苞吸引，也跟着往那边爬去，张大口等着要吞那些花蕊。琼于心知不妙，却疼得连声都发不出来，纵然能发生，却怎么警告两只爬虫？

　　忽然，一阵阵木杆绷断的声音传来，只见周围几棵巨草的主干竟自己齐根而断，断木都歪向那两只鲵鱼，那只大的很快便被其中一棵断木砸中，只见它眼珠暴出，内脏从体侧被挤了出来，实在惨不忍睹。那只小的虽然动作敏捷，知道转身往忘情花这边爬，终究躲不过接二连三的袭击，也被一根断木砸中背部，虽然没有即死，只是张着嘴苟延挣扎。琼于心疼不已，却无能为力。

　　忘情花解决了两个劲敌，便又垂下花穗，面对着琼于。这时琼于快速闪过了一丝念头，这念头快得连他自己都没来得及在心里想清楚，然后他又快速瞟了一眼头顶，这引来了忘情花的警觉，它的茎秆一颤，在琼于周围快速地移动起来，那"嘶嘶呵呵"的声音也剧烈起来，像恶狗一样不停地嗅着。只是琼于又强制自己快速去想别的，忘情花在那一瞬之间，竟无法知晓他到底想过什么。

　　"你的意志很强大，这出乎我的意料。"那声音又恢复了之前的阴冷和狂傲，"只是，你的体内已经侵入了我的花粉，所以你必定只是我的玩物！"狂笑和嘶吼震荡在耳畔。

　　琼于又一次拾起了剑，只是这次并非出自本意。他眼看着自己的右手将剑慢慢反转，搭在自己左颈处，只要右臂轻轻一坠，自己的血液定会喷涌到眼前。

　　"月亮！"

　　阴冷的声音吼了一声，忘情花快速转向天空，只见月亮正处在当头的位置，原本如盘的明月现在已经缺了一弧，那弧缺正以肉眼能察的速度不断扩大，眼看已经快要超过整个月亮的一半了。

　　琼于握剑的手开始恢复"自己"的力量，剑刃又慢慢转向花穗。而那声音也不似之前那样底气十足，开始显出一丝不安和焦躁。

　　两边僵持之际，月食已经完成，只见巨大的月轮只剩下一个晦暗的光圈，中间大部分都变成了黑暗。

　　原来是月环食！

为什么，为什么是月环食而不是月全食！琼于无奈到快要崩溃了。

仅存的一点月光支持着忘情花的力量，只听一声得意的冷笑，接着是一声巨吼，忘情花张大了那瓣假花，花穗在琼于眼前剧烈抖动起来，就像响尾蛇抖动自己的尾端，周围再次响起"嘶嘶呵呵"的声音，刚刚反转了一点的剑刃重新指向了琼于，而且力量更强，琼于的脖子上已经渗出了鲜血。

琼于此时已经准备放弃了，惨笑一声："没想到居然是环食！本以为只有趁此机会才可能将你诛灭，却……看来是天意！"

阴冷的笑声响彻了整个山谷。

这时，一个黑影忽然闪到琼于跟前，看肢体显然是一个人，他粗臂一挥，一道白弧闪过，紧接着是一阵撕心裂肺的长嘶，忘情的花穗连同那瓣锯齿假花"噗"的一声掉落在地上，剩下的花茎断口处露出像藕一样的孔洞，从里面不断流出浓稠的暗红色汁液。

加在琼于手上的力量瞬间消失了，他趁机一扬手，手里的剑又挥了出去，又将一段花茎砍落，又顺势站起身来。

"赫巴布，你来了！"琼于高兴地叫着。

那黑影转过身来，只见他全身裹着奇怪的东西，鳞次栉比，分明是一块又一块的蛇皮，用细绳捆扎在身上，不留一点余地。这时，他扯落头上包裹的蛇皮，露出一个蓬头垢面的黑色面孔，只见他头发卷曲，肤色漆黑，个子矮小，鼻梁低平，鼻孔宽大，厚嘴唇，看上去已经年纪不小了，只是随之而展露出的笑容，让琼于又觉得他还很年轻，他就是原本跟随丽奴，后来流落在山间成了野人的赫巴布。

赫巴布"嗯嗯啊啊"地比画了一阵，琼于大体能猜到他的意思：是咸先生叫他来的，其他人现在都守在外面。他比画完，又吹了一个响亮的口哨，从腰后抽出一条火把，琼于赶紧取出火石点着火把。这时从外面传来另一声尖厉的口哨声。

过了一会儿，聿元、镜屏、咸先生过来了，聿元和镜屏还各自抱着一个坛子，"这是油！"镜屏"嘿嘿"笑道，她放下坛子走过去看那被砍掉的花穗，踢了一下，拍着手道："嘿哟，原来是这么个玩意儿，就跟着长了毛的大棒槌，颜色倒是挺好看。"

忽然，那瓣假花快速扇动起来，朝镜屏腿上扑去，锯齿割在肉上，瞬间便划出几条深深的血道。镜屏疼得"咿哇"乱叫着向后弹开，聿元从琼于手里抢过剑猛劈过去，又将那瓣假花砍掉，地上只剩一个粗大的花穗。这时，花穗上密布的花蕊开始纷纷脱落，就像被大风吹过的蒲公英，片刻间已经快有一半花蕊脱落了，漫无方向地向四周飘去。

"快用火烧！"琼于叫道，却眼前一黑，瘫倒在地，被咸先生搀住，他看着咸先生，有气无力地道："一会要连根挖起，或许有新的发现。"说完便昏了过去。

聿元赶紧摸了摸他脉搏，又试了试他鼻息，才松了口气："他是气虚力竭，让他休息吧！"自己又点着几条火把，和赫巴布追着去燎烧那些空中飘着的花蕊。镜屏则抱过来一坛油，泼了一半到花穗上，油性黏稠，剩下的花蕊飘不起来了。镜屏将火把凑近花穗，气哼哼地道："把你烧成灰，叫你做不了花妖，做花肥！"

"等等！"镜屏正想点火，咸先生却叫住了她。咸先生放好琼于，过来接过火把道："让我来吧！"然后看着地上的那条花穗："实在想不到，物怪的真实面目竟是这样！多年前，我的父亲和母亲被你毁灭，这次，就由我来毁灭你……这不是你该生存的地方！"便将火把扔了上去。

油泼得太多，火苗瞬间蹿了起来，花穗在火中抖个不停，一声声惨嘶从烈火中传了出来，犹叫人心惊不已。

这时，着火的花穗跳得越来越高，开始有意识地向旁边跳去。镜屏赶紧拿剑砍，砍了几下都没砍中，聿元在另外一边烧那些花蕊，也没顾及这边。眼看花穗就要跳到草丛深处，众人都急得要追，这时，那被压着的大鲵却猛地挣扎了几下，从断木下钻了出来，又快速爬了几下，一口将跳过的花穗咬住。只是花穗上沾着太多油，许多油溅落在鲵鱼身上，慢慢将它也烧了起来。等到镜屏跑到跟前，鲵鱼已经全身都着了，虽然如此，它竟还是将花穗咬住不放，直到它燃尽，再也没动一下。

镜屏又将剩下的油全泼在忘情花的主干和叶子上，点着火，一团火柱冲天而起，片刻便将整棵巨草全部裹在火中。

而此时，众人的身体也都好似被大火灼燎一样，体内的血液像是沸腾起来，镜屏看到咸先生的皮肤表面也掠过一片片阴霾，"那些小虫子！"她看见除了赫巴布外，琼于、咸先生、聿元身上都有或多或少的一片片阴霾不断聚向他们的鼻孔、嘴巴、眼角、耳朵等孔窍处，从那里飘出了一缕缕灰烟。自然，琼于飘出的灰烟最多。

"走了！它们走了！它们完了！"镜屏兴奋地叫了起来。

这时，周围所有像芭蕉树一样的巨草都接连失去了暗红色荧光，变得晦暗起来，然后快速萎缩，转眼之间，变成了一棵棵像芦苇一样的枯草。

一阵阵巨响从前面传来，像是屋宇楼阁倾覆的声音，众人不由往前面看了看，不知发生了什么事，但当务之急是解决眼前的事，前面只好先不顾及。

月食过去了，月亮恢复了之前的皎洁。

忘情花地上的主干、茎秆和枝叶都烧尽了。赫巴布找来了锄头和铁铲，和聿元挖了起来。忘情花的根系果然也很庞大，只是现在也已经枯萎了。两人先点着一堆火，挖出一段乱根便扔进火堆，挖着挖着，赫巴布忽然惊叫道："大林……啊，哩噜！"紧接着便哭起来。

咸先生赶紧奔过来，镜屏也凑了过来。只见被挖了有一丈方圆、半丈深的坑里，两具干瘪的尸体紧紧挨在一起，看来应该是其中一具从背后抱着另外一具。而被抱着的尸骸手里像是握着什么东西，聿元将灯笼凑过去，见是一把锈迹斑斑的斧头。火光照亮了坑里，只见两具尸骸和巨草的乱根搅在了一起，有许多根须还直接长进尸骸中。

赫巴布跪倒在地大哭着，嘴里又"呜噜呜噜"说了起来。镜屏问咸先生他说了什么，却见咸先生也泪流满面跪在坑边，"他说，丽奴，也就是我的母亲，在打发他走后，定是来这里找到了我的父亲，抱着他和他在一起了！母亲她最爱的终究还是父亲啊！"咸先生已经泣不成声了。

众人从暗门里钻出来时，正是黎明时分。众人发现覆盖高墙的荆棘也已经枯萎得只剩下枝条，叶子一片也没有了。众人走出小竹林，眼前的景象又一次让他们惊呆了：整个后园变得异常陈旧，完全没有了之前的生气，倚山坞尚还完整，但水中亭和廊桥，以及其他一些房屋已残破不堪，有些还坍塌了。就在这时，只听一阵巨响，倚山坞右边一部分忽然塌了，尘土弥漫过来。众人赶紧往远处躲开，还没反应过来，却见坍塌的那片地方有火光亮起。

"糟了，里面还点着蜡烛呢！"镜屏这一说，咸先生赶紧向倚山坞里跑去……门已经自行倒了，塌的正是那巨幅壁画的一边。里面的梁柱、书架、桌案等摆设其实早已朽烂不堪，又很干松，火一点即着。

咸先生直奔密室里，从里面抱出一堆文稿。聿元将琼于倚在廊桥栏杆上，自己和镜屏也过去帮忙。三人一起努力，将密室里的文稿移出来大约一半……当时为了查阅方便，将文字类的笔记都整理在靠外面，画作之类则摆到了里面，等三人再想去救画时，火势已经猛烈起来，将大半个倚山坞卷进火海中。

廊桥边，咸先生放下自己手里的一抱文稿，还想再返回去，却被聿元拉住，这时镜屏从火中滚了出来，一脸灰尘，将怀里抱着的一摞画稿推给咸先生就跑去水池边洗脸，边洗边说："不能进去了，里面已经着了！"

"那杨姑娘和苏小姐呢？"

"没见到，应该是事先离开了。"

烈火瞬间将整个倚山坞吞没。咸先生望着大火又流下泪来，默默地念了一声："父亲！"

前面的宅子更是一副残垣断壁的景象，再没有一处完整的房屋。这时杨姑娘迎面而来，两边先问候了几句，杨姑娘便说："我等你们等得心焦，正想搀着苏小姐去后面看看，却眼见着屋子变了样，门窗开始往下掉漆皮，窗纸也破烂了，摆设都变旧变朽了……都是瞬间发生的，那感觉，就像转眼之间看到了人生里的二十年！"

"苏小姐呢？"聿元问。

"她走了。我看着周围奇怪，赶紧搀着她走到院子里，刚走出来没多久，身边的房子就塌了，然后就看到周围的房子一幢幢塌下去。我吓得哭起来，苏小姐却醒了，醒来后第一句话就是'我要去找我的夫君'。"

"她一个女人家能去哪找吗？"

"她说她迷迷糊糊听到了你们在大厅里说过的话，要去找萧风郎。她刚说完就走了，我拦也拦不住。我想去找你们，又怕你们遭遇不测，在这已经哭了半天了……这里怎么会成了废墟呢？"

咸先生的眼泪尚还未干，道："这里本来就是废墟啊！"

三十 《物怪》

　　早晨，细雨将小风镇笼罩在一片迷蒙中。

　　马棚里，老洪正给白麟儿倒着精选的草料，白麟儿自回到小风镇便精神了很多，见到老洪来了，不住地用头蹭着他的肩膀，蹭得他烦了，骂道："没脸没皮的畜牲，你不是喜欢那个邋遢道士吗，还理我干吗？"

　　闲话坊里，咸先生正在煮茶，这时镜屏伸着懒腰走了进来。咸先生笑道："镜屏稍等片刻，待会尝尝我的陆羽茶汤。"

　　镜屏伸手捏了一块点心扔进嘴里，才看见聿元正捏着一只茶碗，站在那块屏风前看着那首诗。镜屏笑道："本就是个莽夫糙汉，就别装模作样看诗了。对了，玉痰盂怎么还没起？"

　　"他早起来了，只是上回那矿粉吃太多了，回来后一直腹泻。"聿元转过身来，走到咸先生案前自己又斟了一碗半生不熟的茶汤，坐到镜屏旁边，然后"咕咚"喝了一大口，看着茶碗道："这茶特别，见不着茶叶，都是果啊核啊的。"

　　镜屏翻着白眼："你别喝得那么粗鲁，喝这茶要先'转碗摇香'，你瞧人家咸先生！"

　　"咸先生是读书人，又文雅又机智，你我就不要那么讲究了。说起来，我以前总瞧不上读书人，觉得他们迂腐无能，不过见了咸先生后，这个想法就改变了，咸先生当真是个有学识有才智的人！"

　　咸先生淡淡一笑，继续摆弄着茶具道："比起琮道长来，我不过是读死书罢了。"

　　镜屏"哎"了一声，道："先生快别谦虚了，能想出让赫巴布去帮忙，真是绝顶聪明的办法：赫巴布是唯一没有染上毒病的人，而且痰盂事先也不知道他会去，他便不会有'借赫巴布之手除掉花妖'的念头，既能引出花妖，又能叫它没法防备，真是妙极了！"

　　咸先生将汤锅里的茶汤用滤网滤到茶钵里，将漏网里的汤渣磕到旁边盆里，说道："其实这不是我想出来的，是琼道长给我的提示。"

"什么？"

"我们从龙洞回榴园时，赫巴布一直在暗中跟着我们，那是我请他一起回的，只不过他怕惯了生人，不敢明着跟我们一起走，但彼时你们都察觉到了，对吧。琼道长知道赫巴布定会去榴园，觉得他是最适合诛灭物怪的人选，便在言语间提示了我。"

"你现在又有了一个家人，赫巴布就是你的家人啊！"

镜屏不解："等等，我又糊涂了，如果是玉痰盂提示你的，那他不就有这个意念了吗，那花妖不就能事先知道了，怎么还会现身？还是痰盂之前的分析是错的？"

"这就是琼道长强大的地方啊！他并没有觉得我一定能懂他的暗示，所以他对这个计划能否实现是不抱什么希望的，他去找物怪时，甚至可能彻底忘记了这件事，所以物怪也就无从知晓。"

"这种说法有点牵强。要是我，心里一旦有了个什么打算，而且还就指望它了，怎么能忍得住不去想？"镜屏道。

聿元却摇了摇头："傻师妹，咸先生说的强大就是指这个，琼于在专注于思考事情时，是不会胡思乱想的，他的内心已经强大到能控制自己的心思了，道家佛家的冥想，不就是以此为至高境界吗？"

此时的琼于正闭着眼睛打盹，忽然连打了几个喷嚏，又看看身子周围：咸家的茅厕也用青砖垒砌，还插满了鲜花。他叹了口气道："没厕纸了。"

咸先生道："琼道长是真正的智者，他对事情的穷究知底，对线索的梳理分析，以及他独特的博学多闻，还有和他的风度谈吐毫不相称的打扮，都叫人难忘，怪不得镜屏对他如此青睐。"她说这话的时候，意味深长地看了看镜屏。

镜屏一愣，回避了咸先生的目光，又仰面大笑起来："我对他青睐？我躲还躲不及呢，要是算上这一回，就是我和他搭档的第三个雇主自己出事、收不着钱的案子了，你说我上哪洗这身晦气啊……呃，对了，赫巴布去哪了？"

"他不愿意在这里住，怕镇上人把他看作异类，我帮他找了个寺做了个挂单和尚，人家叫他守一片闲庙，每天扫扫地，学着念念经写写字，很好。"咸先生端着茶钵，走到两人案前，给他们的茶碗里斟上，道："快尝尝这道茶，可以将我们体内的余毒解了。"

镜屏忽然想起了什么:"你是说冯东循的药方?"

"对,我已经找镇上的大夫看了,方子里其他几味都是寻常解毒和疏通血液的药,只有蛇胆和蛇肝很特别,想到那些爬虫不怕忘情花,看来正是它体内有制毒和解毒的脏器。冯东循在生命的最后时刻,终于调试出了化解毒病的药方,可以说,他在那场抗争中已经赢了!"

"给我也来一碗。"琼于走了进来。

两个女人同时扭过头去,只见琼于还是穿着那身邋遢的百衲道袍……之前咸先生曾想给他做件新的,他坚持要穿这一身,因为上面的补丁和破洞正好可以挂他的那些零零碎碎的小工具,比如试毒的银针、细察的透镜,还有就是,那是师父留给他的。他今天唯一的改变是将这几天的胡子刮干净了,清瘦的脸庞显得眼睛更加有神。

琼于捏起一碗茶,先摇了几摇,用手扇着闻了闻茶香,又轻轻抿了一口。镜屏白了聿元一眼:"你瞧,痰盂也不是精细人,可人家会学。"这时琼于却将一碗茶"咕咚"一声一饮而尽:"再来一碗!"

咸先生给他又斟了一碗,然后像是鼓足勇气一样,对众人说:"我已经派人去榴谷将父亲和母亲还有冯东循的尸骸起出,准备重新安葬了。杨姑娘那边,我也派人通知过了。还有曾在榴园待过的乞丐,也派人去找了,并按冯东循的药方送去了药。"

众人听了这话,都感到很欣慰,不光是觉得咸先生将后续事情解决得很圆满,而是发现,她可以很坦然地接受那样的亲生父母了。

这时一个丫鬟进来,交给咸先生一封信,对她耳语几句。咸先生脸上立刻露出复杂的表情,等丫鬟走了,她才对众人道:"这封信,其实是封回信,我之前打听到那人的所在后,写信向他问询了有关家父当年出使南洋的事情。诸位猜猜写信者是谁吧。"

镜屏道:"我想起来了,是那个叫庆彬的使者!"

"对,吴庆彬大人如今已经做了台州知府。之前曾请官府中的朋友以修撰地方县志的名义,向泉州市舶司那边写信询问,有了官府帮忙,泉州那边很重视,找到了当年另一位一起出使的人,通过他又得知了吴庆彬大人的消息,然后写信给他。"咸先生说着，便从自己案上拿起一封信，当众拆开，自己先看了一遍。信上开头先简单问候了一下，然后回忆他们三人出使南洋的经过，与刘子山笔记所载的相同。后来又说起三人回归大明后，刘子山作为使节首臣，不但无功而返，还死伤随从，损失财物，如此丧权辱国之举，本应斩首，幸亏他的老师礼部尚书李大人极力运作，才贬为庶民，永不录用……彼时京城曾传说他的各种不好结局，其实是他太要面子，羞于以如此境况回乡，自己传出的谣言，反正他在老家也没什么重要亲人，就让老家人觉得他或死或贬，下落不明，他便可以隐姓埋名了。

吴庆彬彼时则被贬为松江县丞，咸槿官降一级，在泉州府市舶司留职待用。那阵子吴庆彬曾试图联系刘子山，苦于不知道他的下落。他又与咸槿通过几封信，是咸槿提到了刘子山之后虽然回了湖州府，却没有回老家，而是去了另外一个地方隐居。咸槿给吴庆彬的最后一封信里，向他讲了自己的心事，那显然是积压已久的倾诉。原来咸槿一直爱着那位番族的哩噜公主，他觉得公主也喜欢他。可是他也看出刘子山对公主很有情意，身为好友，又怎能与之夺爱，所以在南洋的那段日子，他一直强忍着这份情意。直到回到大明后和哩噜公主分开了，他才发现自己爱公主已经到了朝思暮想的地步，他再也无法忍受与之两地分离了，便找了个理由辞官回乡，希望能做最后的努力。

之后，咸槿再也没有和吴庆彬通过信，也再也没听过两位传奇好友的消息。

吴庆彬在信的最后动情地说："当年我曾说，'若不趁这机会叫贤弟，以后怕是再也没机会了'，竟一语成谶！想起往事，不胜唏嘘。"

咸先生看完信，虽然又很激动，最终还是忍住没流泪下来，然后将信的内容向众人说了。

众人都很感慨，过了一会儿，还是琼于先说道："现在看来，倚山樵在那场抗争中也没有输啊！"

咸先生看着他："为什么这么说？"

"倚山樵在整个患病过程中，都没有放弃过，当他发现难以自保时，所作所为便都是为了阻止物怪再去侵害别人了，那幅壁画、那堵高墙正是他在用他自己的方式去阻挡物怪的侵袭。

"在生命的最后时刻，他从暗门走出了高墙，并从外面将暗门锁住，表明他选择了奋力一搏除掉物怪。虽然没能成功，总归是有尊严地死去！叫我这么想的原因，是他的尸骸手里握着一把斧头，那正是壁画中书生拿着的匕首的映射。

关于这一点的另一个证据，就是那条通向榴园温泉方向的小路，其实，那条路才是倚山樵时代出入榴园的道路，但为了隔绝外人，实则是避免外人误入，倚山樵弄出了路障，破坏了道路。而我们进出榴谷的路，显然是后来的冯东循在'意外'得到财宝后开出来的。"

淡淡的茶香勾起了众人的回忆，那些梦境，笔记中所记载的情景，所有经历过的事情，还有刚刚听到的对案情新的解读，都一幕幕地浮现在了眼前，诗里所写的"那一天"的故事像是慢慢清楚了。

谷雨天里，断了弦的琴已许久未弹，他看着积满尘土的琴，忍不住想起那些愉快却又悲伤的回忆，之前和她一起相处的日子历历在目，丽奴，现在过得还好吗？

想当初，他兴冲冲地回家，等待他的却是这一幕场景：自己最好的朋友子山宣称要娶她，自己无法反对，只好像游魂一样经常以各种理由去朋友家拜访，只为了能再多见她一面。

听说，好友最近长住在家里，都不像以前那样经常出门作画了。

他多想去看看自己朝思暮想的人啊，可她现在已经成了别人的妻子，现在见面，得叫她刘夫人了。

辗转徘徊，还是去吧！

远远地看见昆仑奴，只见昆仑奴一脸焦急……他对夫人十分忠诚，这副样子，难道是夫人出了什么事吗？

难道，子山又打丽奴了吗？

之前听昆仑奴说子山经常打丽奴的时候，决然不相信，子山不是这种人啊！直到亲眼看见丽奴身上的累累伤痕，不由得自己不信了。子山到底是怎么了？难道是因为仕途失意，还是他的才华没达到他想象的那样……最近听说他的画并没有得到好评，难道因为这个就要拿自己的妻子泄愤？这也太不可理喻了！真没想到，自己多年的好友，心胸竟狭隘到如此地步。

他想起那一次来榴园，子山正在后园的画馆里，他终于有机会单独看丽奴，可映入眼帘的，却是憔悴的泪容和胳膊上的斑斑伤痕。那一刻，他真的好恨子山，恨不得想要亲手杀了子山，转而又恨起自己来，当年，若是自己别那么矜持，若是能放手一争，也不会让自己心爱的女人投入别人的怀抱，更不会让她忍受今天的屈辱，好悔啊！

就这样一直陪她待到晚上，其间一句话也没说，看着不住流泪的她，那个原本像鲜花和骄阳一样灿烂的女子，如今却……

叹息！

月亮升上了谷口的上空，丽奴催促他离开："太晚了，你让赫巴布给你收拾一间房间，但请不要再待在这里了……不合适。"

他无奈地起身离去，她送至门口，虽有无限难舍，也只能如此。这一幕，真叫人难忘啊！

他看着赫巴布焦急的样子，不及多想，便直入后园，终于在花园的亭中看到了夫人。他急忙跑上去，果然，自己心爱之人已经被摧残得不像人样了。

"风摧泥染玉成沙。"

然而，纵然玉已成沙，也要将它重新缀合在一起！

他愤而想去找子山，夫人却摇头阻止，只是说了句：那高墙外花的香味，真叫人忘情啊！

夫人是不想将他卷进灾祸，她已经做了最后的抉择，她指了指摇篮中的孩子，孩子正甜甜地睡着，完全不知道自己身处的世界正发生着什么。

他无奈，大哭着抱走了孩子。等他安顿好了孩子再回榴园时，自己的朋友和夫人都已经不见了，他四处寻找，却怎么也找不到，最后来到那堵高墙前，墙上已经长满厚厚的荆棘。

他明白了，夫人已经与子山殉情在高墙之外了。她想要的只是请自己照顾孩子，且不要打扰他们。她在最后时刻，最爱的还是子山啊！

他只好茫然地离开了榴园。

"我一直不明白，既然倚山樵造了那堵墙，既然他已经想放手一搏，准备死在高墙外，为何还要在墙上留个门洞呢？"镜屏问。

琼于说道："倚山樵的这种心态很复杂，却很容易理解，那是出于对丽奴的爱和留恋啊，他虽然没有明说，可内心是希冀丽奴能出去陪自己的。可以想象，暗门一开始并没有锁上，后来丽奴追随倚山樵而去，是由她在另一边锁上了暗门啊。"

咸先生看着屏风上的诗，说道："虽然他并非我生身父亲，可他养育我多年，给了我一个父亲能给的全部，在我心目中，他永远是我的父亲。家父是在读书时含笑辞世的。昨晚，我终于弄明白了他为何会如此安然地离去：他看的是一本博物书，在他翻开的页码，我看到书中记载了一种奇特的菌菇，能将菌丝寄生在蚂蚁身体里，并且驱使蚂蚁去潮湿腐霉的环境，等蚂蚁死去，便由它身上长出新的菌菇……家父彼时定是猛然醒悟，明白了忘情花的习性也是如此，于是便明白了倚山樵并非真心想虐待母亲，母亲也没有对此怀恨在心，他们直到最后还是彼此相爱着。家父是在对我的亲生父母的祝福中辞世的。"咸先生的眼里又闪动了泪花，脸上却洋溢着幸福的笑容："原来一切都那么圆满啊！"

琼于站起身，看着窗外的雨水道："物怪其实不在高墙之外，而在我们心里！我们之所以会被蛊惑，是因为我们本身就有弱点，是我们内心的欲望给了物怪可乘之机，它便利用我们的这种心态，先给予满足，一旦我们陷入欲罢不能的境地，便完全受它的摆布了。

冯东循为了能娶到杨姑娘而渴望富贵，而刘子山的欲望则更加复杂，显然，在诗画才华上，咸樵更胜一筹，可以想象丽奴在前期更多钟情的是他。刘子山虽然用了些小计策让丽奴到了他的身边，可当咸樵从泉州回来时，男人竞争的天性使他慢慢变得既猜疑又执拗，'丽奴倾慕的，就是大明男子的才华，只要我能成为卓越的画家，自然就会博得她的青睐'，在这种心态的'驱使'下，他除了尽快促成与丽奴的婚事，最想要的，就是在绘画方面的成就了。这种对提升画技的渴望和对丽奴咸樵之间暧昧关系的忌妒，变成了他心中的'物怪'。"

众人都默默不语了，似乎在想着自己都有些什么欲望。琼于看看他们，又微微一笑："可是，人又不能没有欲望，欲望会让我们犯错，可它也会让我们有所期盼和热爱，只要不让欲望控制了自己，它毕竟是每个人生存下去的力量啊！"

聿元刚想鼓掌，镜屏推了他一把，不屑道："痰盂，你还真是翻手为云、覆手为雨啊，好赖话都叫你说了，你不如去编戏文吧。"

"这类事自然还是由咸先生去做为好。"琼于笑道。

咸先生来了兴致："我已经将你和镜屏破过的大树案，上次的齐宅案，还有这次的谜墙案都记录下来了，只是缺了一个书名。想起琼道长养的那只尺蠖虫，不正是'世间之事往往并非似其本相'的揭示吗，所以我想取名叫《尺蠖椟》，诸位以为如何？"

　　琼于和聿元都还没来得及说话，镜屏抢道："尺蠖棷，尺蠖棷，这名字太拗口了。这故事嘛，都是给闲人看的，给闲人看就不能太搜文。我们这回的案子提得最多的是'物怪'两个字，我看，不如就叫《物怪》吧！"